Tagore and 20th-Century
Chinese Literature

泰戈尔与20世纪中国文学

黎跃进 等 / 著

北京大学出版社
PEKING UNIVERSITY PRESS

图书在版编目 (CIP) 数据

泰戈尔与 20 世纪中国文学 / 黎跃进等著 . —— 北京：北京大学出版社，2025.5.
ISBN 978-7-301-35915-0

Ⅰ. I206.6

中国国家版本馆 CIP 数据核字第 20259GJ056 号

书　　　名	泰戈尔与20世纪中国文学 TAIGE'ER YU 20 SHIJI ZHONGGUO WENXUE
著作责任者	黎跃进　等著
责任编辑	兰　婷
标准书号	ISBN 978-7-301-35915-0
出版发行	北京大学出版社
地　　　址	北京市海淀区成府路 205 号　100871
网　　　址	http://www.pup.cn　　新浪微博：@北京大学出版社
电子邮箱	编辑部 pupwaiwen@pup.cn　　总编室 zpup@pup.cn
电　　　话	邮购部 010-62752015　发行部 010-62750672　编辑部 010-62754382
印　刷　者	北京鑫海金澳胶印有限公司
经　销　者	新华书店
	720 毫米 ×1020 毫米　16 开本　28.5 印张　560 千字 2025 年 5 月第 1 版　2025 年 5 月第 1 次印刷
定　　　价	128.00 元

未经许可，不得以任何方式复制或抄袭本书之部分或全部内容。
版权所有，侵权必究
举报电话：010-62752024　电子邮箱：fd@pup.cn
图书如有印装质量问题，请与出版部联系，电话：010-62756370

目 录

绪言　泰戈尔的"中国"和中国的"泰戈尔" ……………………………… 1

第一章　现代世界整体视域中的泰戈尔 ……………………………… 8
 第一节　泰戈尔与"东方学" ……………………………………… 8
 第二节　泰戈尔的"亚洲观" ……………………………………… 20
 第三节　泰戈尔的中国观 ………………………………………… 32
 第四节　泰戈尔与审美现代性 …………………………………… 53

第二章　泰戈尔作品在中国的翻译出版 ……………………………… 76
 第一节　20世纪上半期的翻译出版 ……………………………… 76
 第二节　20世纪50—60年代的翻译出版 ………………………… 81
 第三节　20世纪80—90年代的翻译出版 ………………………… 106
 第四节　21世纪以来的翻译出版 ………………………………… 125

第三章　20世纪以来中国的泰戈尔研究 ……………………………… 140
 第一节　泰戈尔宗教哲学思想研究 ……………………………… 140
 第二节　泰戈尔社会、政治思想研究 …………………………… 189
 第三节　泰戈尔诗学在中国的研究与接受 ……………………… 216
 第四节　泰戈尔诗歌研究 ………………………………………… 234
 第五节　泰戈尔小说研究 ………………………………………… 251
 第六节　泰戈尔戏剧文学研究 …………………………………… 263

第四章　泰戈尔在中国的大众传播 ………………………………… 276
第一节　学校教育途径的传播 ………………………………… 276
第二节　泰戈尔在豆瓣网的传播与接受 ………………………… 306

第五章　泰戈尔与中国现代文学流派 …………………………… 325
第一节　泰戈尔与新月派 ……………………………………… 325
第二节　泰戈尔与象征派 ……………………………………… 338
第三节　泰戈尔与唯美派 ……………………………………… 344

第六章　泰戈尔与20世纪中国作家 ……………………………… 355
第一节　泰戈尔与胡适 ………………………………………… 355
第二节　泰戈尔对冰心的影响 ………………………………… 367
第三节　泰戈尔与郑振铎 ……………………………………… 385
第四节　凌叔华与泰戈尔的诗画交流 ………………………… 395
第五节　泰戈尔与梅子涵 ……………………………………… 404
第六节　泰戈尔与冯唐的文明观比较 ………………………… 417

结语："泰戈尔现象"与"异域作家本土化建构" ………………… 437
附录　泰戈尔研究基本书目 ……………………………………… 441
后记 ………………………………………………………………… 449

绪言　泰戈尔的"中国"和中国的"泰戈尔"

文学、文化交流，以具体的人和事为载体。说到泰戈尔与中国的关系，绕不开他1924年的中国之行。1924年3月21日，泰戈尔率领的国际大学访华团一行六人从加尔各答出发，走海路经东南亚，航向向往已久的中国。

早在1920年，泰戈尔游历美国，当时留学美国的冯友兰拜访他，两人交谈中泰戈尔表示"中国是几千年的文明国家，为我素所敬爱。我从前到日本，没到中国，至今以为遗憾。……然而我终究必要到中国去一次的。"[①]1923年初，泰戈尔委派助手恩厚之，前来中国联系访华事宜，得到中国学界的热情回应和及时邀请，但几经波折，直到一年后才成行。

泰戈尔经过海上漫长的航行，途中先后登陆缅甸、新加坡等地，受到当地华侨的热烈欢迎，一路都在感受中国文化。在4月12日上午9:15，泰戈尔乘坐的日本客船热田丸号缓缓驶入黄浦江汇山码头。高鼻朗目、须发皆白、仙风道骨的泰翁早已兴奋不已，靠在甲板栏杆上，观赏浦江两岸的风光。当轮船停稳，泰戈尔双手合掌，向在码头前来迎接的上海各文化团体代表和社会名流微微欠身致礼。当泰戈尔走下轮船，踏上中国土地的时候，老人口中喃喃自语：

　　不知道是什么缘故，到中国就像回到故乡一样。

"回到故乡"——这是一种怎样的中国情结？这是对中国社会和文化长期关注、想象而积淀的心理认同，是一种内在认同的"精神故乡"。随着访华期间对中国的实地考察和真切感受，泰戈尔曾满怀深情地感叹："相信我的前世一定是中国人！"

[①]　冯友兰：《与印度泰戈尔谈话——东西文明之比较观》，姜景奎主编：《中国学者论泰戈尔》，阳光出版社2011年版，第16页。

泰戈尔的这种中国情结和认知,首先来自家庭的熏陶。他的祖父是加尔各答著名的富商,与中国有贸易往来,从中国进口丝绸,将中国茶移植到阿萨姆邦。他的父亲于1878年游历中国,带回不少新奇的中国物件。少年时代的泰戈尔,就是从丝绸锦缎的华丽光泽与精美图案、物品的工艺技术获得最早的中国认知。其次是泰戈尔从中国古代典籍、文学作品翻译的阅读中理解中国文化。他在中国的演讲中说:"我一直在阅读你们的一些富于诗意的作品的译文。你们文学中的品位令我着迷。它具有你们自己的特色,在我所知道的所有其他文学中,我从未见过与之相似的文学。"[1]他不仅阅读过李白、杜甫、苏东坡这些唐宋诗人诗作的英译,还读过老子、孔子等思想家的著作译本。

当然,1924年访华,泰戈尔有了亲历中国的切身感受,以及和徐志摩、梁启超、蔡元培、谭云山、徐悲鸿等中国学者、诗人、艺术家的直接交往,对中国文化精神有了更加深入的了解。

泰戈尔在1924年访华的讲演以及各类文学创作和论文中,经常谈到中国,将他的"中国情结"加以情感化和期待性的表达。

泰戈尔的中国,是有着悠久文明,为人类做出了巨大贡献的中国。

他在访华的演讲中说:"你们在以往的时代中确实取得过惊人的进步。你们有过数种伟大的发明,有过被其他民族人民借用、仿效的发明。你们不曾无所作为、得过且过。所有这些进步还从未曾使你们的生活蒙上过无足轻重的阴影。"[2]"你们的文明是在基于精神信仰的社会生活中哺育出来的。你们是生活得最为长久的民族,因为你们有长达许多世纪的、被你们对善而不是对纯粹力量的信仰所滋养的智慧。这为你们产生了一个伟大的往昔。"[3]

泰戈尔的中国,是勤奋、淳朴而伟大的中国。

1893年泰戈尔在长诗《大地》中有诗句:"文明古老的中国,日日勤奋工作"[4]。1929年泰戈尔访日途经香港,见到一群在码头上卸货的中国劳工。他们赤裸上身,展露强健的体魄,表现出男子汉的伟岸,运动的美、身体的美、劳

---

[1] 刘安武等主编:《泰戈尔全集 第20卷 散文》,河北教育出版社2000年版,第12页。
[2] 同上书,第46页。
[3] 同上。
[4] 白开元译:《泰戈尔与中国》,漓江出版社2016年版,第256页。

动的美有机结合,体现了诗意与韵律的配合。诗人在赞赏中感叹:"以人类最基本的爱美之心欣赏了这种从劳动中爆发出的欢乐和力量,我已完全信服,一个伟大民族的力量是由全国民众共同积蓄的。为达到理想境界而做的长期准备,在这里的每一个劳动者身上得到了充分利用。千百年来,中国正是通过这种手段动员人民全身心地投入劳动和建设,把力量用在该用的地方,矢志于以豁达的民族精神去追求自由与幸福,为未来描绘一张完美的蓝图。"① 他目睹中国劳动者如此坚定努力地工作,在他们身上看到了中华民族淳朴而伟大的力量,预言中华民族一定会崛起。这不仅反映了泰戈尔宽阔的胸襟,更显示了世间罕有的智慧和远见。

泰戈尔的中国,是充满人情味、基于精神信仰、爱好和平的中国。

20世纪初,英国出版了一本题为《一个中国人的信》的小册子,作者是一位长期旅居英国的中国知识分子,以他对英国社会政治、经济、伦理道德等的观察和感悟,用书信的形式将中国传统与英国文化加以对比,对西方注重物质欲望的功利主义现实不满,充满民族传统的自豪感。泰戈尔读后非常高兴,撰写散文《中国人的信》,肯定作者的看法,大篇幅摘录小册子的文字,梳理复述作者的观点,提出:中国文明是世界上最古老的文明,是持久的、朴实的、自然形成的,是有道德讲秩序的文明,是推崇孔子的文明,是道义约束的文明,不是只承认金钱关系的野蛮社会的文明,中国人礼貌谦逊真诚无私地与他人相处,从骨子里尊重道义和良知,享受大自然赋予的一切,中国的诗人和作家一直把人们的心灵引向人类生活的高雅情趣,热爱和平是中国人的本性。在访华的演讲中,泰戈尔从客人的视角,论述中国文明注重人际交往和人情关怀,"我们这些来自另一国度的人在这一具有古老文明的国土上才会有宾至如归的感觉……我受到了极为热烈的欢迎,这使我感到你们特别富有人情味。"②

泰戈尔的中国,是友好、仁义、道德、讲秩序的中国。

1927年7月,泰戈尔访问东南亚,"大印度协会"举行了一个欢送会,会上泰戈尔讲话,其中谈到几年前访华的情况,"我曾访问过中国。我看到,从人种

---

① 刘安武等主编:《泰戈尔全集 第19卷 散文》,河北教育出版社2000年版,第314—315页。
② 同上书,第12页。

的角度分析,他们和我们完全不一样。鼻子、眼睛、语言和举止,我们和他们没有相同之处。但和他们待在一起,可以感受到亲戚之间一种真情的纽带,但这种纽带,在与许多印度人接触中却很难感受到了。"① 在论文《社会差别》中,泰戈尔写道:"在中国,父母子女,兄弟姐妹,丈夫妻子,邻居街坊,国王臣民,祭司长老,人人都讲仁义。不管外部发生什么革命,不管谁登基当皇帝,仁义在中国内部以完整的体系密切联系着亿万群众。仁义遭受打击,中国立即感到死一般的剧痛,并采取极厉害的手段进行自卫。那时谁能遏止它!什么国王,什么军队,都无能为力!那时中华民族便幡然觉醒。"② 访华时《在北京佛教寺庙里的讲话》中他说,"我深切地感到,中国确实有对秩序、对和平、对美的根深蒂固的热爱,这使中国能谛听有关印度对芸芸众生的无限热爱的详述。"③

泰戈尔的中国,是充满诗意的、诗人辈出的中国。

作为诗人,泰戈尔对中国传统诗歌有很高的评价。20世纪20、30年代西方现代派诗歌传入印度,引起诗坛"现代派"和"传统派"展开论争。泰戈尔发表《现代诗歌》参与讨论,文中他以四首中国诗(《山中问答》《秋浦歌》《夏日山中》《长干行》)为例,分析诗歌的"现代性"问题。他得出结论:"从中国诗人李白写诗算起,一千多年过去了。但可称他为现代诗人。他有一双刚刚观察过世界的眼睛。……英国诗人的现代特性,在中国诗的旁边是站不住脚的。"④

泰戈尔欣赏中国人用心灵去感知世界、主客观融合、感受自然韵律的诗意化人生。1937年国际大学中国学院首届开学典礼上,泰戈尔作了题为《中国和印度》的讲演,其中说道:"优秀的文化精神,使中国人民无私地钟爱万物,热爱人世的一切;赋予他们善良谦和的秉性,而未把他们变为物欲主义者。还有什么比这更值得珍惜的呢?他们本能地抓住了事物的韵律的奥秘,即情感表现的奥秘,而不是科学孕育的权势的奥秘。这惟独天帝深谙的奥秘,是一份珍贵的礼品。我羡慕他们,但愿印度人民能分享这份礼品。"⑤

泰戈尔以一个诗人的敏感,也看到中国社会的一些负面,如传统中的女人

---

① 白开元译:《泰戈尔与中国》,漓江出版社2016年版,第191—192页。
② 刘安武等主编:《泰戈尔全集 第23卷 散文》,河北教育出版社2000年版,第128—129页。
③ 白开元译:《泰戈尔与中国》,漓江出版社2016年版,第30—31页。
④ 白开元编译:《泰戈尔谈文学》,商务印书馆2011年版,第316—319页。
⑤ 刘安武等主编:《泰戈尔全集 第24卷 散文》,河北教育出版社2000年版,第450页。

裹脚,近代民族自尊教育的缺失,当时中国的落后、分裂、遭受列强压迫的现实也出现在他的笔下。但整体上,泰戈尔对中国怀有特殊的深厚感情。他热爱中国和中国文化,关心中国人民的命运。1881年,20岁的他就在孟加拉文的杂志《婆罗蒂》上,发表论文《在中国的死亡贸易》,严厉谴责英国向中国倾销鸦片,毒害中国人民的罪行。1937年日本帝国主义发动全面侵华战争以后,他多次以书信、电报、谈话、诗篇等形式谴责日本帝国主义的野蛮暴行,声援支持中国人民的正义斗争。

异质文学、文化的交流和对话,总是双向进行。泰戈尔的"中国",是他对中国文学、文化接受、理解后的主体认同。泰戈尔是对20世纪中国文化和文学影响最大的外国作家之一,可以说他的思想和艺术参与了中国20世纪文化和文学的建构;其影响从20世纪初至今的百余年里一直持续不断,还有越来越大的趋势。一个异域作家能产生如此深刻的影响,可以概括为"泰戈尔现象"作为深入研究的课题。这里面包括泰戈尔为何会有如此的影响?他的什么东西深刻地影响了中国?中国接受泰戈尔影响的过程中,本土文化起到了什么样的"过滤"作用?影响—接受的途径是什么?这一系列问题都有必要展开探讨。

换个角度看,泰戈尔在20世纪中国传播影响的过程中,中国的文化和现实诉求构建了中国的"泰戈尔"。这个命题也包括许多问题域,如中国的泰戈尔是什么样的泰戈尔?中国的泰戈尔与印度的泰戈尔有何区别?中国的泰戈尔是怎样形成的?中国社会的"期待视野"是怎样的?在传播过程中,主体的个体性(个人生命体验、审美倾向个性化)具有怎样的意义和作用等等。这里我们不能对这些问题一一加以探讨,只就中国翻译界构建的"泰戈尔"略作展开。

中国对泰戈尔的译介从20世纪初至今的一百余年里,通过翻译界对翻译原作的选择、重译本的推出、译者的介绍性文字和翻译过程中归化性表达,完成了中国译界的"泰戈尔"建构。这样的"泰戈尔"既是印度泰戈尔自身精神世界的部分呈现,又是中国现代文化"接受屏幕"中的泰戈尔。当然,不同时期的翻译、不同的译者理解的泰戈尔是有差异的。其实,把时间因素和接受主体个性纳入考察视野,很难对中国译界的"泰戈尔"做出本质化的界定。将问题摆在具体的历史场域中做具体的分析,也许是解决问题的最好办法。这样考察不同时期、不同接受群体,会看到20世纪"中国的泰戈尔"是多面的。

考察中国20世纪初至今一百余年的泰戈尔译介,中国译界和学界不断努力,从泰戈尔生平思想的介绍到文学、美学文本的研究性翻译,从作品的局部编译,到全集的完整翻译,越来越系统、深入。而且从中可以看到,外国作家的译介,是两种文化的对话,是依托翻译对象,在传播中建构本土文化期待的"外国作家"。与中国三次泰戈尔译介高潮相应,可以看到发展中的三个"泰戈尔":

第一个是维护东方传统的保守主义者和神秘主义者泰戈尔。泰戈尔1924年访华期间褒贬的不同态度,都是把它当作东方传统的捍卫者。这是中国译介建构的结果。当时重要的翻译家、学者瞿世英认为:"泰戈尔是以伟大的人格濡浸在印度精神里面,尽力地表现东方思想……泰戈尔是个神秘主义者,说的话只可于言外去领会。"[①]

第二个是爱国主义、民族主义者泰戈尔。在20世纪50年代的社会文化语境下,泰戈尔的译介作为中国意识形态的体现,传达的就是爱国主义、民族主义的时代精神。冰心等1958年翻译出版《泰戈尔诗选》,她在"译者附记"中写道:"这本诗集最突出的一点,编入了许多泰戈尔的国际主义和爱国主义的诗,这些诗显示了泰戈尔的最伟大最受人民喜爱的一面。孟加拉本是印度民主运动和文艺复兴运动的中心,在广大人民渴求解放热望自由的火海狂潮之中,泰戈尔感激奋发,拿起他的'力透纸背'的神笔,写出了热情澎湃的歌颂祖国鼓舞人民的诗篇。"[②]

第三个是东西方文化融合成功的实践者泰戈尔。多元文化与改革开放的现实,人们力求全面理解、译介泰戈尔。"他的全部作品构成印度文艺复兴运动和民族独立运动的一个重要历史侧面,对印度的社会生活和文艺运动都发生了重大的影响。他的文学创作,不仅把印度民族文学提高到一个新的阶段,也为世界文学宝库增添了一份珍贵的遗产。……在对泰戈尔诗歌创作进行全

---

① 瞿世英:《太戈尔的人生观与世界观》,《小说月报》1922年第2期。
② 冰心:《泰戈尔诗选译者附记》,《冰心全集(第四卷)》,海峡文艺出版社1994年版,第598页。

面考察后,我认为他的基本形象不是神秘主义宗教诗人,而是伟大的民族进步诗人。他的诗作不仅为复兴印度现代诗歌铺平了道路,而且掀起了印度浪漫主义诗歌运动,奠定了印度诗歌与现实生活结合的美学基础,同时在近现代世界诗坛产生重要的影响。"[1]

这三个"泰戈尔"是中国近一百余年社会文化发展中,以译介为途径而建构的"泰戈尔"。文学译介,不是消极、被动的行为;文学译介是基于本土现实文化主动的,有目的性的选择与建构。这是"异域作家本土化研究"的理论基础与逻辑前提。

异域作家本土化建构的译介学视角与方法,至少可以考虑:(1)译本的选择;(2)重译本考察;(3)译者前言后记之类的文字;(4)不同的翻译群体的身份定位;(5)译者的个性化选择;(6)相似国家的泰戈尔译介比较等等。

从"中国的泰戈尔"这个个案的探讨,我们可以进一步拓展出"异域作家本土化建构"的新领域。这是一个有待理论阐发和展开研究实践的领域。可以研究外国作家的中国化,如"中国的夏目漱石""中国的川端康成""中国的谷崎润一郎""中国的莎士比亚""中国的歌德""中国的易卜生""中国的马哈福兹""中国的索因卡"等等;也可以研究中国作家的异域化,如"印度的玄奘""日本的老舍""韩国的鲁迅""美国的沈从文""欧洲的莫言"等等。

中外文学文化交流,是个无尽的学术宝库。但开拓新的研究领域与空间,才是学术研究的生命。本课题就是以"泰戈尔与20世纪中国文学"为个案研究,从传播—接受的不同层面,探讨20世纪以来中国文化建构的"泰戈尔"。在个案研究的实践中,为"异域作家本土化建构"做出初步的理论探索。

---

[1] 冰心,倪培耕等译:《吉檀迦利 饥饿石头》,漓江出版社2001年版,第1—12页。

第一章 现代世界整体视域中的泰戈尔

罗宾德拉纳特·泰戈尔(Ranbindranath Tagore,1861—1941)不仅是印度的思想家和诗人,也是世界的思想家和诗人;泰戈尔的思想和艺术在20世纪中国的传播和影响,是在世界现代文化发展演变的大势中发生的。因而,研究泰戈尔与20世纪以来中国文学的关系,不能就事论事,应该有一种更加宏阔的视野,在现代东、西文化冲突、融合的大背景中展开研究,探讨泰戈尔的文明观、东方观、中国观及其美学与"现代性"的关联;在此基础上研究泰戈尔与中国文学的关系,在现代世界文化的脉动中理解这一文化、文学交流的个案,能使个案研究具有丰富的文化内涵和准确的历史定位。

第一节 泰戈尔与"东方学"

"东方学"作为研究东方历史、现实文化的学科群,产生于近代的西方,是在西方对东方殖民统治的世界格局中和东方学者缺席的背景下产生,自然带上西方的意识形态色彩。对此,爱德华·W. 萨义德(Edward Wadie Said,1935—2003)等学者对产生于西方的"东方学"做出了系统的清理和反思[①]。

19世纪以来,东方具有悠久文化传统的民族和国家,作为对发源于西方的"现代化"全球扩散压力的回应,开始从自我封闭中走出来,睁眼看世界。在民族救亡的现实使命驱动下,一批民族精英审视民族传统,在东西方关系整体的世界格局中探寻东方文化复兴和现代转型的可能性与路向。20世纪初,具有自觉东方意识、不同于西方的"东方学"在东方产生。泰戈尔是其重要的奠基人。

---

① 参看爱德华·W. 萨义德:《东方学》,生活·读书·新知三联书店1999年版。

第一章 现代世界整体视域中的泰戈尔

一、东方首获"诺贝尔文学奖"的文化象征

1913年,泰戈尔以诗集《吉檀迦利》获得诺贝尔文学奖。他是第一个获此殊荣的东方作家,而且是此后半个多世纪唯一获此奖项的东方作家。将这一现象摆在20世纪世界格局和东西方关系中看,无疑是一个文化象征:泰戈尔成为西方人眼中的东方文化的代表,泰戈尔成为西方世界发现东方、认识东方的一个符号。这一点我们可以从他获奖前后,在西方世界引起的"泰戈尔热"得到说明。

1912年春,泰戈尔计划去英国旅行,但出发前病了。他到风光宜人的帕德玛河畔什拉依德赫养病,在那里尝试将自己的孟加拉文诗作译成英语。泰戈尔后来谈到当时的情形:"微风吹拂着我的身心,从那里迸发出悦耳的音乐,然而我又没有力量和决心,坐下来写任何新的东西。因此,我捡起《吉檀迦利》的诗歌,一首一首翻译,聊以自慰。"[①] 五月里泰戈尔恢复了健康,践约英国之行,在风平浪静的海上航行中,继续翻译《吉檀迦利》。到伦敦后,泰戈尔将译稿交给英国画家、文学爱好者威廉·罗森斯坦(William Rothenstein),罗森斯坦和他从事文学艺术创作的朋友读到诗作都非常兴奋,为诗歌的清新优美、深邃睿智和东方式的神秘色彩所打动,他们的共同感受是"看来一位伟大诗人终于来到了我们中间"。英国象征主义诗歌的代表、爱尔兰文艺复兴运动领袖威廉·巴特勒·叶芝(William Butler Yeats)对泰戈尔的诗作也极为推崇。罗森斯坦邀请英美的一些作家、诗人、艺术家在府邸举行泰戈尔诗歌朗诵会,由叶芝担任主诵。参加者都被泰戈尔的诗歌艺术所折服。英国著名女诗人、小说家梅·辛克莱(May Sinclair)在朗诵会后写信给泰戈尔:"不管我是否能再次听到那些优美诗歌的朗诵,而那些诗歌给我留下的印象却是不可磨灭的。这不仅仅是因为这些诗具有绝对的美——诗的完美,而且还因为它们把我只是偶然瞥见,往往在痛苦和令人捉摸不定的感觉下才能见到的神圣东西变成了现实。你用如此尽善尽美的东西(即在英语或其他西欧语言已无望见到的那些

[①] 克里希那·克里巴拉尼:《泰戈尔传》,倪培耕译,漓江出版社1984年版,第259页。

优美的东西)丰富了明澈的英语。"①英美意象派领袖埃兹拉·庞德(Ezra Pound)说得更直接:"大约一个月以前,当我去叶芝先生那儿时,发现他为一位伟大的诗人,'一个比我们中间任何一个都要伟人的诗人'的出现而感到激动不已。……当我向泰戈尔先生告别时,我确实有那么一种感觉:我好像是一个手持石棒,身披兽皮的野人。总之,我在这些诗中发现了一种极其普通的感情,使人想起在我们西方生活的烦恼中、在城市的喧嚣中、在粗制滥造的文艺作品的尖叫之中,以及在广告的漩涡之中常常被忽视的许许多多的东西。"②

在罗森斯坦、叶芝和庞德等人的努力下,1912年11月伦敦印度学会出版了泰戈尔的英文版诗集《吉檀迦利》,叶芝为它作序。叶芝在序中写道:"当我坐在火车上、公共汽车上或餐厅里读着它们时,我不得不经常阖上本子,掩住自己的脸,以免不相识的人见到我是如何激动。我的印度朋友指出,这些诗的原文充满着优美的旋律,柔和的色彩和新颖的韵律。这些诗的感情显示了我毕生梦寐以求的世界。这些诗歌是高度文明的产物。"③

英文版《吉檀迦利》出版后,引起西方文坛的震动。随后,泰戈尔自己英译的诗集《新月集》《园丁集》和剧本《齐德拉》相继在英国出版,由别人翻译的短篇小说集《孟加拉生活管窥》和剧本《邮局》也在英国出版或演出。虽然西方世界对这位名不见经传的亚洲诗人缺乏了解,对他的诗创作价值也不乏质疑的声音,但文坛和主流媒体持肯定和欢迎的态度。英国的《时代文学增刊》载文认为:"我们读了这些诗歌后感到,它们不仅仅是一个外国人心灵的珍品,而且它们也是一个缪斯的预言:如果我们的诗人能够达到情感与思想如此水乳交融的程度,这类诗在英国也是能够被写出来的。在我们的国家里宗教和哲学分离,它说明我们在这两者间没有获得成功。"④

1912年底和1913年初,泰戈尔去美国旅行,会见了美国文学艺术界、思想界的一些著名人物,参加了宗教自由大会,在芝加哥大学、哈佛大学等机构作了系列演讲,向西方世界介绍印度和谐统一的传统宗教哲学思想,自己的人生

---

① 克里希那·克里巴拉尼:《泰戈尔传》,倪培耕译,漓江出版社1984年版,第266页。
② 同上书,第267—268页。
③ 同上书,第264页。
④ 同上书,第276页。

体验和诗学、美学观念,将"泰戈尔热"从欧洲带到大洋彼岸。正是英美之行激发的"泰戈尔热",为他荣获诺贝尔文学奖奠定了基础。获奖后泰戈尔在西方的影响进一步升级。

印度学者克里巴拉尼在《泰戈尔传》中叙述当时西方的"泰戈尔热"时写道:"他在各地受到了盛大的奇迹般的欢迎。这种欢迎把罗宾德拉纳特从一个人变成了一个偶像——曾被西方忽视的亚洲人性潜在觉醒的象征。罗宾德拉纳特是第一个把它的清晰印记,铭刻在西方睿智人士心上的诗人——眼前发生的这个事实已经得到了很好的说明——亚洲的'心灵'是活生生的,它绝不是像博物馆里展览的标本,而应列入到有生命的形象中去。"[1]泰戈尔本人对于瑞典文学院将奖项授予东方人的他,其文化象征意义也有清楚的认识。他1916年在美国演讲时说:"当诺贝尔奖从瑞典授予我时……作为个人价值的认可,它无疑对我很珍贵;然而,这还是一种承认,东方为文化的共同储备贡献它的财富时是西方各大洲的一名合作者,这是当代的主要意义。它意味着,大洋两边人类世界的两大领域像同志般地携起手来了。"[2]

泰戈尔以其富于东方特色的创作,以他深邃的东方智慧,以他宁静、纯真、优雅的人格魅力,向西方诠释了东方精神,为一战前夕喧嚣混乱的西方世界吹进了一股清新之风。无形中,泰戈尔不是用理论形态,而是以文学创作和人生实践的方式在建构"东方学"。

二、"东方学"相关课题的思考

泰戈尔对"东方学"的许多课题都有自己的思考。他对东方主要传统的哲学、宗教、社会制度、文学艺术都有广泛而深入的思考与研究,对东方文化的精神实质有过许多精辟的论述。他对历史上东方各文化传统之间的交流与互动,东方文化作为差异性整体的存在,现实中东方文化的建设策略、东西方的关系等论题都有具体、系统的探讨与建构。

(一)东方文化精神实质的精辟论述

泰戈尔认为,印度和中国文明基本上是人类关系的文明,是调整相互间义

---

[1] 克里希那·克里巴拉尼:《泰戈尔传》,倪培耕译,漓江出版社1984年版,第284页。
[2] 刘安武等主编:《泰戈尔全集 第21卷 散文》,河北教育出版社2000年版,第252页。

务的文化。它深深植根于人类精神生活。它的准则是合作不是竞争。他认为,我们东方人的主要特点是,不过分看重通过占有优势而获得成功,却高度评价通过实现自己的"达摩",即理想而获得的自我实现。①

泰戈尔的东方论述,往往是在与西方的参照中认识东方的整体性。泰戈尔强调东西方之间存在许多差异。他认为,西方世界把目光主要对准外部力量的领域,倾向于视域的开阔,试图放弃内心深处的终极王国。而东方民族与之相反,注重内在自省,明心见性,倾向于思想的深邃。

1904年英国殖民当局计划分割孟加拉,引起印度抗议。泰戈尔在抗议活动中有一篇题为"本国社会"的演讲,演讲中对比印度(东方的代表)和英国(西方的代表):印度看重的是人与人密切联系的社会和社会自治,英国看重的是用规约管理的政府和权力运作;印度传统是通过欢乐的宗教节日、庙会来运转社会,英国是以政府官员、国家机器来管理社会。说到底,亲密关系和利害关系是东西文化中人与人关系的根本区别。泰戈尔强调:"建立人与人之间的亲密关系,一向是印度长期以来的主要努力。……我们不论同谁有着现实的关系,都把他当作自己的亲属。所以,在任何情况下,我们不把别人当作是完成自己工作有用的机器或这机器的一部分。这一点好坏两方面都会有,但这是我们本国的传统——不只是印度的,它是整个东方的传统。"②正是基于对东方文化精神的这种理解,直到25年后的1929年,在题为《泰戈尔的政治思想》一文中,提出了"东方性"的概念。"'东方性'何在?其东方性在于接受了双方中间的亲切关系。"③当年殖民政府在德里设置宫廷议会,泰戈尔极力反对。因为在他看来,宫廷会议是东方的传统,建立在彼此亲密的关系基础上,而模仿西方的议会,殖民官员是"用大刀的力量联系起来的关系",以相似的形式包裹不同的实质,只会危害社会。

泰戈尔有着诗人的敏锐,加上广泛接触西方现代文明形成的开阔视野,使他在观察审视东方文化时,也看到东方传统中闭塞保守的一面,主要表现为容易迷信权威和自我人格的迷失。"在我们东方,每个人都坐在强大自然的脚

---

① 刘安武等主编:《泰戈尔全集 第22卷 散文》,河北教育出版社2000年版,第165页。
② 刘安武等主编:《泰戈尔全集 第23卷 散文》,河北教育出版社2000年版,第83—84页。
③ 刘安武等主编:《泰戈尔全集 第24卷 散文》,河北教育出版社2000年版,第323页。

下,觉得自己无能而渺小。所以,一旦伟人出现,就把他推到人类之外,给予他神的地位。"①这位权威人物说的每句话,都成为信条,不越雷池一步,否则视为大逆不道。

(二) 东西互补的文化建设策略

泰戈尔从世界为"一"的哲学观念出发,强调东西方文化的互补。泰戈尔先后写过《东方与西方》《东方和西方》《论东方和西方》几篇标题近似的文章或讲演辞,其基本主题就是从东西方现实关系出发,探讨东西方文化的差异性,寻求双方彼此的互补与融合,推进人类文明的进步和发展。

泰戈尔对东西文化差异有过很多论述。他认为西方关注的重点是世界的外部,以功利原则和科技手段谋求物质财富,追求个体的舒适享乐和价值实现;东方关注的重点是人的内在精神,人与人之间的群体和谐、亲情友爱。面对东西文明之间的差异,泰戈尔表现出文化人类学家的开放视野,他用诗意化的语言写道:"我们要打开长期以来一直紧闭的窗户,让外面的风吹进来,让东方或西方的阳光照进来。腐朽的习俗污染了我们室内的空气,或者阻碍了我们前进的步伐,思想的电光照射进去,焚烧其中的糟粕,使剩余的部分得到新生。"②"我能断定,如果伟大的文化之光在欧洲熄灭,我们东方的地平线将在黑暗中感到痛心。"③

如何实现东西文化的融合与互补?泰戈尔反对两种倾向:一种是"我们植根于古老的典籍,为了抵御外来文化的侵蚀,我们应当将自己从头到脚包裹起来";另一种是"借助骤然而至的外来文化的力量,我们像点燃的爆竹一样,瞬息之间离开了印度大地,飞到遥远发达的星球上去。"④前者是固守民族传统、排斥外来文化的保守倾向,后者是民族虚无、盲目崇信外来文化的西化倾向。泰戈尔认为两者都不可取,而应该是确立真正的民族自我,在立足民族传统的基础上,学习借鉴西方文化中的先进元素,与传统中的优秀部分加以整合,给民族传统注入新的活力,既弘扬传统,又革新传统,推动民族文化发展繁荣。

---

① 刘安武等主编:《泰戈尔全集 第23卷 散文》,河北教育出版社2000年版,第179页。
② 同上书,第233页。
③ 刘安武等主编:《泰戈尔全集 第21卷 散文》,河北教育出版社2000年版,第250页。
④ 刘安武等主编:《泰戈尔全集 第23卷 散文》,河北教育出版社2000年版,第233页。

对于保守倾向的故步自封,担心吸收西方文化会导致传统的破坏,泰戈尔的回答是:第一,西方文化已经来到了东方,在猛烈地撞击东方古老的传统,这是不可阻挡的历史趋势,只知道按祖训行事,凡事不敢越雷池一步,恪守祖辈传下来的信仰和习俗,拒绝接受现代文明,就会落后于时代,走向灭亡;第二,西方与东方的碰撞,是东方文化发展的大好机遇,是"现代最有意义的事实","是一次人类的重要接触"[①],只要有了清醒的自我意识牢牢地扎根于东方大地,西方传来的思想观念,"在我们四周像雨水一样降落,河水一般流淌,我们不得不接受。时不时响起一两声惊雷,不但会下雨,而且有时落下冰雹,可我们怎能躲避得了!此外我们还应明白,雨季的一场新雨,正在我们这个古老的大地中养育着新生命。"[②]

对于盲目崇信西方文化的西化倾向,泰戈尔从印度传统哲学的角度做出分析。印度哲学认为冲突亦是联合的一个层面。印度教经典、史诗《罗摩衍那》中的十首王罗波那与天神作对,最终得到解脱。其寓意表明:栽倒在真理面前,才会深刻地理解真理。如果毫无冲突,没有歧见,毫不怀疑,十分轻易地接受了真理,这个真理不会得到人们的充分尊重。科学理论都是在怀疑,经过极其艰苦的实验,最终才被人们认识和接受。"我们曾经盲目地崇拜欧洲,惟欧洲是从,完全丧失了自己的判断力,本着这样一种态度是不可能真正学到东西的。……凡是别人送上门的东西,我们是不能真正得到它的。"[③]外来的文化,只有从自身发展需求出发,选择性地吸收,不能全盘拿来照单全收。"欧洲有它的过去。因此欧洲的力量蕴藏在它的历史当中。我们在印度必须下定决心,不能抄袭别人的历史,如果我们窒息自己的历史,那将是自杀。在你剽窃不属于你的生命的东西时,这些东西只会毁坏你的生命。"[④]

作为东西文化融合互补的成功范例,泰戈尔特别推崇印度近代的几位杰出人物:启蒙思想家拉姆莫亨·罗易(Ram Mohan Roy)、南方学者拉纳德、哲学家辩喜(Swami Vivekananda)、作家般吉姆·钱德拉·查特吉(Bankim

---

① 刘安武等主编:《泰戈尔全集 第21卷 散文》,河北教育出版社2000年版,第250页。
② 刘安武等主编:《泰戈尔全集 第23卷 散文》,河北教育出版社2000年版,第233页。
③ 同上书,第147页。
④ 泰戈尔:《民族主义》,谭仁侠译,商务印书馆1982年版,第56页。

Chandra Chattopadhyay)。泰戈尔赞赏他们的共同特点:"在现代印度,凡是充分展现人的高尚情操,善于创造新世纪的人,他们都具有一种天生的博大胸怀,他们的生活中看不到东西方互相对立的迹象,东西方之间的结合在他们当中得到充分体现。"①

(三) 质疑西方的"东方学"

"东方学"作为一门学科,产生于近代西方。世界近代史,就是西方殖民统治东方的历史。因而西方的东方学,难以避免当时西方主流意识形态的印记。20世纪后期,以萨义德为代表的一批学者对"东方学"做出反思性批判,认为"东方学"是西方"通过做出与东方有关的陈述,对有关东方的观点进行权威裁断,对东方进行描述、教授、殖民、统治等方式来处理东方的一种机制:简言之,将东方学视为西方用以控制、重建20世纪后期和君临东方的一种方式。"②也就是说,西方的"东方学"成为西方出于自身需要来言说东方的一种方式,一些殖民官员、诗人、作家、学者表述的东方,并不是真正的东方。泰戈尔在20世纪上半期大量接触与"东方学"相关的人员及其著述,从东方的立场质疑他们对东方的描述与分析。

写于1901年的《社会差别》,是泰戈尔回应英国传教士迪龙牧师写的一篇名为《中国虎与欧洲羊》的文章。迪龙在文章中指责中国人攻击基督教传教士。泰戈尔明确表明:这是欧洲对亚洲的偏见,"欧洲一向为自己的所谓与人为善的文明感到自豪,总是千方百计地贬低亚洲……亚洲人的禀性总的来说是严酷、残忍和冷漠的,在欧洲社会,这就像格言一般留在人们的印象中。"③在文中泰戈尔认为,是基督教传教士攻击中国的信仰,而中国不是依靠武器来管理,是依靠信仰准则来管理的,在中国无论君主和朝代如何更替,社会的各阶层都遵循着社会信仰的准则。所以当信仰准则遭到攻击时,整个国家都会起来反抗。西方漠视东方文化,以自己的社会模式理解东方,难免各种偏见和成见。泰戈尔呼吁:应该承认东西社会、文化的差异,平等地互相尊重和理解,只有这样,才能避免冲突和攻击,实现真正的文明。"什么是真正的文明?文明

---

① 刘安武等主编:《泰戈尔全集 第23卷 散文》,河北教育出版社2000年版,第146页。
② 爱德华·W·萨义德:《东方学》,生活·读书·新知三联书店1999年版,第4页。
③ 刘安武等主编:《泰戈尔全集 第23卷 散文》,河北教育出版社2000年版,第127页。

人应当无所不知,了解所有的人,与所有的人交流并与他们打成一片。"①

1916年泰戈尔访问日本,演讲中对西方现代文明的功利性和贪婪性做了深入细致的分析,也谈到西方对东方文明的评议。西方有论者认为东方社会的理想是强调内在修炼、追求静态和谐,因而往往漠视外部事物,缺乏推动社会前进的动力。泰戈尔认为,这些论者只是看到肤浅的表面现象,并没有真正理解东方社会和文化,"对一个西方观察家来说,我们的文明似乎全是形而上学,就像对一个聋子来说,弹钢琴看来只是单纯的手指运动而不是音乐。他不能想象,我们已经找到某种深厚的实在基础,在这个基础上建立了我们的各种制度。"②泰戈尔形象地论证:什么是前进?火车呼啸着高速奔向目的地,这当然是前进;但一棵树的生长,没有火车的轰轰烈烈,然而是生命内部的前进,它扎根土壤吸收养分,伸展枝叶化合阳光,这才是真正的生命运动。火车呢?有生命吗?它只是人为的机械,只是便利人的生活的工具。泰戈尔这里用作比喻的快速火车和参天大树,大概可以作为西方和东方两种文化的象征符号。

三、"国际大学":东方研究的中心和人才培养基地

泰戈尔创办"国际大学",使之成为东方研究中心和人才培养基地,培养了大批东方传统的继承者和研究者。这无疑是泰戈尔对"东方学"的卓越贡献。

1920年泰戈尔出游美国时,当时在美国留学的冯友兰拜见了他,两人就东、西文化展开讨论,其中谈到泰戈尔创办国际大学的打算:

> 我们亚洲文明,可分两派,东亚洲中国、印度、日本为一派,西亚洲波斯、亚拉伯等为一派,今但说东亚洲。中国、印度的哲学,虽不无小异,而大同之处很多。西洋文明,所以盛者,因为他的势力,是集中的。试到伦敦、巴黎一看,西洋文明全体可以一目了然,即美国哈佛大学,也有此气象。我们东方诸国却如一盘散沙,不互相研究,不互相团结,所以东方文明一天衰败一天了。我此次来美就是想募款,建一大学,把东方文明,聚在一处来研究。什么该存,什么该废,我们要用我们自己的眼光来研究。

---

① 刘安武等主编:《泰戈尔全集 第23卷 散文》,河北教育出版社2000年版,第132页。
② 泰戈尔:《民族主义》,谭仁侠译,商务印书馆1982年版,第33页。

第一章 现代世界整体视域中的泰戈尔

来决定,不可听西人模糊影响的话。①

从这段话中可以看到几个关节点和逻辑思路:第一,东方(亚洲)文化和西方文化的整一性不同,呈多元状态,东亚和西亚属于不同的文化体系;第二,近代以来东方文化之所以"衰败",就是各文化之间缺乏相互了解和沟通,封闭自己;第三,因而非常必要创办一所大学,将整个东方文明"聚在一处来研究",打破各自的壁垒,增进互识;第四,在东方文化的研究中,应立足于东方自身的立场和视角,继承批判,不能盲目听信西方的说法。

就在为创办"国际大学"募集款项的美国之行,泰戈尔做了一次题为《一所东方大学》的演讲,对创办大学的背景、宗旨、办学理念与思路进行了系统的阐述。

创办大学的背景,一方面是"亚洲的觉醒",一方面是西方对东方殖民统治中形成的居高临下态势,"两半球之间长期疏远引起的消沉作用影响人类的情绪使之更卑劣——一方是骄傲、贪婪、虚伪,另一方是惧怕、多疑、阿谀奉承——这种消沉作用一直发展,并向我们预示会有世界性的精神上的不幸。"②因此必须有一个平台,让西方了解东方,让东方充分展示自己,以求东、西世界的平等对话、交流与合作。但在东方与西方的对话合作之前,东方必须对自己的文化传统加以整合性研究,摸清家底,确立起真正的自我。只有这样,东方才能有一种独立自主的自信,才会坚持自己的理想,不会妄自菲薄,不至盲目地崇拜西方,鹦鹉学舌地人云亦云,以东方文化的特色,丰富人类的精神世界。"作为促进东西方之间互相了解最佳的方法之一,在印度开始创办一所国际大学。根据我心里的计划,这所大学将邀请西方的大学生在合适的环境中学习印度的哲学、文学、艺术、音乐等不同体系,鼓励他们与已从事这一任务的学者们合作,继续研究……我的愿望是单纯地在业务上渐渐扩大这所大学的范围,直到它包括东方文化的全部领域——雅利安语族、闪语族、蒙古语族等等。其目的是向全世界显示东方精神。"③

---

① 冯友兰:《与印度泰谷尔谈话》,孙宜学编:《诗人的精神——泰戈尔在中国》,江西高校出版社2009年版,第106页。
② 刘安武等主编:《泰戈尔全集 第21卷 散文》,河北教育出版社2000年版,第280页。
③ 同上书,第281—282页。

国际大学的创办和教育实践,体现了泰戈尔的教育理念。首先是自由发展和探索真理的教育思想。在讲演中他谈到自己的希望:"它将帮助印度有才智的人全神贯注于工作,并充分明白自己;自由地探索真理,不论在哪里发现真理,就要使它成为他们自己的,用他们自己的标准来评价,表达他们自己的创作天才,并把他们的知识给予世界各地前来的客人。"①泰戈尔还特别强调,"将不断追求真理作为它的目标",学校不是禁锢个性的死气沉沉的囚笼,而是让充满活力的师生一起,在快乐中追求真理、传授真理,在愉悦中接受真理、弘扬真理。

其次,泰戈尔推崇印度古代传统的静修林教育模式,反对从西方传来的机械教条,缺乏生气与创造力的应试教育。他曾不无诗意地描绘印度古代的森林学校,"在印度,森林学校像莲花一样怒放,在日光星辉的清净天空下绚丽多彩。印度的气候常常邀请人们到露天去;她的巨川大江的奔流声是庄严的赞歌;她无限宽广的平原以超世的寂默围绕着我们的家园;在那儿,太阳从绿色大地的边际升起,像是那看不见的供奉者送给未知的供品,黄昏时它降落到西方,又像是自然向永恒敬礼的华美礼仪。"②因而泰戈尔注重教育中的自然启悟与自然感化,追求灵魂的全面发展和自由。他提出:"大学决不能成为收集和散布知识的缺乏独创性的机构。"③为了让学生充分接触自然,国际大学的教室就是一个自然园林,青天是顶,绿树是墙,小黑板挂在树上,教师、学生各自带上一块毛毯,盘腿围坐成圆弧,或者辩论,或者诵读,读书声鸟鸣声相互应和。

当时国际大学教授、中国学院院长谭云山对国际大学的记述,印证了泰戈尔的办学宗旨和思路。国际大学分为研究院、大学部、学校部三大部。研究院的学习没有固定的科目与年限,哲学、文学、艺术、佛学、梵文、巴利文以及其它各种学术文字等,根据学生自己的爱好加以选择,选择某一领域的专家合作研究,在研究中增长知识和生命体悟;也可以根据时间和精力,同时进行几个领域的研究,自由灵活地安排。同学相互兼任教授,如中国学生初学梵文,则由

---

① 刘安武等主编:《泰戈尔全集 第21卷 散文》,河北教育出版社2000年版,第285页。
② 泰戈尔:《一个艺术家的宗教观——泰戈尔讲演集》,康绍邦译,生活·读书·新知三联书店1989年版,第139—140页。
③ 刘安武等主编:《泰戈尔全集 第21卷 散文》,河北教育出版社2000年版,第284页。

印度同学教;学习之外,中国学生兼教中文。大学部分初、高两级,修业年限各两年。其科目均为三种:(1)随意研究不考试科目,初级设有文明史、普通艺术、普通科学等;高级设有文化史、近代思想、普通文学与艺术等。(2)必修考试科目,初级设有梵文、孟加拉文或其他印度文字、英文、伦理、数理等;高级设有任一种语言文学、印度古代文化、印度哲学与宗教、普通哲学、普通历史学、经济学、语言学等。(3)选修科目,设有希腊文、拉丁文、印度方言等,各科目都有专任教授。学校部是基础教育,分初、高两部,相当于中学的初、高中教育程度。此外,还有女子部和实业部。女生平时上课与男生一样,这里专为女生练习女工、家政并可以住宿,还有为女生举行的种种游艺与集会,她们比之男生更加快乐。实业部距圣地尼克坦一里半,主要目的是帮助附近村民解决实际问题,内设织工、木工、种植、养鸡、饲蚕等,也是国际大学师生粮食和蔬菜的供应基地。①

这样的部类建制、科目设置和教学方式,确实落实了国际大学"向全世界显示东方精神"的办学宗旨。而且学生和教师来自世界各地。在国际大学任教的有来自西方的东方学家,东方一些国家的学者。法国东方学家西尔万·列维、德国东方学家莫利兹·温特尼兹、俄国东方学家 L. 鲍格达诺夫、爱尔兰学者亚瑟·盖迪斯、美国学者斯坦利·琼斯和格莱琴·格林、犹太裔学者 S. 法劳姆等都曾在国际大学任教。

人才培养方面,以中国为例,不少东方学家是在国际大学的培养和熏陶中从事东方研究,如:谭云山、曾圣提、金克木、徐梵澄、吴晓铃、常任侠等;印度研究中国学的专家,如印度的中国学学者克提·漠亨·沈、师觉月(P. C. Bagchi)等。也培养了现实主义电影大师萨蒂亚吉特·雷伊(Satyajit Ray)、著名经济学家阿马蒂亚·森(Amartya Sen)这样的杰出人才。

总之,泰戈尔把成立于 1922 年的国际大学当作连接东西文明的桥梁,也是体现泰戈尔人类走向"共同体"的具体象征。泰戈尔曾有诗句:"整个世界相会在一个鸟巢里",这正是泰戈尔创办"国际大学"理想的诗意表达。

---

① 关于"国际大学"的情况,参见谭云山:《印度周游记》,新亚细亚学会 1933 年版,第 198—202 页。

泰戈尔的"东方观"有几个特点:(1)他是诗人,他的许多表述是诗性的,往往带上情感化和理想化的色彩;(2)有意识将东西方进行比较,在互为参照中认识东方精神的独特性和价值;(3)强调东方文化中内在精神、人伦道德的普遍意义;(4)对东方文化发展的未来充满自信和乐观。泰戈尔的"东方观"对当代东方学的发展和完善仍然具有启发意义。虽然泰戈尔没有专门论述"东方学"的著作,甚至没有提到"东方学"这个概念,但在他的文学创作、游记、演讲和论文中有大量关于东方历史、社会、文化描述、阐释和探讨,从而为"东方学"奠定了坚实基础。

第二节 泰戈尔的"亚洲观"

泰戈尔是印度近代文学史上的伟大诗人、作家、艺术家,也是思想家和社会活动家。他不是狭隘的民族主义者,而是在当时亚洲的整体局势中把握东、西方关系,探寻亚洲各国人民的自由、幸福之路,形成他独特的亚洲观。

一、亚洲整体意识与弘扬东方精神

泰戈尔是在 20 世纪初的世界格局中,具有东方整体意识的思想家和诗人。他把复兴东方文化、促进人类文化和谐发展作为自己的使命,超越狭隘的民族主义立场,以东方各国的团结合作,携手共进,甚至人类(包括西方)爱与和谐为目标。

(一)近现代"亚洲"是命运共同体

泰戈尔非常清醒地认识到,近现代的世界史就是西方对东方殖民统治的历史,东方各国处于同样的历史命运中。东方社会政治经济发展滞后,面临着生存危机,泰戈尔访华演讲中说"亚洲曾经将世界从蒙昧中拯救出来。然而,黑暗却来临了,我不知道到底为何。当我们因为敲门声而从迷梦中惊醒时,我们并没有准备好面对强大而充满智慧的骄傲的欧洲。西方人来了,并没有给予我们它们最好的东西,也没有帮助我们寻求我们最好的东西,而是来剥削我们的物质财富。他们甚至闯入我们的家中掠夺我们。欧洲就是如此征服亚洲的。"①

泰戈尔充分认识东方残酷严峻的现实,西方对东方的殖民统治,加剧了东方社会的危机。东方不可能依赖西方获得发展,因为西方不是以平等的态度看待东方,理解东西之间的差异。声称"人人平等"的欧洲文明来到东方,东方民众期待着"平等"。"但这时候,高尚的教师却合上他们的圣经说:东西方的不平等是神圣不可侵犯的!……欧洲没有怀着尊重东方的感情,耐心地去设法理解这一差异,因为他们自恃有实力。"②面对西方的殖民统治和不平等关系,东方遭遇一样,是命运共同体。

东方怎样才能摆脱危机、得到拯救?出路在东方自身,应从东方传统中发掘资源,重塑东方"自我",树立文化自信。泰戈尔在很多场合都说过:东方民众必须从迷梦中醒来,东方不应该向西方乞求,而是从自身传统中寻求具有永恒价值的东西,将其发扬光大,这样,东方才能得到救赎,甚至用东方的精神文明去拯救全人类。不能寄希望于西方,东方需要找到自己与生俱来的权利。

(二)东方社会必须团结协作、共同发展

既然东方社会是命运共同体,东方各国、各民族就应该团结协作,相互支持,在人类文化现代转型中让东方依然霞光万道,旭日冉冉。1924年访华时,泰戈尔在演讲中号召亚洲团结起来:"在亚洲,我们要获得力量,就必须团结,必须对正义抱持不可动摇的信念,……在亚洲,我们必须团结一致。这种团结并不是通过某种机械的组织方法,而是通过一种真正的同情心。"③

泰戈尔不仅从现实层面强调东方各国团结合作的意义,还从历史文化的角度,看待东方文化"团结合作"的传统和本质。泰戈尔曾在日本的一次演讲中满怀深情地回忆:历史上随着佛教的传播,当时整个亚洲,从缅甸到日本都用友谊的纽带同印度紧密地联系在一起,这是在慈悲和爱的诉求中的自然纽带。人们不用互相害怕,不必为了互相提防而束缚自己;人与人的关系不是自私自利、互相探究和钩心斗角的关系,而是敞开心胸交流思想和理想,互相馈

---

① 泰戈尔:《泰戈尔对中国说》,徐志摩等译,译林出版社2013年版,第50页。
② 刘安武等主编:《泰戈尔全集 第23卷 散文》,河北教育出版社2000年版,第127—128页。
③ 泰戈尔:《泰戈尔对中国说》,徐志摩等译,译林出版社2013年版,第47页。

赠崇高的爱的礼物;不会因为语言和风俗的不同而妨碍人们相互之间的心灵沟通,没有种族高尚与卑下的区别,文学艺术在佛光普照下开花结果。不同国家、不同语言、不同历史的种族,相聚在崇高的人类团结和亲密的爱的原则之中,彼此紧密联系。

这种历史传统的回顾,目的在唤起东方各民族的整体意识。古代东方传统是定居农耕文明,这种文明形态注重和谐发展的自然秩序,彼此合作,在互信互敬中携手发展。

(三) 不遗余力传播、弘扬东方文化

泰戈尔以自己的声望和影响,在世界范围内宣传东方文化,弘扬亚洲精神。他多次到东南亚的印尼、泰国、马来西亚、缅甸,西亚的伊朗、伊拉克和东亚的日本、中国以及欧洲和美洲访问游历,一方面实地考察研究东方文化和艺术,一方面为传播东方文化,推动东方复兴而奔走呼号。在各地的演讲中,泰戈尔经常将东方和西方文化加以对比,"搜刮和剥削,使西方道德沦丧。对人类的道德和精神力量,我们有坚定的信念,我们必须藉此为战。我们东方人从不敬仰与死亡打交道的将军,也不敬仰巧舌如簧的外交家,我们只敬重精神领袖。"[①]泰戈尔虽然不否定西方的科学技术,甚至接受西方思想的某些要素,但必须看到,他是站在亚洲的立场上理解西方,将西方文化纳入东方轨道,是以东化西。

印度学者维希瓦纳特·S.纳拉万认为:"他是重新发现印度同远东及东南亚国家古已有之的联系的第一人,他第一个指出印度必须将眼光从欧洲转向世界的其他地区。在信函、回忆录里,他描绘了他对泰国、柬埔寨、印度尼西亚、中国、日本的访问,这些访问就是为了提醒人们理解亚洲文化的统一性。"[②]泰戈尔对东方传统文化的充分肯定,倡导复活东方精神文化,目的在于唤起西方殖民统治下,东方民族对自己文化的自信和自豪。

---

① 泰戈尔:《泰戈尔在中国的谈话》,秦悦主编:《泰戈尔:我前世是中国人》,上海辞书出版社2014年版,第43页。

② 刘文哲、何文安译:《泰戈尔评传》,重庆出版社1985年版,第3—4页。

二、亚洲内部：中国、印度、日本

20世纪初，亚洲共同的处境是面临西方的挑战，这也是亚洲成为整体的现实依据。但作为一个地理单元，亚洲社会文化是多元的，各自面临的现实问题有差异。印度是西方的殖民地，中国是半殖民地，日本从明治维新后走上帝国主义的发展道路。从20世纪的社会历史走向看，印度是非暴力革命，中国是走向共产主义，日本走向军国主义。

泰戈尔以诗人的直觉，对亚洲三个主要国家的文化和现实有清醒的认识。他对亚洲内部的文化差异也有自觉。

（一）泰戈尔笔下的印度与"印度精神"

印度是泰戈尔的祖国，是他的文化母胎，也是他观察亚洲的起点。他对印度文化充满自豪，但不是出于狭隘的民族立场，而是对印度传统文化的切身感受和理性思考的情感化。

1. "民族国家"概念的缺席。印度历史的发展，不是某个特定族群发展而来。来自世界各地的不同的种族——达罗毗荼人、雅利安人、古希腊人、波斯阿契美尼德人、马其顿人、大夏人、塞种人、安息人、大月氏人、突厥人、蒙古人、欧洲人等，都在印度历史创造过程都曾经做出了不同的贡献。泰戈尔在他的论著中经常叙述印度历史的演变。散文《东方和西方》追述历史后泰戈尔提出一连串设问："我们是幅员辽阔的印度的什么人？这是我们的印度？那个'我们'指谁？是孟加拉人、马提拉人，还是旁遮普人？是印度教徒，还是穆斯林？"泰戈尔的回答是，印度不是那一部分人的印度，不是哪个民族的印度。"在印度，人类的历史将是一部记载人类丰功伟绩的历史，这部历史将全面展示人类是如何执着地追求尽善尽美的境界。"[①]

2. 崇尚自然和精神的文明。泰戈尔把古希腊文明称"城墙文明"，把印度文明称为"森林文明"。由于印度传统时刻都在与充满生命的大自然打交道，人的意识中就不会产生一种拓展自己的领域、然后把自己的一切都用围墙圈起来的欲望，而是在自然宇宙中寻求精神统一的意义。"宇宙之根本统一对印

---

① 刘安武等主编：《泰戈尔全集 第23卷 散文》，河北教育出版社2000年版，第142—144页。

度人来说不是简单的哲学思辨,而是要在感情上和行动上去亲证这种伟大和谐的生活目标。用冥想和礼拜,用对生活的调整,去培养他们的意识,任何东西在印度人看来都具有精神意义。地、水和光,花和果,这对他们来说不仅是物理现象,用则取之,不用则弃之,它们正像每一个音符对于完成和音是必要的一样,也是获得完美理想的需要。"①印度把自然界的万事万物都看作是有生命、有感情、有精神的。在精神上,人与自然界的万事万物是相通的。人与自然之间可以相互交流和沟通。在印度人看来,任何事物都是有精神的。印度人偏向于内在的世界,漠视物质力量和对外扩张。他们只想在禅定和冥想中认识梵的终极意义。印度文明的最高理想是人与大自然保持和谐统一。

3. 包容各种不同的文化。印度众多民族、多元文化彼此融合的发展历史,呈现出社会的多样性,这种多样性的存在,造就了印度传统文化的包容性。1902年泰戈尔在马昌达图书馆研讨会上所做的发言中指出:"印度作为将不同事物合为一体的楷模,立足于人类文明社会。这一点已为历史所证实。在世界和自己的灵魂深处感受'一体',让它在各种不同的事物中出现,通过只是去发现它,通过工作去确立他,通过爱去理解它,通过生命去宣传它——无论遇到什么样的艰难险阻,无论在顺境还是在逆境印度都是这么做的。"②泰戈尔认为,在历史上,印度人从不认为差异意味着冲突,也不把陌生人当作敌人,而是尽力在广阔的社会中为所有人安排位置,并且承认每一条既定的道路都有自己的伟大之处。

4. 崇尚团结与合作。泰戈尔认为,印度文明的基础在于合作。"在印度,商品生产受到社会调节规律的支配。商品生产的基础是合作,它的目的是尽可能地满足社会的需要。与此相对,在西方,商品生产的动力来自竞争,商品生产的目的是获取私人财富。个人就像几何学上的一条线一样,只有长度,没有宽度,缺少海纳百川的深度。因此,它的贪婪或唯利是图是永远没有止境的。那些仅仅以政治或商业为基础联合起来的民族是无法相信这是一种完满的解决办法的。只有拥有智慧和能力的人才会从中发现精神的团结,并会努

---

① 罗宾德拉纳特·泰戈尔:《人生的亲证》,宫静译,商务印书馆1992年版,第5页。
② 白开元译:《泰戈尔演讲选集》,商务印书馆2013年版,第15页。

力实现并倡导这种团结。"①

5. 追求精神自由。泰戈尔将人分为肉体、心和灵魂三个部分,灵魂是存在的最高形式,是精神的存在。只有精神的自由,才是真正的自由。欧洲理解的"自由"意味着获得、享受和工作的权利,这只是肉体和心的自由,这种自由当然也重要,但印度圣哲认为这种自由不是最终目的,他们寻求的是摆脱欲望和行动的自由,"在精神世界中我们的灵魂期待摆脱自我,以达到无私的喜悦境界……它呼唤解脱,也就是在真理的和谐中得到自由。"②

关键历史时刻的"印度使命"正是基于上述"印度精神"的内涵,泰戈尔希望印度能够在这个特殊的历史时期为人类的发展提供精神上的指引。他曾在写给朋友安德鲁斯的信中,表达了自己的期望:现在世界历史已经发展到了一个关键的时刻,希望印度能够超越自身的界限,为世界提供将不同的民族引向和谐与合作秩序之中。泰戈尔希望印度能够勇敢地承担起自己的使命,因而向亚洲寻求合作联盟的伙伴:日本与中国。

(二)泰戈尔眼中的日本

明治维新后,日本走上独立发展道路,迅速成为亚洲强国、世界强国,对亚洲形势和世界格局产生强烈的影响。1905年日俄战争胜利,整个亚洲为之欢欣鼓舞。土耳其的凯末尔、当时在伦敦的孙中山都欣喜若狂,泰戈尔带着他的学生举行了一场即兴游行。大批亚洲知识分子、革命者纷纷前往日本。日本在当时被视为亚洲的典范,东京成了亚洲各地民族主义者朝觐的圣地,是亚洲公共领域的中心,它极大地鼓舞着亚洲各国的自强意志和反殖民运动。

1885年左右,以福泽谕吉为代表的日本政治精英的主流都倾向于认为日本作为东方的文明强国,应该脱亚入欧,和西方平起平坐。20世纪初日本自身的发展,既受到西方的排挤,也得到亚洲的拥戴,出现"泛亚主义"思潮。日俄战争胜利后,1907年一些日本社会主义者、中国人、印度人、菲律宾人、越南人在东京组成了"亚洲和亲会"。1909年,知名的泛伊斯兰知识分子易卜拉欣在日本创立了"亚细亚议会"。日本主张的泛亚洲主义一开始致力于团结其他亚

---

① 白开元编译:《泰戈尔笔下的印度》,中央编译出版社2015年版,第56—57页。
② 刘安武等主编:《泰戈尔全集 第20卷 散文》,河北教育出版社2000年版,第356页。

洲诸国反抗西方霸权,也确实给不少亚洲被殖民国家的反抗运动提供了一些帮助。

对于这样的日本,泰戈尔表示赞赏,寄予厚望,他1916年带着希望访日。在演讲中他非常满意地指出,日本以明治维新为契机,借鉴西方的一些方式和手段,迅速走上现代化发展道路。"日本从迷梦中站起,以巨大的步伐抛开几个世纪的无所作为,以最先进的成就赶上了现在的时代。"①他特别赞赏日本人的奋发上进、求新求变的精神。

泰戈尔认为世上有两种思想意识:因循守旧和革故鼎新,"日本人的意识自然属于后一种,他们多年来毫不迟疑地追求迅速前进,因此在一场社会发展的竞赛中以最快的速度跑过了别人二三百年的路程,从而脱颖而出……同样生活在亚洲的这个国家的民众,已经成功地将欧洲文明中所有的精华部分吸收过来了。促成这个结果的唯一原因是,那种革故鼎新、动中求变的意识成了他们全民族的共同意识。"②

泰戈尔以一个诗人的直觉,在赞赏和希望中也表达了对日本的担忧。在1916年演讲中直截了当地表示:"对日本来说,危险不在于模仿西方的外表,而在于以西方民族主义的动力作为他自己的动力。已有迹象显示,它的社会理想正败于政治手下。我能看到它的取自科学的格言——'适者生存'几个大字,写在它的现代历史的大门上。"③

泰戈尔的担忧很快成为现实。他发现误读了日本,日本将西方的民族主义发展到极端,走上了侵略邻国的军国主义道路。泰戈尔的"亚洲命运共同体"是亚洲民众联合体,是基于文化传统资源一致性的团结合作;而日本的"泛亚主义"是以强凌弱的侵略扩张。两者是南辕北辙的两种不同的"亚洲观"。

1938年10月,泰戈尔的日本朋友、诗人野口米次郎,以对华战争是"在亚洲大陆建立伟大新世界"的手段,是为"亚洲人的亚洲"之战,写信请他支持日本侵华。泰戈尔不悦地在回信中写到"如果你能使中国人民确信,贵国军队轰炸他们的城镇,用您的话说,妇女、儿童未被炸成'残废',而成了无家可归的乞

---

① 泰戈尔:《民族主义》,谭仁侠译,商务印书馆1982年版,第26页。
② 刘安武等主编:《泰戈尔全集 第19卷 散文》,河北教育出版社2000年版,第342页。
③ 泰戈尔:《民族主义》,谭仁侠译,商务印书馆1982年版,第42页。

丐,这是出于好意的举动,最后能使他们的国家得到'拯救',那您就不必再费唇舌,说服我相信贵国的崇高目的了。"最后他还说"我不能祝愿我爱的贵国取得胜利,我祈祷他心中萌生悔悟。"①

（三）泰戈尔的中国认知

泰戈尔在建构他的亚洲观时,中国是他心中一个重要参照,若要实践其亚洲理念,必然绕不开中国。早期家庭的熏陶,给了泰戈尔最早的中国认知。

1. 崇敬亲近中国文化。泰戈尔对中国怀有特殊的深厚感情。他热爱中国和中国文化,对中国始终怀着友好感情。他曾无限深情地说:"相信我的前世一定是中国人!"1924年访问中国时,泰戈尔曾情不自禁地说:"中国是几千年的文明国家,为我素所敬爱。"②

2. 对中国近现代的屈辱地位给予深切关怀。泰戈尔十分关心中国人民的命运。1881年,20岁的就在孟加拉文的杂志《婆罗蒂》上,发表著名论文《在中国的死亡贸易》,严厉谴责英国向中国倾销鸦片毒害中国人民的罪行。1937年抗日战争全面爆发以后,他多次以书信、电报、谈话、诗篇等形式谴责日本帝国主义的野蛮暴行,同情并支持中国人民的正义斗争。1938年诗人亲笔写了一封题为《致中国人民书》的书信,信中写道:"诸君乃世界唯一之伟大国民,从来即无彼势利习气,而颂扬为国家民族特殊光荣精神之一种。当此贵国为彼无理性之帝国主义之暴力与其可憎恨之优势所侵袭时,吾人谨以全副心力祈祷诸君,能再度由此患难中打出,于此正欲背叛其至善理想之懦怯世界中,以证实诸君对于更高之人类真实侠义精神之信任。"③谴责日本帝国主义的侵略,期盼中国人民抗战胜利。

3. 崇敬充满人情味和基于精神信仰而生的中国文明。泰戈尔从生态的角度论述中国文明的和合特质:"在一片土地上世世代代生长着数不清的树木,久而久之,便形成了繁茂翁郁的古老森林。这片土地因为长年累月的落花落叶而变得深厚、肥沃、丰饶。你们古老的文明就滋养了这片心灵的沃土。它那不断的富于人性的轻触,生机盎然地影响了一切附属于它的事物。假如这一

---

① 白开元译:《泰戈尔与中国》,漓江出版社2016年版,第123—125页。
② 泰戈尔:《泰戈尔对中国说》,徐志摩等译,译林出版社2013年版,第1页。
③ 谭云山编:《诗圣太戈尔与中日战争》,独立出版社1939年版,第52页。

文明不是特别地富于人性,假如它不是充满了精神的活力,它就不会延续得如此长久。"①他认为中国文明是在基于精神信仰的社会生活中哺育出来的,是在追求"天人合一"的漫长岁月里,铸就了中国人民对善而不是对纯粹力量的信仰所滋养的智慧,所以中国人不是个人主义的,中国文化不是那唯物主义的利己心的产物,不是无限制的竞争,而是在精神和谐中展开人们相互的关系与义务。

4. 对中国的未来充满信心。1929年泰戈尔访日途经香港,见到一群在码头上卸货的中国船员。他们赤裸上身,展露强健的体魄,表现出男子汉的伟岸,运动的美、身体的美、劳动的美有机结合,体现了诗意与韵律配合。诗人在赞赏中有一段感叹:"以人类最基本的爱美之心欣赏了这种从劳动中爆发出的欢乐和力量,我已完全信服,一个伟大民族的力量是由全国民众共同积蓄的。为达到理想境界而做的长期准备,在这里的每一个劳动者身上得到了充分利用……千百年来,中国正是通过这种手段动员人民全身心地投入劳动和建设,把力量用在该用的地方,矢志于以豁达的民族精神去追求自由与幸福,为未来描绘一张完美的蓝图。"②

5. 警醒中国文化中的一些不足之处。泰戈尔也敏锐地看到中国文化的一些不足,旧传统中的女人缠足,近代民族自尊教育的缺失。缠足是旧中国的一种陋习,旧时期的女性从四五岁便开始缠足。可是她们用这种方法得到的不是小脚,而是一种畸形的脚。印度如果也想强迫把自己铸造成欧洲典型,那么它不可能成为自然的欧洲人,而只能成为畸形的印度人。

他非常诚恳地对中国听众说:请看一看你面前的中国吧。由于缺乏民族自尊心方面的教育,那里的民众还没有觉醒。在那里有几个野心勃勃的人物为了争夺个人权力正在掀起互相残杀的旋风。与此同时,兵匪欺压掠夺,无恶不作,使得那个不幸的国家满目疮痍,整个国家沉溺在血泊中,那里的人民日夜不得安宁。

---

① 刘安武等主编:《泰戈尔全集 第20卷 散文》,河北教育出版社2000年版,第11页。
② 刘安武等主编:《泰戈尔全集 第19卷 散文》,河北教育出版社2000年版,第314—315页。

三、泰戈尔亚洲观的评析与启示

泰戈尔亚洲观的内涵非常丰富,既有亚洲整体共性的论述,也有对亚洲不同国家、地区独特性的考察;既涉及亚洲传统的分析,也有现实问题的关注;既有亚洲文学、艺术的评论,也有哲学、宗教、政治层面的考量。

(一)思想基础:"爱的哲学"和"人的宗教"

泰戈尔哲学思想的核心概念是"爱"。爱成为世界万物的本原。在泰戈尔看来,爱就是包容一切。"宇宙从爱而生,依爱而维护,向爱而运动,最后归入爱""联系万物,包容一切的'至高无上的一'就是爱,爱体现为最完美的关系和最高的真理。"

泰戈尔将印度传统的奥义书吠檀多哲学中的"梵我一如"加以改造,成为"爱我一如"。因而,在当时的世界格局中,西方对东方的殖民统治与爱背道而驰,而亚洲精神的本质就是爱,亚洲必须在爱的旗帜下团结合作。

泰戈尔宗教哲学的基点是胸怀天下的人道主义。他多次强调:我的所有经历和写作目的都指向人。他以不同的方式在证实:人如何用爱融合有限和无限,用自由取代奴役,用生命取代机器,用理性和知识取代愚昧无知,用宽容取代狭隘,用团结取代分裂,用平静和韵律取代纷乱和躁动,成为一个海纳百川、幸福美满的完整的人。

以"爱的哲学"和"人的宗教"为基础,泰戈尔认为民族与民族之间、国家与国家之间的关系,如同人与人之间的关系一样,只有依靠爱的力量,永恒的道德观念,而不是依靠力量的强弱,权力的大小,财富的多少来确定彼此的关系。泰戈尔就是以此为基础来看待亚洲和世界。

(二)社会历史文化背景

理解泰戈尔的亚洲观,其背景很重要。近现代的世界形势是西方对东方的殖民统治。他的祖国,印度沦为英国殖民地,深切感受到殖民统治带来的危害;西方对东方文化的他者化言说。

第一次世界大战强化了对西方的强权政治、物质文化、效率功利的认知。在东西方的冲突中,泰戈尔并不是笼统地反对西方文化。对西方的科学技术、民主平等、重视教育等,他是充分肯定的。他认为西方的优秀文化,是人类的财富。在人类的产品之中,无论我们理解和欣赏什么,无论它们可能源于何处,它们都是人类的财富。泰戈尔将西方殖民当局和西方文化、西方人区别开来。

(三) 泰戈尔亚洲观的特点

1. 亚洲共同体是"文化共同体"。泰戈尔在美国访华演讲中说:"在亚洲,我们必须在团结一致中,在对正义的毫不动摇的信念中寻求我们的力量。……在亚洲,我们必须团结起来,不是通过某种有组织的机械的方法,而是通过一种真正一致的精神。"① 当欧洲被物质欲望、政治机器、军备竞争所压抑的时候,亚洲在走自己的路,发展自己的文明,这不是政治文明而是社会文明,不是掠夺的和机械效率的文明,而是精神文明和以人类各种深厚关系为基础的文明。他呼吁:我们应当将我们的文明精神同地球上所有民族的历史融合在一起;我们不应当依然浑然自得地将我们自己紧紧地关闭在保护和孕育过我们理想的种子之壳和地壳里,因为只有突破这些外壳,生命才能以它的全部活力和美萌芽生长,在温和的阳光下将它的礼物献给世界。

2. 佛教的传播是亚洲共同体的文化依据。佛教发源于印度,并在公元后几百年里几乎传播整个亚洲。泰戈尔认为:印度在佛教时代与许多受此新宗教吸引的外国人民有着密切的接触,带来的文化融合胜过文化冲突。佛教甚至被泰戈尔"东方精神文明化",他把佛教传播史等同于"东方精神文明传播史"。

泰戈尔的想法受到日本人冈仓天心的启发与影响。冈仓天心于1901至1902年间访问加尔各答附近的佛寺,并与辨喜大师就印度与亚洲共通的精神文明进行讨论,两人相谈甚欢,回国后,冈仓天心出版了著作《东洋的理想》,认为从佛教的传播史,便可清楚看到亚洲文明的一体性。泰戈尔在1929年东京演讲,还特别谈到是冈仓天心的到访才使他首次知道有一种亚洲心灵的存在。

3. 印度文化的中心地位。印度是泰戈尔的母国,印度精神在泰戈尔看来最能体现亚洲文明的本质。自然,印度文化成为泰戈尔亚洲联盟的中心。他希望印度能够在这个特殊的历史时期为人类的发展提供精神上的指引。1928

---

① 刘安武等主编:《泰戈尔全集 第20卷 散文》,河北教育出版社2000年版,第30页。

年,在写给安德鲁斯的信中,他表达了自己的期望:"今天,世界历史已经发展到了一个关键的时刻。印度能否超越自身的界限,为世界提出能将地球上不同的民族引向和谐与合作秩序之中的伟大理想呢?"泰戈尔希望,印度能够勇敢地承担起自己的使命。

4. 对亚洲充满信心与理想化。泰戈尔认为:"在世界目前许多令人灰心丧气的情况中,出现了一种有希望的征候:亚洲在觉醒。这一伟大事件只是被导向正确的路线,它不仅会使亚洲,而且使全世界都充满信心。"①为此,1924年访华时说道:"让这一新时代的黎明在东方破晓吧!因为以往从这里曾经喷涌出多条伟大的理想主义之泉流,以其影响滋养生活的田地,使它肥沃丰饶。"

泰戈尔的这种亚洲民众联盟、文化联盟,以"发展个人理想的精神文明、不求竞争的行动方针和自然形成非人为的社会组织"为主要内容,极具理想化色彩,泰戈尔的诗人气质在此发挥了重要的作用。这集中表现为,泰戈尔对于世界仁爱和平的坚信笃定:即使付出牺牲、屈辱、苦难的代价,我们必须依然继续相信和平、爱、仁慈与理想主义。倘若成功要以人性为代价,倘若它使神的世界变成一片荒漠,那么这样的成功又有什么价值呢?

(四)对我们的启示

从泰戈尔的亚洲联盟理念,自然会联想到我们的共建"一带一路"倡议。习近平主席提出的"和平合作、开放包容、互学互鉴、互利共赢"为核心的丝路精神,与泰戈尔的亚洲观有着深层内在的一致。只是我们现在的视野更开阔,目标更明确,思路更清晰,可操作措施更有力。

泰戈尔强调以文化上的亚洲大联合来向世界展示自己的魅力:"亚洲正处于与欧洲文化合作的地位之前,她必须把她自己的结构建立在她所有的一切不同文化的综合基础上。她一旦采取这样一种文化立场转向西方,就会有精神上独立自主的自信感……向世界展示新的思想背景。否则,她将容许自己珍贵遗产化为尘埃,并试图以笨拙地无效地模仿西方来替代。"②

---

① 刘安武等主编:《泰戈尔全集 第21卷 散文》,河北教育出版社,2000年版,第280页。
② 同上书,第282页。

第三节　泰戈尔的中国观

泰戈尔一生都对中国充满了兴趣,这不仅是因为中国是印度的邻国,两国的交往历史源远流长,更是因为他对中国文明的喜爱和向往。直至1924年终于踏上了中国的土地,在访华期间的演讲中也有很多内容直接涉及中国问题,访华结束后,泰戈尔整理出版了《在中国的演讲集》,这是研究泰戈尔中国观的主要依据材料,在梳理后可以大致将泰戈尔对中国的认知分为四个方面进行讨论。

一、泰戈尔的中国认知

泰戈尔最初是从中国的艺术品和一些提及中国的著作中获得了"中国"的概念,这时对中国的认知带有想象和幻想色彩。而后泰戈尔访华亲历中国,游览中国的大好河山,并结交许多中国的友人,期间在中国多地进行公开演讲。演讲的内容涉及对中国的历史文明、宗教意识、现代政治社会等的看法。

（一）丰富多彩的历史文明

泰戈尔在《大地》一诗中,直接表达出了"中国是历史悠久的文明古国。"[1]他也曾坦言:"中国是几千年的文明国家,为我素所敬爱。"[2]1916年泰戈尔游历日本,在日本看到许多中国名画、艺术品。日本友人常常一件件取出来,与泰戈尔一道赏玩品鉴,泰戈尔由此在日本友人的指导认识了不少中国的名家杰作。爱好艺术的泰戈尔如获至宝,对中国的这些珍贵艺术品赞叹不已。泰戈尔就是在这些中国古代艺术珍品里获得了他对中国的认知,将他想象中的中国建立在古时这些伟大画家的作品的基础之上,认为中国有丰富多彩的历史文明。

中国几千年的历史文化深深吸引着泰戈尔。1924年4月14日,泰戈尔访华期间来到了杭州,游览了杭州多处名胜古迹,还参观了西湖边上的"西泠印

---

[1] 刘安武等主编:《泰戈尔全集 第2卷 诗歌》,河北教育出版社2000年版,第155页。
[2] 冯友兰:《与印度泰谷尔谈话》,孙宜学编:《诗人的精神——泰戈尔在中国》,江西高校出版社2009年版,第106页。

社"。"西泠印社"是我国著名的研究印学、书画的民间艺术团体,曾有"天下第一名社"之誉,一批志同道合的文人墨客在这里把酒言谈,共赏艺术。泰戈尔在这里与中国艺术更加亲近了,见识到了精妙绝伦的艺术品,加深了他对中国的艺术的理解和喜爱。自此泰戈尔每每谈及杭州、就会提及西湖、西泠印社、山水画、花鸟画、金石刻印等等。泰戈尔认为中国不仅有精美绝伦的艺术品,中国还是一个爱好艺术的国家,就连普通人家用的碗盘杯碟上都有美丽的图画,桌椅、床柜上有精美的雕刻,日用品都是艺术品,可以说中国是艺术之国。1924年4月17日,泰戈尔返回上海后,他又到上海有正书局参观,热爱艺术品的他挑选了十几种作品买下,装了好几大箱子。由此可见他对中国丰富多彩的历史文明的喜爱。

泰戈尔对中国的历史文化有自己的认识。泰戈尔喜欢读李白、杜甫的诗,他说李白、杜甫和其他唐宋名家的诗词对他影响很大。他喜欢中国的线装书,朴素古雅。他在讲演中也多次引用过诗人李白、杜甫、白居易的诗句,当他谈起中国文化时,往往有很深刻的见解。"我一直在阅读你们的一些富于诗意的作品的译文。你们的文学中的品味令我着迷。它具有你们的特色,在我所知道的所有其他文学中,我从未见过与之相似的文学。"[①]泰戈尔的著作经常涉及中国,从长城到长江,从中国妇女到海盗,皆是他讲故事的素材。他也谈到中国食物,中国舞蹈,中国殡仪等等。泰戈尔还询问过他的中国学生魏风江有关中国音乐的情况,泰戈尔认为中国的广东音乐非常吸引人。泰戈尔也谈论过中国的节日,他认为印度人的节日大多和宗教有关;中国人的节日大多和人有关。由于中印两国风俗的不同,中国的节日,往往不是用来祭祀神明的,是用来纪念人的。泰戈尔甚至知道中国有一个叫做端午节的节日,是专用来纪念伟大的爱国诗人屈原的。他说世界各国都有伟大的诗人,但是像中国诗人屈原那样忧国忧民,悲愤到以身殉国,是很少见的,他非常钦佩屈原身上的那种爱国精神。再如像杜甫、白居易等人好写反映人民疾苦的诗作,与人民共生活共情感,在各国文学史中也是少见的。

(二)宗教意识淡薄

泰戈尔在中国的讲演中说:"我一直听说中国从未感受到宗教的需要,这

---

① 刘安武等主编:《泰戈尔全集 第20卷 散文》,河北教育出版社2000年版,第12页。

使我感到难以置信。我相信,如果我逗留的时间长一些,我就一定能体会到那些奏出精神乐曲的中国人内心深处的更深层的心弦。"①

泰戈尔在中国演讲时,曾亲口说过自己的宗教是一个诗人的宗教。那次演讲有一位中国大学生向泰戈尔提问了一个问题,问泰戈尔所赖以信仰神明的理由是什么。当时,泰戈尔回答说,他的宗教本质上是一个诗人的宗教,对于宗教,他所感受到的一切皆出自于直观而不是出于知识。这个回答可折射出泰戈尔的宗教观和中印两国在宗教意识上的差异。

当泰戈尔听说"中国不需要宗教"这样的话时,他表示出了难以置信。他不相信这一点,不相信中国人不信宗教。这是由他的宗教世界观所决定的。众所周知,泰戈尔来自印度,而印度是一个宗教意识强烈的国家,印度文化是以宗教为中心的。几乎可以这样说,印度是一个宗教国家,整个国家都以宗教为中心。整个社会的运行,甚至连政治和法律的制定、人的道德观念的形成,以及各民族的风俗习惯,也都是在宗教的影响下产生和发展起来的。而泰戈尔身为一个印度人,自然深受印度传统宗教的影响,在印度传统文化的浸染熏陶下,拥有强烈的宗教意识。当我们了解这个背景之后,对于泰戈尔在演讲中的那番话就不难理解了。一个在宗教意识强烈的国家成长的人,来到中国之后,发现中国人的宗教意识淡薄,甚至"中国从未感受到宗教的需要",这一景象是令泰戈尔难以置信的,他甚至觉得是自己在中国的时间不长,如果在中国的时间长一些,对中国文化再深入了解一下,说不定就能对中国人的精神需求有更深刻的见解,说不定就能挖掘出中国人的精神思想深处的诉求。

在中国虽然有本土的宗教道教,但是总体来说,宗教文化还是一个弱势文化,人们的宗教意识相对比较淡薄。中国与印度虽是邻国,地理位置相近,又同为东方文化的文明古国,但在很多方面还是有很大差异的。比如在中国,儒家文化和思想占有重要的地位,影响着中国人几千年的生活和发展。儒家文化倡导"仁、义、礼、智、信"和"修身、齐家、治国、平天下"。这是一种世俗的"入世文化",提倡的是"学而优则仕",学习好了知识要去从政做官,为国家做贡献。而印度文化中的"林栖期"则是一种"出世文化"。出世离欲,倡导修行。

---

① 刘安武等主编:《泰戈尔全集 第 20 卷 散文》,河北教育出版社 2000 年版,第 17 页。

这是中国的文化不同于印度文化最显著的一点，中国文化倡导"入世"，印度文化倡导"出世"。所以，当泰戈尔面对中国文化时，就会不可避免带有自身的文化模式去理解中国，不可避免会出现误读的情况，毕竟泰戈尔只是一个热爱中国文化的印度人。另外也不得不说，泰戈尔眼光敏锐，能准确捕捉到中国文化的这一特点。

（三）富有人情味的社会

泰戈尔访问中国之时，受到热烈的欢迎。对此他说自己真正的感受了中国是一个富有人情味的社会，在中国有种宾至如归的感觉。"你们很富于人情味，我也感受到了你们身上所具有的人情味。我已经或至少我希望我已经与你们心心相印，然而你们的文明，由于其深厚的土壤，培育出伟大的生命之树，它产生殷勤好客的树荫和果实，供远道而来的异邦游子享用。因此，我们这些来自另一国度的人在这一具有古老文明的国土上才会有宾至如归的感觉。"[①]

从泰戈尔这段演讲中，我们不难发现他是非常开心的。因为他在中国受到了热情的欢迎，也感受到了中国人民的热情好客。他也知道，中国人的这种热情源于中印两国的长久友谊，更源于根植中国人的深层思想中的那种"人情味"和"富于人性"。这种"人情味"和"富于人性"是中国儒家思想中的"仁义理智信"观念的一个具体表现。对此，泰戈尔深深地感慨道，自己好像上一辈子是一个中国人，来到中国就像回了自己家一样。在中国他觉得跟中国的朋友相处快乐，也结识了众多中国的知识分子，更能亲近中国那历史悠久的文明。

在 1924 年 5 月 8 日，这一天泰戈尔在中国度过了他 64 岁的生日。这场生日会是很多欢迎泰戈尔的中国知识分子合力为他精心准备的。为表示与泰戈尔的友好和亲密，梁启超为泰戈尔起了一个中文名字——竺震旦。竺就是古代中国对印度的称谓，代表着泰戈尔来自印度。震旦更是寄托了中国的知识分子希望泰戈尔来华之后，为中国带来新的活力和思想。那次活动也把中国学界对泰戈尔的欢迎推向了高潮。那一天泰戈尔非常开心，留下了难忘的记忆，更深深地感受到中国人的"人情味"。由于泰戈尔十分喜爱和欣赏中国文化和艺术品，后来还有一位中国篆刻家专门送给泰戈尔一方刻着他中文名

[①] 刘安武等主编：《泰戈尔全集 第 20 卷 散文》，河北教育出版社 2000 年版，第 60 页。

字的印章。泰戈尔接到印章激动地说这图章上刻着中文名字,头一个字便是泰山的泰字。泰戈尔觉得自己有了中文名字,有了中国印章,这就仿佛就有种权利,这表明了自己受到了中国人的认可,中国人对他敞开了心扉,可以深入到中国人的内心深处去一探究竟了。

中国人的"人情味"和热情与泰戈尔对中国的喜爱产生了共鸣,使得他更加热爱中国,便发出了这样的感慨:"倘若你们成功的创造了美,那么它本身,就含有殷勤好客的成分,而我一个异邦人,就能在这里,在美的中心,找到我的家。"①泰戈尔感受到了中国人的热情好客,他一个来自印度的异乡人,在中国有一种回家的安心感觉。

(四)中国文化现代转型需要警惕"西化"

泰戈尔在中国的演讲,极力告诉中国民众要善于发现,发扬自己的文明,找到属于本民族文化的精髓,并奉献于这个世界。他在演讲中说:"现在我身在中国,我问你们,我问自己,你拥有什么?你能够从你们家中拿出来,算是你们给新时期的敬意?你们必须得回答这个问题,你们了解你们自己的思想吗?了解你们自己的文化吗?什么是你们自己历史上最优秀最恒久的东西?如果你们想要将自身从奇耻大辱中,从黑暗的耻辱中,从被抛弃的耻辱中解救出来,你们必须至少懂得这些。放射出你们的光辉,让它为这一世界的伟大灯节增光添彩。"②

泰戈尔获得诺贝尔文学奖之后,就开始游历世界,他在来到中国之前,就已经游历过世界上很多国家了。因此他在中国讲演的内容有一部分是自己在游历世界时的所想所感,特别要提到的是他对东西方文明的思考。他在演讲中多次讲到了自己旅途所见的西方文明的优点和缺点,比如游历日本时,被"物质主义"和"工业化"的蔓延震惊到了。由此产生了一种危机感,日本这样的东方国家受到了西方这种"物质主义"潮流的侵蚀,那与之相近的印度和中国又会远吗?泰戈尔认为东方国家应该保有自己本民族的特色,不应该"全盘西化",不应该满心羡慕和接受西方的东西,应将目光转向内部自身,审视自

---

① 刘安武等主编:《泰戈尔全集 第20卷 散文》,河北教育出版社2000年版,第45页。
② 同上书,第43页。

我,挖掘出自身文化的闪光点。这才是对待外来文化和自身文化的正确态度。在游历中国的时候,泰戈尔敏锐地察觉到中国正在经受西方"物质文明"的侵袭,过于照搬西方的文明。他在游历中国的时候,第一站来到了上海,他看到了上海这座城市被"物质化",完全看不出中华文化自己的东西,这是非常可悲的现象。这些工业化的城市,在中国的快速蔓延,泰戈尔认为这是过于借鉴西方的"物质文明"的结果。而这些"物质文明"只会带来众多负面问题。物质会使人蒙蔽双眼,掉进金钱和欲望旋涡里,遮住了人类本真的自我。泰戈尔在中国的一次次演讲中真心实意的劝诫,希望中国人民不要被物质的力量所掌控,任由物质主义蔓延,荼毒中国人民的心灵。泰戈尔甚至在一次讲演中毫不避讳地警告那些崇尚西方"物质文化"的人,他们依靠物质力量建立起来的强国是虚幻的,是软弱的,是终将走向毁灭,要被替代的。泰戈尔具有强烈的东方意识,他认为东方国家在物质和精神方面都不穷,不能照搬西方文明,应该将眼光放到自身身上,挖掘自身文化的精华,努力发扬光大,然后在世界文化的大舞台上发光发热。

二、泰戈尔中国观的特点

由于泰戈尔对中国的喜爱和向往,使他看中国时蒙上了一层薄纱,看到的是理想化的中国。他认为中国是一个实现他政治理想的沃土,但是这个理想被现实击败了。他对中国的认知,是带有"印度意识"来看的。他用一种"他者"的眼光,将看到的中国与印度进行对比。他还把中国放在整个亚洲来理解,对中国的未来充满希望,认为在未来中国一定会成为现代化的大国,然后带领整个亚洲实现崛起。

(一)将中国理想化

泰戈尔早期对中国的概念,是通过接触中国物质和文化间接获取得的。这种中国概念和中国观具有一种幻想和理想化的特点。泰戈尔1924年在中国的演讲《告别》中叙述到:"在我的心目中曾有着自己想象中的中国,它在我幼年的时候便已经形成了,当我读着我的《一千零一夜》时,我想象它——我心目中的中国,是一个富于传奇色彩的中国。"①在与徐志摩的通信中他也提到:"这博大、从容、礼让的民族,我幼年时便发心朝拜。"②泰戈尔虽然早就知道中国与印度一样是一个历史悠久的文明古国,但是让泰戈尔对中国最为着迷的是当他读到迦梨陀娑的戏剧《沙恭达罗》中的描述。这部戏剧里的一节描画了一面旗下坠着的流苏,微风拂过,流苏摇曳荡漾,画面着实美丽,诗人心驰神往。而这流苏的材质是来自中国的丝。所以每想起风吹流苏飘动的时候,泰戈尔便想起中国文化,这无疑更加深了他对中国的幻想,以为中国是一个奇异的浪漫的国家。

泰戈尔认为中国是他实现政治理想的一块沃土。众所周知,泰戈尔的身份不仅仅是诗人、哲学家,更是一位积极的社会改革家。在自己的社会政治理念的引导下,他将这些想法付诸实践。因为泰戈尔的父辈拥有大量的田产,非常富有,这为泰戈尔实现改革提供了有利的物质条件。泰戈尔离开了生活的大城市,辗转来到了乡下去管理自家的田产。在那里,泰戈尔致力于乡村建设,积极实行改革,与下层人民打得火热。这一经历非常成功,这也使泰戈尔日后对在中国寻求相同的社会改革增加了信心。泰戈尔访华时对周围人表明了这一诉求,希望在中国也能找到一块地方来实验这种改革计划。于是经过多方联系,泰戈尔终于在山西太原找到了一块实现自己政治理想的地方。1924年5月21日,在徐志摩的陪同下泰戈尔专程来到了山西太原面见阎锡山。阎锡山在与泰戈尔会谈之后,也当场答应下来,同意把晋祠一带地方划给泰戈尔做实验基地。泰戈尔十分欣喜,将这件事全权交付给了他的"私淑弟子"徐志摩负责。不过令人遗憾的是,仅仅过了五年时间,建立乡村建设改革的计划就破产了。由于当时的中国政治不稳定,时局动荡,战乱一触即发。各种社会问题层出不穷,形势异常严峻,致使乡村改革计划难以进行。中国不是印度,两国的国情不同。泰戈尔的政治理想破灭了,这源于他对中国过于理想化的认知,没有看清楚现实。

简而言之,泰戈尔理解的中国,跟现实中的中国有差距。对于一个印度人

---

① 刘安武等主编:《泰戈尔全集 第20卷 散文》,河北教育出版社2000年版,第9页。
② 徐志摩:《徐志摩全集(卷一)》,广西民族出版社1991年版,第236页。

来说,要想发现中华民族的内在的真实是不容易的。泰戈尔对中国的喜爱和向往,使他看中国时蒙上了一层薄纱,带上了理想化的色彩。

(二) 在与印度对比中理解中国

如何推进不同文化间的宽容和理解?这成为学术界关注的热点问题。人们开始注意到如何站在对方的立场来重新认识自己,也就是"将心比心","互为主观"(从对方的立场来审视自己),"互为语境"(从对方的处境出发来理解问题),"互相参照"(以对方为鉴比照自己)、"互相照亮"(借他人之光发现自己同时照亮他人)。总之,重视从"他者"反观自身的理论已逐渐为理论界所接受,并为多元文化的对话与交流奠定了重要基础。[①]

泰戈尔在看中国的时候,往往是在与印度的对比中理解中国的。他从中国的立场来审视印度自身,以中国为鉴比照自己。他在中国的演讲中,多次将中印进行对比,用一种他者的眼光角度看待中国。泰戈尔是一个学贯东西的大家,游历过很多国家,在看待他国时,以本国的文明作为横轴,他国文明为纵轴,形成一种坐标,全方位的进行比较。他的这种比较跟他的爱国之心是密不可分的。

泰戈尔毕其一生之力,都在追求印度民族精神,为振兴印度寻找出路。在寻找解决方法的同时,将目光转国外。此时,中国作为印度的邻国,自然而然地进入泰戈尔的视野。泰戈尔访华期间的演讲,多次涉及佛教这一主题。谈论中国佛教,实质就是在强调印度宗教思想对中国的影响,强调印度文化的国际影响力。泰戈尔如此强调佛教,本质上就是想说明,印度在佛教传播中处在中心位置,这是在展示印度文化的优势。另外在上文中,说到泰戈尔认为中国是一个宗教意识淡薄的国家,这也是源于他自己的宗教观来看待的。印度是一个宗教国家,宗教意识强烈,所以泰戈尔不理解中国为什么不像印度那样有明确的宗教,他认为中国是宗教意识淡薄的国家,这是在比较中理解中国。

泰戈尔认为中国正在经历物质的侵蚀,他在游历中国的上海、天津等城市时发现出现了"工业化"的现象,到处都是工厂和高楼大厦,而中国文化本身的特色愈发的减少。在谈到这一点时,泰戈尔也提到了印度也出现了"物质主

[①] 乐黛云:《比较文学简明教程》,北京大学出版社2003年版,第9页。

义"势头。因为本身文化的原因,印度非常推崇大自然,讲究人与自然的和谐相处。恒河原来也是印度宝贵的水资源,河流水质清澈,人们依靠恒河生活发展。可是现在不同了,西方的物质文明来了,工厂向空中排放黑烟,河里的货船运出去的是工业品。大自然受到了前所未有的破坏,人们居住的环境每况愈下。所以泰戈尔对中国受到"物质文明"的侵袭而感到悲痛,这也是对印度遭受"物质文明"的吞噬的感伤。

在论及中印文明时,泰戈尔认为这两个文明都遵守"道"和"达摩"。"道"和"达摩"有相同之处,就是提倡和谐统一,努力推动人与自然的和谐发展。而在西方"物质主义"侵蚀之后,金钱至上、物欲横流的世界潮流出现。为此弘扬中印的"道"和"达摩",这是我们东方的精神财产,也是实现人类社会到达至善至美的理想大同世界所必须遵守的规范。

泰戈尔盛赞中国园林之美,在那么一个小小的园地里,小桥流水,亭台楼阁,异常精美。他觉得中国人民十分懂得欣赏美,创造美。他说印度的园林非常单调,需要向中国学习。总之,在这种比照中,泰戈尔跳脱印度本土的封闭环境,充分地认识了自我,还更加深刻地理解了中国。

(三) 在亚洲整体中看中国

泰戈尔认为东方文化是一种有着悠久历史的文化,尤其是印度和中国这两个古国,更是东方文化中的代表。对于东方文化现状和未来的发展,泰戈尔认为东方文化是一个整体,彼此之间应该相互融合和借鉴,各国和各国之间是合作而不是竞争。在这其中,印度和中国应该更好地起到表率作用。

泰戈尔在看中国时,没有静止孤立地看待目前中国社会所发生的一切,而是将中国社会纳入他的"整体亚洲观"里来考察的。印度和中国同是东方的文明古国,地理位置相邻,两国也有几千年的交往历史。在泰戈尔的青年时期就对中国魂牵梦绕,天缘巧合泰戈尔终于来到了中国。泰戈尔说他是以诗人和朝圣者的身份来到中国的。他的目的只有一个,就是向中国人传达印度人的友好,恢复中印两国交流事业的发展。另外,泰戈尔还提及亚洲的青年人比较欢迎欧美文化,而中国人能在这个时刻邀请他这个印度人来华,是非常有勇气的一件事。正是中国人的这种勇气,让泰戈尔看到了在中国倡导东方文明的希望。他认为自从第一次世界大战的爆发,欧洲文明已经破产,他们的物质和精神已经崩坏了。要想拯救人类,就必须把眼光转向东方国家,在这些东方几千年的历史文明中挖掘出拯救人类精神的精髓。在复活东方文明这面旗帜下,把亚洲的日本、印度和中国等国家团结起来,实现东方文化的复兴和崛起。而中国作为亚洲的大国之一,具有战略性的作用。所以泰戈尔把中国之行当作复活东方文明的重要一站。

泰戈尔非常看重中国。他说:"中华民族的崛起直接关系到整个亚洲的前途和命运。所以他衷心地祝愿她强大起来。我想要赢得你们的心,因为我与你们亲密无间,因为我有个信念,当你们的国家站立起来,能够表现自己的精神风貌时,你们,乃至整个亚洲都将会有一个远大的前景,一个会使我们共同欢欣鼓舞的前景。"[1]由此可见,泰戈尔对中国的未来是充满希望的,更重要的是泰戈尔认可了中国在亚洲的重要地位,他甚至说出中国的崛起关乎整个亚洲的命运的话语。中国已经是历史悠久的东方文明大国了,如果中国再发展起来现代文明,使自己的国家走上富强的道路,那未来中国的力量将是强大的。那中国就会代表引领亚洲文化,东方文化在世界的舞台上展示风采,为世界文化做贡献。

另外,泰戈尔还为中国的崛起指明了方向,那就是必须发展科学。"一个具备如此之大的潜能的中国,当它一旦走上现代化的轨道,也就是说为现代科学技术所武装以后,那将是世界上任何力量也休想阻挡得了的。到那时,中国人的劳动天才与科学禀赋将并驾齐驱,一往无前,给他们设置的一切障碍都起不了什么作用。"[2]泰戈尔认为中国可以借助科学的发展,实现民族崛起,甚至说中国将是世界上任何力量也不能阻挡的。在这里,泰戈尔认可了中国是有无限的潜力的,是可以实现崛起的。一旦中国崛起,那么亚洲的前途和命运也将改变。

三、泰戈尔中国观成因探

泰戈尔一生都对中国充满了兴趣,早期对中国产生兴趣是受其家庭氛围

---

[1] 刘安武等主编:《泰戈尔全集 第20卷 散文》,河北教育出版社2000年版,第26页。
[2] 刘安武等主编:《泰戈尔全集 第19卷 散文》,河北教育出版社2000年版,第315页。

的熏陶。其祖父和父亲都曾到过中国,其兼具东西方精神的家庭为泰戈尔了解中国提供了途径。并且中印同属东方文明古国,近代以来又先后沦为西方列强的殖民地或半殖民地,这使泰戈尔在感情上对中国更亲近,他甚至认为中国是他的故乡。1924年泰戈尔访华,这使他对中国有了一个直面的感知和亲身的体验,期间与中国的知识分子交往,如蔡元培、谭云山、徐志摩等人有了亲密的接触,在与这些中国知识分子交往时,他们一定程度上也影响了泰戈尔的中国观。泰戈尔离开中国之后,仍然一直关注着中国,他积极参加中印学会,并且和谭云山等人一起建立了中国学院,一生致力于推动中印文化的交流。

(一)家庭熏陶、传统友谊与相似命运

中印友谊源远流长。而在近代这两个文明古国均遭受了殖民者的入侵,被迫沦为半殖民地和殖民地。中国一直在泰戈尔的心中占有一席位置,不仅源于中印传统的友谊和近代相似的历史命运,还源于他的家族的中国情缘和家庭熏陶,泰戈尔的祖父和父亲都曾访问过中国,他自己也深受中华文明的吸引,十分向往中国。

诺贝尔奖获得者阿玛蒂亚·森在《泰戈尔与中国》一文中指出,泰戈尔深受博大精深的中华文明的吸引,他很早就对中国产生了浓厚兴趣,这个兴趣持续了一生。泰戈尔的家庭,尤其是他自己,都十分精通中国哲学和中国文化。泰戈尔的父亲戴宾德纳特·泰戈尔及祖父德瓦尔伽纳特·泰戈尔都曾访问过中国。[①]

一个人的成就和思想离不开他的成长环境,泰戈尔的家族是一个典型的印度宗法联合大家庭,这个家庭包括了所有兄弟姐妹和他们各自的亲戚,一大群儿女和子孙一起居住在一个院子里,泰戈尔是家中最小的一个。泰戈尔的家庭非常富裕,祖父和父亲也是印度著名的社会活动家,在家里他们经常举办大大小小的学术沙龙活动,邀请各行业的精英来家做客,自由讨论政治、宗教、文学、艺术等等。在泰戈尔的家中,人们可以自由地接触到印度传统文化和西方外来文化。而泰戈尔自小就受到家庭环境的熏陶,思想也非常有包容性,兼

---

① 英德拉·纳特·乔杜里:《泰戈尔笔下的中国形象》,《绍兴文理学院学报》(哲学社会科学)2016年第5期。

具东西方的思维。

父亲对泰戈尔的影响也是非常深刻的,主要培养了泰戈尔几种主要气质:对宗教的虔诚、对艺术的敏感、对实践的重视等。父亲为泰戈尔起到了榜样示范的作用,他曾亲自带着泰戈尔攀爬喜马拉雅山,一路教导泰戈尔。而父亲最伟大的地方是指引了泰戈尔的爱国之心。在泰戈尔的家庭里,家人们都是用祖国的语言进行交谈。父亲热爱印度的心在泰戈尔这里得到了继承。泰戈尔的创作大多也是用孟加拉语来写的,正是由于这种深切的爱国之情,泰戈尔在看到印度深受殖民痛苦时,积极地承担责任,为印度寻找出路。由此泰戈尔将眼光转向了其他国家,其中就有他的祖父和父亲来到过的中国。

良好的家庭教育和家庭氛围使泰戈尔对中国产生了早期的意识和关注。在这个东西方文明交汇的家庭中,泰戈尔有机会接触大量外国书籍,比如上文提到的,泰戈尔最早对中国的概念就是从《一千零一夜》中获得的。泰戈尔是这样叙述的,"初来的时候我也有我的盼望,在年轻时便揣想中国是如何的景象,那是我念《天方夜谭》时想象中的中国,此后,那风流富丽的天朝竟变了我的梦乡。"[①]

(二)中印文化交流传统的启示

东方文化主要包括三大文化圈:以中国为中心以儒道文化为传统的东亚文化圈,以印度为中心以印度教和佛教文化为传统的南亚文化圈,以阿拉伯为中心以伊斯兰文化为传统的西亚北非文化圈。由此我们可知,中印占据东方文化宝库的三分之二,这是一个了不起的事实,而中印两国又形成了各自的文化辐射圈,两个文化圈之间相互影响,促进彼此发展。中印两国交流由来已久,在历史的长河中,互相产生影响。例如印度佛教在中国的传播,在佛教到来之前,中国是没有塔和石窟这一建筑艺术形式的。印度文化传到中国,大大丰富了中国的艺术宝库。而中国的丝绸、茶叶、瓷器也是漂洋过海来到印度,影响了印度人的生活方式。

所以泰戈尔接到中国的邀请时,他兴奋异常。泰戈尔访华也肩负着印度人民的嘱托,印度人民永远不会忘记在那些遥远时代中建立起来的中印友谊。

---

① 孙宜学编著:《泰戈尔与中国》,河北人民出版社2001年版,第205页。

印度人民相信泰戈尔作为友好的使者,能将两国人民的心连接起来,重新架起中印友好交流的桥梁。泰戈尔带着友好的使命来到了中国,在一次演讲中,他说道:"我可以代表印度人民,发出消隐在昔年里的古老誓言——巩固中印两国人民文化交流和友谊的誓言。远在一千八百多年前,我们的祖先以无限的忍耐力和牺牲精神,为这种交流奠定了基础。十几年前,我应邀前往中国访问的时候,我感觉到从印度之心喷涌而出的生命的洪流,漫过山岳,漫过沙漠,流到迢遥的边陲,丰腴了印度人民的心田。"①

在中国的演讲中泰戈尔提到印度是个被打败的国家,他们没有政权、军权,也没有贸易权。在物质上也不知道如何帮助中国,更不会做出有损中国的事情。他们可以荣幸地成为中国的客人、中国的兄弟和挚友。他还提及了他在印度创办的国际大学。这所国际大学被称为"世界鸟巢",是泰戈尔世界大同理想的缩影。他希望世界上各种文化都能汇集到印度的国际大学中,在这里大家们互相交流切磋,共同绽放光彩。更难能可贵的是,这所国家大学更是专门设置了中国学院,专门研究中国文化,致力于中印友好交流事业。"相反,这倒使我想起印度将你们称作兄弟,向你们致以爱意的那一天。我希望这一关系依然存在,并深藏于我们大家,亦即东方人民的心底。通向它的道路上或许会长满丛生的世纪中叶开始世纪之草,然而我们仍将发现其轨迹。"②在未来全球化发展的趋势下,地理距离将被打破,随着科技的发展,国家之间的边界可能变得越来越不重要,人类可以跨越地理距离进行亲密联系。世界正在发生改变,应该尝试用不同的眼光看待世界。泰戈尔架起了一座沟通两个文明古国的桥梁。他赞成建立一个没有裂痕的世界,所有的壁垒,包括政治的和地理的壁垒,都应当予以清除,以使人类联合起来。

(三) 中印相似的历史命运

季羡林说过:"泰戈尔是有双重性格的:一方面是光风霁月,宁静淡泊,慈祥肃穆。但是另一方面却是怒目金刚,剑拔弩张,怒发冲冠。"③这种怒目金刚的性格,集中表现在他怒斥战争的侵略者,坚决支持中国的反鸦片战争和抗日

---

① 刘安武等主编:《泰戈尔全集 第24卷 散文》,河北教育出版社2000年版,第445页。
② 刘安武等主编:《泰戈尔全集 第20卷 散文》,河北教育出版社2000年版,第26页。
③ 张光璘、王树英编:《季羡林论印度文化》,人民出版社2009年版,第320页。

战争上。

从19世纪中叶开始,中印两国接连遭受殖民者的入侵,作为四大文明之二的中印文明古国在近代深受新兴欧洲国家的蹂躏。这激起了两国有识之士的深刻反思。中印两国命运多舛,曾一度相互怜悯,互相扶持。在贫弱国家备受欺辱的时代,这种认知是两个危难国家能够相互同情的重要心理构成之一,这种被殖民统治的屈辱也深深地烙在了中印两国人民的集体记忆之中。

英国和东印度公司将印度种植的鸦片输入了中国,他们从中获取大量的金钱,严重残害了中国人的身心健康。1881年,青年时期的泰戈尔就愤然著述《在中国的死亡贸易》,强烈谴责英国向中国贩卖鸦片这一行为,甚至严厉指责:这是将中国推向死亡的贸易,明确表明同情中国人民的立场。英国坐在亚洲文明古国的胸脯上,把毒品一点一滴注入她健全的肌体和灵魂,推着中国走向死亡。一个强国向一个弱国出售死亡,出售毁灭,一方获取暴利,另一方损失惨重。对此,泰戈尔写道:"当我渐渐淡忘昔日那种悲剧的时候,又看见日本在侵吞华北。英国制定国家政策的权贵们,轻狂地把日本的强盗行径视为一件不足挂齿的区区小事。"①

泰戈尔始终支持着中国的抗日战争,深切同情处于水深火热的中国人民。1916年,在日本对他的欢迎仪式上,泰戈尔谴责了日本的侵华战争。1936年4月12日,75岁的泰戈尔于加尔各答发表了反对日本侵略战争的演讲,并大力支持中国抗日,相信中国人民将取得最后的胜利。泰戈尔在病愈后回复蔡元培慰问电中,高度赞赏了中国人民的英勇抗战,并祝愿中国人民战胜日本侵略者。日本当局请他不要发表反日言论,泰戈尔回信予以驳斥,信件也在印度各报刊登载。为支持中国人民的抗战,泰戈尔还在国际大学发动捐款。而在日本诗人野口米次郎写信为日本辩解时,泰戈尔更是写信义正词严的回驳,他认为中国是不可战胜的,胜利一定是属于中国人民的。对此,周恩来总理曾在1956年访问印度国家大学时也曾给予了泰戈尔高度评价,肯定了泰戈尔对中国人民艰苦的民族独立斗争所给予的支持。总之,中印相似的历史命运令人感慨,但其展示出来相互扶持相互同情的深厚感情更令人感动。

---

① 刘安武等主编:《泰戈尔全集 第24卷 散文》,河北教育出版社2000年版,第502页。

(四)亲历中国的见闻感受

1924年由讲学社向泰戈尔发出邀请,泰戈尔一行来到中国访问,历时一个半月。泰戈尔对中国一直魂牵梦绕,向往已久,几经波折,终于成行。

从泰戈尔访华的行程,我们可以发现行程大概分为两个内容,一是游历中国山川美景,二是在各地的巡回演讲。泰戈尔每到一处,接待方会安排他游览当地的风景,他先后游历了杭州、济南、北京、上海等地,欣赏了中国各地的美景。例如4月14日早晨,在徐志摩、瞿菊农陪同下,泰戈尔一行由上海去杭州并在杭州待了四天。在此期间泰戈尔畅游于西湖各大名胜古迹。"灵隐寺飞来峰,听着飞来峰的传说,看着唐朝时把印度宗教传到中国的两个印度大师的雕像,他深有感触地说:"我想这两个大师,初来的时候,见到这样湖山,也感想到自然界是到处一样,但是他的本意,不是来赏玩湖山,是传导相互的爱,因此印度文化有很多到中国了,如同中国几个大师到印度去。"[①]泰戈尔游览中国不仅仅是来游览中国的大好风景,也在中国的土地上寻找中印两国友谊的痕迹,并把这种中印友谊发扬光大。

泰戈尔在来中国之前对中国的认知具有局限性,他心中的中国是一个具有理想化色彩的中国,是蒙着面纱的中国。泰戈尔访华亲临中国则打破了这一幻想,揭开了神秘的面纱,对中国也有了更深刻的了解。泰戈尔说:"我不知道是什么缘故,到中国便是像回到自己的故乡一样!"[②]中国像是他的故乡和家,泰戈尔对中国的喜爱程度不言而喻,这也说明泰戈尔这次访问过程非常开心。泰戈尔目睹了中国丰富而灿烂的文化遗产,游历了中国辽阔而美丽的大地,并结识了众多的中国知识分子。简而言之,泰戈尔在游览中国的风土人情中认识了中国,在与众多中国人的相识中,更加了解了中国。

在历史上,泰戈尔的第一次访华为大多数人所熟知,但是他曾经又有两次到访过中国,这两次访问都很低调,仅有中国的几位知识分子陪伴其侧。第二次访华的时间是1929年3月19日至21日,在中国停留了3天。这次访问是私访,泰戈尔嘱咐说不要媒体报道,不安排演讲,甚是低调。泰戈尔第三次访

[①] 魏风江:《我的老师泰戈尔》,贵州人民出版社1986年版,第29页。
[②] 孙宜学:《泰戈尔与中国》,广西师范大学出版社2005年版,第55页。

第一章　现代世界整体视域中的泰戈尔

华的时间为 1929 年 6 月 11 日至 13 日,一共 3 天。是泰戈尔回印度途中到访上海,只有郁达夫、胡适、徐志摩等人知道,也是非常低调。泰戈尔的第二、三次访华,尽管知道的人少,但是在中印关系史上依然重要。

1929 年泰戈尔结束其国外讲学,途经上海回国,在徐志摩家小住。徐志摩夫妇为其布置一间颇富印度情趣的房间,但泰戈尔偏偏喜欢家具古香古色的徐志摩卧室。徐志摩当即进行调整,使泰戈尔在他家中度过数日的愉快时光。临别前,泰戈尔以孟加拉语写下赠诗:亲爱的,我羁留旅途,光阴枉掷,樱花已凋零,喜的是遍野的映山红,显现你慰藉的笑容。①

原来,泰戈尔访问加拿大时不慎将护照丢失,后赴美国访问又在移民局遭到质疑,这位诺贝尔文学奖获得者竟被诘问是否识字,致其异常气愤。回国途中访问日本又因提醒日本人民警惕莫被帝国主义野心的歇斯底里毒化而遭冷遇,心情郁闷。但到上海,徐志摩夫妇的热情,使之仿佛置身映山花丛中。泰戈尔的这首题诗寓情于景,樱花纷纷飘落的凄凉,暗喻其在美国、日本沮丧失望的心情。而徐志摩夫妇对其敬重与宽慰,体贴入微的生活照料及切磋诗艺的欢乐,则从娇艳欲滴、似谙人意的映山红花瓣显露,此诗强烈的反差意象真切地表露其复杂心境。在泰戈尔受到冷遇遭受不公平待遇的时候,中国给了他温暖,这也让泰戈尔感受到了中国人对他的礼遇和友好,以及中国人身上的"人情味",更加深了他对中国的热爱之情。

回到印度,泰戈尔经常怀念中国的锦绣山河及中国友人。直至 1941 年去世之前,他在生命的最后时刻,泰戈尔心里仍然惦记着中国,惦记着中国的朋友,他想起了自己含义深刻的中国名字,他曾在病床上回忆自己在中国的经历,并口授怀念中国的诗篇《我有一个中国名字》:"我取了中国名字,穿上了中国衣服,这在我心里是明白的。我在哪儿找到朋友的,便在哪儿获得新生,朋友带来了生的奇迹。异乡开着不知名的花卉。它们的名字是陌生的。陌生的土地是它们的祖国。可是在灵魂的欢乐王国里。他们的情谊找到了开诚相见的欢迎。"②

---

① 刘安武等主编:《泰戈尔全集 第 5 卷 诗歌》,河北教育出版社 2000 年版,第 179 页。
② 白开元:《泰戈尔的中国情结:纪念泰戈尔诞辰 150 周年》,《中外文化交流》2011 年第 5 期。

四、泰戈尔中国观评析

泰戈尔访华打通了历史阻隔的中印交流渠道,使中印之间又开始了新一轮的心灵对话。泰戈尔与甘地两者同为印度的智者,把泰戈尔的中国观与甘地的中国观相比较,能反映出在那个时期印度的中国观。他们的中国观在某种意义上也是一种文化利用,他们主要是以正面的中国形象反思印度的弊端,以达到鼓舞民心的目的,寄托了自己的民族复兴之梦。除此之外,泰戈尔的中国观也有其局限性,泰戈尔访华在当时引起了极大的争议,部分原因是泰戈尔对中国当时的政治时局不太了解,对处于现代转型期的中国产生了误读,才被某些知识分子利用,成为众矢之的。泰戈尔对当时的中国社会现状、民族精神、民族命运、政治风云等方面的观察和思考也值得我们思考。

(一)泰戈尔中国观的意义

泰戈尔用一种"互识"的眼光看中国,他深入了解中国,在演讲中多次将中印进行比照,对中国形象和文化的正面借鉴和利用,吸收借鉴,取长补短,更好地发扬印度文化。另外,将甘地中国观与泰戈尔的中国观相比较,也是很有意义的。甘地和泰戈尔为印度著名的"圣雄"和"诗哲",他们的中国观,一定程度上反映出当时印度的中国观。

泰戈尔是一个具有东西方视野的大家,他认为印度、中国、日本等这些东方国家应该团结一心,共同承担起发扬光大东方文明的责任。泰戈尔先后游历了中国、日本等这些东方国家,跳出封闭的印度本土文化环境,突破了原有的思维模式,接受别国的新鲜事物,这样才能更好地认识自己和他者。泰戈尔看待中国时,就是从一种文化利用的角度,对中国形象的一种正面借鉴。

泰戈尔一方面深入了解他种文化和文学,一方面又从他种文学的比照中进一步了解自己的特色,这就是比较文学的"互补"功能。在与"他者"(指他种文化中的文学)的对比中,更清楚地了解并突出了自身的特点,两种文化相遇,也就是进入了同一个"文化场",两者便都产生了新的性质,两者之间必然会发生一定的关系,这种关系有时是明显的对比,有时是一种潜在的参照关系。例如泰戈尔看待中国就是在与印度的对比中理解中国的。他在中国的演讲中多次提及佛教,众所周知,佛教是由印度传入中国的,这更加突出了印度在这方面的优势。这也是中印之间相互吸收,取长补短,相互交流的证明。由于中印文化有很多差异性,"佛教"在中印两国的发展是不同的。"佛教"在中国得到了新的生长和发展。也是在这种对比中,两国各自的民族特色和国情得以显现。

泰戈尔具有热切的爱国之心和"印度意识"。正是这种对印度的热爱才促使泰戈尔将眼光聚焦到中国。泰戈尔不忍看到印度饱受殖民之苦,一直都未曾间断过积极寻求印度解放的道路。泰戈尔是个真正的爱国者,他爱印度就像爱母亲一样,他爱印度人民就像爱自己的家人一样。其实泰戈尔是想站在自己的土地上,吸收外来的优秀的东西,再去建设美好的印度。印度意识和爱国思想一直贯穿着泰戈尔思想的始终。例如泰戈尔读过英语却用孟加拉母语写作,对此他的民族自尊心表露无遗。由此可见,泰戈尔深入了解中国,在演讲中多次将中印进行比照,是对中国形象和文化的正面借鉴和利用,是相互吸收,取长补短,更好地发扬印度文化。

我们还可以从泰戈尔的中国观与甘地的中国观的比较中把握其意义。在一个非常注重出身、种姓思想根深蒂固的印度传统社会里,甘地和泰戈尔均出身于家资殷实、颇有名望的家庭,他们的父辈都有异于普通人的显著的过去。他们都受过良好的西方教育,深浸西方文化,都曾极度崇拜西方的政治、文化、社会生活,兼具东、西方文化气质,对英式资本主义的理解比普通印度人要更为深刻,对印度作为殖民地的悲哀也有切肤之痛,他们都通过自己的方式争取印度独立,并最终成为影响印度历史发展的重要人物。

圣雄甘地一生没有来过中国,但他对中国文化同样充满了崇敬之情,比如他推崇中国人吃苦耐劳、团结奋斗的精神,主张印度人要向中国人学习这一点。学者袁传伟在《甘地与中国》一文中,对甘地与中国的关系做了初步梳理和探讨,他的梳理基本涵盖了甘地中国观的内容。大约分为了四个方面:"一是甘地同情南非华工遭遇,谴责英国鸦片贸易。二是关心中国社会进步,鼓励吸取西方先进经验。三是声援中国人民抗战,期待兄弟般友好合作。四是珍惜中印世代友谊,渴望访问伟大中国。"① 黄心川也对甘地与中国的关系做了简要论述,指出"甘地对我国人民怀有强烈的友好感情,一直关切着中国革命的发展,甘地在中国最艰苦的年代所给予我们道义和物质上的支持,中国人民记忆犹新"②。

在中国人民的抗日战争问题上,甘地和泰戈尔二人皆同情和支持中国,认为中国的抗战终将胜利。当抗日战争爆发的消息传到印度时,他说中国已经在抵抗日本侵略了,胜利一定属于中国人民,因为真理在中国这一边,对日本法西斯侵略中国的行径,甘地曾在各种场合多次予以谴责。另外两人都为抗战提供了物质和道义上的支持。1938 年 10 月 30 日,《申报》香港版报道了甘地捐助中国救护车的消息,消息称甘地斥资 6 千余元向福特厂订购一辆救护车捐赠给中国,是国际社会向中国表示同情的新例证。③ 1939 年 3 月,《中央日报》再次提到甘地对中国抗战极为同情,称甘地最近又向印度全国呼吁,向"为世界主持正义而战之中国人民加以救济。"④

虽然甘地内心深处是同情中国的,但是却力主中国人以非暴力不合作的形式去应对日本帝国主义,然而中国终究不是印度,两国国情不同。用印度人对付英国人的方式去生搬硬套,不是明智的行为。从这一点上来说,甘地的中国观有些另类,不过这种看法和他的宗教信仰有着莫大的关系。甘地的中国观带有一种政治宗教色彩,而泰戈尔更多的是以一种人道主义关怀和"大爱思想"来看待中国的抗日战争问题。

甘地与泰戈尔基本上是同时期的印度人,这两位伟大的智者十分关注近邻中国。综合来看,在思想上甘地更加传统化和印度化,在行动上甘地更具有政治家的务实性,与之相比,泰戈尔则表现出强烈的现代化与西化、诗人的理想性和人类大爱思想。

(二) 泰戈尔中国观的反思

泰戈尔说他是以一个诗人和朝圣者的身份来到中国的,访华的目的是为

---

① 袁传伟:《甘地与中国》,任鸣皋、宁明编:《论甘地——中国南亚学会甘地学术讨论会论文集》,上海社会科学院出版社 1987 年版。
② 黄心川:《甘地哲学和社会思想述评》,《南亚研究》1985 年第 1 期。
③ 记者:《伟大同情甘地助我救护车》,《申报》香港版 1938 年 10 月 30 日,第 4 版。
④ 记者:《甘地同情我抗战》,《中央日报》1939 年 3 月 27 日,第 2 版。

了恢复中印几千年的友好交流传统。但是他不了解中国国内的政治环境和中国知识分子之间的分歧,对中国没有深入了解,在中国演讲时遭遇到了反对和争议。另外,和泰戈尔接触的中国知识分子话语中都带有明显的夸张成分,让泰戈尔误以为自己在中国只有鲜花和掌声,在中国遭受争议使他始料不及。

泰戈尔1924年访华,当时中国思想界有两大特点:一是政治思想呈"百家争鸣"之势,就是欢迎泰戈尔的知识分子与作家在政治信仰上也不一定形成共识。二是思想界政治空气特别浓,搞政治就容易搞对立,形成不同意就反对的水火不相容之势。这样一种形势下当然难免有人对泰戈尔访华唱反调。学者郁龙余认为:"国情不同,斗争的对象不同,目标不同,其策略手段也不同,由于当时缺乏沟通,中国人并不真正的全面了解泰戈尔,在这种情况下,泰戈尔提倡维护东方传统文化的身份,与中国社会前进的方向,显得不协调,这就是1924年泰戈尔访华引起的争议并导致一系列不愉快的根本原因。"①

在来中国之前,泰戈尔对中国之行充满信心。对于1924年访华引起的争议,他自己也曾反思过自己是不是真的了解中国,对在中国的期望过高。另外,中国的一些知识分子给泰戈尔传递了错误的信息,导致泰戈尔对中国的国内的舆论情况认识有所偏差。

在上海最后的告别演说中,泰戈尔坦言自己伤感和失望的心情,"然而我也不能用过高的期望欺骗自己。我的厄运跟随着我,从我自己的国家来到这片土地。"②那泰戈尔为什么会对中国有过高的期望,这就要提到在泰戈尔访华期间一直伴其左右的徐志摩了。1923年12月,在泰戈尔来华前夕,徐志摩给泰戈尔写信:"这里几乎所有的具有影响力的杂志都登载有关您的文章,也有出特刊介绍的。您的英文著作已大部分译成中文,有的还不止一种译本。无论是东方的还是西方的作家,从来没有一个像你这样在我们这个年轻的国家的人心中,引起那么广泛真挚的兴趣。也没有几个作家(连我们的古代圣贤也不例外)像您这样把生气勃勃和浩瀚无边的鼓舞力量赐给我们。"③这样的话语

---

① 郁龙余:《1924年泰戈尔访华引发争议的根本原因——答国际知名学者阿莫尔多·沈之问》,《深圳大学学报(人文社会科学版)》2011年第1期。
② 刘安武等主编:《泰戈尔全集 第20卷 散文》,河北:河北教育出版社2000年版,第80页。
③ 孙宜学、郭洪涛:《中印文化交流史上的一次误会——泰戈尔来华引起的风波》,《同济大学学报(社会科学版)》1999年第3期。

让泰戈尔无法预测在中国会有任何不友好的批评,而且这封信传递了另一层重要含义,泰戈尔认为他到中国演讲是一个传播他的理想,去激励中国人民的大好时机。另外当时梁启超对泰戈尔的访华也是极其期待,甚至夸张地说到:"我们用一千多年前洛阳人士欢迎摄摩腾的情绪来欢迎泰戈尔哥哥,用长安人士欢迎鸠摩罗什的情绪来欢迎泰戈尔哥哥,用庐山人士欢迎真谛的情绪来欢迎泰戈尔哥哥。"①这些和泰戈尔接触中国的知识分子的话语中都带有明显的夸张成分,让泰戈尔误以为自己在中国只有鲜花和掌声。

泰戈尔对中国的误读还表现在他是用一种"印度本位"意识来看待中国的。"泰戈尔在关于'东方—西方'的思考中,体现了鲜明的'印度本位'意识。为了应对'西方文化'的迫临,他意识到东方各国文化的分散性而提出了'东方文化'整合论,强调印度具有强大的宗教文化影响力和多文化融合的特性,因而有条件成为东方文化的中心。"②因此,泰戈尔在看中国的时候,也是带着这种鲜明的"印度意识"的。他认为东方文化的中心是印度。而在当时中国的儒家学者眼中,泰戈尔所宣传的东方文明指的就是印度文明。在他们看来,泰戈尔并不了解中国,不了解中国是一个受儒家思想影响深刻的国家,而博大精深的儒家文化才是东方真正的文明。

泰戈尔访华,是用一个诗人和朝圣者的身份来中国的,对中国国内的局势并不十分了解,不知道中国知识分子在文化思想上存在着分歧,他的到来使他卷入了这场争斗之中。泰戈尔带着中国部分激进知识分子的不欢迎离开了,对泰戈尔访华事件的回顾,使我们更加认识到了当时我国政治环境的复杂性。虽然泰戈尔在中国遭受了巨大的争议,甚至还有攻击。但他对中国的热爱并未减少半分。回国之后,仍然致力于中印文化事业的发展。

季羡林先生说:"现在泰戈尔无论在印度还是在中国都是中印友谊的象征。"③重新反思泰戈尔访华时的演讲,研究泰戈尔的中国观,从印度的视角来审视中国,借别人的眼睛看中国,重新确立他者与自我。印度与中国是地理环

---

① 孙宜学、郭洪涛:《中印文化交流史上的一次误会——泰戈尔来华引起的风波》,《同济大学学报(社会科学版)》1999年第3期。

② 王向远:《泰戈尔"东方西方"观及"东方文化"论——基于东方学视角的分析》,《同济大学学报(社会科学版)》2017年第5期。

③ 季羡林:《季羡林论中印文化交流》,新世界出版社2006年版,第296页。

境上的邻国,还同属于东方文化。从印度看中国,也可从中国看印度,这是一种双向交流。在这种双向交流中,中国和印度互相学习借鉴,共同促进彼此发展。

另外,泰戈尔在中国的演讲中提到的一些问题,在当今仍具有启迪作用。例如泰戈尔关于东西方文明的论述对当代世界颇具启示意义,他认为国家之间应该在交流与合作中共同谋求发展。当今,世界正处于全球化时代,国与国之间关系密切,联系紧密。而文化从来都是多元的,不同的文化之间需要互相启发,互相促进,才能构成丰富多彩的文化世界,人类才有发展前途。文化之间应该"和而不同""多元并存"。现如今我们再重新回顾泰戈尔关于东西方文明的观点和他的"世界大同"思想,不禁感叹泰戈尔的深谋远虑。泰戈尔在中国的演讲中,指出西方"物质文明"对东方的侵袭,让中国警惕西方物质文化,这在当时引起了一部分人的争议。此时此刻我们重新回顾泰戈尔当年的讲演,会发现泰戈尔是一位高瞻远瞩的预言家。泰戈尔还曾预言说,当中国站立起来,能够表现自己的风貌时,中国乃至整个亚洲都将会有一个远大的前景,一个会使他们共同欢欣鼓舞的前景。现如今,中国坚持走和平发展的道路,为世界的和平和发展注入智慧和力量。

另外需要注意的是,时至今日,中印两国关系仍然波动起伏。我们不应忘记几千年来中印的深厚友谊,更不应忘记泰戈尔一生为中印文化交流事业做出的巨大努力。在当今,泰戈尔的以文化交流为中心的"中国观"更适应中印两国关系的未来发展。希望两国人民仍然互相帮助互相扶持,共同建设美好未来。

第四节 泰戈尔与审美现代性

"现代"一词具有广阔的内涵和外延,且从时间属性上讲是处于流变之中的。从客观上讲,泰戈尔眼中的"现代"同样也指的是一个崭新的时代,它鲜明地区别于旧时代。"在这个时代,不仅我国,而且全世界各地都掀起了巨大的浪潮。整个人类都在觉醒,为了摒弃各种腐朽的观念和铲除各式各样的不公,人们纷纷行动起来开始重建生活、以及国家。"①具体结合泰戈尔所生活的时代背景,他认为的现代的时间范围大体指的是19世纪到20世纪。在1909年,泰戈尔已经感知到这个时代最为革命性的有利条件,即"在世界各地产生的活力能同时被所有国家的人民所接受。"②这也意味着泰戈尔敏锐地感知到现代最为显著的特点——全球化的端倪。时间与空间对人认识世界的阻力变得越来越小,发展到21世纪的今天,全球化已经蔓延至无孔不入的程度,"地球村"的概念便是最为形象的表达。在19世纪末20世纪初的印度,早期的现代化事物已经影响了人们生活,这与英国对印度的殖民统治直接相关。正是英国的殖民统治,给封闭的印度带来新事物,使得印度社会发生了巨大改变。泰戈尔便是生于印度社会三大改革交汇之际,各种新思想冲击着传统印度社会,各种现代化的交通以及城镇也随着殖民化发展进入人们生活。作为诗人、作家的泰戈尔,生于孟加拉邦加尔各答市的婆罗门种姓,而且由于父亲的缘故,接受了较为开放的教育。所以不管是物质上还是精神上,他都对早期现代化的印度有着最为直接的体悟。

然而随着社会的现代化进程慢慢推动,带来最深刻影响的当属文学的现代化。最早在19世纪的欧洲,现代化开始蔓延,"现代性"的概念也随之产生。从"现代"到"现代化"再到"现代性",看似这个过程一脉相承,但其中关系却又纷繁复杂。简单来说,这个后来的"现代性"一词可以说是一个矛盾的复合体。首先它既有"现代"一词"现时性"的内涵,但其本身却又不是现代,有时甚至反现代;其次它是"现代化"的产物,但也会反现代化。"现代性"一词在波德莱尔那里最早得到阐释,这也预示着美学现代性的到来。从宏观上来说,现代性具有双重属性:其一是代表了西方社会现代化的成果,可以称之为启蒙现代性;其二是文学或是说美学上的现代性,即审美现代性。而这两者的关系是:审美现代性依存却又对抗着启蒙现代性。从波德莱尔将"现代性"一词定义为追求"瞬间美"来看,他奠定了欧洲文学中现代主义的基调。而相对于启蒙现代性,泰戈尔对波德莱尔的审美现代性的包容度显然要小得多。在20世纪20年代

---

① 刘安武等主编:《泰戈尔全集 第23卷 散文》,河北教育出版社2000年版,第392页。
② 同上书,第393页。

的孟加拉文坛中,一股强烈的现代之风正掀起巨浪。此时的泰戈尔正深陷其中,但他仍然想凭借自己在文坛中的地位以及影响力来充当印度文学的舵手,避免让印度文学陷入由现代之风掀起的巨浪之中。泰戈尔的现代美学便是从20年代逐渐形成体系,并且在与孟加拉文坛中激进的现代派论战中渐趋成熟。在英属殖民地的社会大环境与逐渐遭到西方文化渗透的孟加拉文学环境的两股势力的夹缝之中,泰戈尔现代美学应运而生。因此泰戈尔现代美学的产生依赖于印度早期现代社会环境,但又与孟加拉文坛的现代派在对抗中发展。总体来说,面对西方现代化以及现代主义对印度社会及文学的冲击,泰戈尔肩负起作家的社会责任,用现代美学作为理论支撑点,试图让印度文学的大船在风浪中仍然能够平衡,并且沿着原有的航线扬帆前行。这也表明他试图冲破西方审美现代性的藩篱,尝试走出第三条具有东方美学现代性的道路。

一、现代性的双重属性:启蒙现代性与审美现代性

从词源角度来说,"现代性"概念来自11世纪末的拉丁语,有"现时的"之意。"现代性"自产生以来,其意义一直处于扩充之中,意义也远比"现代"一词广得多。这也导致"现代性"一词概念的模糊,在各个领域混乱使用的现象始终存在,不仅在文学中,社会学、心理学甚至哲学中都广泛使用,至今仍无明确清晰的理论界定。根据"现代性"一词出现的历史,大体可以总结出它的三种主要内涵:"第一种是表示某个特定的历史时期,大约始于文艺复兴。从这一内涵来看,它与'现代'一词非常接近;第二种是以抽象的方式代表现代性事物的特征;第三种是波德莱尔首创的审美现代性。"[1]正是因为现代性具有广阔的使用范围,所以一般使用时都会加上修饰词加以限定。从广义上讲,现代性严格意义上是一个复数形式,不同主体对现代性有不同的理解,这也导致其内涵的差异存在。但虽有差异仍能达成共识,乔治·巴郎蒂耶所认为的现代性对时间和空间的感知是最基本的思想范畴,这一观点受到人们的普遍认同。他认为:"现代性就像一个迷宫,是一个让人迷失方向的历史空间,在那里我们既要前进却又缺少前进的路标,每个集体、每个人——尤其每个艺术家——必须

---

[1] 伊夫·瓦岱:《文学与现代性》,田庆生译,北京大学出版社2001年版,第18页。

在那里找到自己的路,但却不能确定无疑地去信赖大家共享的知识或信仰可能带给他的整体观念。"伊夫·瓦岱则注意到了现代性的时间范畴,他试图通过时间对文学中的现代性进行分类,通过分类规律,达到为现代性这个迷宫找到方向的目的。而现代性和美学这两个领域普遍达成共识,这也是现代性与文学达成最为深刻的联合。泰戈尔的现代美学就与西方审美现代性有着密切关联。

现代性最初源自西方,它不仅带来社会巨大的进步,也给西方人带来了一种撕裂感与茫然感,物质世界的急速更新迫使精神世界也要不断翻新以适应其发展,但不断地刷新却让人陷入茫然之中,精神危机由此出现。随着西方的殖民以及工业化的发展逐步渗透到东方国家,现代性越过异质文化的壁垒来到印度,在移植的环境中,它的生长需要经历更多风雨。从社会学角度来看,资本主义制度的确给印度的社会注入了极大的活力,丰富了物质生活,使得印度实现了从前现代国家到现代国家质的突变。但从文学或是说精神角度来看,印度人民经历着一场思想的飓风式冲击,使本就分裂的印度社会再添一道裂痕。

(一)启蒙现代性——生活的动力/精神的阻力

启蒙现代性,作为现代性这个矛盾复合体的重要一极,它主要指的是现代化成果,比如工业革命以及科技革命给社会带来的进步。英国作为第一次工业革命的领头羊,于19世纪40年代率先进入工业时代。随着科技的迅猛发展,第二次工业革命在19世纪70年代紧跟其后,西方主要资本主义国家进入电气时代。正因这两次工业革命,使得东西方经济的差距逐渐拉大,西方对东方国家的殖民进入新阶段。从17世纪开始,英国在印度成立东印度公司,开始对印度进行殖民掠夺,积累原始资本。到1757年,印度正式沦为英属殖民地,源源不断地为英国输送原料,而发展到19世纪中期,英国开始对印度进行资本输出,印度工业得到一定发展,加尔各答、孟买逐渐向城镇化方向发展。

泰戈尔对待西方的科学技术及工业化总体持积极态度,他把科学当作是欧洲献给人类的珍贵礼品来对待。他认为科学使得人更为深刻的认识世界,也让世界逐渐整合为一。他在散文《孟加拉文学的发展》中指出"现时代的神速理智抚摸着孟加拉。现时代的主要标志是不囿于狭隘的地方性,随着超越地理界限的同时,现代文明带着整个人类的心灵,赞美着精神的交换活动。"他对西方所带来的现代文明有着客观认识。商业、现代交通随着殖民扩张席卷全球,印度虽不情愿,但却逐渐接受了西方在物质领域的侵犯。① 与印度国内一些狭隘民族主义者对西方的全盘否定不同,泰戈尔有着深刻的洞见,他是站在人类文明的高度来思考印度社会的,他感受到西方的现代文明给印度注入了动力,推动了印度社会的发展。

泰戈尔同样也感受到启蒙现代性给印度带来了新的精神危机。泰戈尔童年时期,加尔各答还未受到工业的沾染,而到了20世纪初,工厂已经遍布加尔各答。泰戈尔在《密探》中写道:"人流、工作流、节日流夜以继日地从这些摩天大楼,从大街小巷中流淌出来,同样,一股血腥的诈骗、黑污的罪恶潮流也在自己的河道里,淙淙奔腾。就在它旁边,欧洲社会特有的惊奇和文明正获得了如此远大的可怖优美。"② 泰戈尔认识到现代性的另一面:物质至上带来的对精神的戕害。印度作为精神至上的宗教国度,曾经对金钱不屑一顾,但由于现代性对社会和人的支配,人的精神逐渐被奴役。由此可见,作为西方文明产物的社会现代性,一方面推动着世界文明进程的发展,同样为东方国家带来进步动力;另一方面也会玷污精神世界,成为人精神世界的阻力。

对启蒙现代性的认识体现了泰戈尔和谐统一的世界观。泰戈尔始终坚信,人类文明的发展必须处理好与宇宙的平衡关系。泰戈尔认为:"在整个宇宙中,有一个打不破的关系原则,在科学时代,我们的努力就是充分确立对世界大自我的关系。当我们伟大时,与万物融合,它就帮助我们。而未能把个体自我与宇宙自我协调好时,就会出现问题。"启蒙现代性发展之初,的确使得人的力量得到巨大扩充,"我们就得到了大宇宙之体的倾向,我们的视觉器官、运动器官、体力伸向了全世界,蒸汽和电成了我们的神经、肌肉。"③ 而随着现代性进一步扩张,人的欲望似乎永远得不到满足,对于金钱的渴望,使得人对自然、宇宙的敬畏转变成对科技等外部力量的崇拜。这就打破了个体自我与宇宙自我之间的平衡,使得个体自我的精神世界越来越为膨胀的现代性所挤压。这

---

① 刘安武等主编:《泰戈尔全集 第22卷 散文》,河北教育出版社2000年版,第174页。
② 刘安武等主编:《泰戈尔全集 第21卷 散文》,河北教育出版社2000年版,第258页。
③ 刘安武等主编:《泰戈尔全集 第19卷 散文》,河北教育出版社2000年版,第38页。

就是宇宙关系一个不变的原则的体现：物极必反。泰戈尔不管是世界观还是美学观，都深受和谐思想的影响，这不仅是印度文化的体现，也深刻地带有了东方美学的特质。

（二）解构"现代"的时间观——现代是意愿

从西方"现代"一词的发展历史来看，西方人更多的是站在线性时间角度，有当下、现时之意，并演变为一种变动、易逝的现代性美学，与过去以及传统相对立。而泰戈尔所理解的"现代"则有往另一方向发展的态势。泰戈尔作为诗人，他认为的"现代"更多地站在了文学角度，不是时间上的概念，而是意愿上的概念。这里的"意愿"表面上有主观之意，而在文学中实际还有真实情感之意。他将现代分为两种，一种是真正的现代，一种是虚假的现代，而泰戈尔眼中虚假的现代和西方的现代一定程度上可以画等号。所以泰戈尔的"现代"淡化了西方"现代"一词的时间意识，带有了明显的主观意识。显然，泰戈尔对"现代"的理解是站在非时间观的角度，而这具有明显的印度特色。

印度的时间观有着鲜明的民族特色，它是一种循环史观，与西方的线性时间观形成鲜明对比。印度的时间更多带有宗教和神话感，时间如同神一般悬于宇宙，更多的是一种虚渺的概念。印度教经典中，时间并不是连续的，世界是反复毁灭，并无限循环的。根据《吠陀》记载一劫的时间范围为八十六亿四千万年。《奥义书》中提及的"三吠陀"按照印度古代历史循环论理解，这"三吠陀"也就是"三分时代"，每大时代又由四个小时代组成。① 所以在历经 12 个小时代之后，宇宙就会毁灭，再次开始新一轮"三分时代"。历史循环论是印度上古时代认识世界的一种方式，但也深刻地影响着整个民族对于人、神以及与世界关系的认知。泰戈尔同样深受《吠陀》《奥义书》等古代印度经典的影响，所以他的时间观自然会带有宗教的神秘感。

泰戈尔进一步指出："现代"并不是专属某一个时代，中国诗人李白创作的诗虽有上千年历史，但仍不失为一个现代诗人。② 印度 13—17 世纪的神秘主义诗人同样是现代的。显然，泰戈尔是站在循环史观角度理解"现代"。泰戈

---

① 黄宝生译：《奥义书》，商务印书馆 2012 年版，第 294 页。
② 刘安武等主编：《泰戈尔全集 第 22 卷 散文》，河北教育出版社 2000 年版，第 259 页。

尔在《新与旧》中将这种非时间观的历史循环论作为印度的民族特色,文中提到:"你把时针拨到哪里,就巧妙地让时间在那里停下。"①西方传统中流俗的时间概念作为客观的时间形态已经框不住印度宗教神学观中的主观时间了,时间如同神一般,已经插上了自由的翅膀,无拘无束的存在于宇宙之中。在《弥勒奥义书》中:"时间和无时间是梵的两种形态,若是崇拜时间为梵,时间就会远离他。"在《大森林奥义书》中"过去者、现在者和未来者,它们都存在纵横交织在空间中,空间纵横交织在不灭者中。"由此可见,时间指引和规约着宇宙,而又内化于梵即自我之中。时间、宇宙、梵、自我早已融为一体,已经无法用客观的流俗时间标尺来衡量出清晰的界限了。泰戈尔眼中的"现代"只是历史循环之中的某一阶段,而这一阶段还会无限重复,这也表明"现代"一词是个复数形式。因此,泰戈尔的"现代"与西方的"现代"相比,刻意淡化了时间意识,让"现代"一词更好地带有印度民族特色。

(三)解构现代诗歌——现代是心灵表达

泰戈尔首先从时间概念上对"现代"一词进行解构,其次从内涵上对文学现代性重新阐释。西方的"现代"因为最初便与时间意识紧密相连,所以"现代性"一词也与时间相关。而文学现代性更多强调的是现时性,对新颖性和动态性的追求,这在现代主义中体现得尤为明显。泰戈尔将现代分为两种形式,其一是真正的现代,其二是虚假(今天)的现代。他理解的真正的现代是文学发展的内在本质,指的是每个时代文学由描写外部世界到内部心灵的转折时期。而虚假的现代则是西方所指的现代,不过他认为这只是现代的外在表象。当然他并不因此轻视今天的现代,它是文学发展的规律,在个人主观的立场上,泰戈尔倾向于他所认为的真正的现代,这与他的文学观具有相通性。

泰戈尔多次对虚假的现代进行批判,着重体现在对现代诗歌的批判上。从殖民史来看,印度文学的现代化始于英语的到来,大致时间在19世纪上半叶。这时的英国文学如同一捧清冽的甘泉,为印度文学带来新生。当时印度许多知识分子对英国文学十分追捧,那时年轻的泰戈尔也沉浸于英国文学之中。从19世纪上半叶到中叶,英国文学中莎士比亚、弥尔顿、拜伦等经典作家

---

① 刘安武等主编:《泰戈尔全集 第23卷 散文》,河北教育出版社2000年版,第161页。

成为当时印度的文学之神。泰戈尔最初启蒙教育阶段,就受到他们的深刻影响。泰戈尔在散文《英国文学》中总结出了这时期英国文学的特征:内心激情极大地奔放,然后在熊熊烈火中泯灭。这时的英国诗歌所表现的是一种狂醉的感情。年轻的泰戈尔当时也深深地被这股奔放的情感所震撼,并心生向往。发展到19世纪后半叶,英国正处于维多利亚时代,这一时期涌现出一批浪漫主义诗人,彭斯、华兹华斯、柯勒律治、雪莱、济慈等纷纷活跃于诗坛。这一时期诗歌的特点同样是注重"个人情感的奔放",可以说从彭斯开始,英国诗歌迈进新的时期,即由描写18世纪风俗转向个人心灵表达。印度的青年人同样陶醉于英国文学之中,进而刻意模仿其奔放风格,使得情感往夸张方向发展。进入20世纪,对印度影响最大的当属现代主义诗歌。这一时期,西方现代主义诗歌给孟加拉文坛带来了不小的震荡,1923年创办的《怒潮》杂志成为印度现代主义的主阵地。印度文坛中也出现了一批青年作家,极度推崇现代主义之风,并呈现愈演愈烈之势。青年现代派诗人塔代沃·巴苏就公然向泰戈尔宣战:"不追随泰戈尔是不可能的,追随泰戈尔更是不可能的。"这一时期,孟加拉文学形成了以泰戈尔为首的浪漫派与以青年诗人为主的现代派对抗的情形。

  泰戈尔多次在公开场合批评青年现代派诗人,可以说泰戈尔的美学观几乎与现代派处于对立状态。与这些青年现代派诗人不同,泰戈尔接受的英国文学的影响主要来自浪漫派,它注重个人情感的表达,而现代派则注重的是"非个性化",即不受个人情感的支配,这就形成了一种对立的美学观。泰戈尔对现代诗歌的批判便始于其"非个性化"的文学观,他认为真正的现代就是个人心灵的表达,维多利亚时代的文学才是真正的现代文学。他因此重新定义"现代":不是从个人迷恋情感,而是以永恒迷恋爱情看待世界。[①] 1935年泰戈尔作《现代派》诗歌回复青年诗人对他的指责:泰戈尔首先标明自己同样是现代人"但请记住,我出生于现代。生日不是1850年之前,而是之后";其次表明自己心中的现代派"我早已认识你们所说的现代派……古代迦梨陀娑、婆波鲁等先人……当时他们全跻身于现代派行列。往昔不存在没有现代派的朝

---

① 刘安武等主编:《泰戈尔全集 第22卷 散文》,河北教育出版社2000年版,第259页。

代"。① 与"现代"的非时间观相适应,泰戈尔对于现代派的认识也与时间无关,带有历史循环论的色彩,并与他注重"心灵表达"的美学观相融合。所以,泰戈尔从对"现代"的内涵的重新定义,解构了西方传统中的"现代"一词。

二、时间意识与审美现代性

利奥塔及卡林内斯库认为现代性就是现代的时间性,德曼同样认为现代性本身就是时间性与非时间性的妥协。可以说"时间意识"已在现代性中达成最为广泛的共识。从广义上讲,"现代性"首先与一种时间意识相对应。同样,审美现代性也充满了鲜明的时间意识,并且涉及对新颖性、动态性的追求。波德莱尔作为审美现代性的开山鼻祖,他将现代性定义为"过渡的、短暂的、偶然的,是艺术的另一半",并将现代性与独创性相连,赋予它一种时间的印记。现代性存在于主体的目光中,有多少种目光就有多少种现代性。而不同的目光有不同的感知时间的方式,所以通过对"时间意识"进行分类,是理解现代性最为直接的方式。因此瓦岱便试图介入文学中感知"时间"的方式,以此进行分类,以便更好地为现代性这个迷宫找到合理的出口。泰戈尔同样也在为现代性找寻出口,不过他的解决方法是从根本上颠覆,即对"时间意识"这个现代性的根源进行矫正,以填补西方与印度之间存在的时间鸿沟。

(一) 波德莱尔与美学现代性

波德莱尔是最先从美学上对现代性进行定义的作家,可以说他是西方审美现代性的开创者,以致后来所有关于现代性的问题,始终都绕不开波德莱尔。波德莱尔首次提到现代性这一概念是在《现代生活的画家》这个小册子中。在小册中波德莱尔提及了画家 G 先生,即法国画家贡斯当丹·居伊。波德莱尔认为 G 先生一直追寻现代性"从流行的东西中提取出它可能包含着的在历史中富有诗意的东西,从过渡中提取永恒。"② 波德莱尔进一步指出"现代性就是过渡、短暂、偶然,就是艺术的一半,另一半是永恒和不变。每个古代画家都有一种现代性,古代留下来的大部分美丽的肖像都穿着当时的衣服……"。③

---

① 刘安武等主编:《泰戈尔全集 第 7 卷 诗歌》,河北教育出版社 2000 年版,第 315—316 页。
② 波德莱尔:《现代生活的画家》,郭宏安译,浙江文艺出版社 2007 年版,第 18 页。
③ 同上书,第 19 页。

波德莱尔从画家的角度,形象地对现代性进行描绘,通过对现代性定义的同时,表明波德莱尔敏锐地抓住了时代的风向标,也标志着西方美学的转向。

从17世纪末的"古今之争"开始,"现代"一词含义也丰富了,"现代/古代"术语的对立变成了美学纷争的一种标准,而这场纷争最终以厚今派的胜利告终。这不仅标志着现代人的胜利,还标志着现代性的觉醒。现代人面对着日新月异的现代社会,传统的经验已经满足不了人的发展需求,现代美学也必须与传统美学决裂,才能为人类在新的时代环境中提供精神支撑。厚今派正是强调一种当下的时间意识,这与厚古派那种传统的、永恒的时间相对立。司汤达还直接暗示了"浪漫"与"现代"之间的亲属关系,表现出一种当代生活意识。的确,从浪漫主义开始,西方美学逐渐发生重大转向,这也是浪漫主义直接继承"古今之争"的现代性意识的结果,而之后的现代主义又将这一美学推上了高潮。现代主义的美学意识集中于对当下的瞬间感受上,这一定程度上继承自波德莱尔。波德莱尔首先从艺术领域让现代性获得身份认同,然后推及文学领域,使得审美现代性最终为现代人普遍认同。

波德莱尔之所以为审美现代性寻求合理性,首先与他诗人的时代责任感有关。在世纪之交的时代,人们很容易陷入精神的困惑之中。而由于现代性的到来,西方社会出现了各种混乱之声。其中有人对现代性所带来的现时代给予悲观评价,认为这是一个过渡时代,甚至将这个时代比喻为荒漠。对于这种悲观情绪的蔓延,波德莱尔试图为现代性正名,他将悲观的空洞现时转化为英雄式的现时,他拒绝以现时的境况的不幸作为艺术衰败的理由,为传统破坏后的世界重新确立新的标准。尽管当时的时代是个失宠的时代,但从美学角度来说,它不亚于其他之前的时代。基于此,波德莱尔为现时代建立了新的美学标准,这种美学的现代性不仅在时间意识上与传统美学相对立,还丰富了美的内涵。波德莱尔的审美现代性将美定义为一种双重结构,一种是传统美学观:美是永恒的、来自自然;一种是现代性美学观:美是短暂的,来自理性。这就为现代文学提供了发展的方向,审美现代性为现代人的生存增添了巨大的信心和勇气。

(二)瓦岱的时间分类

瓦岱抓住了现代性的"时间意识"的根本,通过区分和明确不同的时间感知类型,来对现代性这个捉摸不定的事物进行分类,可以说这种思路具有极大的独创性,同时也是建设性的。他将现代性的时间类型分为四种,而其中两种分别由两个相互对立又可以相互转化的类型构成,所以严格意义上是有六种时间类型。可以说这六种时间类型几乎涵盖所有西方文学中现代性的类型,瓦岱为文学现代性确立了一种最为清晰的分类标准。

首先,第一种是空洞现时与英雄现时两个对立范畴。空洞的现时,指的是对现时代一种悲观的看法。一些文学家或艺术家们面对这个混乱的现时代,在传统价值观遭到毁灭之后,又难以接受现时代的价值标准,所以陷入一种空虚之中,他们因此否定现时,陷入一种消极情绪之中。而英雄现时则是一种积极的时间观,其中以波德莱尔为代表。波德莱尔以其独特的逆反逻辑,将空洞的现时转化为英雄现时。即使现时代确有衰落之势,但这种不利的时代环境不能成为文学衰落的理由,相反,这越能体现出这个现时代的独特之处,其美学相对于其他时代也应有独特的价值。其次是一种累积型现代性,它是以19世纪唯科学主义理论为基础,以左拉为代表。再次是断裂和重复时间类型,前者是不稳定的时间形态,战争和革命是其主要模式,而后者相对稳定,主张回归传统,表现一种永恒主题。最后是瞬时的时间类型,它与断裂和重复类型一样,属于这一种非连续时间类型,它既不需要依靠过去,也不依赖未来,而是纯粹的现时,从这种意义上来讲它与其他类型有所不同。瓦岱对时间类型的分类,赋予审美现代性这个概念更为具体形象的把握,以此为标准,可以对作家作品中现代性进行具体阐释。

(三)泰戈尔的时间类型

泰戈尔对时间的认识,是站在宏观角度的深刻领会。首先,泰戈尔深刻感知东西方对于时间问题的差异,尤其是印度和西方之间存在的文化鸿沟。印度是忽视时间的一个民族,它和西方现代流俗时间相比,更多的是生活在宗教时间之中,泰戈尔深切地认识到这既是印度的民族特色,又是阻碍印度现代社会发展的绊脚石。印度宗教中瑜伽修行强调的坐禅状态正是心灵时间的体现,它忽视客观世界甚至事物发展的规律,在精神世界中,心灵充当着无形的手,随意拨动着时针的运动。正如泰戈尔所说"印度好像是一个由静修林中祭火和烟雾构成缥缈冥想之国"①。这似乎正如陶渊明笔下的桃花源一般,处于一种"乃不知有汉,无论魏晋"的隔绝状态,作为异邦人英国的到来,使得处于冥想之中的印度逐渐苏醒。可以说,英国所带来的物质世界给印度带来的不仅是进步,还有精神的叨扰,泰戈尔注意到了印度社会中因外在介入而出现时间错乱的现象。

泰戈尔认为"外界人打破了印度的沉睡,使它从坐禅状态进入喧闹生活。"静修林当中的修行者首当其冲受到影响,他们之中一些人是无法抵挡社会的影响,做着假模假样的修行。他们一方面回不到过去,另一方面又很难面对现实,这与西方人所经历的现代性时的心理状态十分相似。当印度从心灵时间过渡到世界时间时,这两股势力如同绳索一样,牵制着印度社会。其中一股代表着传统的心灵时间,试图将印度拽回静修林;而另一股代表着现代的世界时间以强有力的势头将印度拉进喧闹生活之中。泰戈尔清醒地认识到这两股势力的对比,他站在印度社会立场,充分肯定世界时间,将其作为文明的伟大成果,但在民族文学角度,却坚定地站在了心灵时间一边,维护着印度的精神纯洁。

在文学中,泰戈尔的心灵时间是对立统一的,这种对立的存在基础是循环时间观。瓦岱的时间分类标准总体上分为断裂和连续两种时间类型,其根本还是西方的线性时间观的具体形态。所以如果用瓦岱的时间分类来看,泰戈尔的时间观有重复和瞬时两种类型的影子,但又与西方的文学现代性有本质不同。从重复时间类型来看,其本质是"当下"是"过去"的延续与重复,所以主张回归传统,再现过去,从古希腊神话中吸取养分,表现某种永恒主题。泰戈尔所具有的重复时间类型的特点,由于他的循环时间观,从古代经典作品中吸取营养,注重从印度古老的神话中表现永恒主题。从瞬时时间类型来看,其本质是对现时的迷醉追求,但它与过去是断裂的。泰戈尔同样对瞬时充满了热情,但其追求的客体是有本质区别的。西方瞬时时间类型追求的客体倾向于外在化的物质层面,而泰戈尔追求的是心灵的瞬时,是内在化的精神层面,这就导致了根本的转向。

---

① 刘安武等主编:《泰戈尔全集 第 23 卷 散文》,河北教育出版社 2000 年版,第 166 页。

三、泰戈尔的现代性焦虑

吉登斯在《现代性的后果》中提及现代性焦虑本质上是一种信任危机:"现代社会的心态,是人对抽象社会体系、制度、专业知识、技能的信任没有建立起来,或者内心矛盾没有得到抑制,是一种存在的焦虑或忧虑。"①文学上的现代性焦虑,成为现代主义美学的特征之一。如果从审美现代性与启蒙现代性的关系来看,现代性焦虑实则可以与审美现代性画等号,因为它们有着共同的功能,对启蒙现代性具有修正作用。只不过现代性焦虑这一概念更能体现出泰戈尔作为印度这个非西方国家的存在状态,同时更好地与西方审美现代性进行区别。如果从世界范围内考察现代性焦虑的生成机制,大致可分为两类:其一是西方社会自然过渡而产生的现代性焦虑;另一类是非西方社会被迫现代性而产生的焦虑。而后者是在西方现代化浪潮冲击之下的一种自卫反应和焦灼情绪(即一种落后的鞭子抽打在身上的焦虑),这广泛存在于殖民国家之中。非西方的现代性焦虑相对更为复杂,它以其他强势文化为参照,对自身民族文化进行审视,试图从文化的现代性与民族性之间找到平衡点,以驱散落后带来的阴霾。

吉登斯认为现代性制度与现代性断裂是西方现代性焦虑产生的深层原因。在前现代文化中,地域性既是本体性安全的焦点,也有助于本体性安全的构成,其信任环境主要依赖于传统、宗教、亲缘,而现代文化中,现代性后果——全球化似乎正在瓦解前现代文化中的本体性安全,使得信任环境发生质的改变,其风险环境从自然界主导发展为人为主导,现代文化中,工业化带来的生态风险、极权政治带来的军事风险等占据主导,这也就导致了一种更为深层的存在性焦虑。在西方文学中,现代性焦虑极端地表现在原始主义之中,它是现代主义中的一派,主要表现出对工业文明的厌恶,表现一种精神危机。而泰戈尔的焦虑在西方现代性焦虑的背景上注入了异质性,表现出一个前现代的印度在走向现代的过程中更为复杂的存在性焦虑。

(一)时间之焦虑

泰戈尔早就洞悉到时间是印度民族性的核心,这是面对现代性所亟待解

---

① 安东尼·吉登斯:《现代性的后果》,田禾译,译林出版社 2000 年版,第 86—87 页。

决的问题。20世纪80年代,吉登斯将现代性的动力之一总结为时间与空间的分离,这也是全球化产生的条件。然而在20世纪初泰戈尔就已经察觉到全球化的迹象。他同样将时间与地点的分离作为现代社会最显著的特点。这也预示着在现代社会中,地域性逐渐向世界性过渡。在印度前现代文化中,时间总是与宗教融为一体的,时间的主观精神化将印度分割成一座孤岛,这时人的状态是静止的。而现代性所带来的时间是动态粘合性的,它不依附于任何介质,却能将地域进行联合,它是客观外在化的,如同残酷的巨轮,以倾轧一切之势无限转动,不以人的意志为转移。所以现代性所带来的时间是残酷的,也是紧迫的。尤其工业化的发展,使得现代人的时间更多的为工作占据。泰戈尔在《现代诗歌》中指出:"现代人心灵充满急迫感,何况时间也很少,生计成为一件大事。在飞速转动的机器堆里,人们一刻不停地工作着,在慌张中享受着。"[①]这就意味着在现代生活中,现代性所带来的时间正挤压着精神的时间,这同样也给代表着精神时间的印度宗教带来不小的挑战。由于印度社会复杂的宗教环境,教派之间的冲突始终是印度向现代社会过渡的阻力。然而现代性的到来,加之英国的介入,加剧了矛盾冲突,宗教改革成为适应其社会发展的必然趋势。但宗教改革必然对宗教信仰产生一定冲击,而这也同样会加剧焦虑情绪,甚至会发展为一种极端绝望情绪。吉登斯将前现代文化中宗教信仰在现代文化中的缺失作为现代性焦虑的主要原因之一,这尤其在尼采宣扬"上帝死了"之后产生的精神危机中得到证实。所以为了避免现代性对印度宗教进行瓦解,时间问题便成为根源性的所在,也是关系民族性得以存在的重要前提。

泰戈尔的现代性焦虑体现在他试图充当西方与印度之间的调和者上。他深刻地认识到印度的时间与西方现代性的时间似乎处于两种极端状态,他采取的调和矛盾的方法是辩证的方法,而不是全盘西化以达到表面和解的方式。泰戈尔首先将时间一分为二,一是社会时间,二是宗教和文学时间。在社会时间中,他充分肯定现代性带来的伟大成果,他同样认同印度应该融入世界,而不是孤立存在,积极主动地融入世界时间的浪潮之中,这也是实现社会现代化的必然趋势。而在宗教和文学时间问题上,他是民族性的坚定捍卫者,同样也

[①] 刘安武等主编:《泰戈尔全集 第22卷 散文》,河北教育出版社2000年版,第250页。

是世界心灵美学的拥护者。他批判现代性所带给人的心灵戕害,他用代表精神的无限时间来对抗现代性带来的易逝的、短暂的时间,以缓解现代人的焦虑和紧迫感。在文学中,泰戈尔的现代美学便是他现代性焦虑体现,也是他对西方审美现代性的补充,他以极大的包容度和海纳百川的胸怀游走于东西之间,他用诗人的敏感神经捕捉民族特色,并加以整合,在面对强势文化时,有取长补短的积极客观态度,为民族文化走出去提供更多可能。所以泰戈尔的现代性焦虑是一种积极的心态,它是面对强势文化的一种自卫反应,是积极向上的,而非因盲从陷入茫然的负面心态。他的现代性焦虑试图充当着西方审美现代性的角色,对启蒙现代性进行纠正的同时,又丰富了世界现代美学体系,让印度有了自己的现代美学。

（二）文学之焦虑

泰戈尔对文学的焦虑体现在对孟加拉现代派的批判之中。在19世纪30年代,因青年诗人与泰戈尔文学观产生严重分歧,孟加拉文坛之中出现了泰戈尔与现代派之间的激烈论战。泰戈尔作为浪漫派代表,在西方现代主义浪潮席卷孟加拉后,已成为旧时代或是老派的代表,加之泰戈尔在文坛中的地位,一时间,泰戈尔成为众矢之的,受西方现代派影响的青年诗人群起而攻之,泰戈尔因此陷入与现代派的论争之中,不仅发表多篇文章进行回应,还在演讲中呼吁青年人不要让诗歌为欲望所驱使,堕落成毫无美感的骷髅。泰戈尔与现代派争论实质是一场关于传统与现代文学之间的论争,确切来讲,是浪漫派与现代派之间的争锋。而从文学史来看,在欧洲历史上早已上演过,其结果是现代主义以爆发之势压过浪漫派,取得阶段性胜利,欧洲文学进入现代及后现代时期。当西方的现代文学随着现代的社会环境移植到异质文化的土壤之中时,文学的现代化同样势如破竹般冲击当时的社会文化(可谓之传统文化),但是否会像西方现代主义一般有如此强大的生命力,还有待时间的检验。

时间成为检验文学经典的重要尺度,凡是历经时间淘洗,仍能给人带来情感共鸣的作品方可称得上世界文学。在孟加拉文坛中的现代派很快退出历史舞台,而泰戈尔成为世界级的作家,在21世纪的今天仍为人称道。之所以印度现代派诗歌没能像西方现代主义那样富有生命力,是多方原因造就的。首先,不可忽视的重要原因之一是印度作为东方文化圈的代表缺少西方现代性的土壤,即使是相同的种子,相同的种植方法,放在不同的环境中,也会产生巨大差异。这就是"橘生淮南则为枳"的简单道理。西方文学现代性本质上是很难突破东西文化之间的异质文化壁垒的,即使在当时完成短暂性的移植,但总会在一段时间后出现排异反应。文化之间的异质性成为审美现代性不可能在印度扎根的根本原因。其次,孟加拉文坛中现代派的确有东施效颦之嫌。泰戈尔在《现代诗歌》中讽刺青年现代派诗人的一首叫《蛙》的诗,他批评诗人将青蛙强行拽入诗行,使得诗歌丧失美感,仅仅成了故意反抗传统的武器。所以孟加拉现代派中缺乏优秀诗歌作品,而陷入流俗闹剧之中,这也是其衰退的原因之一。

泰戈尔对文学的焦虑是他作为有社会责任感的文学家的表现,他的责任感与使命感使他期望印度文学能向健康长远方向发展,所以任何能引起人心灵病变的苗头,他都格外注意,即使在古稀之年,面对一群人青年诗人的集体讨伐,陷入众矢之的的泰戈尔仍然坚定他的文学理想,为印度文学指引一条康庄大道。

(三) 文明之焦虑

泰戈尔认为"文明是每个民族忙于创造的一种模式,其目的是要用这个模式根据自己最高理想塑造该民族每一个人"。[①] 他深刻分析了西方文明模式,认为这一模式下的最高理想是人对自然的征服,以塑造人的完美的身体、智力,以证明人的至高无上性作为目标。而印度文明模式下的最高理想是人与自然的和谐,以培育出掌握"宇宙之道"的"仙人"为目标,在这种模式下,吸引着精英分子过着与世隔绝的沉思生活,它所证明的不是人的至高无上性,而是宇宙的伟大,追求与宇宙精神的合而为一。在两种文明的对比中,愈发凸显出各自文明的独特性。泰戈尔充分认识到西方文明取得的伟大成果,"西方通过其活跃的思想对印度的生活施加的影响为我们帮了一个大忙,它激发了我们将思想变为行动,因为它的思想是伟大的,它的智力生活在其核心中具有理智的正直,具有真理的标准。"[②] 西方文明以强大的能量场为印度文明革新了思

---

① 刘安武等主编:《泰戈尔全集 第19卷 散文》,河北教育出版社2000年版,第11页。
② 刘安武等主编:《泰戈尔全集 第20卷 散文》,河北教育出版社2000年版,第82页。

想,注入了新生活力,当知识分子认识到西方文明巨大优势时,开始去依附甚至向它趋同,而当印度开始效仿并一昧追求速度时,问题便开始暴露。社会虽然在进步,却也进入了混乱,人在无法控制的混乱中迷失了方向。因此,针对社会中一些西化派,泰戈尔批评道:"东方年轻的一代,沉醉在来自西方新酿的烈酒中,同样也变得趔趄了,他们满足于讥笑嘲讽,说我们对产生平衡完美的崇拜追求已造成了我们自身的惰性。他们忘了,与静止的事物相比,运动的事物更需要平衡。"的确,西方文明的失衡问题被泰戈尔一语成谶,这也是现代性带来的后果之一。按照东方美学的平衡观来看,万事万物必须保持一定的平衡,这是发展的保障。当然西方文明有一套自我平衡机制,但这个机制是建立在新对旧破坏的基础上,这是一个动态的创造机制,在现代性到来之后,这个机制似乎被加速了,飞速运转中的事物更加容易失衡。而印度的平衡机制相对静态,西方文明带来的现代性犹如给印度社会打了催化剂,但这也打破了原有的平衡,而一旦失衡将面临更覆灭的危险,泰戈尔意识到文明失衡问题的严重性,他试图为这种失衡状态找到合理对策,这同样是他现代性焦虑的体现。

吉登斯认为从前现代文化到现代文化实现了以自然为主导到以人为主导的过渡。在现代社会的风险环境里,自然威胁已经退而成其次,人为制造制度成为束缚人的主要因素。泰戈尔也认为现代文明的难题是:"人在抛开自然规律中的简单、健康和纯洁性之后,如何在人为制造的复杂环境和制度中保持生活的平衡。"[①]这个难题始终未得到解决。身处后现代文明中的我们,反而陷得更深。泰戈尔在近百年前抛出了现代文明的症结所在,他强烈的忧患意识试图为后人敲响警钟。但似乎人类亲手创造的现代文明成了禁锢自身的坚固牢笼。现代文明的难题至今难以解开。如何解决失衡问题成为现代性焦虑的核心之一。泰戈尔试图给出答案,这个答案便存在于人与人的关系之中。

和吉登斯一样,泰戈尔认为现代人面临着更为严酷的生存环境。现代人脱离了简单的自然环境迈入了人为制造的风险环境之中,而在这种风险环境中,人与人之间的关系才是解开难题的关键,吉登斯给出的建议同样也是要弘扬人的情感。不管是印度文明还是西方文明,现代性带来的利刃之箭最终是

---

① 刘安武等主编:《泰戈尔全集 第 24 卷 散文》,河北教育出版社 2000 年版,第 186 页。

射向了人心,人的幸福感缺失、道德滑坡、人性泯灭……一切都可归于人心的缺失。所以解决现代文明难题首先应从社会中的个体开始,人与人的关系亲密了,人从中获得幸福感和信任感,精神危机才会得到缓解。泰戈尔是站在世界主义立场思考现代文明,他的解决之道不仅适用于印度社会教派矛盾,还适用于西方文明,甚至对东西文明的异质性同样适用。所以泰戈尔的现代性焦虑不仅对启蒙现代性具有修正作用,还试图为印度的现代性发展创造更为有利的环境。从这一层面来看,现代性焦虑既是对现代性的积极批判,也因此使得现代性更具普适性。

人与人之间的关系是现代文明应着重处理的问题。泰戈尔甚至高呼:"人与人之间的关系才是真正的文明。"它是打开现代文明这所牢笼的钥匙,是世界文明和谐相处的关键所在。泰戈尔对文明的焦虑以及解决之道,是现代性焦虑的又一表现。他试图不仅为西方,更为印度社会找到一副治疗现代性给人带来副作用的良药。

四、泰戈尔美学的时间维度

泰戈尔的美学是从深厚而又悠久的民族文化中吸取营养,如夏花般绚烂绽放于现代。泰戈尔所汲取的民族养分主要来自吠陀时期的印度宗教经典,由西方审美现代性催生而来。所以泰戈尔美学内核是传统的,而外在表现则是现代的。泰戈尔在对美的阐释中更多地体现了传统因素,而他的文学美学观则是在与西方审美现代性的对照中,凸现出民族性的同时,又丰富了审美现代性在异质文化中的内涵,使得印度在接受现代性时,缓解了剧烈的阵痛。

泰戈尔对时间问题的认识是其现代美学的核心内容,这一方面是受到西方审美现代性的直接影响,体现的是一种在西方文化影响下的焦虑,也是其现代性焦虑的具体体现。时间古往今来一直是文学的重要题材之一,但泰戈尔对于时间的把握具体体现在他的文学观之中,即对于永恒和短暂、传统与现代的认识之中。对这两对范畴的认识,同样是区分审美差异的重要尺度。这两对范畴在历史的对抗中改变了西方美学的风向标,使得美学由古典向现代转变。泰戈尔认为西方美学的这种转变并不适用于印度现代社会,在这种美学的倡导下,文学作品越来越追求的是时髦,追求新的、短暂的事物,这反而会让社会中罅隙越来越大。印度传统文学会面临生存危机,印度民族性会在西化的势力中消耗殆尽。所以泰戈尔向审美现代性中最为鲜明的时间性发起挑战,逆势而为,促进印度美学的现代转化。

(一) 永恒与短暂

在我们日常生活中,时间通常与短暂相联系,这种流俗的时间观是一种流动且不可逆的形态。而一旦涉及精神领悟,似乎时间就可以实现静止,并与永恒等价。西方从亚里士多德开始便开启了对时间问题的探索。在亚里士多德那里,时间是一个现成的现在之流,它自在地流失着,这是一种对时间的物理属性的认知。到了奥古斯丁才开始对心灵时间进行探索,当然这是出于宗教的需要。而康德则将时间问题提升到前所未有的高度,成了他解决自由问题的首要前提。康德既承认了时间的物理学属性,又为心灵时间争取一席之地,他称这种心灵时间为非时间性的存在,即自由意志。到了海德格尔,他的《存在与时间》则为永恒的存在提供了合理解释:"永恒的存在既可能是连续的,又可能是断裂的,历史也并非一种常显不隐,贯彻始终大道是永恒的,并不意味着道是常显不隐的。"这就为真理的永恒性提供了合理的依据。而在美学上,永恒与短暂之间的对决在古今之争中拉开序幕,最终代表着现代的变动易逝美学取得了全面胜利。波德莱尔的审美现代性就是倡导现实生活中短暂、瞬间的美。

可以说美就是在短暂与永恒的对立中得以存在的。波德莱尔在《现代生活的画家》中将美分为两种结构:"构成美的一种成分是永恒的,不变的,其多少极难加以确定;另一种成分是相对的、暂时的,可以说它是时代、风尚、道德、情欲,或是其中一种,或是兼容并蓄。"正是因为波德莱尔将美定义为永恒与短暂的双重构成,才为他追寻现代性的短暂美学提供了理论依据。当然他对于永恒与短暂有着辩证的认识,他的美学理想便是将现代性变成古典性,这就要求作家将生活中短暂的神秘美提炼出永恒特质。总之,波德莱尔的现代性美学丰富了美的内容,使美与时俱进,适应了西方现代社会的发展。

泰戈尔的现代美学是永恒与短暂的统一。泰戈尔认为文学的目标便是对永恒的追求。"真正的文学,不仅在现时期,而且在永恒时期里,使自己的理想和自己的哀乐受到尊重,所以必须使事物的广度和深度相结合,当把短暂时期的事物变成永恒时期的事物时,测量短暂时期的尺码就于事无补了。正因如此,优秀文学不是稍纵即逝的。"与波德莱尔相比,泰戈尔主张文学不仅要面向现在,而且还要面向未来,所以这种对于时间的广阔要求,使得文学必须要有永恒性。当然因为泰戈尔的文学观始终与心灵和情感相连,他的永恒有着将人的特殊情感幻化成人类普遍情感的意味;而波德莱尔注重的是现时代,而现时代显著特点便是瞬息性,他的文学创作不像泰戈尔那样是对自我情感的强烈表达,而且是对于非我的追求。虽然同样是关于永恒和短暂的美学,但两人在文学观上有着完全不同的侧重点,导致美学的分歧。泰戈尔多次批评西方文学的欲念过重问题。他认为正是因为欧洲文学过分看重物质享受,才使得心理逐渐变态,这种变态指的是心理严重失衡,缺少平和心态。这种强烈的欲念,使心发生了病变,最终表现在文学上,"它使得渺小变成伟大,伟大变渺小,稍纵即逝东西成为永恒,而永恒最终消失。"当然西方在审美现代性到来之后,几乎与代表着西方传统的永恒美学断绝了关系,现代美学似乎是在以一种反叛的力量为人提供精神慰藉。尽管泰戈尔强烈批判西方现代性美学,但它确实是顺应时代需求的体现。

泰戈尔现代美学之所以能实现短暂与永恒的统一,与情感在其文学观的重要地位有关。他始终强调唯有人的情感才能在文学中实现永生,情感是控制着时间的。人只有在心灵的帮助下,才能实现从短暂到永恒的转变。因此,他认为文学的事业就是将自己的心灵真实变成人类的真实感受。他所追求的文学目标即是作者与读者之间的情感共鸣,这种共鸣是不受空间、时间甚至是文化限制的,基于此,文学才是永恒的。

(二) 传统与现代

传统与现代同永恒和短暂的关系一样在古今之争后嫌隙越来越深,而传统一词也越来越倾向于贬义。在 20 世纪初,现代化正以迅猛之势席卷西方各国,而这在一定程度上加剧了现代与传统之间的冲突。反映在文学上,各地掀起了运动浪潮,试图用最为彻底的方式将传统美学赶下历史舞台,于是先锋派粉墨登场。先锋派从广义来讲是指所有的新流派,它们以对过去的拒斥和对新事物的崇拜作为其美学纲领。这实则是一种极端的美学,它所追求的新是建立在对传统的彻底破坏的基础上的,而这就导致了审美现代性的美学转变。

起初,新生事物如雨后春笋般崛起,而这往往是对旧事物的摒弃的基础上,而被破坏殆尽的旧事物上,并没有新事物重建起来的秩序,这就是产生虚无的根源。而现代主义似乎比先锋派在对待传统上平和了一些。卡内林斯库曾强调过先锋派与现代主义之间的区别。在欧洲国家,先锋派往往被看做是对艺术否定的极端形式,包含在未来主义、达达主义以及超现实主义之中,而现代主义并没有先锋派那种对于传统的彻底否定感,而它的反传统恰恰是传统式的。艾略特就很好地体现了现代主义所试图建立一种新传统秩序的诉求。他在《传统与个人技能》中表达了他对于传统与现代的辩证认识。艾略特将传统与现代和过去与现在的关系进行等价替换。他将传统定义为一种历史意识,它不仅包括一种对历史的"过去性"的感觉,还包括对历史的"当下性"的感觉。而这种历史意识能清醒地意识到事物的超时间和时间性。另外他又将新与旧的关系融入其中。他将文学中新运动思潮的更新理解为是旧事物与新事物取得一致性的过程,这也意味着过去决定现在,现在同样还能修改过去,因此传统与现代的关系不再像先锋派理解的那么激进,而是形成了一种可以互动的关系。泰戈尔现代美学中对传统与现代的关系与艾略特有着相似之处。

泰戈尔在对印度宗教改革领袖罗易的高度评价中可以看出他对传统与现代非对立关系的看法:"一个真正的现代派不仅不会背离传统,而是创造性地重新解释传统。反过来说,真正热爱印度传统文化的表现应该是敞开胸襟,兼收并蓄,而不是害怕变革。只要运用得当,传统文化能够使人们在守住根基或者说在不割断传统的情况下步入未来。"泰戈尔将拉姆莫·罗易视为现代人,他打通了印度的古代与未来。同样对于印度文学的现代化改革,泰戈尔持开放态度。他推崇般吉姆和默图苏登对于孟加拉文学的现代化革新,使得孟加拉心灵逾越因袭的传统习俗的狭隘界限,解放了桎梏人的古老传统,使得人的本性万古长青。可见泰戈尔不仅是一个社会改革家,还是文学改革的倡导者。对于传统,泰戈尔并没有全盘否决,他认为那种不分青红皂白地将过去一概否定的是反动,而不是革命。泰戈尔认为应该警惕这种反动,而尤其是在美学上。在美学发展史中,总是会出现一段特殊时期,这是个解放的时期,这为反动提供了适宜的环境,人们会反其道而行之,出现了对一切传统的反叛,这导致美被狭隘的视野束缚,仅仅沦为反叛的工具,而西方的先锋派就带有反动的趋势。泰戈尔曾批判达达主义所具有的一种反常的对于新的崇拜,从而形成了一种"震惊"式的美学,而这也将它自身引入毁灭的烈火。所以对传统与现代的关系问题上,泰戈尔倾向于一种积极开放的心态,在一定程度上化解了对立,实现了互融互鉴,在和谐统一的基础上实现社会的进步。

(三)缝织时间的美学

泰戈尔在诗歌序言中表达出对于死亡的认识,在生与死之间"仿佛我在进行一件缝纫活,缝织了过去、将来和现在",通过缝织时间,泰戈尔不仅实现了自我的无限,还为现代社会在前进过程中处理与过去和未来的关系提供了积极建议。对于一个民族来说,如何处理与过去的关系,即如何对待传统,不仅关系现在,还对未来的发展意义重大。而对于身处西方现代化浪潮中的东方国家来说,有些知识分子认为只有与过去彻底决裂,才能在未来实现国家的现代化;而还有一部分相对保守的知识分子固守民族的堡垒,试图将自己与现代性隔绝起来。而泰戈尔面对两派的激进观点,走出了一条相对中庸的道路。他一方面批判那些过于追求西化的青年人,另一方面又对保守派加以批评:"那些认为自己已经从祖先那里获得所有满足在信仰和实践上把自己同现代性隔绝起来的人,怎么还有动力活在当下?怎么可能对未来抱有信心呢?"泰戈尔试图化解传统与现代之间的敌对关系,为双方找到和谐共处的条件,而这相对于激进和保守派来说,是更为困难的一条路,但也是东方国家在实现现代化进程中最为理想的一条路。在20世纪20年代,中国出现了"泰戈尔热",1924年,泰戈尔正式访华,在此期间中国的知识分子对泰戈尔的访华分裂成两派,一是欢迎的一派,以徐志摩为代表。而另外一派是不欢迎的一派,其中以陈独秀为代表。当时中国与印度一样,面临着西方现代化的浪潮,而以胡适、陈独秀为代表的中国知识分子走的便是全盘西化的道路。泰戈尔在中国的演讲大谈东方的民族精神,而这与当时中国社会主流思想相背离,所以也就导致泰戈尔之行以不欢而散的结局落幕。以现在看过去,时间已经证明,泰戈尔所走的中庸之道才是东方国家在实现现代化的过程中最为合适的道路,在保持了民族性的同时,又与世界相融。

泰戈尔的美学的社会功用便是缝织过去与现在,以更好地适应现代性,面向未来。西方的现代性在很大程度上将重心放在了时间的现在属性上,而这将其与过去的时间相剥离,与未来也没有建立积极的关系,这就导致时间的分裂,社会也在断裂,在这种环境之中生存的人自然会产生精神危机。泰戈尔正确地认识到现代性给社会带来的前所未有的功绩的同时,也认识到它给时间带来的分裂是西方社会精神危机的源头,他不愿注重精神的印度陷入西方的困境,所以泰戈尔的现代美学突出强调了时间问题,这也是对西方现代性弊端的矫正。

第二章 泰戈尔作品在中国的翻译出版

泰戈尔之所以能够对中国产生巨大而持久的影响,其中一个不可缺少的因素和环节就是对其作品的译介和出版。作品的译介出版是泰戈尔在中国传播最重要的途径之一,应该说他在中国的广泛传播和影响都是建立在对其作品全面系统的译介和出版的基础之上的。自 1915 年陈独秀最早在《青年杂志》第 1 卷第 2 期翻译《吉檀迦利》中的四首诗以来,人们对泰戈尔作品翻译和出版的热情就持续不断,一直延续到现在。我国百余年来泰戈尔作品的翻译史,经历了四个阶段:20 世纪上半期是第一阶段,50—60 年代是第二阶段,80—90 年代是第三阶段,21 世纪以来是第四阶段。本章就按照这四个阶段来梳理泰戈尔在中国大陆地区翻译出版的史实,考察泰戈尔在当代中国汉译传播中的特征,并以具体作品为个案对中文译本进行具体的分析和探讨。

第一节 20 世纪上半期的翻译出版

泰戈尔获得诺贝尔奖的当年,中国学界就有了反应。但具有一定规模的译介,还是在 20 世纪 20 年代,尤其是泰戈尔 1924 年访华前后。

一、20 世纪上半期泰戈尔作品翻译出版概况

泰戈尔 1913 年获诺贝尔文学奖。获奖的当年,钱智修在《东方杂志》发表了题为《台莪尔氏之人生观》的文章。钱智修当时在商务印书馆编译所从事翻译研究。他从英国出版的《希伯特杂志》(The Hibbert Journal)读到泰戈尔的一篇论著,这是泰戈尔 1912 年在美国哈佛大学的一次演讲的演讲稿《不完美正是完美的体现》(后来出版的《萨达那——生命的证悟》中的第三篇)。钱智

修将其加以编译、解析和评述。

第二位译介泰戈尔的是陈独秀。陈独秀1915年从日本回国,9月创办杂志《新青年》(第1卷名为《青年杂志》,第2卷开始更名为《新青年》),进行思想文化启蒙,将希望寄托在青年身上。在发刊词《敬告青年》中,提出新一代青年的人生价值取向:"自主而非奴隶的;进步而非保守的;进取而非退隐的;世界而非锁国的;实利而非虚文的;科学而非想象的。"在"进取而非退隐的"一节中这样写道:"人之生也,应战胜恶社会而不可为恶社会所征服,应超出恶社会进冒险苦斗之兵,而不可逃遁恶社会,作退避安闲之想。……吾愿青年之为托尔斯泰与达噶尔[R. Tagore. 印度隐遁诗人],不若其为哥伦布与安重根。"[①]在这里,陈独秀把泰戈尔(达噶尔)和托尔斯泰都当作"退隐"者,不赞成他们"爱"的哲学和自我内在的精神修炼,而主张学习航海大洋、发现新大陆的哥伦布和刺杀日本首相伊藤博文的朝鲜青年安重根。显然,陈独秀对泰戈尔的思想观念中的一些东西并不认同,但对他诗作的艺术是肯定的。在《青年杂志》1915年第1卷第2期上选译了泰戈尔的四首诗,以《赞歌》(五言文言体)为题刊出。鉴于资料难得,下面将四首译诗全文引出:

其一

我生无终极,造化乐其功。微躯历代谢,生理资无穷。越来千山谷,短笛鸣和雍。

和雍挹汝美,日新以永终。汝手不死触,乐我百障空。锡我以嘉言,乃绝言语踪。

弱手载群惠,万劫无尽工。

其二

当汝命我歌。矜喜动肝膈。举目睹汝面。不觉泪盈睫。纯一而和谐。泯我百徽缱。

乐如海上鸥。临波厉羽翻。前进致我歌。我歌汝怿悦。余音溢天衢。稀宠幸接迹。

---

① 陈独秀:《敬告青年》,《青年杂志》1915年第1卷第1期。

欢歌醉忘我。苍冥为友戚。

其三

深夜群动息。吾亦百虑消。偃卧无所营。委身任灵保。惰气渎神命。母令相混淆。

夜色若张幕。倦眼息尘劳。朝醒乐新景。感此神功高。

其四

远离恐怖心。矫首出尘表。慧力无尽藏。体性遍明窈。语发真理源。奋臂赴完好。

清流径寒碛。而不迷中道。行解趣永旷。心径资灵诏。挈临自在天。使我长皎皎。

这是泰戈尔诗歌在中国的首次翻译。四首诗作选自泰戈尔的诺贝尔奖获奖诗集《吉檀迦利》中第1、2、25、35首。译诗后有陈独秀的注释，称泰戈尔是"印度当代之诗人。提倡东洋之精神文明者也。曾受 Nobel Peace Prize。驰名欧洲。印度青年尊为先觉。其诗文富于宗教哲学之理想。"[1]从译文和注释看，陈独秀对泰戈尔创作的精神特征和思想、影响的把握基本准确，只是把诺贝尔文学奖误认为是"诺贝尔和平奖"（Nobel Peace Prize）。

1916年泰戈尔访问日本，在日本掀起"泰戈尔热"，当时中日学界联系紧密，自然有中国学者关注，"泰戈尔热"也波及中国。当时有受此影响而向国内学界介绍泰戈尔的文章：仲涛的《介绍太阿儿》（《大中华》1916年第2卷第2期）、叔涛的《塔果尔佛》（《环球》1916年第1卷第2期）、乐海的《塔果尔眼中之亚细亚》（《环球》1916年第1卷第2期）、胡学愚（胡愈之）发表《印度名人台峨尔氏在日本之演说》（《东方杂志》1916年第13卷第12期）。

《介绍太阿儿》从西方大诗人叶芝对泰戈尔的推崇说起，说到日本人对泰戈尔的追随。文中认为泰戈尔代表了东方文明新时代的到来，称泰戈尔不仅是诗人，"太阿儿为预言者，为哲学家，为宗教家，为教育家，为印度的爱国者，

---

[1] 陈独秀：《赞歌 译注》，《青年杂志》1915年第1卷第2期。

为梵界之中兴伟人。"文章还介绍泰戈尔将东西两洋的文明形态比较,东洋是"森林之文明",西洋是"城壁之业识"。而泰戈尔极力弘扬东方精神文明,引领新的时代潮流,"不愧为以文豪而兼哲学宗教者也,诚足以当新时代之前驱者之任者也。"①

《塔果尔佛》的作者以佛教中"佛"的称号来表达对泰戈尔的敬仰。"佛"的本意是先知先觉、大知大觉。文章从泰戈尔的家庭、教育、人生体验多角度谈及他的先知先觉,还节译了泰戈尔在美国演讲《个人和宇宙的关系》来佐证其大智慧,最后结论:"塔果尔氏者,非仅一诗人也,实世界文明之大批判者,亚洲思想之大鼓吹者,平等自由之权化,而印度思想、印度文明复活之先知先觉者也。"②

《塔果尔眼中之亚细亚》记述了泰戈尔1916年6月11日在日本东京法科大学讲演的盛况,听众达1600多人,"赭面白须之讲演者,与黄面之听者,两色相映,实亚细亚之伟观,世界之伟观也……全堂听客端然静听,感激之色溢于眉宇。"③文章的主体内容是译述泰戈尔讲演的内容:亚洲文明有着辉煌的传统,近代被欧洲文明超越,日本的崛起为亚洲的觉醒开启了新时代。

《印度名人台峨尔氏在日本之演说》是泰戈尔1916年7月18日在日本东京帝国大学讲演的节译,突出讲演中东西文明比较的内容,对"弱肉强食"的西方文明予以谴责,对"非政治的而为社会的、非侵略的、机械的而为精神的"东方文明充满信心和期待:"吾东方人具有不死之精神,东方之民族,将于世界之历史同其寿命。为今之计,但静待时机之至可耳,吾东方人可不必慕西方之文明,但固守东方固有之文明发展光大之即亦已足。"④

综上所述,20世纪初中国的泰戈尔译介,无论是演说文的编译评述,还是诗作的归化译写,抑或生平思想的介绍,都可以感受到世纪初文化转型时期,知识分子对中国社会文化的关注和未来走向的期待,不只是把泰戈尔当作一个诗人,而是作为东方文化的代表,在东西文化冲突与融合中,从他的思想和

---

① 仲涛:《介绍太阿儿》,《大中华》1916年第2卷第2期。
② 叔涛:《塔果尔佛》,《环球》1916年第1卷第2期。
③ 乐海:《塔果尔眼中之亚细亚》,《环球》1916年第1卷第2期。
④ 胡学愚:《印度名人台峨尔氏在日本之演说》,《东方杂志》1916年第13卷第12期。

创作中获得中国文化发展的借鉴和启示。世纪初的泰戈尔译介,是后面几次译介高潮的热身。

中国泰戈尔译介第一次高潮是20世纪20年代。以泰戈尔1924年来华访问为契机,前后的整个20年代出现泰戈尔的翻译热潮。粗略统计,20年代,泰戈尔作品的中文翻译,在《新青年》《小说月报》《少年中国》《东方杂志》《文学周报》《晨报副刊》《京报副刊》《时事新报·学灯》《民国日报·觉悟》等23种杂志与报纸副刊,发表泰戈尔作品中文翻译350篇次以上;商务印书馆、泰东图书局等5家出版机构,出版了《太戈尔戏曲集》《太戈尔短篇小说集》等中译本18种,31个版本;译者近90人,包括当时活跃在文坛上的沈雁冰、郑振铎、赵景深、刘大白、叶绍钧、许地山、徐志摩、沈泽民、瞿世英、王独清、李金发、梁宗岱、胡仲持、焦菊隐、黄仲苏、景梅九等;涉及泰戈尔诗集7种以上,如《吉檀迦利》《采果集》《新月集》《园丁集》《游思集》《飞鸟集》等;长篇小说2种:《沉船》《家庭与世界》;戏剧10种,如《齐德拉》《邮局》《春之循环》《隐士》《牺牲》《国王与邮局》《马丽尼》等;短篇小说集多种,还有论文、书信、讲演、自传,如《我底回忆》《人格》《创造与统一》《人生之实现》《国家主义》《海上通信》《欧行通信》等。18种译著中有16种出版于1920—1925年,250余篇次的译文中亦有92%以上在1920—1925年刊出,有的作品译文达5种之多。

这次译介高潮的特点:第一,以泰戈尔访华为契机;第二,与当时中国东西文化大讨论的时代诉求相呼应,泰戈尔的思想译介为重点(哈佛大学演讲集有5种译本);第三,全从英语翻译,隐含着西方选择的影响;第四,译者主要是活跃在思想界和文学界的学者、作家。且不说著名学者、作家瞿世英、郑振铎、王独清、楼桐孙、吴致觉、焦菊隐等,这里只提一位现在学界不太了解的景梅九。景梅九(1882—1961)是当时的著名学者、诗人、文学家、书法家。在文字训诂方面的造诣,享有"南章(太炎)北景"的盛誉;早年留学日本,在日本加入中国同盟会,担任山西分会评议部部长。他办报、结社,鼓吹革命,回国后策划和领导西北革命。他所著辛亥革命回忆录《罪案》一书,1924年由国风日报社出版后,风靡一时;他的《〈石头记〉真谛》与蔡元培的《〈石头记〉索隐》、胡适的《〈红楼梦〉考证》、俞平伯的《〈红楼梦〉辨》,被推为开中国红学研究先河的专著。他精通日、英文及世界语,是中国研究世界语的先驱,并曾翻译过但丁的长诗《神曲》、托尔斯泰的剧本《救赎》。他翻译泰戈尔的小说《家庭与世界》、散文作品《人格论》和戏剧《散雅士》,当时产生很大影响。

第二节 20世纪50—60年代的翻译出版

如上所述,1915年泰戈尔的诗歌第一次被陈独秀翻译到中国,其后几年他的作品只是零星地被翻译发表。进入20年代,随着欧美对泰戈尔的推崇和国内思想文化形势发生变化,泰戈尔越来越受到国内文化界的关注,人们对他的作品进行了比较全面的译介,这种译介在他1924年访华前后达到了高潮,形成"泰戈尔热"。这一时期便是泰戈尔作品译介出版的第一个高潮时期,他的诗歌、小说、戏剧、论著、书信以及演讲被大量翻译介绍过来。1925年之后,随着泰戈尔热潮的逐渐褪去,文化界对泰戈尔作品的译介进入了一个相对平淡的时期,一直到1949年之前,泰戈尔被翻译的作品并不太多,虽也有一些陆陆续续的个人翻译,但其规模不可与20年代同日而语。这种平淡、沉寂的状况很快在中华人民共和国成立以后明显得到改变,在50—60年代又一次出现了泰戈尔作品翻译出版的高潮期。

一、译介的基本情况

1949年中华人民共和国的成立,代表着新文化时代的开始,文学翻译也进入了新的发展时期。由于国家对翻译工作的重视,再加上50年代中印关系步入正轨,泰戈尔作品的译介和出版再度繁荣起来,并取得了较为丰硕的成果,作品译介的数量在当时印度文学中是最多的,体裁和种类也是最全的。从1954—1961年短短七年内,泰戈尔作品的中文译本出版种数达25种,出现了再版、重译和新译等情况。此外,一些报纸杂志上还多次发表有关泰戈尔作品的译文。

中华人民共和国成立之前,泰戈尔的很多作品已经被翻译过来,它们大多发表在杂志上,有的在发表之后被结集出版,这些为1945年后的翻译出版奠定了基础。在20世纪50年代,最先出版的泰戈尔作品就是以前的翻译版本。但因为1945年前很多翻译者并不是职业的翻译家,身份比较复杂,既有学者又有作家,甚至有的只是文学爱好者,只要懂点英文就开始翻译泰戈尔的诗歌,因而翻译的作品质量良莠不齐,存在错译、漏译、译文艰涩难懂、译本不全等问题。面对这些情况,1949年后一些老翻译家如金克木、郑振铎、瞿菊农等人在自己以前的译本再版时进行了校正或者重新翻译;还有一些翻译家如冰心、孙家晋、汤永宽等人对以前别人翻译过的泰戈尔作品进行了重新翻译,这些译本对译者本人来说可以算是新译,但就泰戈尔作品的译介史来讲是典型的重译。除了对以前版本的再版和重新翻译,一些从未被翻译到中国的泰戈尔作品也是50、60年代翻译界关注的对象。新译的作品在较大程度上填补了20世纪上半期泰戈尔作品译介的空白。

(一)诗歌的翻译出版

这一时期泰戈尔的一些重要诗集如《新月集》《飞鸟集》《吉檀迦利》《园丁集》等受到重视,成为出版的重点书目,不仅被再版而且被重新翻译,弥补了以前译本的不足。郑振铎翻译的《新月集》《飞鸟集》是1945年以前比较受中国读者欢迎的两本泰戈尔诗集,1945年以后这两本诗集也很快得以再版。1954年10月,《新月集》由人民文学出版社重新出版。这是重译后的再版。《新月集》最早曾在1923年出版过,但当时郑振铎并没有把这部诗集完全译出,仅翻译了40首中的31首,在新出版的译本中他不仅对旧译进行了重译,修改了许多地方,而且还把以前未译的9首补译出来,成为一部比较完整的中文译本。同样,《飞鸟集》全译本于1956年由新文艺出版社出版发行。与《新月集》一样,这个译本也是在20年代旧译的基础上进行的重译。郑振铎在1922年曾翻译了《飞鸟集》,但只翻译了257首,占全部诗歌的四分之三,对于他"不太了解或觉得宗教意味太浓厚的"诗篇删去未译。借助再版的机会,郑振铎重新翻译和修正了译错或翻译不好的诗篇,并补译了原来没有译出的69首诗歌。他还为新译本重新写了序言,在新序里他指出:"现在这个样子的版本,算是《飞鸟集》的第一次的全译本了。"这个全译本不仅在1959年由新成立的上海文艺出版社又一次再版,新时期以来也屡次再版,可见《飞鸟集》在中国读者中的欢迎程度。

《吉檀迦利》是泰戈尔最重要的一部诗集,泰戈尔也因这部诗集而获得诺贝尔文学奖。这部诗集其中四首诗经陈独秀译介最早传入中国,后来刘半农、郑振铎、赵景深、李金发等人也曾选译过一些诗歌发表于报纸杂志上或收入自

第二章　泰戈尔作品在中国的翻译出版

己的诗集中。该诗集的全译本在1949年以前只有两种：一种是张炳星1945年翻译的由重庆中国日报社出版的《太戈尔献诗集》（即《吉檀迦利》），另一种是1948年施蛰存翻译由永安正言出版社出版的《吉檀耶利》。前者是作者自刊，目前只有重庆图书馆还有收藏，而后者仅有存目，原译本已难查寻。两个全译本印数有限，再加上当时紧张的政治形势，并没有引起读者太多的反响。20世纪50年代，冰心对《吉檀迦利》进行了重新翻译，于1955年4月由人民文学出版社出版。冰心的这个译本影响比较大，后来被多次再版和重印，也是迄今为止读者最受欢迎的《吉檀迦利》译本。另外，泰戈尔英文诗集《园丁集》的部分诗歌从20年代到40年代一直不断被人选译发表在报纸杂志上，应该说是泰戈尔诗集中被翻译次数最多的，但一直没有出现全译本。1949年后，吴岩（孙家晋）首次对《园丁集》全本进行了翻译，由新文艺出版社在1956年第1次出版，并由新文艺出版社在1958年进行再版。此后，冰心也重新翻译了《园丁集》，被收录到1961年4月人民文学出版社出版的《泰戈尔作品集》第二卷中。这些都弥补了以前该诗集没有全译本的遗憾。

这一时期，还出现了大量第一次被翻译过来的诗歌。这些诗歌有的发表在报纸杂志上。1956年《译文》杂志第2期发表了石真翻译的《两亩地》。这首诗不仅是第一次被翻译过来，而且它的发表在中国泰戈尔作品翻译史上具有十分重要的意义。它是第一次由孟加拉原文直接翻译过来的，这样译本的准确性就有了很大的提高，而在此之前泰戈尔作品的翻译几乎都是从英译本转译过来的。此后，一些报刊都陆续发表了一些新译的泰戈尔诗歌。如高粱译的泰戈尔散文诗两首《塔尔族的一个妇女》和《婆罗门和不可接触者》（《文汇报》，1957年8月6日），石真译的《自悼》和《一对孟加拉夫妇的新婚痛苦》（《文汇报》，1959年8月8日），冰心译的《泰戈尔诗选——未来世纪》（《人民日报》，1961年5月25日），石真译的《自由》（《光明日报》，1961年5月30日）。尽管因版面有限，发表在报纸杂志上的译作数量不多，但所发的《文汇报》《人民日报》和《光明日报》均是读者非常广泛的官方主流报纸，这对泰戈尔作品在中国的传播大有裨益。

除了发表在报纸杂志上的诗歌，还出版了一些新译的诗歌集。《游思集》是泰戈尔1921年出版的英文散文诗集。在泰戈尔生前出版的十几部英文诗集中,这部薄薄的诗集在 1949 年以前并没有像其他英文诗集那样受到关注并被屡次翻译,只能被遗忘在角落里。但这种情形 1949 年以后得到了改变,1957 年 10 月上海新文艺出版社出版了汤永宽翻译的《游思集》,算是弥补了之前没有译本的遗憾。之后,1958 年 5 月人民文学出版社出版了《泰戈尔选集·诗集》,里面收录了冰心翻译的《诗选》和石真翻译的《故事诗》。《诗选》是泰戈尔逝世第二年(1942 年)由他的朋友们编选出版的英文诗集,一共收入 130 首诗歌,包括散文诗、自由诗和一些歌曲;诗集除了 12 首之外,其余诗歌都是泰戈尔自己从孟加拉文翻译成英文的,部分诗歌已经在印度的报纸期刊上发表过。因这部诗集出版得比较晚,出版时的 40 年代正处于中国泰戈尔作品译介的低迷期,所以在 1949 年前没有被人关注过,此次冰心的译本是第一次翻译到国内。《故事诗》是泰戈尔 1900 年出版的孟加拉语诗集,是泰戈尔在本国最受欢迎的诗歌集,知名度甚至超过其诺贝尔文学奖的获奖作品《吉檀迦利》,很多诗篇都能被印度国民背诵。这部诗集也是印度大学文学系学生的必读书目,不少篇目还被选进了中小学教材里。虽然诗集在印度负有盛名,出版也较早,但因为 1949 年以前中国没有精通孟加拉语的专业人才,因此一直没被翻译到国内,这不得不说是泰戈尔中文译本的缺失。1949 年以后石真的翻译,终于使中国读者也能感受到这部印度国民耳熟能详的诗集的魅力。应该说,50 年代翻译出版的《泰戈尔选集·诗集》影响还是比较大的。1994 年人民文学出版在《泰戈尔选集·诗集》的基础上,又加上冰心翻译的《吉檀迦利》《园丁集》和郑振铎译的《飞鸟集》《新月集》以及泰戈尔 1921—1941 年的诗选,出版了《泰戈尔诗选》。而《泰戈尔诗选》也成为"教育部《中学语文教学大纲》指定书目",被中小学生的广泛阅读。

此外,《两亩地》也是 50 年代出版的一部重要诗集,它由人民文学出版社 1959 年 3 月出版。这部诗集其实是泰戈尔诗歌的选辑,选自他各个时期所写的故事诗、叙事诗、政治抒情诗和爱国歌曲;里面除了收录了郑振铎以前翻译的《飞鸟集》中的二十首诗歌和《新月集》中的四首诗歌外,其余的诗篇均是 1949 年后新译的诗歌,其中包括石真以前发表出版过的《两亩地》《婆罗门》和《被俘的英雄》三首诗及冰心新译的十四首诗歌。

(二)小说的翻译出版

短篇小说《喀布尔人》是最早被翻译到中国的泰戈尔小说,第一次由天风、

第二章 泰戈尔作品在中国的翻译出版

无我翻译发表到 1917 年 7 月《妇女杂志》第 3 卷第 7 期,后来在 1949 年前又先后被翻译过四次,《弃绝》《素芭》也曾在 1949 年前被人翻译过。50 年代中期,冰心又对这三篇小说进行了重新翻译,发表于 1956 年《译文》杂志第 9 期。此外,冰心还重译了《深夜》,以《夜中》为名发表于《世界文学》1959 年第 6 期。1961 年出版的《泰戈尔作品集》第四、五卷也收录了一些重译的短篇小说:俞大𬘘译的《纸牌国》《是活着还是死了?》《河边的台阶》和《美丽的邻居》、陈慧译的《委托保管的财产》、石真译的《四个人》,以及冰心译的《喀布尔人》《弃绝》《素芭》和《深夜》。《沉船》是泰戈尔在国外最受欢迎、流传最广的一部长篇小说,先后被翻译成多种文字出版。在我国,徐曦、林笃信曾经在 1925 年把它第一次翻译过来,由商务印书馆出版。但由于译者的名气不大,又因为当时刊印册数不多,因而没有产生太大的影响。之后,黄雨石再次翻译了这部小说,于 1957 年由人民文学出版社出版,并被收入到《泰戈尔作品集》第七卷。

除了诗歌,50、60 年代的期刊也先后发表了一些新译的泰戈尔短篇小说,如石真译的《生日》(《北京文艺》1957 年第 5 期),冰心译的《吉莉芭拉》(《世界文学》1959 年第 6 期),唐季雍译的《摩诃摩耶》(《世界文学》1961 年第 5 期)。这一时期,大量中短篇小说的新译文主要收录在 1961 年出版的《泰戈尔作品集》的第四、五卷中。其中,俞大𬘘翻译了《原来如此》《太阳和乌云》《得救了》《偷来的宝物》,贝金翻译了《愚蠢的拉姆卡纳伊》《解脱》《判决》《无法挽救的灾祸》《练习本》,柳朝坚翻译了《赎罪》《献祭》《履行了的诺言》《一个女人的信》,冰心翻译了《流失的金钱》《吉莉芭拉》,唐季雍翻译了《摩诃摩耶》《小说法官》,何凤元翻译了《姊姊》《王子和王妃》,黎晓翻译了《还债》,张梦麟翻译了《加冕》,尹召翻译了《两姊妹》。这些中短篇小说的翻译者除了冰心外,大都是一些刚从各大学的外语学院、外语系毕业的年轻翻译者,由此可见,1949 年后从事泰戈尔作品翻译工作的力量方兴未艾。

50、60 年代,对泰戈尔长篇小说的翻译也取得了一些突破。1949 年后,《沉船》不仅被重新翻译出版,他的另外两部长篇小说《戈拉》和《小沙子》也首次被翻译过来。《小沙子》由陈珍广翻译,收录在 1961 出版的《泰戈尔作品集》第九卷。最值得一提的是长篇小说《戈拉》的翻译。《戈拉》是泰戈尔长篇小说的代表作,被认为是他最优秀的一部长篇小说,自 1910 年出版后受到印度众多读者的喜爱,"被认为是印度批判现实主义的伟大作品"。作为一部史诗性的作品,小说通过戈拉这个中心人物的活动和爱情经历,全面地反映了19世纪70、80年代印度广阔的社会生活,描写了当时印度知识分子中激进民族主义者、印度教和梵教徒之间的矛盾和斗争,表现了泰戈尔对知识分子、民族独立和印度传统文化的深刻思考。但这部伟大的作品之前却一直没有被翻译到中国,直到1959年9月人民文学出版社出版了黄星圻翻译的中译本才有所改变。著名的印度文学翻译家石真还为这版《戈拉》的中译本写了一篇很长的前言,详细地对小说的思想和人物形象进行了比较深入的分析,为当时读者对文本的解读提供一定的思路。

(三)戏剧和散文的翻译出版

戏剧方面,1949年后翻译界对泰戈尔戏剧的新译不多,大部分是对以前翻译过的剧本进行的重新翻译。最大的成就主要体现在1958年至1959年中国戏剧出版社推出了《泰戈尔剧作集》。该剧作集分为四卷,共收入八个剧本,其中第一卷收入了瞿菊农翻译的《春之循环》,第二卷收入了冯金辛翻译的《邮局》《红夹竹桃》,第三卷收入了由林天斗翻译的《牺牲》《修道者》《国王与王后》,第四卷收入了冰心译的《齐德拉》《暗室之王》。除了《红夹竹桃》和《暗室之王》是最新翻译的外,其余六个剧本都曾经在解放前被翻译出版过,这次收入是根据伦敦麦克米伦有限出版公司1955年出版的英译本《泰戈尔诗歌戏剧集》进行重新翻译的。《春之循环》最早由瞿菊农在20年代翻译过来,商务印书馆曾在1921年、1924年、1932年出版,该译本因为错误较多,曾有读者在《创造社周刊》上撰文进行激烈的批评,解放后瞿菊农对该剧本进行重新翻译,修正了以前翻译中存在的许多错误;而《邮局》《牺牲》《修道者》《齐德拉》《国王与王后》在解放前曾被不同译者多次翻译,而这次的译本均由新的译者进行重新翻译。之后,在1961年出版的《泰戈尔作品集》第十卷戏剧卷中,《修道者》又被殷衣重译为《修道士》,《国王与王后》被俞大缜重译。此外,这一时期新译的戏剧是《摩克多塔拉——自由的瀑布》,它是泰戈尔1922年在当时印度民族独立运动高涨,但遭到英国殖民政府残酷镇压的背景下创作的一部戏剧,也是研究泰戈尔政治思想的一部重要作品。石真根据1953年加尔各答国际大学出版社的孟加拉语版把这部剧本翻译过来,在1958年3月由新文艺出版社出

第二章 泰戈尔作品在中国的翻译出版

版发行。

散文方面,这一时期对泰戈尔的散文翻译出版也不是太多。1954 年 10 月人民文学出版社出版的回忆录《我的童年》,是新中国出版的第一部泰戈尔作品,翻译者是金克木。其实这部作品并不是第一次被翻译出版,它最早于 1945 年由重庆商务印书馆出版,当时译者署名为金克木的笔名止默。此书的中文译本是金克木根据印度著名的印地语作家和批评家诃加利普拉沙德·德维威迪的印地语译本翻译过来的,后来金克木又请精通孟加拉文的石素真根据孟加拉原文对其进行了校对,因此译本比较能够反映原作的风格。再版后的译本改正了初版时的一些错别字,并加入了三幅插图。而散文方面的新译,只有冰心发表于《世界文学》1962 年第 4 期的《孟加拉风光》的节选,其他的散文均没有翻译过来。

将这一时期泰戈尔作品的重要译本列表如下:

序号	书名	译者	出版机构	出版时间	文类
1	我的童年	金克木	人民文学出版社	1954	回忆录
2	新月集	郑振铎	人民文学出版社	1954	诗集
3	吉檀迦利	谢冰心	人民文学出版社	1955	诗集
4	园丁集	吴岩	新文艺出版社	1956	诗集
5	飞鸟集	郑振铎	新文艺出版社	1956	诗集
6	游思集	汤永宽	新文艺出版社	1957	诗集
7	摩克多塔拉——自由的瀑布	石真	新文艺出版社	1958	戏剧
8	泰戈尔剧作集(一)	瞿菊农	中国戏剧出版社	1958	戏剧
9	泰戈尔剧作集(二)	冯金辛	中国戏剧出版社	1958	戏剧
10	泰戈尔剧作集(三)	林天斗	中国戏剧出版社	1958	戏剧
11	泰戈尔诗选	谢冰心等	人民文学出版社	1958	诗集
12	戈拉	黄星圻	人民文学出版社	1959	长篇小说
13	泰戈尔剧作集(四)	谢冰心	中国戏剧出版社	1959	戏剧
14	飞鸟集	郑振铎	上海文艺出版社	1959	诗集
15	两亩地	石真等	人民文学出版社	1959	诗集

续表

序号	书名		译者	出版机构	出版时间	文类
16	泰戈尔抒情诗选		冰心	万里书店	1959	诗集
17 泰戈尔作品集	一 诗歌		石真、冰心等	人民文学出版社	1961	我国翻译出版的第一套综合作品集
	二 诗歌		冰心、郑振铎			
	三 短篇小说		冰心、俞大絪等			
	四 短篇小说		唐季雍、柳朝坚等			
	五 中短篇小说		石真、尹召等			
	六 长篇小说		陈珍广			
	七 长篇小说 沉船		黄雨石			
	八 长篇小说 戈拉(上)		黄星圻			
	九 长篇小说 戈拉(下)		黄星圻			
	十 戏剧		冰心、冯金辛等			

二、政治意识形态影响下的翻译出版特征

翻译不是简单地把一种语言文字转换成另外一种语言文字的文化活动，它受到权力话语、意识形态、时代语境和文化观念等方面的影响和制约，应该将其放在一个宏大的现实背景中进行考察研究。按照西方文化翻译学派代表人物安德烈·勒菲弗尔的观点，翻译是译者从文化层面对原文文本的改写（rewriting），"所有的改写，不管它们的意图是什么，都反映了某种意识形态和诗学形态。通过操纵文学，改写以一种特定的方式在特定的社会中发挥作用。改写就是操纵，服务于权力话语。"（Lefevere, *Translation, Rewriting and the Manipulation of Literary Fame*, Preface, 2004）他认为译者的改写受三种因素的操控：意识形态、诗学形态和赞助者。译者在对文本进行改写时，受到自己所处的社会和时代的主流意识形态和诗学形态的影响。其中，意识形态对翻译的操控起着主要作用，它支配着译者在翻译活动的各种选择，不仅在文本的具体翻译过程中进行操控，也对翻译的选材、译作的接受与传播进行干预和控制。而译者所接受的主流意识形态主要来自赞助者方面。所谓赞助者，既可以指提供资助的具体的个人，也可以指机构、团体，如政府机构、宗教组织、

社会团体、出版商和公司等,他们为译者提供经济保障和社会地位,最重要的是代表每个时代的主流意识形态的要求,负责意识形态的管制。因此,翻译者要想让自己的译作得到出版、获得承认,就必须服务于赞助者,接受当时的主流意识形态的束缚。应该说,20世纪50—70年代,对泰戈尔作品的翻译出版就是某种意义上的文化"操控",明显受到当时政治意识形态的影响。

早在20世纪30年代左翼文学的翻译活动中,我们就能看到文学翻译受到了政治和意识形态的影响。当时为了革命斗争的需要,文学翻译被视为一种工具,逐渐被纳入了社会政治的运行轨道之中。1942年毛泽东的《在延安文艺座谈会上的讲话》标志着新的文艺政策的形成,即文学要为工农兵服务,要为阶级斗争服务,这种新的文艺思想使文学与政治之间的关系进一步加强,政治标准成为创作和评价文学的第一标准。"政治标准第一,艺术标准第二"不仅是当时文学艺术活动的主导思想,也是文学翻译选择的指导原则。著名翻译家金人在《论翻译工作的思想性》一文中就曾说:"翻译工作是一个政治任务。而且从来的翻译工作都是一个政治任务。不过有时是有意识地使之为政治服务,有时是无意识地为政治服了务。"① 在这样的指导原则下,泰戈尔作品的翻译出版出现了以下特征:

(一) 翻译出版受中印政治关系影响比较大

中华人民共和国成立后,当时的国际格局十分复杂,由于政治意识形态的不同,国际政治舞台形成了两大对立的阵营:一方是以苏联为首的社会主义阵营,另一方是以美国为首的西方资本主义阵营。而新中国则是属于以苏联为首的社会主义阵营,它的建立得到许多社会主义国家的承认,但却遭到了以美国为首的西方资本主义阵营的反对。在这样的情况下,印度不顾美国等西方国家的阻挠,于1950年4月1日正式与新中国建立外交关系,成为第一个承认新中国并建立外交关系的非社会主义国家。同时又加上它与中国都是曾受过西方殖民侵略、刚刚独立的第三世界国家,有着相同的历史遭遇和诉求,因此中印关系在20世纪50年代进入了蜜月期。

政治上的友好氛围也影响到了文学翻译界。正如茅盾在1954年全国文

---

① 金人:《论翻译工作的思想性》,《翻译通报》1951年第2卷第1期。

艺工作会议上指出:"在进一步缓和国际紧张局势以及实现亚洲及世界各国的集体安全、和平共处的伟大事业中,国与国间的文化交流是一个重要的因素,而文学翻译工作,是文化交流中重要的一环。"[1]因此,为了促进中印之间的文化交流,翻译界十分重视印度文学的翻译和出版。而泰戈尔作为最具世界声誉的,也是与中国交往最为密切的印度作家。他对中国文化和中国人民抱有深厚的感情,特别是1924年的访华加强了中印两国的传统友谊,架起了中印两国文化交流的桥梁;不仅如此,他还在国际大学设立了一所中国学院,专门讲授中国语言文学和传播中国文化。作为联结现代中印两国关系的重要人物,他受到了新成立的中国政府的极高赞誉,周恩来总理在1956年在印度参观国际大学时曾这样评价:"(泰戈尔)不仅是对世界文学作出了卓越贡献的天才诗人,还是憎恨黑暗、争取光明的伟大印度人民的杰出代表。中国人民对泰戈尔抱着深厚的感情。中国人民永远不能忘记泰戈尔对他们的热爱。中国人民也不能忘记泰戈尔对他们的艰苦的民族独立战争所给予的支持。"(《新华半月刊》1956年第6期)可以说,国家领导人的评价为泰戈尔形象定位及作品的出版定下了政治正确性的基调,也代表了主流意识形态对泰戈尔的态度:泰戈尔是中国人民的朋友。因此,泰戈尔的作品自然是文学翻译界关注的重点,他也成为20世纪50、60年代印度作家中作品翻译数量最多、品种最全的作家。

如前所言,1954年出版的《我的童年》是中华人民共和国成立后最早出版的泰戈尔作品。谈到这次再版的意义,金克木在译者后记里说:"现在把这译本的一些错别字改正,加上三幅插图,重新出版。当中印人民友好和文化交流日益增进的今天,这当然不是无意义的。"可见,对泰戈尔作品的再版正是出于政治上的需要,是为了满足中印两国之间的友谊和文化交流的政治诉求。在这种政治诉求的指导下,泰戈尔被视为中印文化交流的和平使者,他的作品成为中国人民了解印度人民生活和文化的重要方式,因此不断被再版和翻译。很多译者或编者在译本的前言和后序里,也有意强调泰戈尔对于中国的热爱和对中国人民的深厚感情。如《我的童年》后记的第一段,金克木就指出:"他

---

[1] 茅盾:《为发展文学翻译事业和提高翻译质量而奋斗——一九五四年八月十九日在全国文学翻译工作会议上的报告摘要》,《人民日报》1954年8月29日。

曾经在三十年前来到我国,他的作品也有不少翻译成中文。他来我国的目的是想恢复历时千年以上的中印之间的传统友谊,他本人对中国怀有崇高的友谊和无比的热情,他逝世之前在病榻上还不断关怀和询问中国人民抗日战争的情况。"之后,中国戏剧出版社出版的《泰戈尔剧作集》前言中提到:"泰戈尔在1924年曾经来到我国旅行,他带来了印度人民对中国人民真挚的友谊,他深信中国人民有着一个伟大的将来。"石真等人翻译的《两亩地》的前言中也写到:"1924年,他来到我国,为我国人民带来了印度人民的真挚友谊。"1961年出版的十卷本《泰戈尔作品集》的出版说明中也有这样一段话:"中国人民把泰戈尔看作印度文化的杰出的代表,同时也把他看作自己的一个诚挚的朋友。泰戈尔在他的言论中,曾一再强调中印人民之间团结友好的必要性。1881年,泰戈尔写过著名的政论《死亡的贸易》,谴责英国向中国倾销鸦片毒害中国的罪行。1916年,他在日本曾发表谈话,谴责日本军国主义侵略山东的行动。1937年,日本帝国主义发动侵华战争以后,泰戈尔又屡次发表公开信、谈话、诗篇,谴责日本帝国主义,并支持和同情中国人民的正义斗争。"以上这些文字,通过回顾泰戈尔一生当中对中国和中国人民的支持和帮助,强调了他对中国人民的深情厚谊以及中印两国团结友好的必要性,也表明泰戈尔在当时被镶嵌于中印友好关系的语义符码里,成为政治意识形态进行表述和阐释的对象。

在中印关系的蜜月期,泰戈尔的形象主要是作为中印两国友谊使者的象征建构起来的,出版其作品自然也是见证两国友谊和进行文化交流的重要方式,因此在这一时期出版了泰戈尔的大量作品,出现了继1924年"泰戈尔热"后的又一次翻译出版高潮。但是随着中印关系的变化,对泰戈尔作品的译介和出版也发生了变化。政治关系上的冷淡也波及文化界。政治导向自然也会影响到翻译者的翻译活动和方向。因此,60年代以后,对印度作家作品包括泰戈尔作品的翻译出版,自然是翻译界和出版社尽量回避的雷区。尽管在1961年泰戈尔诞生一百周年的时候,人民文学出版社出版了十卷本《泰戈尔作品集》,以及《人民日报》和《光明日报》上发表了一两首译作,但这也只是暂时的"回光返照"。自此之后,对泰戈尔作品的翻译出版便处于停滞状态,进入了一个漫长的寒冬期。这种局面一直到1979年才回暖。

应该说,50、60年代对泰戈尔作品的出版翻译已经超出了泰戈尔本人的意义,而指向了国家民族政治格局。在当时的翻译界,泰戈尔不仅仅具有世界知名作家的文化身份,最重要的是他背后还具有所代表的国家印度的民族身份,因此中印两国政治外交关系的好坏直接影响泰戈尔作品的翻译出版。

(二) 作品的翻译选择受政治意识形态的影响

"文学翻译的政治意识形态化色彩日趋浓重。那些被认为无助于意识形态建构和丰富自身话语空间的外国文学作品,就被抛掷在翻译视域之外。政治意识形态是文学翻译择取的首要标准,这成为50—70年代文学翻译的突出特征。"[1]这也是20世纪50—70年代泰戈尔作品翻译和出版的一个重要特征。当时外国作品翻译的选择完全受当时主流政治意识形态的制约和影响,"进步"和"优秀"是当时的主流意识形态对外国文学作品翻译提出的选择标准和要求。关于"进步"和"优秀"的具体内容是什么,虽然当时官方并没有给出明确的规定,但根据主流政治意识形态的要求,应该是指外国作品在思想主题上要具有"人民性"或"革命性",即反映人民群众的生活,受人民群众的欢迎,或具有革命斗争的内容;创作手法上要采用现实主义的手法,反映现实生活,揭露社会的黑暗、阶级压迫,即作品要有"现实性"和"揭露性"。作为外国文学作品翻译的一部分,50、60年代泰戈尔作品的翻译也具有较强的意识形态倾向性,大都经过了政治意识形态准则的过滤和筛选,"人民性"、"革命性"与"现实性"、"揭露性"成为泰戈尔作品翻译选择的重要标尺。这种主流意识形态的选择几乎在每部作品译本的前言、后记、注释和评论中都能清楚地看到。

《我的童年》是泰戈尔晚年写的回忆录,带有自传性,怎么证明这部作品在当时具有出版的价值,符合主流意识形态的要求呢? 在译本后记中,译者金克木除了在第一段叙述了泰戈尔对中国人民的深厚情谊外,还重点对泰戈尔的生平身份进行了介绍,并用一大段文字表述了泰戈尔本人的进步思想:"他热爱人类,痛恨帝国主义、军国主义和战争,严厉斥责过法西斯主义和侵略中国的日本军阀。他对农民和儿童抱着极端的热爱,为农民创办劳动和教育相结合的新村,为儿童写下了不少读物。他在一九三零年访问苏联时,会对年轻的社会主义国家表示赞扬,说,'我所见到的都是奇迹。没有一个国家能和它相

---

[1] 查明建、谢天振:《中国20世纪外国文学翻译史(上卷)》,湖北教育出版社2007年版。

比。'他会主持印度进步作家协会1939年的第二次大会。他会积极参加印度的民族解放运动。为了对帝国主义表示抗议,他放弃了他的爵士称号……他是追求理想并且努力以行动实现自己理想的人物。"在这段政治色彩比较浓厚的文字中,泰戈尔被表述为反对不义战争、热爱人民、参加民族解放运动、追求正义和理想的进步形象,完全符合当时主流意识的要求,被成功地镶嵌进政治意识的阐释中,这与20、30年代知识界把泰戈尔主要看成东方哲人、思想家的看法截然不同。译者也只有先把泰戈尔作为意识形态的符码,确立其政治正确性,作为自传性质的回忆录《我的童年》才有在新时代被重新出版的可能。至于这部作品本身,金克木也从"现实性"和"反抗性"的角度进行分析:"他在书中表现了自己幼年时代的精神生活,以及当时的家庭和社会。字里行间也流露出他对桎梏儿童身心发展的教育方式的抗议。"总的来说,《我的童年》的后记主要从当时的主流意识形态出发,对泰戈尔和作品本身进行了政治性的解读,忽略了对作品本身的审美和艺术价值的分析和探讨。

作为新中国出版的第一部泰戈尔作品,《我的童年》为50、60年代泰戈尔作品的翻译建立了一种规范。在以后出版的泰戈尔作品译本的前言和后记中,基本上都按照这种模式对泰戈尔及其作品进行介绍,选材上也更注意选择具有"人民性"、"革命性"与"现实性"、"揭露性"的作品,以便确立翻译的政治合法性。如在《沉船》的译后记中,译者运用社会反映论分析这部小说,指出印度传统的婚姻制度存在许多不合理的现象,认为"《沉船》的写作主要是为了抨击这种不合理的社会制度",是"罪恶的社会制度"对两对青年男女的爱情和婚姻造成了伤害和影响。

在戏剧《摩克多塔拉——自由的瀑布》的译者后记中,译者用大量的篇幅介绍了泰戈尔创作这部戏剧的背景:1921年印度民族解放运动的高涨,认为泰戈尔在剧作中表达了"他对于帝国主义统治机器的极端的憎恨,他对于亵渎了科学的神圣而为暴力与压迫者服务的技术的蔑视,对于种族歧视和依靠剥削其他民族而养肥自己的恬不知耻的行为的愤怒,他对于殖民地教育制度的揶揄嘲笑",指出"诗人在剧本中愤怒地宣布帝国主义统治机器必将被摧毁,被奴役的印度必将获得解放的坚定信念"。从这些措辞激烈的文字,不难看出译者翻译这部作品的原因主要是看中作品的揭露性、现实性和革命性,特别是作品中体现的印度人民对英国殖民侵略者的反抗精神,目的就是要与五十年代如火如荼的亚非拉人民反对殖民主义和帝国主义的斗争前后呼应,满足当时政治斗争的需要。

《泰戈尔剧作集》译本前言也强调泰戈尔长期与人民保持接触,了解人民的愿望,并在作品真实地反映了当时的现实,认为:"泰戈尔在他的一生中,通过他的作品和社会活动,始终积极地反对印度的封建残余和宗教偏见,反对英国殖民者的专横霸道,保卫印度民族文化,谴责帝国主义的侵略行为,主张世界人民和平合作。因此,泰戈尔是属于印度人民的,也是属于全世界进步人类的。"

诗集《两亩地》译本前言也有类似的表述,而更能体现出当时官方政治意图的是诗集扉页上的一段话:"'大家要学点文学','劳动人民应是文化的主人',这是党的号召。但大家搞社会主义生产跃进,时间有限;我们为此出版这套文学小丛书,选的都是古今中外好作品。字数不多,篇幅不大,随身可带,利用工休时间,很快可以读完。读者从这里不仅可以获得世界文学的知识,而且可增强认识生活的能力,鼓舞大家建设社会主义新生活的热情。"这应是出版社给读者的出版说明,由此看出当时出版这部诗集是一种政治任务,直接目的是用于思想教育和宣传,是为了让读者"增强认识生活的能力",更好地为社会主义建设贡献力量。而"增强认识生活的能力",就需要作品具有现实性、揭露性和革命性,因此这部诗集选的诗歌大都符合现实主义规范和社会主义意识形态的要求,如叙事诗《两亩地》反映了地主阶级对农民的剥削和压榨;《婆罗门》抨击了不合理的印度种姓制度;《被俘的英雄》则歌颂了反抗卧莫尔王朝统治的锡克教英雄……同时,不少诗篇下面还有一些注释,这些注释表面上给读者补充提供更多的信息,以便更好理解诗歌本文,但事实上却对读者的阐释和理解起着规范、引导作用,防止出现超出政治轨道外的"误读",带有明显的政治意识形态性质。如《在上空,科学的灯光照耀着》的注释先说明诗歌写作的背景是:1938年9月29—30日,英法在美国的支持下,与希特勒签订慕尼黑协定,将捷克斯洛伐克的苏德台区割让给纳粹德国,作为唆使德国发动侵略战争的代价,最后指出"这首诗是寄给捷克李司尼教授的,说出他对于慕尼黑协定的反感";《非洲》的注释是"这首诗是泰戈尔对意大利侵略埃塞俄比亚事件写的,他呼吁全世界人民起来保卫那在帝国主义国家压迫下的非洲。"

此外,出版译介的泰戈尔其他重要作品如长篇小说《戈拉》《泰戈尔选集诗集》以及十卷本《泰戈尔作品集》收录的许多作品,不仅译本本身内容完全符合当时中国的主流话语,符合当时翻译选择的规范,而且读者大都能从译本的前言、附记和出版说明中窥探到这种政治正确性和翻译的合法性,因为译者和出版者大都是按照当时主流意识形态话语对作品和泰戈尔进行阐释和解读的。当时的文化系统按照政治意识形态的要求必须对泰戈尔作品的翻译进行约束、规范,译本的前言、后记、注释和出版说明正是进行规范和约束的重要手段。从某种程度上来讲,本应对作家作品评论分析的译本的前言、后记和评论超出了其本身应有的文学意义,担负了更多的非文学任务,在当时发挥着政治性的功用。从这些序跋、后记和评论中,我们又明显地看到当时泰戈尔作品翻译择取标准上所体现的较强的意识形态倾向性。一些不能满足政治文化语境需要的作品,如一些体现泰戈尔哲学观、宗教观和教育观的书籍,被排斥在翻译视野之外,这就是50、60年代泰戈尔作品翻译存在的缺失。

(三)翻译出版的体制化和大型文集丛书的出版

中华人民共和国成立后,文学翻译发生了重要的变化,它已经不像解放前那样只是个人行为,而是作为社会文化活动的一部分被纳入社会主义计划经济体制内,党和国家成为翻译者的实际赞助人。按照学者王友贵的观点,当时的赞助人分为两个层面,"底层为'出版社赞助人',上层为'政府赞助人'。前者乃初级的、一线的、显性的、不完全独立的赞助者,后者是高级的、指导的、隐性的赞助方。后者遇重大问题,或特殊情况下始终握有终决权。"[①]也就是说,出版社只是表面上的赞助人,不是独立的、完全意义上的赞助人,实际真正的、享有终决权的是"政府赞助人"。这一时期,政府赞助人"将文学翻译作为意识形态工作的重要一环来抓,加强了对文学翻译的统一领导、规划和管理"。[②]

作为赞助人,政府为很多翻译者提供了对口的工作和职业,提供了比较安定的生活条件,使他们成为体制内的人,形成了一支专业的外国文学翻译队

---

① 王友贵:《中国翻译的赞助问题》,《中国翻译》2006年第3期。
② 王向远等著:《20世纪中国文学翻译之争》,百花洲文艺出版社2006年版,第46页。

伍。泰戈尔作品的翻译也是如此,50、60年代出现了一大批优秀的翻译家,正是由于他们的努力才会出现泰戈尔作品翻译出版的第二个高潮期。1949年以前翻译泰戈尔作品的人士基本上都不是专门从事翻译工作的,很多是兼职的翻译者,他们有的是作家、诗人,如郑振铎、茅盾、刘半农、李金发、王独清、施蛰存等人,有的是学者,如赵景深、瞿菊农、金克木等人,还有的是一些懂外语的普通人士,其中大部分人是自由职业者。而到了50年代,一些翻译经验比较丰富的老翻译家如金克木、郑振铎、冰心、瞿菊农等人都在体制之内被分配到相应的文化岗位上,可以潜心地从事翻译工作;除此之外,一大批年轻的专业翻译家也成为泰戈尔作品翻译的中坚力量,如石真、黄雨石、吴岩(孙家晋)、汤永宽、冯金辛、黄星圻、唐季雍、俞大缜、柳朝坚等人。与从事学术研究或文学创作的老一辈翻译家不同的是,新成长起来的年轻翻译家大都是1949年以后从各大学的外语学院、外语系毕业的,经过专业的学习和培养,毕业后进入出版社、大学或研究机构,专门从事外语翻译与研究,他们的译作在译文的准确性、保持原文风格等方面进一步完善,大大提高了译文的质量。需要重点提到的是翻译家石真女士,她是泰戈尔作品孟加拉原文翻译的第一人,最早在1956年的《译文》杂志发表了由孟加拉语直接翻译过来的诗歌《两亩地》,而之前泰戈尔的作品大都是由英文版本转译成中文的。石真本名石素真,毕业于北平大学女子文理学院国文系,1949年以前曾在泰戈尔创立的国际大学中国学院学习孟加拉语,获得了泰戈尔文学院的研究生学位,回国后在北京大学东语系任教,后在中国社会科学院外国文学研究所东方组工作。石真对孟加拉语十分精通,多年以来她一直从事印度文学的翻译和研究工作,尤其对泰戈尔孟加拉原著的翻译具有重要的贡献。在发表译文《两亩地》之后,石真又从孟加拉文原著翻译了泰戈尔其他的诗歌、小说和戏剧。50、60年代正是有了她的翻译,读者才能阅读到比较原汁原味的泰戈尔作品。而她的孟加拉语译本的出现,也是这一时期代泰戈尔中文翻译出现的重要特点之一。

20世纪上半期,对泰戈尔作品的翻译具有一定的盲目性。没有计划性、秩序性和组织性,当时的翻译只是翻译者的个人行为,译者可以凭借自己兴趣和喜好进行选材,再加上很多出版社、期刊之间各自为政,因此就存在很多重复翻译的情况。如小说《归家》《喀布尔人》《盲妇》分别被不同译者翻译多达五次发表在不同期刊上,戏剧《邮局》《隐士》被重复翻译四次,同一首诗也会被不同的人反复翻译若干次,这样就造成了人力、物力的浪费;另外,20世纪20、30年代受"泰戈尔热"的影响,经常出现不同出版社"抢译"泰戈尔作品的现象。如上海的商务印书馆和泰东书局争先出版分别由郑振铎和王独清翻译的《新月集》,引起文学研究会和创造社的成员之间关于翻译的论争。"抢译"现象的存在会导致译本的粗制滥造。而"误译""错译"也成为常见现象,曾有读者登报指出瞿世英翻译的泰戈尔戏剧《春之循环》中存在39处错误,成仿吾也挑出郑振铎翻译的《新月集》中的十余处错误,此类情况不胜枚举。1949年后,以上存在的问题都得到了纠正。政府作为赞助人在培养专业翻译队伍的同时,加强了文学翻译出版的组织性、计划性,确立了翻译的规范,改革出版机构。1951年11月,第一届"全国翻译工作会议"在国家出版总署的组织下在北京举行。1954年8月18日中国作协与人民文学出版社联合召开第一次"全国文学翻译工作会议"。在这次会议上,茅盾站在新的历史高度指出了外国文学翻译的重要性,肯定了"文学翻译工作,对于我国现代文学艺术的发展,具有极重要的意义",同时也指出要提高翻译的质量,"以艺术的创造性的翻译为目标"。① 这两次会议都具有十分重要的意义,它们的中心议题都是翻译工作的组织化、计划化、制度化,以及如何提高翻译质量,制定相应的政策和措施,这样就使翻译工作完全成为社会主义计划经济体制的一部分。在这样的译介环境中,泰戈尔作品的翻译出版摆脱了以前的盲目无序、错译、乱译的状况,在政府的计划和统筹安排下有条不紊地进行,译本的质量得到了极大的提高。之后,国家对外国文学的出版机构做出进一步的整顿和改造,取消、合并了一些民营出版社,成立了人民文学出版社(含作家出版社,成立于1951年)和上海新文艺出版(1958年改为上海文艺出版社)两大国营机构,负责组织外国文学作品的翻译、出版工作;此外,还创办了相关的刊物,《译文》(1953年创刊,1959年改名为《世界文学》)也是当时唯一的专门介绍外国文学的期刊。从前面对泰戈尔作品50、60年代翻译出版情况的梳理来看,不难发现他的中文译本基本上都是

---

① 茅盾:《为发展文学翻译事业和提高翻译质量而奋斗——一九五四年八月十九日在全国文学翻译工作会议上的报告摘要》,《人民日报》1954年8月29日。

由人民文学出版或上海文艺出版社出版,只有《泰戈尔剧作集》是在中国戏剧出版社出版的,译文除了在三大官方主流报纸上发表外,其余都刊载在《译文》杂志上。

　　泰戈尔作品翻译出版组织化、体制化的另一个重要表现就是大型文集丛书的出现。1949年以前,由于翻译只是个人和各私营出版社的事情,没有人和力量来对泰戈尔作品的翻译出版进行统一的规划,因此当时泰戈尔作品译本的出版处于一种分散、自流的状态,只是期刊和出版社零散地刊登或出版某一部作品,大型的文集在当时是不可能出现的。而1949年以后,外国文学翻译一般先由全国文学翻译工作者共同拟订的统一翻译计划,再"由出版社和杂志社根据现有的力量和可能发掘的力量,分别按照需要的缓急、人力的情况和译者的专长、素养和志愿,有步骤地组织翻译、校订和编审出版工作。"[①]在国家的组织和计划安排下,50、60年代泰戈尔作品的翻译趋于系统化和规模化,出现了大型文集。首先,1958年至1959年中国戏剧出版社出版了四卷本的《泰戈尔剧作集》,收录了泰戈尔比较有代表性的八个剧本,是自20年代以来在中国出版的最全的一部泰戈尔戏剧集,而且这些剧作基本是重译或新译的,译本的质量有很大提高。其次,《泰戈尔作品集》的出版具有重要的意义。由于泰戈尔与中国的关系,我国文化部门在50年代中期就决定在1961年泰戈尔诞辰一百周年的时候隆重的庆祝,《泰戈尔作品集》的出版就是一系列庆祝活动之一。这套《泰戈尔作品集》由人民文学出版社出版,共分为十卷,印装上分为纸面精装和布面精装两种,这在当时正经历经济困难时期的中国显得尤为难得,足见对泰戈尔的重视。全套书的第一、二卷收录的是诗歌,收录了石真译的《故事诗》、冰心译的《吉檀迦利》《园丁集》、郑振铎译的《新月集》《飞鸟集》以及1921年到1941年的诗作二十五首;第三、四卷收录了泰戈尔的短篇小说28篇;第五卷收录的是中短篇小说4篇;第六、七、八、九卷收录的是长篇小说,其中第六卷是陈珍广译的《小沙子》,第七卷是黄雨石译的《沉船》,第八、九卷是黄星圻译的《戈拉》;第十卷收录的是戏剧,有《修道士》(殷衣译)、《国王和王后》(俞大缜译)、《齐德拉》(冰心译)、《邮局》(冯金辛译)、《红夹竹桃》(英若诚

[①] 孟昭毅、李载道主编:《中国翻译文学史》,北京大学出版社2005年版。

译)。这套《泰戈尔作品集》几乎将 50 年代所翻译的泰戈尔诗歌、小说、戏剧全部收入,并添入了一些新译,共一百四十三万字,蔚为壮观,是当时对泰戈尔作品最为充分的译介,在中国泰戈尔作品译介出版史上具有里程碑的意义。

三、意识形态下冰心对泰戈尔作品的译介

在 50、60 年代出现的对泰戈尔作品译介的第二次高潮中,冰心是当时翻译泰戈尔作品数量最多、影响最大的翻译家。

众所周知,冰心不仅是中国现代文学史上负有盛名的女作家,创作了大量优秀的诗歌、小说和散文,同时还是一位著名的翻译家,翻译了多部外国文学作品,在中国翻译史上具有重要的地位。早在 1920 年上大学时,冰心就开始了翻译实践活动,为了赈灾演出,参与了比利时作家比特林克的剧本《青鸟》的翻译工作。但她本人认为自己最早的译作是 1923 年美国威尔斯利大学毕业时所写硕士论文中翻译成英文的李清照的《漱玉词》,纪伯伦的诗集《先知》(1931)则是她第一部从英文翻译成中文的外国文学作品。此后,在长达 60 多年的翻译生涯中,她先后翻译了 8 个国家 19 位作家 50 多部作品,而对泰戈尔作品的翻译是最引人注目的。按照泰戈尔翻译和研究专家石真先生的评价:"在冰心先生数量惊人的翻译作品,印度作家和作品的译文占大量篇幅,其中大诗人、大作家罗宾德罗那特·泰戈尔(1861—1941)的诗歌的翻译介绍,成就尤为突出。译文之清新流畅、隽永优美、生动传神,使读者百读不厌,爱不释手。"[①]

冰心对泰戈尔作品的翻译最早始于 20 世纪 40 年代,她选译了《吉檀迦利》中的前 30 首诗歌,发表于《妇女文化》1946 年第一卷第一、三、四期。解放后,冰心在 1955 年到 1964 年这十年间,主要翻译了泰戈尔以下十几部作品:诗集《吉檀迦利》《园丁集》《泰戈尔选集·诗集》,短篇小说《喀布尔人》《弃绝》《素芭》《吉莉巴拉》《流失的金钱》《深夜》,诗剧《齐德拉》《暗室之王》,散文《孟加拉风光》《回忆录》。

(一)翻译泰戈尔作品的个人和政治原因

对泰戈尔的热爱是冰心翻译泰戈尔作品的一个非常重要的原因。每一位

---

① 石真:《翻译领域里的神笔——评〈冰心译文集〉》,《出版广角》1999 年第 12 期。

翻译家在翻译作品时都会有自己的翻译倾向和喜好,冰心也是如此。她曾经在《我也谈谈翻译》中指出:"一般说来,我翻译的文学作品很少。一是我只喜欢翻译我喜爱的作品,而且必须是作家用英文写的。"①在晚年出版的《冰心译文集》序言中,她也谈到自己翻译的喜好:"我翻译的作品大部分是我喜欢的。"泰戈尔是冰心青年时期最喜欢的外国作家,她早在1920年《遥寄印度哲人泰戈尔》一文中表达了对泰戈尔的喜爱和感谢:"泰戈尔!美丽庄严的泰戈尔!……泰戈尔!谢谢你以快美的诗情,以救治我天赋的悲感;谢谢你以超卓的哲理,慰藉我心灵的寂寞。"②除此之外,冰心后来又多次在文章中表达自己对泰戈尔的倾慕和赞赏,以及本人创作所受到泰戈尔诗歌的影响。如在《我是怎样写作〈繁星〉和〈春水〉的》中,冰心谈到自己创作《繁星》《春水》的过程,主要是在杂志上偶然读到郑振铎翻译的泰戈尔《飞鸟集》后,受诗集中"很短的充满了诗情画意和哲理的三言两语"的启发,便把自己平时笔记本眉批上记录的"零碎思想"整理起来,就成了《繁星》《春水》。在七十九岁时,她依旧在《纪念印度伟大诗人泰戈尔》一文中写到:"我接触泰戈尔的著作,是在1919年'五四运动'以后。我从中文和英文的译本中,看到了这位作家的伟大的心灵,缜密的文思和流利的词句,这些都把我年轻的心抓住了。我在1921年以后写的所谓"短诗"的《繁星》和《春水》,就是受着他的《离群之鸟》(The Stray Bird)这本短诗集的启发。"③可以说,对泰戈尔的钦慕和喜爱,是冰心翻译泰戈尔作品的重要动机之一。

除了个人喜好和选择外,20世纪50、60年代的政治历史背景也是冰心翻译泰戈尔作品的另外一个重要原因。纵观冰心对泰戈尔作品的翻译,就会发现这些作品主要翻译于20世纪50年代至60年代中叶。如前所述,这一时期外国文学的翻译受到当时政治意识形态和国家赞助人的操控,译者的主体性逐步被削弱。如果说1949年前冰心对外国文学作品的翻译完全是出于自己的兴趣和爱好,那1949年后作为作家和翻译家,她的文学创作和翻译活动更多受到了政治意识形态和国家赞助人的支配。

---

① 冰心:《冰心全集(第七卷)》,海峡文艺出版社1994年版,第458页。
② 冰心:《冰心全集(第一卷)》,海峡文艺出版社1994年版,第131页。
③ 冰心:《冰心全集(第七卷)》,海峡文艺出版社1994年版,第56页。

第二章　泰戈尔作品在中国的翻译出版

　　按照洪子诚先生的看法,20 世纪 50、60 年代中国逐渐建立、完善了一套新的文学体制,来确立和维护文学领域国家赞助人的权力关系,同时控制(翻译)文学生产和传播的各个环节。在这种文学体制中,作家、翻译家的身份和"存在方式"都较之前发生了重要变化,由 30、40 年代的"自由职业者"成为国家"干部",被纳入一种称为"单位"的体制中。"单位"具有严格的等级制度,根据不同的等级具有相应的工资、福利。① 事实上,"单位"就是国家和政府作为赞助人的一种体现。冰心 1949 年后也进入这样的体制当中。作为知名作家,中华人民共和国成立后冰心受到国家领导人的关注,1951 秋在周恩来总理的关怀和有关部门的周密安排下,他们全家由日本回到祖国。归国后的冰心不仅受到周恩来总理的接见,还成为全国人民代表大会代表和全国文联委员会委员,并参加了中国作家协会,享有文艺一级的工资。作为我国代表团的成员,她代表中国的作家、文化界、妇女界,有时还作为和平使者。经常到世界各国去访问。可以说,1949 年后的冰心不再是自由作家的身份,而是体制内的人,受到国家和政府赞助人的资助,其各种活动自然受到权力话语的支配。而且在这样的文学体制中,冰心被主流意识形态"规训"的同时,也自觉、不自觉地逐渐认同主流意识形态,甚至在文章中表达出对当时政治意识形态认同的"自觉"。在 1951 年所写《诗人与政治》一文中,冰心写道:"我认为从前我们东方人对诗人抱有错误的理解,以为诗人是超越政治的。然而,事实上政治却支配着诗人的整个环境,不仅我们的生活要涉及政治,而且诗人的作品也不可能超出政治的范围",并以屈原、陶渊明、杜甫、李清照和闻一多等人的诗歌为例,阐述政治对诗人的影响。② 如果说这篇文章初步表明了冰心对政治与文学之间关系的态度,那么 1953 年发表的《归来之后》则更明确地表明对当时主流意识形态的认可和拥护:"我深深地感觉到,我过去的创作,范围是狭仄的,眼光是浅短的,也更没有面向着人民大众。原因是我的立场错了,观点错了,对象的选择也因而错了。但只要我不断努力地学习,我的文字工具还是可用的。……我一定要好好学习社会主义现实主义的文艺理论,好好研读先进的文学作品,

---

　　① 洪子诚:《问题与方法——中国当代文学史研究讲稿》,生活·读书·新知三联书店 2002 年版,第 193 页。
　　② 冰心:《冰心全集(第四卷)》,海峡文艺出版社 1994 年版,第 7 页。

好好联系群众。在我的作品中,我要努力创造正面艺术形象,表现新型人物,让新中国的儿童看到祖国的新生的、前进的、蓬蓬勃勃的力量,鼓舞他们做一个有教养的、乐观的、英勇刚毅的社会主义社会的建设者。"[1]其后在许多文章中,她都热烈地歌颂新中国、歌颂人民、歌颂社会主义建设,文学上主张社会主义现实主义,与当时的主流政治意识形态完全保持一致性。

不仅创作如此,文学翻译也不再是冰心私人的事,而是要受到国家和政府赞助人的操控,受政治意识形态的影响。对泰戈尔十几部作品的翻译正是冰心受到五六十年政治环境和主流意识形态影响的结果。在《我与外国文学》一文中,冰心曾经谈到:"就亚、非诗人的诗,我就爱看,而且敢译。"[2]这里的"敢译"有两层含义,一层是冰心认为自己有能力翻译亚非诗人的作品,另一层意思就是冰心认为翻译这些诗人的诗歌不会犯政治错误。比起一些欧美国家的作家作品而言,50、60年代翻译泰戈尔作品更具有政治上的合法性和正确性。而对冰心本人来说,她多次亲自参与中印之间的友好交流活动,三次出访印度,感受到了中印两国人民之间的真诚友谊。1953年11月应印度印中友好协会全国会议的邀请,冰心作为中印友好协会代表团的成员来到印度,历时五周,访问了印度19个重要城市和许多乡村,参观了许多印度文物古迹,不仅感受到了印度对中国人民的热爱,也对印度文化有了更深的了解。1955年4月因为参加亚洲国家会议,冰心再一次出访印度。在印度的所见所闻,冰心在回国中陆续写了《与小朋友谈访印之行》《印度之行》《回忆我在印度的日子》《印度重游记》。在这种中印友好的政治背景和氛围中,冰心翻译泰戈尔作品可以说满足了时代的政治诉求,不仅不存在任何障碍,而且会受到政府赞助人的极力支持,以此作为中印两国文化交流的重要方式。个人的喜爱再加上国家赞助人的支持,这就是50、60年代冰心翻译泰戈尔作品数量最多的原因。

(二)文本翻译选择的政治意识形态性

如前所言,50、60年代对泰戈尔作品的翻译必须遵守权力话语的规定,需要经过政治意识形态准则的过滤和筛选。"人民性"、"革命性"与"现实性"、

---

[1] 冰心:《冰心全集(第四卷)》,海峡文艺出版社1994年版,第29页。
[2] 冰心:《冰心全集(第八卷)》,海峡文艺出版社1994年版,第493页。

"揭露性"成为泰戈尔作品翻译选择的重要标尺。这些也是冰心翻译泰戈尔作品时的选择标准。

从冰心翻译的短篇小说的主题来看,这些小说大多反映的是底层人民的困苦生活或种姓压迫,赞美劳动人民善良、朴实的优良品质,或反映女性悲惨的命运。《喀布尔人》描写为了生计不得不背井离乡的喀布尔小贩拉曼,把自己对女儿的热爱倾注到一个与之年龄相仿的小姑娘敏妮身上,与敏妮建立了纯真的友谊,赞美了喀布尔崇高的父爱和美好、善良的心灵。《弃绝》则讲述了出身于低种姓的女子门松嫁给了婆罗门丈夫赫门达。被公公发现身份后要被赶出家门,控诉了种姓制的可恶以及封建婚姻制度对女性的伤害。《素芭》中天生哑巴的素芭生下来就被父母视为累赘,得不到任何温暖,只能与小动物终日为伴,长大后被父母匆忙嫁人,被丈夫发现是哑巴后又被抛弃,反映了印度女性地位的低下和悲惨命运。《吉莉芭拉》则描写了美丽的少妇吉莉芭拉被迷恋女优的纨绔丈夫冷落、殴打,最后离家出走,成为红时一极的女优来报复丈夫,塑造了一个不屈服于命运、敢于反抗的妇女形象。《深夜》则描写贤惠的妻子因日夜照料生病的丈夫而生病,没想到康复后的丈夫在她缠绵病榻时却产生厌倦的情绪并另结新欢,导致妻子在绝望中自杀。

除了翻译的短篇小说外,冰心选择翻译的很多诗歌思想主题也都具有批判性、现实性和战斗性。1958年出版的《泰戈尔选集·诗集》选入了冰心翻译泰戈尔的130首诗歌,其中大量的诗歌充满了爱国主义热情,反对殖民侵略,支持民族解放运动。冰心在《泰戈尔选集·诗集》译后附记中指出:"这本诗集最突出的一点,是编入了许多泰戈尔的国际主义和爱国主义的诗,这些诗歌显示了泰戈尔的最伟大最受人民喜爱的一面。"译后附记的说明可以说是冰心当时翻译这部诗集最重要的原因。作为印度文艺复兴运动和民族解放运动的中心,孟加拉在1905年掀起了如火如荼的民族解放自治运动,泰戈尔在民族解放运动的大潮中奋起拿笔书写诗篇,来鼓舞民众的爱国热情和反抗英国殖民侵略的决心。其中,诗选的第38首到第44首这七首诗写于孟加拉民族自治运动期间,表达了诗人对祖国的热爱及对祖国命运的担忧,希望印度能够摆脱殖民统治获得新生。如第43首写道:"让我祖国的地和水,空气和果实甜美起来,我的上帝。让我祖国的家庭和市廛,森林和田野充盈起来,我的上帝。让我祖国的应许和希望,行为和言语真实起来,我的上帝。让我祖国儿女们的生活和心灵合一起来,我的上帝。"(《泰戈尔选集·诗集》)第51首诗歌则号召人民团结起来争取民族解放,胜利一定属于印度人民,后来这首歌曲在印度独立后成为印度的国歌。第121首,则反映了侵略者和殖民者对于印度人民奴役、殖民的历史,印度人民"在千百个帝国的废墟上"不停地劳动着。在诗集中,像这样反映英国对印度殖民掠夺,鼓舞印度人民进行反抗殖民侵略的诗篇很多。不仅如此,泰戈尔还把控诉的对象指向对于其他国家进行侵略的西方殖民者。第102首则控诉了西方殖民主义者对非洲的殖民侵略和掠夺,认为"文明人的野蛮的贪婪把恬不知耻的不人道刺得赤裸",这些强盗们终将在非洲耻辱的历史上留下抹不掉的印迹。第110首则反对慕尼黑条约,谴责法西斯主义。此外,诗集中还有不少反映印度人民疾苦的诗篇。如第94首诗描写了一副生活在印度古巴伊河畔穷困人民的群像:拿着弓箭闲逛的男孩,挑着扁担、累得气喘吁吁的工人,还有举着破伞、每月只领三卢比薪金的乡村教师;第95首诗则描写了一个穿着破靴、赤贫的老人因为欠了一大笔债务而烦心;第100首诗则描写一个为了生活不停劳作的山达尔贫困女人。在这些诗篇里,泰戈尔对于劳动人民表达了深切同情,也对造成人民贫困和悲惨生活的侵略者表达了憎恨之情,希望印度能够获得国家和民族的解放。

这一时期,冰心对泰戈尔作品翻译最大的贡献就是对《吉檀迦利》的翻译。《吉檀迦利》是泰戈尔获得诺贝尔文学奖的经典之作,是最能集中体现他的宗教、哲学、美学、文学等思想观念的一部诗集。诗集的名字"吉檀迦利"在孟加拉语中是"献诗"的意思,可见这些诗歌是献给神的,诗集充满了宗教色彩和神秘性,比较难以阐释和解读。在这部诗集中,泰戈尔表达主要思想是:作为个体的人要摆脱外在、人为的束缚,实现有限与无限的统一、人与自然、宇宙的合一;教导人们不能摆脱日常生活,要在日常生活中享有神性,追求完美的理想境界,实现个体人格的圆满,达到与"神"的合一。它体现了泰戈尔对于人、神和自然的思考,表达了以自由、平等和博爱为核心的"诗人的宗教"。从某种程度上来讲,《吉檀迦利》的思想内容和艺术风格并不符合20世纪50、60年代主流意识形态的标准。但作为泰戈尔最重要,也是最有声名的诗集,如果不翻译出版的话,这应该是一种对泰戈尔作品翻译的缺憾。为了显示这部诗集翻译出版的政治正确性，冰心利用译者自身的阐释权，在《吉檀迦利》的前记中对泰戈尔和诗集本身进行重新编码，从其内在的丰富性中抽出背离政治合法性的一面，赋予新的涵义，使诗集得以正常出版。

在诗集的《译者前记》中，冰心用相当长的文字介绍了泰戈尔，对泰戈尔的评价也较她20、30年代所写文章中的感性认知不同，而是一些充满政治性的话语："泰戈尔是印度人民最崇拜最热爱的诗人。他参加领导了印度的文艺复兴运动，他排除了他周围的纷乱窒塞的，多少含有殖民地奴化的，从英国传来的西方文化，而深入研究印度自己的悠久优秀的文化。他进到乡村，从农夫，村妇，瓦匠，石工那里，听取神话，歌谣和民间故事，然后用孟加拉文字写出最素朴最美丽的散文和诗歌。"[1]在这些文字表述中，我们不难看到泰戈尔促进了印度文化的复兴，反对西方文化，深入民间创作，具有人民大众的立场和平民化的世界观。冰心对泰戈尔人民性的表述，目的是使诗人本人能够获得当时国内政治意识形态的认可，但夸大了他生平经历的一部分，完全忽视了他来自印度上层阶级的出身。可以说，泰戈尔的生平经历被冰心用新的语词和意义进行部分改写，语义的倾向性增强。泰戈尔的形象已经由以前的精神偶像成为进步的人民作家，被赋予了更多政治的涵义。为作家的身份确定过合法性之后，冰心又改写了诗集本身的语词和意义系统。她在介绍这部诗集时，没有指出诗歌中的宗教色彩和自由、平等、博爱的思想，而只强调了对国家的热爱，对劳动人民的热爱，以及诗歌所具有的人民性："从这一百零三首诗中，我们可以深深地体会出这位伟大的印度诗人是怎样的热爱自己的有着悠久优秀文化的国家，热爱这国家里爱和平爱民主的劳动人民，热爱这国家的雄伟美丽的山川……"[2]这种表述与《吉檀迦利》诗歌的思想主题有一定的背离，也并不完全是泰戈尔写这些诗歌的本意。冰心作为译者为了使作品不与主流意识形态发生尖锐的冲突，只能采取一种自我保护的翻译策略，对文本进行偏离原本意义系统的阐释，强调作品的社会价值作用和进步的政治立场，以使作品的翻译合法化，获得当时主流意识形态和诗学规范的认同。

---

[1] 冰心：《冰心全集（第四卷）》，海峡文艺出版社1994年版，第164页。
[2] 同上书，第165页。

总之,在 20 世纪 50、60 年代的历史文化语境中,由于对外国文学的翻译并不是关注作品本身文学价值的高低,而是在于它们对于意识形态的功用,因此冰心对于泰戈尔作品的翻译完全按照当时主流意识形态的要求选择文本。对于不太符合意识形态的作品,冰心不得不采取迂回策略,在前言或后记中按照当时主流话语体系的表述方式对其进行背离本义的诠释,使其具有强烈的政治意识形态色彩,以保证作品能够获得官方认可,得以顺利出版。

第三节　20 世纪 80—90 年代的翻译出版

20 世纪 70 年代末,随着"文化大革命"的结束和改革开放政策的实行,我国对外国文学的翻译出版经历了长期的文化禁锢之后,进入了一个空前繁荣的黄金时代。当代对泰戈尔作品的译介出版也从寒冬期走了出来,开始复苏,并随着外国文学的翻译热潮进入了第二个高潮时期,出现了十分繁荣的局面。

一、译介的基本情况

在 20 世纪 80—90 年代,对泰戈尔作品的翻译出版仍然是印度文学翻译的重点。在短短二十多年里,泰戈尔的作品被翻译出版达 110 多次,这不仅是印度作家中作品出版最多的,也是其他亚非国家作家中作品翻译出版最多的,由此可见中国人的"泰戈尔情结"。与 50、60 年代的译介出版情况一样,这一时期泰戈尔作品的译介出版主要存在旧译再版、重译和新译的情况。

(一) 诗歌的翻译出版

新时期以来,50、60 年代翻译的泰戈尔诗歌不断再版。郑振铎译的《飞鸟集》由上海译文出版社于 1981 年再版,《新月集》和《飞鸟集》的合集先后于 1981 年被湖南人民出版社和 1991 年被湖南文艺出版社再版。冰心翻译的《吉檀迦利》可以说是新时期以来被再版最多的译本,先后被湖南人民出版社(1982)、人民文学出版社(1984)、上海译文出版社(1990)、湖南文艺出版社(1991)、漓江出版社(1992、1995)再版,《园丁集》与《吉檀迦利》组成合集先后被湖南人民出版社(1982)和湖南文艺出版社(1991)再版。吴岩翻译的《园丁集》也被上海译文出版社于 1981 年再版,汤永宽翻译的《游思集》于 1981 年被

第二章　泰戈尔作品在中国的翻译出版

上海译文出版社再版。冰心等翻译的《泰戈尔诗选》由人民文学出版社1994年出版。而60年代出版的十卷本《泰戈尔作品集》在1988年由人民文学出版社再次出版,从一、二卷的诗歌中人们也可以欣赏到泰戈尔诗歌的风采。另外,一些经典译本常常还被收录在一起,以泰戈尔诗歌和作品选集或全集的形式出版,这也是某种程度的再版。如人民文学出版社1987年出版的《榕树》就收录了冰心译的《诗选》和《吉檀迦利》《园丁集》的诗选,郑振铎译的《新月集》《飞鸟集》诗选,还有石真翻译《故事诗》诗选。类似此种形式的选集或全集还有很多,比较有名的是华宇清编《泰戈尔散文诗全集》(浙江文艺出版社,1990)和《泰戈尔诗歌精选》(北岳文艺出版社,1994),《泰戈尔散文诗全集》收入包括《吉檀迦利》在内的八部英文诗集。可以说,在当时出版的泰戈尔诗歌译本中,50、60年代泰戈尔诗歌译本再版的数量几乎占有一半左右。

除了原有经典诗歌译本不断再版外,当时很多译者对以前翻译过的泰戈尔诗歌进行了重新翻译。吴岩继20世纪50年代冰心翻译《吉檀迦利》之后,在80年代对这部诗集进行了重新翻译,由上海译文出版社于1986年出版;另外,他还重新翻译了《新月集》《飞鸟集》。《采果集》是泰戈尔亲自把孟加拉文译成英文的诗集,是一部侧重宗教抒情的诗歌选集,与《新月集》《飞鸟集》齐名。1949年以前,郑振铎、赵景深、李金发等人曾经选译了一部分诗歌发表于报纸杂志上,但一直没有全译本。到了20世纪80年代初,汤永宽翻译了整部诗集,在1981年由百花洲文艺出版社出。至此,《采果集》第一次被完全翻译到中国。后来这个译本在1989年又被上海译文出版社再版。在汤永宽翻译了《采果集》之后,石真也翻译这部诗集,同时又翻译了泰戈尔另外两部英文诗集《爱者之贻》和《渡口》,然后合起来成为《采果集·爱者之贻·渡口》在1985年由湖南人民出版社出版。90年代吴笛也翻译了《采果集》,被收入东达西编《先觉——泰戈尔哲理抒情散文诗全编》(广西民族出版社,1995)和《泰戈尔文集Ⅰ》(安徽文艺出版社,1997)中。《游思集》在90年代也被重新翻译,由魏得时翻译,先后被收入华宇清编的《泰戈尔散文诗全集》和东达西编的《先觉——泰戈尔哲理抒情散文诗全编》中。1995年花山文艺出版社出版的《泰戈尔诗选》,则收录了由年轻的译者杨涛、跃坤两人翻译的泰戈尔《故事诗》《吉檀迦利》《园丁集》《飞鸟集》中的一些诗歌。虽然他们在翻译诗歌的质量上不一定能够比得上老一辈的译者,但也显示了泰戈尔作品翻译的新生力量。

这一时期,以前一些泰戈尔没有被翻译过来的诗歌也被大量翻译出版,新的译本不断涌现。作为老一辈的译者和上海译文出版社的社长,吴岩在20世纪80、90年代表现出旺盛的翻译热情,除了重译《吉檀迦利》《新月集》《飞鸟集》外,还首次翻译了泰戈尔的《流萤集》(上海译文出版社,1983)、《情人的礼物》(上海译文出版社,1984)、《鸿鹄集》(上海译文出版社,1984)、《茅庐集》(上海译文出版社,1986),成为泰戈尔英诗汉译的权威。他在1989年出版了《泰戈尔抒情诗选》,该诗选不仅收录了他之前翻译过的诗集的部分诗歌,还收录了选译的《新月集》《飞鸟集》《采果集》和《游思集》中的一些诗歌。该译本后来被多次再版,成为上海译文出版社的畅销书,还荣获了全国优秀外国文学图书奖一等奖。而1997年上海译文出版社的《心笛神韵——泰戈尔英诗汉译》则最能体现吴岩翻译泰戈尔作品的成就和贡献,是他多年来翻译泰戈尔诗歌的结晶。该书共收录了泰戈尔的十部诗歌集,既有50年代的旧译《园丁集》,又有新时期的重译《吉檀迦利》《新月集》《采果集》《飞鸟集》,还有新译《情人的礼物》《渡》《遐想集》《流萤集》《集外集》。

80、90年代,除了老一辈翻译家的辛勤翻译外,一些后起的译者也成为泰戈尔诗歌翻译的中坚力量。他们翻译的重心不再是泰戈尔的英文诗集,而是直接翻译其孟加拉文或印地文的诗歌,这些诗歌很多都是第一次被翻译到中国,属于典型的新译。白开元是80、90年代翻译泰戈尔孟加拉文诗歌的佼佼者,他大量翻译了泰戈尔孟加拉文诗歌中的抒情诗、政治诗、爱情诗、哲理诗和儿童诗,先后以选集的形式被不同的出版社出版,后面会重点谈到。除了白开元外,黄志坤、董友忱也是泰戈尔孟加拉文诗歌重要的翻译者。黄志坤翻译出版了《泰戈尔诗选:微思集·随思集·火花集》,于1995年由湖南文艺出版社出版。

(二) 小说的翻译出版

与诗歌的翻译出版一样,对旧有的译本的再版也是80、90年代泰戈尔小说出版时出现的突出现象之一。50年代黄雨石翻译的《沉船》先后被上海译文出版社和人民文学出版社出版。1981年贵州人民出版社出版的《泰戈尔小说选》则出版了黄雨石翻译的《沉船》和冰心翻译的《喀布尔人》《弃绝》《素芭》《吉莉芭拉》《深夜》和《流失的金钱》。之后,这部小说选又被贵州人民出版社更名为《沉船·泰戈尔小说精选》在1994年再次出版。同样,安徽文艺出版社1997年出版的《泰戈尔文集Ⅲ》和1995年出版的《泰戈尔小说集》收录的小说也是上述小说。此外,50年代翻译的中短篇小说还被收录到其他一些泰戈尔的中短篇小说选集中。

80、90年代,对泰戈尔小说的重译也是常见现象。长篇小说《沉船》是这一时期经常被重译的对象。1995年四川文艺出版社出版的《泰戈尔小说全集》收录的《沉船》是最早的重译本,译者是柏桦;90年代又出现了由白开元直接译自孟加拉文的《沉船》,1996年由陕西人民出版社出版;之后,漓江出版社1997年又出版了由彬仁,广燕翻译的《沉船》。泰戈尔的另一部重要的长篇小说《戈拉》也被重新翻译。刘寿康翻译的《戈拉》在1984年由人民文学出版社出版,柏桦翻译的《戈拉》被收录到四川文艺出版社出版的《泰戈尔小说全集·戈拉》中,这些译本都是由英译本转译过来的。到了90年代,研究印度语文学的专家唐仁虎教授从印地语译本重新翻译了《戈拉》,由漓江出版社1998年出版。此外,20世纪60年代曾被翻译过的长篇小说《小沙子》由柏桦翻译,同样被收录到四川文艺出版社出版的《泰戈尔小说全集·沉船 小沙子》中。长篇小说《家庭与世界》解放前曾经被景梅九、张默池翻译到国内,由上海泰东图书馆在20世纪20年代三次出版,是最早介绍到中国的泰戈尔长篇小说。但50、60年代并没有对它再版或进行重译;到了80年代出现了两个重译版本:老作家和翻译家邵洵美翻译的译本(人民文学出版社,1987),董友忱翻译的译本(山东文艺出版社,1987),前者是从英文译本翻译过来的,后者则是从孟加拉文版本翻译出的,由于英文译本作了比较大的删改,有些段落不见了,而且译者还把全书分为12章,因此这两个中文译本就有较大的差异。

除了这些长篇小说外,泰戈尔的一些中短篇小说也被重译。有些是从英译本翻译过来的,如1982年城池翻译了九篇泰戈尔的短篇小说,其中大部分篇目以前被翻译过,这些小说以《泰戈尔短篇小说选》名义被福建人民出版社出版,是这一时期较早的重译本;后来从英译本转译的泰戈尔短篇小说并不是太多,仅有张石秋翻译的《泰戈尔短篇小说选》(陕西人民出版社出版,1997)。这一时期,大量对泰戈尔中短篇小说的翻译是从孟加拉语或印地语版本中翻译过来的,译者主要有倪培耕、董友忱、黄志坤、陈宗荣等人,他们的译作比那些转译自英译本的中文译本更要贴近泰戈尔的原意。这些译作除了一部分是对以前旧有篇目的翻译外,还有很多是第一次被译到国内。它们往往以泰戈尔中短篇小说选集的形式出版,如倪培耕等人译的《饥饿的石头》(漓江出版社,1983)、董友忱、黄志坤译的《泰戈尔短篇小说选》(湖南文艺出版社,1994),董友忱等人译的《四个人——泰戈尔中短篇小说精选》(华文出版社,1995、1998),倪培耕等译的《大师文集·泰戈尔卷:素芭(短篇小说选)》(漓江出版社,1995),倪培耕编选的《泰戈尔诗化小说》(上海文艺出版社,1997),黄志坤、赵元春译的《泰戈尔中篇小说精选》(湖南文艺出版社,1998)。其中,影响最大的是倪培耕等人译的《饥饿的石头》。该书是1983年漓江出版社出版的"获诺贝尔文学奖作家丛书"之一,收录了泰戈尔短篇小说41篇,其中直接译自孟加拉文24篇,译自印地文15篇,其余译自英文。包括了作家不同时期的代表作品,共40多万字,是20世纪80、90年代翻译出版的最早翻译自孟加拉文或印地语版本的泰戈尔短篇小说集。该译本第一次印刷就多达八万多册,后来又被多次印刷,深受读者的欢迎。

除了上述谈到的一些中短篇小说的新译之外,泰戈尔几部长篇小说也首次在这时被翻译过来。泰戈尔一生共创作了9部长篇小说,其中《家庭与世界》《沉船》《戈拉》《小沙子》已经被翻译到了中国,并出现多个中文译本,而其他几部长篇小说一直没有受到中国翻译界的关注。到了80、90年代,对泰戈尔长篇小说的翻译取得了一定的突破。80年代广燕翻译了泰戈尔的最后一部长篇小说《最后的诗篇》,由北岳文艺出版社1987年出版。该译本是从印地语译本转译过来的,虽然转译的过程中不可避免地会失掉原文的一些韵味,但印地原文出自名家之手,加上"中文译者态度严谨,文字流畅,不失原作风貌。"[①]此外,泰戈尔的第一部长篇小说《王后市场》和长篇历史小说《贤哲王》被董友忱第一次翻译成中文译本,由湖南人民出版社以《王后市场》为书名在1988年出版。译本是根据孟加拉文版《泰戈尔全集》中直接翻译过来的,有助于读者了解泰戈尔青年时代小说创作的风格。

---

① 石真:《最后的诗篇·序言》,《最后的诗篇》,北岳文艺出版社1987年版,第15页。

值得注意的是,20世纪80、90年代的中国翻译者也注意到了泰戈尔的童话创作。少年儿童出版社1986年出版了宋治瑞译的《秘密宝藏》,上海译文出版社1990年出版了冯金辛翻译的《金船》。

(三)散文和戏剧的翻译出版

散文方面,50、60年代对泰戈尔散文的翻译并不多,大部分集中在诗歌、小说和戏剧方面。而到了80、90年代,中国翻译界开始把翻译的目光投向了泰戈尔的散文,陆续出现了一些译作。需要指出的是,根据泰戈尔研究者的共识,一般把泰戈尔的随笔、游记、回忆录、书信、各种课本,及大量的论著即时事评论、文学、哲学、宗教、教育等方面的文章,统称为散文。

首先,是书信集和回忆录的出版翻译。《孟加拉掠影》是泰戈尔一部重要的书信集,是他在1886到1895年之间在船上给朋友所写的信件,主要描述了他在海上旅行时的各种见闻,是用散文的体裁写的,语句十分清新优美,充满诗意,表达了作家对家乡和大自然的热爱。除了冰心曾经选译该书中的十几封书信,以《孟加拉风光》为题发表于《世界文学》1962年第4期外,国内一直没有全译本。1985年刘建根据英译本把这部书信集翻译了过来,由上海译文出版社出版,填补之前没有全译本的空白。《回忆录》是泰戈尔1916年写的自传体作品,通过作家的亲笔叙述使读者清楚地了解他从童年到24岁的生活经历及思想观念形成的过程,是研究泰戈尔生平不可多得的重要文献。虽然20世纪20年代顾均正选译了部分内容发表在《学灯》杂志上,但之后没有译者再对其进行关注。后来冰心根据英国麦克米伦出版社1954年出版的英译本翻译成中文,可惜译稿的最后部分不幸在十年动乱中遗失,遂由冯金辛进行了补译,与之前金克木翻译的《我的童年》合起来一起由人民文学出版社1988年出版。之后,该书又被吴华重新翻译,以《我的回忆》为书名在1994年由北岳文艺出版社出版。该译本是根据1980年麦克米伦公司的英文版译出的,翻译家石真用孟加拉原著进行了校对,并为该译本撰写了前言。

其次,思想著作的大量翻译出版。与20世纪50、60年代的翻译情况不同,20世纪80、90年代出现了不少对泰戈尔思想著作的翻译。泰戈尔的各种演讲稿成为这方面翻译选题的主要内容。这大概是"因为这些演讲能够集中体现泰戈尔哲学、宗教、美学、政治、文学思想,而又有一定的可读性。"①《民族主义》是泰戈尔 1916 年访问日本和美国时的演讲稿,集中体现了他的政治思想和对国际关系的看法。我国在 20 世纪 20、30 年代的期刊杂志上曾发表过陈建民、王嘉谟、高扬等人选译的部分内容,全译本则由商务印书馆 1926 年出版的,是楼桐苏根据乔治·巴西勒的法文译本翻译过来的文言文译本,书名为《国家主义》,之后又再版了一次。商务印书馆 1982 年出版了谭仁侠根据英译本翻译的《民族主义》,这是解放后第一次翻译的泰戈尔思想方面的著作,对读者了解泰戈尔的政治思想有很大的帮助。之后,三联书店上海分店在 1989 年出版了康绍邦翻译的《一个艺术家的宗教观——泰戈尔讲演集》,该书包括《一个艺术家的宗教》《艺术是什么?》《人格的世界》《论再生》《我的学校》《论沉思》和《论妇女》共 7 篇,其中第一篇前一部分是泰戈尔在中国的讲演录,后一部分是他 1926 年在孟加拉达卡大学的讲演录;后六篇是泰戈尔 1916 年访问美国是的演讲稿,原名为《人格》。里面的所有篇章在 20、30 年代时曾分别被翻译成中文译本发表在报刊上,但大多为文言文,存在错误较多,此次翻译弥补了以前翻译的不足,让读者能够比较全面了解到泰戈尔的宗教观、艺术观、人生观、教育观和妇女观。泰戈尔的另一部比较重要的演讲集《人生的亲证》也由商务印书馆 1992 年出版,翻译者是宫静。该书收录的是泰戈尔 1912 年访问美国时在哈佛大学所作的演讲稿,原名为《Sadhana》,梵文含意是:将人生引向正确的道路。20 世纪 20 年代该演讲集的内容曾多次被翻译到中国,除了报纸杂志上刊登的黄仲苏、许地山、黄玄、冯飞等人的节选译文外,还出现了王靖、钱家骧译的《人生之实现》全译本(泰东图书局,1921 年)。新译本是宫静根据 1921 年莱比锡英文版翻译过来的,名字改译为《人生的亲证》,"原因是'人生'比'生命'更具有明确的社会性,而'亲证'比'实现'更能体现印度宗教哲学的特性,即强调人的直觉作用,亲身证悟人生的真谛。"②该书还附录了《人》,这是 1934 年泰戈尔在印度安得拉大学的演讲集。

关于泰戈尔的文学理论,虽然解放前也有译者零星翻译了一些体现泰戈

---

① 王向远等著:《20 世纪中国文学翻译之争》,百花洲文艺出版社 2006 年版。
② 宫静:《〈人生的亲证〉的译后记》,《人生的亲证》,商务印书馆 1992 年版,第 127 页。

尔关于艺术和美的思想的译文,但一直没有出现一部系统地翻译其文学观、艺术观和审美观的书籍。1988年上海译文出版社出版了倪培耕等人译的《泰戈尔论文学》,则弥补了这方面的遗憾。该书选自泰戈尔文学评论论著《文学》《文学的道路》和自传《生活的回忆》三本书,以及一些体现其文学观点的书信,共收录了47篇文章,涉及泰戈尔对文学和艺术的基本看法、对各种文体作品的评论和对自己文学创作经验的总结,为我国读者了解、研究泰戈尔的文艺思想,提供了可靠的材料。

思想著作的综合文集,主要是倪培耕编选的《泰戈尔集》(上海远东出版社,1997)。本书编选了关于泰戈尔的宗教哲学、文学美学和社会政治思想的重要文章,可以让读者对泰戈尔的思想有比较全面的了解。

再次,散文选集的出版。白开元翻译的《泰戈尔散文精选》是这一时期翻译出版的非常重要的泰戈尔散文选集。刚开始,这部选集由中国广播电视出版社1991出版,收录了泰戈尔的三十多篇散文,都是从孟加拉原文翻译过来的;后来,白开元在原来的基础上不断地翻译增补,以同样的书名由人民日报出版社1996年出版。新的选集共有94篇散文,根据随笔、书信、演讲稿、游记、时事评论分为五辑,基本上都是白开元从印度出版的孟加拉文的《泰戈尔全集》中择译的。

戏剧方面,这一时期对戏剧的翻译不是很重视,出版的译本比较少。50年代石真翻译的《摩克多塔拉——自由的瀑布》由上海译文出版社1986年再版,人民文学出版社1988年再版了《泰戈尔作品集》第十卷的戏剧卷。90年代,吴岩对泰戈尔的四部戏剧《桑亚西》(即《修道者》)、《齐德拉》《暗室之王》《春之循环》进行了重译,以《春之循环》为书名由上海译文出版社在1991年出版。

二、文化转型时期的翻译出版特征

20世纪70年代末,随着改革开放政策的实行,中国经济社会进入了转型时期,也促成了中国文化的转型和变迁。受"解放思想、实事求是"思想路线的影响,20世纪80、90年代的中国的文化建设也产生了巨大的变化。从20多年的文化实践中可以看出,当时文化转型的突出标志是从封闭到开放,从一元到多元,形成了官方主流文化、知识精英文化、大众文化并存发展的局面,实现了真正意义上的百花齐放、百家争鸣。这种文化转型首当其冲地体现在文学界和外国文学翻译界。在这种文化转型的语境下,20世纪80、90年代对泰戈尔作品的翻译出现了以下特征:

(一) 翻译出版越来越丰富和多元化,出现众多译本

虽然20世纪50、60年代对泰戈尔作品的翻译取得了巨大的成就,但也存在一定的局限性。由于当时的翻译选择是以政治意识形态为标准的,这就导致了泰戈尔一些不符合政治标准的作品无法译介过来。而到了80、90年代,在冲破了僵化的极左意识形态束缚后,泰戈尔作品的翻译出版的范围逐渐扩大,呈现出多元化的特点,越来越多的作品被翻译过来,出现了众多的译本。

首先,从译本的选题来看,题材更加广泛,体裁与类型上也比较全面。就20世纪50、60年代对泰戈尔作品的翻译而言,虽然数量众多,但在题材选择上仍有不足。在诗歌翻译方面,当时翻译出版较多的是泰戈尔的哲理诗、儿童诗和大量具有现实性和思想性的政治诗,对于他的宗教诗和爱情诗翻译相对较少。有的尽管被翻译过来,也被进行政治性的解读,如《吉檀迦利》属于泰戈尔的宗教诗,却被从人民性角度进行阐释。而到了80、90年代,这些诗歌被大量翻译过来。当时翻译的宗教诗集主要有《采果集》《黑牛集》《叶盘集》。《采果集》是泰戈尔非常重要的一部宗教抒情诗集,解放后的50、60年代可能由于诗集内容与当时的主流意识形态不太符合,一直没有受到译者的关注与翻译;但到了80、90年代,这部诗集被翻译了多次,先后被汤永宽、石真、吴笛等人翻译出版。《黑牛集》《叶盘集》更是第一次被翻译过来。泰戈尔的爱情诗在50、60年代仅有《园丁集》的译本,但新时期以后出现了很多爱情诗的译本。爱情诗集《情人的礼物》《爱者之贻》《渡口》的译本陆续出版,刘湛秋主编《泰戈尔文集Ⅱ》、白开元译的《泰戈尔十四行诗》和《恋歌之河》也收录了大量泰戈尔的爱情诗歌。这一时期,不仅泰戈尔的小说、诗歌、戏剧几乎都被翻译过来,其他体裁类型的作品也陆续被翻译过来。50、60年代泰戈尔被忽略的散文创作此时也成为译介出版的重点,《孟加拉掠影》《回忆录》和其他零散的散文随笔被陆续翻译过来。另外,泰戈尔的一些童话也被翻译过来,如宋治瑞译的《秘密宝藏》,冯金辛翻译的《金船》,在此之前很少有译者翻译泰戈尔的童话。最需要指出的是,对泰戈尔理论著作的翻译,是这一时期泰戈尔作品译介取得较大实

质发展的重要表现。理论著作比泰戈尔的其他作品更难翻译,对于理解泰戈尔的作品和整个创作来说又极为重要。80、90 年代翻译了不少泰戈尔的思想理论著作和文学理论著作,如《国家主义》《一个艺术家的宗教观——泰戈尔讲演集》《人生的亲证》和《泰戈尔论文学》,而这些著作在 50、60 年代因为意识形态因素是被忽略翻译的。新时期对泰戈尔思想著作的译介,说明学界对此有自觉的认识,译本不但丰富了泰戈尔作品汉译资源,而且对深化泰戈尔研究起到了很大的推动作用。

再次,从作品翻译的来源版本看,更加多元化。1945 年前对泰戈尔作品的翻译几乎全部从英译本转译的,而在 50、60 年代开始出现了从孟加拉文原文翻译的译本,但当时翻译界只有石真一人从事泰戈尔作品的孟加拉文翻译,所以翻译出来的作品十分有限,大部分译本还是从英译本转译过来的。到了 20 世纪 80、90 年代,又出现了一大批从事孟加拉文或印地语翻译工作的翻译者,如倪培耕、白开元、董友忱、唐仁虎、黄志坤、陈宗荣等人。他们有的直接从孟加拉文原著翻译成中文,有的即使做不到从孟加拉语原文翻译,也是从与孟拉语更为接近的印地语译本翻译,而不是只依靠英语译本。从孟加拉语原文译介的作品越来越多,成为当时泰戈尔作品翻译最突出、最亮丽的风景线。英译本的转译与孟加拉语原文的翻译、印地语译本转译,构成了 80、90 年代泰戈尔作品翻译的多元生态现状。

最后,从文学译本来看,多种语言译本并存。在这一时期,除了泰戈尔作品的中文译本外,还出现了维吾尔文、蒙文译本。新疆出版社出版了维吾尔文译本的《沉船》(乌斯曼·纳迪尔等译,1984)、《采果集》(艾尔肯·伊布拉音译,1998)和泰戈尔的短篇小说(《泡影——外国名作家短篇小说选》,伊斯坎丹等译,1994);内蒙古教育出版社 1984 年出版了松迪译的《泰戈尔诗选 园丁集 飞鸟集》蒙文译本,1985 年出版了敖力玛苏荣与莫·阿斯尔合译的《泰戈尔散文诗集》蒙文译本。这些译本对泰戈尔作品在少数民族群众中的传播具有重要的意义,也扩大了泰戈尔作品在中国的影响范围。

(二)翻译出版的择取标准由政治性逐渐转向文学性

在 20 世纪 80、90 年代,外国文学翻译的文化语境在意识形态方面相对要比 50 年代宽松得多。纵观 20 年泰戈尔作品的翻译出版,其择取也由唯政治意识形态为标准的做法,逐渐转向以作品的文学审美价值为标准,文学翻译上的"文学意识"得以增强。

  在80年代前期,由于文化政策刚刚松动,"极左意识形态依然掌控着思想文化界,陈旧、僵化的文学观念和创作模式依然盛行。文学作品的政治思想性是否符合主流意识形态、作品是否运用的是现实主义创作手法,依然是制约翻译择取的翻译规范。"①因此,当时对泰戈尔作品的翻译出版处于小心谨慎的状态,出版社刚开始恢复对泰戈尔作品的出版时,也只是选择50、60年代已经出版过的作品如《飞鸟集》《新月集》《游思集》《沉船》等进行再版,因为这些作品在"政治安全"的范围内,不会出任何差错;随后,才出现了一些新翻译的作品,这些作品也基本以50、60年代的翻译规范为标准,并且在前言和后记中对作者和作品进行政治性的解读,如汤永宽在《采果集》译者后记中,依然像以前一样用大量文字强调泰戈尔本人的革命性和进步性,同时认为"泰戈尔的诗歌洋溢着反对封建,反对种姓制度,反对殖民主义和法西斯统治的鲜明的爱国主义和民主主义思想",而回避了对《采果集》的评价和解读,因为这部诗集本身是一部宗教抒情诗集,充满宗教神秘色彩,译者害怕自己的翻译对象与主流意识形态不符合,只能采取了避而不谈的策略。

  随着政治气候的逐渐回暖和思想解放运动的进一步开展,政治意识形态与政府赞助人对文学翻译的控制和管理越来越松动。于是,对泰戈尔作品的翻译出版也开始摆脱种种思想束缚,基本以作品的文学性、艺术性为选择取向,政治标准逐渐让位文学标准。特别是到80年代中期以后,泰戈尔各类体裁类型的作品都被翻译过来,包括50、60年代那些因不符合意识形态被排斥在译介视野之外的作品也被大量翻译过来。这种以文学的审美价值为择取标准也明显地在作品的译者前言和后记中明显看到。虽然有些前言或后记也依然会谈到泰戈尔的进步性和对中国的友好感情,但大部分都是从文学性和艺术性对其作品进行解读。如倪培耕在《饥饿的石头》写的译者前言《泰戈尔和他的短篇小说》中,对泰戈尔的生平思想和其短篇小说的思想主题、艺术手法做了比较详尽的介绍和分析。在泰戈尔的生平思想进行介绍时,尽管倪培耕

---

① 赵稀方:《二十世纪中国翻译文学史·新时期卷》,百花文艺出版社2009年版,第5页。

第二章 泰戈尔作品在中国的翻译出版

在有些地方还摆脱不了从前的话语模式从政治角度进行解读,但在具体介绍中也显示了泰戈尔形象和思想的多面性,最重要的是他对泰戈尔的短篇小说进行了比较深刻的分析研究,从"诗化"风格和艺术技巧方面重点分析了泰戈尔短篇小说所蕴含的强烈的艺术感染力;华宇清在为白开元出版的《寂园心曲——泰戈尔诗歌三百首》写的"译本序"中对泰戈尔的诗歌进行了分析,探讨了每一时期泰戈尔诗歌的特点,在对《吉檀迦利》进行介绍时,其表述方式与冰心五十年代的介绍迥异:"这些诗,表面上是颂神诗,实质上不是一般的超脱尘世的宗教颂神诗,诗人向神所献的歌,却是'生命之歌',他歌唱生命的兴衰,现实世界的欢乐与悲哀,肯定人生的价值,它的主旋律回旋着时代脉搏的跳动。"①这里,我们看到华宇清已经不再对这部作品做生搬硬套的政治解读,而是深入到诗歌的内在本质进行审美化的鉴赏分析,而这种解读也基本触及泰戈尔创作这些诗歌时的本初意义。到了九十年代,市场经济的高速发展造成了思想观念的进一步转型和文化价值体系的进一步更新,对泰戈尔作品政治性的解读越来越少,出版社为了满足读者的需求,大量出版那些政治性不强,文学性和审美艺术性较强的作品。

(三) 由单行本逐渐转向选集化、全集化,翻译出版由计划性转向市场化

在 20 世纪 90 年代以前,对泰戈尔作品的翻译出版,大部分是以单行本的形式出版发行的。解放前,译文发表在报刊上或以单行本的形式出版是泰戈尔作品译介出版的两种重要方式,当时很少出现选集本,全集本几乎不存在。到了 20 世纪 50、60 年代,在报刊上发表译文已经不是泰戈尔作品译介出版的主要方式,当时主要方式是出版社出版作品的单译本,虽然也出现了《泰戈尔选集·诗集》《泰戈尔剧作集》《泰戈尔作品集》,但这并不是当时翻译出版的常见形式,只是偶然现象。而这种单行本的翻译出版形式一直延续到 90 年代之前。在整个 80 年代,出版发行仍是以单行本为主,译本选集只是零星出现,当时仅有《泰戈尔小说选》(谢冰心、黄雨石译,贵州人民出版社,1981)和《泰戈尔抒情诗选》(吴岩译,上海译文出版社,1989)。

但到了 90 年代,泰戈尔译本出现了选集化、全集化现象。诗歌方面出现

---

① 华宇清:《译本序》,《寂园心曲——泰戈尔诗歌三百首》,广西人民出版社 1987 年版,第 4 页。

了将近二十多部诗选集,往往以爱情诗选、哲理诗选、儿童诗选、散文诗选、哲理诗选、抒情诗选等名义出版,其中仅以《泰戈尔抒情诗选》为书名的译本多达8部;小说方面的选集也达十几部,基本以中短篇小说集为主,大部分选的是20世纪五六十年代翻译过的中短篇小说,也有一些是当时直接从孟加拉文或印地文选译的小说。当时规模最大的是1995年四川文艺出版社出版的《泰戈尔小说全集》,共分为三册,收录了《沉船》《小沙子》《戈拉》三部长篇小说和《饥饿的石头》等40篇短篇小说。思想著作的选集,主要是倪培耕编选的《泰戈尔集》(上海远东出版社,1997)。除了单个体裁的选集外,还有一些综合性的选集,对泰戈尔一些经典的小说、诗歌、散文、戏剧进行收录、组合成集,最早是1993年河北教育出版社推出的"世界文学博览"中于土、卜里选编的《泰戈尔作品精粹》,里面收录了90年代之前已经出版的泰戈尔诗集,散文《孟加拉掠影》,戏剧《国王和王后》,短篇小说《吉莉芭拉》《弃绝》《喀布尔人》和中长篇小说《四个人》《沉船》,基本把泰戈尔各体裁中最有代表性的作品都集中在了一起;此外,还有《泰戈尔文集》(刘湛秋主编,安徽文艺出版社,1997)、《泰戈尔名作欣赏》(季羡林、周志宽主编,中国和平出版社,1996)、《泰戈尔文选》(内蒙古文化出版社,2000)、《泰戈尔文选》(张军译,新疆青少年出版社,1999)等。而刘湛秋主编的《泰戈尔文集》是当时影响最大的一部综合性选集,共分为四卷,分别是散文诗、抒情诗、随笔和小说。这部综合选集的独特之处,按照刘湛秋为文集所写的序言《泰戈尔的文学圣殿》中所说,"我作为编辑的新鲜之处在于我只是泰戈尔的读者和崇拜者,而不是专家和译家,是我眼中的泰戈尔。"[①]作为诗人的刘湛秋选择的泰戈尔作品从某种程度上也许更具有文学的纯粹性。

90年代为什么会出现如此之多的选集?这不得不谈到新时期以来翻译出版的赞助人的变化。前面第一节我们已经谈到,50、60年代时翻译出版的主要赞助人是党和政府,文学翻译成为社会主义计划经济体制的一部分,对泰戈尔作品的翻译具有计划性和组织性,翻译选题和翻译活动都受到政府赞助人的支配,译本只在当时负责外国文学出版的人民文学出版社和上海文艺出版社出版。80年代时,虽然翻译活动随着思想解放运动的开展变得具有一定的自

---

① 刘湛秋:《泰戈尔的文学圣殿》,《泰戈尔文集》,安徽文艺出版社1997年版,第5页。

由性和灵活性,但文学翻译基本上还是作为计划经济体制的一部分运行,仍然受到国家赞助人的操控,具有一定的组织性和计划性,因此当时对泰戈尔作品的再版和翻译按照政府赞助人的安排有序平稳地进行,出版仍以上海译文出版社和人民文学出版社为主。但到了90年代,情况却发生了巨大变化。市场经济的确立,商品因素的介入,在给文学带来新的内涵的同时也驱动了外国文学翻译的变革。在市场经济体制下,很多出版社成为自负盈亏的独立机构。很多出版社为了自身的效益纷纷出版符合市场需要的图书。因为泰戈尔本人的名气,使泰戈尔的作品成为各个出版社争抢出版的对象,但同时质量参差不齐。

三、白开元对泰戈尔孟加拉文作品的翻译

前面已经谈到,在20世纪80、90年代的泰戈尔作品翻译中出现了一个很突出的现象就是译自泰戈尔孟加拉文作品的译本越来越多。当时主要从事孟加拉文翻译的译者主要有董友忱、白开元和黄志坤等人,而白开元翻译的作品最多,特别是对诗歌翻译的贡献也最大。

(一)翻译经历和主要翻译作品

白开元1945年出生于江苏常州,1965年被派往孟加拉的达卡,在那里学习了四年的孟加拉语,1969年大学毕业后被分配到中国国际广播电台孟加拉部工作,担任孟加拉语翻译和播音任务。长期的对外广播翻译实践中,他扩大了自己的知识面,打下了较为扎实的外语功底,积累了翻译各类题材作品的经验。在工作之余,白开元积极从事翻译工作,他最早翻译了孟加拉的一部短篇纪实性短篇小说《士兵大起义的故事》,虽然一开始遭到了出版社的退稿,但从此打开了他文学翻译的大门。之后,他与孟加拉文学翻译家石真合作,翻译出版了《孟加拉短篇小说选》。

80年代,受泰戈尔研究专家华宇清教授的启发和鼓励,白开元把文学翻译的重点转向对泰戈尔作品尤其是泰戈尔诗歌的翻译。《寂园心曲——泰戈尔诗歌三百首》是他翻译的第一部泰戈尔诗集,1987年由广西人民出版社出版。该书共收录了三百多首泰戈尔孟加拉诗歌,大部分诗歌选自印度国际大学出版社1944年出版的《泰戈尔诗选》,少量选自《儿童集》《金色船集》《再次集》

《书简集》《歌曲全集》。白开元之所以将这部诗歌集定名《寂园心曲》，是因为"寂园"是圣地尼克坦国际大学所在地，泰戈尔的很多诗歌是在那里写成的，"心曲"是指诗人发自内心的声音。除了前面提到的华宇清在"译本序"中对泰戈尔诗歌进行了深入的分析，白开元在译者后记中也对泰戈尔诗歌格律方面的贡献进行了总结，这样就使读者较为全面地了解泰戈尔诗歌的特点。可以说，《寂园心曲——泰戈尔诗歌三百首》是中国最早一部译自孟加拉文的泰戈尔诗歌选集，"这是中国读者第一次读到的比较多种类的从孟加拉语译过来的泰戈尔的作品。"①

自《寂园心曲——泰戈尔诗歌三百首》出版之后，白开元对泰戈尔作品的翻译一发不可收拾，80、90年代又陆续翻译出版了《透过无语的雾幔》（译林出版社，1990）、《泰戈尔儿童诗选》（中国广播电视出版社，1990）、《泰戈尔哲理诗选》（中国国际广播出版社，1991）、《恋歌之河》（漓江出版社，1995）、《泰戈尔文集Ⅱ》（刘湛秋主编，安徽文艺出版社，1997）、《泰戈尔十四行诗》（安徽文艺出版社，1998）。除此之外，他还翻译了泰戈尔的孟加拉文散文诗集《随想集》《再次集》《最后的星期集》《叶盘集》《黑牛集》，这些诗集被收录到华宇清编《泰戈尔散文诗全集》（浙江文艺出版社，1990）和东达西编《先觉——泰戈尔哲理抒情散文诗全编》（广西民族出版社，1995）中出版。

除了诗歌，20世纪90年代白开元从泰戈尔的孟加拉文作品选译了一些散文，以《泰戈尔散文精选》之名在1991年由中国广播电视出版社出版。之后，在这个版本的基础上，他又翻译了不少篇目，由原来的30篇增加到94篇，共分为五辑，仍以原来的书名由人民日报出版社1996出版。这本散文集收录了泰戈尔创作于不同时期的作品，是20世纪80—90年代翻译最全的泰戈尔散文选集。此外，小说方面，《沉船》是白开元最重要的译作。他直接从印度出版的孟加拉语《泰戈尔全集》第五卷中翻译出来，1996年由陕西人民出版社出版。虽然之前《沉船》已经出现了好几种译本，但都是从英译本转译过来的，转译的过程难免出现错误和不符合原意的地方，因此白开元翻译的《沉船》可以使读者阅读到原汁原味的译本。

---

① 白开元：《泰戈尔的诗我译了6万多行》，《深圳商报》2011年05月12日。

应该说,20世纪80、90年代,白开元在孟加拉作品翻译上成就斐然,他对泰戈尔孟加拉文作品的翻译填补了我国泰戈尔译介史上的空白,极大促进了泰戈尔作品在中国的传播和接受。

(二)译诗时注重诗歌的韵律美

白开元对泰戈尔孟加拉文作品的翻译中,诗歌翻译是数量最大的,按照他所说:"泰戈尔一生写诗大约七万多行,我译了六万多行。"[①]

诗歌本身不好翻译,尤其是泰戈尔的诗歌更是不好翻译。为了能够翻译好泰戈尔的诗歌,白开元广泛阅读《唐诗三百首》《宋词选》《元人散曲选》和莎士比亚、雪莱、拜伦、裴多菲等外国诗人作品的译本。译格律诗,他读臧克家的诗;译自由体诗,他读艾青的诗;译散文诗,他读郭风、柯蓝的诗。从这些著名诗人的力作中,他努力汲取丰富的营养,培养对诗歌的感觉,孕育自己对诗歌的想象力。不仅如此,为了进一步与诗歌进行亲密接触,他在80年代还报名参加《飞天》青年函授中心的学习,进行诗歌创作。与其他体裁的翻译不一样,诗歌的翻译,最重要的是韵律、想象、情绪和意境的形象转换。为了能在译诗时安排韵脚得心应手,他从图书馆借了一本中国韵脚十三辙,把这部韵书背得滚瓜烂熟。利用所学的诗歌技巧,白开元翻译了大量泰戈尔孟加拉诗歌。在具体翻译诗歌过程中,他尽量做到"信、达、雅",不仅忠实诗歌的原意,而且在忠实原意的基础上翻译出泰戈尔诗歌的美。他翻译泰戈尔诗歌最大的特色是注意保持诗歌的韵律美。

泰戈尔英文诗集的中译本大都是从英译本转译的,由于英译本多为散文形式,因此很多译者在译成中文时不会涉及韵律问题,都翻译成散文诗。事实上,泰戈尔孟加拉文诗歌大部分都是有韵律的,真正不押韵的散文诗只占他诗歌的一小部分。"泰戈尔的文学成就主要在诗歌,最重要的功绩是使孟加拉格律得到空前发展。"[②]白开元对泰戈尔的孟加拉诗歌韵律的规律进行认真研究,他发现泰戈尔在传统的基础上先后创立和革新了三种音律:音量律、音节律和混合律。"音量律"是指以音节的量度为标准的音律,泰戈尔从孟加拉语自身

---

① 白开元:《泰戈尔的诗我译了6万多行》,《深圳商报》2011年05月12日。
② 白开元:《译后记》,《寂园心曲——泰戈尔诗歌三百首》,广西人民出版社1987年版。

的语音特点出发,"把开音节算作一个音量单位,非词首复合辅音算作两个音量单位"。泰戈尔在创作诗歌时灵活地运用孟加拉语中的百个复合辅音,使诗歌的节奏起伏明显,读起来有抑扬顿挫之感。由于汉语中没有这类复合辅音,因此白开元翻译时不可能完整再现这种诗体。但对于其他两种韵律,他在翻译时尽力把这些韵律的特点体现出来。

"音节律"原来常见于孟加拉的民间歌谣,"它只要求歌行音节固定,不在乎歌行音长是否绝对相同,往往是靠重音拖腔和谐节奏,民歌里表现为回环复沓。"泰戈尔规范了传统的"音节律",运用新颖的"音节律"写了《献祭集》的中"隐秘""装模作样""往昔""新装"和其他集子的一些诗篇。白开元在翻译这些诗歌时,不仅把回环反复的特点翻译出来,而且翻译得非常自然。如《献祭集》中的第四首:

你装作欢天喜地,怕我看透你的心意——
你脸上堆满笑容,心里暗自悲泣。
我知道,我知道你的苦楚——
你不愿把要说的话和盘托出。

你掩饰得这样巧妙,怕我看出破绽——
你真怪,你气恼,怕被我带到众人面前。
我知道,我知道你的苦楚——
你不敢在你要走的路上迈步。

你索取得最多,不满足快快归去?
你那装满冷淡的行乞的褡裢可否丢进水里?
我知道,我知道你的苦楚——
别人能满足的要求,你的无法满足。①

尽管这首诗的诗行长短不一,但通过每节"我知道,我知道你的苦楚"的重

---

① 泰戈尔:《寂园心曲——泰戈尔诗歌三百首》,白开元译,广西人民出版社1987年版,第176—177页。

复呼应使诗歌产生了一种节奏感和旋律美;再加上原诗不仅每两行押韵,而且每节的结尾一词都押韵。因此,白开元翻译时也让每两行押韵,第一节前两句的韵脚"意""泣"押"i"韵,后两句的韵脚"楚"和"出"押"u"韵,第二节前两句的"绽"和"前"押"an"韵,后两句"楚"和"步"押"u"韵,后两节前两句的"去""里"都属于十三辙韵表中的"一七"韵,后两句的"楚""足"同时押"u"韵;同时他也让每节的结尾词——"出""步""足"都压"u"的韵,这种韵脚上的重复也使诗歌的节奏感更加强烈。白开元把这首诗翻译得自然流利,朗朗上口,具有易读易记的艺术效果。

另外,"混合律"是泰戈尔创作大部分叙事诗、抒情长诗时采用的主要格律,"混合律"诗叫做"波雅尔"(poyar)诗体,"通常一句两行,每行十四个音节,每两行押韵。"泰戈尔的长篇叙事诗《两亩地》就采用这种韵律形式。相比于五十年代石真的翻译,白开元充分注意到了这种诗体韵律特点,下面我们可以比较一下两人译的《两亩地》第一节诗:

> 我只有两亩地,其余的全抵了债。
> 老爷说:"乌本,告诉你,这两亩地我要买。"
> 我回道:"您是地主,您的土地一望无际。
> 您瞧瞧,我的土地,日后只够埋尸体。"
> 拉贾冷冷说:"你知道,我修了座花园,
> 添上你两亩地,横直距离一样远,
> 土地好歹你得卖!"我当胸合十
> 滴泪央求道:"请饶了穷人的根基,
> 祖祖辈辈的眼里,它珍贵胜黄金,
> 我,不是败家子,再穷不能卖母亲。"
> 沉思片刻,拉贾瞪着血红的双眼,
> 末了冷笑说:"过几天,有你的好看。"①

> 我只两亩地,其他的一切都在债务中失去。

---

① 泰戈尔:《寂园心曲——泰戈尔诗歌三百首》,白开元译,广西人民出版社 1987 年版,第 73 页。

王爷吩咐我:知道么? 巫宾,我要买你这块地!
　　我说:王爷,您是大地的主人,您的土地无边无际,
　　我呢,我只剩下了这小小的一块站脚地。
　　王爷听了说:孩子,你知道我正在修造花园,
　　加上这两亩地,就会长宽相等,四四方方的,
　　别噜苏,你只有把这块地给了我才合道理。
　　我含泪哀求:请保留下穷人家这一小块土地,
　　那是我家的一块金子,七代相传,在这里成了家,立了业,
　　我不能因为贫困,便辱没祖先,把大地母亲卖去。
　　王爷一听红了眼,半响儿没言语,
　　最后才狞笑一声:好! 我等着你。①

通过对两个译本的比较,我们不难发现它们最大的区别在于是否押韵。石真在翻译的时候,没有注意到泰戈尔所采用的"波雅尔"(poyar)诗体,忽略了诗歌每两行押韵的特点,基本上以散文诗的形式翻译出来,虽然表达出了诗歌的原意,但没有把泰戈尔诗歌的旋律美体现出来。而白开元通过对泰戈尔诗歌旋律的研究,结合诗体特点,虽然不能完全把诗歌的孟加拉文韵脚翻译过来,但尽量用中国的韵脚把这首诗歌的节奏感表现出来。他在翻译时两行一换韵,首两行韵脚是"ai"韵,三四行是"i"韵,五六行押"an"韵,七八行又换到"i"韵,九、十行押"in"韵。最后两行又换到"an"韵,这种单音节和双音节韵脚的交替也基本符合泰戈尔原诗的规律。因此,白开元的翻译不仅在意义上去贴近诗歌的原文,在形式上也尽量贴近原诗的形式,这样的翻译对我们不懂孟加拉文诗歌的读者对于理解泰戈尔的孟加拉诗歌大有裨益。

泰戈尔的孟加拉文诗歌,在诗体和韵律上的运用不断发展、革新,从运用传统的"波雅尔体"和"特里波迪体"(每句两行,三个音步,第一二音步须押韵,每两句也要押韵),到"宣拉体"(偶行谐韵)、交错押韵,最后扬弃韵脚,发展为自由体。白开元在翻译这些诗歌时,根据不同时期泰戈尔诗体的变化,尽力做到按泰戈尔诗体的不同进行翻译,转达了各个诗体不同的韵律特点,使读者充

---

① 泰戈尔:《两亩地》,石真等译,人民文学出版社 1959 年版,第 6 页。

分感受到泰戈尔诗歌的内在韵律美和节奏感。

第四节 21世纪以来的翻译出版

进入21世纪以来,泰戈尔作品的翻译出版继续之前的繁荣局面。2000年至今,中国对泰戈尔作品的翻译出版比之前取得了更大的成绩,在规模上和数量上呈现突飞猛进的态势。

一、翻译出版的基本情况

通过超星和读秀的数据可以看到,2000—2019年泰戈尔的作品译本大约出版多达1100多次,而1949年到1999年其译本出版大约才230次,可以说,21世纪以来泰戈尔作品翻译出版的数量远远超过以前的数量,是以前数量的四五倍。不仅如此,在翻译作品的体裁和类型上也更加全面,泰戈尔的小说、诗歌、戏剧和思想著作基本上都被翻译过来。

(一)诗歌和歌曲的翻译出版

这一时期,诗歌翻译仍是泰戈尔作品翻译出版的重点。21世纪以来,从作品接受上来讲,由于泰戈尔因为诗歌而获得诺贝尔文学奖,人们更多把泰戈尔作为一位诗人来接受,因此泰戈尔的诗歌被大量翻译出版,50多部诗集都被翻译过来。

首先,以前的经典译本被多次再版,尤其是郑振铎翻译的《飞鸟集》《新月集》、冰心翻译的《吉檀迦利》《园丁集》等,被不同的出版社反复再版,其他的诗歌译本虽然没有前面的再版次数那么多,但也被再三以单行本或合集的形式出版。由于再版次数太多,不再一一列举。这是21世纪以来泰戈尔作品翻译出版的重要特征之一。

其次,泰戈尔的英文诗集又出现了许多重译本,其中《新月集》《飞鸟集》《吉檀迦利》等作品被重译的次数比较多。

这一时期,翻译泰戈尔英文诗集比较多、质量比较高的是王广州、李家真、徐翰林、张炽恒、白开元等人,而翻译成就最大的是白开元。21世纪以来,在翻译完泰戈尔的孟加拉文诗歌之后,白开元又把翻译的热情投向了泰戈尔的英文诗歌。他从 2006 年开始，先后翻译泰戈尔的八部英文诗集，以"泰戈尔抒情诗赏析"为名由中国广播电视出版社出版，到 2011 年全部出版完。众所周知，泰戈尔的八部英文诗集大部分是他本人从自己的孟加拉文诗集选出来翻译成英文的，因此其英文诗歌与孟加拉文诗歌有着密切的关系，如果翻译者在翻译其英文诗歌时注意到这两者的关系就会对诗歌理解得更加透彻，也会翻译得更符合诗歌原本的意义。但这对于不懂孟加拉文的翻译者来说难度比较大，但对于白开元来讲相对比较容易。不同于其他英文诗歌的翻译者，白开元不但精通英文，同时还具有翻译泰戈尔孟加拉文诗歌的经历。因此，他在翻译这八部英文诗集时，找到了它们从孟加拉文诗的来源及流变，发现《吉檀迦利》《园丁集》《新月集》的每首均有孟加拉文版本，《情人的礼物》《采果集》《渡口集》和《游思集》大多有孟加拉文版本，《飞鸟集》中 283 节是用英语创作的，其余 43 节只能从孟加拉文原作找到一些踪迹。[①] 他考证了泰戈尔英文诗集中的每一首诗歌的孟加拉语言文化因素，更深刻地了解了诗歌的涵义，翻译得也更加准确。不仅如此，他还在译本的附录中，用英文字母标出每首诗的孟加拉语原作名字，在后面的括号中附有原作所在的孟加拉语诗集的简称，以便使译者能够根据索引找到原作进行比较，弄清楚泰戈尔依据自己的审美标准是如何取舍，如何进行再创作的。可以说白开元开辟了以泰戈尔的孟加拉文诗考证英文诗，然后加以翻译的道路，驱散了笼罩几代译人的重重迷雾。

再次，21 世纪以来对泰戈尔孟加拉文诗歌的翻译也取得了巨大的成就，几乎所有的孟加拉文诗歌都被翻译过来。这些诗歌被收录在《泰戈尔全集》（河北教育出版社，2000）和《泰戈尔作品全集》（人民出版社，2015）中。《泰戈尔全集》中的诗歌共八卷，一共收入了泰戈尔 65 部诗集的 57 部，还有 8 部没有翻译，而 2015 年的《泰戈尔作品全集》不仅收录了所有诗集，还翻译了大量补遗诗，自此，泰戈尔所有的诗歌都被翻译到了中国。除了全集中翻译出版的诗歌外，很多译自孟加拉文的诗歌还以选集的形式出版，如白开元译的《泰戈尔叙事诗选》（上海译文出版社，2001）、《泰戈尔爱情诗精选》（安徽文艺出版社，2002）、《泰戈尔儿童诗选》（浙江文艺出版社，2013）等；其中，规模最大的是外

---

① 颜治强：《泰戈尔翻译百年祭》，《中国翻译》2012 年第 6 期。

语教学与研究出版社 2008 年出版的《泰戈尔诗歌精选》系列丛书,该丛书由季羡林题名、董友忱编选,按照诗歌内容共分为六卷:哲理诗、爱情诗、儿童诗、自然诗、生命诗、神秘诗,是精选了《泰戈尔全集》中部分诗歌汇编成册的,深受读者欢迎。

最后,21 世纪以来国内又出现了不少少数民族语言的泰戈尔诗歌译本。继 90 年代翻译出版《采果集》后,新疆人民出版社 2004 年又出版了艾尔肯·伊布拉音翻译的《飞鸟集》《新月集》《吉檀迦利》《园丁集》《爱者之贻》《流萤集》《游思集》《渡口》《随想集》《黑牛集》《苹果集》《再次集》《最后的星期集》等 13 部诗集的维吾尔文译本,基本上把泰戈尔的重要诗集都出版了。另外,泰戈尔诗歌还被翻译成了藏文,民族出版社 2001 出版了贡保杰翻译的《吉檀迦利》的藏文译本,这部重要的诗集在 2002 年又被平罗翻译成藏文由西藏人民出版社出版;另外两部诗集《渡口》和《情人的礼物》也被翻译成藏文由四川民族出版社 2017 年出版;诗歌选集方面,四川民族出版社 2010 年出版藏文版《泰戈尔诗集》,甘肃民族出版社 2017 年出版了完德加布翻译的藏文版《泰戈尔诗选》。

此外,作为一名音乐家,泰戈尔一生创作了 2000 多首歌曲,但之前一直没有被翻译到中国,商务印书馆 2012 年出版了白开元编译的《泰戈尔经典歌词选》。此书收入泰戈尔创作的爱国歌曲 17 首,爱情歌曲 87 首,祈祷歌曲 50 首,自然歌曲 34 首,以及其他七彩歌曲 19 首。此书首次为中国读者提供了欣赏泰戈尔歌词的机会,弥补了译介史上的空白。

(二)小说的翻译出版

虽然比不上诗歌翻译出版的数量,21 世纪以来泰戈尔的小说翻译出版还是取得了比较大的进步。

就泰戈尔的小说而言,旧有译本的再版仍是重要的出版方式。《沉船》的黄雨石译本和彬仁译本先后被不同的出版社多次出版,《戈拉》再版的次数不是很多,黄星圻译本由人民文学出版社 2001 年和 2003 再版,其他长篇小说以单行本再版的不太常见;中短篇小说方面,80、90 年代倪培耕、黄志坤、董友忱等人的译文以中、短篇小说选的形式,被各家出版社多次再版。除了再版外,小说的重译本也出现不少,如刘笑彬翻译的《泰戈尔经典小说》(延边人民出版社,2000),收录了四部经典短篇小说《喀布尔人》《弃绝》《素芭》《吉莉芭拉》和长篇小说《沉船》;白开元翻译的《泰戈尔小说》(中国青年出版社,2011),收录了重译的13篇短篇小说。

需要提到的是,2000年河北教育出版社出版的《泰戈尔全集》共收录8部长篇小说,其中有以前唐仁虎翻译的《戈拉》,董友忱译的《王后市场》《贤者王》《家庭与世界》、彬仁译的《沉船》、广燕译的《最后的诗篇》,而《眼中沙》则是唐仁虎重新翻译的译本,倪培耕翻译的《纠缠》则是第一次翻译到中国;这8部小说只有董友忱翻译的3部是从孟加拉文直接翻译过来的,其余5部是根据印地转译的,泰戈尔的长篇小说《天定情缘》没有翻译过来;另外,《泰戈尔全集》收录了中短篇小说88篇,其中49篇是从孟加拉文直接翻译的,其余35篇是从印地文转译的,4篇是转译自英译本,还有十几篇没有收录。按照泰戈尔小说翻译专家董友忱的话,"从印地文和英文转译的39篇中,存在大量不准确之处,错译的地方也不少。"①

之后,2005年华文出版社出版的由董友忱、石景武主编的《泰戈尔小说全译》则弥补了《泰戈尔全集》小说翻译方面的缺憾。这套丛书一共7册,包括93部短篇小说、6部中篇小说、9部长篇小说,基本囊括当时印度统计的泰戈尔所有小说创作,是名副其实的全译,这是目前为止中国收录小说作品最全的一套泰戈尔小说集。它所收录的小说都是从孟加拉原文直接翻译过来的,不存在从其他文字转译的现象;长篇小说中,除了董友忱以前译的《王后市场》《贤者王》《家庭与世界》外,还有董友忱直接从孟加拉原文重译的《沉船》,黄志坤、赵元春译的《戈拉》《眼中沙》《天定情缘》,白开元译的《纠缠》,石景武译的《最后一首诗》;以前没有译者的孟加拉文中短篇小说这次也被直接重译,还新译了9篇没有翻译过的小说。可以说,这是中国第一个从孟加拉文直接翻译的泰戈尔小说完整译本。2015年出版的《泰戈尔作品全集》收录的小说更全面,不仅收录了《泰戈尔全译》中的所有小说,还增加了三篇后来印度又发现的短篇小说,使读者对泰戈尔小说的全貌有完整的了解。

(三)散文和戏剧的翻译出版

21世纪以来,泰戈尔作品翻译出版的繁荣局面不仅体现在诗歌、小说方

---

① 董友忱:《泰戈尔作品翻译研究综述》,《东南亚南亚研究》2015年第3期。

面,还体现在散文、戏剧方面。

散文方面,新时期以来出版了多种泰戈尔散文选集,既有以前译本的再版,如以白开元翻译的散文为主的各种选集、《泰戈尔散文》(收录刘建译《孟加拉掠影》、冰心译《回忆录》和金克木译《我的童年》,人民文学出版社,2008)等,还出现了很多新译的译本选集,而且这些选集分类越来越细化,如游记文体的《泰戈尔游记选》(白开元译,中国国际广播出版社,2000)、《远方的邀请:泰戈尔游记选》(冯道如译,江苏凤凰文艺出版社,2017);书信文体的《泰戈尔书信选》(白开元编译,商务印书馆,2015)、《泰戈尔书信集》(白开元译,漓江出版社,2016);体现宗教人生观的《在爱中彻悟:泰戈尔瞬息永恒集》(刘建,刘竞良译,天津人民出版社,2009);传记体的《泰戈尔精品集 传记卷》(白开元译,安徽文艺出版社,2017)等等;其中,比较重要的还有商务印书馆出版的白开元编译的《泰戈尔谈文学》(2011)、《泰戈尔谈教育》(2010)、《泰戈尔谈人生》(2009)3册,以及2015年开始中央编译出版社陆续出版的白开元编译的《泰戈尔笔下的人生》《泰戈尔笔下的教育》《泰戈尔笔下的印度》《泰戈尔笔下的文学》4册。

这一时期,泰戈尔散文单行本的出版翻译也比较多。自传方面除了80年代冰心译《回忆录》不断被各家出版社出版外,新的译本也不断涌现,如张帆译《泰戈尔回忆录》(浙江文艺出版社,2011),李鲜红、涂帅译《我的回忆录》(江苏文艺出版社,2012)、冰心、倪培耕等译《生活的回忆》(上海三联书店,2015);泰戈尔在美国哈佛大学的演讲集,不仅90年代宫静的译本《人生的亲证》被多次再版,而且还出现了3个新译本:张明权等译《人生的亲证》(上海文化出版社,2006)、钟书峰译《萨达那——生命的证悟》(光明日报出版社,2012)和王瑜译《生之实现》(北京时代华文书局,2018),同时还被恰日·嘎藏陀美翻译成藏文由甘肃民族出版社2002年出版。另一个演讲集《民族主义》,除了谭仁侠的译本再版外,还有刘涵译本(中国对外翻译出版有限公司,2014)。体现泰戈尔哲学宗教观点的演讲集《人的宗教》,收录了泰戈尔20世纪30年代他在英国剑桥大学讲学时的演讲稿,这部演讲集虽然在2000年被刘建翻译过来收录到《泰戈尔全集》第20卷中,但之前在中国一直没有以单行本的形式出版过,曾育慧的译本《人的宗教》(湖南人民出版社,2017)和蒋立珠译《人格》(北京时代华文书局,2018),则填补这方面的不足。东方出版社2014年出版了董友忱译的《俄罗斯书简》。

除了不断出版的选集和单行本外,作品全集对散文的翻译出版更是功不可没。2000年《泰戈尔全集》出版的24卷泰戈尔作品中,散文一共有6卷,占全集的四分之一,其中既包括以前有译本又重译的作品,如刘竟良译的在美国的演讲集《正确地认识人生》(即《人生的亲证》)、倪培耕译《生活的回忆》(即《回忆录》)、冯金辛译《孟加拉风光》、殷洪元译《童年》(即《我的童年》)等,还有大量新译的作品,如白开元译《随想录》《爪哇通讯》《旅欧书札》,董友忱译《俄国书简》《俄国书简附录》、李南译《在中国的演讲集》等等。而到了《泰戈尔作品全集》翻译收录的散文数量则更多,几乎所有泰戈尔的散文作品都被翻译过来,更加有助于我们全面了解泰戈尔的散文风格和其宗教、哲学、文学、教育和政治思想。

戏剧方面,这一时期出版的戏剧选集并不是很多,只有《花钏女——泰戈尔戏剧选》和《泰戈尔精品集(戏剧卷)》是新世纪以来出版的两部重要戏剧选集。前者由上海三联书店2015年和江西教育出版社2016年出版,主要由倪培耕、石真、刘安武等人翻译,共收录《花钏女》《邮局》《国王》《摩克多塔拉》《马丽妮》《南迪妮》等6部戏剧作品;后者由安徽文艺出版社2017年2月出版,翻译者是白开元,收录了《齐德拉》《自由之瀑》《国王》《牺牲》《离别时的诅咒》《贞妇》等6部作品。这两部戏剧选集所选的剧作是泰戈尔不同时期的创作,有助于读者了解泰戈尔的戏剧思想和创作成就。最能体现戏剧方面翻译成就的,还是《泰戈尔全集》和《泰戈尔作品全集》的出版。《泰戈尔全集》收录泰戈尔创作的84个剧本中42个,除了13个剧本是译自印地文,其余都直接从孟加拉文翻译,虽然还有42个剧本没有翻译,但在数量上已经远远超过50、60年代和80、90年代翻译剧本数量之和了,而且也不再像以前那样从英译本转译过来。《泰戈尔作品全集》收录了所有的泰戈尔剧本,而且都是从孟加拉文翻译过来,翻译的准确性又提高了很多。

二、消费文化语境下的翻译出版特征

如果说20世纪90年代中后期,泰戈尔作品的翻译出版受到市场化的影响越来越大,而进入新世纪以后这种影响就更大了,并呈现出新的特征。随着

第二章 泰戈尔作品在中国的翻译出版

市场经济的快速发展,中国在世纪之交进入了消费时代,出现了消费社会的文化特点。关于"消费社会"概念,是法国学者鲍德里亚提出的。他认为现代社会的人们被物所包围,"在我们的周围,存在着一种由不断增长的物、服务和物质财富所构成的惊人的消费和丰盛现象。"在消费社会里,一切都可以成为商品,人人都是消费者。在消费主义的逻辑下,被视为"精英文化"代表的文学经典也不得不走下神坛,成为一种工业生产,具有了商品的属性,成为消费对象。而读者作为消费者也不再只是把文学作品当作审美对象,而是当成消费品来满足自己的阅读需要,阅读成为一种文化消费。商品化的逻辑同样渗透到翻译活动中,翻译行为成为一种商业行为,翻译者对文本的选择不再受特定意识形态的影响,而是由市场来决定,获取经济利益是翻译活动的最终目的。同时,出版社成为文化生产的制作者,它们大部分自负盈亏,出于生存的需要和盈利的商业考量,自然把翻译好的文学作品当成一种商品出卖,并以满足读者的消费需求为目标和市场定位。"消费时代以盈利为目的的商业法则更是深深地嵌入社会生活的每个角落,成为消费社会普遍的价值衡量法则。这样,当走进商品序列的文学经典一旦无法满足那些被消费文化所驱使甚至异化了的消费者的欲望时,便再也无法躲避残酷的市场法则的规约。"[①]在这样的文化语境下,作为文化消费品的外国文学作品的翻译、出版,就完全被纳入市场经济的轨道里,接受市场法则的残酷考验。如何满足读者阅读的文化需求,获取最大的利润成为译者和出版社在翻译、出版外国文学作品时考虑的第一要素。

在 2012 年莫言获得诺贝尔文学奖之前,无论是文学界还是普通民众,都以没有获得诺贝尔文学奖的作家为憾,具有一种深深的"诺贝尔文学奖情结"。因此,作为亚洲第一位诺贝尔文学奖的获得者,泰戈尔的作品自然受到读者的青睐,也自然是各家出版社争相翻译出版的对象,所以这一时期出现了泰戈尔作品译本井喷式的增长。在消费导向商业利益的驱使下,泰戈尔作品的翻译出版出现了以下几个特征:

(一)作品的再版、重译现象严重

受商业利益的驱动,同一作品不同出版社扎堆出版,以及多人多版本翻译

[①] 赵学勇:《消费时代的"文学经典"》,《文学评论》2006 年第 5 期。

的状况,成为普遍现象。21世纪以来,据不完全统计,郑振铎翻译的《飞鸟集》被再版达200多次,被不同译者重译多达34次,《新月集》被再版达170多次,重译多达26次;冰心翻译的《吉檀迦利》被再版达90多次,重译达20多次,泰戈尔其他作品虽然没有这三部诗集再版、重译的次数那么多,但也比其他时期要频繁,特别是重译的次数要多得多。从某种程度上,随着时代的变化,由于语言的表达和审美趣味的不同对经典作品进行重译是有必要的,但21世纪以来对泰戈尔作品的再版和重译最主要的原因还是基于市场消费的需要。"从资本转换的角度而言,经典作品因为携带了较高的文化资本而具有更高的经济潜力。"①《飞鸟集》《新月集》的诗歌形式比较短小,便于人们接受,《吉檀迦利》则是泰戈尔获得诺贝尔文学奖的成名作,再加上这3部诗集的译者分别是著名翻译家、作家郑振铎和冰心,因此它们的译本在读者的心目中认可度是最高的,因此再版的次数也最多。

此时,泰戈尔的作品比以前任何时期重译的次数都要多。至于重译的原因,这主要还是由于出版社的经济利益驱动的。从20世纪90年代中期开始,中国的出版业开始进行改革,政府不再作为赞助人,鼓励出版单位由事业型体制转为经营型企业单位,自负盈亏、走向市场,同时给予它们选题、定价、销售等一系列的出版策划权,而且随着政策的宽松,出版市场内出现了越来越多的民营书业。到了21世纪后,由于市场竞争的日益严酷,出版市场开始细分,一些出版社进行优势整合,资源重组,变得越来越强,它们对于外国文学作品翻译的质量有严格的把控,因此出版的书籍质量比较有保证。但对于一些小出版社和民营书业来讲,生存的环境就相对比较艰难,为了生存下去,不得不屈服于市场利益。因为经济能力相对较弱,它们无法付给成名的译者较高的稿费,而只能选择名气小或者没有名气的译者的译本出版,甚至一部分译者是自费出版的。从前面对泰戈尔作品翻译出版情况的梳理,我们可以看到21世纪以来泰戈尔的重译本很多是由一些小出版社出版的,翻译者的名气并不是很大,他们的身份比较复杂,有的是从事外语教学或工作的人员,如王广州是北京师范大学外语学院的教师,李家真是《英语学习》的副主编、外研社综合英语

---

① 徐臻、熊辉:《论消费社会语境下的诗歌翻译》,《中南大学学报(社会科学版)》2017年第2期。

事业部总经理；有的是作家，如伊沙、冯唐等人；有的是企业家，如陆晋德是台湾企业家；有的是自由撰稿人，如张炽恒；有的根本不知道其真实身份是什么，找不到相关的个人生平资料，如徐翰林、林志豪等人。与50、60年代和80、90年代的专业译者不一样，很多译者并不是学习外语专业出身的，如张炽恒本科是学习数学的。他们进行翻译的目的，除了一少部分是出于个人的爱好，大多数是为了追求经济利益，把翻译活动当成一种商品生产，他们与出版社分工协作，最后根据卖出译本的数量来分红。因此，在这样的情况下，受读者喜爱和欢迎的《飞鸟集》《新月集》《吉檀迦利》成为他们不断重译的对象，同一诗集被不同译者翻译的次数超过了任何一个时期。这些重译的泰戈尔作品成为消费社会中的一种新的商品形式，它们不再是以累积或叠加的方式发展，而是以级数的方式不断向外扩张，但其存在寿命周期却不断递减。而且，数量上的增加并没有产生更多的经典译本。由于不是专业译者，译本中误译、漏译的情况也司空见惯。有的出版社为了追求名人效应带来的销量不顾质量，甚至为了噱头，吸引读者眼球，出版了引起争议的翻译版本。

（二）大型文集的不断出现

在21世纪之前，关于泰戈尔作品的大型文集，只有1961年人民文学出版社出版的10卷本的《泰戈尔作品集》。我们知道这部大型文集的出版是计划体制的产物，翻译出版组织化、体制化的表现，是国家为了庆祝泰戈尔诞辰100周年而出版的，带有明显的政治目的。80、90年代一直没有出现泰戈尔的大型文集。而21世纪以来，关于泰戈尔作品的大型文集越来越多。2000年由刘安武、倪培耕、白开元主编，河北教育出版社的《泰戈尔全集》是21世纪第一次出版的泰戈尔大型文集，具有重要的意义。全集是从印地语、孟加拉语、英语等多种语言翻译而来，收录了泰戈尔的大部分作品，全集将近一千万字，共24卷，是一项庞大的翻译工程，是我国又一次大规模翻译的泰戈尔作品，为21世纪研究泰戈尔提供了文本细读的基础，它的出版为泰戈尔作品在中国的传播做出了杰出的贡献，也为我国全面开展泰戈尔作品研究奠定了坚实的基础。

蔚为壮观的是，《泰戈尔作品全集》中文译本的面世。在泰戈尔诞辰155周年之际，2015年人民出版社出版了由董友忱主编的《泰戈尔作品全集》译本。全集约1600多万字，共有18卷33册，选用了公认权威版本——泰戈尔国际大学编辑的《泰戈尔作品集》普及版本进行翻译,基本按照泰戈尔创作的时间来分册,每册分诗歌、散文、小说、戏剧四部分;主编董友忱是著名的孟加拉文翻译家、泰戈尔研究专家,译者班底几乎集中了中国当代孟加拉语翻译界的所有优秀力量。关于这套译本的特点,正如董友忱先生在"中文版序言"中说:"这套书有两大特点:一是全部译自孟加拉原文,没有收录从印地文或英文转译的译文。二是全,也就是说,我们翻译了泰戈尔的全部作品,包括他创作的全部诗歌、小说、戏剧、散文(含游记、日记等.但是没有翻译收录他编写的英语、孟加拉语、梵语的教材),还收录了诗人自己翻译和他认可的八部英文诗集的译文,以及他在国外发表的部分英文讲演稿的译文。"《泰戈尔作品全集》中文版不仅是中国翻译泰戈尔作品最全的译本,也是目前世界范围内泰戈尔作品最为全面详实的译本。它的面世,是我国外国文学作品译介的重大成果,是泰戈尔中国接受史上一个新的里程碑,在泰戈尔研究史、中印文学交流史和外国文学交流史上有着重要意义。

需要指出的是,与60年代的大型文集出版的国家意志不同,这两次大型文集的出版更多是出版社的商业策划。前面已经讲到,新世纪以来作为企业的出版社在拥有更多自主权的同时,面临的竞争和压力也越来越大。为了在出版市场中脱颖而出,谋求最大的商业利润,大部分出版社都在积极地打造自己的图书品牌。"品牌是一种承诺和保证以赢得消费者的信赖,从而具有一种无形的感召力。品牌本身就是最好的营销符号,图书作为文化产业内的一种商品,也对品牌有着追求。"[1]读者对于出版社的品牌定位形成了一定的消费定势。出版社通过品牌图书的打造,同时也塑造了出版社的品牌形象,带动了其他图书的销售,获得了更大的出版效益。而在消费社会里,品牌与经典是紧密相连的。由于经典根植于人们文化心理的最深处,作为符号和标签受众十分广泛,而经典的神圣感容易转化为人们消费经典的崇高感,所以被认为是名家名作的经典具有巨大的利用扩展空间,能够成为一种具有竞争力的品牌。很多出版社利用文学经典来打造自己的品牌,利用经典的文化力来实现经济利益的转换,于是泰戈尔作品大型文集的出版就成为有追求的出版社要打造的

---

[1] 王月:《新世纪媒介文化的变迁》,上海交通大学出版社2015年版,第55页。

第二章 泰戈尔作品在中国的翻译出版

品牌之一。

《泰戈尔全集》的出版社——河北教育出版社成立于1986年,作为一个成立时间并不太长的出版社,努力追求品味、追求风格、追求形象、追求境界,他们选择经典作家和经典作品来积极打造自己的图书品牌,"世界文豪书系"就是在世纪之交策划的一套系列丛书。目前,这套书系已经出版了《歌德文集》《新莎士比亚全集》《雨果文集》等10套,这一中外文化交流的大工程在出版界、文化界、读者中倍受瞩目。而《泰戈尔全集》则是其中重要的一套作品集,出版社集合了当时最优秀的孟加拉文和印地文的译者进行翻译,它的出版在泰戈尔译介史上具有重要的意义。按照副主编董友忱的话,"出版社为这套书花费了不少财力和精力,绝大多数参与者也都尽职尽责。然而,由于出版社要求尽快出书,时间仓促,来不及翻译出泰戈尔的全部作品,也来不及做译名的统一工作,因此存在许多错误,留下许多遗憾。"通过董友忱的评价,我们可以看到一方面出版社是《泰戈尔全集》的组织者和策划者,为了它的出版花费了不少财力和精力,但另一方面出版社为了尽快出版、盈利导致书籍存在不少错误和遗憾。这充分体现了21世纪外国文学出版的一些现状。

同样,《泰戈尔作品全集》中文译本的出版也是人民出版社因为要打造自己的图书品牌而策划的项目。与河北教育出版社的企业性质相比,人民出版社具有官方的背景,它是出版党和政府政治意识形态书籍的官方出版社,是改制后保留原来的公益型事业单位的出版社。但与50、60年代的官方出版社不同的是,现在的人民出版社具有一定的经营权和自主权。虽然被定位于公益性出版社,但单靠有限的国家财政拨款就无法激励员工、使出版社具有活力。[①] 为了出版社的进一步发展和在市场中具有竞争力,人民出版社在出版政治类、公益性书籍的同时,也积极策划一些图书选题,出版一些品牌图书,来增加出版社的经济效益。《泰戈尔作品全集》中文版的翻译就是其中的选题之一,由2009年由人民出版社立项,聘请著名的孟加拉翻译家董友忱做主编,集合了外交部、新华社、中国国际广播电台、北京大学等机构的18位译者进行这项浩大的翻译工程,历时6年才完成。尽管这套译本的出版运用了政府的项目补贴,

---

① 王波:《"人"字头出版社如何发展》,《中国新闻出版报》2007年07月12日。

被纳入国家"十二五"重点出版项目,但从选题策划到翻译再到出版发行,都不是国家在组织、决策,更没有国家意志在干预,更多的是出版社的自主行为、盈利的目的。为了追求利润的最大化,人民出版社又从全集中择取了四部诗集《飞鸟集》《新月集》《园丁集》《吉檀迦利》和两部小说集《四个人》《莫哈玛娅》,形成了 6 册泰戈尔作品单行本,这 6 本书采用轻便纸张小开本设计,让读者能够随身携带,而且为了迎合市场和读者的需要,四部诗集采用中英文对照的形式。

(三)中英文双语对照的译本比较多

这一时期,还有一个与其他时期完全不同的现象,那就是泰戈尔的中英文对照的译本越来越多。

据不完全统计,21 世纪以来中英文对照的译本占泰戈尔作品译本出版数量的三分之一还要多。特别是《飞鸟集》《新月集》的中英文对照版本最多,因为这两部诗集是泰戈尔的英文诗集,里面的诗歌短小精炼,有利于人们进行英语学习。这一时期泰戈尔英文诗集相对于孟加拉文诗集被重译次数较多,也是因为出版社为了满足读者英语学习的需求而翻译出版的,几乎所有重译的译本都采用了英汉双语对照的形式,有的还随书附赠《词汇注解》手册,对重难点词汇进行注解,以供查阅学习。其中,规模比较大的是,2005—2011 年中国广播电视出版社出版白开元译的《泰戈尔抒情诗赏析》,包含了泰戈尔所有的英文诗集,全部采用了英汉双语对照的形式出版,而且译者白开元对诗集中的每一篇诗歌进行逐篇赏析,有助于人们加深对泰戈尔英文诗的理解;外语教学与研究出版社 2010 年出版的 8 部英文诗集译本,也是英汉对照的形式。

需要注意的是,这种英汉双语对照的译本,完全是消费文化的产物。在消费文化的语境下,作为文学经典的泰戈尔诗歌被纳入整个社会的消费系统,消费文化的主体——阅读者更多把这些英汉对照的译本作为英语学习的工具,对经典诗歌背后的意义和内涵有所忽略。

(四)图文结合、声文结合的译本不断出版

21 世纪以后,随着快节奏生活方式的到来,图像、音频成为刺激大众的重要艺术形式,大众的阅读消费也随之发生重要的变化。人们已无暇从"白纸黑字"的阅读中挖掘文字背后的内容,转而从色彩绚烂的图像和富有感情的声音中直观地感知某种信息。传统的纯文字图书阅读方式逐渐遭到普通读者的摒弃,而成为象牙塔内学术研究者的坚守。大众阅读消费方式的转变也带来出版业的深刻变化。如何实现从纯文字到图像的转型成为出版社面临的重要问题。为了适应读者的阅读需求,很多出版社在出版纸质图书时采用图文、声文结合的方式,21 世纪泰戈尔大部分作品的出版也是如此。

多数出版社在出版泰戈尔的诗歌时,结合诗歌的意境配有很多精美的图片、插图,帮助读者更好地理解泰戈尔的诗作。如 2018 年重庆出版社出版的《生如夏花:泰戈尔经典诗选(英汉对照)》,主要由泰戈尔 1913 年荣获诺贝尔文学奖的诗集《吉檀迦利》和另一部诗集《园丁集》构成,采用的是冰心先生的汉文译本。但是,它并非简单地将冰心先生的译文组合起来出版,而是重新进行了精细的包装设计,使之更符合时代特点,选取了西方无数名家名画作背景,每一页都精心设计,少见雷同,把泰戈尔的作品放在四色彩印的绘画中,更加突显了诗歌的优美,充满艺术的气息。浙江摄影出版社 2018 年出版的《泰戈尔诗意影像:吉檀迦利》则从泰戈尔获诺贝尔奖的作品诗集《吉檀迦利》中,挑选部分优美的诗句,并依此开始了画面构思和拍摄方案策划,作者专程前往印度的拉贾斯坦邦和孟买,进行了为期 20 天的人文与风景图像拍摄与素材采集工作;后经过长达半年的数码暗房创作——依靠电脑制作技术将摄取到的影像素材拆分与重组,勾勒出心中的一幅幅《吉檀迦利》图像,展现了一百多幅彼此独立又关联的诗意画境。

除了图文结合外,很多译本还配套配乐标准英文朗诵和中文朗诵及讲解音频。如人民文学出版社 2017 出版的《生如夏花:泰戈尔经典诗选:双语有声彩绘版》收录的郑振铎的《新月集》《飞鸟集》,里面除了 200 多幅世界名画插图,还内含二维码,即扫即听中英双语朗读;宁夏人民教育出版社 2017 年出版的《泰戈尔诗选》收录了冰心译的两部经典译诗集《吉檀迦利》和《园丁集》,该书最大的特色就是在原作的基础上,增加了全文的朗读、精彩影视剧的片段、名家点评,"成为会说话的复合型名著"。外语教学与研究出版社 2013 年出版的"泰戈尔经典诗选"系列、北岳文艺出版社 2018 年出版的《泰戈尔诗选》也有配套外语朗读的音频,让读者在阅读的同时还可以用英文磨耳朵,提高读者的听力水平。应该说,汉英对照版的泰戈尔作品配有音频出版的形式成为现在出版社出版的常见形式。

而百花文艺出版社 2019 年出版的泰戈尔作品更是创意十足，针对 95 后、00 后的阅读趣味量身定制，不仅加入图画和音频，而且把书籍设计成日历和手账的形式，推出《夏花历：很美很美的诗》《夏花账：我如此喜欢这世界》等诗集，把泰戈尔经典的诗歌升级成文创产品。《夏花历：很美很美的诗》就是把郑振铎译的《飞鸟集》设计成日历书的形式，每首诗歌按照时间排列，每日一句，不仅每页绘有复古轻奢插画，而且中英对照，同时配有诗句的有声朗读。而《夏花账：我如此喜欢这世界》则精选郑振铎译的《新月集》《飞鸟集》中的诗句 100 句，同时还可以用手账的形式来记录自己的年度规划、减肥打卡、收支记录等，用 21 天时间进阶管理自己的生活，还可以内页扫码赠送 100 首金曲。两部诗集装帧十分漂亮，布艺烫金装帧，可以一百八十度平摊。

应该说，这两部诗集的出版迎合了时代的风尚和消费需求，完全体现了消费时代的文化特征。鲍德里亚认为消费社会人们所进行的不是单纯、物质和功能性消费，而是文化的、心理的、意义的消费，消费者实际上是对商品所赋予的意义有需求，而不是对具体物的实际功用和价值有追求。就像生活中追求奢侈品和高档化妆品一样，消费社会的人们进行阅读消费时有时看中的并不是经典作品本身的成就，而是经典给人的神圣感，以及书籍所带来的奢侈感和成就感。百花文艺出版社给这两部书的推荐文案中写道："爆款文艺轻奢复古高颜值手账诗集，一本可以听的音乐概念书！2019 朋友圈热赞美创意书，原创轻奢手账诗集，打卡新标杆，可盐可甜，为热爱生活的你收集愉悦美好人生"，从中我们不难看出百花文艺出版社准确把脉了消费时代年轻读者的阅读症候，"爆款""文艺""轻奢""高颜值""热赞美""新标杆""可盐可甜"这些词汇集合了时代的热词和消费符号，代表了年轻人所追求的消费理念。而出版社正是用这种新颖的编排、唯美的视觉和听觉盛宴、精美的包装以及夸张的文案宣传，给书籍制造一种奢侈感，对年轻的读者形成一种完美的诱惑，当然这种诱惑最终会转化为出版社的经济价值。其实，至于这些图画、音频、音乐和日历、手账形式对人们理解泰戈尔诗歌有多大的帮助真的值得商榷，还有年轻的读者在拿到这些价值不菲的书籍后又有多少人去读并真正读懂这些诗歌也值得怀疑。但商榷归商榷，怀疑归怀疑，消费社会的阅读状况就是如此，出版社为了生存竞争只能绞尽脑汁把文学经典变成文化产品。从这个意义上讲,泰戈尔的诗歌译本就不是单纯文字转换后的呈现,而成为一种满足消费的文化产品。

　　总之,泰戈尔在中国一百余年的翻译传播史,既是中国的泰戈尔接受史的重要内容,也能透视中国现当代社会文化发展演变的历史。

第三章 20世纪以来中国的泰戈尔研究

研究,是一种对对象的学理化接受与认知。泰戈尔的思想和创作对五四以来中国知识分子产生深刻影响,是以"研究"为重要中介。泰戈尔在1924年访华引发出当时思想界、文化界的一场大争论,促进学界对泰戈尔的研究。此后,中国学界对其或褒扬、或抨击,却始终保持着对泰戈尔其人其文的关注和研究。在中华人民共和国成立初期,由于泰戈尔作品中呈现出的民族性与反封建性,尤其受到学界的重视,吸引了大批读者和研究者。在20世纪中国的外国文学翻译过程中,泰戈尔的被翻译和被出版数量都占据外国作家前列。泰戈尔及其文学创作,在中国家喻户晓,耳熟能详,远胜于其同时期的其他亚洲作家。

第一节 泰戈尔宗教哲学思想研究

泰戈尔宗教哲学思想研究是泰戈尔研究的核心领域,在中国泰戈尔研究的文献中也占到了相当的分量。中国第一篇介绍泰戈尔的文章《台莪尔氏之人生观》就从泰戈尔的人生哲学入手,吸引中国读者和学界来关注泰戈尔。之后,泰戈尔的哲学引起了正在积极引进被压迫民族和国家文化文学的民国学界的注意,几年后的1922年,第一部泰戈尔哲学研究的著作《塔果尔及其森林哲学》付梓,除了翻译泰戈尔哲学著作《人生的实现》(今译《人生的亲证》)外,还初步介绍了泰戈尔哲学中诸多相关概念。泰戈尔来华后的论争中,论争双方的重点仍然在泰戈尔的哲学与社会政治思想。究其原因,还是在于中国知识界对泰戈尔来华的期待,正是在他能为中国的民族独立斗争和社会问题提供良药。虽然徐志摩极力避免中国舆论界将期待引向这个方向,反复申明泰戈尔只是一位诗人,但泰戈尔在演讲中积极抨击西方物质文明,又引发了人们对泰戈尔思想的关注,而泰戈尔的哲学思想正是他思想的出发点。

泰戈尔的哲学与宗教精神密不可分,其哲学理念带有浓厚的宗教性,他的"人的宗教"常常被论者引用。江绍原与林语堂就泰戈尔与耶稣的对比展开的数次论争,在泰戈尔访华期间成为学界关注的焦点,引起了多人参与,直到泰戈尔离开中国。1949年后,因为泰戈尔是第三世界国家的代表作家,泰戈尔宗教哲学思想作为东方世界的独特精神遗产受到了重视,但这一时期的研究也不可避免地带上了浓厚的意识形态色彩。进入新时期后,中国的泰戈尔研究蓬勃展开,对泰戈尔宗教哲学的研究也借助开放的氛围高速发展。可以说,对泰戈尔哲学与宗教的研究,始终是中国泰戈尔研究的中心和出发点。

一、泰戈尔宗教哲学思想研究的问题及基本观点

(一) 中国泰戈尔宗教哲学思想研究的基本情况

泰戈尔是一位集大成的文学家和思想家,文学创作是他的主业,他的宗教哲学思想也主要体现在其诗歌、小说和剧本的创作中,如英文诗集《飞鸟集》《新月集》《吉檀迦利》等。他的哲学是用诗性的语言表达,遵循诗人的逻辑,是一种诗化哲学。因而在20世纪后期的泰戈尔研究中,许多学者是从泰戈尔的哲理诗集《飞鸟集》和颂神诗集《吉檀迦利》入手探究泰戈尔的哲学与宗教主张。值得注意的是,在20世纪前期,这种研究更多直接围绕泰戈尔的宗教哲学著作展开。

泰戈尔的宗教哲学著作主要有《人生的亲证》《论人格》《人的宗教》《诗人的宗教》《宗教》等,其中《人生的亲证》和《论人格》常常被提及。

根据泰戈尔研究的社会历史背景,可以将泰戈尔宗教哲学研究分为三个阶段。第一个阶段是20世纪10年代到40年代,第二个阶段是20世纪50年代至70年代中期,第三个阶段是20世纪70年代末至今。在不同的时期,面临不同的历史任务,对泰戈尔宗教哲学的关注点也各不相同。

第一个阶段为中国近代的民族与民主革命时期,对泰戈尔哲学和宗教的期待主要在于为中国提供抵御西方文明的侵袭和解决东方文明的穷困,同时也为处于动荡时代的个体提供精神上的倚靠。因而当时的研究者,一个总的

特征是特别注意泰戈尔学说中关于人性论的部分,具体而言既是泛神论和爱的哲学。泛神论用以伸张人的主观个性,实现五四以来标为圭臬的个性解放;爱的哲学用以慰安混乱时局下的漂泊个体。

第二个阶段虽然泰戈尔的作品受到了重视,得到了系统的翻译,但是受历史原因影响,学界对泰戈尔哲学问题的深入挖掘不够,多停留在介绍层面,因而泰戈尔宗教哲学的研究文章也几近阙如。

第三个阶段,也就是改革开放后,随着季羡林对泰戈尔的重新界定,对泰戈尔哲学的研究迅速展开,以黄心川、侯传文、巫白慧等学者为首,东方文学尤其是南亚文学的学术新人大量进入泰戈尔学领域,一批优秀的硕博士论文也竞相涌现。泰戈尔宗教思想方面,由于特殊的时代背景,直到 90 年代甚至是进入 21 世纪后,这方面的研究才逐渐起步,相比泰戈尔哲学思想研究,尚处于比较薄弱的境地。

(二) 泰戈尔宗教哲学研究的基本问题

泰戈尔宗教哲学研究可以分解为两个问题,即泰戈尔的宗教思想和哲学思想。以下从这两个方面来爬梳中国学者相关的研究轨迹。

从泰戈尔哲学思想来说,主要从下列 7 个角度来论述。一是对泰戈尔哲学思想进行综述,一般会按照世界观、方法论、认识论的顺序来概述泰戈尔各方面的观点。二是谈泰戈尔哲学中爱与和谐的思想,泰戈尔爱的哲学是他处理社会政治问题和人性问题的根本指导原则,论者一般从泰戈尔爱的哲学的依据入手,分析其泛爱论的哲学依据和具体形式。三是论述泰戈尔的美学思想,一般会论述其美学思想的哲学依据,美的本质,美感的来源,文学艺术创造美的机制。四是论述人的观念,主要包括人性论、人的地位、人与神的关系。五是生命意识,主要论述其诗歌中的生命力、生命美感和生命精神。六是论述其自由观,主要探究泰戈尔对自由的界定,自由对于人的意义,实现自由的途径。七是泰戈尔哲学与中国,主要包括泰戈尔哲学对中国近代思想文化变革的影响和对中国作家创作的影响。

从泰戈尔宗教思想来说,主要从下列 6 个角度来论述。一是对泰戈尔宗教思想的综述,一般包括泰戈尔宗教思想的来源、"人的宗教"的主要内容、泰戈尔对印度各教派的态度等。二是对泰戈尔泛神论的研究,包括泛神论的定义、泰戈尔对泛神论的阐发、泰戈尔泛神论与西方泛神论之间的异同等。三是宗教神秘主义,包括泰戈尔神秘主义的渊源、与西方神秘主义的比较、神秘主义在诗歌中的体现等。四是自然与生态意识,包括泰戈尔的生态哲学和自然观,及其在泰戈尔小说、诗歌、戏剧中的体现。五是文学创作与宗教思想,主要包括泰戈尔在文学创作中体现的宗教思想、描写的宗教冲突、植入的宗教元素。六是泰戈尔宗教思想与中国,包括泰戈尔宗教思想对近代中国文学的影响以及泰戈尔宗教思想与中国古代文学家的平行比较。

(三)泰戈尔宗教哲学研究的基本观点

对于泰戈尔宗教哲学研究的观点,是本书综述的主体部分。以下同样分宗教和哲学两个方面来讨论相关论者的研究路径和成果。通过知网搜索论文和查找专业著作中的相关章节,共发现中国学者研究泰戈尔宗教哲学的相关论文70篇。其中哲学思想研究方面共41篇,宗教思想研究方面共29篇。

1. 泰戈尔哲学思想综论

对于泰戈尔哲学思想的研究,民国时期与新时期有着显著的差别。民国时期重视人的解放,分析泰戈尔哲学多从其个体人的观念或人类文明学说入手。新时期虽然倡导思想解放,但毕竟从社会主义时期成长起来的学人仍有浓厚的意识形态思想惯性,因而其分析也多从马克思主义哲学思想结构出发,如世界观、方法论、认识论的三分法。

最早介绍泰戈尔哲学的是钱智修《台莪尔氏之人生观》[①](1913),发表在《东方杂志》上,在泰戈尔获诺奖之前已将泰戈尔思想介绍给中国,是中国最早介绍泰戈尔的文章。以如何对待人生境遇中的苦痛为中心,指出正如谬误只是真理的过程与部分、死只是生的一部分一样,苦痛只是人生幸福的未完成,是达致幸福的阶梯,从而消解苦痛的绝对性,树立苦痛的相对性和幸福的绝对性组成的良性结构,在行动与奉献中将有限的苦痛转化为无限的幸福。虽然只是一篇针对具体问题的小论,但有开山之功。

愈之(即胡愈之)《台莪尔与东西文化之批判》[②](1921)引用瑞士哲学家赫

---

① 钱智修:《台莪尔氏之人生观》,《东方杂志》1913年第10卷第4号。
② 愈之:《台莪尔与东西文化之批判》,《东方杂志》1921年第18卷17号。

尔褒兹的观点,反对泰戈尔的东西方文化调和论,认为泰戈尔主张的印度哲学无法对治西方文化的弊病,西方文明的希望在于回到希腊精神而不是接受印度思想。论者认为泰戈尔的哲学只是一种叔本华所指的"纯粹认识",是放弃自我意识而归于宇宙意识,而西方文化成立的根本就在于个人意识的独立,如果接受东方的训导,则意味着自我退化。赫尔褒兹认为文化来自"自然、心、经验"的和合,西方的弊病在于过于重视经验,但泰戈尔主张放弃经验,也是不会产生文化成果的。人类进入文明时代后就已与自然分道扬镳,无法回头,只能用"占有的权力"取代"联合的权力",来创造人的文明成果。

冯飞的《塔果尔及其森林哲学》[①](1922)是最早介绍泰戈尔及其哲学思想的著作,一方面介绍了泰戈尔的生平和思想渊源,另一方面对泰戈尔哲学中的诸多命题进行了细致的讨论。该书分为上下两编,下编基本是对泰戈尔的哲学著作《生命之实现》(今译《人生的亲证》)的翻译,上编则是介绍了泰戈尔思想体系中"梵"的范畴及由此核心概念衍生出的诸多相对概念的统一。论者追溯印度传统哲学对"梵"概念的争议,最终得出"梵"即是"大"的结论。自我与牺牲、死与生、美与丑、善与恶、假与真、法则与自由、悲哀与烦闷、堡垒与森林、实感与实现这些对立的范畴,都在梵与神的统摄下趋向圆融统一。作为早期的介绍性作品,其触及了泰戈尔哲学思想的深处,把握住了泰戈尔将对立双方视为同等真实的基本思维结构。

这三位论者对于泰戈尔的哲学的引用都具有极强的实用色彩,或者是用泰戈尔的哲学作为个体幸福的指导方针,或者是将泰戈尔哲学作为解决时代难题的东方范式的一部分,或是将泰戈尔作为东西方文化两立论的反面论据。在这之后的论者对待泰戈尔哲学的态度则具有了更多的学院派味道,对其思想的概述也更加全面而细致。

瞿世英的《太戈尔的人生观与世界观》[②](1922)指出,泰戈尔对生命意识的重视,重视人生的行动和实现,将人生视为宇宙无限的显现,鼓励人积极生活,追求生活本身的快乐,并将这种快乐作为人生价值的尺度标准之一。泰戈尔

---

① 冯飞编译:《塔果尔及其森林哲学》,商务印书馆1922年版。
② 瞿世英:《太戈尔的人生观与世界观》,《小说月报》1922年第2期。

这种主张就是来自他对印度传统吠檀多哲学现实虚幻论的反对,他认为现实同样真实的,现实本身也是无限的。泰戈尔基于此而鼓励社会的创新和进步,这是他的哲学与时代精神切合的原因。

王希和《太戈尔学说概观》①(1923)对泰戈尔哲学思想的论说主要基于对《人生的实现》一书的解读,而后从七个方面来概述泰戈尔哲学的具体内容。一是强调个人与宇宙的调和,个体通过精神智慧的升华来成为"感灵者";二是摆脱灵魂在物欲之网下的蒙昧,达到自我的觉醒;三是认为恶是部分的假相,善是整体的真相,应当超越局部而认识根本的善;四是通过克服自我的愚昧,来张扬真正的自我;五是通过爱和动作(行动)来实现人生;六是认为美由爱而实现;七是将无限的实现作为人生的终极目的,通过创造与进化成为生命与精神的完全体。应该说,这种思想的划分法在泰戈尔研究史上是罕见的,理应成为泰戈尔哲学观照的新视点。

王统照《太戈尔的思想与其诗歌的表象》②(1923)将泰戈尔的思想放在整个印度思想传统的背景下观照,印度思想的精髓在于将世界万物都置于自己的观照之下,一切存在本身都在主观的爱的统摄之内,在这种爱的关系里,个体与世界整体实现了统一。印度思想的关键在于无我论与有我论的融通,泰戈尔虽主张有我论,但这个我也必须在宇宙全体的大背景之下才能完全显现,因此其学说是积极进取、追求欢乐的。泰戈尔的哲学诗性强烈,与想象和灵感联系密切,因而其哲学常寓于其文学之中。论者将泰戈尔哲学概括为"自我的实现与宇宙相调和""精神的不朽与'生'之赞美""创造的'爱'与人生之'动'的价值"三个方面,尤其肯定泰戈尔对生命热情的赞美和对爱的精神的发扬。

如果说以上论者还只是从哲学本位的角度来审视泰戈尔的话,郭沫若的论断则有了更多的个人情感倾向,也正是这篇文章为泰戈尔中国之行所受到的左翼批评确定了基调。郭沫若《太戈儿来华的我见》③(1923)这篇文章是泰戈尔来华期间的主要批评文章之一,但值得注意的是论者并未全盘否定泰戈尔,而是不满于泰戈尔诗歌与思想的温柔主义,希冀于中国之行所见的壮丽景

---

① 王希和:《太戈尔学说概观》,《东方杂志》1923年第14号。
② 王统照:《太戈尔的思想与其诗歌的表象》,《小说月报》1923年第9期。
③ 郭沫若:《太戈儿来华的我见》,《创造周报》1923年第23期。

色能有助于泰戈尔转细腻为雄浑,这说明了郭沫若受唯物史观和革命浪漫主义影响后,对倡导非暴力的人道主义精神的不满。郭沫若同时认为泰戈尔的泛神论不是印度的独创,中国的先秦和西方的近代同样有不约而同者,因而他认为泰戈尔的哲学价值只在于其诗化的外衣。他将"梵的现实、我的尊严、爱的福音"作为泰戈尔思想的核心,这个论点被之后的论者反复引用,成为对泰戈尔的重要界定之一。

进入新时期后,对泰戈尔哲学思想的研究又重新回到了学界的视野。打开这个局面的是黄心川和季羡林的两篇介绍性的文章,分别是黄心川的《略论泰戈尔的哲学和社会思想》①和季羡林的《泰戈尔的生平、思想和创作》②。两篇文章通过马克思主义哲学立场的鉴定,将泰戈尔哲学划为了"底层的""人民的"哲学体系,从而实现了正名。

倪培耕《泰戈尔对中国作家的影响》③(1986)是一篇综述性的文章,总结了20世纪以来中国学者对泰戈尔的研究介绍和中国作家受泰戈尔的影响。这篇文章的作用在于将泰戈尔思想作为中国现代作家的思想联系摆在了前台,从而使得中国现代思想史和文学史都再也无法绕开泰戈尔,这无疑是革命性的,在以往人们将目光仅仅投注于日本与西方对中国近代化的引领作用,但现在一个印度的诗人也成为这样的启蒙者与触发者,这大为扩展了人文学界对现代中外文化交流的认识,也将泰戈尔提升到了一个新的历史高度。

在之后的几篇文章中,泰戈尔哲学的思想脉络也变得愈发清晰了起来。尤其值得注意的是泰戈尔哲学思想中的一些特殊命题也受到了特别的关注,具有代表性的两篇文章对泰戈尔的真理观和人格论进行了细致的剖析。这代表着泰戈尔哲学研究已经深入具象层次。

宫静《论泰戈尔的真理观》④(1992)论证了泰戈尔真理观的具体内涵。在真理的定义上,将真理视为透过有限可以把握的无限、透过人的表层意识可以把握的深层精神自我、透过物质可以把握的物质世界内在本质。论者认为这

---

① 黄心川:《略论泰戈尔的哲学和社会思想》,《哲学研究》1979年第1期。
② 季羡林:《泰戈尔的生平、思想和创作》,《社会科学战线》1981年第2期。
③ 倪培耕:《泰戈尔对中国作家的影响》,《南亚研究》1986年第1期。
④ 宫静:《论泰戈尔的真理观》,《外国哲学(第十一辑)》,商务印书馆1992年版。

第三章　20世纪以来中国的泰戈尔研究

反映了泰戈尔同时接受吠檀多哲学和西方科学后的矛盾性表现。在真理的绝对性与相对性上，泰戈尔认同绝对真理寓于相对真理之中，但同时也认为存在一种精神上的绝对真理，这种真理要通过现实的奉献修炼来证悟，目的在于使人变成"超人"。论者认为这反映了泰戈尔社会历史认识的虚幻性。在真理与谬误的关系上，将谬误视为真理取得道路上的必经阶段。但是论者认为其错误理解了真理的客观性。在检验真理的标准问题上，泰戈尔认为心灵的创造才是真理性认识的根本尺度，感觉、理性和社会反馈只是辅助性标准而已。论者以马克思主义哲学的实践真理观加以否定。在实现真理的途径上，泰戈尔认为通往科学的真理要通过循序渐进的探索，通往社会的真理则是通过直觉的顿悟。具体方式表现为在爱中证悟和在行动中证悟。论者认为这在现实中根本无法实现。综言之，论者以马克思主义哲学为标准，对泰戈尔真理观进行了细致的剖析，肯定了泰戈尔具有行动性的一面，否定了泰戈尔内倾性的一面。

侯传文《泰戈尔"人格论"探析》①(2006)中指出，人格论是泰戈尔哲学与文论思想的重合部分。泰戈尔定义的"人格"，是人性意义上的，是人的精神主体和存在本体，以情感为中心，是文学艺术的表现对象。反映了泰戈尔"人的宗教"的人本主义特征，张扬人的主体性。泰戈尔不止认为人有人格，而且认为自然万物都有其人格，这成为人与世界统一的基础。泰戈尔从形而上的角度理解人格，认为人是无限的"至上人"在有限的个体意识中的显现，这表明了他将近代欧洲人道主义思想与印度传统宗教神秘主义相结合的思路。

对于其他的研究者来说，现有的泰戈尔哲学研究模式成为一个已经成型的现实参考，各篇论文之间已经组成了一种世代承袭关系。

宫静《泰戈尔哲学思想的渊源及其特点》②(1989)首先讨论了泰戈尔是否可以界定为一位哲学家，得出泰戈尔是一位具有诗性气质的哲学家的结论。泰戈尔的哲学思想来源于以奥义书为代表的印度文化传统、突破宗派局限的宗教信仰与博爱主义、人道主义和人性论等西方思想。论者提出了泰戈尔哲学的三个特征。一是哲学思想蕴含在文学作品之中；二是其使用的哲学概念

---

① 侯传文：《泰戈尔"人格论"探析》，《外国文学评论》2006年第1期。
② 宫静：《泰戈尔哲学思想的渊源及其特点》，《南亚研究》1989年第3期。

具有美学和情感色彩;三是其世界观、人生观和真理观都围绕和谐统一建立。

何乃英《泰戈尔哲学观初探》①(1990)综述性地概括了以下几点。由于泰戈尔的家庭教育、个人追求和多元宗教背景,泰戈尔崇尚奥义书,但是不拘泥于此。泰戈尔重视"梵"、我、自然三者的关系,但是他不像吠檀多哲学家那样认为"梵"真实而"我"与自然虚假,而是认为三者同样真实,而且"梵"通过我与自然表现出来,因而泰戈尔热爱现实生活,主张在生活中证悟梵我合一,反对避世修行。在这个三元世界观的基础上,泰戈尔论证了善与恶、美与丑、生与死、法则与自由、爱与憎等一系列对立范畴的内在统一性。何乃英据此认为泰戈尔的哲学思想整体属于客观唯心主义,但包含唯物主义和辩证法的因素。

朱明忠《泰戈尔的哲学思想》②(2001)认为泰戈尔思想来源于三个方面:印度古代奥义书和吠檀多哲学、印度教虔信派的泛神论和宗教改革思想、西方近现代思想。在人与宇宙的关系上,泰戈尔通过西方与印度文明的比较,指出人与宇宙都是最高精神的显现,二者本质是同一的,倡导人与自然的和谐融合。在人性观上,泰戈尔认为人同时拥有有限的方面和无限的方面,前者指"肉身的人",后者指"精神的神"。有限自我使人满足肉体需求、发展自私意识、保证自我独特性。无限自我推动人追求精神信仰、渴望解脱和永生、亲近自然和保持永恒的创造力。人的无限方面是人的高级层次,有限方面是人的低级层次,但有限自我是无限自我的载体,二者统一于人的成长之中。在人的证悟和修行上,泰戈尔反对避世禁欲,主张在社会生活和工作奉献中亲证无限自我即隐藏于自我中的神性。在宗教观上,泰戈尔反对宗派主义和禁欲主义,倡导建立"人的宗教",不拜偶像,不设教会,不行仪式,把智慧著作奥义书作为自己的经典。通过细密而翔实的辨析,循着一条逻辑线来追索泰戈尔建立自己信仰哲学的路径,清晰把握了泰戈尔人道主义思想的渊源和引申。

由此观之,一些专著中对泰戈尔哲学思想的观照更有深刻的思想底蕴和理论视野,由于这些专著的编纂者多是相关领域的专家,他们的论述也更具有专业性和逻辑性。

---

① 何乃英:《泰戈尔哲学观初探》,《外国文学研究》1990 年第 4 期。
② 朱明忠:《泰戈尔的哲学思想》,《南亚研究》2001 年第 2 期。

黄心川主编的《现代东方哲学》①第七章"印度现代主要哲学家及其学说"从几个方面简要概述了泰戈尔哲学和宗教思想的主要内容。哲学上,认为神是具体的,物质世界是真实的,人、神、自然密不可分,宇宙中的任何对立最终都归于统一。宗教观上,倡导回归宗教的原始目的,即为人提供解放的力量,平衡社会矛盾,教导民众。他反对宗派主义的宗教异化,倡导"诗人的宗教",追求人格的真理。这种宗教不信仰具体的神、崇尚《奥义书》的理智部分、纯属个人的信仰、通过直觉的证悟来与神交往。

徐远和等主编《东方哲学史》②(现代卷)第三章"泰戈尔的哲学思想"从四个方面来说明泰戈尔哲学思想的内涵。在思想来源上,论者认为泰戈尔哲学是印度古代吠檀多哲学、印度教虔信派思想和近代西方思想综合影响的产物。在人与宇宙的关系上,通过与西方文明观的对比,泰戈尔突出了印度文明视域下人与宇宙万物精神的同一。在人性论上,认为人存在肉体的有限自我与精神的无限自我,有了无限自我,人才会追求超越自身、渴望解脱和永生、对自然产生兴趣、产生极大创造力,有了有限自我,自然神性才有了载体。在人类发展展望上,认为人类社会的发展归宿是社会生活的和谐整一,这需要通过个体在行动中证悟、在爱中证悟和在美的感受中证悟。在宗教观上,反对禁欲主义和教派冲突,提倡"人的宗教",即通过日常生活和奉献,克服人性自私,证悟内在神性,实现社会的"普遍之爱"。这种宗教反对偶像崇拜,没有任何组织形式、仪式和戒律,崇信奥义书的"梵我同一"。

由于泰戈尔诗人哲学家的身份,部分研究对其哲学体系的梳理是从对其作品的文本解读中获得的,这使得他们的分析具有更多的感性和抒情色彩。

李雪梅《浅析泰戈尔诗歌的哲理意蕴》③(2006)将泰戈尔的哲学思想概括为生命与自然观、和谐观和自由观三部分。生命与自然观上,泰戈尔主张生命与自然在神性和诗意维度下的融合。和谐观上,泰戈尔认为万物都是通过韵律来实现彼此之间和整体内部的和谐的,世界在发展与抗衡的韵律中产生美。自由观上,泰戈尔认为自由就是从物质的"有限人格"向梵的"无限人格"转化

---

① 黄心川主编:《现代东方哲学》,浙江人民出版社1998年版。
② 徐远和等主编:《东方哲学史(现代卷)》,人民出版社2010年版。
③ 李雪梅:《浅析泰戈尔诗歌的哲理意蕴》,《潍坊学院学报》2006年第1期。

的过程,自由是人性与神性的统一。抓住了泰戈尔哲学的重点,但是缺乏系统性。

张思齐《泰戈尔的思想倾向与诗学特征》[①](2010)将泰戈尔学说中的"梵"比拟为普罗提诺的"太一",无始无终,不增不减。从梵的概念中衍生出梵我合一与泛神的理念。论者认为泰戈尔的泛神论来自印度古代传统、中国庄子思想和美国爱默生超验主义三个方面的影响,另外荷兰斯宾诺莎的泛神思想在他的思想镜像中也有体现。他的泛爱思想则与中国墨子的"兼爱"思想有相通之处。泛神论成为泰戈尔思想兼收东西的逻辑基础。泰戈尔的美学思想上,论者强调了两点,一是将有限与无限相结合,这使得他能在有限的文学创作中,容纳无限的形而上学内容;二是倡导真、善、美结合,将真和善置于美之上。同时,他把创造美和反映现实作为文学的使命,发展了印度古典味论诗学。

综而观之,对泰戈尔哲学思想体系的研究与社会历史功用和泰戈尔作品传播是密不可分的,二者在急剧变化的 20 世纪中国文化界不断激发对于泰戈尔思想的探索欲。

2. 泰戈尔的爱与和谐思想

爱的哲学与"人的宗教"分别是泰戈尔哲学与宗教体系中的重要成果,也是泰戈尔思想对中国作家影响最大的学说之一。爱的哲学对于现代中国而言,最能缓解大时代背景下的个体焦虑。因此研究泰戈尔爱的哲学的学者,多是从泰戈尔与中国现代作家的关系来谈的。

郝清菊《泰戈尔泛爱思想对徐志摩的影响》[②](2002)论述了泰戈尔的泛爱思想对徐志摩的爱之思想的影响与承继关系。泰戈尔将爱视作人的一种事业,徐志摩把爱视为自己创造力的源泉;泰戈尔主张博爱一切人,徐志摩倡导"友爱的精神"和宽容精神;泰戈尔将自然神信仰融入自己的诗意书写,徐志摩也在自己的诗歌中追求物我两忘的空灵境界。通过两人事实上的接触和两人文学创作意境的相通,论者找到了泰戈尔爱的思想在感性上的可辨识特征,从诗性的角度来把握泰戈尔哲学本身的诗性。

---

① 张思齐:《泰戈尔的思想倾向与诗学特征》,《大连大学学报》2010 年 5 期。
② 郝清菊:《泰戈尔泛爱思想对徐志摩的影响》,《濮阳教育学院学报》2002 年第 4 期。

朱凤华《自然·哲理·爱——〈飞鸟集〉与〈繁星·春水〉的比较》①(2002)虽然是出于两种作品的横向比较,且是做讲求历史依据的影响研究,但通过文本检视,把握住了泰戈尔思想的核心在于泛神论。论者将泛神论视为无神论的变体,从而在摆脱任何迷信和束缚、达到精神自由的层面上为"五四"精神和泰戈尔的思想找到了共通点。二者正是在这种诗性精神的沟通中,找到了对自然之爱、母爱、儿童之爱等诸多爱的范式,并在这些范式的显露中成就独特的精神意趣。

张娟《泰戈尔爱的哲学思想与"五四"新诗》②(2006)以较为感性和诗化的方式,鉴照了泰戈尔的爱的哲学对中国现代新诗的浸染,指出这种浸染与中国当时的社会氛围是格格不入的,爱的哲学必备的思辨性在中国也缺乏必要的根基,因为中国诗人如冰心、王统照、郭沫若等诗人对泰戈尔的模仿都是流于表面,他们从泰戈尔的梵爱哲学里获得的只是五四退潮后苦闷心境的短暂缓解而已。虽然由于文章的文艺评论性质,并未切入泰戈尔哲学的内壁,但从外围观照了泰戈尔大爱哲学的人道主义色彩,对把握泰戈尔哲学的生活厚度同样是深有裨益的。只是由于思想论证的缺乏,文章不免流于抒情有余而逻辑不足。

戴前伦《生命律动的整体呈现与梵爱思想的主题观照:泰戈尔梵爱和谐思想对我国早期新诗主题生态的影响》③(2012)从文本细读出发,论述泰戈尔梵爱和谐思想对中国五四以后几位现代作家的影响,这种影响主要体现在爱的主题上。论者将泰戈尔的梵爱和谐思想分为"爱的哲学"和"梵我同一"两大元素。母爱与童爱启发了冰心的同主题创作,梵我同一的自然爱与泛神论思想影响了郭沫若、王统照的浪漫主义诗歌,唯美的情爱和对国家民族的大爱影响了徐志摩的情诗。虽然这种主题影响分析是从文学审美出发的,但这种对爱的机制性切分奠定了对泰戈尔爱的哲学进行深入研究的基础。

从文本的角度来谈泰戈尔爱的哲学的影响,优点在于能够清晰把握泰戈

---

① 朱凤华:《自然·哲理·爱——〈飞鸟集〉与〈繁星〉、〈春水〉的比较》,《柳州职业技术学院学报》2002年第3期。
② 张娟:《泰戈尔爱的哲学思想与"五四"新诗》,《唐山师范学院学报》2006年第1期。
③ 戴前伦:《生命律动的整体呈现与梵爱思想的主题观照:泰戈尔梵爱和谐思想对我国早期新诗主题生态的影响》,《当代文坛》2012年第4期。

尔哲学的大爱内涵,体现这种哲学的审美性和感受性,缺点在于对其哲学思想多持功利态度,只选取有利于自己观点的侧面,忽视了泰戈尔思想的整体性。

从时间序列上来说,也有学者注意到泰戈尔与中国古代哲人之间的关系,在泰戈尔来华的讲演中也多次提到中国的哲人老子,泰戈尔爱与和谐的思想又与老子"无为""柔弱"等思想有相通之处。因而将二者比较也成为研究者的选择。

王晓声《泰戈尔与老子之"和谐论"哲学美学观的阐释与比较》①(2010)首先从和谐论的角度来总结泰戈尔与老子的思想同构。针对泰戈尔的和谐思想,指出其本体论在于"梵我同一说",其认识论表现为人作为主体去认识无处不在的"梵"。老子则依托"道生一,一生二,二生三"的演化逻辑,将万物推演出某种内在同构性,从而实现万物精神内质上的共感。二者相同处在于都追索共同主体,不同点在于宗教神秘性的有无。其次从韵律论的角度,比较了泰戈尔的韵律美学与老子"大音希声,大象无形"在自然观上的相通之处,二者在形式与内容的关系上都注重形式与内容的共生,其不同之处在于其立论目的是在于探寻现实美还是抽象美。其三梳理二者对真善美关系的不同见解,泰戈尔认为真善皆为美,老子认为真与善在美之上,美是二者的显现而非对等范畴。该文在比较中概括出了泰戈尔和谐美学观的三重结构,虽然逻辑自洽上稍显不足,但有重要的文献整理价值。

在21世纪中国进入社会的转型期后,中国社会需要整合更多不同族群的社会意识形态,学界开始将泰戈尔的爱的哲学单列出来,命名为泰戈尔的大爱思想,并成为近年的研究热点。

毛世昌《泰戈尔的大爱思想——泰戈尔与中国》(2011)②第一个提出大爱思想这个概念,他首先从历史学的角度叙述泰戈尔与中国的关系,并将其中体现的泰戈尔国际关系思想——"尊重差异",看作泰戈尔"和谐统一"的大爱思想在国际政治中的实际体现。泰戈尔尊重但不被差异所局限,而是让差异服务于大局。而后具体阐释了大爱思想的内涵。大爱是一种快乐,是一种与梵

---

① 王晓声:《泰戈尔与老子之"和谐论"哲学美学观的阐释与比较》,《柳州师专学报》2010年第2期。
② 毛世昌:《泰戈尔的大爱思想——泰戈尔与中国》,《兰州大学学报(社会科学版)》2011年第1期。

保持共鸣与交融的快乐。爱使人的意识完善,实现自我的真正价值,脱离兽性,得到真正的自我认识,同时爱也促进文明冲突的消弭,推动整个世界在多元性基础上的一体化。虽然更多的是从感性的角度认识泰戈尔的大爱思想,但较为全面地把握了泰戈尔大爱思想的伦理基础和现实意义。

袁永平主编《泰戈尔的大爱思想》①(2016)是一部关于泰戈尔爱的哲学的专著。先讲述了泰戈尔的生平,而后论述了泰戈尔爱的哲学的具体内涵,并从对女性的爱、对生命与死亡的爱、对自然的爱三个方面说明了爱的哲学的表现。论者认为在泰戈尔的哲学里,爱即是梵,与爱并生的喜悦或快乐是梵创造和运行世界的动力;爱即是我,爱是肉体的"命我"与宇宙本体的"遍我"相通的端口;爱即和谐,爱是宇宙实现其自身、诸多对立实现统一的方式;爱即证悟,是实现生命永恒价值的修行之道。在爱情观上,泰戈尔理想中的女性形象是温柔的母亲与诱惑的情人的结合。在生死观上,泰戈尔将死亡作为生活的动力和生命诗性的来源。在自然观上,泰戈尔将自然视为与人相融的情人和人所归依的神灵。

泰戈尔爱的哲学是泰戈尔哲学思想中最易着手的部分,它无涉太多泰戈尔哲学本体论的部分,更容易与中国时代语境相联结,因而成为泰戈尔哲学研究中的大宗。

3. 泰戈尔的美学思想

新时期初启,泰戈尔的美学理论著作《什么是艺术》引起了研究者的注意,研究者将这部论著与泰戈尔的创作相结合,探讨泰戈尔创作中体现出的美学思想。

金克木《泰戈尔的〈什么是艺术〉和〈吉檀迦利〉试解》②(1981)是论者试图通过泰戈尔的两部著作中一些概念的解读来介绍泰戈尔宗教哲学基础上的美学思想的一篇文章,论者的这种思路也是他作为一位语言学与文献学家的别样视角。金克木挑选了五个概念,一是"抽象",指的是客观的被概念所认定的世界,其中没有艺术的容身之地;二是"人格",指具有感情的生命力和灵魂的

---

① 袁永平主编:《泰戈尔的大爱思想》,兰州大学出版社 2016 年版。
② 金克木:《泰戈尔的〈什么是艺术〉和〈吉檀迦利〉试解》,《南亚研究》1981 年第 Z1 期。

深度的事物,是艺术存在的基石;三是"神",指的既非具体的神明,又非模糊的泛神,是根本的宇宙社会之"人心",是艺术灵感的来源。论者指出泰戈尔的思维习惯是印度式的追求统一的,与中国的追求斗争的思维有异,这造成中国读者理解泰戈尔的文艺美学的某种困难。

随着泰戈尔思想体系的深入开掘,泰戈尔美学的思想全貌也开始暴露在研究者的视域内。研究者开始直接进入泰戈尔美学思想的逻辑系统。

曾祖荫、嘉川的《美是人生真理的亲证——泰戈尔的美学思想》[1](1998)从泰戈尔哲学思想出发,论述了泰戈尔美学思想的特征。泰戈尔将和谐作为他根本的美学理想,这种和谐包括自然事象本身的和谐和主观认识与客观实在之间的和谐。泰戈尔认为艺术美是主体创造力的自我表现,表现的是艺术家主体的自我,艺术的魅力在于通过艺术家有限的物质形式表现无限的梵性精神,艺术的目的是创造以假当真的形象来传达真理,对艺术的审美也要依赖主体的审美鉴赏能力。泰戈尔在印度传统美学基础上,结合西方现代美学,构建起了自己"美是和谐"的独特美学。

李文斌《泰戈尔美学思想研究》[2](2010)是一篇研究泰戈尔美学思想的博士论文,立足于对泰戈尔的哲学和宗教思想的论述,概括了泰戈尔美学思想的基本内容。在对自然美与艺术美的认识上,泰戈尔认为自然美的原因一是其具有蓬勃的生命力,二是其符合梵性的真理,具有韵律,即具有"和谐限制所造成和所制约的运动"。但自然美仍不及艺术美,因为它未能与人的心灵充分结合、缺乏人的创造力的自由表现,仅仅是一种生活真实而不是艺术真实。在对一般的美的认识上,泰戈尔认为美必须与真、善结合,美不能离开具体现象和真实规律,美是善的形式,丑只是不完善的美。美是主客观结合的一种关系评价,是现象世界的一种和谐统一的关系。美是一种完整性,是主体对客体的完整接纳。

研究者不仅从更全面的视角审视泰戈尔美学思想,而且开始对泰戈尔美学思想有了更精确的定位,把握住了其美学思想的关键在于和谐,从而将泰戈

---

[1] 曾祖荫、嘉川:《美是人生真理的亲证——泰戈尔的美学思想》,《华中师范大学学报(人文社会科学版)》1998年第2期。

[2] 李文斌:《泰戈尔美学思想研究》,华中师范大学2007年博士论文。

尔的美学定义为和谐美观。

李文斌《泰戈尔的和谐美观与西方和谐美观之比较》①(2014)通过泰戈尔与西方的毕达哥拉斯、赫拉克利特、恩培多克勒、柏拉图、圣奥古斯丁、托马斯·阿奎那、莱布尼茨等哲学家对和谐美的比较,得出泰戈尔与他们虽然在美是和谐这个结论上相似,但二者的不同是在和谐的概念上,泰戈尔是将和谐视为审美对象超越差异的统一,西方哲学家则是视为审美对象和主客观之间的协调;西方对和谐的认识是基于对数的神秘性认识,泰戈尔对和谐的认识则是基于其"梵我合一"理念;在审美的机制上,西方认为是首先在外界发现了和谐美的征兆,而后与内心的和谐尺度相印证,泰戈尔则认为是审美主体内心灵性与世界物象的精神共感。二者的差异反映了东西方哲学思维与人文背景的差异。

总而言之,美学思想方面的研究还较为薄弱,而且多依赖于作品分析,对整体的美学思想的把握还显得不足,另外,对泰戈尔美学的定位基本集中于"和谐统一"这个基本特征上,其他分析都是围绕这个中心特征展开,造成对泰戈尔美学思想的复杂性认识还不够深入。

4. 泰戈尔的人的观念

哲学本身是人出于对自身处境的困惑而发的学问,因而,对人本身的定位和认识就成为哲学中最重要的原发性问题之一,这个问题在泰戈尔的哲学体系中同样如此。泰戈尔接受印度传统吠檀多哲学和奥义书的神学启蒙,对人的认识因之染上了浓厚的神学色彩,在这个意义上,探究泰戈尔人学的论者,大多仍是采取了泛神论的视角来进入这个话题。

牟宗艳的《泰戈尔的"人生亲证"——泰戈尔人学思想探析》②(1999)梳理了泰戈尔与人的认识有关的哲学思想,指出泰戈尔对人界定的基础来自最高本体"梵",泰戈尔通过将梵拟人化来与人的本性建立联系,这个普遍者的内在人格代表人的无限一面,而人的肉体代表人的有限一面,泰戈尔认为二者都是真实而重要的。人的目标是找回内心的无限自我即高迈的神性,从而实现对

---

① 李文斌:《泰戈尔的和谐美观与西方和谐美观之比较》,《武汉理工大学学报(社会科学版)》2014年第5期。
② 牟宗艳:《泰戈尔的"人生亲证"——泰戈尔人学思想探析》,《理论学刊》1999年第6期。

只知索取的肉体的超越,证悟本有的智慧。这个过程无需理性的参与,而是通过爱的"亲证",在对神的"容纳"中实现飞跃和自由。正因为人的本质是善的,恶只是不完整的善,因而也是暂时的,人类最终会在永恒的善中相会。通过这条逻辑线的寻索,将泰戈尔对人的认识与泰戈尔的理想主义精神串为完整的因果关系,从而把握住了泰戈尔思想的真正内核,体现出一个哲学学人的理论自觉。

梁丽娜、童国兴《泰戈尔散文诗的"梵"与"人"》①(2013)从"梵"与"人"两个角度来把握泰戈尔人的观念的二重性。首先,论者指出"梵"与泰戈尔文学中的诗意构成一种互文关系,二者实际上是对方的投影。其次,论者依照通常所总结的那样,指出泰戈尔将人分为无限自我和有限自我,无限自我寓于有限自我之中,有限自我是被欲望捆绑的,要摆脱欲望和兽性,只有向内探求无限的神性。论者梳理了"从行动中证悟""从爱中证悟"和"从美中证悟"三种实现"人梵合一"的途径。虽然全文内容没有脱离已有的泰戈尔哲学研究框架,但三种证悟路径的明确提出仍然是具有创新性的。

史宝莉《析〈飞鸟集〉诗句影射的人文与哲学光芒》②(2013)是一篇小短文,从"奋进精神""爱的思索""哲学光芒""人生态度"四个角度表达了对《飞鸟集》这个文本的浅层解析,其中第三部分对其哲学意蕴的思考涉及了泰戈尔人的理念。论者仍然将泰戈尔眼中的人性自我分为有限自我和无限自我,其中有限自我是人区别于外界的标志,也是阻止人与外界交流协调的人格障碍,只有激发对无限自我的向往,人才能与周围的环境达成和解,实现"梵我合一"。虽然只是浅尝辄止的感受,但论者对有限与无限的准确把握说明了中国学界对泰戈尔人学理念的共同认知。

杨宁《神性的孩子和人性的拯救——〈新月集〉中的儿童形象和哲学意识》③(2014)通过对泰戈尔儿童诗的意象解读,寻找泰戈尔哲学体系中神性儿童的象征意蕴,这个无所不在的儿童代表人类的纯真本质,通过这个儿童的视

---

① 梁丽娜、童国兴:《泰戈尔散文诗的"梵"与"人"》,《黎明职业大学学报》2013年第1期。
② 史宝莉:《析〈飞鸟集〉诗句影射的人文与哲学光芒》,《语文建设》2013年第8期。
③ 杨宁:《神性的孩子和人性的拯救——〈新月集〉中的儿童形象和哲学意识》,《昆明学院学报》2014年第1期。

角可以看到自然的灵动,从而实现人的自然性与自然的人性之间的相契。同时这个孩子也是泰戈尔人性救赎的寄托,他选择留在人间,用永恒的神性来净化人的功利和市侩。全文以《新月集》为例,指出了泰戈尔写儿童诗的用意不在于现实的儿童,而在人性深处被遮蔽的自然神性。分析以两个层次递进,条理清晰,意境优美。

周冰清《泰戈尔人的观念研究》[①](2017)是一篇专门研究泰戈尔人的观念的硕士论文。论文先指出泰戈尔式人的观念尤其是人人平等的观念,来源于印度传统《奥义书》思想和西方现代民主思想,进而从社会实际的角度探究泰戈尔对社会现实下人的不平等现状的批判,尤其是儿童、女性和低种姓的处境问题的批判。在研究综述中,论者指出关于泰戈尔作品中人的问题的研究虽然存在,但多着眼于具体的群体如妇女和儿童等,缺乏从人本身进行观照的论述。在对泰戈尔人的思想的来源的论述中,论者指出伊斯兰教、毗湿奴派和西方思想三种教育背景合一的家庭环境对泰戈尔的思想成型影响深远。这一部分也指出了泰戈尔基于印度传统的人道主义与西方个人主义基础上的人道主义不同,具有更多的奉献色彩。在对儿童问题的解析中,论者指出泰戈尔合理取法了传统婆罗门时代的森林教育和西方启蒙主义时代的自然人教育,尊重儿童个性,使其与自然亲密交流,形成健康的性格。泰戈尔为了对抗传统教育和殖民教育的壁垒而进行了国际大学的教育实验,将其与民族救亡联系起来。论者能看到泰戈尔儿童人性观与教育救国行动之间的联系,是有一定独到眼光的。在妇女问题上,虽然泰戈尔没有以身作则,但在他的作品中暴露了传统制度对妇女命运的戕害,从而推动了社会对妇女问题的关注。第三个层面,论者呈现泰戈尔文学作品中对社会低贱者命运的关注,并指出泰戈尔认识到印度社会不平等的根源在于种姓制度和农村问题。文章的最后论者分析了泰戈尔思想的温和与理想化之处,但同时指出这种温和并非妥协,而是从永恒的人的视角出发,对政治纷争和民族仇恨的超越,必将在更长远的时空范围内指导印度的变革。总体来说,全文从泰戈尔对具体的社会底层群体的关注,来发掘他对改变人的处境的思考与行动。这样的社会行动式的思想路径,虽然有未

---

① 周冰清:《泰戈尔人的观念研究》,河南大学硕士论文,2017年。

能深入形而上层次之嫌,却让泰戈尔人的观念的哲学思想具有更深的社会意义。抽象的人本身应该是能在具体的人身上找到的,文章对泰戈尔社会参与的描述,本身就是在将抽象的人作为一个复数在理论视域里进行具象化。因这个写作目的,全文的材料翔实,思路较为清晰,对问题的揭示较为深入。

从整体来看,对泰戈尔哲学中的人的观念的研究是相对较充分的,这显示了其哲学思想体系的现实性,只有一种与现实政治和社会变革紧密相连的思想路径,才能在让抽象的人的理念产生社会现实影响,从而让抽象思辨更有现实可行性。

从研究方法来看,对泰戈尔的人的哲学的研究多从其文学创作尤其是诗歌作品入手,通过研究其诗歌中人的形象,例如儿童的形象、行动中的人的形象,来完成对泰戈尔关注人本身的观照。杨宁、梁丽娜、史宝莉都是采用了这种思路。从方法上说,这种思路明显更加具有可操作性,更能在泰戈尔的写作系统中挖掘自己需要的材料。但是缺点也是明显的,这样的构建无法摆脱文本解读过于重视直观感触的弊端,理性思辨的匮乏对泰戈尔哲学思想的研究会带来深度上的局限。周冰清的研究更多从社会上具体的人人平等思想来解读人的意识,从而从根本上远离了哲学话语,虽然对泰戈尔的现实关怀无疑更有鞭辟入里的发掘,但未能从泰戈尔借助神性来界定人性的角度拓展泰戈尔人的关怀的视角。在诸多研究中,牟宗艳的研究是比较突出的,她将泰戈尔哲学中的基本概念无限自我与有限自我列出,将其作为自己立论的基础,并在这个基础上,遵循哲学推演本身的逻辑,得出泰戈尔对个体价值的尊崇。这样的解读方式需要一定的理论素养,在目前的泰戈尔思想研究界,还缺少这种哲学学术人才的投入。

5. 泰戈尔的生命意识

生命意识是与人的意识紧密联系在一起的,当哲学对人的本位进行了清晰的定位后,下一个议题必然是人如何在现实的生活中去实证这种人的尊严,或者如同泰戈尔所说,"亲证"。生命意识这一部分因而成为泰戈尔哲学思想中最具有行动性和可操作性的一部分,可以想见,在泰戈尔哲学脱离了他的诗歌后,如果还要对其哲学进行复现,接受者本身的生命体验必将代入其中。与其他议题一样,中国研究者对生命意识的寻索依旧是在泰戈尔的箴言诗中实现的。

田惠刚《泰戈尔诗歌的生命意识与审美理想》[①](1993)从泰戈尔诗歌中析离出泰戈尔的生命意识,并指出这种生命意识根植于泰戈尔所信仰的"宇宙精神",即最高的神性进入运动的物象,形成生命现象本身,泰戈尔再将其与自身的生活经验对接,便形成了其诗歌中的生命意识。同时比较了泰戈尔生命意识与中国和欧洲的区别,泰戈尔生命意识比欧洲更少一些悲观主义色彩和个人主义的反叛情绪,比中国更具主体自觉性和时空一致性,也更具抒情浓度和宗教色彩。在跨文明的比较上独具一格,可惜没有进行更深入的探讨。

彭立鸿《圆融的生——泰戈尔诗歌中的生命意识》[②](2003)将西方和中国的生命意识作为参照系,在与二者的比较中凸显泰戈尔的生命意识独到所在。西方的生命意识多具有叛逆色彩,塑造一个反抗的人,而中国的生命意识则更重视此世的成就,是一种价值的眼光在审视生命的分量。与二者相比,泰戈尔的生命境界则具有更多的非功利和非意志色彩,他喜欢营造一个交融、稚嫩和清新的诗性空间,在这个空间里,生命作为一种先验的语言自由成形,不需要额外的构建和提炼。以这样的态度对待死,死自然就不足以成为生的劲敌,而是被包容于生的内质之中了。全文以诗意的语言,解析了泰戈尔诗意的文本,并在其中发现泰戈尔生命观的内在逻辑。这种以诗心解读诗心的做法,或许才是进入泰戈尔的哲学世界的最正确路径,毕竟在泰戈尔的哲学叙说里,哲学从未孤立存在,而是与文学精神紧密联系在一起。

以上两篇是关于泰戈尔生命意识与文学创作尤其是诗歌创作的文章,将这种生命意识与美学意识相结合,就可以照见泰戈尔的生命美学,这是泰戈尔哲学的立体形式,也是泰戈尔哲学在其人生观上的显现。

王秋君《泰戈尔诗歌中的生命美学建构》[③](2008)是一篇硕士论文,见解颇有独到之处。首先论者在研究背景中廓清美学与哲学的界限,二者界限在于认识对象的不同,所以其另辟蹊径创造了"生命美学"这个概念来对泰戈尔的

---

① 田惠刚:《泰戈尔诗歌的生命意识与审美理想》,《东方丛刊》1993年第4辑(总第七辑)。
② 彭立鸿:《圆融的生——泰戈尔诗歌中的生命意识》,《重庆文理学院学报(社会科学版)》2003年第1期。
③ 王秋君:《泰戈尔诗歌中的生命美学建构》,陕西师范大学硕士论文,2008年。

生命观进行界定和梳理。泰戈尔生命美学的现代意义在于其对工业文明消解生命意义的时代异化下,将人的价值重新提到神性尊严的层面来。其次,分析了泰戈尔思想渊源。《奥义书》的"梵我合一"、毗湿奴派的"神人合一"、达尔文进化论的人本主义、佛教的慈悲思想,综合形成了泰戈尔"人的宗教"。

论者概述生命的形式是"类",生命的本质是美,生命的性质是非宗教,生命的特征在于异质同构和萃取升华,而生命的意义是藉由灵魂的外化达成的圆融。生命美学的目的在于通过取舍的自由解放人内在的神性。生命美学的第一个核心在于神,这是宇宙大生命的具象化,具有非传统性和建立在诗意性、人格美、不确定性和亲证性之上的神秘主义色彩。泰戈尔秉承泛神论同样是为了证明人作为与神同构者的价值与立场。在生命意识与自然观的边界上,论者将世界拓展为时间与空间的二维结构,将其由生命载体重新阐释为一个大生命,这也是生命尝试以无限存在的依据。对于个体灵魂,泰戈尔并没有从族类的立场加以鄙弃,而是将其作为存在的有限引出死亡的命题,从而与生命显在形态构成完整的张力。

泰戈尔眼中的生命遍历认识生命、遭遇矛盾、理解本质、体会意义、完成超越、实现价值,最终达到圆融统一,这些都以诗化语言流布在《吉檀迦利》为代表的颂神诗中,可见泰戈尔始终是将生命本身视为神迹,视为向无限永恒的献礼。泰戈尔正是借这种灵知超越善与恶、美与丑、喜与悲的对立,在文化生命的坡度上延伸个体生命的光谱。论文逻辑清晰,思想深邃,知识宏富,在西方之外和东方之内探索泰戈尔生命意识的各个侧面,并将其并入泰戈尔哲学的立体影像中,纠正了学界对泰戈尔哲学分析模式化的弊病。

乔静蕾《生活与证悟——泰戈尔生命美学的东方情调》[①](2017)是一篇博士论文,主题是关于泰戈尔的生命意识及其精神理想。论者从泰戈尔的哲学本体论说起,同时尤其新意凸显之处在于将人格作为打开新的论述面的支点,指出泰戈尔用人格论重新审视了梵、我、自然,三者统一于共同的人格属性之中,同时,这种属性又是通过爱联结起来的。在如何实现爱上,论者指出了两点,一是坚持自我体验和自我思考,相信个体本身的判断力和感知力,二是明

---

① 乔静蕾:《生活与证悟——泰戈尔生命美学的东方情调》,浙江大学博士论文,2017年。

了爱是根本的依据和出发点,并将这作为自己行为的驱动力。在生活中实现这种生命观,则是通过将小我与大我共融于不具有区分性的审美体验中,从生命哲学中推导出美学结论。同时,论者指出这些不符合印度革命时代的美学思想,虽然当时被政治狂热所淹没,但是最终显示其先见之明。全文罕见地从"人格"这个角度出发,细致思考泰戈尔的哲学、美学和政治观念,可以说为寻索泰戈尔小说的内在统一性提供了新的依据,深得泰戈尔诗性哲学的三昧。

从泰戈尔作品中简单的生命意识的抽取,到结合泰戈尔的哲学体系创造"生命美学"的新范畴,从短篇论文到硕士和博士论文,泰戈尔生命意识理念的研究逐步深入。

6. 泰戈尔的自由观

自由是哲学的基本命题之一,哲学的使命之一就是寻找人何以不自由的要因。在这方面,泰戈尔仍然是从泛神论的角度来论述的,泰戈尔的诗歌中弥漫的自由感,本身就来自泰戈尔对摆脱规律束缚后沾沐的自由欣喜的把握,因而与其他哲学课题一样,中国研究者对自由观的研究也是从泰戈尔诗歌中的审美意蕴着手的。

叶舒宪《〈吉檀迦利〉:对自由和美的信仰与追求》[①](1989)在前半部分概述了泰戈尔在《吉檀迦利》中表现出的自由观,这种自由的主要内涵在于对欲望的超越。论者首先指出,由于《吉檀迦利》中崇拜的神普遍存在于每个人的身上,因而这种意义上的神并非有神宗教的神或泛神论中的神,而是对个体身上普遍的自由性的崇拜。在政治功能上,个体的自由是与印度民族的独立自由联系着的。追求自由的方式上,通过与神合一,克制内心的欲望,从而达致灵魂的解放。扬弃狭隘的小我物欲,是获取精神自由的条件。获得自由之后,产生纯粹的欢乐,这种欢乐体现在人类创造中,就是艺术所展现的美。这样,自由不仅是泰戈尔哲学思想中最少宗教感的部分,也是除美学思想外与其艺术创作契合最紧密的部分。

光玲玲、范传新《深邃和谐的自由之歌——解读泰戈尔的〈吉檀迦利〉》[②]

---

① 叶舒宪:《〈吉檀迦利〉:对自由和美的信仰与追求》,《外国文学评论》1989 年第 3 期。
② 光玲玲、范传新:《深邃和谐的自由之歌——解读泰戈尔的〈吉檀迦利〉》,《淮北煤师院学报(哲学社会科学版)》1998 年第 1 期。

(1998)又是一篇透过泰戈尔的诗歌创作来归纳其自由观的论文。论者主要是从社会政治的角度切入的。泰戈尔的自由首先是印度民族的自由,这种对民族独立自由的追寻成为泰戈尔爱国热情的一部分。而后泰戈尔由外在的社会制度层面进入个人灵魂智性层面,指出只有灵魂的超拔才是自由的真正体现。要实现这种灵魂的超拔,重要的手段是通过劳动。劳动中,自由的真实性得以显现,让人在欲望的掌控之外实现自主的价值,个体人格真正得到承认。将自由与印度的时代问题与社会政治改造结合,同时指出自由对诗人理性认识的作用,这是本文的创见。当然,由于时代局限,浓厚的意识形态色彩也不容忽视。

虞乐仲《罗宾德拉纳特·泰戈尔的自由观探析》[①](2014)的独特之处在于直接解读泰戈尔的政论作品来概述泰戈尔的自由观。首先,依惯例将《奥义书》作为泰戈尔思想的来源,《奥义书》中对绝对本体"世界精神"的瞩目,使得泰戈尔将真理视为内在真实和外在表现,这种精神与物质的二元论及二元论之上的调和论,成为泰戈尔思考自由的思维结构。将二元论引申,泰戈尔将自我分为有限自我与无限自我,对应的自由也分为消极自由和积极自由,消极自由只是个人意志的自由,积极自由则是无限扩展的爱。人的存在分为自然的存在、社会的存在与精神的存在,与之对应的自由也就分为外在的自由、社会关系的自由和内心的自由。泰戈尔所追求的正是精神自由。泰戈尔对自由的界定在于,自由不是脱离约束和社会关系,也不是抹除客观差异,而是在对外在关系的调和中寻求内心的完整和真实。获得自由的途径是通过爱和积极生活,在社会层面则是通过和谐的教育。泰戈尔的自由观是针对当时印度社会分裂、民众保守落后、民族运动日益暴力化的现状而发的,虽然不为下层民众所接受,但具有鲜明的预见性和超越时代的意义。另外,论者还比较了泰戈尔与同时代的约翰·密尔,虽然二者都是自由的积极倡导者,但泰戈尔重精神,政治立场温和保守;密尔重公义,政治立场激进,也更具有号召力。

可以看到,泰戈尔的自由观更注重实现人的精神自由,通过摆脱欲望的奴役来释放人内在的神性,这就注定泰戈尔不会赞同采取暴力和激进手段来追

---

① 虞乐仲:《罗宾德拉纳特·泰戈尔的自由观探析》,《浙江学刊》2014年第2期。

求自由,而是主张通过社会建设的方式来逐步实现个体的自由,进而实现民族的独立。

7. 泰戈尔哲学思想与中国

泰戈尔哲学思想在20世纪20年代左右即已系统被介绍到中国,成为中国思想文化近代化的重要动力,其作品风格影响了"小诗体"、新月派、革命浪漫主义等诗歌流派,相对的,他的哲学思想引起了梁启超、徐志摩、冰心、郭沫若(青年)等知识分子共鸣,但也引发了相关的质疑。对泰戈尔哲学思想与中国的关系进行梳理,有利于更好地把握泰戈尔在近代东方思想版图上的位置。泰戈尔与道家的哲学共同点又一次被提及,并成为深入挖掘的切入点。

秦林芳《泰戈尔哲学思想与中国现代作家》[①](2000)以泰戈尔哲学思想的三个侧面"泛神论""人格的理想""爱的哲学"来论述中国现代作家郭沫若、徐志摩、冰心、王统照对其思想的接受。泰戈尔"本体即神,神即万汇"的泛神论思想塑造了郭沫若的个性主义、斗争精神,也吸引他回顾中国道家传统。同时泰戈尔的"一切和谐"精神也为郭沫若提供了退居自守的安慰。泰戈尔内倾自省和道德完善的人格理想使徐志摩形成了对爱、自由、美的执着的"单纯信仰",捍卫自己的个性人格;同时泰戈尔对和谐的仰赖也让徐志摩坚决反对一切暴力,包括革命暴力。叶圣陶以"美"和"爱"作为人生意义的思想有可能也是受泰戈尔影响。冰心对母爱、自然、童真的歌颂分别是受泰戈尔爱的哲学中人类、世界、神三大要素的直接启发。王统照将泰戈尔爱的哲学进行了整合,将泰戈尔人生之爱与自然之爱相浑融,从而创造出自己以爱为美的人生观。泰戈尔对五四时期的中国青年作家影响巨大,他的哲学思想促成了"五四"时代氛围下"人的觉醒",培养了一代理想主义知识分子的复杂人格,他的哲学思想对中国的影响无论是早期的启蒙还是后期的被抛弃,都是近代世界文化激烈碰撞重组的产物。

杨华丽《泛神论与"爱"的哲学——郭沫若与冰心接受泰戈尔的不同向度》[②](2003)本文主要从接受者的角度来谈中国文化语境如何影响中国知识分

---

① 秦林芳:《泰戈尔哲学思想与中国现代作家》,《山东师大学报(社会科学版)》2000年第2期。
② 杨华丽:《泛神论与"爱"的哲学——郭沫若与冰心接受泰戈尔的不同向度》,《中国石油大学胜利学院学报》2003年第1期。

子对泰戈尔哲学思想的接受。论者从家庭成长环境、文学倾向上分析两位中国作者对泰戈尔的吸收和接受。郭沫若从小读庄子、屈原,从文后又一力追求浪漫、狂放、反叛的五四之魂,泰戈尔的泛神论思想很好地适应了郭沫若的需要。冰心则成长于书香门第,儒家的仁爱思想、基督教的博爱主义影响了她的性格,她很自然地接受了泰戈尔的"爱的哲学"。论者创造性地引入了心理学的理论,将作家性格与其哲学取向相联系,开拓了泰戈尔哲学影响研究的新思路。当然,这种引用主要是用来强调童年环境的重要,未能更深入发掘接受者的人格特质与泰戈尔哲学的关系。

这两篇文章主要从泰戈尔对中国近代诗人的影响来看泰戈尔哲学与中国的关系,泰戈尔哲学中最受重视的主要是泛神论与爱的哲学思想,接受其影响最大的主要是谈郭沫若和冰心。而事实上,即使是激烈反对泰戈尔思想的辜鸿铭、梁漱溟、林语堂,泰戈尔哲学思想也对其产生了反向冲击,这是可以进行发掘的。

侯传文《中印文化哲学:泰戈尔与道家》①(2009)从实证与逻辑两个角度论证泰戈尔与道家之间的精神与历史联系。论者首先从历史考据的角度出发,猜测道家与影响泰戈尔的毗湿奴派哲学之间的历史渊源关系。而后,论者从法天贵真、自由超越、天人合一三个角度分析泰戈尔哲学与道家在思想理路上的一致。《集古今佛道论衡》记载《道德经》传入古印度的历史,道家思想沿密宗自然乘、虔诚主义有可能形成泰戈尔的思想背景之一。道家尊崇自然美,超越工具理性和死亡达致精神自由,主张人与宇宙自然的统一,这些思想都与泰戈尔形成深度共鸣,在泰戈尔的哲学论说中多有体现。本文的历史考据部分虽然观点新颖,但所依文献可信度不高,立论不够严密。理论分析部分第一点和第三点稍有重复。总体来看,指出了泰戈尔哲学思想与中国道家之间的内在契合,是构建泰戈尔与中国之间文化联系的重要成果。

泰戈尔与道家的研究目前还只能看到2篇独立的论文,虽然两篇论文论证较为全面,但对泰戈尔与道家思想的社会历史背景方面的共通性还没有得到充分体现。总体来看,泰戈尔哲学思想研究相较泰戈尔宗教思想研究要更

---

① 侯传文:《中印文化哲学:泰戈尔与道家》,《东方丛刊》2009年第2辑。

加的深厚,但依然有不小的空白等待弥补。

8. 中国泰戈尔宗教思想综论

泰戈尔自己的宗教信仰始终是一个备受争议的问题,总的来说,泰戈尔是一个宗教和解和融合的倡导者,他的家庭信仰印度教毗湿奴派,他自己接受过西式的基督教教育,他所处的时代印度的伊斯兰教与印度教之间激烈冲突,这造成二者共同的反对外来侵略、追求民族独立和自决的诉求无所皈依。即使是用来追求短暂的精神解脱,多元的宗教观照无疑更有利于泰戈尔宗教思想的理解。

刘建《泰戈尔的宗教思想》[①](2001)立足于论者自译的《人的宗教》,阐述泰戈尔宗教思想的渊源和特征。泰戈尔的宗教思想来源于自己的个人心灵体验,以奥义书思想为中心,综合了吠檀多哲学、佛教和琐罗亚斯德教义、达尔文进化论、老子思想等各派思想而成,被泰戈尔称为"人的宗教"。受奥义书影响,他尊崇至高本体"梵",梵既是非人格的绝对,又是有人格的神。与传统印度教不同,他否定神的绝对权威,强调以人为本,反对繁琐的宗教仪式,实际上是一种精神信仰,重视神的人性和人的神性在文学艺术等精神活动中的合一。论者将泰戈尔的宗教界定为一种以人为核心、以精神为主旨的宗教,有效地把握了泰戈尔宗教思想的实质。

杭玫《一个艺术家的宗教观——泰戈尔的〈人生的亲证〉》[②](2016)对泰戈尔艺术化的宗教观进行了简要概括,指出泰戈尔的宗教思想受到现代美学观念的浸染,同时又与印度传统密不可分。他主张人的自我是有限与无限的统一体,梵是所有存在的最终归依。与印度传统哲学的区别在于,他认为神只是一个空间、一种可能,无限必须通过有限表现出来才有意义。正是因为万物皆含梵性,个体灵魂是宇宙灵魂的一部分,人们才应通过善行来接近最高真理,通过规则和戒律证悟爱的本质。论者准确把握了泰戈尔宗教哲学中个体与本体、有限与无限的关系,并将其作为泰戈尔社会伦理思想的逻辑基础,颇有启发性。

---

① 刘建:《泰戈尔的宗教思想》,《南亚研究》2001年第1期。
② 杭玫:《一个艺术家的宗教观——泰戈尔〈人生的亲证〉》,《戏剧之家》2016年第10期。

这两篇文章都直接解读泰戈尔的宗教思想,有意思的是,他们都注意到了泰戈尔的宗教来自他自身的生命体验和生活经历,因而其宗教思想也有更多的感性汁液,这一点与他的哲学思想是一致的。泰戈尔宗教思想的实质是用"人"的尊严来取代"神"的权威,这是他的人的观念在信仰中的体现。

魏丽明等《"万世的旅人"泰戈尔:从湿婆、耶稣、莎士比亚到中国》(2011)[①]的"宗教篇:博爱的荫蔽——泰戈尔对基督教的认知"梳理了泰戈尔作品和论著中对待基督教的态度,指出泰戈尔所受的文化融合式的家庭教育使得他积极赞成实现包括基督教在内的东西方宗教在印度文化语境下的和解。他认为基督教是东方送给西方的礼物,但西方的好斗精神并未被来自东方的仁爱宗教所化解。他将耶稣视为人类之子而不是神之子,他代替人类承受苦难而不是罪恶,泰戈尔反对对罪恶的过分强调,认为这将导致对人性的束缚。他赞同《新约》宣扬的爱与宽恕的精神,它超越了强烈犹太民族属性、专制而闭塞的《旧约》,打破民族和文明隔阂,实现世界大同,这与泰戈尔世界联结和谐的大爱思想是一致的。总体而言,泰戈尔并非基督徒,但他应用了基督教的博爱精神,作为传播自己宗教思想的赞翊。

胡晓荣《泰戈尔对佛教的接受》[②](2018)是一篇论证泰戈尔宗教思想中的佛教影响的硕士论文。论者先讲泰戈尔对佛教思想的认识,而后论述佛教精神在泰戈尔的作品、哲学思想和宗教思想中的体现。泰戈尔认同佛教的慈悲、仁爱等思想,将佛教的苦行、持戒解读为爱与善的修行。他的宗教思想主要吸收了佛教慈悲、平等、利他的因素,他的"人的宗教"主要化用了佛教"强调爱与善的解脱""宣扬爱的拯救与牺牲"和关于无限人格的思想。论文补充了国内对泰戈尔与佛教思想关系深入研究的缺失,具有重要的人文意义。

这两篇文章从比较宗教学的角度入手,讲了泰戈尔与其他宗教的关系。泰戈尔与基督教的关系是更加异质性的,泰戈尔更多地把基督教视作西方物质性文明的代表,而他则带着东方宗教的原始性来挑战西方宗教的霸权。

---

① 魏丽明等:《"万世的旅人"泰戈尔:从湿婆、耶稣、莎士比亚到中国》,中央编译出版社2011年版。
② 胡晓荣:《泰戈尔对佛教的接受》,青岛大学硕士论文,2018年。

史锦秀《阿农多莫伊:泰戈尔"人的宗教"思想的体现者》[1]借分析《戈拉》的母亲阿农多莫伊的形象,剖析泰戈尔"人的宗教"的丰富内涵。泰戈尔的宗教是以人为中心、以精神为主旨的宗教,反对偶像崇拜和繁琐的宗教仪式,反对新印度教与梵社之间的相互仇视,既批判新印度教固守宗教陈规和种姓制度,也抨击梵社的全盘西化主张。主张不同宗教回到本真的精神信仰,团结一致实现民族的复兴。这些都体现在阿农多莫伊抚养爱尔兰孤儿戈多并教导他超越种姓偏见、妇女歧视和宗教隔离,振兴印度精神。这篇文章较为特殊,论者直接从作品出发来综述泰戈尔宗教思想,目前来看,还没有更多论者来做这件事。

总的来看,相比泰戈尔哲学研究,泰戈尔宗教研究所引起的关注更少一些,研究者更多纠缠于其独特宗教思想的定位。有的研究者将其条分缕析,分别找到其各方面宗教观的现实信仰根源,有的则直接将其命名为"人的宗教",而后不带成见地总结其宗教思想的原初样貌。相比较而言,后者似乎更能贴近中国当下的接受习惯。

9. 泰戈尔的泛神论思想

泛神论指将整个宇宙视为神,即一切是神、神是一切。这是泰戈尔宗教思想的本质特征,虽然在泰戈尔本人看来这并不能囊括他宗教思想的丰富内容。对于马克思主义立场的研究者来说,泛神论使得泰戈尔作为一个客观唯心主义者得以容纳唯物主义的表象,是他宗教观中最重要的思想遗产。

张思齐《泰戈尔与西方泛神论思想之间的类同与歧异》[2](2004)主要分创作类型来论述泰戈尔与西方几位泛神论思想的思想异同。首先论者肯定了泛神论而不是印度教信仰是泰戈尔宗教思想的核心。论者将泛神论分为两种,将神融于自然的自然主义泛神论和将自然融于神的宗教神秘主义泛神论,泰戈尔是二者的综合。爱尔兰哲学家托兰德与泰戈尔有同样的反叛经历。泰戈尔诗歌中的泛神论精神与斯宾诺莎的"一切都在神之内"有共契,但泰戈尔反

---

[1] 史锦秀:《阿农多莫伊:泰戈尔"人的宗教"思想的体现者》,姜景奎主编:《中国学者论泰戈尔》,阳光出版社 2011 年版。

[2] 张思齐:《泰戈尔与西方泛神论思想之间的类同与歧异》,《东方丛刊》2004 年第 1 辑(总第四十七辑)。

叛精神更少。泰戈尔的小说与爱留根纳一样都弘扬神对多元文化的包容性，但泰戈尔的"梵"与西方的"上帝"毕竟是不同信仰体系的主体。泰戈尔戏剧中的泛神论思想与库萨的尼古拉一样都强调极大与极小的统一，但泰戈尔没有尼古拉那样的知识虚无论，反而以知识（吠陀）为自己的逻辑起点。与泰戈尔相比，持自然神论即上帝创造世界后便退出管理的伏尔泰更具反传统宗教的革命性。通过比较，论者用意在于揭示泰戈尔看似调和中庸的泛神论思想更符合当时印度社会的复杂局势，对多元分裂的近代印度更有精神整合作用。这种东西宏观比较的视野在泰戈尔宗教研究中是非常可贵的。

卜红《"泛神论"之与泰戈尔和郭沫若》[①]（2006）从泰戈尔与郭沫若的比较视野上剖析郭沫若对泰戈尔的模仿接受，这种接受主要在于泛神论的接受。泰戈尔的泛神论思想既承接印度传统"梵我合一"观，又吸收了西方人道主义思想，形成"泛神"与"泛爱"相结合的思想范式。郭沫若从小受庄子哲学的熏陶，又在五四精神的感召下，投身革命浪潮，泰戈尔的泛神论以诗化的风格，吸引了追求叛逆、解放的郭沫若，而泰戈尔宗教立场中的贵族精神，又让郭沫若最终抛弃了他的思想。泛神论对于泰戈尔而言是根本的宗教立场，而对于郭沫若而言只是其张扬人的个性精神的趁手凭借，二者有着思想重心的差异。

同样是从比较的思维结构来看泰戈尔泛神论与别国文化之间的关系，总的来看，泰戈尔接受了西方泛神论思想的影响，同时也影响了中国新诗人的诗化神学观。但是张思齐的文章中对西方泛神论的梳理缺乏体系，也缺乏历史事实的考证，没能达到将泰戈尔与整个西方价值体系进行相互阐发的高度。

魏婧《论〈吉檀迦利〉的思想内涵》[②]（2005）从《吉檀迦利》的文本入手，从中发掘泛神论的意趣。由于《吉檀迦利》的特殊地位，同时又是由于其浓厚的宗教神秘色彩，这个文本显然是最适合进行泛神论的文本解读的。论者首先围绕诗集中"神"的含义进行解读，并将其析出梵、美和真理、自由心灵三层含义，并在这三层含义的基础上得出泰戈尔对国家命运和社会出路的焦虑。从本质上来说，泛神论是一种化解人的个体焦虑的有效途径，但是在论者的论述过程

---

① 卜红：《"泛神论"之与泰戈尔和郭沫若》，《中国土族》2006年第2期。
② 魏婧：《论〈吉檀迦利〉的思想内涵》，《陕西青年管理干部学院学报》2005年第2期。

中,泛神论反而将这种焦虑扩大为民族困境的大苦闷,通过这种叙说,泛神论也就成为崇高理想精神最好的容器和陈设了。全文语言诗化,同时又在行文中不断贴近泰戈尔的虔诚语境,尤其是发掘了泰戈尔泛神主义与欧洲雪莱等泛神论者之间的联系,这是具有突破性的。但是对泰戈尔泛神主义在宗教上的价值,还没有给出明确的说明,这也是文学视角研究宗教问题的弊病。论者语言优美,体系完备,在众多文学化的泰戈尔研究中,是难得的宏文。

杨果、张露《无所不在的"神"——泰戈尔宗教情结在〈沉船〉中的多重体现》[1](2018)从《沉船》的情节与人物分析来旁及泰戈尔宗教思想的一些侧面。论者值得注意的论点是泰戈尔对待传统宗教的态度。泰戈尔一方面激烈批判传统的闭塞保守,另一方面又在作品中大量引用传统印度教的教义。主人公罗梅西从求学、遇险、访友、出走可以对应传统婆罗门的"梵行""家居""林居""遁世"四个人生阶段,女主人公卡玛娜对神的虔诚、对丈夫的顺从、对命运的敬畏都体现了印度教对女性精神的压抑,小说的自然描写和离奇故事又塑造了一个神人合一、自然与人相互窥视的神化空间,这些都说明泰戈尔对待传统宗教既疏离又神往的复杂态度。在对泰戈尔具体宗教信仰的认识上,论者认为泰戈尔的宗教观是以印度教为中心,吸收了古今东西各种思想流派,独创的以神人合一为宗旨的"人的宗教"。应该说,在把握泰戈尔的宗教观与社会理想的关系上,本文思路是清晰的。

这两篇文章同样是文本阐释型的论文,论者在泰戈尔创作中寻找泰戈尔泛神论思想的痕迹,尤其是泰戈尔通过人物命运表现出的对于神人关系的态度。

李金云《泰戈尔人格论的宗教内涵》[2](2010)将泰戈尔人格论概括为"融迹于本""克己崇仁""离言契性"三种思想特质,论者认为泰戈尔的这种人格论是印度教传统吠陀信仰中的"原人"概念的引申,同时也受到了佛陀等其他思想家的慈悲思想等的影响。人格是人的独特自我,是个体身上最鲜活的本质。泰戈尔从人格的形上性质出发,指出文学艺术的本质在于人格的表现而非科学理性。对个体灵性的标举实际上就是对神性的张扬,论者准确地把握了泰

---

[1] 杨果、张露:《无所不在的"神"——泰戈尔宗教情结在〈沉船〉中的多重体现》,《重庆三峡学院学报》2018年第6期。
[2] 李金云:《泰戈尔人格论的宗教内涵》,《理论界》2010年第8期。

戈尔人的文学论与神性论之间的内在联系。这篇文章非常特殊,虽然论者提及的是一个在泰戈尔的美学思想研究中受到关注的"人格论",关注的是一种特殊的精神现实,指一切具有人性生命力的事象,由于这会指向很多实际上缺乏生命的物质,因此实际上也是在讲泛神论。

综观泰戈尔泛神论的研究,专业性还不够理想,广度上还差强人意。

10. 泰戈尔的宗教神秘主义思想

宗教神秘主义指的是正统信仰之外的深层宗教思想,这部分思想往往重视直觉体验,主张神人合一,信奉超自然的修行手段。泰戈尔的神秘主义思想与传统神秘主义的区别在于,他崇拜神秘的爱,吸收传统的冥想和沉思,但主张废除繁琐的敬神仪式和瑜伽修行,将宗教神秘主义整合为一种新的体验生命美感的方式。印度是有着深厚宗教神秘主义传统的国家,因而首先是要整理泰戈尔宗教神秘主义的历史渊源。

李文斌《印度苏非派哲学与泰戈尔的宗教神秘主义》[①](2007)论述了泰戈尔神秘主义思想与印度伊斯兰教的苏非派思想之间的内在联系。泰戈尔神秘主义与苏非派的共契之处有四点,一是常常用诗歌来颂神,将神想象成神秘的恋人,二是在敬神的过程中强调爱的作用,三是倡导"神人合一",四是强调要通过神智或者神秘直觉来接近神。当然,泰戈尔反对苏非派禁欲苦行和出世的理念,强调积极入世和现实生活。泰戈尔受苏非派影响的机缘在于他对虔诚派、拉纳克等调和伊斯兰和印度教教义的教派以及与伊斯兰学者的接触。该文为打开泰戈尔宗教神秘主义研究的新视野做出了重要尝试。

董洋《叶芝、泰戈尔"神秘主义"的契合之处及意义》[②](2010)分析了泰戈尔与爱尔兰诗人叶芝在神秘主义思想上的异同及其原因和意义。泰戈尔与叶芝的神秘主义共通之处,一是哲学上具有浓厚的泛神论色彩,都认为宇宙和人类社会存在往复永恒的大循环,这是万物共通的"一",而万物表象各异,这是万物独特的"分","一中有分"是客观世界的总特征。二是强调人的成长过程,重视人的精神力量。三是艺术可以正确把握世界的真实,只有理智与情感结合

---

① 李文斌:《印度苏非派哲学与泰戈尔的宗教神秘主义》,《湖北师范学院学报(哲学社会科学版)》2007年第2期。

② 董洋:《叶芝、泰戈尔"神秘主义"的契合之处及意义》,《美与时代(下半月)》2010年第1期。

才能形成正确的认识。他们的差异在于叶芝仍有二元对立的柏拉图意味,泰戈尔则先天秉持东方的浑融视角。他们的共契原因在于他们都是用象征的方式诠释和把握真理,这种直觉主义让他们在被称为非理性年代的19世纪末20世纪初打破了东西方之间的藩篱,成为沟通东西方哲学传统、构建世界性思想体系的肇始。

这两篇文章一个从国内一个从国外来探究泰戈尔宗教神秘主义与其他神秘主义思想流派之间的牵连,一个是被影响关系,一个存在可能的间接影响关系,这样一来,西方、伊斯兰和印度三大文明之间的文化互契就通过神秘主义构建起来了,这是在近代的心灵回归潮流的背景下形成的文化共振。

陈明《"你是天空,你也是鸟巢"——简论〈吉檀迦利〉中的神秘主义》[①](1996)从《吉檀迦利》主题分析出发,总结出泰戈尔神秘主义思想的特征,这也是泰戈尔诗歌中"你"即他的"人的宗教"所崇拜的"神"的特征,一是无限流动性,表现为神在万物之中漂流,诗人追求诸多有限中的无限。二是统一人格性。万物皆有人格,人与万物平等交流又协同统一。三是敏感直觉性。通过直觉和直感来领悟神明。

张态煜《泰戈尔〈格比尔百咏〉对印度神秘主义思想史的建构》[②](2018)通过对泰戈尔翻译中世纪神秘主义诗人格比尔诗集《格比尔百咏》中语词变换的考察,探究泰戈尔对印度中世纪以来神秘主义观念体系的重构。泰戈尔反对制度化的宗教仪式和修炼,因而对印地语原文中的瑜伽修炼术语采取了化用的形式,变成了自己的"爱"的观念,表明泰戈尔将印度传统神秘主义视为自己爱的哲学的素材,使格比尔的神秘主义思想成为思想史上的一个新的出发点,同时也进一步强化了《吉檀迦利》以来逐渐成形的内在神爱思想。

这两篇文章从泰戈尔的作品出发,梳理了泰戈尔宗教神秘主义思想的具体内涵,其中对其特征的描述和对泰戈尔借诗歌重构印度神秘主义思想史的思考很有新意。

总体来看,对泰戈尔宗教神秘主义思想的研究是创新性最强的部分,论者

---

① 陈明:《"你是天空,你也是鸟巢"——简论〈吉檀迦利〉中的神秘主义》,《国外文学》1996年第2期。
② 张态煜:《泰戈尔〈格比尔百咏〉对印度神秘主义思想史的建构》,《国外文学》2018年第1期。

原创了很多全新的能指范畴,对泰戈尔的神秘主义进行了陌生化审视。

11. 泰戈尔的自然观与生态哲学

泰戈尔的自然观与其生态哲学是泰戈尔宗教思想的一部分,这是印度的宗教文化决定的。印度将森林所代表的原始自然视为神灵居住之所,也是修行者冥想静坐以图领悟神智之所,在宗教化的自然中,泰戈尔的诗歌染上了浓厚的自然情味。同时,泰戈尔在东西方的演讲中,将生态危机视为人类的文明危机的表现,而要解决工业文明带来的自然失衡,重要的途径就在于重拾对自然的信仰,对文明与自然的沉思就构成了泰戈尔的生态哲学。

郁龙余《泰戈尔的自然观与自然诗》[①](2002)从泰戈尔以自然为素材的诗歌中,整理出泰戈尔的自然观。泰戈尔对自然最重要的认识在于自然的真实性,首先自然是物质的,其次自然是充满生机和人性的。这种认识源于泰戈尔对现代科学的接受和对印度传统摩耶论的反击,产生泰戈尔的"真即喜"的哲学命题。这种自然观有利于泰戈尔发动印度人民追求"真实的自由"。将反摩耶论(世界空幻论)作为泰戈尔自然思想的基石是该文的亮点。

郝玉芳《论泰戈尔的自然观》[②](2007)从物质性的自然、人格的自然、神格的自然、哲学意义的自然四个层面分析了泰戈尔的自然观。泰戈尔对科学技术的信任使其正视自然的物质性,泰戈尔的诗化哲学使他认为自然有着与人相近的人性,泰戈尔的泛神信仰使其将自然看作神的表象,自然也能帮助人回归生命意识的深层自我。泰戈尔不主张崇拜自然,而是与自然浑融统一。

郝玉芳《泰戈尔自然诗、自然观、自然美学研究——兼与华兹华斯比较》[③](2007)是论者通过文学文本分析泰戈尔自然美学思想内容的硕士论文,其中泰戈尔自然观与自然美学部分已经在另外两篇文章中论及,重要的是其中泰戈尔自然诗思想内涵及与华兹华斯自然观的比较。通过泰戈尔的自然诗我们可以得出泰戈尔的自然既指现实的自然界,也指人类所处的人性世界和儿童的童真世界。泰戈尔与华兹华斯的共同点在于都强调自然是自然性与精神性

---

① 郁龙余:《泰戈尔的自然观与自然诗》,《文史哲》2002年第4期。
② 郝玉芳:《论泰戈尔的自然观》,《东方论坛》2007年第6期。
③ 郝玉芳:《泰戈尔自然诗、自然观、自然美学研究——兼与华兹华斯比较》,青岛大学硕士论文,2007年。

的统一、是神性和人性的统一,都强调人与自然的和谐统一,都把儿童看作人与自然沟通的中介,都将乡村田园作为理想生活的象征。泰戈尔不同华兹华斯回归拯救的自然观,泰戈尔认为应用感情和行动亲证人与自然的和谐而不止步于哲学思辨,人对自然的亲近感是出自天然的亲缘关系,人与自然在神性上是平等的,自然不是人类的神明而是同伴。在对泰戈尔自然思想中人与自然的平等观念是论者的重要发现之一。

冉思玮《浅议泰戈尔的梵、人、自然统一观》①(2012)从逻辑理性的角度分析了泰戈尔自然观的哲学基础。论者首先提及了泰戈尔梵、我、自然的三种实在观,而后为了论证三者的统一性,论者运用了格雷马斯的结构主义批评方法"符号的矩形",通过逻辑反推,证明了梵与自然的同一性是符合理性的,热爱梵就是热爱自然,泰戈尔的自然意识是建立在现代理性的基础之上的。

这四篇文章从时间序列上来看,对泰戈尔自然观的审视是逐步深入的,从整体的自然定性,到人类与自然理想的相处模式,再到自然与真理的同质,最后的逻辑学方法的引入,是重要的理论突破。

杨斌鑫《泰戈尔生态伦理思想研究》②(2007)是一篇探究泰戈尔生态伦理思想的硕士论文,主要从背景、内容、特点三个方面概述泰戈尔的生态伦理思想。印度传统文化、家庭环境、个人成长经历、西方文化都从不同的侧面影响了泰戈尔生态伦理思想的形成,泰戈尔生态伦理思想的内容包括感悟自然、敬重自然、关爱自然和赞美自然,泰戈尔生态伦理思想的特点在于强调整体、和谐与统一,追求生命的自由和美,坚持爱的原则,强调在行动中亲证无限的存在。论者认为泰戈尔生态伦理思想对当代的启示在于保护自然的完整与统一、保护生命的多样性、构建和谐社会。应该说,这是一篇对泰戈尔生态思想进行了全面回顾总结的文章,但是对泰戈尔生态哲学的逻辑结构与思想脉络分析尚浅。

李文斌《泰戈尔自然观中的生态哲学思想》③(2008)从对泰戈尔自然观的透视出发,梳理了泰戈尔的生态哲学思想。论者认为,泰戈尔的自然观来自古

---

① 冉思玮:《浅议泰戈尔的梵、人、自然统一观》,《文学界(理论版)》2012年第6期。
② 杨斌鑫:《泰戈尔生态伦理思想研究》,内蒙古大学硕士论文,2007年。
③ 李文斌:《泰戈尔自然观中的生态哲学思想》,《江汉大学学报(人文科学版)》2008年第4期。

老的万物有灵信仰,在这种泛灵信仰的基础之上泰戈尔形成了自己的泛爱论,并将这种泛爱确定为人与自然之间关系的基础,人是自然的一部分,出于自爱与主从之间的爱,人与自然之间理所当然是伙伴关系。人的高贵只存在于人能够认识到自己与自然之间的这种联合,而非人的物质力量。人是自然秩序发展到极致的产物,人的创造性就在于亲证这种存在于人身上的自然智慧。泰戈尔的自然观与西方19世纪兴起的重视整体、反对人类中心主义、平衡"人的自然化"和"自然的人化"的生态哲学有异曲同工之妙,因而论者认为泰戈尔自然观中有实质上的生态哲学思想。

侯传文《生态文明视阈中的泰戈尔》[①](2009)指出泰戈尔立足印度古典生态主义思想,创立自己独特的生态哲学,应对西方现代工业社会的文明危机。泰戈尔的生态哲学不同于印度前现代生态意识之处,一是强调自然对于人类的精神意义而非知识意义,二是自然并非真正的自足客体,而是随人类社会的进步而不断"人化",三是坚持人的主体性,反对彻底的自然中心主义。泰戈尔生态哲学不同于西方后现代的审美现代性意识,一是泰戈尔表现出更多的生态意识,二是泰戈尔没有回避发展问题,而是主张有韵律的和谐发展。泰戈尔用人格主义应对科技主义的工具理性,用整体和谐观念弥补现代组织社会的僵化。

这三篇文章是从生态学的角度切入泰戈尔的自然观,泰戈尔自然意识是生态思想的本体,从自然观念中衍生的生态学说,是泰戈尔对现代社会文明建设最重要的思想贡献之一。

郝玉芳《泰戈尔自然美学简论》[②](2009)从人对自然美的发掘与享受的角度,从自然全美、美在和谐、现实美与超验美的统一三个角度,论述了泰戈尔自然美学的内在逻辑与外在相状。泰戈尔认为人与自然之间存在理性关系、实用关系和享乐关系,对自然的审美就是属于其中的享乐关系。因为自然整体是美的,所以作为自然一部分的任何事象也都是美的,美是绝对的,丑是局部的。人和自然都是神的造物,因而人与自然有着出自亲缘的和谐统一,这种统一构成了情感上的爱与欢乐。自然的美是超乎范式之上的,自然不需要自证

---

① 侯传文:《生态文明视阈中的泰戈尔》,《外国文学评论》2009年第2期。
② 郝玉芳:《泰戈尔自然美学简论》,《燕山大学学报(哲学社会科学版)》2009年第1期。

即是美的,自然美是合功利的现实美与超越功利的超验美的统一,其中超验美起着主导性的作用,超验美透过现实美表现。将自然观念进一步升华为自然美学,符合泰戈尔文学家的身份。

从论文数量来看,关于泰戈尔自然观与生态意识的文章不少,这也与中国现代化以来,人与自然关系日渐紧张、生态危机加剧的历史因素有关。

12. 泰戈尔文学与宗教

泰戈尔的文学创作与宗教思想有着深厚的联系,首先其文学创作有着浓厚的宗教色彩,另一方面其叙事文体中常出现宗教题材,最后其文艺创作理念也有着丰富的宗教内涵。

欧东明《泰戈尔〈吉檀迦利〉的宗教思想试析》[1](2001)与《神圣的恋歌:析泰戈尔〈吉檀迦利〉的宗教思想》[2](2003)是两篇姐妹文章,以泰戈尔宗教神秘诗集《吉檀迦利》为例,探究了泰戈尔的宗教观。泰戈尔的宗教观念崇尚生命与人格意识,注重真实的生命经验。泰戈尔受印度教传统毗湿奴派和虔诚派影响,将神视为人性的升华,将神与人之间的亲近爱恋视为"神人之爱",是一种"完美的爱的关系"。人不断与神的合一,则是一个不断追求、永不停止的过程。人代表"有限"的物质存在,"神"代表"无限"的精神本体。通过人对神的亲近,来建立一种类似于父子、兄弟、师徒的连带关系。这种连带感让作为个体的人被宇宙意识所充满,感受到安详和喜乐。"梵我合一"与"神人合一",在这种氛围下实现了诗性的升华。

徐志啸、李金云《泰戈尔戏剧中的宗教冲突及其解脱》[3](2007)通过厘清泰戈尔戏剧作品中宗教冲突及其解决,审视了泰戈尔宗教思想的另一个侧面。泰戈尔戏剧中宗教冲突的类型有三种,一是功利的功能性宗教与以精神热忱为基石的信仰性宗教之间的冲突,二是形式优先的种姓制度与鲜活的生命意识之间的冲突,三是杀生祭祀与仁爱祭祀之间的冲突。要解决宗教冲突,只有回归宗教性的本真要义,将爱作为人的追求,树立人的主体地位,追求人的精

---

[1] 欧东明:《泰戈尔〈吉檀迦利〉的宗教思想试析》,《南亚研究季刊》2001年第4期。
[2] 欧东明:《神圣的恋歌:析泰戈尔〈吉檀迦利〉的宗教思想》,《东方丛刊》2003年第1辑(总第四十三辑)。
[3] 徐志啸、李金云:《泰戈尔戏剧中的宗教冲突及其解脱》,《社会科学战线》2007年第6期。

神觉醒,恢复人身上"爱、虔诚与牺牲"的本来神性,实现人神合一。泰戈尔宗教冲突是泰戈尔戏剧冲突的主体,戏剧冲突的解决也依赖宗教冲突的解决,泰戈尔希望借戏剧的象征促成印度各教派之间基于尊重信仰多样性之上的和解。

李金云《论泰戈尔思想和文学创作中的宗教元素》[①](2009)是一篇关于泰戈尔思想、文学与其宗教观之间关系的博士论文。论文从泰戈尔宗教思想的来源、泰戈尔的文学思想与文学创作中的宗教元素、泰戈尔思想与创作中的佛教元素三个角度论述了宗教思想在泰戈尔思想和创作中的投影。泰戈尔的宗教思想来源于吠陀时代以来的印度传统和英国殖民后的现代思潮,泰戈尔所受的开明的家庭教育成为将对立双方结合起来的枢纽。泰戈尔文学思想两大部分是"人格论"和"情味论",二者都来自奥义书和佛教等传统宗教和泰戈尔的个人宗教体验。在泰戈尔作品中,梵我合一的宗教体验时时出现,功能与信仰、生命与形式、杀生与仁爱等宗教内在冲突构成泰戈尔创作中戏剧冲突的主体,泰戈尔作品中出现频率最高的女性更是成为泰戈尔宗教大爱思想的最重要载体。佛陀的伟大人格引导泰戈尔形成以人格论为核心的"人的宗教",佛教的"一如""不二"思想和因缘法等概念催生了泰戈尔思想中和谐统一的价值结构。论文对泰戈尔宗教思想中的核心原则都作了阐述和追源,对泰戈尔文学与宗教的相互映照问题有了系统的论述,其中女性形象与宗教救赎等观点富有新意,但是没有将宗教与哲学问题进行具体的切分,对泰戈尔宗教观的整体体系阐发还不够。

这四篇文章从泰戈尔诗歌中的宗教思想,到泰戈尔戏剧中反映的宗教问题,再到对泰戈尔宗教诗学思想进行总括,基本囊括了泰戈尔文学与宗教之间的所有联系,但是还没有出现将泰戈尔的诗歌、小说和戏剧作为一个整体来与其宗教观进行整体探讨的成果。

13. 泰戈尔宗教思想与中国

泰戈尔的宗教思想是最早引发中国学界关注的话题,江绍原与林语堂围绕泰戈尔与耶稣的社会文明观念比较进行了激烈的辩论。尽管中国缺乏印度

---

① 李金云:《论泰戈尔思想和文学创作中的宗教元素》,复旦大学博士论文,2009年。

那样的宗教传统,但宗教在近代陷入焦虑的中国文化仍然成为一方退守的原地,正如郭沫若晚年对泰戈尔的回归一样。

杨桦菱《泰戈尔爱的哲学和宗教思想在 20 年代中国文学中的冲突与融合》①(2013)是一篇系统讨论泰戈尔思想在中国所遇到的误解和应和的硕士论文。论者将泰戈尔对中国有影响的思想分为爱的哲学和宗教思想,在宗教思想这一部分,论者将其分为泛神论、"梵我合一"和生命美学。泛神论的主要内容是将宇宙的万象都视为至高之梵的体现,"梵我合一"的内容是将主观小我与客观大我融为一体,其生命美学则体现为对立范畴的和谐统一。在其宗教思想的应和者中,徐志摩认同其对人格的健康与尊严的倡导,许地山赞同其基于人道主义对弱者的关注,冰心接受其爱的哲学,郑振铎赞同其对精神生活的提倡,梁启超赞同其对东方文化拯救西方褊狭的鼓吹。在其拒斥者中,辜鸿铭否定印度文明的世界价值,梁漱溟认为泰戈尔思想只是伯格森生命哲学的印度版本,胡适反对其认为西方只有物质文明,张君劢与丁文江针对科学能否解决精神文化问题展开的论辩将泰戈尔的来华变成了另一种意义,郭沫若、陈独秀将泰戈尔的以爱制暴主张理解为投降主义从而加以抨击,鲁迅则认为他来的时机不对。总之,在中国当时的革命语境中,泰戈尔以泛神论为中心的宗教哲学思想被赋予太多的政治期待和解读,注定了泰戈尔得不到他所想要的精神共鸣。

卢迪《泰戈尔与苏轼诗歌宗教思想比较分析》②(2015)比较了泰戈尔与苏轼宗教思想的异同及其背景与在创作中的体现。泰戈尔与苏轼都身处多种宗教思想的融合汇通中,泰戈尔融印度教各派、基督教、伊斯兰教等为一体,苏轼则调和儒释道三家。其宗教思想的共通之处,一是对人伦情感的肯定,包括情爱、亲情之爱和泛爱,二是对自然生命意识的张扬,包括对死亡、美学和人格的思考。泰戈尔认为生命与"梵"同一,生命与灵魂同步;苏轼认为生命受天道支配,受君权控制,尘世欲望是污浊根源。美学上,泰戈尔倡导平静和谐,苏轼倡导乐观的生活态度与悲剧的抗争精神相结合。泰戈尔与苏轼都是处在转折时

---

① 杨桦菱:《泰戈尔爱的哲学和宗教思想在 20 年代中国文学中的冲突与融合》,重庆师范大学硕士论文,2013 年。
② 卢迪:《泰戈尔与苏轼诗歌宗教思想比较分析》,《长春大学学报》2015 年第 1 期。

代的奋斗者,因而其宗教精神也表现出伟大的悲悯意识和高远情怀。

这两篇文章与泰戈尔哲学的中国比较有着相同点,即都是从现代和古代两个角度来阐释泰戈尔与中国,这是很容易理解的,像泰戈尔这样能博通本民族各派宗教哲学精华,并将其融会于自己的思想体系中,也主要是存在于宋明和民国的知识分子阶层中。

总之,泰戈尔宗教思想研究较泰戈尔哲学研究数量上居于少数,但是在理论性上,泰戈尔宗教思想阐释具有更多的理论独创性。这与泰戈尔宗教思想研究者常常涉足其他学科有关。宗教问题在20世纪的中国或冷门,或敏感,直到新世纪之后,泰戈尔宗教思想问题研究才进入正轨。

从数量上说,中国研究泰戈尔宗教哲学的力度是比较强的,许多问题到今天都已经有了基本的共识,对泰戈尔宗教哲学思想中的一些点,从大的方面来说,泛神论、爱的哲学、人的宗教,都有了确定的概念;从小的方面来说,人格论、自然美学、情味说也有了初步开拓,只有将这些宏观与微观上的观照结合起来,泰戈尔宗教哲学研究才能逐步深入下去。

二、中国泰戈尔宗教哲学研究中的论争

(一) 泰戈尔宗教哲学具不具有东方代表性

对于泰戈尔宗教哲学在世界文化中地位的异议,是泰戈尔1924年来华时遭受争议的重要原因。

徐志摩《太戈尔来华》[①](1923)涉及泰戈尔宗教思想部分廓清了泰戈尔的宗教信仰,指出泰戈尔并不信仰某一种具体的宗教,泰戈尔宗教观就在于其独特性与原创性,反对盲目的宗教比较。江绍原《一个研究宗教史的人对于泰戈尔该怎么想呢》[②](1924)出于对泰戈尔来华后中国知识界或极端支持或极端反对的态度而作,比较了泰戈尔与耶稣的宗教与社会主张。二者都是在本民族受外族统治时期,主张用"无抵抗主义"来达成精神和文化的自由,提高社会本身的文明化程度,反对用暴力或政治手段来强行切分与西方或外族的政治羁

---

① 徐志摩:《太戈尔来华》,《小说月报》1923年第9号。
② 江绍原:《一个研究宗教史的人对于泰戈尔该怎样想呢》,《晨报副刊》1924年5月18日、6月4日、13日、7月2日。

绊。这自然遭到激进派的反对甚至恐吓,而其支持者则声言他只是诗人,于社会道德有涉而与政治文明论无关,这同样受到论者的批评。论者认为泰戈尔是以一个宗教家的身份来教化大众,实现真正的民族独立。林语堂(东君)《吃牛肉茶的泰戈尔——答江绍原先生》①(1924)对江绍原肯定泰戈尔的宗教观进行反驳,其中重点在于,认为泰戈尔并没有为其宗教思想献身的勇气,在这一点上不能与耶稣和托尔斯泰相比。林语堂将泰戈尔的宗教主张总结为"生活单纯,见解高明,内心纯洁,与宇宙和谐,处处见神",而他认为这只是泰戈尔既不能反抗英国统治又不能对国民有所交代的权宜之言,缺乏思想独创性。全文的主旨在于认为泰戈尔主张不反抗英国是被英国人收买的结果。两人名义上是从宗教史观的角度来争论泰戈尔对于国际时局、对印度问题的意义,就站在解殖的重要关头的世界来说,泰戈尔的"人的宗教"是宗教世俗化、个体化的重要尝试。泰戈尔"人的宗教"命题,成为最显著的研究突破口。

孙宜学《"泰戈尔与耶稣"》②(2012)是一篇学术随笔,回顾了1924年泰戈尔访华期间,宗教史家江绍原与文学家林语堂就泰戈尔的政治与文明论进行的激烈辩论。林语堂批评泰戈尔受了英国人的恩惠,因而不声援印度反英民族运动。江绍原则认为耶稣同样亲近罗马税吏,同样劝自己的族人不要用暴力去反抗外族奴役,泰戈尔与耶稣的宗教与政治观同等伟大。随后二人就泰戈尔与耶稣是否可等量齐观进行了激辩。虽然辩论最终不了了之,但辩论内容反映了中国的知识界对泰戈尔的代表性观点。江绍原在对辩论的回顾中提出,中国的知识界,无论是赞美还是批评泰戈尔,都未能立足于其印度文化背景尤其是宗教文化背景,这为中国的泰戈尔研究者,发出了重要的警示。泰戈尔的民族政治观,很大程度上立足于其诗性的政治观,而正因为印度传统政治架构与宗教不可分割,才造成泰戈尔的政治思想乃至一切思想,无不是立足于其印度化的宗教观之上。

梁漱溟《东西文化及其哲学》③(1922)第五章"世界未来之文化与我们今日应持的态度"认为泰戈尔的哲学在西方广受欢迎无外乎两个原因,一是泰戈尔

---

① 东君:《吃牛肉茶的泰戈尔——答江绍原先生》,《晨报副刊》1924年6月27日。
② 孙宜学:《"泰戈尔与耶稣"》,《书屋》2012年第6期。
③ 梁漱溟讲演:《东西文化及其哲学》,商务印书馆1922年版。

的哲学都是用诗化的语言讲授，给人带来艺术的美感；二是泰戈尔提倡爱的精神，正可以对治西方物质主义的偏枯之症。梁氏认为泰戈尔哲学不过是婆罗门哲学的继承和斯宾诺莎哲学的翻版，再加上些欧洲自然派哲学的观点，不足为道，是完全可以纳入他大力倡导的孔家哲学里来的。

江绍原与林语堂争论泰戈尔是否受到英国人的恩惠而反对暴力革命，实际上就是在质疑泰戈尔作为宗教思想家的纯粹性，也就是在质疑泰戈尔思想是否具有担当东方自立精神的合法性。这是一种将文学外部研究置于文学内部研究之上的思维习惯，这种思维习惯来自当时严峻的国际国内局势。对于与印度一同遭受西方殖民或殖民威胁的近代中国来说，泰戈尔最大的思想价值恐怕在于他的思想所处的历史和民族境遇。人们将泰戈尔视为一面反映中国状况与出路的镜子，而泰戈尔则是这面镜子的驿使，一旦泰戈尔不能适应这个被赋予的身份，巨大的落差感就在中国知识界引发了震荡和冲击。林语堂等认为泰戈尔是受其立场处境所制约，江绍原、徐志摩则认为泰戈尔自然有其超越时代的普适情怀。这场争议的实质，是对于宗教能否干预政治和宗教是否能摆脱政治的掣肘，等于说，是在解决一个确定宗教的文化地位问题。这个问题不解决，泰戈尔就不可能以一个宗教家和诗人的身份来介入中国的近代文化建设。而在梁漱溟的《东西方文化及其哲学》中，他又将泰戈尔化为孔学的附庸，认为印度文化不如中国文化，东方文化的代表不能由印度文化来充任。这里可以看到犹太希伯来文化、印度文化和中国文化成为东方文化的三个中心，这三个文明中心在中国近代学人的语境里展开了竞争关系，竞争的焦点就在于东方文化正统。泰戈尔不幸卷入了一场历史定位竞赛里，这使得他的宗教哲学观在 20 世纪早期并未能产生社会效果。泰戈尔被视为西方文明治疗师，但却在其文化同质的东方遭到了排斥。

（二）泰戈尔宗教哲学能否挽救世界文明危机

这个论争同样广泛存于泰戈尔来华时期，究其原因，在于当时中国文化界对于泰戈尔来华的期待正是在于他能给出文明的药方，鼓舞受奴役人民的斗志，对东方国家现状的困境能给予实际的指导，让东方国家找到摆脱贫困和落后的捷径，西方则是出于疗愈工业病和文明病的期许而欢迎他的。

第三章　20 世纪以来中国的泰戈尔研究

沈雁冰《对于太戈尔的希望》①否定了泰戈尔的诗性哲学和宗教神秘主义对于中国青年的意义,认为泰戈尔最应该奉献给中国文化界的是他的爱国热情、农民运动实践和现实行动精神。他痛砭东方思想的自闭性和幻想性,认为泰戈尔思想应带领青年抵抗西方帝国主义的压迫,早日实现东方世界的觉醒。陈独秀《太戈尔与东方文化》②认为泰戈尔所要复兴的东方文化,不过是"尊君抑民,尊男抑女""知足常乐,能忍自安""轻物质而重心灵",而这些恰好是中国的现代化变革中所要革去的弊政,因而陈独秀认为泰戈尔不是东方思想与西方思想的调和者,而是东方思想的片面复古论者,他认为将东方思想中那些不利于文明进步的部分还魂后,会让已有的文化革新成果毁于一旦。两篇批评文章都不约而同地将泰戈尔思想视为复古主义和守旧宣言,但是他们所依据的要么是泰戈尔的某部作品(《家庭与世界》),要么是泰戈尔来华演讲中的只言片语,对泰戈尔思想缺乏全面的把握和深入的理解。

梁启超《印度与中国文化之亲属的关系——为欢迎泰谷尔先生而讲》③梳理了印度与中国在历史上的文明交流,举出了印度在宗教、哲学、文学、艺术、科学等领域对中国的文化输出,从而将泰戈尔的来华视为再续中印文化交流,这样一来,其实就将泰戈尔的文化使者身份,提高到东方文化体系重建的高度了。此外,梁启超将印度传来中国的文化精神概述为"绝对自由"和"绝对爱",即打破肉体和欲望的局限,实现人与自我、与他人的真正联结。这个论断很好地解释了作为诗人的泰戈尔如何传递文明前景和文化理想,诗人精神的个体性决定了他将救赎的希望寄托于东方哲学对个体生命力的张扬上,对于主张改造民族性格的梁启超来说,这无疑是一条明路。徐志摩《泰戈尔》④(1924)是泰戈尔即将离华时的一篇讲演,用急切的声调和高亢的抒情为泰戈尔决然辩护,他认为泰戈尔之所以无法得到中国一些人士的理解正是在于他人格的高迈。长期处于混乱和闭塞环境中的中国知识界和文化界,对泰戈尔超越物质主义的诗性精神无法感同身受,也是可以想见的。如此一来,通过泰戈尔在中

---

① 沈雁冰:《对于太戈尔的希望》,孙宜学编:《诗人的精神——泰戈尔在中国》,江西高校出版社 2009 年版。
② 同上。
③ 同上。
④ 同上。

国的境遇,更能理解当时中国社会的精神困弊到了何等严重的地步,而泰戈尔思想在中国所遭受的挫败也就更让人痛心了。

在沈雁冰和陈独秀的论述中可以清楚地认识到,他们正是基于泰戈尔提倡东方文明对工业文明的抑制而反对他。而作为这个期待的反驳者,梁启超、徐志摩等人又只是努力指认泰戈尔的诗人身份,让他得以解除作为宗教家和社会文明家发言的义务,两方并未形成对辩关系,基本是各说各话。泰戈尔的哲学思想始终未能与他的中国听众取得同调,这种语境的错位一直延续到20世纪的后半期。

(三) 泰戈尔的思想是精英贵族的还是底层大众的

这是马克思主义理论背景的研究者常常思考的问题,自黄心川、季羡林以降,对泰戈尔思想的性质界定是对其展开深入剖析的基础,这一特征在新时期初的研究中更为多见。

黄心川《略论泰戈尔的哲学和社会思想》①(1979)从辩证唯物主义的视角来分析泰戈尔哲学。在世界观上,竖立了"梵"(神)、自然与我(个体精神)的三元论,梵是无限的最高存在,同时梵又能通过有限的现象表现出来,具有浓厚的泛神论色彩,这是泰戈尔调和唯物主义和唯心主义的结果。泰戈尔承认物质世界的运动性却认为精神是静止的,承认世界是对立统一的却不谈其对立双方相互斗争的一面,承认规律的存在可是却将其推广到精神领域,论者认为这是其表面二元论实际唯心论的证据。在认识论上,泰戈尔既认同认识是客观存在的产物,同时也认为对精神的认识是神启的产物。美学观点上,泰戈尔主张通过美来反映自然,接近底层人民生活。泰戈尔的哲学是印度吠檀多派一元论、毗湿奴派"信爱说"和佛教等印度传统思想和西方反理性主义思潮结合的产物。较为全面深入地概括了泰戈尔的哲学思想结构和逻辑体系,但拘泥于经典马克思主义哲学视角,未能充分认识到泰戈尔哲学思想的独创性、宗教性和民族性。

季羡林《泰戈尔的生平、思想和创作》②(1981)在新时期泰戈尔哲学思想研

---

① 黄心川:《略论泰戈尔的哲学和社会思想》,《哲学研究》1979年第1期。
② 季羡林:《泰戈尔的生平、思想和创作》,《社会科学战线》1981年第2期。

究方面起了开先河作用。指出了泰戈尔一切思想的核心是"梵",同时围绕"梵"提出了两个问题:我与自我的关系问题和人与自然的关系问题。从这两个问题的分析出发,指出泰戈尔承认矛盾对立是符合辩证法的,但泰戈尔更重视和谐和协调,致力于维护统摄二者的韵律。正是这种双重性导致泰戈尔走向不可知论的神秘主义。在泰戈尔思想的定性上,将泰戈尔哲学与创作中体现出的普遍同情归结为其人民性的产物。总体来说,季羡林奠定了最初的泰戈尔哲学分析模式:从辩证唯物主义和唯物辩证法的角度,审视其与马克思主义哲学的契合与背反。

总体来看,不同时代的阶级论氛围决定了对泰戈尔思想阶级属性的不同定位。50年代因为泰戈尔是第三世界被压迫民族代表而对其大力提倡,但60、70年代,泰戈尔又因其出身上层社会、思想属于"资产阶级调和论"而受到贬抑,70年代末开始才进入较为平视的时期。在民国时期,左翼作家将泰戈尔视为有闲阶级的代表,中华人民共和国成立后又将其作为殖民地人民的精神救赎者,进入新时期后,才逐渐淡化了泰戈尔身上的阶级分析色彩,更多地回到其思想的本位分析。

(四)泰戈尔哲学是唯心论还是唯物论

对于这个问题的讨论同样集中在70、80年代。论者多将泰戈尔的哲学本体论定性为客观唯心主义,这种唯心主义体现在对绝对本体"梵"的尊崇和通过直感来认识事物的本质,但是承认客观事物的矛盾、规律和运动,又具有辩证法的色彩。黄心川是这种观点的代表。

黄心川的《印度近现代哲学》[①](1989)第九章"泰戈尔的哲学和社会思想"与《印度哲学通史》[②](2014)第二十三章"泰戈尔的哲学和社会思想"内容大体相同,论述了泰戈尔的哲学、美学和社会政治思想。在哲学部分指出,泰戈尔哲学的总特征是从文学审美入手认识世界,是一种诗性哲学,"含有强烈的情绪质素""能歌咏,也能说教"。将神、世界和个体灵魂视为三种实在,认为三者都是真实的,其中神是"原初质料",其他二者相互统摄。物质世界是永恒运动

---

① 黄心川:《印度近现代哲学》,商务印书馆1989年版。
② 黄心川:《印度哲学通史》,大象出版社2014年版。

的,但精神理念世界是静止的;现象皆有对立,同时又统一于爱中,论者认为这是资产阶级的矛盾调和论;现象世界都有其规律,这种规律与精神世界的规律相互应和。泰戈尔认为人表现为有限,本质则是无限的。认识论上,日常经验世界由感觉认识,自然世界由理性认识,精神世界由直觉认识,论者认为这体现了泰戈尔认识上的唯心主义和神秘主义。美学观上,泰戈尔认为美应与现实生活不违背,美感是客观与主观的统一,真、善、美互相统一,都是"无限人格的至上目的",主张艺术表现鲜活的人,主张进入大众生活,反对唯美主义和功利主义,艺术形式与内容应协调统一,形式反映内在的内容。论者认为奥义书一元论、毗湿奴派敬信爱说和佛教的慈悲说是泰戈尔哲学思想的主要来源。

在另一些论者看来,泛神论消解了泰戈尔的唯心主义主体性,令泰戈尔无意中接近了唯物主义立场。

祁建立《"梵"、"人格"、"爱"的颂歌——〈吉檀迦利〉的神性解读》[①](2009)从《吉檀迦利》的文本解读中梳理泰戈尔泛神论思想的渊源与内在结构。泰戈尔的泛神论思想首先来自印度教众多改革家的思想,商羯罗的"无分别不二论"、罗易的"一神论",泰戈尔所颂赞的神如同印度教先哲的神一样至高无上又无所不在,而泰戈尔的神与古神的区别在于泰戈尔认为空泛的无限是没有意义的,抽象的至尊本体必须通过言语和现象来显现。因此,泰戈尔也将神人格化了,通过对自然万物的认识来拼接对神的认识,神性只是一种被拔高的人性。泰戈尔崇拜这种与尘俗同调的神,目的在于宣扬爱是一切的目的,也是解决个人死亡困惑与国家政治危机的良药。"梵""人格"与"爱"合成了泰戈尔崇拜的"神",即真理。论者将爱作为神的一种显现方式,这是对泰戈尔泛神论的新认识。

祁建立认为泰戈尔将万物抬到了与神同列的地位,实际上是认同世界的本质是客观物质性。倪培耕在论述泰戈尔思想对中国作家的影响时,也将泰戈尔的思想起点定位为唯心主义的本体论。倪培耕《泰戈尔对中国作家的影响》[②](1986)将泰戈尔思想的核心界定为唯心主义的一元论,将"神"视为"梵"

---

① 祁建立:《"梵"、"人格"、"爱"的颂歌——〈吉檀迦利〉的神性解读》,《河南师范大学学报(哲学社会科学版)》2009年第4期。

② 倪培耕:《泰戈尔对中国作家的影响》,《南亚研究》1986年第1期。

的外化,但提出泰戈尔在创作和思考过程中转化为泛神论。论者从泰戈尔哲学中提炼出了积极实现生命价值、促成世界的更新与进步、实现人与宇宙的调和。虽然泰戈尔的爱与和谐观念常被诟病为阶级调和论,但论者认为它也起到了解放人性的启蒙作用。在泰戈尔的美学方面,论者强调了泰戈尔对韵律的追求和对和谐的赞许。

两方的分歧主要在于泰戈尔哲学的本质属性,而对于其外在的二元论表象则基本持一致意见。

显然,对泰戈尔宗教哲学的论争主要集中在其定性问题上,而不是其哲学的具体内容上。由于论争主要基于价值判断,而泰戈尔哲学的调和性有效避免了在内容认定上落入非此即彼的二分选择,因而研究者对其哲学的研究也鲜少进行直接肯定或否定。泰戈尔研究在结论上的高度趋同,对泰戈尔研究的进一步深入有着结构性的阻碍。

三、泰戈尔宗教哲学研究的特点与未来展望

(一) 泰戈尔宗教哲学研究的特点

1. 综合论述多,专题性深入探索少

初步统计,国内泰戈尔哲学研究的 41 篇论文中,18 篇属于综合概括性的研究,其余最多的分类研究是爱与和谐思想的研究,有 6 篇;宗教研究 29 篇,其中 9 篇属于综合概括性的研究,其余最多的分类研究为自然观与生态哲学研究,有 8 篇。总共 70 篇论文中综合性的论文占到 27 篇。从数量上看,对泰戈尔的哲学思想或宗教思想进行综合论述的文章占了很大一部分;从质量上看,综合性的论文一般理论性更强,论述密度更大,名家论者也更多。这一点在哲学思想研究中体现得更明显。但是另一方面,为数不多的硕博士论文命题又集中在"生命美学""人的观念""生态哲学"等无关哲学或宗教本体论的具体领域。

这种现象也是很好理解的。泰戈尔思想博采百家,如果要对其进行论述,整体俯瞰,把握其内在结构是必要的,学界前辈们所起的就是这个作用。而进入新世纪后,年轻学人更关注泰戈尔思想中与中国当代现实紧密相关的部分,尤其是通过硕博士论文进入学界的研究者,更是需要提炼出自己的专攻之处。

如果只是借泰戈尔做一次简单文章,则只需要蜻蜓点水地概观泰戈尔的整体思想,顶多再联系一下跨文化比较,因而这样的敷衍文章也构成了泰戈尔思想综观类论文的侧翼。综言之,泰戈尔思想的驳杂性为中国研究者提供了丰富的视野和可能性,使得借力泰戈尔素材来完成学术任务者颇有其人。

2. 文学研究者多,宗教学哲学研究者少

泰戈尔是一位诗人,或者如同有的研究者定义的那样,是一位"诗哲",其哲学思想主要是从诗歌的直观感性入手。他本人也指出"诗人在我的中间已经变换了式样,同时取得了传道者的性格。"正是因为诗歌在其哲学思想构建和表达中扮演着关键角色,所以研究者研究他的哲学思想也多是从诗歌文本入手或是从其文学创作与哲学思想之间的联系入手。这导致泰戈尔的研究者中文学专业或语言相关方面的人员占到主要方面,而哲学、宗教学方面的研究者明显较少。这个问题的危害一是泰戈尔研究的参与者多是从感性直观的角度来观照泰戈尔哲学,对泰戈尔哲学得以成立的逻辑结构揭示不够;二是就泰戈尔谈泰戈尔或者就印度谈印度,对泰戈尔哲学在印度哲学和世界哲学中的位置和作用把握不够清晰。

3. 重复研究现象比较严重

泰戈尔宗教哲学除了研究过于集中在对其哲学体系的整体统观外,还存在大量的研究都堆积在相近的几个议题上,不管是"泛神论""爱的哲学"还是"自然观"。而对于泰戈尔这些哲学门类下的观点总结,也多是依据早有定论的一些说法,鲜有能够另辟蹊径的论者。例如在讨论泰戈尔"爱的哲学"时,多是首先论述泰戈尔哲学本体论,即"梵、我、自然"三种实在,而后强调三种实在之间的融合统一,而这种融合统一的表现形式就是泰戈尔在论著中反复提及的"泛爱"。凡是泰戈尔宗教哲学研究的相关论述,都是将这个观点作为当然的前提,导致这方面的论述在泰戈尔研究中的出现频率非常之高。对于具有多维向度的泰戈尔思想来说,这样的集中书写并不是良好的观照角度。

4. 比较意识突出,尤其中印和泰戈尔与西方的比较

当然,泰戈尔宗教哲学研究中同样存在令人振奋的优点。除了各个思想领域门类齐全之外,还可以明显发现的特征是比较思维较为发达。从数量上来说,总论哲学研究的中印比较有 2 篇,总论宗教研究的中印比较有 2 篇,但

在具体的宗教或哲学的思想领域进行论说时,泰戈尔的泛神论与郭沫若、泰戈尔的"爱的哲学"与冰心都会成为常见的注意点。与西方的比较上,研究生态哲学的侯传文《生态文明视阈中的泰戈尔》和张思齐《泰戈尔与西方泛神论思想之间的类同与歧异》都将泰戈尔放在印度与西方的比较中来看待。当然,从整体的角度来比较泰戈尔与西方的思想资源还比较贫乏,只有在一些文章的泰戈尔思想渊源中会涉及泰戈尔的哲学与西方伯格森直觉主义等流派哲学之间的精神史联系。但是从近几年的论文情况来看,从东西方和东方内部的比较视域来观照泰戈尔思想已经成为泰戈尔学的主流趋势。

中国学界对泰戈尔宗教哲学的研究总体呈不断繁荣的趋势,但是由于历史的局限,固有的弊端仍然存在。这些弊端制约着中国泰戈尔研究的进一步壮大,但如果能克服这些弊端,就可以将劣势转化为优势,从而开创中国泰戈尔研究的全面兴盛。

(二) 泰戈尔宗教哲学研究的展望

1. 对泰戈尔的个人学说有更深入的发掘

现有的研究中,对泰戈尔独具特色的学说发掘的力度还不够。"人的宗教""人格论"等理论,都是泰戈尔在自己的思考过程中逐步构建起来的,这些理论难以划入任何已有的哲学或是宗教学学科体系。然而,也正是这种不可归类性构成了泰戈尔思想的成立基础。泰戈尔站在东西方文明的边界上,同时将东西方作为自己的参照系和他者,从而让自己的学说具有精神实质上的不可替代性。面对泰戈尔的这些思想资源,我们既要避免将思想分析变成文本分析或是历史考证的辅助工具,也要力求在对这些思想资源的清理中反思现有的学科体系可能存在的偏颇。

2. 拓展理论视野

对泰戈尔的宗教哲学思想进行解读时,新的理论方法是必要的,引入新的方法可以有效避免解读的主观化,同时也有利于打开新思路,甚至开启新的学术路径的演化。冉思玮《浅议泰戈尔的梵、人、自然统一观》[①]就运用了"符号的矩形"来推演泰戈尔梵与自然同一的观点,虽然这样的理论操作只是一次粗浅

---

① 冉思玮:《浅议泰戈尔的梵、人、自然统一观》,《文学界(理论版)》2012年第6期。

的尝试,但是为今后的泰戈尔研究提供了启示,面对泰戈尔宗教哲学的诸多表述,我们不妨将其视为一种客观对象,是一种我们可以独立运用理论工具进行度量和重构的历史意识。抱定这样的意识后,就可以将泰戈尔作为一个可以不断重新阐释的客体来处理,让它在新的东西方历史性碰撞面前取得更坚固的自足性。

3. 专业语言能力的介入

如果泰戈尔研究人员能熟练掌握泰戈尔所使用的印度本土语言,那对于研究将是莫大的便利。20世纪早期的泰戈尔研究虽然群星璀璨,非常热闹,可是往往在把握泰戈尔思想时产生理解的偏差,例如将泰戈尔的"神"和"爱"与基督教的"神"和"爱"相混淆,这往往是由于论者是从泰戈尔的英文论著或诗集中获取论据,从而将英语附带的欧洲语境代入泰戈尔的思维结构中,这很容易造成对泰戈尔思想的理解偏差。70、80年代后,有了季羡林、石真、刘安武、倪培耕、董友忱、白开元等能掌握孟加拉语或者其他印度语言的研究者进入,泰戈尔思想研究才焕然一新。同时,对泰戈尔作品原文的翻译,也将泰戈尔论述的真面目带到了研究者面前。未来还应培养更多的孟加拉语人才,让中印文化透过泰戈尔思想实现直接对视。

4. 借助中国本位的东方学视角

在西方的东方学日益受到萨义德开创的后殖民理论挑战时,中国的东方学却悄然扩大其影响力。东方学原本是为了将东方作为映照西方的一面镜子,通过东方的特异来启发西方的变革,通过东方的神秘来满足西方的文化需求,从而将东方一步步地他者化。而随着中国自我文化主体地位的逐步恢复,中国反而求助于这个经西方之手塑造出来的文化模型,用来重塑中国文化的自我认同。泰戈尔无疑是一个理想的他者,通过泰戈尔来华的演讲、泰戈尔在中国抗日战争期间给予的声援,以及泰戈尔将印度、中国、日本塑造为一个新生的亚洲共同体的努力,都是对中国当代文化建设的巨大支持,而泰戈尔研究也应把握这一机遇,将泰戈尔的宗教哲学研究纳入中国与世界比较思想史的视野中,将其文化意义最大化。

5. 人文意识的深入展开

泰戈尔宗教哲学蕴含着深刻的人文思想。他以神的观照为出发点,最终却回到了对人尤其是个体人的关怀。神对于他而言并不是一个自足先验的实体,而是等待人去发现和亲证的一种宇宙意识,人在发现宇宙意识的过程中,也在将自我进行补充和还原,让自己的人性回到其本真的高位状态。泰戈尔通过泛神论成就其人的宗教,又通过其人的宗教推导出爱的哲学。正是在这条完整的逻辑链条上,我们得以把握泰戈尔作为一个人道主义思想家的真实价值。泰戈尔超越其国籍和民族,成为一位世界性的思想巨人,正是因为他始终拒斥被某个群体、某种主义所规约,直面接触他作品的每个人。在这种世界性的阅读中,泰戈尔为个体的独立和创造提供了形而上学的依据。中国的研究者应该把握当下个体性日渐彰明的境遇,让泰戈尔的人文主义更好地为医治后现代的时代病、张扬人的主体性而服务。

泰戈尔的宗教哲学总体开放性是非常强的,他没有为自己的思想提供边界和定义,而是将这些工作交给了读者的感性。正是因为泰戈尔思想这种多重诠释可能,为中国的研究者们留下了充分的思考余地。今后的中国研究者应该把握泰戈尔宗教哲学与东方文化复兴的历史时机,将泰戈尔的宗教哲学研究推向更能发挥中国主体性与时代性的领域。

第二节 泰戈尔社会、政治思想研究

罗宾德拉纳特·泰戈尔在一生中不仅创作了丰富的文学作品,还亲自参加了印度民族解放运动、呼吁世界和平、倡导东西方文明和谐共融,他创办国际大学以实践他的教育理想,希望世界相会在"一个鸟巢"。在这些活动中,泰戈尔发表许多演讲,也创作了大量的文学作品,以表达他的社会政治思想。中国学界关注的对象不仅是泰戈尔的文学作品,还有他丰富而复杂的思想,社会政治思想便是其中很重要的部分。

泰戈尔家族历来就是印度社会改革的积极参与者和推动者,他的祖父德瓦尔迦纳塔·泰戈尔曾积极支持印度宗教和社会改革家罗姆·莫罕·罗易(Raja Rammohan Roy,1772—1833)的宗教改革和社会改革事业。父亲代温德拉纳特·泰戈尔则将自己创办的知梵协会和罗易创立的梵天斋会合并成梵社,有力地推动了罗易开创的宗教改革运动。泰戈尔也曾担任梵社秘书。家族的影响和特殊的社会环境等因素促成了泰戈尔社会政治思想的形成与发展。值得注意的是,作为一名文学家,除了《民族主义》之外,泰戈尔并没有其他专门论述其社会政治思想的专著,人们只能从他的演讲集、散文、小说、戏剧等作品中抽取和总结他的社会政治思想。加之他诗人的气质和文学的语言,使他的社会政治思想如雾里花、水中月,为世人的误解埋下了伏笔。1924年和1929年泰戈尔两次访华(第三次仅路过中国)引起中国文化界完全相反的态度,引发当时思想界一场激烈的论争就不足为怪了。这场论争和之后对此的反思与回响,使得泰戈尔的社会政治思想较为清晰地呈现出来。

一、泰戈尔社会政治思想研究的问题及基本观点

(一)泰戈尔的社会政治思想与研究的基本情况

泰戈尔的一生都在为印度民族独立而奋斗,在积极参与民族独立运动的过程中,泰戈尔逐渐形成了他的民族主义思想及民族国家观,其中涵盖了其爱国主义思想和国际主义思想。泰戈尔的民族主义思想与众不同之处在于,他从来不是一个狭隘的民族主义者。对于西方文化,他并没有全盘否定,而是提倡在保持印度传统文化的前提下有选择地取其精华。在如何取得印度独立的问题上,泰戈尔强烈反对使用暴力,而且主张首先从精神上唤起民众,通过实现精神上的独立取得国家的独立。泰戈尔一方面十分渴望印度独立,一方面却反对一切暴力运动、提倡以精神复苏救国。这就不可避免地跟许多人发生分歧。尽管遭到很多误解,泰戈尔仍然以他自己的方式揭露和批判印度社会的各种弊病、唤醒民众、为了印度的独立而努力。

为了实现他的政治理想,泰戈尔提倡教育救国,并亲自创办学校,试图以此唤醒印度民众的精神。在办学实践中,泰戈尔形成了他的教育思想。泰戈尔的教育思想起源于自己受教育的经历,形成于他对当时印度教育状况的分析,成熟于他的办学实践。在泰戈尔的教育理念中,自然、爱、和谐是核心,启迪心灵是基础,救国救民是目标。

泰戈尔社会政治思想的另一个重要方面是他的文明观。文明与文化本来是既有联系又有区别的两个概念,但是就泰戈尔的文明观而言,学界普遍将文明约等于文化进行评论,所以这里也将二者合起来论述。泰戈尔崇尚以印度

第三章 20世纪以来中国的泰戈尔研究

传统文化为代表的东方精神文明,认为这才是世界和平的关键所在,也是人类文明的最终归宿。而西方的物质文明是人类社会矛盾、冲突和战争的源头,是泰戈尔批判的对象。因为要"文明",所以泰戈尔反对一切暴力手段,即使是甘地的非暴力不合作运动他也无法容忍。

20世纪初期的中国,正值反帝反封建斗争如火如荼之时,西方的坚船利炮轰开了中国的国门,也敲开了人们的思想。中国人民正在千方百计寻求救国救民的道路,知识界大力提倡学习西方的科学技术和民主思想,摒弃一切旧制度和腐朽文化。就是在这样的历史背景下,有学者将泰戈尔"引进"了中国。陈独秀是第一个把泰戈尔介绍到中国的人,之后又有郑振铎、许地山、徐志摩等人跟进。1924年和1929年泰戈尔两次访华,引起了学界和知识界的一次大讨论,讨论的焦点集中在泰戈尔的民族主义思想、东方西方观、物质与精神等当时较为敏感的话题。这是中国泰戈尔研究的第一次热潮,当时中国文化界的很多著名人士都参与到这场争论当中,如陈独秀、胡愈之、徐志摩、沈雁冰、郭沫若、茅盾、鲁迅等等。他们发表的文章分别刊载于《东方杂志》《新潮》《小说月报》等当时较为活跃的报纸杂志上。

20世纪50—60年代,是中国泰戈尔研究的第二次热潮。1961年,为纪念泰戈尔百年诞辰,人民文学出版社出版了《泰戈尔作品集》(共10册),将小说《戈拉》《家庭与世界》、戏剧《顽固堡垒》等反映泰戈尔社会政治思想的作品介绍到中国。这一时期泰戈尔作为民族主义与民族文学的象征及亚非拉友好的象征,他的作品被学界广泛翻译和研究。季羡林发表了论文《纪念泰戈尔诞生一百周年》[1],通过泰戈尔的作品阐释了泰戈尔对印度封建婚姻制度和种姓制度的揭露和批判,以诗歌创作激励印度人民的爱国热情,通过小说和戏剧探索印度的出路。在肯定泰戈尔热爱祖国、同情与帮助劳动人民和低种姓人民的同时,季羡林也指出他思想中的某些消极方面。

改革开放以来,泰戈尔的研究进入新高潮。1979年季羡林发表了《泰戈尔与中国》[2]。文章指出,泰戈尔很多时候把东方与西方对立来看,更多是基于一

---

[1] 季羡林:《纪念泰戈尔诞生一百周年》,《文艺报》1961年第5期。
[2] 季羡林:《泰戈尔与中国》,《社会科学战线》1979年第2期。

个东方人的感情,然后才扩展到政治哲学上。季羡林分析了泰戈尔访华引起争论的各种原因,认为他的访问从总体上说是成功的,因为他的访问不仅促进了其作品的译介工作,扩大了这些作品的影响,而且促进了中印两国人民的传统友谊,重辟了中印两国文化交流的道路。1981年季羡林又发表了《泰戈尔的生平、思想和创作》[1],对泰戈尔的思想进行了较为全面系统的评价,作者认为泰戈尔的思想有合理的内核,比如那些朴素的辩证法因素,但他的思想基本上是客观唯心主义的。作者认为泰戈尔身上的两面性和他思想与行动中的矛盾都源于其唯心主义思想和他的不可知论的神秘主义思想。尽管文章仍未褪净时代痕迹,但季羡林作为重量级的、具有极高影响力的学者,他对泰戈尔思想的评述,对学术界开展下一阶段泰戈尔研究起到了引领和推动作用。1979年黄心川发表了《略论泰戈尔的哲学和社会思想》[2],肯定了泰戈尔对印度的宗教欺骗、种姓制度、歧视和压迫妇女、童婚制、婆罗门的愚昧无知等黑暗现象所进行的揭露和批判以及对帝国主义和法西斯主义的强烈谴责,同时指出泰戈尔社会政治思想中存在的问题,如对于人类社会未来的问题没有明确的答案、对人类社会历史的发展持唯心主义、否定和批判一切国家、热爱人民却没有找到彻底解放人民的道路等。

1982年,中国印度文学研究会成立,是季羡林等人对泰戈尔研究的延续。2000年河北教育出版社出版刘安武等人主编的《泰戈尔全集》,产生了巨大的学术影响。反映泰戈尔社会政治思想的散文、小说、戏剧等被悉数翻译过来,为泰戈尔社会政治思想的研究夯实了基础。2015年,人民文学出版社出版了董友忱主编的《泰戈尔作品全集》,这部直接由孟加拉语翻译的泰戈尔著作,收录了之前遗漏的篇目。至此,泰戈尔作品的全貌得以呈现,为新时期泰戈尔的研究开辟了更加宽广的道路。

2017年虞乐仲的《印度精神的召唤:作为政治理想主义者的泰戈尔研究》[3]是目前为止为数不多的中国学者专门研究泰戈尔社会政治思想的专著。

---

[1] 季羡林:《泰戈尔的生平、思想和创作》,《社会科学战线》1981第2期。
[2] 黄心川:《略论泰戈尔的哲学和社会思想》,《哲学研究》1979年第1期。
[3] 虞乐仲:《印度精神的召唤:作为政治理想主义者的泰戈尔研究》,西南交通大学出版社2017年版。

作者全面而系统地阐释了泰戈尔的社会政治思想,包括他对封建主义、殖民主义和民族主义的批判,他的自由观、民族主义思想、教育思想等等。

专著以外,学界对泰戈尔社会政治思想的研究主要集中在一些文集性著作当中。代表性著作有张光璘编著的《中国名家论泰戈尔》①、艾丹的《泰戈尔与五四时期的思想文化论争》②、姜景奎主编的《中国学者论泰戈尔》③、佟加蒙编的《中国人看泰戈尔》④、孙宜学的《泰戈尔:中国之旅》⑤等等。此类著作的共同点,是收录了中国三次泰戈尔研究热潮的代表性文章,不同点在于收录范围的广度、侧重点与切入点。

中国学界对泰戈尔社会政治思想的研究还散见于泰戈尔的生平传记当中,比较有代表性的著作是何乃英的《泰戈尔传略》⑥、郎芳、汉人编著的《泰戈尔》⑦、侯传文的《寂园飞鸟:泰戈尔传》⑧、董友忱编著的《泰戈尔画传》⑨和《天竺诗人——泰戈尔》⑩、王志艳主编的《走在印度与世界的连接线上:东方诗哲泰戈尔》⑪、李奎编著的《泰戈尔》⑫、庄浪编著的《泰戈尔:首获诺贝尔文学奖的亚洲文豪》⑬等等。此类著作主要的着眼点并不在于泰戈尔某一思想的深入研究,而是主要研究泰戈尔的生平和事迹,其中略微涉及泰戈尔的社会政治思想。

另外,还有一些著作也涉及泰戈尔社会政治思想的研究,典型的有林承节的《印度近现代史》⑭、尹锡南的《世界文明视野中的泰戈尔》⑮和《比较文学视

---

① 张光璘编著:《中国名家论泰戈尔》,中国华侨出版社1994年版。
② 艾丹:《泰戈尔与五四时期的思想文化论争》,人民出版社2010年版。
③ 姜景奎主编:《中国学者论泰戈尔》,阳光出版社2011年版。
④ 佟加蒙编:《中国人看泰戈尔》,人民出版社2012年版。
⑤ 孙宜学:《泰戈尔:中国之旅》,中央编译出版社2013年版。
⑥ 何乃英:《泰戈尔传略》,天津人民出版社1983年版。
⑦ 郎芳、汉人编著:《泰戈尔》,辽海出版社1998年版。
⑧ 侯传文:《寂园飞鸟:泰戈尔传》,河北人民出版社1999年版。
⑨ 董友忱编著:《泰戈尔画传》,华文出版社2005年版。
⑩ 董友忱:《天竺诗人——泰戈尔》,人民出版社2011年版。
⑪ 王志艳主编:《走在印度与世界的连接线上:东方诗哲泰戈尔》,延边人民出版社2007年版。
⑫ 李奎编著:《泰戈尔》,中国社会出版社2012年版。
⑬ 庄浪编著:《泰戈尔:首获诺贝尔文学奖的亚洲文豪》,南京出版社2013年版。
⑭ 林承节:《印度近现代史》,北京大学出版社1995年版。
⑮ 尹锡南:《世界文明视野中的泰戈尔》,巴蜀书社2003年版。

野中的泰戈尔》①、黄心川的《印度哲学通史》②、何乃英的《泰戈尔——东西融合的艺术家》③等。

在第三次泰戈尔热中,关于泰戈尔社会政治思想的研究论文不断涌现。研究的领域主要集中在泰戈尔论印度社会问题、泰戈尔的国家观、东方西方观、自由观、人道主义思想、民族主义思想、教育思想、国际主义思想等。很多文章都站在时代的高度探讨泰戈尔社会政治思想的当代意义。这些文章最大的特点是能够跳脱时代的束缚,以更加客观的态度和科学的方法看待和研究泰戈尔的思想。

纵观 20 世纪以来中国学界对泰戈尔社会政治思想的研究,既有文本研究,又有专题研究,经历了由先入为主的意识形态研究转向冷静客观地对泰戈尔本身思想内涵研究的过程。

(二)泰戈尔社会政治思想研究的基本问题

20 世纪以来,中国学界对泰戈尔社会政治思想的研究主要集中在三个问题上:泰戈尔民族主义思想的内涵与外延,其中涉及要"民族"还是要"国家"的二元对立思想以及如何实现民族独立的问题;泰戈尔的教育思想;泰戈尔的文明观,主要包括如何看待东西方文化和物质文明与精神文明的关系等问题。

1. 关于泰戈尔的民族主义思想。大部分研究者都注意到了泰戈尔思想中的反帝国主义、反封建主义的倾向与诉求。肯定了泰戈尔的爱国主义思想和他对社会底层人民的同情与帮助。但是不赞同他以精神复苏为手段求得民族独立。例如张闻天在《泰戈尔对于印度和世界的使命》中论述了泰戈尔反对印度的封建制度和种姓制度,泰戈尔强烈谴责英国对印度的殖民,但是并不恨英国,而是主张印度以自我精神的提高,即复生宗教来强大自我、抵御外辱。接着,作者介绍了泰戈尔对西方文明优缺点的清醒认识:他喜欢西方人有规则、有秩序和自由,反对西方文明"重视物质过于精神,政治过于宗教,权利心过于和平心。"④且认为这是导致一战的根本原因。他希望战后的欧洲采取以

---

① 尹锡南:《比较文学视野中的泰戈尔》,巴蜀书社 2013 年版。
② 黄心川:《印度哲学通史》,大象出版社 2014 年版。
③ 何乃英:《泰戈尔——东西融合的艺术家》,中国社会科学出版社 2013 年版。
④ 姜景奎主编:《中国学者论泰戈尔》,阳光出版社 2011 年版,第 32 页。

印度为代表的东方的精神爱、美和自由。张闻天指出,泰戈尔传布东方文明,希冀东西文明沟通后的世界"是和谐的世界,而不是一致的世界",反对某一民族的文明支配其他民族甚至支配全世界。

林承节在《1905～1908年的泰戈尔》中,就印度人民抵制英货和司瓦德西运动中泰戈尔与各个党派的合作与分歧进行了分析和阐释,重点突出了泰戈尔的政治主张,即通过教育使印度人摆脱愚昧,达到爱与和谐之境地。作者指出,泰戈尔主张"把建设性工作摆在反对殖民统治,争取国家独立的任务之上是错误的。"①

2. 泰戈尔的教育思想逐渐成为热点。特别是新时期以来,随着中国经济的飞速发展,教育得到空前重视,泰戈尔教育思想中某些合理因素受到人们的关注。研究者们看中泰戈尔的和谐教育思想,赞同他的亲近自然、爱、启迪心灵等理念。如王振华的硕士论文《论罗宾德拉纳特·泰戈尔的和谐教育思想》详细介绍了泰戈尔和谐教育思想形成的背景、核心内容。作者认为,泰戈尔和谐教育的价值取向是"和谐的人性论",教育的目的是"心灵的自由"和培养人的思维能力和想象力,教育的课程内容和方法灵活实用,师生关系和谐融洽毫无功利性。中国正处于构建和谐社会的利好时期,因而作者大力提倡中国教育能够借鉴泰戈尔的和谐教育思想,解放儿童的心灵、实现教育公平正义、矫正教育行为、建立绿色教育环境。

和其他相关文章相比,白宏太的《作为教育家的泰戈尔》最突出的特点是较为详细地介绍了泰戈尔在圣蒂尼克坦的教学活动,包括亲自编写教材、教学方法上以提问的方式激发学生的批判精神和创造思维、采用角色扮演的方法使儿童体会他人的心思等。作者认为,泰戈尔最可贵之处在于,尽管当时的印度处在殖民统治的水深火热当中,泰戈尔本人也支持民族解放运动,主张爱国主义,但是他并没有汲汲于教育救国的实用路线而把教育变成一种"功利性"手段,而是以博大深邃的教育智慧推行人文主义教育。最典型的表现是"将音乐、戏剧、诗歌和舞蹈作为教育的核心内容,将艺术教育作为培养儿童'同情

---

① 姜景奎主编:《中国学者论泰戈尔》,阳光出版社2011年版,第402页。

心'的重要载体。"①这里闪耀着泰戈尔超越历史、超越时代的思想光芒,是泰戈尔之为泰戈尔的根本所在。

  3. 泰戈尔的文明观也是学界始终关注的问题。泰戈尔对于东方精神文明的传布,对西方物质文明的质疑,对人类命运共同体的倡导等都是研究者讨论的话题。例如祝薪闲、高健的《泰戈尔的文明观——对非西方国家现代化道路的思考》,介绍了泰戈尔对西方现代文明的批判性解读:一方面,泰戈尔肯定西方现代文明所取得的惊人成果以及成果背后所蕴含的人类伟大的精神力量;另一方面,泰戈尔怀疑西方文明在文明向度上的界限,反对其排他与扩张的本质。文章认为,泰戈尔抓住了西方现代文明的主要方面,即以工具理性为基础发展而来的科学精神以及与这一科学精神遥相呼应的道德原则,科学精神和"适者生存"的基本逻辑使得西方现代文明在外扩张的道路上彻底甩开了以往的道德羁绊,这就使得以暴力方式进行对外扩张成为西方现代文明自身的内在要求。在对西方现代文明的本质深刻认识的前提下,泰戈尔思考着东方文明乃至人类文明的未来。文章还认为,泰戈尔文明观中最难能可贵之处在于:他明确指出了现代化与西方化的根本差异,泰戈尔眼中的现代化不是西方化;泰戈尔根据自己的文明观而倡导文明的多样性,东方文明应当另辟蹊径,以避免重蹈西方文明覆辙。正是这一观点引起了泰戈尔访华期间中国学界的争论,而当时的许多学者对泰戈尔的解读不无偏颇。之后,文章介绍了泰戈尔的"文明和解说",即以"深藏在人之本性中共同的爱与善的原则"来消解文明间的冲突,在"自我"与"他者"、传统与现代之间寻得某种平衡。对此,文章认为,"在关于人类文明未来方向的讨论中,任何一种言论与主张都不应该轻易否定和抛弃。但须知,历史发展的进程绝不是任何诗意的想象可以替代的。"②文章从历史的和政治的视角审视泰戈尔的文明观,指出其合理之处和可贵之处,同时也表明"由于泰戈尔没有深入到'这个时代的两重独特现实:经济发展与这种发展所需要的架构'中去,他的主张所依附的那种传统文化只能是非历史的。须知,东方国家的传统文化不可能自行地嵌入现代资本文明之中。

---

 ① 白宏太:《作为教育家的泰戈尔》,《中国教师报》2018 年 1 月 17 日。
 ② 祝薪闲、高健:《泰戈尔的文明观——对非西方国家现代化道路的思考》,《学术交流》2017 年 11 期。

东方国家的现代化道路所要依循的精神文化传统乃是在现实的社会历史语境下返本开新的东方文明之道统。"①"泰戈尔对人类善与爱的信仰更远非谬误。问题仅仅在于,任何对于文明和解的设想都不能脱离西方现代文明开创的历史语境及资本全球化的时代背景。在现代资本文明语境下,文明间冲突的根源恰恰需要从资本文明的内在机理与发展定向中加以考察。"②所以文章总结道,"离开现代资本文明的历史语境,仅仅依靠伦理、精神、道德的力量,依靠对人性中善与美的呼唤,是不可能真正调和文明间的冲突进而实现文明间的平等对话的。"③

(三)泰戈尔社会政治思想研究的基本观点

中国学者在泰戈尔社会政治思想的研究中,存在以下基本观点:

1. 中国学界普遍注意到泰戈尔通过文学创作表达他的政治诉求的特征,而且这种表达常常是诗意的。在承认泰戈尔首先是一位诗人的共识下,研究者们将泰戈尔的散文、演讲稿、小说和戏剧作品当中能够传达他政治思想的部分作为研究对象,从中抽取其政治观点。泰戈尔政治思想与诗人气质的紧密结合,是他同为诗人和社会活动家、思想家的身份所赋予的独特内涵。如王志艳主编的《走在印度与世界的连接线上:东方诗哲泰戈尔》,从泰戈尔家族与印度民族运动的关系入手,认为由于家族——特别是父亲的影响,使得"泰戈尔的思想始终不能超越启蒙与改良的框架,在行动上与时代的步伐无法保持一致。"④在介绍了泰戈尔在印度民族主义运动中的活动之后,作者总结道:"泰戈尔不是一位理智胜过情感的政治家,而始终是一位情感胜过理智的诗人。"⑤

2. 泰戈尔推崇以印度传统文化为代表的东方文明,提倡东方精神文明,反对西方物质文明。新时期以来,越来越多的研究者将关注的目光投向泰戈尔思想中那些带有人类普遍性的远见卓识。结合当今世界局势和人类未来社会的发展,研究者们从新的视角反观泰戈尔的政治理想,发现其中有很多观点

---

① 祝薪闲、高健:《泰戈尔的文明观——对非西方国家现代化道路的思考》,《学术交流》2017年11期。
② 同上。
③ 同上。
④ 王志艳主编:《走在印度与世界的连接线上:东方诗哲泰戈尔》,延边人民出版社2007年版,第92页。
⑤ 同上书,第98页。

超越了他当时所处的时代,从而使泰戈尔越来越具有未来性。

周骅在《自由主义民族主义——泰戈尔民族主义思想探析》①中,分析了泰戈尔的自由主义民族主义观的特征、表现及其形成原因,并对泰戈尔在印度现代化进程中所起的作用给予新的评价。作者认为,就印度而言,泰戈尔的自由主义民族主义为当下印度的发展提供了思想资源;就世界而言,近年来种族和政治权威主义的民族主义以极端的排外性和种族歧视,日益成为当今世界冲突的根源,泰戈尔的思想对当下世界各民族该如何发展、如何相处极具参考价值。

徐雪涛的《后殖民语境下对泰戈尔民族观的再解读》②,站在后殖民时代,对泰戈尔的民族观进行了重新解读:泰戈尔反对殖民主义民族主义,也不赞成反殖民主义民族主义,因为二者都忽视了人类作为鲜活的有生命的个体的差异性,而将所有成员整合到民族的单一轴线上,个体只能是这部机器上一个身不由己的零件。对此,泰戈尔呼吁用东方文明的精神力量来化解彼此间的矛盾、冲突和对立,走出暴力的循环,步入和谐世界。作者认为这样的民族观在当时无疑是不合时宜的,他开出的药方过于理想化。令人耳目一新的是,作者认为,就泰戈尔鼓吹印度文化的优越感而言,他的民族观其实也没能摆脱文化相对论,因而也无法消弭教派之间或民族之间的冲突。在作者看来,印度教极端主义之于穆斯林与基督教、美国之于其他弱小民族,都是因为相信自己的文化优越,试图把自己的价值观推向全世界。所不同的是,泰戈尔反对以暴易暴,这一点在当今世界文明冲突愈演愈烈的语境下值得人们理性地反思。和以往相关的文章相比,这篇论文最突出的特点在于能够站在现代社会语境下,将当今社会现实和所面临的问题与泰戈尔的民族观进行对接,通过对照呈现出泰戈尔民族观的合理之处和前瞻性,同时也显示出它的理想性和实现它的长期性。

3. 泰戈尔的社会政治理想融会了东西方的文化精华,既有东方尚"静"的因素,又有西方尚"动"的一面。这一特征令早期研究泰戈尔的学者大为困惑,

---

① 周骅:《自由主义民族主义——泰戈尔民族主义思想探析》,《湘潭大学社会科学学报》2003年增1期。

② 徐雪涛:《后殖民语境下对泰戈尔民族观的再解读》,《湖北社会科学》2009年第5期。

也是他访华期间引起学界误解和论争的根本所在。尹锡南在《世界文明视野中的泰戈尔》中认为,泰戈尔的文明观既深深地根植于印度传统文化,又吸收了西方文明的影响。一方面,泰戈尔的文明观的出发点是强调善和秩序为中心的道德尺度和社会原则,这是印度式的,正是这一点使得他与许多西方学者相区别;另一方面,泰戈尔也深受西方文明的影响,影响的范围涉及对人的价值的尊重、对人的自由权利的张扬、基督教对于博爱精神的宣扬等。泰戈尔评估文明的尺度——人类之爱及社会进步,就是在他融会东西方两种文化之后的结晶。作者界定了泰戈尔所谓"东方"的范围主要在亚洲,阐释了泰戈尔关于东方文明的看法,例如泰戈尔认为东方文明具有合作性因子,但其内部也存在着一种文化分散性;认为东方人的特点之一是对神或神化的人的崇拜。对于西方文明(泰戈尔主要是指欧洲文明),泰戈尔认为这是一种求变意识造就的文明,这种文明的进步"主要在于欧洲社会对于现世此岸世界的肯定、对于人性的高度张扬和对人的价值的自我升华。"①还在于其科学技术的发达与进步。泰戈尔将欧洲文明高度发达的原因归于欧洲人从小所受的伸张个性、不墨守成规的教育体制和基督教精神。

冯友兰的《与印度泰戈尔谈话——东西文明之比较观》,以自己对泰戈尔的访谈论述泰戈尔的文明观:泰戈尔认为东方文明之所以"日损",是因为其太静(passive);西方文明之所以出现各种问题,是因为其太动(active)。而真理有动、静两方面,"东方文明譬如声音,西方文明譬如歌唱,两样都不能偏废。有静无动,则成为'惰性'(inertia);有动无静,则如建楼阁于沙上。现在东方所能济西方的是'智慧'(wisdom),西方所能济东方的是'活动'(activity)。"②泰戈尔倡导东方文明,但是也鼓励中国人尽快学习西方的科学知识,当西方采取攻势的时候,东方也应以攻势对之。冯友兰就泰戈尔的东西文明观和中国的"中学为体、西学为用"进行了评述,认为泰戈尔讲的是一元论,而中旧说是二元论。同时,作者还倡导无论东方人还是西方人,都该深入研究东方文明,不是为了辨明孰优孰劣,而是为了阐明事实,这才是值得学习的科学精神。

---

① 尹锡南:《世界文明视野中的泰戈尔》,巴蜀书社 2003 年版,第 154 页。
② 冯友兰:《与印度泰戈尔谈话——东西文明之比较观》,姜景奎主编:《中国学者论泰戈尔》,阳光出版社 2011 年版,第 17 页。

4. 泰戈尔的社会政治思想中,存在着自相矛盾的问题。矛盾较为集中的部分包括如何对待东方文化和西方文化、以何种方式实现民族独立、要不要国家和民族等等。学界普遍认识到泰戈尔的这种矛盾性,并且试图找到合理的归因。

孙宜学的《泰戈尔:中国之旅》重点对泰戈尔访华所引起的论争进行了分析和评论。作者认为,无论是欢迎者还是反对者,双方都没能真正理解和读懂泰戈尔,因为他们都处在中国的特定时代,都有自己特殊的身份,无法单纯从一个学者的立场去客观地对待泰戈尔,而是带着各自的任务和期许在要求泰戈尔、"误会"泰戈尔,作者称之为"时代的误解"[①]。这种误解主要体现为:(1)对泰戈尔思想主张本身的误解,尤其是泰戈尔反复强调的以东方精神文明战胜西方物质文明的思想;(2)把泰戈尔当作玄学派和研究系的援兵;(3)把泰戈尔提倡东方文明,反对西方文明误解为站在崇古复古的立场反对现代化,美化封建秩序和封建意识,以抽象的人性论腐蚀人民的斗争;(4)把泰戈尔看成某种政治势力的代表;(5)把泰戈尔的思想(往往是理解不够全面的思想)与他的人格等同起来。

艾丹的著作《泰戈尔与五四时期的思想文化论争》中,以"围绕泰戈尔访华的思想文化论争"为题的章节中,对泰戈尔访华引起的论争进行了详细分述,包括泰戈尔与东西文化论争,泰戈尔与科玄论争,以及泰戈尔与"传统和现代"之争,这样就将当时学界争论的焦点进行了集中归纳,有助于读者全面而清晰地认识泰戈尔的思想。黄心川的著作《印度哲学通史》第二十三章就泰戈尔的社会政治理论进行了专门论述,包括泰戈尔对殖民主义和封建主义、未来社会、民族主义、人民群众在历史中的作用和东西方文化的关系几个方面的论述。作者认为,泰戈尔的一生都在通过他的创作及其社会活动与帝国主义和封建主义进行斗争;对于人类社会未来的问题提出了自己的设想(对人类社会的发展持历史唯心主义看法),但却没有明确的实现途径;泰戈尔把"民族主义"和"帝国主义"相混淆而否定和批判一切国家不是科学的和历史的态度;热爱人民、相信人民的力量,渴望印度人民能从殖民统治和封建压迫下解放出

---

① 孙宜学:《泰戈尔:中国之旅》,中央编译出版社2013年版,第142页。

来,但没能找到正确的解放道路;泰戈尔主张在继承印度民族文化的基础上有目的地吸收西方文化的优秀成果,同时也批判了西方资产阶级的腐朽文化。

二、研究的论争情况及其观点

(一)中国泰戈尔社会政治思想研究的论争情况

中国学界对泰戈尔的社会政治思想的论争主要集中在20世纪20年代,即泰戈尔访华期间。在泰戈尔访华事件前后,一方面中国文坛以梁启超、徐志摩、许地山、郑振铎等为代表的学者或作家对泰戈尔本人及其文学作品极为推崇,认为泰戈尔是极具人格魅力的、人类历史上最伟大的作家之一。他们利用各方面条件极力促成泰戈尔访华,塑造泰戈尔在中国文坛的影响地位。另一方面,陈独秀、瞿秋白、沈雁冰、郭沫若、胡愈之等文化界人士却对其来华与受到的美誉极为不满,认为泰戈尔的思想和观点都存在很大的问题,他极力反对西方物质文明,和中国的现实需要相脱节,不利于中国人民取得各方面斗争的胜利。中华人民共和国成立后,因泰戈尔的亚非拉著名作家的身份,学界对泰戈尔的研究由沉寂到复苏,对泰戈尔研究的热度重新上升。20世纪60、70年代,因泰戈尔身份的特殊性及其在20年代的被接受情况,泰戈尔又一次受到"冷遇",其研究作品也较为鲜见。到了新时期,泰戈尔再次以诗人、教育家、思想家的身份受到关注,学界对他的社会政治思想进行了重新审视,并对他访华期间引起的争论做出新的诠释。

总体而言,中国学界就泰戈尔的民族主义思想、东方文明与西方文明、民族道路的选择、物质文明和精神文明等方面进行过激烈的争论。争论的焦点主要集中在以下几点:

1. 如何看待泰戈尔的民族主义思想?学界对于泰戈尔思想中关于什么是民族、什么是国家,要不要民族和国家等问题意见分歧很大。

茅盾的《泰戈尔与东方文化》[①],批判了泰戈尔所认为的西方人压迫东方人靠的是体力和智力而不是制度,作者认为论体力和智力,东方人并不比西方人差,东方人输在没有合乎时代的"组织、方法"而已。这里的"组织、方法"即是

---

① 茅盾:《泰戈尔与东方文化》,姜景奎主编:《中国学者论泰戈尔》,阳光出版社2011年版。

具有先进政治体制的国家,茅盾认为国弱是中国乃至东方民族受辱的根本原因。

魏丽明等的专著《"万世的旅人"泰戈尔——从湿婆、耶稣、莎士比亚到中国》中专设"民族篇",较为全面详尽地论述了泰戈尔的民族主义思想。作者指出,泰戈尔民族主义思想的根本立场是以人为本,"要么是关注个体当下的境遇或其发展前景,要么是关注整个人类的命运与前途。"①作者将泰戈尔的民族主义思想与德国哲学家赫尔德的文化民族主义相提并论,认为二者所持的立场相似,所表达的相关思想也极为契合。在价值观问题上,作者认为泰戈尔和思想家以赛亚·柏林的思想相一致,都强调个体价值、人类整体利益和道德价值。关于泰戈尔民族主义思想的意义,作者认为,尽管泰戈尔的民族主义思想存在着这样那样的问题,也引发了不少争论,但其价值毋庸置疑,主要表现在:首先,从现实意义看,他在特定时代揭示和担忧的问题至今仍然存在,他所提出的创见对现今诸多民族主义问题的解决极富启发意义;他所坚持的道义原则和他对人类社会为了发展方向的关注,也是后人在考虑现实问题时应该关注的部分。其次,从理想层面看,泰戈尔和赫尔德、伯林等人类优秀的知识分子一样成为"时代的良心",他们的理想的价值不在于能否实现,而在于它能够照亮人类前行的路。

2. 民族道路的选择:先独立还是先建设?学界普遍认为泰戈尔主张先建设后独立是错误的,因为"老虎"不可能主动放弃"吃人"的权利,只有先取得民族独立,才具备了建设的前提。

瞿秋白《过去的人》②,通过评论泰戈尔的长篇小说《家庭与世界》,反对泰戈尔梦想用"'爱与光明'的呼声可以唤回资产阶级的心"而竭力否认政治斗争,认为在现代印度社会想要返回梵天是一种极大的退步。作者给泰戈尔的评价是一个"后时的圣人",可见,瞿秋白承认泰戈尔是一位圣人,但是他不合时宜,落后于时代"几百年"。泰戈尔宣传的"爱与光明",不适合当时中国通过革命手段抵御外辱的历史阶段。

---

① 魏丽明:《"万世的旅人"泰戈尔——从湿婆、耶稣、莎士比亚到中国》,中央编译出版社 2011 年版,第 195 页。
② 瞿秋白:《过去的人》,姜景奎主编:《中国学者论泰戈尔》,阳光出版社 2011 年版。

江绍原的《一个研究宗教史的人对于泰戈尔该怎样想呢》,对欢迎和反对泰戈尔的两派进行了阐释。作者认为欢迎者仅看到了泰戈尔是爱国的和爱自由的;而反对者反对的是泰戈尔"对于自由的解释和争自由的法子。"[①]作者认为,泰戈尔所倡导的争自由的方法——通过精神的自我救赎感化英国侵略者,无法取得印度和中国急进的少年的同情和满意。从而彻底否定了泰戈尔通过自我觉醒和精神的提升谋求民族解放的理念,认为泰戈尔所预言的道德理想完全实现的第三期世界不会存在,其所倡导的"普遍的爱""与宇宙和谐""内心圣洁""处处见神"等思想是迂腐的甚至是可悲的。

3. 如何对待东方文明和西方文明?泰戈尔访华期间,知识界普遍反对泰戈尔所提倡的东方文明,认为这是在阻碍中国社会的现代化发展。中国遭受外辱的根本原因就是中国的传统文明落后于西方现代文明,想要变得强大必须抛弃传统,走向现代。但也有学者持较为中立的态度,认为要客观对待人类社会的各种文明,吸收各种文明的精华为我所用。

愈之的《泰戈尔与东西文化之批判》[②],通过泰戈尔与以瑞士伯讷大学(Berne University)的赫尔褒兹(Richard Herbertz)为首的反对派之间的激烈论争呈现了印度文化和欧洲文化的巨大差异:泰戈尔认为欧洲文明起源于"墙壁"之内,崇尚"占有的权利"(power to possess),这是世界充满侵略和杀戮的根源,所以泰戈尔主张"联合的权利"(power of union),而这种思想恰好源于印度文明。反对派认为泰戈尔基于印度文明所倡导的"纯粹认识"(pure recognition)不利于人类社会,特别是欧洲社会的进步,因为仅仅通过沉思冥想、隐遁山林对于文化不会产生什么影响,也不会结出文化之果。

4. 如何看待物质文明和精神文明?泰戈尔提倡东方的精神文明,反对西方的物质文明。对此,在不同历史时期,学界有不同的声音。20世纪初期,知识界普遍提倡积极向西方学习,想要急切地摆脱东方文明的痹症。新时期以来,特别是进入21世纪,学界越来越重视精神文明,提倡物质文明与精神文明和谐发展。

[①] 姜景奎主编:《中国学者论泰戈尔》,阳光出版社2011年版,第106页。
[②] 张光璘编著:《中国名家论泰戈尔》,中国华侨出版社1994年版。

陈独秀在《评泰戈尔在杭州上海的演说》中,指出泰戈尔两个错误的观念:一是"误解科学及物质文明本身的价值"[①];二是"引导东方民族解放运动走向错误的道路。"[②]就第一个问题而言,陈独秀以不无激烈的言辞批评了泰戈尔把科学及物质文明当成是促进人类互相残杀的助推力量,作者认为泰戈尔不明白"社会制度之效用"和"科学及物质文明本身的价值",只有物质的普遍丰裕和公平合理的社会制度才能阻止人类的杀戮。对于第二个问题,泰戈尔意欲通过"爱的调和"来实现民族解放,在当时的中国和世界都是行不通的。

陆懋德的《个人对于泰戈尔之感想》,较为客观清醒地指出了当时国人对泰戈尔的误解,主要误解之处是泰戈尔反对物质文明,作者认为"泰氏亦非劝人绝对地不用物质文明,不过指出物质文明之弱点,使人知物质文明之外,尚有精神文明之重要而已。"[③]

(二) 中国泰戈尔社会政治思想研究论争的主要观点

对泰戈尔社会政治思想研究上的论争,主要有以下四种具有代表性的观点:

1. 肯定泰戈尔的爱国主义思想和民族主义思想,认为泰戈尔人格与思想的伟大,堪称印度乃至东方精神的典范。拥护泰戈尔的人分为三类,一类支持赞同他的民族主义观,如江绍原、冯友兰、黄仲苏等;第二类爱戴泰戈尔其人,肯定其作为民族交流使者的巨大价值,如徐志摩、梁启超等;第三类人从泰戈尔作品出发,肯定其作品中对民族运动和文化融合的意义,如王统照、许地山、郑振铎等。第一类人在泰戈尔的民族主义观中寻求共鸣,认为泰戈尔的民族主义观极具启发性,为中国国民性和民族性的改造提供了借鉴和参考。

2. 批判泰戈尔倡导的"东方文明""国家主义""人类之爱"、以精神复苏取得国家独立、第三期世界等主张,认为这些思想和复古派的"调和论""尊孔读经""国粹主义"等论调有认识上的共同之处。持这种观点的作家、学者主要集中在五四时期,以郭沫若、陈独秀、瞿秋白、茅盾、吴稚辉、沈泽民、林语堂、胡愈之等为代表,多少带有些"左"的偏颇。他们要么是新文化运动的左翼代表,要

[①] 姜景奎主编:《中国学者论泰戈尔》,阳光出版社,2011年版,第88页。
[②] 同上书,第90页。
[③] 同上书,第122页。

么是共产党员,受马克思主义影响和新文化运动的熏陶,多用马克思主义理论分析泰戈尔的民族主义观。如雁冰(即沈雁冰)在《对于泰戈尔的希望》①一文中,反对泰戈尔高唱东方文化和强调精神乐园的思想,并且阐明了个中缘由,进而提出了对泰戈尔访华的几点希望:一是希望泰戈尔给中国青年以力量,使他们从虚空中回到现实,切实地奋斗;二是希望泰戈尔贬斥中国部分人的"洋奴性"。这是根据中国当时的现实情况对泰戈尔提出的希望,有一定的现实意义,但显然没有理解泰戈尔思想的精髓,充满了实用主义的味道。

3. 既肯定泰戈尔社会政治思想中的合理因素,又对其中存在的问题给予客观评价。这类研究者分为两类,一类是 20 世纪前半世纪头脑冷静,能够超脱意识形态的文人作家。这类作家的代表当属鲁迅,1994 年中国华侨出版社出版的张光璘的《中国名家论泰戈尔》收录了鲁迅的《鲁迅论泰戈尔(摘录)》,从所摘录的文章来看,鲁迅以一种旁观者的姿态在看泰戈尔访华的始末,他对于泰戈尔的思想未置可否,但认为中国学界之于泰戈尔访华的论争近乎一场闹剧。并且,鲁迅认为中国青年对泰戈尔的误解跟学界的误导有关,"如果我们的诗人诸公不将他制成一个活神仙,青年们对于他是不至于如此隔膜的。现在可是老大的晦气。"②

另一类是新时期的研究者,在时过境迁之后重新审视泰戈尔访华所引起的论争,态度更加冷静客观,体现出向学术本位复归的研究倾向。石海峻的《泰戈尔眼中的东方和西方》③借鉴后殖民主义理论,对泰戈尔的文化思想进行了重新审视。作者将鲁德亚德·吉卜林等西方诗人提出的"东方就是东方,西方就是西方,二者永远不会融会到一起"的论调;萨义德、霍米·巴巴的后殖民理论与泰戈尔的政治文化思想相对照发现,泰戈尔的思想与后殖民主义有许多不谋而合之处。作者还从人类文明发展的角度分析了泰戈尔的民族主义和世界主义思想,其最大的特点在于跳出了各种论争的圈子,站在人类历史发展的高度和全球化的视野审视泰戈尔的社会政治思想,从而得出有别于以往的结论。把泰戈尔的理论提升到一个新的高度,令人耳目一新。作者也客观地

---

① 张光璘编著:《中国名家论泰戈尔》,中国华侨出版社 1994 年版。
② 同上书,第 73 页。
③ 姜景奎主编:《中国学者论泰戈尔》,阳光出版社 2011 年版。

指出:尽管诗人对东西方文化的认识非常深刻,但是他的政治和文化思想中诗意的成分确实过于浓重了。

4. 基本肯定泰戈尔的教育思想,认为其中很多理念即使在当代中国仍有十分重要的启发意义和借鉴价值。这类研究者主要集中在新时期,随着中国政治经济的发展,教育得到空前发展却也面临着各种问题,一些研究者和教育者意欲从泰戈尔的教育思想中寻求"治病良方"。泰戈尔的教育思想是他整个思想中一个重要的部分,对此的研究论文也比较多。这类研究论文的相似之处在于,基本都会谈到泰戈尔在圣蒂尼克坦所创办的小学和后来在此基础上发展起来的国际大学,以此为基础介绍泰戈尔的教育理念,有的还会追溯其来源和无法复制的原因,有的也会论述泰戈尔教育思想的价值和当代意义等。

具体介绍泰戈尔教育理念的文章有刘国楠、崔岩砺的《泰戈尔的教育思想》,宫静的《谈泰戈尔的教育思想》,董爱琴的《试论泰戈尔的教育思想和实践》,刘自觉的《人性化:泰戈尔教育思想主题初探》,何胜的《论泰戈尔的儿童美育思想》,刘风云的《浅谈泰戈尔的和谐教育思想》,贾丹的《泰戈尔的儿童教育观初探》,曾小翠、李雪平的《论泰戈尔的教育思想及其实践》,王振华的《泰戈尔和谐教育思想探析》等。

三、中国学界对泰戈尔社会政治思想的接受及其原因

(一)中国五四学界泰戈尔社会政治思想的接受与原因

1913 年泰戈尔获得诺贝尔文学奖。这是亚洲人第一次获此殊荣,这对同处于亚洲的中国人产生了巨大的鼓舞和鞭策。1914 年第一次世界大战的爆发,激发了泰戈尔宣扬"印度精神"的使命感。1920 年 5 月起,他开始在欧美进行巡回访问及演讲,宣传以印度为代表的东方精神文明,获得空前的反响。在这样的背景下,中国知识界开始关注泰戈尔。

钱智修、陈独秀、徐志摩、郑振铎、许地山、黄仲苏等人最先将泰戈尔引入中国。梁启超的《印度与中国文化之亲属关系》、郑振铎的《欢迎太戈尔》、徐志摩的《太戈尔来华》和《泰戈尔》(以上文章均收录在佟加蒙编《中国人看泰戈尔》,人民出版社,2012)从泰戈尔对中国文化的热爱、与中国的亲缘关系、泰戈尔的人格魅力、自由的思想、对世界和平的呼吁和努力等方面大力欢迎泰戈尔

访问中国,好为正在寻求出路的中国青年点亮一盏明灯。郑振铎认为,"他是给我们以爱与光明与安慰与幸福的,是提了灯指导我们在黑暗的旅路中向前走的,是我们一个最友爱的兄弟,一个灵魂上的最密切的同路的伴侣。"[1]

中国和印度在历史上有过几千年的文化交流关系,两国人民通过互相学习,丰富了彼此的文化,建立了深厚的友谊。基于这样的传统,泰戈尔和中国有种天然的亲缘关系。他热爱中国文化,关注中国社会的发展,同情中国的遭遇,对中国社会所遭受的外辱积极声援,在20岁时就曾撰文《在中国的谋财害命贸易》,痛斥英国殖民主义者对华的鸦片贸易和鸦片战争的罪恶行为。1916年泰戈尔在日本讲学期间,强烈反对日本帝国主义侵占中国的山东而受到日本的冷落。获得诺贝尔文学奖后,他利用自己的国际影响力在不同的场合以不同的形式斥责各国列强对东方各国的侵略,呼吁世界和平。这些都使他赢得了中国知识界和普通民众的好感与爱戴。

中国的知识分子对泰戈尔的来访同样充满着期待,因为首先,自鸦片战争以来,中国逐渐沦为半殖民地,在与西方列强和日本的数次交锋中,中国一直惨败,这使得寻求出路的很多中国人把中国近代的落伍归咎于传统文化的缺陷。在"五四"新文化运动中,中国知识界质疑和批判传统文化,提倡西学,大量的西方书籍被译介到中国。然而,这些西方文化是伴随着坚船利炮和鸦片一起进入中国的,这使得中国一些知识分子对这样的西方文化又有所疑惧。正当他们无所适从之时,泰戈尔要来了,他的到来恰好契合了很多中国人对东西文化如何取舍的矛盾情绪以及中国路在何方的彷徨心理。这样,他成为万众瞩目的焦点,甚至引起前所未有的争论就不足为怪了。其次,当时的中国和印度同样遭受西方列强的侵略,印度的境况更加窘迫,而泰戈尔却能优雅地游走于东西方之间,得到西方世界的接受和认可,这种身份的错位困扰着当时很大一批中国人,他们急切地想要从他身上找到亚洲人的自信和东方的进步性。

另一方面,泰戈尔受邀来华时,他是带着使命感的——他想在中国宣传他的东方精神,寻得东方国家的联合。他访华期间进行的演讲,引发了中国知识界的一场激烈争论,"左翼"和"右翼"文人、保守派和激进派等各界人士纷纷参

---

[1] 佟加蒙编:《中国人看泰戈尔》,人民出版社2012年版,第84页。

与到这场论争当中,可谓盛况空前。他所引发的论争对中国思想界产生了巨大的影响,人们从这场论争中发现了诗人泰戈尔的另一个身份——政治理想主义者。

泰戈尔盛赞东方文化的优秀品质,在人们一律向西看而极力贬斥东方传统的环境下无疑具有振聋发聩之功效,他增强了东方知识分子和民众的文化自信,有利于处于彷徨中的青年人重塑作为东方人的文化身份。当然,也有一些别有用心者故意夸大泰戈尔的某些观点,而无视他充满辩证思想的一面,生硬地将泰戈尔拉入自己的队伍当中,以泰戈尔的思想为自己谋利益,这些都成为当时或日后的研究者进一步研究的素材。

可见,中国对泰戈尔社会政治思想的接受既有内部原因又有外部原因,从内部原因看,是中国寻求出路的迫切需要;从外部原因看,中印文化交流的传统和泰戈尔本身的宣传东方精神的使命感也是不容忽视的。

(二) 中国五四学界对泰戈尔社会政治思想的拒斥与原因

郭沫若在日本留学期间,就已经阅读过泰戈尔的作品,而且还想通过翻译泰戈尔的作品以解决生活上的窘境。但是在泰戈尔来华期间郭沫若的态度却发生了变化。陈独秀、茅盾、瞿秋白、沈雁冰、林语堂等人对泰戈尔访华表示激烈的反对。如林语堂《吃肉茶的泰戈尔》认为泰戈尔之所以谈精神复兴,是因为他的处境使然:泰戈尔是"怕对欢迎他的英国朋友们难为情"①,所以才以精神复兴论摆脱自己夹在英国和印度中间的两难处境,从而彻底否定了泰戈尔的精神复兴理论,认为这是"凑数的滥调""无赖敷衍"。

除反对者外,以鲁迅为代表的一些知识分子则保持中立和冷漠态度。

"1924年,泰戈尔率领国际大学代表团,带着'印度精神'所肩负的使命,前往中国宣传他的政治大同理想。让他意想不到的是,在中国,他遭遇到了很多知识分子以及民众的冷遇。原因之一就是他的政治理想脱离了作为后发国家之一的中国的现代化的特殊情境。"②泰戈尔倡导一种普适性的民族主义,不适合处在半殖民地的中国。当时的中国需要的不是普适而是如何摆脱积贫积弱

---

① 姜景奎主编:《中国学者论泰戈尔》,阳光出版社2011年版,第124页。
② 虞乐仲:《印度精神的召唤:作为政治理想主义者的泰戈尔研究》,西南交通大学出版社2017年版。

的处境,获得民族国家的彻底独立。泰戈尔重视人的自由和全面发展,这在历史上对人进行各方面约束和规范的封建大国也有点水土不服。

辜鸿铭的《泰戈尔与中国人》以独特的见解辨析了东方文明、西方文明和中国文明与印度文明。认为中国文明和东方文明的区别甚至大于中国文明和西方文明的区别,中国文明的失落源自于印度佛教的传入,因此,泰戈尔在中国提倡"使极具东方色彩的印度文明复兴"[①],无异于让中国文明再度堕落。作者不无偏激地说:"人们不应忘记,我们的文明是理性主义与科学相结合的产物,而印度文明则与一切理性主义和一切科学存在着根深蒂固的深刻对立。我们中国人如果真的想要觉醒,然后励精图治,我们就必须与这位诗人,与他的文明截然相反,并且拒绝他带来的音信。"[②]

总之,五四时期中国学界对泰戈尔社会政治思想拒斥的原因可以归纳为以下几点:第一,泰戈尔没有看清中国的现实和中国人民的真正需求,他的某些政治主张不适合中国实际;第二,泰戈尔的政治观点过于理想,不适合那个时代,他是属于未来的政治理想主义者;第三,当时中国学界某些文人故意夸大泰戈尔思想中的某些方面,而对于他思想中那些辩证的因素视而不见;第四,泰戈尔本人未能全面和明确地传达自己的思想,加上他诗人的气质和特殊的社会氛围,这些都容易引发误解。

(三)新时期中国学界对泰戈尔社会政治思想的重新定位与原因

五四以后,中国学界对泰戈尔社会政治思想的研究进入一个较长时期的冷却和沉寂,50、60年代只是略有提及,直到改革开放以后才开始出现较为客观的整体性评价文章和专著。经过学界的不懈努力,对泰戈尔社会政治思想的研究进入一个新阶段。学者们站在历史的新高度重新审视泰戈尔的社会政治思想,发现其中很多超越时代的价值,对于他访华引起的那场论争也给予更加客观公允的评价。学者们首先重新确立了泰戈尔的诗人身份,在这一前提下把他的社会政治理想放在整个人类社会历史发展的视域下进行衡量,既照顾到泰戈尔的诗人气质,又跳脱出意识形态的束缚,向学术本位复归。

---

① 姜景奎主编:《中国学者论泰戈尔》,阳光出版社2011年版,第129页。
② 同上。

1. 新时期以来,学界回溯泰戈尔访华所引起的论争,对当时知识界"误解"泰戈尔的部分进行了纠偏和客观分析。对泰戈尔以往饱受诟病的民族主义进行了新的定位,如魏丽明的"文化民族主义"、周骅的"自由主义民族主义"和虞乐仲的"普适性民族主义"等。前文提到过的台湾学者黄威霖对泰戈尔访华所引起的"误解"亦有独到的见解,即泰戈尔与中国一些知识分子对现代性的不同理解,才是导致双方产生深刻分歧的根本原因。

这是因为第二次世界大战后,东方国家纷纷独立,独立后的东方各国积极建设本国经济,政治制度不断完善。中国改革开放以来,各项事业蓬勃发展,民族自信心逐渐增强,对国家和民族的认识更加成熟,泰戈尔的民族主义思想中某些合理因素得到学界的重视和重新审视。

2. 新生代的研究者对各类语言的运用能力不断提高,加之网络的发达,对泰戈尔社会政治思想的研究,出现了多种语言翻译文本以及来自国外的丰富的最新资料,研究者的研究视野空前开阔。2014年虞乐仲的博士论文《"印度精神"的召唤——作为政治理想主义者的泰戈尔研究》就是在阅读大量的外文文献和网络资料的基础上完成的。

3. 进入新时期,和平与发展成为时代主流,人们对人类文明的理解更加深入,泰戈尔的普适性、人道主义、和谐思想、人类命运共同体的设想等在当代更有"用武之地"。如前述的尹锡南在他的《世界文明视野中的泰戈尔》中,认为泰戈尔在融合东西方文明之后,认为"评估文明的尺度是人类之爱及社会进步"[①],这种对文明的理解接近斯宾格勒式的策略方法,即"想象的共同体"。作者介绍了泰戈尔关于西方文明的现代性反思,主要包括:现代文明与自然的关系、物质主义与人类欲望的关系、现代化难题与人的自由和异化等。作者还从世界意识中的东西结合、民族自尊与东方情结、泰戈尔文明论述的理想化倾向几个方面分析了泰戈尔东西文明观的特征,认为泰戈尔的文明观既带有挥之不去的世界主义意识,又充满了爱怜东方的强烈的民族主义色彩。

4. 随着东方国家政治经济的迅猛发展,东方学在东方国家得到重视,泰戈尔的社会政治思想被纳入整个东方学的评估体系进行衡量。如黎跃进、荆

---

① 姜景奎主编:《中国学者论泰戈尔》,阳光出版社2011年版,第705页。

红艳的《泰戈尔与"东方学"》,这篇文章从泰戈尔获得诺贝尔文学奖谈起,认为在20世纪世界格局和东西方关系中看,泰戈尔俨然成为一个文化象征:泰戈尔成为西方人眼中的东方文化的代表,也是西方世界发现东方、认识东方的一个符号。不仅如此,泰戈尔还是20世纪初"具有东方整体意识的思想家和诗人。他把复兴东方文化、促进人类文化和谐发展作为自己的使命,超越狭隘的民族主义立场,以东方各国的团结合作,携手共进,甚至人类(包括西方)爱与和谐为目标。"①泰戈尔认为,近现代"东方"是命运共同体,因此东方社会必须团结协作、共同发展,为此泰戈尔不遗余力地传播、弘扬东方文化。文章强调,"泰戈尔虽然不否定西方的科学技术,甚至接受西方思想的某些要素,但必须看到,他是站在东方文化的立场上理解西方,将西方文化纳入东方轨道,是以东化西。"②文章对泰戈尔的"东方观"做了评价,认为有以下几个特点:"(1)他是诗人,他的许多表述是诗性的,往往带上情感化和理想化的色彩;(2)有意识将东西方进行比较,在互为参照中认识东方精神的独特性和价值;(3)强调东方文化中内在精神、人伦道德的普遍意义;(4)对东方文化发展的未来充满自信和乐观。"③

王向远的《泰戈尔"东方西方"观及"东方文化"论——基于东方学视角的分析》,文章分三部分,第一部分论述泰戈尔的"东方文化"整合论:泰戈尔欲以印度文明为中心,来整合东方各国相对分散、孤立的文明,使其融入东方文化中,以这样的"东方"去对应"西方"。对此作者认为"作为一个诗人,泰戈尔的'印度'与'东方'建构是充满浪漫主义理想的,主要是诗性的。"作为一个教育家,他的主要的途径与方式也只能是教育与学术。第二部分,印度何以能够成为"东方文化"的"中心":在泰戈尔看来,印度有两个基本特征:一是印度的宗教;二是印度文化的包容性、容忍性、融合性。作者认为,"泰戈尔并不是缺乏民族与国家的立场,恰恰相反,当他强调印度的'融合'特征的时候,他是在强调印度文化上的一个'优势'。在他看来,在东方各国,只有印度具有这样'融合'的历史、融合的现实,因而在文化上具有了兼收并蓄的优势。这样一来,从

---

① 黎跃进、荆红艳:《泰戈尔与"东方学"》,《浙江工商大学学报》2019年第1期。
② 同上。
③ 同上。

民族主义立场来看,历史与现实中那一段段屈辱的历史,就被翻转过来,成为一种人类的、多元文化的、超越国家主义与民族主义立场的文化融合的历史、文化协调的历史,这反而可以使现在的印度引以为傲。"王向远的这段论述精辟而透彻地道出了长久以来引起各国人们误解的泰戈尔关于东西文化融合的观点。泰戈尔是以历史上印度对外来文明的一次次同化为依据,而推导出印度文明同样可以在同化英国文明的同时形成现代的印度社会,"同化异文明"似乎是印度文明进步必不可少的步骤。在第三部分——"东方精神文明""西方物质文明"从融合到冲突的矛盾与逻辑中,作者注意到泰戈尔先讲融合后论冲突的矛盾性,即一战前强调东西方文化的融合,而在一战后却极力鼓吹以东方的精神文明来克服西方的物质文明。在分析了这种矛盾性产生的前后逻辑之后,作者指出,"泰戈尔心目中的'东方文化'的特征与特性,其实是难以涵盖整个东方文化的,只能概括以印度宗教文化为中心的一部分东方民族的特征与特性,这与其说是在为东方人代言、为东方文化张目,不如说是在那个特定的历史条件下印度人的一种'精神胜利法'。在这种主张中,一方面可以让印度文化'代表'东方文化,另一方面可以显示'印度的精神文明'——包括它的虔敬、非暴力、包容、融合等——在道义上远远高于西方殖民者,从而获得精神上的补偿。泰戈尔的'东方精神文明'与'西方物质文明'从融合论到冲突论的矛盾与逻辑都在于此。"[①]

四、对中国学界泰戈尔社会政治思想研究的评价

(一)中国学界泰戈尔社会政治思想研究的特点

纵观中国学界对泰戈尔社会政治思想的研究,具有由浅入深、由主观到客观、由片面到全方位立体化、研究过程动态发展和向东方本位复归等特点。

1. 中国的泰戈尔社会政治思想研究呈现由浅入深、由主观到客观、由片面到全方位立体化的过程。20世纪初期,中国知识界对泰戈尔社会政治思想的研究往往是从自身的需求出发,揪住其思想中的某一部分甚至某一次演讲

[①] 王向远:《泰戈尔"东方西方"观及"东方文化"论——基于东方学视角的分析》,《同济大学学报(社会科学版)》2017年第5期。

中的某些言论进行放大,未能全面而客观地了解诗人政治思想的全部内涵。特别是在论争当中,不乏言辞激烈甚至人身攻击的现象。这在学术界是较为罕见的,也是值得人们引以为戒的。

2. 中国学界泰戈尔社会政治思想的研究呈现肯定——否定——再肯定——再否定,最后向肯定上升的动态发展过程。究其原因,主要是受到了中国现当代社会的不同发展阶段的影响,也和中国学者对外国文化的接受与取舍密切相关。中国学者对泰戈尔的接受,是典型的期待视野中的接受,无论是对泰戈尔其人其作其思的译介,还是种种的论争,其背后都是中国现实和文化的某种投射。

这种接受的特点决定了泰戈尔必然会被历代学者"中国化",因此可以说,泰戈尔的"中国之旅"是一个不断被"中国化"的过程。在这样的过程中,如何尽量以科学的态度客观真实地反映泰戈尔的思想就成了关键。纵观20世纪以来中国学界对泰戈尔社会政治思想的研究我们发现,处在特定历史时期的知识分子很难将自己和时代剥离开来,这就难以避免地会有意无意地"误解"泰戈尔甚至利用泰戈尔来表明自己的立场。这种不太纯粹的学术虽然可以理解,但也应当令人警醒。

3. 中国的泰戈尔社会政治思想研究是一个逐渐回归东方学本位的过程。从全球化的国际交流、东方视野和"一带一路"的视域来看待泰戈尔与泰戈尔的思想是新时期泰戈尔社会政治思想研究的特征与趋势。在东方学体系建构和不断完善的过程中,越来越多的学者开始致力于重塑东方文化的自信心,走出一切"向西看"的窠臼,探索东方文化的内涵。

(二)中国学界泰戈尔社会政治思想研究独特性的成因分析

中国学界对泰戈尔社会政治思想的研究是伴随着中国现代化的建设过程而展开的,对泰戈尔社会政治思想的接受始终是中国文化界通过东方文学中具有典型性的个案,寻求解决中国文化思想中固有顽疾的良药。因此,对泰戈尔社会政治思想的分析,立足点是对中国传统文化的改良与创新,也和中国学习西方文化同步进行。

早期的研究以泰戈尔访华的演讲和活动为主,之后学界开始进行文本细读,逐渐进入到泰戈尔思想创作的全貌,走出意识形态的限制,回归学术研究本位。

泰戈尔的社会政治思想深深地植根于以印度为代表的东方文化中,具有神秘主义和宗教色彩等东方特色,显示出与西方政治思想截然不同的特点和鲜明的反差,这本是泰戈尔在熟悉和融合东西方文化后的有意取舍,他确实看到了西方文化的弊端,欲以东方文化来化用西方文化,拯救人类于水火之中。但是,这样的做法使那些熟悉西方文化,将东方的窘境归因于东方文化之痹症的知识分子和研究者不解,甚至引发了一场文化大论争。反对者认为泰戈尔具有复古倾向、对社会批判不够强烈、立场不够明确、反帝反封建性不够坚定。这种惯性思维和研究模式,直到新时期才有所松动和改变。

随着中国经济改革的蓬勃开展、国力不断增强和社会各项事业的稳步发展,学界对泰戈尔的社会政治思想研究也从改良社会的政治需求逐步复归到学术研究本身的需要。随着知识界对东方性的关注日益提高,该研究从被视为西方派来的"说客",到被视为最早具有东方意识和较早对西方的"东方学"提出质疑的东方人,展现出中国泰戈尔社会政治思想研究的可喜成绩。学者们致力于从泰戈尔的母语著作和译本出发,而不是借助西方语言的中介;从泰戈尔的言论、社会活动、文学作品以及泰戈尔思想前后的变化发展,全方位立体化地解读泰戈尔的社会政治思想,而不是揪住某一观点以偏概全;结合国际国内的泰戈尔会议报道、会议综述、网络媒体中相关信息的采集等等,将国际性的泰戈尔研究成果加以汇编,将泰戈尔纳入东方学的视域下进行研究。这些东方学视域下的研究方法和研究内容,成为当今泰戈尔社会政治思想研究的新热点。

(三)中国学界泰戈尔社会政治思想研究发展趋势与展望

20世纪以来,中国学界对泰戈尔社会政治思想的研究取得了可喜的成就,出现了专门研究这一问题的专著(虽然数量不多),近年来相关的文章也层出不穷,质量也在不断提高。但是也要看到存在的不足,例如就这一问题进行全面系统深入论述的专著较少;又如在特定时期,对泰戈尔这一思想的研究不够客观冷静,甚至有点人身攻击的味道等等。但是,所有的成长都是在不断解决问题的过程中完成的,学界对泰戈尔社会政治思想的研究亦是如此。

未来中国学界的相关研究首先会延续现有的成果,在数量和质量上均有所提高。随着对泰戈尔本人、泰戈尔的文学作品及他访华事件等方面的研究不断成熟和完善,学者们必然将目光投向他思想中那些合理的因素和具有普遍价值的部分,挖掘他思想中有利于全人类利益的元素进行深入研究。

其次,中国学界将就中国文化界对泰戈尔社会政治思想选择背后的主观因素与接受美学进行研究。从现代知识分子对泰戈尔社会政治思想的过滤、筛选、接受与排异,分析不同时期、不同作家及不同研究群体的政治诉求、心理特征与思维方式,以泰戈尔为参照,映射中国文化的现象与内部规律。同时,剥离影响泰戈尔研究的外在意识形态因素,从泰戈尔本身出发,研究其社会政治思想的特征。

再次,中国的泰戈尔社会政治思想研究将与国际接轨,从东方学的视域总结其社会政治思想的独特性。无论是泰戈尔文学作品的译介,还是他访华的独特经历,都使泰戈尔的社会政治思想具有更多的中印文化交流性质。泰戈尔与中国知识分子的交流与影响研究,将成为学界关注的重点之一。作为东方文化的一个重要组成部分,泰戈尔的社会政治思想将与其他东方国家的相关思想合流,成为中国学界东方文化研究必不可少的部分。

最后,随着人类社会的发展和各种新问题的涌现,使得世界各国的很多学者重新审视泰戈尔的和谐教育思想、人类命运共同体理念、和而不同的思想、关于现代性的思考、人的异化、人与自然的关系等等,发现其中许多超越时代性和具有未来性的内涵。这些都将成为今后泰戈尔社会政治思想研究的新趋势。

泰戈尔是一位思想深邃而又率真的诗人,他的心中充满了爱和激情,他对东方乃至全人类充满了期待与使命感。他的理想固然缥缈,但其心可鉴,他不是哪个国家或派别的代表,他代表的是一个"大我"。他自己是一个纯真的人,也希望人人都能拥有这份纯粹,在他心中,有那么一个纯粹的世界;他不仅期盼印度独立,更希冀人类实现整体的精神复苏。泰戈尔的思想是一座丰富的宝藏,期待着更多的研究者对其进行更加深入的挖掘和阐释。

第三节 泰戈尔诗学在中国的研究与接受

泰戈尔是印度近现代的伟大诗人,也是一位以诗性的眼光看待世界的思想家。他的自然观、宗教观、社会观、人生观、文学观、艺术观都经过他审美化过滤,带上浓郁的诗学品格。因而,泰戈尔诗学是泰戈尔对自然世界、人类社会、人的意识、文学艺术活动及其规律的审美性阐释。20世纪20年代以来,泰戈尔诗学在中国广泛传播,产生深刻影响。

一、泰戈尔诗学的特征

泰戈尔一生写过大量的诗学论述。如《生命的证悟》《孟加拉风光》《文学》(1907),《文学的本质》《文学的材料》《文学思想家》《世界文学》《美感》《美和文学》《文学创作》《历史小说》《诗人的传记》《文学的道路》(1935),《现实》《诗人的辩白》《文学》《事实和真实》《创作》《文学的革新》《文学思想》《现代诗歌》《文学的实质》《文学的意义》等)《生活的回忆》、《人的宗教》《艺术家的宗教》《五行》(《美的因素》《诗歌的意义》等)、《人格》(《什么是艺术》《人格的世界》等)、《在中国的谈话》以及文学创作中的相关诗学思想的表达。从形态看,这些诗学著述,有论文论著、讲演汇集、书信日记、自传回忆、作品序言、旅行散记等。

泰戈尔诗学所涉内容非常广泛。审美和美感、自然美和艺术美、普遍的美与特殊的美、人格和心灵、现实与永恒、文艺的起源与动力、文艺的本质与演变规律、文艺的各种形态、文艺创作过程、名家名作评论等等都在他的探讨中。"广义上的泰戈尔文学思想应该包括泰戈尔的哲学、宗教、政治和美学思想,也就是宗教信仰者的泰戈尔、艺术家的泰戈尔、文学家的泰戈尔的统一体。艺术的基本目的是表现人格,是存在自身的人格表现的冲动。"[①]其实,还应该加上教育家的泰戈尔和社会活动家的泰戈尔的思想观念。

从诗学本质意义上把握泰戈尔的诗学,有几点必须强调:

(一)心灵表现的诗学

泰戈尔追求的美学境界就是"有限和无限结合的欢娱"。"无限"就是永恒

[①] 李金云:《论泰戈尔思想和文学创作中的宗教元素》,复旦大学博士论文,2009年。

的、唯一的、无处不在的梵,"有限"就是一个个生命个体。两者如何结合？关键是个体的心灵。在泰戈尔看来,客观存在的外部世界一旦进入人们的内心,就构成了另一个世界。在这个世界里,不仅有外部世界的色彩、形态和声音等,而且还包含着个人的情趣爱好、喜怒哀乐等。外部世界与心灵上的感情结合,就具有了许多表现形式。当人们用自己心灵情感去摄取外部世界时,那个世界才成为一个独特的世界。泰戈尔比喻说,"正如人们的肠胃里没有足够的消化津液,就不能很好地变食物为人体物质那样,在心灵感情里没有足够的摄取力量,他们也不能使外界世界成为自己的内部世界,也就是人的世界。……诗人富有幻想的心灵越是包罗万象,我们从他的作品所包含的深刻性中取得的欢愉就越多,人的世界的疆域就会伸展得越宽广,我们所取得的感受也就越无穷尽。"[1]他还说:"把内心感受幻化成外部图景,把情绪感触孵化为语言符号,把短暂事物转化成永恒记忆,以及把自己的心灵真实变成人类的真实感受,这就是文学事业。文学家天才与心灵的联系就是心灵与世界联系,把那种天才称作'世界人类心灵'是较为贴切的。心灵从世界中汲取自己的果汁,世界人类心灵又从那个心灵里汲取需要的果汁,塑造自己。"[2]

真正的文学艺术,都是一种创造。但这种创造是外部世界引发心灵、内在精神活动的结果。泰戈尔对心灵于创造的意义有充分的强调:"当我们看高山、太阳和月亮时,我们会想到:我们在看的那些东西,都是外部的东西。我们的思想,只不过是一面镜子。但是我们的思想不是一面镜子,它是创造的首要工具。就在我们看的那个瞬间,它同看结合而创造。有多少思想,就有多少'创造'。由于情况的改变而思想的本性如果改变的话,创造便也成为别的样子了。……创造不是机器造的,而是心灵造的。把心灵撇在一边而谈创造,就好像把罗摩撇在一边而念《罗摩衍那》一样。"[3]

（二）和谐统一的诗学

泰戈尔和谐统一的诗学,源于印度古代《奥义书》"梵我同一"的哲学思想。《奥义书》哲学认为:宇宙的最高本体"梵"是一种精神实体,世界上的万事万物

---

[1] 泰戈尔:《泰戈尔论文学》,倪培耕等译,上海译文出版社1988年版,第3—5页。
[2] 同上书,第18页。
[3] 刘安武等主编:《泰戈尔全集 第24卷 散文》,河北教育出版社2000年版,第119—120页。

都是梵的显现或表现形式。梵潜居于万事万物之中,作为其精神本质;人也是梵的显现,梵也潜居于人体之中,作为人的精神本质。根据"梵我同一"的理论,人与宇宙、人与自然万物在精神本质上是同一的,因而人与宇宙万物,在先天本质上就是和谐统一的。泰戈尔也认为人与宇宙是和谐统一的关系。他说:"人的灵魂意识和宇宙是根本统一的","对于他们来说,人与自然的和谐是伟大的事实。"①他以欣赏画作为例,"凡肯动脑子的人,决不会一看到画中的五光十色,就被迷住。他们懂得主次、前后、中心与周围的和谐。颜色吸引眼睛,但要懂得和谐的美就需要用心,需要认真地观察,随之而来的享乐也必定是深刻的。"②泰戈尔还从和谐统一的层面看到善和美的关系,"所有善的东西与整个世界有着十分深刻的和谐的关系,与整个人类的心灵深深结合在一起。如果我们能够看到善与真的完美和谐,那么美对我们来说不是不可捉摸的。同情是美的,宽恕是美的,爱是美的。……美的形象是善的完美形式,善的形象是美的完美本质。"③

怎样实现这种和谐统一呢?那就是爱。"当我们通过欲望的帷幕来观察世界时,我们认为它是渺小的和狭窄的,不能领悟它的全部真理。当然,世界能为我们服务并满足我们的需求,这是显而易见的。但是我们和它的关系并不到此为止,我们和它以一种比需求更深刻更真实的关系结合在一起,我们的灵魂被它吸引,我们对于生命的爱实际上是我们希望延续我们和伟大宇宙的关系,这种关系就是爱的结合。"④正是在爱和自我奉献中,亲证梵性,实现人与人、人与社会、人与自然、人与世界的整体和谐统一,真正达到与梵合一的喜乐。

(三) 讲究韵律的诗学

泰戈尔在早期的论文《美和文学》中说:"玫瑰花引起我们美感的原因,也就是大千世界里普遍存在的或基本的原因。世界越富足,就越难自制。它的离心力在无止境的五光十色里把自己分割成千百份;而它的向心力在唯一完

---

① 罗宾德拉纳特·泰戈尔:《人生的亲证》,宫静译,商务印书馆1992年版,第4—6页。
② 泰戈尔:《泰戈尔论文学》,倪培耕等译,上海译文出版社1988年版,第30页。
③ 同上书,第32页。
④ 罗宾德拉纳特·泰戈尔:《人生的亲证》,宫静译,商务印书馆1992年版,第64页。

整的和谐之中,获得了五光十色的无穷欢乐。一方面是发展,另一方面是抗衡——美就产生在发展与抗衡的韵律之中。"①泰戈尔在静止的玫瑰花中发现了运动,发现了对抗,并从中感受到了韵律之美。泰戈尔从这里生发开去,认识到世界万物中的韵律之美。从中我们可以概括出"美在韵律"的诗学思想。他认为:"诗的统一性是通过其韵律的语言和独具的特色表现出来的。韵律不单单表现为词汇的搭配,且表现为思想的有意义的统一,表现为由排列次序的难以定论的原则所产生的思维的音乐。这个原则不是基于逻辑,而是基于内在的直感。"②

季羡林先生对泰戈尔的"韵律之美"给予充分的肯定:"在泰戈尔的思想中,'韵律'占有极其崇高的地位,'韵律'是打开宇宙万有奥秘的一把金钥匙。"泰戈尔的"韵律"内涵丰富,"泰戈尔诗学中的韵律是一个具有独创性的诗学范畴,是自然运动、人心律动与诗的节奏美的融合,是主体、自然、文本之间内在的感应和契合。"③

二、泰戈尔诗学在中国的传播

泰戈尔诗学在中国的传播以翻译介绍、学者研究和对话交锋为主要途径。与20世纪以来中国社会文化发展密切相关,泰戈尔诗学的传播有过三次高潮:20世纪20年代前后、20世纪80、90年代和新世纪以来。

(一) 20世纪20年代前后

泰戈尔1913年获诺贝尔文学奖,成为东方第一位获此荣誉的文学家。这样的国际声望,自然引起中国学界的关注。随后,泰戈尔奔波于东西方世界,传播、弘扬东方精神文明和他的人生与诗学思想,受到各国知识青年、学界精英和贤达政要的欢迎,其反响声浪也从不同方面传到中国。1924年,泰翁应邀来到中国。在泰戈尔访华前后,中国学界对他作品的翻译和生平思想的介绍,以及学界展开的论争,催发了泰戈尔诗学在中国的传播和影响。

---

① 刘安武等主编:《泰戈尔全集 第22卷 散文》,河北教育出版社2000年版,第101页。
② 泰戈尔:《泰戈尔论文学》,倪培耕等译,上海译文出版社1988年版,第394页。
③ 侯传文:《话语转型与诗学对话——泰戈尔诗学比较研究》,中国社会科学出版社2010年版,第101页。

1. 泰戈尔诗学著作的翻译出版。主要译作有：(1)景梅九、张墨池译《人格》，上海大同图书馆，1921年；(2)王靖、钱家骧译《人生之实现》，泰东图书局，1921年；(3)冯飞译《生命之实现》，上海商务印书馆，1921年；(4)胡愈之译《诗人的宗教》，商务印书馆，1924年；(5)何道生译《自由的精神》，《学灯》1923年版；(6)何道生译《创造的理想》，《学灯》1923年版；(7)顾均正译《我的回忆》，《学灯》1924年版；(8)楼桐荪译《国家主义》，商务印书馆，1927年；(9)朱枕梅译《论人格》，《学灯》1934年版。这些译作大都是泰戈尔1912年和1916年在美国和日本的演讲，比较集中地体现了他20年代前的诗学精神。

2. 泰戈尔诗学的介绍和研究。最早介绍泰戈尔诗学的学者是钱智修。他1913年在《东方杂志》发表了题为《台莪尔氏之人生观》的文章。两年前钱智修从复旦公学西欧文哲学科毕业，当时在商务印书馆编译所从事翻译研究。他从英国出版的《希伯特杂志》(*The Hibbert Journal*)读到泰戈尔的一篇论著，这是泰戈尔1912年在美国哈佛大学的一次演讲的演讲稿《不完美正是完美的体现》(后来出版的《萨达那——生命的证悟》中的第三篇)[①]。钱智修将其加以编译、解析和评述。泰戈尔这篇演讲的中心意思是：人生会经历各种不同的不完美；痛苦、恶、谬误等，甚至死亡，但这些都不是本质。就像一条河流有河岸的约束，但河岸不是阻挡河流，而是引导它奔流向前。不能静止地、局部地、机械地理解缺陷，若从生命动态过程的整体看，不完美就不是不完美本身，而是走向完美的一个环节。因而生命个体必须从有限走向无限，怀抱坚定信念和远大理想，确立高远的品格。泰戈尔从人生出发，延伸到审美性的人格理想、快乐、完美等审美体验。钱智修在文中有一段评述："人之献身理想，献身于国家，献身于人类之福利者，其生活盖有广博之意思，而所遇之苦痛，则相形之下，不过剑头之一尖。台氏所谓善之生活，即人类群体之生活者，此物此志也，快乐者，为个人之自身计这也，而善则为人类群体亘古不磨之快乐。所谓快乐与痛苦，自善之方面观之，其意思全异。"[②]这样评介泰戈尔的人生美学，确切而清晰。

---

① 泰戈尔：《萨达那——生命的证悟》，钟书峰译，光明日报出版社2012年版，第35—50页。
② 钱智修：《台莪尔氏之人生观》，《东方杂志》1913年第10卷第4期。

第三章 20世纪以来中国的泰戈尔研究

这一阶段有关泰戈尔诗学探讨的文章主要有:(1)郑振铎《太戈尔的艺术观》,《小说月报》1922年第2期;(2)瞿世英《太戈尔的人生观与世界观》,《小说月报》1922年第2期;(3)张闻天《太戈尔之诗与哲学观》,《小说月报》1922年第2期;(4)王希和《太戈尔学说概观》,《东方杂志》1923年第14号;(5)王统照《太戈尔的思想及其诗歌的表象》,《小说月报》1923年第14期;(6)太虚《塔果尔哲学的简择》,《佛化新青年》1923年第8期;(7)王统照《泰戈儿的人格观》,《民铎》1923年5月1日、6月1日;(8)瞿菊农《太戈儿的思想及其诗》,《东方杂志》1923年第18号;(9)瞿世英《太戈尔的著作及思想要点》,《学灯》1924年4月11日;(10)简又文《太谷尔思想之背景》,《晨报副刊》1924年4月20日、4月23日;(11)冯飞《塔果尔及其森林哲学》,商务印书馆1922年;(12)彭基相《泰谷尔底思想及其批评》,《新国民》1924年第6期;(13)顾惠人《从泰戈尔的诗观察美、真》,《兴华》1924年第19期;(14)张宗载《泰谷尔之大爱主义》,《佛化新青年》1924年第2期;(15)微知《太戈尔的"有闲哲学"》,《东方杂志》1929年第15号。这些文章中,有泰翁诗学编译性的评述,有以其生平思想为背景的诗学探讨,也有学术化的严谨讨论。

3. 泰戈尔诗学最直接的传播:访华期间的演讲。1924年4、5月近50天在中国,泰戈尔游历了上海、杭州、南京、济南、北京、太原、武汉等地,在各地做了大大小小50余次讲演。他讲演的内容非常丰富,中印文化交流、复兴东方文化、思想创作、教育宗教等都是演讲主题。其中也常常涉及他的诗学思想。如在北京地坛的讲演中谈到真理与真实的关系、真善美的关系:"真理和真实不能混为一谈。邪恶的本性不过是有待否定的真实。但真实无法拒绝真理,因为真理是永不熄灭的光华,照耀着所有的真实。最后的声音不是疑惑和否定的声音,而是信念的声音,爱的声音。真理已征服人心,否则世界早已沉入无边黑暗。要做的事是为仁慈、爱和美的最高真理效力。"①在清华园的演讲中谈到"功利与美":

> 粗野的功利扼杀美。在我们这个世界上,大规模的商品生产,大规模的组织,和帝国臃肿的行政机构,阻塞了生命的道路。文明等待着一个大

---

① 泰戈尔:《泰戈尔与中国》,白开元译,漓江出版社2016年版,第36页。

结集，以表露美的灵魂。①

泰戈尔也结合自己的创作经验，谈到诗人创作的创造性问题。他说："诗人不但要有自己的种子，更应备足土壤。每位诗人有其特殊的语言媒介，并非因为他创造了语言，而是因为他个性化地使用语言，他以生命的魔杖的点触，把语言转变成为充满他创造力的独特载体。"②

在北京海军联欢社主持泰戈尔与学界代表聚会的林长民介绍泰戈尔时说：我们欢迎泰戈尔，并不是作为哲学家、教育家、宗教家来欢迎，而是作为伟大世界的诗人、革命的诗人来欢迎的。所以我们的欢迎有了深刻的意义，他的此行也有了重大的价值。我国有诗歌传统，现在正处于转型时期，泰戈尔是世界诗歌革新的先觉者，相信他的思想和实践会给我们带来启发和影响。他的这一番介绍，引得泰戈尔做了一篇《我的诗歌》的即兴演说，概述了他文学创作的历程，他的创作与印度文学传统、西方文学的关系。

泰戈尔访华期间的相关演讲，无论是诗学的哲理性阐述，还是经验性概括，对正处于现代诗学体系建构时期的中国文坛产生影响。当时活跃文坛的许多诗人、作家（如徐志摩、王统照、郑振铎、林徽因等）都亲耳聆听他的讲演，目睹他讲演的风采。而且，泰戈尔的讲演及时在当时的《晨报》《申报》《小说月报》等报刊刊载，传播面更广。

（二）20 世纪 80、90 年代

20 世纪 30—70 年代，虽然也有泰戈尔诗学的译介与研究，但由于战争、政治运动的冲击，只见零星篇什。80 年代以来，随着中国社会的改革开放和思想解放，泰戈尔及其诗学又受到中国学界的关注，在 20 年代的基础上又有进一步的发展。

在泰戈尔诗学译介方面，这一阶段以《泰戈尔论文学》（倪培耕等译，上海译文出版社，1988）、《泰戈尔集》（倪培耕编选，上海远东出版社，1997）、《泰戈尔文集》（四卷，刘湛秋主编，安徽文艺出版社，1997）、《人生的亲证》（宫静译，商务印书馆，1992）、《一个艺术家的宗教观——泰戈尔讲演集》（康绍邦译，生

---

① 泰戈尔：《泰戈尔与中国》，白开元译，漓江出版社 2016 年版，第 40 页。
② 同上。

活·读书·新知三联书店,1989)等的出版为标志,泰戈尔诗学的译介初具规模。

这一阶段中国学者撰写了一批有关泰戈尔哲学、美学、文学思想的论文,主要有:(1)黄心川《略论泰戈尔的哲学和社会思想》,《哲学研究》1979年第1期;(2)金克木《泰戈尔的〈什么是艺术〉和〈吉檀迦利〉试解》,《南亚研究》1981年第Z1期;(3)刘国楠、崔岩砺《泰戈尔的教育思想》,《南亚研究》1983年第1期;(4)周而琨《论泰戈尔中期思想》,《印度文学研究集刊(第一辑)》,上海译文出版社,1984年;(5)宫静《泰戈尔的哲学思想——认识论和方法论》,《南亚研究》1986年第3期;(6)黄家裕《印度圣哲泰戈尔》,《东方世界》1987年第5期;(7)何乃英《泰戈尔哲学观初探》《外国文学研究》1990年第4期;(8)邓牛顿:《对泰戈尔的崇仰与抛别》,《聊城师范学院学报》1990年增刊;(9)宫静《谈泰戈尔的教育思想》,《南亚研究》1991年第2期;(10)何乃英《泰戈尔文学观初探》,《宁夏大学学报(哲学社会科学版)》1991年第1期;(11)侯传文《论泰戈尔的人格追求》,《南亚研究》1991年第2期;(12)郭晨风《泰戈尔政治思想评介:纪念泰戈尔诞辰130周年》,《南亚研究季刊》1992年第1期;(13)邹节成《泰戈尔与民族传统文化》,《吉安师专学报》1997年3期;(14)曾祖荫、嘉川《美是人生真理的亲证——泰戈尔的美学思想》,《华中师范大学学报(人文社会科学版)》1998年第2期;(15)宫静《泰戈尔和谐的美学观》,《文艺研究》1998第3期;(16)牟宗艳《泰戈尔的"人生亲证":泰戈尔人学思想探析》,《理论学刊》1999第6期。这批论文主要集中对泰戈尔的哲学、政治、教育、文学、美学思想内涵的系统考察,为学界理解泰戈尔以审美为出发点的思想体系奠定了基础,推进泰戈尔诗学在中国的传播。

此外,这一阶段泰戈尔诗学传播的一个重要途径是大学课堂。在大学中国语言文学、外国语言文学专业的"东方文学"课程,或者硕士、博士相关专题课程教学中,"泰戈尔及其创作"是不可或缺的内容。在泰戈尔生平思想介绍中,往往涉及其诗学思想。我们举两种影响比较大、使用面比较广的教材来看。季羡林先生主编的《东方文学史》中写道:"泰戈尔不是专门从事哲学研究的哲学家,而是一位诗人、艺术家,因此,他总是以一位艺术家的眼光去观察世界、看待人生。……一旦接触到文学创造和客观现实生活,泰戈尔往往用辩证的观点去观察事物。"①王向远教授在《东方文学史通论》中认为:"泰戈尔十分强调和谐和统一。和谐和统一正是他的哲学思想的基础。由此他提出了民族、国家之间的大同论、互助论和平等论,东西方文化互补论,提出了政治上以反对等级制度为核心的阶级调和论,美学与艺术理论上的'韵律论'和'统一性原则',心理学上的'超越论',即要求个人超越自我的低级欲望和私心杂念,真正体认到梵我合一,从而达到人生的最高的快乐的境。"②大学教育的对象是青年学生,课堂教学中有关泰戈尔诗学的内容,为青年学子了解和接受,进一步拓展了传播范围。

(三) 21 世纪以来

进入 21 世纪,泰戈尔诗学在中国的传播和接受走向深入。主要表现在几个方面:

1. 两套全集的翻译出版。泰戈尔作品在中国成系列有规模的翻译出版,始于 1961 年,为了纪念泰戈尔诞辰 100 周年,人民文学出版社出版了 10 卷本《泰戈尔作品集》,包括诗歌、小说和戏剧三大文类的代表性作品,但没有散文部分,表现其思想的论著阙如,当然谈不上诗学译介。21 世纪两套全集的出版,情况得到根本的改变。

刘安武、倪培耕、白开元主编的《泰戈尔全集》2000 年由河北教育出版社出版,《泰戈尔全集》作为该社"世界文豪书系"的一种推出,煌煌 24 卷,几乎是泰戈尔作品、著作的汉语全译,录有诗歌 60 部(第 1—8 卷)、短篇小说 80 篇(第 9—10 卷)、中长篇小说 13 部(第 11—15 卷)、戏剧 29 部(第 16—18 卷)、散文(第 19—24 卷)。这套《泰戈尔全集》汇集了之前国内零散出版的泰戈尔作品,但大部分是新译本。

董友忱主编的《泰戈尔作品全集》2015 年底由人民出版社出版,汇译了泰戈尔的 66 部诗集、96 篇短篇小说、15 部中长篇小说、80 多个剧本和大量散文,共 18 卷 33 册,每册分诗歌、散文、小说、戏剧四部分,约 1600 多万字。2009 年《泰戈尔作品全集》确定为"十二五"重点出版项目,编译历时七年,是中国首次

---

① 季羡林主编:《东方文学史》,吉林教育出版社 1995 年版,第 988—990 页。
② 王向远:《东方文学史通论》,上海文艺出版社 1994 年版,第 280 页。

完整收录泰戈尔全部作品的真正意义上的全集。主编在《序》中写道:"这套书有两大特点:一是全部译自孟加拉原文,没有收录从印地文或英文转译的译文。二是全,也就是说,我们翻译了泰戈尔的全部作品,包括他创作的全部诗歌、小说、戏剧、散文(含游记、日记等,但是没有翻译收录他编写的英语、孟加拉语、梵语的教材),还收录了诗人自己翻译的和他认可的八部英文诗集。"①

两套全集出版,从理论和实践两方面完整系统地展示了泰戈尔诗学的全貌,尤其是散文部分,直接表现了诗人的精神世界,泰戈尔对自然、社会、人生、宗教、文艺的审美观照最为集中。

此外,泰戈尔诗学的专题性新译也有出版,如白开元编译的《泰戈尔谈文学》(商务印书馆,2011),钟书峰翻译的《萨达那——生命的证悟》(光明日报出版社,2012)。上一阶段出版的泰戈尔诗学译著也有重版重印。

2. 学界的研究。21世纪以来,泰戈尔诗学成为学界热点之一。发表在各类期刊的相关论文有数十篇。主要有:(1)邹节成:《泰戈尔的文学观》,《吉安师专学报》2000年第1期;(2)蒋岱:《东西方宗教美学的两枝奇葩——泰戈尔与但丁美学思想比较》,《东方》2000年3期;(3)秦林芳:《泰戈尔哲学思想与中国现代作家》,《山东师大学报(社会科学版)》2000年第2期;(4)魏丽明:《泰戈尔文学起源思想探析》,《国外文学》2002年第1期;(5)张思齐:《泰戈尔散文诗的创作和理论——以中国宋代诗学为参照系的印度诗学比较研究(上、下)》,《阴山学刊》2003年第1、2期;(6)张思齐:《泰戈尔与西方泛神论思想之间的类同与歧异》,《东方丛刊》2004年第1辑;(7)张思齐:《泰戈尔的思想倾向与诗学特征》,《大连大学学报》2010年第5期;(8)何胜:《论泰戈尔的儿童美育思想》,《杭州师范学院学报(社会科学版)》2003年第3期;(9)杨晓莲:《泰戈尔的艺术理论初探》,《四川外语学院学报》2005年第4期;(10)张娟:《泰戈尔爱的哲学思想与"五四"新诗》,《唐山师范学院学报》2006年第1期;(11)张计森、邰润科:《泰戈尔美感学说探幽》,《吕梁教育学院学报》2006年第1期;(12)李文斌:《印度苏非派哲学与泰戈尔的宗教神秘主义》,《湖北师范学院学报(社会科学版)》2007年第2期;(13)李文斌:《泰戈尔自然观中的生态哲学思想》,《江汉大

---

① 董友忱:《中文版序言》,《泰戈尔作品全集(第一卷)上》,人民出版社2015年版,第3—4页。

学学报(人文科学版)》2008年第4期;(14)李文斌:《泰戈尔的和谐美观与西方和谐美观之比较》,《武汉理工大学学报(社会科学版)》2014年第5期;(15)郝玉芳:《泰戈尔的自然观》,《东方论坛》2007年第6期;(16)郝玉芳:《泰戈尔自然美学简论》,《燕山大学学报(哲学社会科学版)》2009年第1期;(17)刘凤云:《浅谈泰戈尔的和谐教育思想》,《现代教育科学》2007年第10期;(18)张娟:《泰戈尔泛神论思想与中国诗歌的现代转型》,《华南农业大学学报(社会科学版)》2008年第4期;(19)王晓声:《泰戈尔与老子之"和谐论"哲学美学观的阐释与比较》,《柳州师专学报》2010年第2期;(20)李金云:《泰戈尔人格论的宗教内涵》,《理论界》2010年第8期;(21)舒子芩:《诗化的哲学自然观——浅析泰戈尔与陶渊明诗歌中自然观之表现》,《北方文学(下半月)》2010年第2期;(22)毛世昌:《泰戈尔的大爱思想》,《兰州大学学报(社会科学版)》2011年第1期;(23)袁苑:《爱的诗人泰戈尔》,《湖北社会科学》2012年第5期;(24)冉思玮:《浅议泰戈尔的梵、人、自然统一观》,《文学界(理论版)》2012年第6期;(25)戴前伦:《生命律动的整体呈现与梵爱思想的主题观照:泰戈尔梵爱和谐思想对我国早期新诗主题生态的影响》,《当代文坛》2012年第4期;(26)虞乐仲:《罗宾德拉纳特·泰戈尔的自由观探析》,《浙江学刊》2014年第2期;(27)卢迪:《泰戈尔与苏轼诗歌宗教思想比较分析》,《长春大学学报》2015年第1期;(28)邱唱:《泰戈尔诗歌思想性的五个维度探析》,《新西部(理论版)》2016年第17期;(29)杭玫:《一个艺术家的宗教观——泰戈尔〈人生的亲证〉》,《戏剧之家》2016年第10期。与前一阶段相比,这些研究论文有一点很突出:比较研究的视角,从影响研究或平行研究的层面,将泰戈尔诗学与中国相关诗学现象进行比较,既是传播接受领域的拓展,有表现出传播接受中的主体立场。

期刊论文之外还有一批研究泰戈尔诗学的硕士、博士学位论文。以"中国知网"收录的论文为依据,21世纪的近二十年里,有关泰戈尔的硕、博论文有66篇(止于2017年6月10日的统计),其中有8篇内容涉及泰戈尔诗学:(1)侯传文:《话语转型与诗学对话》(四川大学博士论文,2004);(2)李文斌:《泰戈尔美学思想研究》(华中师范大学博士论文,2007);(3)李金云:《论泰戈尔思想和文学创作中的宗教元素》(复旦大学博士论文,2009);(4)郝玉芳:《泰戈尔自然诗、自然观、自然美学研究——兼与华兹华斯比较》(青岛大学硕士论文,

第三章 20世纪以来中国的泰戈尔研究

2007);(5)王秋君:《泰戈尔诗歌中的生命美学建构》(陕西师范大学硕士论文,2008);(6)程娟珍:《论泰戈尔"心灵表现说"的诗学观》(漳州师范学院硕士论文,2011);(7)王晓声:《泰戈尔与叶芝诗学思想比较》(西南大学硕士论文,2012);(8)云思文:《泰戈尔的儿童生命教育思想研究》(上海师范大学硕士论文,2016)。学位论文的作者都是青年学者,学位论文是他们学术研究的起点。泰戈尔诗学研究成为他们的学术选题,标志中国的泰戈尔诗学传播和影响将会有更大的发展。

3.研究专著问世。21世纪以来出版的泰戈尔诗学研究专著有三部:侯传文的《话语转型与诗学对话——泰戈尔诗学比较研究》、李文斌的《泰戈尔美学思想研究》、戴前伦的《泰戈尔梵爱和谐思想对我国早期新诗生态的影响》。

《话语转型与诗学对话——泰戈尔诗学比较研究》于2010年由中国社会科学出版社出版。该著作对泰戈尔诗学思想的纵向发展,诗学体系内涵的人格论、情味论、欢喜论、韵律论、和谐论以及各文类诗学做出系统的概括和分析,同时在印度、西方和中国诗学整体中探讨泰戈尔诗学的影响传承、类似、相契与独特个性,在纵横比较中分析泰戈尔诗学的独特价值与意义,尤其是突出东方诗学话语转型背景下,东方现代诗学建构中泰戈尔诗学的典范性和启示性,是一部具有开阔视野和学术开拓性的著作,是泰戈尔诗学在中国传播与接受的标志性成果。

《泰戈尔美学思想研究》2010年由华中师范大学出版社出版。该著作在系统论析泰戈尔宗教思想、哲学思想的基础上,将泰戈尔的理论著述与文学艺术创作实践结合起来。分析他的"美"的意识、自然美学观、文学艺术审美、东西方审美比较等范畴,"本书最大的特色就是,它是一本全面研究泰戈尔美学思想的专著,对泰戈尔美学思想的全貌做了一个全景式的展现和整体勾勒。"[①]该著作从美学层面研究泰戈尔的诗学思想,是泰戈尔诗学在中国传播深入的体现。

《泰戈尔梵爱和谐思想对我国早期新诗生态的影响》2015年由中国社会科学出版社出版,是戴前伦主持国家社科基金项目(2011)的成果。该著作对泰戈尔梵爱和谐思想的内涵、形成过程、文化渊源,以及在中国现代早期的传播

---

① 邱紫华:《序》,《泰戈尔美学思想研究》,华中师范大学出版社2010年版,第2—3页。

生态进行了详尽阐释和系统梳理,重点分析论证了泰戈尔梵爱和谐思想对我国现代早期新诗生态在意象选择、主题表达、小诗萌生发展和思想内容方面的深刻影响,深入论述了我国现代早期新诗接受泰戈尔梵爱和谐思想的路径、哲学基础和文化历史语境。该著作从影响研究的视角,研究泰戈尔诗学的跨文化传播,对其参与中国现代诗歌发展的历程进行系统阐述。

上述三部专著之外,还有一些相关著作的部分章节涉及泰戈尔诗学的探究。如张羽《泰戈尔与中国现代文学》(云南人民出版社,2004)的第二章"泰戈尔影响下的中国'五四'时期文学观的流变";唐仁虎等《泰戈尔文学作品研究》(昆仑出版社,2003)的"文学理论编";邱紫华《印度古典美学》(华中师范大学出版社,2006)的第九章"神是无限完美的典范——泰戈尔的美学思想";何乃英《泰戈尔——东西融合的艺术家》(中国社会科学出版社,2013)的第四章"泰戈尔东西方融合的文艺观";尹锡南《印度文论史》(巴蜀书社,2015)的第五章"印度近现代文论发展和转型"的第六节"罗宾德拉纳特·泰戈尔"等,都从不同角度阐释分析了泰戈尔的诗学思想。

总之,近百年里泰戈尔诗学在中国的传播不断深入,翻译出版、学界研究是传播的主要方式,由早期的编译性介绍和零星的翻译,到21世纪全集的出版,系统的学术专著问世,既是泰戈尔诗学域外传播被不断阐释的内在规律,也是中国诗学自身发展的现代化、多元化的诉求。

三、泰戈尔诗学的中国接受

泰戈尔是对中国现当代文学产生深刻影响的外国作家。在中国传统诗学现代转型过程中,泰戈尔诗学以其独特的魅力,通过互动和对话,参与了中国现代诗学的建构。泰戈尔诗学的某些元素,由一些代表作家、诗人、理论家的接受和消化,成为现代中国诗学的组成部分。周作人、冰心、郭沫若、郑振铎、王统照、许地山、张闻天、徐志摩和当代的刘再复等人在不同程度上接受了泰戈尔诗学的一些因子。

关于泰戈尔诗学对中国现代诗学的影响,已经有学者做了初步的研究。

张羽的论著《泰戈尔与中国现代文学》①中有"泰戈尔影响下的中国'五四'时期文学的流变"一章,下含"泰戈尔'爱的哲学'影响下的中国文学的情爱观""泰戈尔'梵的现实'影响下的中国文学的自然观""泰戈尔'我的尊严'影响下的中国文学的生命观"三节。侯传文在《话语转型与诗学对话——泰戈尔诗学比较》②中,用"契合、激发、对话、误读"探讨了泰戈尔诗学与中国现代文坛的复杂关系。

我们以现代的张闻天和当代的刘再复对泰戈尔诗学的接受为例,略作展开,从中可以看到泰戈尔诗学影响中国现当代文学的主要途径和内涵。

张闻天(1900—1976)是五四新文化运动的积极实践者和推动者,经受五四新思潮洗礼的张闻天,在新文化浪潮中受到各种外来文化的影响。1925年加入中国共产党之前,青年张闻天满怀救国救民的宏愿,在南京参加五四运动,与沈泽民等创办"开通民智,增进民德,发扬爱国精神"为宗旨的《南京学生联合会日刊》,在上海编校发行《少年中国》《少年世界》,留学日本(1920—1921)和美国(1922—1924),探讨中国现实的问题与解救之道,研究哲学、心理学,翻译和创作文学作品。在张闻天求知探索的过程中,他受到泰戈尔"泛爱哲学"的深刻影响。泰戈尔诗学中的爱、真理、自由、奉献、和谐、精神自我、人格实践等理论和学说,深深渗入青年张闻天的精神世界和人格结构中。而且这种人生观、世界观形成时期铸就的人格,成为他一生精神世界的基本底色和人格实践的基本因素。

张闻天虽然留学日本只有半年,但变化很大:志趣由哲学逐渐转向文学;由对社会外部问题的思考转向人的内心和精神探索。这与留日期间与田汉、郑伯奇等人的密切交往有关,也不排除在日期间已经接触到泰戈尔的创作与思想。③ 泰戈尔诗与哲学的结合以及注重精神、灵魂的探索恰能获得他的共

---

① 张羽:《泰戈尔与中国现代文学》,云南人民出版社2004年版。
② 侯传文:《话语转型与诗学对话——泰戈尔诗学比较研究》,中国社会科学出版社2010年版。
③ 泰戈尔1916年访问日本,在日本出现"泰戈尔热",泰戈尔的主要作品和重要的著作大都得以翻译出版,还出版了一批研究泰戈尔的著作。郭沫若当时正在日本留学,后来他谈到当时在冈山图书馆阅读泰戈尔的情形:"我真好像探得了我'生命的生命',探得了我'生命的泉水'一样。每天学校一下课后,便跑到一间很幽暗的阅书室去,坐在室隅。面壁捧书而默诵,时而流着感谢的眼泪而暗记,一种恬静的悲调荡漾在我身之内外。"张闻天留日的1920年,虽然"泰戈尔热"高潮已过,但余波还在。

鸣。1921年夏,张闻天在杭州西湖边宝石山的"智果禅寺"读书写作,研读泰戈尔和托尔斯泰的作品,热衷于泛爱哲学、非暴力学说和人格理论的思考。

1921年6月张闻天在《国民日报·觉悟》发表评论《无抵抗主义底我见》,文中写道:"爱是生命,生命就是爱。这爱不是物质的爱,是彻底的精神之爱;是绝对的爱;不是一时的本能之爱,是永久的,意者的爱;不是对一部份人的爱,是对一切人类竟至对于全宇宙一切有生之伦的泛爱。"还说"像俄之托尔斯泰,印度之太戈儿,都是爱的热烈的鼓吹者,所以他们也是主张无抵抗主义的。"①1921年7月张闻天致函刘大白,进一步论述"无抵抗主义"与人格和爱的关系,认为"唯有人格伟大的人,能实行无抵抗主义,而唯有伟大的人格的人们,才能真正感化他人。"②而"人格是真生命底诚实的表现。我们记牢'真生命'三字! 只有从真生命上发出来的,才能叫做人格。"③随后,与沈雁冰、陈望道就爱、人格、无抵抗主义展开论争,在《人格底重要——答雁冰和晓风两先生》中说:"既然人格的高尚是必须的,那未能够养成高尚的人格底爱,也是必须鼓吹的。……充分的发展爱就是充分的发展生命,要充分的发展爱非把心地保持的光明,保持的纯洁不为功,那末挑起对于敌对的怨情心,仇视心,妒忌心等底主义是不会达到爱的了。无抵抗主义就是使灵魂不染一点污点底最好办法,就是要实现这种爱的最大的道路。"④张闻天这里说的爱的含义、生命真谛、人格内涵,明显可以看到泰戈尔的影响。

张闻天在1922年《小说月报》第2期发表3篇有关泰戈尔的评述文章:《太戈尔之诗与哲学观》《太戈尔的妇女观》《太戈尔对于印度和世界的使命》,这些文章从泰戈尔的演讲集《人格》、印度学者拉达克里希南的著作《泰戈尔之哲学》中选取材料,将翻译与概述、阐释、评议相结合,系统地介绍了泰戈尔的宗教观、教育观、艺术观、政治观、文明观、妇女观、哲学观和文学观,也表明了张闻天对泰戈尔思想和艺术的接受与认同。在几篇文章中,随处可见"精神""自由""生命""灵魂""和谐""美""爱"等用语,贯穿始终的思想主线,是泰戈尔

---

① 张闻天:《张闻天早期文集(1919.7—1925.6)》,中共党史出版社1999年版,第69页。
② 同上书,第73页。
③ 同上书,第74页。
④ 同上书,第83页。

第三章　20世纪以来中国的泰戈尔研究

思想的精髓：追求人的精神的自由。他对泰戈尔的哲学思想和诗歌创作做出充分的肯定："太戈尔完全是印度哲人的承继者。他的著作，觉醒了许多精神生活的可能性，他的歌已经变成了印度人的国歌，他的歌充满了有生气的字眼和燃烧的思想，他的字眼，快乐我们的耳，他的思想，渗灌到我们的心里。他的诗同时是充满心中的光明，是激动人的血的歌，是鼓动人心的圣歌。太戈尔，印度人的太戈尔，世界上人类全体的太戈尔，他发挥他的天才，发展他的生命，来供献给印度人，来供献给世界！"[①]从这富于激情的评价性言辞中，不难感受到他内心深处对泰戈尔的哲思和艺术的共鸣。从张闻天20年代初期创作的长篇小说《旅途》(1924)、三幕剧《青春的梦》(1924)中可以看到泰戈尔"爱的哲学""人格完善"和"精神自由"的深刻影响。

刘再复(1941—)是当代著名的文学理论家和作家，曾任中国社会科学院中国文学研究所所长、《文学评论》主编，著有《性格组合论》《鲁迅美学思想论稿》《文学的反思》《论中国文学》《放逐诸神》《传统与中国人》《罪与文学》（合著）、《现代文学诸子论》《告别革命》（合著）、《共鉴"五四"》《红楼四书》《莫言了不起》《读沧海——刘再复散文》《太阳·土地·人》《人间·慈母·爱》《洁白的灯心草》《寻找的悲歌》《独语天涯——1001夜不连贯的思索》《漂流手记》等八十多部学术论著和散文集，作品已译为英、韩、日、法、德等多种文字出版。

刘再复接受泰戈尔的影响不同于现代的张闻天。五四时期，正是中国诗学从古典向现代的转型，努力建构中国现代诗学体系，因而泰戈尔"爱的哲学""人格理想""自由精神"为寻求思想解放中的张闻天等人提供了新的思想资源。当代中国诗学是在传承现代诗学的基础上，适应新的社会文化语境的发展，重要的不是诗学体系建构，而是从泰戈尔诗学和创作中借鉴某些元素，以丰富和发展中国当代诗学的范畴和命题。

考察刘再复对泰戈尔诗学的接受，主要表现在散文诗形式和童真思想两个方面。刘再复喜欢散文诗，也写作散文诗。1979年出版了散文诗集《雨丝集》（上海文艺出版社），之后陆续出版了《告别》（福建人民出版社,1983）、《深海的追寻》（湖南人民出版社,1983）、《太阳·土地·人》（百花文艺出版社,

---

① 张闻天：《太戈尔之诗与哲学观》，《小说月报》1922年第2期。

1984)、《寻找的悲歌》(湖南文艺出版社,1988)、《人间·慈母·爱》(人民文学出版社,1988)、《读沧海——刘再复散文》(安徽文艺出版社,1999)、《独语天涯——1001夜不连贯的思索》(上海文艺出版社,2001)、《又读沧海》(广东旅游出版社,2013)、《散文诗华》(生活·读书·新知三联书店,2013)等。他对散文诗的兴趣和热情,是泰戈尔影响的结果,他明确地说:"喜欢散文诗写作,还和我从中学时代就迷恋上泰戈尔有关。"①生活·读书·新知三联书店出版10卷本"刘再复散文精编",其中第九卷《散文诗华》,在"后记"中具体谈到他的散文诗情结和泰戈尔的关联:

> 散文诗是我少年时代的伴侣,15岁上国光中学高中那一年(1956),我第一次见泰戈尔的《飞鸟集》和《园丁集》,当即,我就站在书架边上,一口气把《飞鸟集》326节读完,读完后的第一感觉是"飞鸟,飞鸟,你将永远伴随着我的人生。"果然,直到今天,泰戈尔的《飞鸟集》还在我身边,散文诗依然伴随着我。……仰望窗外的星空,泰戈尔的诗句很自然地跳到眼前:"让我设想,在那群星中间,有一颗星正引导我的生命通过那黑暗的未知",是的,人生之旅正是不断走出"黑暗的未知"的行程,散文诗正是帮助我走出黑暗的行吟。半是学者、半是行吟的散文诗人,这大约正是笔者的本质。②

刘再复就是在泰戈尔的散文诗集《飞鸟集》《新月集》的"迷恋"中认识散文诗这一文类,从中吸取创作灵感和心灵智慧,借鉴言说形式和表现手段,泰戈尔的散文诗甚至成为他人生的指引,伴随着他大半辈子的人生。他对散文诗的理论认知,从泰戈尔的散文诗开始启蒙,在实践中不断积累完善。他曾谈到散文诗:"散文诗介于散文与诗之间……诗可以'曲说',即可隐喻、暗示、通感等,而散文则只能'直说',即直接表述散文作者的思想和情感……散文诗的好处,正是它既可以直说,也可以曲说,它无须诗的音乐节奏,但有内在情韵;它无须散文那样叙事,但比诗更实更具体一些;它可自我塑造,但塑造的是内在

---

① 刘再复:《又读沧海》,广东旅游出版社2013年版,第282页。
② 刘再复:《我的散文散记——〈刘再复散文精编〉作者后记》,《华文文学》2012年第5期。

的心灵性形象,而非外在的实体性形象。"①

泰戈尔在1939年写过一篇题为《散文诗和自由体诗》的文章,针对有人对"散文诗"持质疑态度,从诗和散文比较的角度论说散文诗:"诗的语言颇需斟酌,受制于严格的规则——韵律。而散文则不受任何约束,可以任意选择写法。散文的语言,首先是政治的语言和日常生活的语言。……我写了许多散文诗,在这些散文诗中我想说的东西是其他形式不能表达的。它们使人感受到简朴的、日常的生活气息。它们可能没有富丽堂皇的外表,但它们并非因此而不美。我想,正是因为如此,这些散文诗应列于真正的诗作之中。"②

没有材料表明,刘再复读了泰戈尔的《散文诗和自由体诗》。但他对散文诗的诗学理解与泰戈尔基本一致,都强调散文诗中诗的韵律和精神,表达形式的朴实和自由。刘再复以一个诗人和学者的敏感,从泰戈尔的散文诗创作中,体悟到散文诗的诗学本质。

另外,刘再复对泰戈尔诗学中的"审美人格"有着深深的共鸣。泰戈尔"审美人格"就是纯洁、本真和爱的精神主体,集中体现在儿童的精神世界。《新月集》中有一篇《孩子天使》,将孩子与成人对比,凸显童心世界的纯洁、善良和爱心:

> 他们喧哗争斗,他们怀疑失望,他们辩论而没有结果。
>
> 我的孩子,让你的生命到他们当中去,如一线镇定而纯洁之光,使他们愉悦而沉默。
>
> 他们的贪心和妒忌是残忍的;他们的话,好像暗藏的刀,渴欲饮血。我的孩子,去,去站在他们愤懑的心中,把你的和善的眼光落在它们上面,好像那傍晚的宽宏大量的和平,覆盖着日间的骚扰一样。
>
> 我的孩子,让他们望着你的脸,因此能够知道一切事物的意义;让他们爱你,因此他们也能够相爱。
>
> 来,坐在无垠的胸膛上,我的孩子。朝阳出来时,开放而且抬起你的心像一朵盛开的花;夕阳落下时,低下你的头,默默地做完这一天的礼拜。

刘再复就是在这样的童心世界里感受泰戈尔,与"印度老诗人"心波共振、

---

① 刘再复:《又读沧海》,广东旅游出版社2013年版,第281页。
② 刘安武等主编:《泰戈尔全集 第22卷 散文》,河北教育出版社2000年版,第315—316页。

隔空对话:"飘拂着满头银须的印度老诗人,我铭记着:'上帝期待着人从智慧里重获他的童年。'所有伟大的生命都是个小孩,他们死的时候,不是留下尸体,而是留下伟大的童年,因此,这个世界不会苍老。你如此酷爱世界,所以世界虽然以痛苦亲吻你的灵魂,你却报予世界以美丽的诗章。你永远是个真纯的孩子,所以,你才能发出这样的祝福:让死了的拥有不朽的名,让活着的拥有不朽的爱。"①刘再复在漂泊海外的日子里,写下《童心说》,从中我们能感受到:是泰戈尔铸造的审美人格——童心世界,给了他对这个世界的希望,对祖国前景的信心。他写道:"但泰戈尔却征服了中国,这种征服,不是耻辱,而是童心的凯旋。它向中国展示着希望:古老的大地仍然有童心生长的土壤,拥抱童心的知识者仍然在默默地活着。"②

综上所述,从张闻天和刘再复两人对泰戈尔诗学的接受可以认识到:泰戈尔诗学对中国的影响是广泛而深刻的,既有思想观念层面的影响,也有文体形式方面的影响;泰戈尔爱的哲学、人格理念、自由精神、生命价值、和谐统一的诗学品格、纯洁本真的童心世界等都成为中国20世纪文学吸收的诗学资源。

第四节 泰戈尔诗歌研究

泰戈尔是现代东方的伟大诗人,他的诗歌成就引人瞩目。诗歌,也是泰戈尔被译成汉语最早的文类,也是对中国20世纪文学影响最大的文类。他的散文诗、小诗在形式上为中国新诗的发展提供范例;他诗歌中的哲理、童真和爱的思想为中国诗人丰富了精神资源。中国学界对泰戈尔的诗歌研究也一直保持热情。

一、泰戈尔诗歌研究的分期与焦点

(一)20世纪初——1949年:集中讨论哲学精神、人格观与泛爱思想

张闻天最早分析泰戈尔的诗歌与哲学之间的紧密关系,他认为,艺术的目

---

① 刘再复《独语天涯——1001夜不连贯的思索》,上海文艺出版社2001年版,第161页。
② 同上书,第148页。

的在于解放灵魂和思想,"真正的艺术使我们的思想,离开单纯的机械生活,把我们的灵魂举到天上。它把'自我'从忙碌的世界的种种活动里释放出来。它打破那关闭心灵的牢狱,破除那遮蔽光明的障碍。"①艺术和诗的目的不在于肉体的快乐,而在于精神的快乐。肉体的快乐是印度人所极力反对的。他们出世就是对于这种快乐表示反对。他们所谓的快乐是精神的快乐,那美的情绪是精神的经验,不单是主观的感觉。艺术如失了得到精神自由的方法,单成了下等人的娱乐品,它就不是真正的艺术了。

没有不包含哲学的真正的诗歌,也没有不包含诗意的哲学思想,"诗之所以为诗只因为它是哲学的"。诗人和哲学家一样,都是和谐的创造者,"诗家也许可以表现他的艺术在描写世界的悲剧的背景,但是他相信一切的究竟只有和平与和解,不是不和与失望。""凡一种艺术的结果只有厌恶和不满意的印象留在他人的心上,我们不能称为真正的艺术品。真艺术品最后的感觉,应该是胜利与满意。"②生活和艺术中总是存在假恶丑与矛盾的事物,但创作和谐是艺术和哲学的使命。张闻天认为,泰戈尔"对于宇宙魂抱有确信。没有这确信,他就不是诗人。所以神的内在的哲学应该为真实而又伟大的诗的基础。为精神力所笼罩了的诗人之心可以直透入自然的表面,捉到生命的跳动。"③由此,"真正的诗是现实理想化了的,是理想现实化了的;并且我们还是有极其实在的东西,不过这东西比现实的东西有更高的性质。"④不仅如此,诗歌与哲学的表达不必拘泥于形式,泰戈尔创作的不拘泥于形式的散文诗风大大拓展了表达其思想的范畴,只有精神去创造形式,没有形式去产生精神。拘于形式的人,一定失掉了他的创造的精神,就失了艺术的真目的。

在许多人看来,诗歌的激情想象与哲学的理性思辨是不可能太紧密联系在一起的,张闻天的分析恰恰不是这样。"一个直觉的哲学家,他已经升到小自我之上,已经得到意识的真自由,那么,他和听到灵魂的密语而发为音节的诗人就没有什么分别。""泰戈尔是明省的思想家,但是他的理知和明省是隶属

---

① 张闻天:《太戈尔之诗与哲学观》,《小说月报》1922年第2期。
② 同上。
③ 同上。
④ 同上。

于想象力和情绪的。哲学观捉在他精神的幻想里,安放在他诗的创造里。他的诗的精神是他的生命的精神。那抽象的和智慧的范畴充满了看见了的和实现了的事物的光明和温暖。"①哲学与诗歌可谓殊途同归,正如泰戈尔所言:"有意识地或无意识地,也许我做了许多不真实的事物,但是在我的诗里,我从没有说过假话——我的诗是我生命的最深的真理显示的神圣之处。"可见,在泰戈尔心中,哲学的真理和诗歌是不分彼此的,二者可以彼此融合,相恰无间。王希和在《太戈尔学说概观》中,亦分析了泰氏的哲学观思想,即"人与宇宙的和谐",另外,从其教育思想和艺术观等方面也进行了分析,得出泰戈尔是追求精神生活的圣者。

王统照亦从泰戈尔的哲学思想与其诗歌的牵连深刻地论述了他的诗歌观。他认为,泰戈尔的哲学思想渊源于古老的印度哲学思想,其落脚点在于一个"爱"字。"因爱己力(广义的),便爱人类,爱一切众生。而我、人类、众生,都是宇宙的个体,都是与宇宙相融合而不可分割的,于是便以个体与宇宙是一是二,人类、众生,便是神的变体。宇宙无限,自我亦无限;宇宙恒存,个人亦恒存。花自常好,月自常圆,一切有情无情的东西,凡是存在于宇宙中的,都是自我之'爱'的象征物。"②印度的哲学观影响了泰戈尔的诗歌人格观,这在《吉檀迦利》中有鲜明的体现:我在这里唱你的歌曲,在你的客厅内我坐在一隅。/在这个世界里我无工可做;我无用的生命只能在调子中无目的地破出。/当时刻在夜半的黑森寺宇中鸣击,因为你的沉寂,命令我,我的主人,去立在你的前面唱出。/在清晨的空气中金色的竖琴调谐了,尊敬我,命我的出现。

王统照认为,泰戈尔的哲学思想与诗歌观呈水乳交融之态。"在他的诗歌、小说中,每一行里都有他对于人生之真实了解、说明与主张;而又绝没有教训主义与陈腐道德使人厌闻的,都是满浮了音乐化的声调、娇花明星般的丽句。尤其是诗歌——使人听过、看过,只知其美,而又能将他所感的,嵌在其心灵深处的念头、意识、乞求、欲望,都渗化在无数读者的心里。"③这些哲学观,在泰戈尔激情浓烈的《吉檀迦利》《园丁集》《新月集》都有鲜明的体现,其人生观

---

① 张闻天:《太戈尔之诗与哲学观》,《小说月报》1922年第2期。
② 王统照:《太戈尔的思想与其诗歌的表象》,《小说月报》1923年第9期。
③ 同上。

与宇宙观交相激荡,"泰戈尔实是不愧为一个虚空世界里的高歌者,且是黎明高歌者。因为自他的歌声在高处传出,不但使屈服于机械主义之下的欧洲人为之惊叹,即他所努力呼出的东方哲学的吼音,其反响也足以使我们反省。"①其无论是哲学思想,还是诗歌激情,都在于一个"爱"字,"泰戈尔以诗人、以哲学家的资格,作'爱'的宣传、思想的发扬、文字的贡献,其唯一的贡献,就是此等'爱'的光普照到全世界,而且照彻在人人的心中,则有生之物,都可携手飞行于欢乐的自由之中,而世界遂成为如韵律般光明,色泽般的美丽与调谐了。"②

在《泰戈儿的人格观》中,王统照从泰戈尔诗歌和艺术创作中总结其人格思想,认为其作为伟大诗人,在于其"思想的高越"。"人格是个人创造力的本体,所以它不但对于自己负有责任,更对于神,负有无尽的责任。这个思想是因为泰戈尔根本上认为在宇宙有'超人格'的存在。"③泰戈尔并不曾为"人格"下一个清晰的定义,只是凭感觉的延展,"任凭自我的发展,不使之萎缩,不使之悲哀,不使之违背自然与对于人生的厌恶,在处处是光风霁月的境界里,活泼'我'的思想,扩大'我'的容量,现实'我'的内部的精神,以为宇宙的'动',与自我的'生'相连锁,时时用创造的机能,去维系我们,去顺流我们的统一的意识,使内在的生命,和外在的生命——宇宙(神)的生命,久远常相集合为一,于此中我们的人格,乃可以表现出。""普遍的爱,与生存的动,是泰戈尔哲学的要义,也是他的人格观的根本,其他如艺术的表现,创新的努力,也可以包括于上二者之中了。"④

郑振铎是较早完整翻译泰戈尔诗集的中国作家,他在《太戈尔的艺术观》中提出:"艺术的主要目的是人格的表现,我们都已坚确地相信。但是,还有许多人却以为艺术的目的是'美的产生'(the production of beauty)的。在太戈尔看来,艺术的美不过是工具而不是艺术的完全的最著的特征。它不过用来为更有力地表现我们的人格的工具而已。"⑤他认为,"太戈尔则如一个最伟大

---

① 王统照:《太戈尔的思想与其诗歌的表象》,《小说月报》1923年第9期。
② 同上。
③ 王统照:《泰戈儿的人格观》,《民铎》1923年第4卷第3、4号。
④ 同上。
⑤ 郑振铎:《太戈尔的艺术观》,《小说月报》1922年第2期。

的发现者一样,为这些人类发现了灵的亚美利亚,指示他们以更好的美丽的人的生活;他如一线绚烂而纯白的曙光,从这暗室里的天窗里射进来,使他们得互相看见他们自己,看见他们的周围情境,看见一切事物的内在的真相。虽然有许多人,久在园中生活,见了这光,便不能忍受地紧闭了两眼,甚且诅咒着,然而大多数肯睁了眼四顾的,却已惊喜得欲狂起来。这光把室内四周的美画和宏丽的陈设都照出来,把人类的内在的心都照出来。"[1]很显然,这样的泰戈尔诗歌解读是很契合中国当时的政治气候的。

徐志摩与泰戈尔相交甚笃,不仅翻译过泰戈尔的诗歌,还对他的诗歌人格观有着深刻的认知。泰戈尔诗歌的贡献和在世界文学中的地位"我们没有回答的能力。但有一事我们敢断言肯定的,就是他不朽的人格。他的诗歌、他的思想、他的一切,都有遭遗忘与失时之可能,但他一生热奋的生涯所养成的人格,却是我们不易磨灭的纪念。"[2]这人格就是"高超和谐"的人格,"可以给我们不可计量的慰安,可以开发我们原来淤塞的心灵泉源……"[3]在他看来,中国人在没有遭遇泰戈尔以前,其人格是"饿惯了的","只认鸠形与鹄面是人生本来的面目,永远忘却了真健康的颜色与彩泽。"如今,泰戈尔到来了,"他是普照的阳光。他是一派浩瀚的大水,来自不可追寻的渊源,在大地的怀抱中终古地流着,不息地流着,我们只是两岸的居民,凭借这慈恩的天赋,灌溉我们的田稻,苏解我们的消渴,洗净我们的污垢。他是喜马拉雅积雪的山峰,一般的崇高、一般的纯洁、一般的壮丽、一般的高傲,只有无限的青天枕藉他银白的头颅。"[4]徐志摩用诗一般的语言来形容泰戈尔访华给中国人带来的福音和他人格的崇高尊严,这毫无疑问激发了中国人民的民族自信心与自尊心。

郭沫若认为,"'梵'的现实,'我'的尊严,'爱'的福音,这可以说是泰戈尔的思想的全部",究其泛爱思想而言,郭沫若和冰心是受其影响最深的。这从郭沫若激情的女神狂想式作品中和冰心清新自然的童心之爱的作品中可以浓烈地感受到他们这种影响之源。然而对于提倡诗歌"三美"理论的闻一多而

---

[1] 郑振铎:《欢迎太戈尔》,《小说月报》1923 年第 9 期。
[2] 徐志摩:《太戈尔来华》,《小说月报》1923 年第 9 期。
[3] 同上。
[4] 徐志摩:《泰戈尔》,《晨报副镌》1924 年第 114 号。

言,"泰果尔底文艺底最大的缺憾是没有把捉到现实。文学是生命底表现,便是形而上的诗也不外此例。普遍性是文学底要质而生活中的经验是最普遍的东西,所以文学底宫殿必须建在生命底基石上。"①他之所以认为泰戈尔的诗歌缺乏现实的根基,乃在于印度传统文化脱离现实生活所限,推崇的是一种泛神论的思想,同时也在于泰戈尔过多吸收了西方形而上方面的养料所致。泰戈尔诗歌的另外一个缺憾,闻一多认为他的诗歌缺乏形式感,比较随意,破坏了诗歌的美感和韵律。泰戈尔之所以伟大是其中包含了哲理,艺术价值并不高。这样的评价,显然有着时代的误读。闻一多作为爱国主义诗人,身上显然有着强烈的时代责任感和理性思维纠正白话诗风流弊的努力,而对泰戈尔的显在的强烈情感自然是不甚满意的。中印文化传统的差异,也影响了闻一多对泰戈尔诗歌的解读。实际上,泰戈尔的诗歌并不失现实主义精神,而且贯通一种宇宙的内部深层和谐思想与韵律相通的诗风,这在并未深味印度传统的闻一多而言,自然得出的是一种不太准确的阐释。

(二)1949—1979 年:思想内涵分析为主导倾向,稍带艺术分析

季羡林评价泰戈尔创作于 1905—1908 年间的诗歌,充满"神秘气息"和"宗教气息","诗人用生动的笔法把孟加拉的自然风光描绘到纸上来。这里有静夜、清晓;有七月淫雨的阴沉,四月晴天的芬芳;有争奇斗艳的繁华,花丛中展翅的蝴蝶;有天空的闲云、潺潺的流水;有微笑的繁星、淅沥的夜雨;有夏天的飞鸟,秋天的黄叶。总之,展现在我们眼前的是一幅花团锦簇、五色斑斓的图画。"②至于泰戈尔的诗歌如何充满神秘和宗教气息,论者并未进一步探析,而是用充满感性的描绘性语言表达了对其诗歌的总体感觉。后来,季羡林在《泰戈尔的生平、思想和创作》中做了详细的分析,对他的哲学思想做了深刻的阐发。并分析了泰戈尔诗歌中的神秘性和宗教气息来源,"在他的抒情诗里面,可以明显地看到印度古典文学,特别是迦梨陀娑和阇耶提婆的影响,也可以看到孟加拉民间文学和西方文学的影响。这影响有好有坏,不能一概而论。梵文抒情诗华而不实的那一面,还有西方的所谓纯诗和唯美派象征派的诗,特

---

① 闻一多:《泰果尔批评》,《时事新报·文学副刊》1923 年第 99 期。
② 季羡林:《纪念泰戈尔诞生一百周年》,《文艺报》1961 年第 5 期。

别是西方所谓世纪末的文学,都对他起了不好的影响。"①

黄心川主要从泰戈尔文学创作中的哲学内涵进行了阐释,他认为"泰戈尔是一个诗人,他是用诗人的语言来表述哲学问题的,他经常摇摆于自然和精神、主观和客观之间,显现出无数的自我矛盾,使人难于确切地理解。"②其对泰戈尔诗歌中的爱国主义和反封建主题也多有阐发。

金克木重点分析了《吉檀迦利》的主题思想、语言特色和泛神论。《吉檀迦利》是献给神的颂歌,"'神'不是远在天上,也不是只在庙里,而是在我们家里,'神'一再出生为我们的孩子,是个'永恒的儿童',因此宗教歌曲就是爱情歌曲。'神'是真实的,不是抽象的,正如'哲学'和'无限'一样。"③因此,他认为,泰戈尔的泛神论并不神秘,就是印度日常生活的体现,它来自印度古老的传统,并与印度人民深深地融为一体。

另外,周而复、连士升等都对泰戈尔诗歌的宗教主题和哲学思想有所阐析。泰戈尔研究一度受到阻滞,新的勃发期发生在改革开放后。

(三) 1979—1989 年:思想挖掘和艺术分析并重

随着思想的解放和对外开放,我国对泰戈尔的翻译与研究进入新的境界。冰心在《泰戈尔诗选》译者序中,深情表达了对诗圣的崇敬。作为泰戈尔诗集的翻译者,她表示:"从这本诗里我游历了他的美丽富饶的国土,认识了他的坚韧温柔的妇女,接触了他的天真活泼的儿童。"④冰心的泛爱思想和童心情感就来自泰戈尔的深刻影响,她自谦地认为:"我纵然尽上最大的努力,也只能传达出其中一点的诗情和哲理,至于原文的音乐性就根本无从得到了。"⑤可见,泰戈尔在冰心心中享有崇高的地位。

周而琨认为,以往学界往往关注泰戈尔"光风霁月"的一面,而忽视了他"金刚怒目"的一面。实际上,泰戈尔吸引中国学人的关注,除了他伟大的艺术修养之外,更有反帝爱国的政治情怀。"他的娓娓动听的故事诗、智慧纯洁的儿童诗、甜柔单纯的爱情诗机智精辟的哲理诗朦胧神秘的'宗教诗'和掷地有

---

① 季羡林:《泰戈尔的生平、思想和创作》,《社会科学战线》1981 年第 2 期。
② 黄心川:《略论泰戈尔的哲学和社会思想》,《哲学研究》1979 年第 1 期。
③ 金克木:《泰戈尔的〈什么是艺术〉和〈吉檀迦利〉试解》,《南亚研究》1981 年第 Z1 期。
④ 佟加蒙编:《中国人看泰戈尔》,人民出版社 2012 年版,第 214 页。
⑤ 同上。

声的政治抒情诗向读者展示了一个独具个性的,印度伟大文学家爱国者、反殖反帝国际主义战士的崇高形象。"①他把这些政治抒情诗分为三类,分别是政治活动和日常生活体验诗歌;重大政治事件的诗歌和劳动群众的诗歌。诗歌充满主观的战斗激情和爱国主义的热情,其乐观精神和战斗精神都得到了很好的抒发。

另外,泰戈尔诗歌的艺术分析也得到了重视,刘清河认为,泰戈尔诗歌的伟大:"不仅在于作品所蕴含的深邃睿智的思想,所表现的朴实和谐的风格,所表达的善良美好的情感,更重要的还在于诗人在绝大多数作品中所创造出来的形象鲜明、情感真挚、朴素自然、意味隽永的审美意境。"②

(四)1989年—20世纪末:以诗歌的艺术分析研究为主,尤其是《吉檀迦利》的艺术探讨为重点

何乃英从不同历史时期论述了泰戈尔的散文诗,这种自由灵活的诗风,使泰戈尔能够自由地表达诗情,天地自然、人生社会无所不及,将自由的情感与叙述的灵活完美地结合起来。尤其对散文诗《吉檀迦利》阐析道:"一是表现诗人日夜盼望与神相会,与神结合,以便达到合二而一理想境界的急迫心情;二是表现诗人虽然热烈追求,但却难以达到合二而一理想境界的无限痛苦;三是表现诗人经过顽强追求,终于达到合二而一理想境界以后的无限欢乐。总之,其主旨是对于与神结合理想境界的追求以及达到这种境界的欢乐。不过,泰戈尔的追求不是到现实世界外去追求,而是在现实世界中去追求。"③可见,即使是颂神的诗歌,也是与生活紧密联系的。蒋登科论述了泰戈尔的泛神论思想和生命思考,"泰戈尔的生命哲学是对泛神论思想的一种新发展,他呼唤神,实际上是渴求人与人、人与自然、人与世界的和谐,而不是用所谓的神的力量来统治人。因此,从一开始,泰戈尔的散文诗就强调人的生命的自由发展,具有浓郁的人性光辉。"④

---

① 周而琨:《泰戈尔政治抒情诗的发展及其特点》,《扬州大学学报(人文社会科学版)》1985年第3期。
② 刘清河:《浅谈泰戈尔诗歌的意境美》,《宁夏社会科学》1988年第1期。
③ 何乃英:《论泰戈尔的散文诗》,《南亚研究》1993年第1期。
④ 蒋登科:《泛神论与泰戈尔散文诗的生命探索》,《西南师范大学学报(哲学社会科学版)》1994年第4期。

王纯菲专门探讨了泰戈尔诗歌的意象性叙述,他在"化情于事""以事抒情"层面达到了纯熟的阶段,将景、事、情融合为一体。他指出构成泰戈尔意向性叙述的特征为:以意象为事件性推展与收束的支点,人格化与情境化,第二人称——效果独具的叙述角度。泰戈尔诗歌意象性叙述既来源于印度传统文化的熏陶,同时也与他个人的心性特征紧密相连。"泰戈尔把普遍的民族经验与更为普遍的超民族经验构入意象性叙述,他以此步入各民族接受者心中。"①

(五) 2001 年—至今:以跨文化比较研究与诗学研究为重点

新时期以来,泰戈尔诗歌研究成果比较丰硕,尤其是跨文化比较研究与泰戈尔诗学研究,更显突出。

张思齐以宋诗为例,分析了泰戈尔散文诗歌的特点。从泰戈尔诗歌的清淡、随性与题材的广泛三个角度与中国宋代诗歌进行了比较分析。他以宋代梅尧臣、欧阳修和苏轼为例,说明宋诗的平淡特性,如"平淡是梅尧臣极力所追求的艺术境界。在这里,平淡并非平庸,也不是一味追求简单,而是以质朴的语言和高度简练的写作技术,来表现作品的内容。"②而泰戈尔也反对繁复的文风,他追求的是一种"质朴、想象和新奇"。对于印度历史上追求丽辞和繁杂修辞的传统,他给予了反对和驳斥,"虽然我不能说,我已完全摆脱了那个时代禁锢青年心灵的所有桎梏,然而,写作生涯却未落入模仿的形式的窠臼。我的诗体、语言和思想追求质朴、想象和新奇,为此遭到那些博学的批评家们的严厉斥责和饱学之士的轰然嘲笑,我的物质再加上我的异端思想,使我被放逐于文学圈子之外。"③《吉檀迦利》就是如此,不仅平淡,而且还很随意。"泰戈尔随意创作的散文诗不少,我们甚至可以说,随意性是泰戈尔遵循的一个创作原则。这不仅可以通过他的作品分析出来,而且泰戈尔本人还有一套随意性的创作理论。"④这种随意性与中国宋代诗歌的"随物赋形"有着巨大的形似性,以苏轼为例,他身上就有老庄和道家的洒脱与豪迈之势,当然,二者的差异性也是很

---

① 王纯菲:《谈泰戈尔诗歌的意象性叙述》,《东方丛刊》1997 年第 1、2 辑。
② 张思齐:《泰戈尔散文诗的创作和理论(上)——以中国宋代诗学为参照系的印度诗学比较研究》,《阴山学刊》2003 年第 1 期。
③ 刘湛秋主编:《泰戈尔文集Ⅳ》,安徽文艺出版社 1997 年版,第 7 页。
④ 张思齐:《泰戈尔散文诗的创作和理论(上)——以中国宋代诗学为参照系的印度诗学比较研究》,《阴山学刊》2003 年第 1 期。

明显的。泰戈尔散文诗歌题材的广泛一个重要的缘由是来自印度人对梵的信仰,"泰戈尔是一个泛神论者。他把整个宇宙、整个自然视为同一,认为万物存在于神之内,神是万物的内因。不过泰戈尔心中的神,不是一般宗教所信奉的人格神,也不同于自然神论者所主张的作为第一因的神。泰戈尔心中的神,并不凌驾于世界之上,而是存在于世界之中,就在日常生活里。这个神就是大梵。泰戈尔信仰大梵就像一般的中国人信仰道一样。"①这与中国人对"道"的体悟是相似的,而宋诗具有"无事不入诗,境界极度地开阔"的特征。这与当时对参禅入诗,援佛入诗的哲理相通,道的通行使之与泰戈尔在对梵的泛神思想具有相似特征。

还有从泰戈尔诗歌与印度传统的研究上进行论析的,如魏丽明等著的《"万世的旅人"泰戈尔——从湿婆、耶稣、莎士比亚到中国》中有专门论述泰戈尔诗歌中的湿婆形象。从泰戈尔诗歌的湿婆意象统计、湿婆形象描写、湿婆意象分析和与湿婆的比较分析方面进行了详细的论述,泰戈尔与湿婆既有广泛的联系,也有个体突出的差异性。

泰戈尔与中国诗人的交往和影响,对中国现代文学的巨大影响等方面进行整体深入论述的有孙宜学主编的《泰戈尔在中国》(第二辑),王邦维、谭中主编的《泰戈尔与中国》,艾丹的《泰戈尔与五四时期的思想文化论争》,张羽的博士论文《泰戈尔与中国现代文学》等。在个体研究上,对泰戈尔与陶渊明、苏轼、冰心、郭沫若、周作人、许地山、鲁迅等比较研究的深入论文也时有发现,能见不少发人深思的思考。

在以泰戈尔诗歌研究为中心的诗学理论方面进行探索的代表性论著有郁龙余等著《中国印度诗学比较》中的泰戈尔与王国维的比较研究专论。尹锡南的《华梵汇流》以中印文学文化的汇通来呈现两国文学文化的巨大历史关联性与互鉴意义,尤其是泰戈尔与中国作家的比较研究为跨文化对话提供了参考。侯传文的《话语转型与诗学对话——泰戈尔诗学比较研究》从宏观整体的视野对印度诗学和比较诗学进行了研究,是泰戈尔诗学理论形态的代表性论文。

---

① 张思齐:《泰戈尔散文诗的创作和理论(上)——以中国宋代诗学为参照系的印度诗学比较研究》,《阴山学刊》2003年第1期。

何乃英的《泰戈尔——东西融合的艺术家》中有专章论述泰戈尔诗歌东西融合的特色,认为泰戈尔的东西融合特色最鲜明的是其散文诗歌创作,如诗集《吉檀迦利》《园丁集》《新月集》和《飞鸟集》。黎跃进的论文《泰戈尔诗学在中国的传播与接受》对泰戈尔诗学进行了总结:心灵表现的诗学,和谐统一的诗学,讲究韵律的诗学。

二、诗歌研究的主要论争

诗歌研究的主要论争集中在《吉檀迦利》的主题上。黎跃进在《与神对话:现实与理想——关于〈吉檀迦利〉的思想倾向》中对不同主题有论析。他认为,围绕《吉檀迦利》的研究与论争,主要有三个方面,一个是诗集的性质,一个是关于诗集的主题内涵,一个是关于诗集的局限与评价问题。① 这样分类,应该是准确客观的。新时期以来,随着泰戈尔诗歌研究成果的开拓,各个层面的论析有了更为深入的思考与探索。《吉檀迦利》中的泛神论思想,应该说是普遍公认的。作为献给神的诗歌,泰戈尔的颂神有着印度本土文化的熏陶,"《吉檀迦利》肇始于泰戈尔对印度传统文化的继承,诗中所具有的浓烈宗教色彩和神秘主义朦胧感,盖源于印度民族长期以来崇尚神秘性宗教感情的心理积淀。"② 由此他一生中大部分诗歌都充满着宗教气息,"到了中期,宗教诗歌成为他诗歌创作的主体。就是在后期,他也没有完全停止宗教诗歌创作。他可谓毕生没有中断对宗教问题的思考和探索。宗教诗歌便是他借以进行这种思考和探索的一个手段及产物。"③《吉檀迦利》正处于泰戈尔由自然诗向宗教诗转变的中期,其宗教思想流露显明。"泰戈尔通过《吉檀迦利》这部献给神的颂歌集表述了他的宗教哲学思想,寄托了他对崇高精神境界的执着追求和对理想社会的热烈向往,展示了他对人民和祖国的一片深情。"④

关于《吉檀迦利》的主题内涵,解读成果众多。"《吉檀迦利》极其集中地表达了诗人这种泛爱和泛神论的观点。神是理想和真理的象征,爱是实现理想

---

① 黎跃进:《与神对话:现实与理想——关于〈吉檀迦利〉的思想倾向》,《衡阳师范学院学报》2001年第5期。
② 王燕:《〈吉檀迦利〉文学渊源初探》,《河南大学学报(哲学社会科学版)》1988年第2期。
③ 刘建:《论〈吉檀迦利〉》,《南亚研究》1987年第3期。
④ 同上。

境界的手段。从字面上看,这些诗是献给神的,从内容上看却是描写诗人自己的内心世界和思想感情的,是作者用来表达自己对真理和理想的虔心追求、深沉渴慕和光辉礼赞的。"①其突出的主题是将东西方文化融合为一体的思想,在诺贝尔授奖词中写道:"泰戈尔用多侧面的文化,印度和欧洲文化,将自己武装起来。""这种文化在印度广袤宁静而又秘藏着珍宝的森林里臻于至善,是在同自然生活本身的日益和谐当中,主要追觅灵魂宁静祥和的一种文化。"②此种说法广为流传,亦为中国学人所接受。"泰戈尔以他的广博学识和敏锐感受,既受到印度传统文化熏陶,又受到西方文化的冲刷。他心目中的'神'既不是印度的'梵',也不是西方的上帝,而是把印度古老传统与现代人类文明融合后形成的生命价值。这种'生命价值'包含了诗人对人生、社会、理想和希望的探索,是人应该追求的一种崇高境界。"③正如何乃英所言:"他的诗歌主要根植于印度和孟加拉民族诗歌的土壤之中,从印度梵语诗歌(特别是《罗摩衍那》和迦梨陀娑的作品)和孟加拉语诗歌(包括民歌)宝库中汲取营养;同时也受到英国近现代诗歌(如莎士比亚、彭斯、华兹华斯、拜伦、雪莱、济慈等人的诗歌)和其他欧洲国家近现代诗歌(如但丁、歌德、海涅等人的诗歌)的影响。"④

但在叶舒宪看来,"笔者以为,《吉檀迦利》在本质上不是一部宗教诗,而是一曲自由颂,是诗人对人的赞美,对美的渴望和呼唤,只不过是藉颂神诗的形式外观加以表现而已。这部诗集名为'献诗',但并非献予神灵的,而是献给人类的,献给人类理想的自由天国的。"⑤应该说,该论文结合泰戈尔的诗集有比较详细的论证考察,得出的结论也有创新性。只不过,完全抹掉泰戈尔在印度民族属性上的宗教意义,似乎是作为中国学人的稍显主观性的解读了。

而《吉檀迦利》在新时期通过比较研究和不同批评视野下的解读,可以更深入地理解作品,充分体现了文学随着时代观念变化而变化的特性。

---

① 赵琼笙:《东方文学中的一颗明珠——浅论〈吉檀迦利〉》,《云南师范大学学报(哲学社会科学版)》1988 年第 5 期。
② 宋兆霖主编:《诺贝尔文学奖全集(上)》,北京燕山出版社 2006 年版,第 130—131 页。
③ 黎跃进:《与神对话:现实与理想——关于〈吉檀迦利〉的思想倾向》,《衡阳师范学院学报》2001 年第 5 期。
④ 何乃英:《泰戈尔——东西融合的艺术家》,中国社会科学出版社 2013 年版,第 227 页。
⑤ 叶舒宪:《〈吉檀迦利〉:对自由和美的信仰与追求》,《外国文学评论》1989 年第 3 期。

关于诗歌的哲理化探讨亦很突出。何乃英认为:"泰戈尔哲学观的核心内容包含三个部分:一是'梵'的观念,二是'我'的观念,三是'梵我同一'('梵我一如')的观念,三者之间有密切的联系。"①"梵"作为宇宙的最高主宰,体现在具体的个体精神之中,要达到"梵我一如"的境界,必须要有奉献精神和爱心。这种泛神论思想有着充分的印度哲学传统和宗教传统作为文化背景,并与中国的道、佛思想颇相契合。事实上,泰戈尔也曾受到中国道家思想的影响。这在上述有所论述,兹不赘述。"奥义书把'我'升华到'梵'的位置,'我'就是'梵','梵'就是'我','我'是'梵'的异名,'梵'是最高的'我',认为人生的最大追求,就是力争达到'梵我一如'的境地。奥义书的这种'梵我一如'思想深深地影响着泰戈尔的世界观。""泰戈尔把'有限'规定为人和物,把'无限'视为神。神在泰戈尔的宗教诗歌中不是一种理性的抽象,而是一种感性的直觉体验。"②正如郁龙余所论:"泰戈尔的自然诗,是其哲学自然观的诗化产物,数量宏丰且多姿多彩,是其诗歌创作的重要组成部分。像哲学家和诗人在泰戈尔身上结合得十分完美一样,在他的自然诗中,诗歌和哲学也结合得水乳交融。"③

此外,在泰戈尔诗歌哲理化探讨中又突出了生命观与死亡观的探索。泰戈尔的生命观既不同于印度传统中的"寂然于万物",也不同于西方文化那种偏执的悲观精神,而是具有"和谐完整、统一宁静"的追求。④ 进而泰戈尔的生态思想也在考察视野中,"泰戈尔的诗歌蕴涵着深刻的生态智慧,这是一种超越主客二元对立的自然观,在自然和文学的'文本间性'中把体验的深度与世界的内在关系融为一体,从而在泛神的自然中领悟和谐统一的生态大美的智慧,那些饱含着万物同体之生态智慧的深情吟唱不仅能引起人们普遍的共鸣,也能帮助我们建立一个关于自然的信念体系,指导人与自然关系的道德实践。"⑤而对于死亡观,"死亡的意象诗歌几乎贯穿了泰戈尔一生的诗歌生涯,他

---

① 何乃英:《泰戈尔——东西融合的艺术家》,中国社会科学出版社 2013 年版,第 119 页。
② 张德福:《熔诗情与哲理于一炉——泰戈尔宗教诗歌评述》,《南亚研究季刊》1998 年第 4 期。
③ 郁龙余:《泰戈尔的自然观与自然诗》,《文史哲》2002 年第 4 期。
④ 彭立鸿:《圆融的生——泰戈尔诗歌中的生命意识》,《重庆文理学院学报(社会科学版)》2003 年第 1 期。
⑤ 石在中:《泰戈尔诗歌中的生态智慧》,《外国文学研究》2011 年第 3 期。

以人生体验和哲学思考的形式,表达了个体对死亡的深刻思索,赋予了死亡意象诗歌极高的美学价值和哲学意义,最终使对死亡的认知超越了生命的限制,从而完成了生命与死亡从矛盾对立到统一圆满的转换过程。"①

三、焦点与论争中的文化透视

中国学人围绕《吉檀迦利》的各种争论和对泰戈尔诗歌哲理内涵的探讨,很大程度上是在泰戈尔1913年获得诺贝尔文学奖之后。文学大奖的激发,一直以来的诺奖情结,很大程度上影响了中国学人对泰戈尔诗歌研究的争论主题倾向。之后,在中国日趋紧张的政治形势下,对于泰戈尔诗歌研究的民族解放主题和追求自由的个性思想,成为国人理解泰戈尔的关键点。对于泰戈尔诗歌中的泛神论思想和大爱精神,国人一般比较陌生和费解,这是受限于两国文化传统的差异所致。"跨文化交流时,人们很难超越自身的文化传统、思维方式、行为习惯等方面的限制,往往只能按照自己的想法去理解他种文化及其中人们的思想,这就容易造成难以清除的隔阂,产生难以避免的误读。"②中国没有印度那样的宗教信仰和神学体系,但对于伦理道德和自由的追求是两国所共通的。故而,在摈除泰戈尔诗歌的晦涩与浓郁的宗教神学信仰后,其对生活的热烈追求和对光明的向往是国人切切于心的。泰戈尔诗歌除了丰富的想象和繁美的词句之外,还有质朴、平淡的特色,这与中国道家所追求的恬淡自然,天人合一思想高度契合,亦是国人之能接受泰戈尔诗歌的前提和文化背景。泰戈尔自身也深受中国道家思想的影响与启发,于此方面两国学人找到了相通的起点。

中国学人带着目的性的选择性接受,造成了对泰戈尔在文化差异之外的另一层面的文化误读。中国学界翻译泰戈尔的诗集主要集中在《吉檀迦利》《新月集》《园丁集》《飞鸟集》等散文诗歌集,"这些作品尽管对当时人们冲破封建思想的羁绊、寻求思想和个性的自由解放起了积极作用,但也给读者造成一种错觉:似乎泰戈尔只讲小资产阶级的浪漫,不讲劳苦大众的现实疾苦;只谈

---

① 卢迪:《生命的叩问——泰戈尔诗歌的死亡意象探究》,《长春理工大学学报(社会科学版)》2014年第8期。

② 艾丹:《泰戈尔与五四时期的思想文化论争》,人民出版社2010年版,第248页。

热爱大自然,不讲现实物质生活;只宣讲人类之爱,不讲民族矛盾。"①而实际上,泰戈尔作为一个东西文化的融合者,往往站在事件的制高点思考问题。从他诗歌的表象进入,往往可以发现许多意涵深刻的内容。"有些作者生来不容感知和被感知的事物之间存在隔离带,怀着毫不动摇的信念,以心灵的语言,表现世界和人类生活的情趣,从而勇敢地跨越同时代诗歌文学的一切虚伪。"②他在中国和世界各地的各种实践活动,他那往往看似不合时宜的讲话与发言都是致力于推动人类不同文明的融合与提升,而在五四风起云涌之际和中国政治运动的接连起伏浪潮中,这种发言有时不免受到误解、攻击甚而被湮没。于是,种种争论就可以理解了。

泰戈尔诗歌中关于情感与理性的问题也是需要辩证理解的。一般认为,泰戈尔诗风过于艳丽,沉溺于浪漫的幻想,宗教神学色彩浓郁,这在中国学人闻一多等人看来,泰戈尔是无视现实的诗人。并且这一论断深刻地影响了中国后世学人,这是源于两国文化传统的差异和个人解读的隔膜。殊不知,泰戈尔是一位民族主义诗人和爱国主义诗人。即便在他充满丰富想象的诗集中,也集中展现了其民族追求和自由民主思想。他既重视诗歌的生命情感和韵律和谐,同时也重视诗歌社会情理的一面,他的诗歌是感性和理性的结合,是一个和谐的统一体。在泰戈尔看来,"我们的人格是内容与方法、思想与事物、动机和行为的有机结合"③"一首诗的背后必然有一种完整的思想使它活起来,这首诗的每一诗行都要触及这个思想。当读者认识到了这种贯穿着的思想时,随着他的阅读,诗就开始对他充满乐趣,这时,诗的每一部分都会在整体之光照耀下充满意义"④。于泰戈尔而言,"不是用眼睛用知识,而是用灵魂接触自然",他的诗歌不仅形式多样,变化繁富,想象奇特,情感充沛,个性突出,而且"尽力扩大诗歌的内涵,努力展示时代的气息,力求反映现实的社会和现实的生活,既抒发个人的情怀,也抒发本民族的情怀,也抒发全人类的情怀,使诗歌的面貌焕然一新。"⑤

---

① 艾丹:《泰戈尔与五四时期的思想文化论争》,人民出版社 2010 年版,第 245 页。
② 刘安武等主编:《泰戈尔全集 第 22 卷 散文》,河北教育出版社 2000 年版,第 151 页。
③ R. Tagore: *Personality*, London: Macmilan, 1917, P. 20.
④ 刘安武等主编:《泰戈尔全集 第 19 卷 散文》,河北教育出版社 2000 年版,第 88 页。
⑤ 何乃英:《泰戈尔——东西融合的艺术家》,中国社会科学出版社 2013 年版,第 227 页。

四、成就、不足与可能的开拓

总体来说,20世纪中国泰戈尔诗歌研究取得了丰硕的成果。从对其突出政治意识形态的诗歌的重点关注,到艺术形式的探索,再到思想内蕴与艺术形式的并重,到新时期各种批评方法的解读和跨文化比较视域下的泰戈尔诗歌研究与泰戈尔诗学形态的凝练。可以说,泰戈尔诗歌研究种类繁多,方法多样,成果的质与量并存。在研究过程中,对泰戈尔突出民族主义思想和自由解放的个性观念尤为引发国人的重视。源于两国历史进程的某种类似性,都遭受西方的殖民入侵与文化冲击,在民族自由解放道路中,存在诸多的契合点,这是国人接受泰戈尔的重要政治文化背景。

在文化传统方面,两国在人与自然的契合无间的心性方面存在相通性,泰戈尔诗歌中的人与自然的密切关联,他对自由个性的追求,对底层民众的关注,对生活充满一种乐观自信的态度,都非常启人深思。泰戈尔诗歌除却他身上的神学底色后,无论从形式上,还是在内容上,都更能引发国人研究的热情与足够的关注。

但20世纪的泰戈尔诗歌研究也存在一些问题,这些问题主要表现在:

首先是研究形式的不对称。20世纪泰戈尔诗歌研究过于集中在思想内涵层面,而对于其诗歌的形式分析不足。殊不知,泰戈尔诗歌的最大魅力在于其诗歌的语言魅力、结构特色以及和谐韵律的运用。这些诗歌形式要素的分析,也是足证泰戈尔诗歌伟大成就的最好说明。这并不是说内容和思想主题的分析不重要,但以往对此方面过于关注,导致对形式的研究不足。由于政治历史环境的影响和我国学界形成的泰戈尔诗歌研究注重思想分析的传统,使得这种形式研究仍然有很大的开拓空间。

其次,研究对象过于集中,且缺乏创新性。20世纪泰戈尔诗歌研究集中在《吉檀迦利》等几部诗集方面。正如季羡林先生所说,我国对于泰戈尔的研究只注重了他"光风霁月"的一面。而实际上,泰戈尔诗歌既有"光风霁月的一面,也有怒目金刚的一面"。这里,有一个现象值得重视,我国翻译介绍泰戈尔的诗歌主要集中在《吉檀迦利》《飞鸟集》《新月集》《园丁集》等展示其"光风霁月"和泛神论思想的诗歌,这是由于当时我国对泰戈尔并不了解所致。在泰戈主要凭借《吉檀迦利》获得诺贝尔文学奖之后,我国对之关注也增多起来。但由于文化传统的差异和对作家的隔膜,我国的翻译并没有呈现出应有的层次逻辑与明显的线索。当然,这里也有受限于当时的翻译水平和实际翻译状态所致。凭感觉进行取舍和依据国际关注点之后的译介,在泰戈尔诗歌翻译到国内之后,学人才依据这个中文版的泰戈尔诗集进行有选择性地学习、借鉴和研究。因此,在泰戈尔诗歌研究方面的主题争论和研究焦点大部分都是根据英文翻译过来的诗歌集,这种争论和焦点透视并不能全面反映泰戈尔诗歌的特性。一方面,泰戈尔英文的二次中文翻译中失落了诗歌原有的诗意,导致对其诗歌研究与分析不太准确;另一方面,泰戈尔大部分的以孟加拉语书写的展示其金刚怒目一面的诗歌并没有被翻译过来或说并没有引起国人的关注,导致这种研究失真、失实。

因此,新时期的泰戈尔诗歌研究,应该是在全面翻译泰戈尔诗歌的基础上展开的宏观整体研究,这样,就能避免研究的对象过于集中,也能避免研究的重复性与片面性。

再次,研究范围有待拓宽。20世纪泰戈尔诗歌研究的范围比较狭窄,不仅诗歌集研究有限,并且诗歌的影响研究,比如对中国现代文学作家的影响研究,也只是集中在几个重点作家身上,如周作人、郑振铎、郭沫若、冰心、徐志摩等名家身上。更多潜移默化地受到泰戈尔诗歌的影响的作家比较研究缺乏。即便在重点作家影响研究方面,也缺乏一种双向的关照,即从这些作家造成的印度回返影响来看中印两国的文学与文化交流,泰戈尔及其印度后世作家从中国作家方面又接受了哪些影响这方面的研究是比较缺乏的。

除了影响研究之外,还可以从平行研究的视角契入,从而更深入地解读泰戈尔的诗歌。除了中国的泰戈尔诗歌比较研究之外,还可以拓展泰戈尔与西方作家、泰戈尔与非洲作家、泰戈尔与东方周边国家作家的比较研究,等等。在这方面,西方的泰戈尔研究走在前面,中国研究者需要好好借鉴并开拓新的研究领域。

最后,研究深度有待提高。新时期以来,从我国泰戈尔诗歌研究的成果来说,诗歌研究的理论性专著并不多见。虽然宏观整体上的专论也有较高的质量,但真正从诗歌的诗学理论上来展开专门研究的还缺乏。

泰戈尔诗歌研究应该综合运用各种批评方法,来切实有效地展开研究,以开拓视野,形成更深入的研究结论。在泰戈尔影响中国现代文学思潮和作家方面,应从宏观整体思维进入,从世界文学背景中评估其积极意义,其对中国现代文学的生发和世界文学的推动有着不可估量的价值和意义。

泰戈尔诗歌的理论研究应该进一步加强,可从专著和国家课题方面开拓这一视域。从理论的形式研究入手,从诗学形态展开研究,形成泰戈尔研究的高品格,以理论成果证实"泰戈尔现象"的名实。将中国、印度、西方诗歌诗学理论形态加以比较研究,国内金克木、黄宝生、郁龙余和侯传文等学者都做了很好的奠基工作。如果在此基础上,继续深挖,加入东方其他国家的诗歌理论,开展有针对性的诗学比较研究,如加入非洲诗歌诗学理论,阿拉伯诗歌诗学理论等,这对于形成扎实的泰戈尔诗歌诗学理论有着重要的意义,也是进一步开展不同民族之间整体诗学理论比较的基础性工作和前提。

一个时代有一个时代的文学及其文学研究,20 世纪的泰戈尔诗歌研究也必将随着时代的发展而不断深入。

第五节　泰戈尔小说研究

泰戈尔一生创作了 12 部中长篇小说、100 多篇短篇小说。1913 年泰戈尔以诗集《吉檀迦利》获得诺贝尔文学奖,被冠以"诗圣"之称,因此学界大部分人也都认为其诗歌成就最为突出,但其小说创作成就也不容忽视。中国学界对泰戈尔小说研究不够重视。本节对泰戈尔小说人物形象、艺术风格、主题思想等问题提出不同见解的文章进行简要分析,以期对今后中国泰戈尔小说研究有所借鉴。

一、人物形象研究

泰戈尔出生的时代是印度宗教改革运动、文学革命运动和民族主义运动等三大运动潮流汇集的时代。泰戈尔的家庭积极参加了所有运动,父亲是宗教改革运动的主要领导人之一,他的兄弟亲戚是民族主义运动的主要参与人。出生在这样一个充满进步思想的家庭,这对他的创作思想有着深远影响。泰戈尔的创作不仅受其父亲、兄弟的影响,还有他的五嫂迦登帕莉。泰戈尔的母亲在他14岁的时候就去世了,母亲去世后,他们的生活都是由五嫂迦登帕莉照顾的,因此他与五嫂感情深厚。迦登帕莉是极其爱好文学的人,"她读书并不是为着消磨光阴,她所读过的孟加拉文的书籍充满了她的整个心灵。"①李祝亚在《大师与女性——漫谈泰戈尔与身边及其笔下的女性》②中谈到,在热爱文学方面,少年泰戈尔是与五嫂有共同语言的。泰戈尔24岁时,迦登帕莉突然自缢身亡,对此他在《回忆录附我的童年》中谈到"我和死神的相识历久难忘。它的打击随着每一次丧事而不断加重"③。李祝亚认为泰戈尔笔下的《女乞丐》中的科莫尔,《活着还是死了》中的迦冬比妮等不幸死去的女性形象是由于受到五嫂之死的打击而形成的。李祝亚在文章中还提到他的妻子和两个女儿,正因为他亲身经历了娶妻嫁女中童婚制的苦涩、无奈和不幸,所以他笔下才出现这些印度封建婚姻制度的牺牲品。"作为世界文学大师,作为东方第一位诺贝尔文学奖获得者,泰戈尔的成功在于他的心灵。他所写的是他自己真正探索的东西,是他的心灵的真实感受和体验,是他自己的生命的融化和燃烧。"④

泰戈尔的小说中受印度社会封建陋习制度残害的女性形象比比皆是。20世纪中国泰戈尔小说研究的人物形象研究以其笔下女性形象研究为主男性形象研究为辅。这类文章中可以分为两类,一类是综合研究小说中女性形象,如邹节成的《泰戈尔短篇小说中的女性形象》⑤、宁宁的《泰戈尔作品中的女性形象》⑥、肖淑芬的《泰戈尔笔下的"寡妇世界"》⑦。这类文章对泰戈尔笔下女性形象进行分类研究的同时,对其人道主义思想和妇女观进行了不同角度的分析。他们都认为泰戈尔是有人道主义精神的作家,但对其妇女观邹节成和肖淑芬有不同意见。邹节成以短篇小说《得救了》中女主人公谷瑞这一形象为

---

① 泰戈尔:《回忆录附我的童年》,谢冰心、金克木译,人民文学出版社1988年版,第76页。
② 李祝亚:《大师与女性——漫谈泰戈尔与身边及其笔下的女性》,《贵州民族学院学报(哲学社会科学版)》2000年第4期。
③ 泰戈尔:《回忆录附我的童年》,谢冰心、金克木译,人民文学出版社1988年版,第150页。
④ 李祝亚:《大师与女性——漫谈泰戈尔与身边及其笔下的女性》,《贵州民族学院学报(哲学社会科学版)》2000年第4期,第58页。
⑤ 邹节成:《泰戈尔短篇小说中的女性形象》,《吉安师专学报(哲学社会科学版)》1994年第1期。
⑥ 宁宁:《泰戈尔作品中的女性形象》,《包头师专学报》1986年第1期。
⑦ 肖淑芬:《泰戈尔笔下的"寡妇世界"》,《锦州师范学院学报(哲学社会科学版)》1999年第1期。

例,说明泰戈尔妇女观具有消极的一面。而肖淑芬认为"泰戈尔是人类有史以来对'寡妇'关注最多的作家,迄今为止,只有他创造了一个丰富的,感人的,令人深思的寡妇世界"①,这无疑是向世人昭示着泰戈尔进步的妇女观。

另一类则主要研究个别作品中典型形象。泰戈尔小说中典型形象有中长篇小说《戈拉》中的戈拉、安楠达摩依,《沉船》中的玛卡娜、罗梅西,短篇小说《摩诃摩耶》中的摩诃摩耶,《在河边的台阶下》中的苦森,《素芭》中的素芭、《弃绝》中的赫门达、库松等等。20世纪中国,泰戈尔笔下典型形象研究主要以《戈拉》《摩诃摩耶》《沉船》《弃绝》四部作品为主。《戈拉》是泰戈尔最具代表性的长篇小说,小说中人物形象丰富,而最突出的当然是爱国青年知识分子戈拉。祝玉蓉的《〈戈拉〉人物形象小议》②和田秀平的《大地之子——戈拉艺术形象浅析》,对戈拉这个人物形象进行了很客观的分析,他们认为戈拉不仅是一个具有爱国主义精神的青年,他还具有宗教偏见,戈拉认为"只有虔诚的信奉印度教才是爱国的表现"③。他们还认为戈拉矛盾性格的转变是从他徒步旅行中发现宗教偏见的弊端和种姓制度的危害开始的,而最终使他性格真正转变的是他知道自己身世后,自豪地说:"今天,我真正是印度人了!"④戈拉虽然有宗教偏见,但其母亲安楠达摩依却丝毫没有宗教偏见,她将所有教派一视同仁。刘清河在《丹妮娅、安楠达摩依形象比较及其他》⑤中将安楠达摩依与另一个印度现代著名作家普列姆昌德的代表作《戈丹》中丹妮娅作比较,认为他们"集中体现了印度的民族性格和印度妇女的优良品德"。刘清河对此形象予以如此高的评价也不无道理,安楠达摩依不仅收养了跟她毫无血缘关系的戈拉,甚至对戈拉的好朋友也视如己出,她还敢于雇佣低种姓的基督徒为她烧水做饭,她用自己的博爱之心去爱所有值得爱的人。

《摩诃摩耶》是泰戈尔短篇小说中深受中国读者喜爱的作品之一。小说通过女主人公恋爱和婚姻的悲剧,揭示出印度社会封建婚姻制度对女性的残酷

---

① 肖淑芬:《泰戈尔笔下的"寡妇世界"》,《锦州师范学院学报(哲学社会科学版)》1999年第1期。
② 祝玉蓉:《〈戈拉〉人物形象小议》,《荆州师专学报》1981年第1期。
③ 田秀平:《大地之子——戈拉艺术形象浅析》,《吉首大学学报(社会科学版)》1997年第4期。
④ 同上。
⑤ 刘清河:《丹妮娅、安楠达摩依形象比较及其他》,《宁夏大学学报(社会科学版)》1987年第1期。

迫害,以及以摩诃摩耶为代表的印度女性虽然已经有觉醒意识,但还不知出路在哪里,而以"出走"来表示反抗的无奈。李恒方的《女主人公"出走"的断想——泰戈尔〈摩诃摩耶〉阅读劄记》①就是以摩诃摩耶的"出走"为切入点,分析主人公"出走"的必然原因是封建社会中女性命运在她心灵中沉积的结果,是对男性统治社会本能的抗阻和人格觉醒后自觉反抗的合力,表达出泰戈尔不能为妇女命运的转机指出光明途径的局限,这是时代的局限,也是资产阶级人道主义指导思想的批判现实主义。徐曙玉在《在痛苦中觉醒的女性——摩诃摩耶》②中也认为摩诃摩耶是通过出走来表达,对无情践踏她心灵和肉体的残酷社会的决裂和控诉。

除此之外,《沉船》中罗梅西这个人物形象也颇受国内学者关注。冯金辛的《〈沉船〉的主题和人物》③中专门有一段关于罗梅西的论述,他认为罗梅西虽然软弱,但通过塞纳加的话可以看出泰戈尔对他的善良是表示赞扬的。而吕国安却不这么认为,他在《印度文学的"多余人"形象——长篇小说〈沉船〉中罗梅西形象试析》④中剖析中罗梅西形象,认为罗梅西是印度文学中具有代表意义的"多余人"形象。多余人形象是指"19世纪俄国文学中所描绘的贵族知识分子的一种典型。他们的特点是出身贵族,生活在优裕的环境中,受过良好的文化教育。他们虽有高尚的理想,却远离人民;虽不满现实,却缺少行动,他们是'思想上的巨人,行动上的矮子',只能在愤世嫉俗中白白地浪费自己的才华。他们既不愿站在政府的一边,与上流社会同流合污,又不能和人民站在一起,反对专制制度和农奴制度。他们很是心仪西方的自由思想,他们也很不满俄国的现状,又无能为力改变这种现状,然而他们又是大贵族和权势者的代表人物,不可能与底层人民相结合以改变俄国的现状。"罗梅西虽然出生在贵族家庭,也受过良好的教育,但作品中并未提及他有什么高尚的理想,他只是一个同时受封建思想和西方思想影响的,在爱情和婚姻上没有坚定立场,表现得

---

① 李恒方:《女主人公"出走"的断想——泰戈尔〈摩诃摩耶〉阅读劄记》,《开封教育学院学报》1988年第2期。
② 徐曙玉:《在痛苦中觉醒的女性——摩诃摩耶》,《青岛教育学院学报》1989年第2期。
③ 冯金辛:《〈沉船〉的主题和人物》,《外国文学研究》1983年第3期。
④ 吕国安:《印度文学的"多余人"形象——长篇小说〈沉船〉中罗梅西形象试析》,《西北第二民族学院学报(哲学社会科学版)》1990年第2期。

软弱和摇摆不定的人物形象。笔者认为,吕国安将其总结为"多余人"形象似乎有些牵强。

《弃绝》是泰戈尔早期创作的作品,写于1892年。小说通过赫门达和库松的婚姻,因为种姓不同而受到家长压制,奋起反抗的故事,揭露了印度种姓制度的罪恶,表达了泰戈尔人道主义思想。吴兆汉的《〈弃绝〉赏析》[①]通过剖析小说中赫门达、库松等人物形象,以及小说的谋篇和结构,揭示了作者的人道主义思想和高超的创作技巧。

"泰戈尔是一个泛神论者,他认为神存在于世界的每一角落,通过万事万物,也通过人体现出来。"[②]这样一个泛神论者却在小说《四个人》(写于1916年)中塑造了一个无神论者的形象:加格莫汗。一个泛神论者为什么会塑造一个无神论者形象呢?背后有什么特殊的原因呢?对此,冯金辛在《浅谈〈四个人〉》[③]中,猜测泰戈尔也许在某个时期,比如创作《四个人》时,产生过全心全意为人民工作的想法,而这种想法唯有无神论者能够做到。他的这种猜测也许不无道理。1915年泰戈尔结识了甘地,并建立了真挚的友谊。甘地在1888年赴英国伦敦留学期间,他的宗教和谐观的基本要素已经形成。"他在与无神论者的交往中,吸收了他们的观点,他说:'真理之于布莱德劳这样的无神论者,就像神灵之于其他人一样,具有同等的重要地位'。"[④]泰戈尔塑造无神论形象也许受其好友甘地的思想影响。

泰戈尔被公认为现实主义作家,他在小说中通过人物形象塑造,批判印度封建社会的种姓制度、童婚制等种种陋习,展示了在英国殖民统治下印度尖锐复杂的社会矛盾,反映了印度人民以强烈的爱国热情积极参加民族解放运动,最终号召印度人民不分教派,不分种姓,团结一致,为祖国的独立自由,为民族的解放而奋斗。

二、小说艺术风格研究

泰戈尔在小说创作中善于描绘环境,景物同故事情节交织在一起,形成情

---

① 吴兆汉:《〈弃绝〉赏析》,《国外文学》1988年第4期。
② 黎跃进:《东方文学史论》,昆仑出版社2012年版,第271页。
③ 冯金辛:《浅谈〈四个人〉》,《外国文学研究》1985年第1期。
④ 张来仪:《宗教和谐:圣雄甘地对世界宗教的不朽贡献》,《世界宗教文化》2008年第3期。

景交融,跌宕起伏的故事情节浑然天成,生动优美,富有诗意的语言,恰当的比喻手法,细腻的人物心理描写等创作特色尽显其中。20世纪中国泰戈尔小说研究中,董友忱的《泰戈尔中长篇小说的艺术成就》[1]、陈挺的《泰戈尔的〈弃绝〉剖析》[2]、梦禾的《泰戈尔短篇小说艺术风格初探》[3]、李黎的《泰戈尔短篇小说人物描写的独特性》[4]、章无忌的《一篇引人入胜的诗意小说——泰戈尔〈摩诃摩耶〉赏析》[5]、王群的《泰戈尔〈摩诃摩耶〉再探》[6]、钱琪的《泰戈尔短篇小说特色浅说》[7]、刘建的《泰戈尔短篇小说中的抒情风格》[8]、石秀峰的《理想主义的现实主义——泰戈尔短篇小说创作风格略说》[9]、石秀峰的《泰戈尔小说〈沉船〉的审美意识特征略说》[10]等文章以具体小说或片段描写为例,详细分析了伟大作家泰戈尔的小说创作艺术风格。他们普遍认为泰戈尔小说具有新颖的构思,独具匠心的结构,跌宕起伏的情节,诗意的语言,巧妙的比喻运用,情景交融,浓郁的抒情色彩等创作特点。

泰戈尔还善于运用"意料之外,情理之中"的偶然事件,增强作品的艺术效果的。短篇小说《摩诃摩耶》中摩诃摩耶和罗耆波在破庙里幽会,意外地被她哥哥发现了,摩诃摩耶本不想答应罗耆波的求婚。但是,当她哥哥走到他们面前时,她却泰然自若地说:"好吧,罗耆波,我会到你家去的,你等着我吧。"这一坚定的回答,无论是对罗耆波,还是对她哥哥,都是一个意外。然而,更加意外的决定却给她以冷酷的打击。她哥哥当晚决定把她嫁给在火葬场小屋里等死的一个老头子。第二天,她就变成了寡妇。"她并不过于悲伤。罗耆波也是这样……他反而有点高兴";然而,第二个可怕的打击又突然袭来,"摩诃摩耶要和丈夫的尸体一起火葬"。她"被绑住手脚搁在火葬堆上……点上火",人们简

---

[1] 董友忱:《泰戈尔中长篇小说的艺术成就》,《外国文学研究》1984年第2期。
[2] 陈挺:《泰戈尔的〈弃绝〉剖析》,《语文学习》1984年第1期。
[3] 梦禾:《泰戈尔短篇小说艺术风格初探》,《内蒙古民族师院学报(社会科学版)》1985年第1期。
[4] 李黎:《泰戈尔短篇小说人物描写的独特性》,《求是学刊》1987年第4期。
[5] 章无忌:《一篇引人入胜的诗意小说——泰戈尔〈摩诃摩耶〉赏析》,《名作欣赏》1993年第3期。
[6] 王群:《泰戈尔〈摩诃摩耶〉再探》,《景德镇高专学报》1994年第3期。
[7] 钱琪:《泰戈尔短篇小说特色浅说》,《丹东师专学报》1994年第4期。
[8] 刘建:《泰戈尔短篇小说中的抒情风格》,《南亚研究》1994年第4期。
[9] 石秀峰:《理想主义的现实主义——泰戈尔短篇小说创作风格略说》,《集宁师专学报》2000年第1期。
[10] 石秀峰:《泰戈尔小说〈沉船〉的审美意识特征略说》,《赤峰教育学院学报》2000年第6期。

直毫不怀疑火焰马上就要结束她的生命。但是,这时正好来了狂风暴雨,顷刻之间大雨把烈火扑灭了,摩诃摩耶才能又一次走到罗耆波面前……这些接连不断的偶然事件,孤立地看,也许并不典型,甚至使人难以置信。可是,我们把它放在盛行"寡妇殉葬"习俗的特定历史环境中,它就具有突出的典型意义。这正是通过个别反映一般,在偶然中使人看到了必然。① 张朝柯的《泰戈尔短篇小说的艺术成就》、王群的《泰戈尔〈摩诃摩耶〉再探》、钱琪的《泰戈尔短篇小说特色浅说》认为,这种偶然性的写法不仅使故事情节丰富,更使读者印象深刻。

众所周知,泰戈尔小说创作的年代正是印度人民饱受英国殖民主义者侵略和封建陋习制度残害的时代,正因为如此,他通过作品中的悲剧描写来表达对当时受尽折磨的印度人民的同情之心。方爱武在《泰戈尔短篇小说中的悲剧意识》中认为,泰戈尔短篇小说悲剧的主体是社会生活中普遍存在的极其平常人之极平常悲剧,作品中主人公自我意识觉醒,最终以"死"和"生"两种不同方式表达对社会的反抗,分别表示追求彻底解放和积极主动与旧社会分庭抗礼的精神。泰戈尔悲剧意识的成功之处就在于写出了这冲突的社会性与必然性,极具现实意义与历史意义。② 石秀峰的《泰戈尔小说〈沉船〉的审美意识特征略说》中谈到,泰戈尔认为在文学中,痛苦不对我们的心灵产生影响,只使我们流泪,不干预我们的世俗事务,因此他设计了悲剧性情节。③

泰戈尔小说艺术风格不仅局限于以上谈到的几点,他在小说《喀布尔人》中使用的第一人称叙述手法,将小说主题表现得更加鲜明有特色。在所有的人称形式中,第一人称是具有独特作用的叙述角度,小说家把第一人称"我"作为一种面具,借助"我"可以扮演形形色色的角色。④ 肖侃在《情深意切,真挚动人——读〈喀布尔人〉》⑤中对《喀布尔人》的第一人称叙述手法做了简单分析。他认为,小说中以敏妮的父亲这个旁观者的角度,观察拉曼和敏妮的交往,并很自然地描写出拉曼的全部故事,这种从侧面的烘托和尽情的渲染,把小说的

---

① 张朝柯:《泰戈尔短篇小说的艺术成就》,《辽宁大学学报(哲学社会科学版)》1988年第1期。
② 方爱武:《泰戈尔短篇小说中的悲剧意识》,《池州师专学报》1994年第1期。
③ 石秀峰:《泰戈尔小说〈沉船〉的审美意识特征略说》,《赤峰教育学院学报》2000年第6期。
④ 杨玉波:《论列斯科夫小说中的第一人称叙事艺术》,《佳木斯大学社会科学学报》2004年第1期。
⑤ 肖侃:《情深意切,真挚动人——读〈喀布尔人〉》,《山花》1979年第6期。

感情色彩涂抹得浓浓的,使人读后久久难忘。

除此之外,杨益萍的《泰戈尔小说〈弃绝〉的结构特点》[1]仅用一页篇幅简短表述了《弃绝》的结构特点。她认为《弃绝》是一篇结构紧凑,浓缩,凝练,情节集中的短篇小说。它的结构特点是选取、提炼在尖锐激烈的矛盾冲突中表现人物性格特征的典型情节;去除情节发展中一些枝蔓或多余的"中介";结尾不仅是故事收场更是人物性格朝着更深的方面发展;形式凝练和内容深广的统一。

三、小说主题思想研究

一部小说的主题是这部小说的灵魂,所以它在作品中的地位不言而喻。对于一部作品来说,主题是否鲜明,是衡量这部作品优劣的重要的标准之一。不同时代,不同国家,不同民族,不同作家所表达的主题都不尽相同,每个作家都有自己特别关注的问题。有人说爱情是文学永恒的主题,也有人说生命是文学永恒的主题,认为文学的主题是随着时代的变迁而变化的,不同时代的作家,所关注的问题应该是当时社会存在的问题,并为通过文字表达这些社会问题而创作文学作品。

泰戈尔出生和生活的时代,注定了他的创作主题离不开当时印度社会的种姓制度、童婚制、寡妇殉葬制度等残酷制度,对印度人民的生活和生命造成的伤害等诸多问题。石斋在《泰戈尔短篇小说新论》[2]中认为,泰戈尔短篇小说虽然题材各异,创作手法不同,但在题材的现实性和作家干预现实生活的积极性上是相同的。他的小说从一开始描写个人与个人的矛盾,到个人与社会的矛盾,本能与理智的对抗,到最后升华到了对人的内心和性格的深入挖掘。

《戈拉》和《沉船》是泰戈尔长篇小说的代表作,对其人物形象、主题思想、艺术风格研究的文章不胜枚举。《戈拉》的主题思想具有多重性特点,它既要反映印度社会陋习,也要呼吁知识分子以积极的态度面对现实问题,为解决根本问题而努力。岳生的《说〈戈拉〉》[3]和潘一禾的《〈戈拉〉:探求印度的现代化

---

[1] 杨益萍:《泰戈尔小说〈弃绝〉的结构特点》,《中文自学指导》1994年第2期。
[2] 石斋:《泰戈尔短篇小说新论》,《外国文学研究》1990年第2期。
[3] 岳生:《说〈戈拉〉》,《四川师范大学学报(哲学社会科学版)》1991年第5期。

之路》①从消极和积极两种不同的角度分析了《戈拉》主题思想的多重性。岳生认为小说通过错综复杂的教派斗争,反映出印度社会现实问题,殖民侵略,殖民统治,印度解放运动的失败。潘一禾认为小说借两位主人公对种姓制度,歧视妇女和崇古主义这三大印度现代化障碍性问题的激烈争论和现实探讨,鼓励印度知识分子自觉地把自身的命运与印度的命运联系起来,强调"整体"和"同一"的东方精神去勇敢面对新的挑战。

《戈拉》是泰戈尔小说创作的代表作。对于这部作品的思想内涵的理解,国内学界有些分歧。有人认为小说的主题思想是"反帝爱国",有的认为小说的创作目的是"社会改革"。有人甚至认为小说所反映的19世纪70年代,印度无产阶级已经起来,同民族资产阶级领导了印度的民族民主革命。黎跃进认为,"这些看法都是立足于社会反映论的层面对作品做出接受性阐释,只是各自强调不同的侧重点。从作品表现的题材和对象看,这些理解都不能说错了。但泰戈尔是一个追求统一性的思想家,他注重现象背后的本质。我们理解《戈拉》也应透过题材和事象,探寻蕴含其中的意义。结合泰戈尔的宗教哲学思想,从整体上把握泰戈尔文学创作的内涵,恐怕更能接近泰戈尔创作的初衷。"②

有论者试图从泰戈尔宗教思想的整体出发,对《戈拉》这部被称为"史诗"的长篇小说做出尝试性阐释。《戈拉》于1907—1909年在《外乡人》杂志连载,1910年出版单行本。提出这一创作时间意在强调两点:第一,经过40余年的人生体验和精神探索,到1905年前后,泰戈尔的以和谐统一为核心的宗教哲学思想已经完全定型成熟。之后直到逝世前的几年,一直坚持并不断充实他的思想体系。第二,1905—1908年印度民族解放运动掀起高潮,经过19世纪后半期印度民族知识分子的思想启蒙,印度民族意识觉醒,以反对分割孟加拉为导火索,国大党提出了司瓦拉吉(自治)、司瓦西德(国货)、抵制英货和民族教育"四大纲领"。随着运动深入,对民族解放的道路存在分歧,1907年国大党分裂成激进派和温和派,前者积极行动,以武装斗争争取民族独立,后者努力

---

① 潘一禾:《〈戈拉〉:探求印度的现代化之路》,《浙江社会科学》2000年第3期。
② 黎跃进:《〈戈拉〉主题思想与人物形象新解》,姜景奎主编:《中国学者论泰戈尔》,阳光出版社2011年版,第568页。

以宪政方法争取自治。最终以温和派向殖民当局的妥协和激进派被镇压，宣告运动失败。泰戈尔在那个如火如荼的日子里亲自参与了运动，但他不赞成极端派的做法，也不接受温和派的妥协，只好退出运动，更加深入冷静地思考印度民族的未来道路和命运。在这样的前提下创作的《戈拉》，一方面泰戈尔定型的宗教哲学思想在小说中得到艺术的表现；另一方面这种宗教哲学思想的表现中，包含着民族解放的现实内容。理解《戈拉》，对这两者都不能偏废。我们理解泰戈尔的创作原意，是将二者统一起来，以小说的艺术形象体系，通过民族矛盾中人们的人生道路选择来表现他的宗教哲学思想。

《戈拉》情节展开的背景，并不是创作当时的民族解放运动，看不到轰轰烈烈的宏大场面，没有抵制英货的群情激愤描写，也没有秘密组织的地下活动场景，更没有武装抗英的战火硝烟。泰戈尔不喜欢暴力和喧嚣，他更看重人的内在精神的运动，灵魂深处的革命，在外在的宁静中获得内在自我的提升。因而他把小说背景摆在19世纪70、80年代，那是一个思想交锋的年代，围绕着民族传统和西方文化而展开观念上的冲突，冲突的一方是主张以西方文化变革印度传统的梵社，另一方是倡导回归民族传统、纯洁民族文化的正统印度教派，小说的情节主线是两个教派成员之间的思想冲突、两个家庭（安纳达摩伊一家、帕勒席一家）成员之间的爱情、亲情和友情，再交织穿插主要人物活动范围所及的其他人物的遭遇与经历，如南德的死、哈里摩赫妮的命运、戈希布尔村村民的悲惨处境、布朗县长家的生日宴会等。然而，贯穿小说始终的还有一个重要内容，就是这些表面情节给人物心灵的投影，主要人物面对外在的这一切所产生的困惑以及困惑破解后的欢欣。对于泰戈尔来说，表现人物精神的变化才是创作的目的，情节故事只是人物前后变化的一种触媒、某种契机。

黎跃进在文中提出，小说的主题是表现泰戈尔"梵我合一"的哲学思想。在泰戈尔的宗教哲学体系中，人具有两个自我，一个有限自我，一个无限自我。有限自我也称肉体自我、孤立自我、小我，他变化易逝，受时间、地点、环境诸多条件的限制，表现为人的日常世俗性。无限自我又称为灵魂自我、普遍自我、大我，他是永恒的、超越时空的，他是人的精神深处的梵，是人中的神性。有限自我的各种想法基本上是为肉体生存而考虑的问题，他最突出的特点是自私和贪得无厌，他通过占有和获取物质财富而感到最大的满足，满足过后又有新的欲望,从而使自我成为外在的物质世界的奴仆,陷入束缚之中;而且他以自我为中心,走向利己主义,排斥他人,从而为自我筑起无形的高墙,封闭孤立自我。无限自我则不断推动人超越自身,突破有限自我的束缚,追求与永恒精神的合一,渴望证悟统一性的自由。泰戈尔在1909年的一篇文章中描述无限自我引导人与神结合后的情景:"这时候外部世界与内心世界之间的一切对立都将冰消云散,这时候没有战胜,只有福乐;没有斗争,只有嬉戏;没有分裂,只有相合;没有个人,只有大众;没有外界,也没有内心;只有梵——闪耀着神圣光辉的梵。这时候作为个体灵魂的我与作为终极灵魂的梵合为一体,这就是梵我一如。这时候只有无私的怜悯、温和的宽容、纯洁的爱——一个智、信、业互不分离的完美无缺的整体。"①"因而人生就得不断突破有限自我而走向无限自我,由独特自我走向普遍自我,证悟自我的真正本性,达到梵我统一的和谐、自由境界。而这一切,都在人自身,在人的内在世界里进行。因此,人的一生是不断变化、不断提升的过程。"②这样结合泰戈尔哲学思想来理解《戈拉》的主题,富有新意,给人启发。

关于《沉船》的主题,学界是有争议的,一部分人认为,它是批判现实主义小说,另一部分人认为它是理想主义色彩极浓的现实主义题材小说。冯金辛在《〈沉船〉的主题和人物》③中认为,《沉船》的主题是通过塑造卡玛娜这个劳动妇女典型形象,揭示封建宗法社会害人的实质。许力的《〈沉船〉散论》④则从相反的角度对小说的主题进行了分析。他认为,《沉船》中泰戈尔有意剔除了东方伦理关系的愚昧和褊狭乃至残忍的成分,从而追求心灵和谐,彼岸世界和此岸世界的统一。梁工的《〈沉船〉主题辩》⑤阐述对《沉船》主题的不同看法,他并不同意冯金辛先生和陶德臻先生关于《沉船》主题的看法,他认为《沉船》的主题不是通过一个人物形象来表现的,而是从所有人物形象体系中归纳和概括的,它是一部理想主义色彩极为浓厚的作品。负业在《泰戈尔〈沉船〉国内评论

---

① 刘安武等主编:《泰戈尔全集 第23卷 散文》,河北教育出版社2001年版,第351页。
② 黎跃进:《〈戈拉〉主题思想与人物形象新解》,姜景奎主编《中国学者论泰戈尔》,阳光出版社2011年版,第570页。
③ 冯金辛:《〈沉船〉的主题和人物》,《外国文学研究》1983年第3期。
④ 许力:《〈沉船〉散论》,《郑州大学学报(哲学社会科学版)》1986年第2期。
⑤ 梁工:《〈沉船〉主题辩》,《河南大学学报(社会科学版)》1985年第2期。

摄要》①中认为《沉船》主题包含三个层次,首先是揭示20世纪初印度社会的伦理道德思想,其次是以爱为核心的人道主义社会理想,最后是20世纪初印度知识分子追求民主的人格分裂。他还认为这些评论较之前更加注重评论本身的学术性,而摒弃庸俗地偏重政治取向的社会批评的弊端。虽然如此,这些研究成果的分量远远不够,缺乏接力后继式的学术连续性。我们认为,作为泛神论者泰戈尔,他在《沉船》中想要表达的主题思想应该是通过罗梅西、卡玛娜、纳里纳克夏等人物形象的善良和友爱的一面,表达作者希望构建一个和谐美好的理想社会。

关于泰戈尔短篇小说代表作《摩诃摩耶》的主题,尚晖的《试论泰戈尔〈摩诃摩耶〉的社会价值》②和邓士古的《异曲同工之妙——试析〈祝福〉与〈摩诃摩耶〉》③以不同形式分析了该小说的主题思想。尚晖认为,小说通过摩诃摩耶的不幸婚姻谴责了封建的陈规陋习的残酷性,荒谬性和野蛮性,控诉了不合理的社会制度,具有积极的社会意义。邓士古却通过与鲁迅的《祝福》对比的形式,更加鲜明地表达了自己的观点。他从社会背景、人物塑造和艺术特色上对两篇小说进行比较,认为两位作者在大胆披露社会黑暗的现实和勇敢反抗封建制度的现实主义精神方面有异曲同工之妙。根据以上观点,我们不难看出,《摩诃摩耶》是一篇以批判现实主义为主题的短篇小说。

泰戈尔小说创作主题多以现实性题材为主,通过描写受印度社会种种封建陋习制度迫害的人物形象,激发印度人民爱国热情,反殖民反封建思想,期盼民族解放运动获得胜利。

综上所述,20世纪中国泰戈尔小说研究主要集中在人物形象、创作风格和主题思想上,而从文章数量上看,对创作风格的研究更为广泛而深入。毋庸讳言,20世纪中国对泰戈尔小说的研究力度过小,研究水平和视野都有限,但进入21世纪后,仅19年时间国内对泰戈尔小说的研究文章就已是整个20世纪的一倍之多。由此看来,在中国,泰戈尔小说研究不仅在数量上,质量上也将

---

① 负业:《泰戈尔〈沉船〉国内评论撮要》,《广西社会科学》1996年第4期。
② 尚晖:《试论泰戈尔〈摩诃摩耶〉的社会价值》,《淄博师专学报》1995年第1期。
③ 邓士古:《异曲同工之妙——试析〈祝福〉与〈摩诃摩耶〉》,《阜阳师院学报(社会科学版)》1995年第1期。

呈上升趋势。

第六节 泰戈尔戏剧文学研究

戏剧是泰戈尔文学创作的重要组成部分。泰戈尔在1880年留学归国的早期,创作了《破碎的心》《蚁垤的天才》等多部戏剧。泰戈尔一生中戏剧的创作高达84部之多,尤以诗剧和象征剧的创作最为成熟。然而,在他所创作的众多文学作品之中,以诗歌为首,小说紧随其后,其文学中戏剧作品的内容和形式,却在相当长的时间未能受到文学研究者和读者相应的重视。中国学界对泰戈尔戏剧文学的批评也褒贬不一。

在20世纪以来的中国,泰戈尔的戏剧经历了一个由高潮到低谷,再向高潮反弹的被评价过程。这个过程中,既有客观的批评,也有源于意识形态或文学本身原因的误读与歪曲。随着时间的推移,泰戈尔身上的光环逐渐褪去,对泰戈尔戏剧的认识,也走向了更加倾向于文学本体的道路,回归到研究泰戈尔戏剧的本质。

一、20世纪以来对泰戈尔戏剧研究的问题及基本观点

(一)泰戈尔戏剧创作与基本研究情况

泰戈尔一生共创作80多部戏剧,戏剧的形式多样:分为诗剧、象征剧、歌剧、舞剧、话剧等等。从其题材上,可以分为神话、历史与现实等各个主题。他的戏剧作品,主要受到印度古典梵剧以及孟加拉民间传统与近代戏剧的影响,也在一定程度上呈现出易卜生等西方现代话剧的接受痕迹。

他的戏剧创作可划分为三个时期:第一个时期以模仿和习作为主,从诗剧《破碎的心》到神话剧《花钏女》(齐德拉),反映出青年泰戈尔热情的想象和浪漫主义的生活态度;第二个时期以欧洲式的悲喜剧为特点,代表作《国王与王后》,充满历史感与斗争感,由第一时期对内在世界的宣泄转向对外在社会的揭露与批判;第三个时期是泰戈尔戏剧创作的成熟期,这时他的剧本如《邮局》《顽固城堡》等种种意象与人物向内收缩,形成象征剧的明显特点。在这一时期,神秘主义的哲理性与宗教性、人性融于戏剧的表达之中,是最具代表性的

创作阶段。

泰戈尔1924年访问中国，其64岁诞辰之日，由中国知识界、文学界的著名作家及部分具有影响力的文艺界人士在北平东单协和小礼堂上演话剧《齐德拉》为其贺寿。剧中林徽因扮演主角齐德拉，张歆海饰阿周那，春神和爱神则由林长民和徐志摩担任。这一次中印文学界的盛会，选取泰戈尔戏剧为庆典中心，全剧对白采用英文，是20世纪初期对泰戈尔戏剧接受的一大盛事，产生了极大的影响，直至今天，《齐德拉》仍然是泰戈尔戏剧作品中最广为人知、最受到欢迎的一篇。围绕着《齐德拉》，泰戈尔的作品从五四初期就被译介到中国。根据北京图书馆文献研究中心主编的《泰戈尔著作中译书目统计》，在1921至1924年间，泰戈尔的戏剧译本有13部，位于诗歌65部，小说35部之下，排列第三。根据艾丹在《中国现代文化史——五四学界对泰戈尔的译介与研究（1920—1924）》[1]一文的统计，在1920—1924年间，我国对泰戈尔的研究仅限于瞿世英的《演完太戈尔的〈齐德拉〉之后》[2]和仲云的译文《泰戈尔的戏剧和舞台》[3]。由此可见，尽管五四时期的"泰戈尔热"延续到了戏剧领域，对泰戈尔的戏剧翻译也涉及了相当部分的作品，然而对其整体价值的研究，却并没能受到中国文学研究界的普遍重视。

20世纪50—60年代，是中国泰戈尔研究的第二次热潮。1961年泰戈尔百年诞辰，人民文学出版社出版了《泰戈尔作品集》。这一时期泰戈尔作为亚非拉友好的象征及民族主义与民族文学的象征，被学界广泛翻译和研究。经过近十年的研究沉寂期，20世纪70年代，季羡林发表了旧文《泰戈尔与中国》[4]，在这篇对泰戈尔文学创作进行综合评价的文章中，季羡林从泰戈尔的生平、思想和作品，泰戈尔论中国文化和中印关系等多个方面，系统梳理了泰戈尔作品及其价值。尽管文章依然留有时代痕迹，但从肯定泰戈尔整体创作的角度，季羡林作为重量级的、具有极高学术影响力的学者，文中对泰戈尔戏剧的评述，对学术界开展下一段泰戈尔研究起到了引领和推动作用。延续季羡

---

[1] 艾丹：《中国现代文化史上的"泰戈尔热"——五四学界对泰戈尔的译介与研究（1920～1924）》，《甘肃社会科学》2008年第1期。
[2] 瞿世英：《演完太戈尔的〈齐德拉〉之后》，《戏剧》1921年第6期。
[3] 武田丰四郎：《泰戈尔的戏剧和舞台》，仲云译，《小说月报》1923年第9期。
[4] 季羡林：《泰戈尔与中国》，《社会科学战线》1979年第2期。

林等人对泰戈尔的研究,1982年成立中国印度文学研究会。2000年河北教育出版社出版刘安武等人主编的《泰戈尔全集》。全文主要由印地语译成,对以往的英文翻译做出一定校正,产生了巨大的学术影响。刘安武为戏剧部分的翻译所著的2万余字的序文《关于泰戈尔的戏剧》,为泰戈尔戏剧夯实了研究基础。随后,2015年人民文学出版社出版董友忱主编的《泰戈尔作品全集》,收录了之前遗漏的篇目。这部直接由孟加拉语翻译的泰戈尔著作集,以全新的视角开启了21世纪初期泰戈尔研究的新领域。

纵观20世纪以来中国学界对泰戈尔戏剧的研究,既有译介研究,又有主题研究,还涉及泰戈尔的影响关系研究,经历了由对其戏剧所具有的意识形态性与反帝国主义反封建的民族主义研究倾向转向对泰戈尔本身戏剧艺术性研究的过程。

(二)泰戈尔戏剧研究的基本问题

20世纪以来,我国学界对泰戈尔戏剧的研究主要集中在三个问题上:泰戈尔戏剧中对政治意识的表达与诉求,其中涉及反帝国主义反封建主义的民族主义立场;泰戈尔戏剧本身的审美性与艺术性;以及其与亚洲传统戏剧及印度古典梵剧、孟加拉戏剧之间的继承关系。

首先,大部分研究者都注意到了泰戈尔戏剧中的反帝国主义、反封建主义的倾向与诉求。季羡林在《泰戈尔与中国》中,对泰戈尔戏剧有所评述,认为尽管泰戈尔戏剧中的人物不够丰满,影响了反帝反封建的表达,但也间接承认了政治性在泰戈尔戏剧中的重要价值。正因为泰戈尔强调文学艺术的社会功用,在介绍其戏剧作品的同时,研究者也常将其作品如《赎罪》《摩克多塔拉》《红夹竹桃》《顽固城堡》等归结为具有反帝国主义、反封建性质的作品:如珍在《浅论泰戈尔的戏剧创作》[①]一文中,就指出这些作品中的人物形象,是泰戈尔民族主义思想的化身,体现出作家所处环境的时代感。

其次,对泰戈尔戏剧作品中的审美性与艺术性的观察也成为中国学界对其研究的热点问题之一。泰戈尔戏剧中所独具的诗歌及表演成分,其中蕴含的抽象性和象征主义手段,都为解读泰戈尔戏剧提供了新的视野和新思路。

---

① 如珍:《浅论泰戈尔的戏剧创作》,《南亚研究》1984年第2期。

孟昭毅的专著《东方戏剧美学》①与论文《泰戈尔象征剧美学初探》②是这方面研究的代表。《泰戈尔精品集·戏剧卷》③的译者白开元在序中认为泰戈尔戏剧具有不同凡响的艺术技巧。他在另一部译作《泰戈尔谈文学》④序言中,分析了泰戈尔对音乐与绘画等艺术形式的造诣及其影响,这些综合的艺术方式融入了泰戈尔的戏剧之中。

最后,中国泰戈尔的研究者注意到其戏剧与亚洲传统戏剧及印度古典梵剧、孟加拉戏剧之间的关联问题。何乃英在《泰戈尔——东西融合的艺术家》⑤一书的"泰戈尔东西方融合的文艺创作"章节中,认为部分泰戈尔戏剧继承了古典梵语戏剧与孟加拉民间戏剧的传统。侯传文在论文《泰戈尔戏剧思想初探》⑥中说明,泰戈尔的戏剧延续东方戏剧"重表演"的东方诗学传统,是东方戏剧向现代转型的代表。

(三)泰戈尔戏剧的研究基本观点

中国学者在对泰戈尔戏剧研究的过程中,存在以下基本观点:

第一,中国学界普遍认同以诗歌入戏是泰戈尔戏剧的重要特征。在承认泰戈尔首先是一位诗人的共识之下,泰戈尔戏剧的研究者们将诗歌与抒情作为其作品的重要组成部分加以研究。泰戈尔戏剧与诗歌的紧密结合,是他同为诗人和戏剧家的身份所赋予的独特内涵。

第二,从诗歌到意象、到象征主义,再到象征剧。近年来,越来越多的研究者对泰戈尔的象征剧进行积极研究。泰戈尔通过意象的叙述,增强了作品整体的象征性与哲理性。其暗示性与精神象征,提高了泰戈尔戏剧作品的现代水平。

第三,泰戈尔的戏剧以东方和西方戏剧传统的融合为标志,既有东方的因素,又受到西方戏剧的影响。大部分学者肯定其接受的更多是西方戏剧规范,而较少保存东方戏剧的特征,但也有部分学者认为在思想方面,泰戈尔的戏剧

---

① 孟昭毅:《东方戏剧美学》,经济日报出版社1997年版。
② 孟昭毅:《泰戈尔象征剧美学初探》,《贵阳师专学报(社会科学版)》1996年第4期。
③ 泰戈尔:《泰戈尔精品集·戏剧卷》,白开元译,安徽文艺出版社2017年版。
④ 白开元编译:《泰戈尔谈文学》,商务印书馆2011年版。
⑤ 何乃英:《泰戈尔——东西融合的艺术家》,中国社会科学出版社2013年版。
⑥ 侯传文:《泰戈尔戏剧思想初探》,《东方论坛》2009年第6期.

是哲理性、想象性甚至东方宗教与神秘主义相融合的创作。

二、中国泰戈尔戏剧研究的论争情况及其观点

(一) 中国泰戈尔戏剧研究的论争情况

伴随中国学界对泰戈尔本身及文学创作的论争,对泰戈尔的戏剧评价也在不同时期产生了较大的分歧,甚至出现了观点的对立。其中,按照文学外部原因与文学内部原因,又分为两种情况:

根据文学外部的原因,中国学界对泰戈尔的戏剧研究主要受对其本人的评价影响或褒或贬。论争主要集中在20世纪20年代和60、70年代。首先,在20世纪20年代的泰戈尔访华事件前后,一方面中国文坛以梁启超、胡适、徐志摩等为代表的作家对泰戈尔本人及其文学作品极为推崇,认为泰戈尔是具有人格魅力的、人类历史上最伟大的作家之一。这些作家利用各方面条件极力促成对泰戈尔在中国文坛的影响地位的塑造。另一方面,鲁迅、郭沫若、陈独秀等文化界人士却对其来华与受到极高的评价与推崇极为不满,认为泰戈尔的思想和观点都存在巨大的问题,作品主题反对西方物质文明,和中国的现代化建设需要脱节。中华人民共和国成立以后,因泰戈尔的亚非拉著名作家身份,对泰戈尔的研究由沉寂到复苏,对泰戈尔的评价重新上升。20世纪60、70年代,因泰戈尔身份的特殊性及其在20年代的被接受情况,泰戈尔又一次受到"冷遇",其研究作品也较为鲜见。

根据文学内部的原因,中国学界对泰戈尔戏剧的研究过程也呈现波浪形发展的特征。20世纪20年代以戏剧《齐德拉》的上演得到中国知识界的广泛关注,其后与对泰戈尔诗歌的广泛译介与研究相比,其戏剧却一直未能得到足够的重视。1961年冰心重译《齐德拉》,在此之前仅有1944年王树屏和1923年瞿世英翻译、郑振铎校对的两个译本,每个译本几乎时隔20年。直到1979年季羡林对泰戈尔的整体情况和综合研究文章发表,才对泰戈尔的整体文学有了比较客观的评述。但在泰戈尔的不同文类的评价方面,季羡林几乎没有对泰戈尔的戏剧有任何褒扬,他认为戏剧形式是泰戈尔创作中近乎失败的尝试,是最为薄弱的环节,而仅承认具有抒情诗特征的剧本能给人清新的感觉。到20世纪90年代,对泰戈尔戏剧的研究与评价,与季羡林的评论相比更加客观,特别是开始肯定季羡林文章中评价比较低的象征剧的创作。这些具有现代性特征的戏剧形式,被看作是东西方戏剧形式融合的独特方式,成为部分学者眼中泰戈尔戏剧所独具的特色。进入 21 世纪,自董友忱以孟加拉语翻译的《泰戈尔作品全集》的出版,更多的学者开始更加包容地看待泰戈尔的戏剧作品,将其视为具有抒情性、哲理性、象征性等独特魅力的艺术创作。

(二) 中国泰戈尔戏剧研究论争的主要观点

对泰戈尔及其戏剧研究上的论争,以其思想性和艺术性为分界,主要存在以下四种具有代表性的观点:

第一,认为泰戈尔人格与思想的伟大,使其作品具有不朽的魅力。这种观点主要存在于 20 世纪 20 年代泰戈尔的访华时期前后的文学界部分作家的极力推崇与 50 年代左右对泰戈尔作为亚非拉的典型作家的研究上。郑振铎曾在《欢迎太戈尔》[①]一文中,将泰戈尔比作给予爱和光的导师、兄弟和伴侣。徐志摩也用最热烈、浓烈的文字和诗歌似的排比,号召青年尊重与崇拜泰戈尔。50 年代,冰心在翻译《吉檀迦利》的翻译前记中,提炼其反帝反封建思想的重要意义,将泰戈尔的文学作品作为反抗西方资本主义侵蚀的文学阵地加以研究。这一时期,更加强调泰戈尔作品的革命性:泰戈尔的爱国思想、对女性价值的重视、与民族主义特征的分析渗透到泰戈尔大量作品的被翻译、被研究过程之中。

第二,认为泰戈尔人格与思想的悖论与谬误使其作品产生了殖民地国家的卑下特质,因此,作品内容上多表现为拙劣的模仿。从 20 世纪 20 年代前后,左翼作家群体对泰戈尔的抵制便可见其一斑:鲁迅、茅盾、郭沫若、林语堂等文人与文艺界左翼人士纷纷撰文抨击泰戈尔的思想,认为复古派文人对泰戈尔的过度"神化",是必须被打破的偶像崇拜。将泰戈尔与其作品,视为东方落后文化的反扑,是当时中国引入民主与科学的西方社会先进制度的绊脚石,必须加以清算。20 世纪 60、70 年代也根据当时的国际与国内形势,学界对泰戈尔的思想和作品做出过左判断,将其作为资产阶级学阀进行强烈抨击,对其作品也持几乎完全否定的态度。

[①] 郑振铎:《欢迎太戈尔》,《小说月报》1923 年第 9 期。

第三,认为泰戈尔对文学的创新性和创造水平高超,但在戏剧方面的探索最为薄弱。持这种观点的代表学者为季羡林。早在《演完太戈尔的〈齐德拉〉之后》一文中,瞿世英就曾经分析过由于各方面原因,中国观众对泰戈尔戏剧演出不够理解的文学接受现象。1979 年季羡林重新评价了泰戈尔的各文类作品,以肯定居多,但对泰戈尔的戏剧创作并不认可,认为泰戈尔的戏剧人物塑造不够丰满。70 年代后,泰戈尔戏剧被部分研究者认为是其文学作品中较为失败的尝试,不具有与其诗歌、小说等文体相比肩的资格。2005 年杨玉珍在论文《论泰戈尔戏剧在中国的"冷遇"》[①]也关注到了泰戈尔戏剧对研究界吸引力不足的现实。

第四,认为泰戈尔的文学创作中,戏剧作为具有独特的写作特点的重要一环,是不该被忽视的不可或缺的组成部分。其中与常见的戏剧形式所不同的神秘主义与象征主义,并不是作家拙劣的模仿痕迹,而是其刻意保留的东方美学特点与有意为之的创作倾向。这种观点自 20 世纪 90 年代后比较盛行,《泰戈尔——东西融合的艺术家》的作者何乃英对泰戈尔的剧本的风格加以肯定,认为其意义不可低估。董红钧在《泰戈尔精读》[②]一书中也对泰戈尔的戏剧高度评价,对其作为一位非凡的作家为戏剧创作所做出的努力和贡献加以肯定。

总之,这些观点围绕着泰戈尔的整体思想与戏剧创作,呈现多元化多面性的特点。既包含极为对立的两极,也存在较为客观的中性评价。但毋庸置疑的是,学界普遍承认,对泰戈尔戏剧的研究,是一个被长期忽视、有待深入的领域,还需要学者们在今后的研究中进一步的探索。

三、中国学界对泰戈尔戏剧的接受及其原因

(一)中国五四学界泰戈尔戏剧的接受与原因

中国学界对泰戈尔最早的关注,是由欧美及日本的"泰戈尔热"所引起的。徐志摩曾提到泰戈尔对欧洲罗曼·罗兰等人的影响力及其声望。郭沫若在日本留学期间,就已经阅读过泰戈尔所著的剧本《暗室王》(今通译为《暗室之

[①] 杨玉珍:《论泰戈尔戏剧在中国的"冷遇"》,《外国文学研究》2005 年第 4 期。
[②] 董红钧:《泰戈尔精读》,上海大学出版社 2009 年版。

王》)并为之着迷。尽管在泰戈尔来华时期郭沫若的态度有所变化,但其所创作的剧本都留有受到泰戈尔戏剧影响的痕迹。

对泰戈尔戏剧产生最大号召力和传播作用的,是1924年《齐德拉》在协和小礼堂的上演。泰戈尔戏剧的上演,汇聚了以新月社为中心的欧美留学知识层的重要人物,还涉及周边被此项大肆报道的文化访问事件所辐射到的作家和文艺界人士:除主要演员之外,仅配角就有王孟瑜、袁昌英、蒋百里、丁燮林等人。《晨报》1924年5月6日、5月10日接连发表题为《诞辰将近之泰戈尔》①与《竺震旦诞生与爱情名剧〈契玦腊〉》②两篇报道,说明了演出的背景,也对戏剧本身进行了介绍。这一次由新月社所主办的戏剧演出活动,一方面正如徐志摩在《太戈尔来华的确期》③所表明的,是因为泰戈尔喜欢看到别人演出他创作的戏剧来为老诗人贺寿;另一方面也是由于徐志摩的诗人身份的个人审美与具有欧美留学背景的新月派知识分子对戏剧的共同爱好。至1925年,林徽因、梁思成、梁实秋、余上沅、瞿世英等人,在美国成立了"中华戏剧改进社",他们积极联系北京大学和新月社的其他成员,计划将来成立"北京艺术剧院"。

可见,中国对泰戈尔戏剧的引进原因,首先是新月社作为诗社与文艺团体对泰戈尔戏剧的偏爱。其次,是由于泰戈尔本人对其戏剧的重视。再次,是因为这些欧美留学背景的知识分子希望通过引入泰戈尔的戏剧,成功带动国人对戏剧的欣赏,改良中国的传统戏剧,而使之成为更加完善的艺术门类。

(二)中国五四学界对泰戈尔戏剧的排异与原因

这一次浩大的演出不仅集聚了欧美留学背景的新月社成员,还因其声势将其他包括左翼作家和文艺界人士在内的观众吸引到剧场。对泰戈尔或出于好奇,或想要一探究竟,亲历《齐德拉》的上演,成为这些非新月社及非欧美留学背景作家和知识界人士直观了解泰戈尔戏剧的快速途径。

当晚,鲁迅、孙伏园、林语堂等人也观看了演出。尽管当晚的鲁迅日记只是简单提到了看戏的事实情况,并没有对其内容进行评论,但林语堂夹杂着英

---

① 记者:《诞辰将近之泰戈尔》,《晨报》1924年5月6日。
② 记者:《竺震旦诞生与爱情名剧〈契玦腊〉》,《晨报》1924年5月10日。
③ 徐志摩:《太戈尔来华的确期》,《小说月报》1923年第10期。

文,在《论泰戈尔的政治思想》中明确发表对《齐德拉》观后感受:"sentimental, mawkish 并没有什么了不起的文学价值。"①林语堂代表了当时另一部分作家与研究者对泰戈尔戏剧的态度:这是充满"感伤主义"和"无病呻吟"的无价值创作。

这些批评从侧面证实了五四期间"泰戈尔风波"背后的部分原因:除新月社与其外围具有欧美留学背景的知识分子以外,当时另一部分中国知识层的普遍观念在于:戏剧最大的价值不是审美抒情以及个人的表达,而是如易卜生戏剧所表现的那样:通过反映社会问题,提高人的觉悟,从而改变社会现实,发挥积极的社会作用。尽管《齐德拉》的上演成功地引起了中国知识界与文艺界的轰动,但其对文学界的影响却收效甚微,仅仅局限于具有特殊文化审美与文化背景的作家群体的内部排演,内部社交与戏剧改良之上。因为泰戈尔的诗人天性与泛爱思想在作品中的表现,并不能将其戏剧归入典型的社会问题剧之列。

此外,泰戈尔戏剧与中国传统的戏剧形式有着诸多相似之处,在五四前后,中国的传统戏剧被清算,取而代之的流行戏剧形式是欧洲话剧。中国学界对泰戈尔戏剧"他者"的审视即对"自我"的映射,对泰戈尔戏剧的评价即反映出对中国传统戏剧的评价。充满神秘主义、宗教主义、泛爱主义与折中调和共存的泰戈尔戏剧,较之中国戏剧更具有浓郁的东方色彩,被中国观众认为"不知所云"。在崇尚问题突出、冲突激烈的五四时期,泰戈尔的戏剧不可能受到大多数中国受众的欢迎。

(三)新时期中国学界对泰戈尔戏剧的重新定位与原因

经过五四后泰戈尔戏剧研究的冷却与沉寂,中华人民共和国成立后由于政治与意识形态等原因,泰戈尔文学作品的译介与研究又经过了一起一落,直到 70 年代才有较为客观的整体评价文章出现。随着 70 年代后学界的不懈努力,对泰戈尔戏剧的翻译与认识进入一个全新的阶段。泰戈尔的戏剧,作为独立的文体,有更多的学者从其本身的价值,将其纳入东方文学的评估体系进行衡量,而不再过度依赖于意识形态或西方文学中的戏剧理论将其进行对比

---

① 林语堂:《林语堂名著全集 第十三卷》,东北师范大学出版社 1994 年版,第 109 页。

套用。

  首先,在这一时期文学本身的审美与艺术价值被更加重视。学界的研究对戏剧的特征、戏剧中的抒情性与审美性,哲理性与象征性等文学的形式与内容更加看重,而将泰戈尔戏剧中的反帝国主义、反封建特征更多地作为文学创作的外部环境来对待,其主要的例证即 90 年代后学界出现了多篇关于泰戈尔象征主义戏剧的研究作品。

  其次,新时期的研究以中华人民共和国成立后培养的新生代学者为主,这些学者对各类小语种语言的运用能力较"五四"及中华人民共和国成立初期更加熟练。对泰戈尔与其戏剧的研究,出现了更多的语言翻译文本以及国外的最新资料。如 2016 年由中央编译出版社出版的《泰戈尔笔下的文学》[1]一书,编译者白开元就在其中收录了由孟加拉语直译的《诗剧〈自然的报复〉》《音乐剧〈蚁垤的天才〉》《现代剧刍议》《戏剧舞台》等泰戈尔关于戏剧的评论文章,对现有的第一手研究文献与资料加以补充和完善。

  最后,改革开放后国际交流与合作更加密切,我国学界对泰戈尔与其戏剧研究也与其他国家和地区的交流更加频繁。新时期,出现了介绍国际性泰戈尔研究会议的综述论文,以乔芊的《圣地尼克坦泰戈尔国际会议侧记》[2]、刘建的《加尔各答泰戈尔国际学术研讨会综述》[3],以及尹锡南的《泰戈尔国际学术研讨会在新加坡举行》[4]、曾琼的《哈佛大学举行"泰戈尔及其时代的亚洲观"学术会议》[5]等报道为代表。这些学者将关于泰戈尔研究的国际会议内容介绍到国内,扩大了对泰戈尔创作的整体研究视野,实现了国际学术交流的融合。

四、对中国学界泰戈尔戏剧研究的评价

(一)中国学界泰戈尔戏剧研究的特点

  中国学界在泰戈尔戏剧研究方面,具有研究成果较少、原文研究增多、研究过程呈动态和东方本位复归等特点。

---

[1] 泰戈尔:《泰戈尔笔下的文学》,白开元编译,中央编译出版社 2016 年版。
[2] 乔芊:《圣地尼克坦泰戈尔国际会议侧记》,《国外文学》2013 年第 1 期。
[3] 刘建:《加尔各答泰戈尔国际学术研讨会综述》,《国外文学》2011 年第 3 期。
[4] 尹锡南:《泰戈尔国际学术研讨会在新加坡举行》,《南亚研究》2010 年第 2 期。
[5] 曾琼:《哈佛大学举行"泰戈尔及其时代的亚洲观"学术会议》,《国外文学》2010 年第 1 期。

首先，中国的泰戈尔戏剧研究与其他体裁作品的研究相比，成果相对较少。对泰戈尔作品的传统认知，往往停留在其诗歌与小说等作品上。学界往往首先承认泰戈尔是一位诗人、小说家，随后才承认其剧作家的身份。中国学界对泰戈尔的研究，也集中在对其本人思想、来华事件，以及诗歌和小说的研究之上，而对泰戈尔的戏剧创作的关注被埋没其后，受到的重视不足。

其次，中国的泰戈尔戏剧研究，逐步进入对原文的译介与多语种研究之中。从20世纪初期如瞿世英、冰心等大部分学者对泰戈尔作品的英文翻译、到60年代后印地语与孟加拉语原文译介版本的增多。泰戈尔戏剧研究的翻译也经历了越来越专业化的过程。在此基础上，语言的隔膜被逐步消解，对泰戈尔戏剧创作的总量统计，由被认为有20多部到学界最新提出的84部之多。作品认识数量的提高、孟加拉语作品的特点和文学价值渐渐浮出水面，增加了泰戈尔戏剧研究对作品本身认知的广度和深度。

再次，中国学界泰戈尔戏剧研究是一个在肯定与否定之间摆动的动态研究过程。对泰戈尔戏剧的译介和研究，经历了由肯定到否定，由再肯定到再否定，最终向肯定上升的动态研究过程。与对泰戈尔本人的研究相类似：究其原因，都和中国文学在现当代社会的发展过程与对外国文学的接受与取舍密切相关，其中既有外部的政治与意识形态影响，也有对文学自身价值认识的内在变化，是一个意识形态性研究逐渐降低，文学自身审美性研究逐渐提高的过程。

最后，中国的泰戈尔戏剧研究是一个逐步回归东方文学研究本位的过程。从全球化的国际交流、亚洲视域以及"一带一路"的角度来看待泰戈尔与泰戈尔的创作是新时期泰戈尔戏剧研究的特征与趋势。越来越多的学者由单纯崇尚西方文学与文化，向探索东方文学与文化内涵的发展转变。

（二）中国学界泰戈尔戏剧研究独特性的成因分析

伴随着中国全面实现现代化过程，中国学界对泰戈尔戏剧研究所独具的特点也由此产生。对泰戈尔的戏剧接受始终是中国文学界与文化思想界通过东方文学中具有典型性的个案，寻求解决中国文学与文化思想中固有问题的钥匙。因此，对泰戈尔戏剧的理论分析，立足对中国传统戏曲的改良与创新，也与中国学习西方易卜生戏剧创作同时进行。早期的研究以英文译本为主，因泰戈尔戏剧与西方戏剧尺度有所不同,而受到较少的关注。

泰戈尔戏剧所具有的东方特色,神秘主义和宗教色彩,甚至其中的意象,显示出与西方戏剧截然不同的特点和鲜明反差,这本是泰戈尔在熟悉东、西方戏剧下所做出的有意取舍(见泰戈尔《戏剧舞台》),却使熟悉西方戏剧情节和理论的观众与研究者对其作品产生隔膜,认为泰戈尔作品中的社会批判不够强烈,甚至作品中的反帝国主义反封建性不够明显。这种惯性研究模式和思维方式,直到进入90年代后才逐渐有所改变。

然而,随着我国的国力增强和社会改革的逐步完成,对泰戈尔的戏剧研究也从改良社会的政治需要逐步回归到文学本身艺术与审美的研究需要。研究的意识形态性减低,而对东方性的关注提高。从被视作笨拙地模仿西方,到逐渐被理解为借鉴西方而固守东方特色,是我国泰戈尔戏剧研究的成果之一。学者们的研究视野更加开阔,能够从泰戈尔故乡游记、泰戈尔研究会议报道、研究会议综述的角度将与国际性的泰戈尔研究成果加以汇编,将泰戈尔和其他亚洲国家的剧作家放在东方文学的视域下研究。从其母语的译本出发,而不是借助西方语言为工具,从本质上探索东方民族的戏剧特征。这些东方文学视域下的研究方法与研究内容,是当今泰戈尔戏剧研究的新热点。

(三) 中国学界泰戈尔戏剧研究发展趋势与展望

首先,未来的中国泰戈尔戏剧研究将延续现有成果,从数量和质量上进一步提高。随着对泰戈尔本人、泰戈尔诗歌及泰戈尔来华事件等研究逐渐成熟完善,学者们必然将目光转向同时具有研究空间和研究意义的戏剧体裁之上,开展对泰戈尔戏剧在主题、内容、表现方式、接受与影响等方面的深入研究。

其次,中国学界将对我国文坛对泰戈尔戏剧作品选择背后的主观因素与接受美学方向进行研究。从现代中国知识分子对泰戈尔戏剧筛选、接受与排斥,分析中国不同时期、不同作家及研究群体的文学诉求与思考方式,以泰戈尔为参照,映射中国文学的现象与内部规律。同时,剥离影响泰戈尔研究的外在意识形态因素,从泰戈尔自身为出发点,研究其戏剧创作的文学特征。

最后,未来的中国泰戈尔戏剧研究将与国际交流的文学研究相交融,从东方文学的视域总结其戏剧艺术的创作特点和审美价值。无论是由于泰戈尔本人戏剧的在华演出,还是三次访华的独特经历,都使泰戈尔的戏剧具有更多的中印戏剧文学交流性质。泰戈尔与中国戏剧界与戏剧文学作家的交流与影响研究,将成为学界的关注重点之一。作为东方戏剧文学的一个重要组成部分,泰戈尔的戏剧将与其他东方国家的戏剧创作合流,成为中国学界东方戏剧文学研究的重要组成部分。

第四章 泰戈尔在中国的大众传播

外来文学的翻译和研究,是精英化的学术活动。对外国文学的阅读和鉴赏却不仅限于精英阶层。随着教育的普及和传播媒体的发达,普通大众也对外国文学文化有了自身的需求和交流讨论的平台。泰戈尔及其创作在中国的传播与接受,自然也有大众理解接受的层面。普通大众对泰戈尔的理解,会受到精英阶层的影响,但又会有自身的独特性。

第一节 学校教育途径的传播

学校教育是泰戈尔及其作品在中国传播的一个非常重要的方式。作为经典作家,泰戈尔的作品自然会进入学校教育的视野,成为示范性文本供学生研习和模仿。荷兰学者佛克马曾在《文学研究与文化参与》中指出西方学界对"经典"的定义之一,就是指那些"精选出来的一些著名作品,很有价值,用于教育,而且起到了为文学批评提供参照系的作用。"[①]哈罗德·布鲁姆在《西方正典》中也提到"经典的原义是指我们的教育机构所遴选的书"[②]。他们都指出了强调了教育与文学经典建构之间的关系。美国学者约翰·杰洛瑞则强调了作为教育机构之一的学校在文学经典建构中的重要作用。在《文化资本——论文学经典的建构》一书中,他受法国学者皮埃尔·布迪厄"文化资本"理论的影响,认为学校在文学经典建构中不只是作为一种背景因素而存在的,而是一种

---

① 佛克马:《文学研究与文化参与》,北京大学出版社1996年版,第50页。
② 哈罗德·布鲁姆:《西方正典》,江宁康译,译林出版社2005年版,第11页。

生产媒介,"在读写训练和文化习得方面有规范文学生产的权力"①,它把文学经典的知识功能和资本功能连接起来,积极参与了文学经典的建构过程。他指出文学经典的形成关键在于文化资本的学校分配:受教育权、文学作品的入选以及文学教育的目的如何等等。

可以说,学校的文学教育和文学史编撰是作家及其文学作品的经典地位确立的重要环节,但同时经典文学作品在学校教育的过程中得到推广与普及。大部分普通人对某一经典作家和作品最初的认识和了解是从学校教育中获取的,中国当代普通读者对泰戈尔的认知也是如此。中小学的《语文》教材、教辅读物,以及大学的文学史教程,都是学生认识泰戈尔及其作品的重要来源和渠道。

一、中小学教材和教辅读物中的泰戈尔

(一) 泰戈尔作品的选文情况

20世纪50、60年代,虽然泰戈尔作品的翻译出版数量很多,但被选入中小学的语文教材却不是很多。当时的中小学教材都是由国家教育行政部门组织专门人员根据统一的教学大纲编写,由人民教育出版社出版,在全国范围内使用,这样被选入教材的外国文学作品的受众范围就十分广泛,影响也比较大。因为当时中国与苏联在政治意识形态上有很大的趋同性,因此学校的教材大部分选入的是苏联作家的文学作品,其他国家的作品相对很少,泰戈尔的作品能够被选入实在难得。最早被选入教材的泰戈尔作品是他的叙事诗《两亩地》,选入1956年张毕来等主编的《初级中学课本·文学 第五册》。此后,它又被选入到1961年《十年制学校实验用课本(全日制)·语文 第13册》,这是由北京师范大学中文系普通教育研究室主编,用于学生七年级上学期学习的课本。

而在70年代到90年代,泰戈尔的作品没有一部被选入中小学教材,直到21世纪以后才出现转机。这种变化与"新课改"有很大关系。21世纪以来,教

---

① 约翰·杰洛瑞:《文化资本——论文学经典的建构》,江宁康、高巍译,南京大学出版社2011年版,第3页。

育部先后颁布了《基础教育课程改革纲要》(2001)、《全日制义务教育语文课程标准》(2001)和《普通高中语文课程标准》(2003),提出用"语文素养"取代"语文能力",对语文教材的编写提出了若干建议,其中强调"教材选文要具有典范性,文质兼美,富有文化内涵和时代气息,题材、体裁、风格丰富多样,难易适度,适合学生学习"。新的课程标准颁布之后,语文教材的出版打破了以前"一纲一本"统编制的局面,很多出版社陆续推出了自己的语文教材,形成了多种版本竞争的格局,内容选材方面也更加多元化。一大批经典的外国文学作品纷纷被选入中小学语文课本里,泰戈尔的诗歌和小说也有不少被选进来,几乎每个版本都会出现他的作品。据不完全统计,各出版社教材所选泰戈尔的作品如下:

作品名	作品来源或体裁	版本	备注
《花的学校》	《新月集》	人民教育出版社(简称人教版)三年级上册、语文出版社(简称语文版)三年级下册、北京师范大学出版社(简称北师大版)五年级下册(2004、2017)、江苏教育出版社(简称苏教版)五年级下册、长春出版社(简称长春版)三年级下册*	长春版题目为《花儿学校》,译本选择不一样
《金色花》	《新月集》	长春版三年级上册、北师大版五年级下册(2004)、山东教育出版社(简称鲁教版)六年级上册、上海教育出版社(简称沪教版)三年级上册*、人教版七年级上册(2002,2016)、北师大版七年级上册(2017)、苏教版七年级上册、河北教育出版社(简称冀教版)七年级上册	沪教版题目为《金香木花》,译本选择不一样

续表

作品名	作品来源或体裁	版本	备注
《对岸》	《新月集》	沪教版六年级下册、冀教版九年级上册、河北大学出版社九年级上册、北师大版五年级下册(2011)、鲁教版九年级上册＊、人教版九年级语文下册(2003)＊	＊在"名著导读"《聆听天籁:读读泰戈尔》中选入此诗
《纸船》	《新月集》	冀教版五年级上册、语文版七年级下册、沪教版九年级下册＊	＊在第一单元冰心《纸船——寄母亲》的课后阅读,要求两首诗比较
《萤火虫》		湖北教育出版(简称鄂教版)八年级上册、人教版九年级下册(2002)	
《小大人》	《新月集》	鲁教版九年级上册＊、人教版九年级语文下册(2003)＊	＊在"名著导读"《聆听天籁:读读泰戈尔》中选入此诗
《职业》	《新月集》	北师大版五年级下册＊(2011)	与《对岸》合为《新月集》(二首)
《孩童之道》	《新月集》	长春版七年级上册	
《告别》《榕树下》	《新月集》	苏教版七年级上册	与《金色花》一起合为《泰戈尔诗三首》,列为第一单元的诵读欣赏
《同情》	《新月集》	沪教版六年级下册	与《对岸》合为《散文诗两篇》
《仿佛》	《诗选》第64首	沪教版八年级上册、鄂教版七年级上册＊	鄂教版题目为《母亲》

续表

作品名	作品来源或体裁	版本	备注
《果实的事业是尊贵的》	《飞鸟集》	人教版五年级下册*	收入模块《回顾·拓展八》的"日积月累"中
《我一无所求》	《园丁集》	粤教版高中语文必修教材第二册	
《园丁集》节选	《园丁集》	人教版高中语文选修教材《诗歌散文》	
《图书馆》	散文	沪教版六年级上册	
《喀布尔人》	短篇小说	粤教版高中语文选修教材《短篇小说欣赏》	
《素芭》	短篇小说	人教版高中语文选修教材《外国小说欣赏》，苏教版高二下册	
聆听天籁：读读泰戈尔	编者导读	人教版九年级下册（2003）、鲁教版九年级上册	属于"名著导读"部分
生是无穷无尽的——泰戈尔和他的生命之歌	编者导读	河北大学出版社九年级下册	属于第三单元的"拓展链接"
爱就是充实了的生命——《飞鸟集》《园丁集》	编者导读	粤教版高中语文必修教材第二册	第二单元的"推荐阅读"

21世纪以来，除正规的语文教材之外，教育部颁布的《全日制义务教育语文课程标准》对学生的课外阅读量也提出了要求，要求学生从小学到初中阶段的课外阅读总量达到四百万字以上，并在《课程标准》的附录二"关于课外读物的建议"中推荐了大量文学必读书目。在政策的指引下，很多出版社出版了配

合中小学课外阅读的各类教辅性读物,泰戈尔的作品必不可少。如 2002 年人民文学出版社出版的"语文新课标必读丛书"中就包括《泰戈尔诗选》,这部诗选选入了泰戈尔重要的几部诗集,是在 50 年代出版的冰心、石真翻译的《泰戈尔选集·诗集》基础上,又增加冰心翻译的《吉檀迦利》《园丁集》和郑振铎译的《飞鸟集》《新月集》以及泰戈尔 1921—1941 年的诗选。人民文学出版社 2012 年还推出了"中学生文学阅读必备书系",出版了泰戈尔的《新月集》《飞鸟集》的合集。影响比较大的还有童趣出版有限公司联合人民邮电出版社推出的"新课标必读名著"丛书,丛书出版了《泰戈尔诗选》,主要选入了泰戈尔的《飞鸟集》《新月集》全集和《园丁集》《采果集》的选集,该丛书最大的特点是对诗歌的重要语句进行了详细的注释和精评,书后还设置问题让学生回答,这样就会加深学生对泰戈尔诗歌的理解和掌握。此外,天津人民出版社、陕西师范大学出版社、西苑出版社等推出的"中小学生必读丛书"中出版了泰戈尔的《新月集》《飞鸟集》的合集等。应该说,根据教育部新课标推荐书目出版的此类丛书不胜枚举,作为推荐书目之一的《泰戈尔诗集》也不断被出版。这一类教辅性读物弥补了语文教材中选文有限的遗憾,能够使中小学生较为全面地了解泰戈尔本人及其作品,是泰戈尔在中小学教育体系下的经典化建构的重要组成部分。

(二)泰戈尔在中小学教材和教辅读物中传播、接受的特征

通过以上的梳理,我们可以看到中华人民共和国成立后中小学语文教材和教辅读物对泰戈尔作品的选文,及泰戈尔在中小学生中的传播、接受出现了以下特征:

1. 选文的内容上,经历了从政治性到文学性的变化

50、60 年代泰戈尔的《两亩地》两次被选入中学教材,这是由当时的政治意识形态决定的。《两亩地》是泰戈尔创作于 1894 年的叙事诗,最早收录在诗集《金帆船》里,后来又收录在《故事诗集》(1900)中,内容是关于农民巫宾世代相传的两亩地,被为了使花园齐整的王爷采用假造借据的方式夺走,最后变得一无所有的故事。这个故事充满阶级斗争的意味,正好与 50、60 年代中国的社会形势相吻合,完全符合当时主流意识形态的要求。从 1950 年到 1953 年全国各地正在进行一场轰轰烈烈的土地改革,改革的内容就是要没收地主的土

地和财产,分配给贫苦农民,所以当石真1956年把这首诗翻译过来以后,就引起了不小的凡响。不仅学术界有一些论文对其进行阐释分析,而且语文教育界也十分重视,《语文教学通讯》《语文学习》和《中学教育》等教育杂志上也有不少文章进行专门讨论,因此它便顺理成章地被选入中学语文教材当中。而到了80、90年代,随着思想解放运动的开展,这种政治色彩十分强烈的诗歌就不太适宜进入语文教材了,但当时语文教材的编写还主要是以培养学生的语文能力和进行思想、道德教育为主,不太注重对学生美育的培养,因此泰戈尔的其他作品也就无缘再进入教材。

21世纪以后,"新课标"在强调培养学生语文能力的同时,明确提出"语文课程还应重视提高学生的品德修养和审美情趣,使他们逐步形成良好的个性和健全的人格,促进德、智、体、美的和谐发展"。为了培养学生的"审美情趣",泰戈尔那些文学性比较强、艺术成就比较高的作品便被选进教材和教辅读物中,受到人们的阅读关注。《花的学校》《金色花》《对岸》等诗作不仅展现了生命本质的纯粹和情感的美好、高贵,歌颂母爱、童真,而且语句优美、清新。它们分别被列入各版本教材的"情感的涟漪""亲情吟诵""心灵寄语"等单元模块,用来增强学生的审美体悟和鉴赏能力。其实从被选入单元模块的名字,就明显感受到编选者选择泰戈尔作品内容的倾向性。最重要的是,对学生阅读有明显引导性的"名著导读""拓展链接""推荐阅读"部分,更能看到21世纪以来语文教材对于泰戈尔作品内容关注的焦点是什么,也代表了目前泰戈尔及其作品在中国接受的主要方向。人教版九年级下册(2003)与鲁教版九年级上册的"名著导读"《聆听天籁:读读泰戈尔》,认为泰戈尔的诗歌充满了对人生和自然的思考,指出泰戈尔"于平淡无奇、琐屑普通的事物中发掘自然的美和生活中的诗意,他的故事诗朴实无华,抒情诗清新优美,具有高度的艺术美感"。而河北大学出版社九年级下册第三单元的"拓展链接"《生是无穷无尽的——泰戈尔和他的生命之歌》,则用大量篇幅对泰戈尔及其作品进行了介绍,指出了读者喜欢泰戈尔的原因是"因为他是不拒绝生命,而能说出生命之本身的",认为"泰戈尔的诗具有高贵典雅的气质,阐释生命本质的睿智。单纯、高贵的情感,纯净、清丽的风格,柔和、淡雅的色泽,沉静、质朴的底蕴,是构成这种气质和睿智的主要元素",并从这几个方面结合泰戈尔的诗歌具体加以分析。粤教版高中语文必修教材第二册的"推荐阅读"《爱就是充实了的生命——〈飞鸟集〉〈园丁集〉》则是从"爱"来解读泰戈尔的诗歌,指出"他一生追求美、爱与生命的和谐统一,在对生命的真切感受中领会爱,在爱的充盈中呈现生命的价值",他的诗歌都是对爱的吟咏,充满博大而永恒的爱的光辉。应该说,这些编者导读已经完全摆脱了政治意识形态的束缚,从审美性和文学性对泰戈尔作品进行阐释,回归到了作品的本质。如果说50、60年代的教材强调他"怒目金刚的一面",而现在的教材则更多强调他"光风霁月的一面"。不仅语文教材如此,教辅读物出版最多的也是歌颂自然、生命和爱的《新月集》和《飞鸟集》。

"经典性并非文本活动在任何层次上的内在特征,也不是用来判别文学'优劣'的委婉语。某些特征在某些时期往往享有某种地位,并不等于这些特征的本质决定了它们必然享有这种地位。"①由中小学语文教材对泰戈尔作品选文的变化可以看到,泰戈尔作品的经典性并不是完全由其内在的本质所决定的,而是各种权力在历史场域中博弈的结果,随着时代和文化语境的变迁而变化的。某个时期被认为是经典被选入教材和教辅读物的作品,一旦文化语境和意识形态发生改变,就会被排斥在教材和教辅读物之外,而那些以前被贬斥的作品则成为经典进入教材和教辅读物之中。而这种选文的变化,从某种程度上也引导了中小学生对泰戈尔作品阅读和接受方向的变化。作为语文教材和教辅读物的使用者和阅读者,中小学生对作品的审美鉴赏还没有形成完全的自主能力,主要受语文教材、课外读物和授课教师的影响。通过在中国期刊全文数据库"知网"中查阅到的教研论文和网络上发布的大量教学课件和教案内容来看,中小学语文教师对泰戈尔的理解基本是按照语文教材编选者的意图进行教学的。在教材、课外读物和教师的引导下,泰戈尔的形象不再是50、60年代的革命者和进步作家的形象,而是追求爱、美和生命和谐统一的诗人;他的作品不再是充满政治意味的宣传工具,而是充满爱、童心和生命意识的生命之歌。

2. 选文的体裁上,诗歌是中小学语文教材选文的重点

在对1949年后语文教材选文和学生教辅读物的梳理中,不难发现大部分

---

① 伊塔马·埃文-佐尔:《多元系统论》,张南峰译,《中国翻译》2002年第4期。

教材选取的都是泰戈尔的英文诗歌译文,而作为课堂内容重要补充的教辅读物出版的也只有诗集;其他体裁的作品,如小说、散文的选文寥寥无几,小说主要集中在《素芭》《喀布尔人》这两篇短篇小说上,而且是被选入选修教材中,属于学生可读可不读的范围;散文方面,沪教版六年级上册所选的《图书馆》是唯一入选的散文,编者主要从让学生读书的角度编选,并不能完全体现泰戈尔散文的特色。由此可见,中小学教材的编选者是把泰戈尔主要作为一位诗人来看待的,这些从课文后面或下面对泰戈尔的介绍和编者导读也可见一斑。如人民教育出版社的部编版语文教材是影响最大的教材,根据教育部的发文,2019年全国中小学每个年级的语文课本都要换成这个版本,它在三年级上册选入了泰戈尔的散文诗《花的学校》,课文后面有一个"资料袋",这样介绍作者:"泰戈尔,享誉世界的印度诗人、哲学家。他出版过《飞鸟集》《园丁集》等五十多部诗集,曾于1913年获得诺贝尔文学奖。本文选自泰戈尔的散文诗集《新月集》。"这种介绍只突出了泰戈尔作为伟大诗人的一面,而对作家其他方面的创作则完全忽略,即使在介绍诗歌时也只强调了《飞鸟集》《园丁集》《新月集》,甚至对他获得诺贝尔文学奖的诗集《吉檀迦利》都没有提到。作为对全国有广泛影响力的部编版语文教材,这样就容易使小学生对泰戈尔形象和作品的认知产生一定的偏差。除了作者介绍,编者导读也是如此,如在人教版的《聆听天籁:读读泰戈尔》中,认为"泰戈尔多才多艺,但从本质上来说他首先是诗人",因此主要对他的诗集《吉檀迦利》《园丁集》《新月集》《飞鸟集》《采果集》一一进行介绍,小说、散文和戏剧一篇也没有提到;河北大学出版社《生是无穷无尽的——泰戈尔和他的生命之歌》的导读,也只分析了泰戈尔的诗歌成就和总体艺术风格;粤教版的《爱就是充实了的生命——〈飞鸟集〉〈园丁集〉》则一开头就定下基调:"泰戈尔的一生,与诗相伴相随。他8岁写诗,终生留下诗集五十多部",重点分析了泰戈尔的《飞鸟集》和《园丁集》。可见,无论是教材作品选文、作者介绍、编者导读和教辅读物,都在给学生强化一种"泰戈尔是诗人"的印象,忽略了泰戈尔形象和作品的多样性,这就是中小学语文教育对泰戈尔在中国的传播和接受带来的重要影响。

在泰戈尔所有的诗集中,《新月集》是语文教材选文最频繁的诗集,所占篇目几乎在一半以上。它应该是中小学学生接触最多、也最为熟悉的泰戈尔诗

第四章 泰戈尔在中国的大众传播

集。原因为何？这就不得不对泰戈尔的诗集进行一些分析。泰戈尔一生创作了54部孟加拉文诗集，8部英文诗集。由于语言的因素，最早翻译到中国的是泰戈尔的英文诗集，其中郑振铎在20世纪20年代就翻译了《新月集》《飞鸟集》，并产生了较大影响，之后其他英文诗集也陆续翻译过来，而泰戈尔的孟加拉文诗集翻译到国内比较晚，因而传播接受有限。《飞鸟集》是泰戈尔著名的哲理诗集，受日本俳句的影响，诗歌形式短小精悍，每首一般只有一、两行，少数是三到四行，由于形式短小不太适宜选入课文，因此有的教材把它们作为格言诗放在单元的"日积月累"模块，供学生背诵；《吉檀迦利》是最能体现泰戈尔思想观念和艺术风格的英文诗集，里面的诗歌充满了宗教神秘性和泰戈尔思想的复杂性，对于中小学生来说理解起来难度比较大，因此所有教材都回避这部诗集的选文；其他英文诗集，也因为各种因素不适合入选教材。而《新月集》无论是从形式特征，还是题材、内容和意蕴来说，都是中小学语文教材的最佳选择。《新月集》是泰戈尔的一部以儿童生活和情趣为主旨的散文诗集，共收入诗歌40首。在这部集子里，作者赞美了纯真的母爱与无邪的童心，并将无忧无虑的童稚世界与纷争喧闹的成人世界对比，表现了自己爱的哲学。诗歌最大的特点是能透过孩子那无邪的眼睛和纯真的心灵来观察世界、感受生活，因此，既能生动形象地描绘孩子那天真烂漫、活泼可爱的种种情态，表现他们那纯洁善良、富于幻想、充满新鲜感的心理特征，又能尽情地展现孩子那五光十色、错综复杂的想象世界，同时还能把这些与人世间最纯真、最深沉、最美好的母子之爱联系起来加以赞美。因此，郑振铎指出《新月集》"是一部叙述儿童心理、儿童生活的最好的诗歌集"。应该说，《新月集》中的诗歌正符合了中小学阶段学生的心理发育特征，而且阅读和理解的难度并不是很大。很多语文教材可能正是看中这一点，才从这部诗集中进行选文。如入选教材较多的《金色花》《花的学校》就反映了这种童真和童趣。在《金色花》中，可爱活泼的孩子幻想自己变成"一朵金色花"，藏在树上与妈妈捉迷藏；《花的学校》中作者站在儿童的视角把花儿们想象成地下学校的学生，想象它们上课、罚站、放假、雨中冲出来的情形，想象力丰富，充满了童趣。而《新月集》成为教辅读物反复被出版的原因也是如此。

3. 选文的编排上，注意到了泰戈尔与中国现代文学之间的关系

20世纪20、30年代，泰戈尔影响了郭若沫、冰心、王统照、徐志摩等一大批现代作家的诗歌创作，尤其对冰心的影响最大，她的诗集《繁星》《春水》就是受由《飞鸟集》的启发而创作的，作品中经常出现的主题——歌颂母爱与童真也是从泰戈尔的诗作中寻觅到的。一些中小学语文教材的编选者也注意到了两者之间的密切关系，选文进行编排时直接把冰心与泰戈尔的诗歌放在一起进行对比阅读，如2017年人教版七年级上册就把泰戈尔的《金色花》与冰心的《荷叶母亲》放在第二单元第七课的《散文诗两首》中，这两首歌都是用金色花、荷叶、红莲等物象来寄托情感，表达出了儿童对母亲深深的依恋和浓浓的爱，但在具体写作方式上又有所不同。因此，课后的"阅读提示"中，要求学生们在阅读时仔细地品味两首诗歌风格的异同。值得肯定的是，"阅读提示"还指出了泰戈尔与冰心诗歌的关系："冰心的创作曾受泰戈尔影响，其作品风格与泰戈尔有相似之处。比如，他们的作品都简洁、清新、细腻，善于从日常生活中摄取细小的物象，捕捉刹那的灵感，抒发内心丰富的情感，蕴含着深深的哲思。"① 此外，鲁教版六年级上册、鄂教版七年级上册把《金色花》与冰心的《纸船·寄母亲》，冀教版五年级语文上册、沪教版九年级下册把泰戈尔的《纸船》与《纸船——寄母亲》都放在同一课或课后阅读中进行对比；很多教师在教案和课件中也是从比较的角度对他们两人的诗歌进行讲授，并会强调冰心诗歌所受泰戈尔的影响；即使教材没有把二人的诗歌放在一起对比，教师们在讲授泰戈尔或冰心诗歌时也会提到他们之间创作的联系。而且，一些教材的编者导读也有意识引导学生了解泰戈尔对中国现代文学的重要性，如"拓展链接"《生是无穷无尽的——泰戈尔和他的生命之歌》和"推荐阅读"《爱就是充实了的生命——〈飞鸟集〉〈园丁集〉》也用不少文字阐述了五四时期泰戈尔对中国现代作家的影响，并引用郭沫若、郑振铎的原文来表达他们阅读泰戈尔诗歌的感受及对泰戈尔本人的赞美，重点强调了泰戈尔的《飞鸟集》对于20、30年代中国诗坛上流行的"小诗"的影响，特别是对于冰心《繁星》《春水》的影响。这些都使学生在中小学阶段对泰戈尔与中国现代文学关系有了初步的认知，丰富了

---

① 《语文（七年级上册）》，人民教育出版社2017年版，第28页。

泰戈尔形象的内涵和多义性。

总的来说,中小学教材和教辅读物虽然对泰戈尔作品的选文具有一定的局限性,从某种程度上造成了中小学生对泰戈尔的理解具有一定的片面性,但是作为最广泛的传播途径,它们扩大了泰戈尔在当代中国的认知度和影响力,使更多人感受到泰戈尔作品的艺术魅力。

二、大学文学史教材中的泰戈尔

如果说中小学语文教育使中小学生对泰戈尔有了初步的认知,让他在中国得到最广泛的传播,那么大学课堂则使学生们更加深入地了解泰戈尔及其作品。在全国高等学校汉语言文学系的专业设置中,《外国文学史》是一门学科基础课,要求本专业的学生都要学习;除此之外,很多高校的中文系都开设了《东方文学史》的选修课,有的甚至还开设了《印度文学》选修课。大学课程制度的要求和课程体系的设置就产生了相应的文学史教材,这些教材一般由业内著名的专家和学者主编、撰写,教材内容代表一定时期内专业关注的重点和最新研究成果,具有权威性。在这些教材中,泰戈尔作为世界一流的经典作家占有十分重要的分量,往往被设置专门的章节进行教授。因此,大学的文学史教材对于泰戈尔及其作品经典地位的建构和作品的传播具有举足轻重的作用。

(一)外国文学史教材中的泰戈尔

中华人民共和国成立后的前几年,大学的外国文学史教材主要以西方文学的内容为主,没有涉及亚非文学,因此泰戈尔也不可能进入文学史教材。之后这种情况得到改变,自1956年教育部印发的"高等师范文史教学大纲讨论会"意见摘要中提出"逐步创造条件,开设东方文学专题"[①]之后,泰戈尔就有了进入外国文学史的可能。1959年北京师范大学中文系外国文学教研组编写的《外国文学参考资料·东方部分》,是泰戈尔最早进入的大学文科教材。虽然该教材并没有撰写出完整的外国文学史,只是编选一些发表过的评论文章、研

---

① 刘洪涛:《世界文学观念在20世纪50—60年代中国的两次实践》,《中国比较文学》2010年第3期。

究论文,但对后来外国文学史的编撰奠定了价值判断的立场和对作家评判的基本标准,基本确立了经典文学的秩序。该书第五篇"印度文学"有16节,而关于泰戈尔的内容就占了两节,这两节的题目分别是《爱伦堡论泰戈尔》和《泰戈尔和他的"两亩地"》,前者节选自苏联作家爱伦堡的游记《印度印象》关于泰戈尔的论述;后者则选自石真发表在1957年《语文学习》上的论文,对泰戈尔的生平经历、创作进行比较详细的介绍,重点分析阐释了他的叙事诗《两亩地》。之后,外国文学史教材的编写几乎进入停滞状态,期间在1977年出版了唯一一部《外国文学简编》,该教材亚非文学部分只涉及社会主义国家朝鲜、越南的文学,没有涉及印度文学,因而也没有关于泰戈尔的内容。

改革开放之后,很多高校中文系都重新开设"外国文学史"课程,而且出于教学的需要纷纷编写自己的外国文学史教材和文学作品选,外国文学史教材的编写进入了快速发展时期。随着东方文学的翻译、研究取得了较大的成就,一些教材也开始注意加强对东方文学的介绍,泰戈尔作为东方文学的优秀代表自然被列入教材的内容当中。新时期最早把泰戈尔编进文学史是1979年中山大学中文系文艺理论教研室编的《外国文学》上册,该教材虽然没有为泰戈尔设置专门章节来讲授,但在"印度现代文学"这一节中用了将近六页的篇幅重点介绍了泰戈尔的生平创作,特别是在介绍泰戈尔创作时,除了诗歌、小说创作外,还十分关注泰戈尔的戏剧创作,指出他的戏剧很多是象征剧,意思很难捉摸。这应该是1949年后泰戈尔第一次在外国文学史教材中得到比较全面、系统的介绍。同一年,十九院校《外国文学》编写组编的《外国文学》第三册设置了专节"泰戈尔的《戈拉》",先介绍了泰戈尔的生平和创作,又重点分析了泰戈尔长篇小说《戈拉》的主题思想、人物形象和艺术手法。1982年湘赣豫鄂三十四所院校主编的《外国文学简明教程》中也设立专节讲授泰戈尔,在介绍了泰戈尔的生平、创作后,从故事梗概、人物形象、思想意义和艺术特色对长篇小说《沉船》进行阐释分析。此外,十三所高等院校编写的《简明外国文学教材》(广西人民出版社,1982)、二十四所高等院校编的《外国文学史(第三册)》(吉林人民出版社,1984)都设置专节介绍泰戈尔及其作品。

上述外国文学史教材还只是个别学校或一部分学校使用,涉及亚非文学的内容不是很多,影响力有限,而这一时期中国人民大学出版社出版的由朱维之等主编的《外国文学简编》则是新时期以来第一部内容比较完整、影响力广泛的外国文学史教材,主要分为"欧美部分"和"亚非部分"两册。1983年出版的"亚非部分"是由北京大学、北京师范大学、南开大学等十五所高等院校研究东方文学的专家和学者共同编写而成,按照历史断代和国别的顺序全面系统地介绍亚非文学发展历史,其中"第十五章近代印度文学"共分为两节,第二节就是泰戈尔。该节内容是由北京师范大学的陶德臻教授执笔,从"生平与创作""诗歌"《戈拉》"三大模块对泰戈尔进行了比较详尽的介绍,使学生能够对泰戈尔有比较全面的认识。"生平与创作"部分按照早、中、晚三大时期对泰戈尔的生平、创作进行了梳理介绍,特别是在介绍中期创作时,重点对泰戈尔的"泛神论"思想及其形成进行了阐述;"诗歌"部分对政治抒情诗集《故事诗》及其中的《两亩地》做了详细解读,并分析了哲理诗中"泛神论"色彩;"《戈拉》"部分则分析了这部长篇小说的人物形象、思想内容和艺术特色。该教材对泰戈尔的结构体例、内容选材和观点都对此后出版的外国文学史教材产生了重要的影响。它出版后深受教师和学生的好评,在原版的基础上不断修订,目前已经出版到第六版。

之后,受国家教育委员会的委托,朱维之、陶德臻、陈友书等七院校的专家在《外国文学简编》的基础上重新编写为《外国文学史(亚非部分)》,扩充了许多新的内容,于1988年由南开大学出版社出版。由于编选者与人大版《简编》大多相同,因而教材对泰戈尔的介绍也基本一样,只是在内容上也更为详细,分为"生平与创作""短篇小说""长篇小说《戈拉》"和"诗歌"四部分介绍,增加了对短篇小说的细致阐述。该教材经教育部推荐,成为全国高校中文系通用的外国文学史教材,多次修订重印,是80、90年代影响力最大的一部教材,到目前一些高校还在使用。

20世纪80年代中期以后,随着高等教育不断的发展和外国文学课程体系的进一步完善,越来越多的外国文学史教材陆续出版,据不完全统计,到目前为止我国已经大约出版了有70多部外国文学史教材。多数外国文学史教材大都采用欧美文学和亚非文学二分法结构,泰戈尔作为亚非文学的重要作家一般都被列为专节重点介绍或作品被选入。撰写泰戈尔章节内容的一般都是研究印度文学和泰戈尔的专家和学者,如北京师范大学出版社1985年出版的

《外国文学史(讲义)下》、浙江大学出版社 1986 年出版的《外国文学史教程(下)》和高等教育出版社 1988 年《外国文学·上册(亚非部分)》,泰戈尔章节是由泰戈尔研究专家,曾任东方文学学会会长的陶德臻教授执笔,1999 年郑克鲁主编的《外国文学史》泰戈尔部分则是由青岛大学侯传文教授执笔,他也是一直从事泰戈尔作品的研究,这样就使学生能够获取最权威的知识。通观众多外国文学史教材的结构体例,它们对于泰戈尔的介绍一般都分为两大部分:第一部分先简要介绍泰戈尔的生平,然后按照时间顺序介绍泰戈尔的作品,第二部分对泰戈尔某部作品进行重点分析。目前在全国高校使用较多的外国文学教材,除了中国人民大学出版社的《外国文学简编》和南开大学出版社的《外国文学史》外,还有 1999 年高等教育出版社出版的郑克鲁等人主编的《外国文学史》和 2015 年高等教育出版社出版的"马克思主义理论研究和建设工程重点教材"《外国文学史》。

郑克鲁主编的《外国文学史》是受教育部高教司文科处的委托重新编写的全国性统编教科书,是"面向 21 世纪课程教材",共分为上下两册。虽然全书也分为"欧美文学"和"亚非文学"两大部分,但与朱维之等主编的《外国文学史》不同的是,亚非部分并没有单独成册,内容相对比较少,在整部教材中占不到五分之一的篇幅。在有限的篇幅中,亚非文学按照时间顺序分为三大章,其中在"第三章 近现代亚非文学"的第四节专门介绍了泰戈尔,认为泰戈尔是"印度近代杰出的诗人、小说家和戏剧家",教材按照传统的结构体例在第一部分主要介绍泰戈尔的生平和创作,按照早期、中期、后期三个阶段对其创作进行了详细的解读,之后又阐释了他的"泛神论"思想;第二部分则重点解读泰戈尔著名的诗集《吉檀迦利》,指出"这是一部集中体现泰戈尔以泛神论为核心的哲学思想的哲里抒情诗集",并从泛神论来分析《吉檀迦利》蕴涵的思想。由于该教材吸收了近年来学术界最新的研究成果,内容和体例较新,所以出版后被全国高校中文系普遍使用,是目前影响最大的一部外国文学史教材,从 1999 出版至今发行量巨大,已经修订到第四版。

而 2015 年高等教育出版社出版的《外国文学史》,是教育部组织相关的专家学者编写的马克思主义理论研究和建设工程重点教材,首席专家是聂珍钊、郑克鲁和蒋承勇,他们都有编写过外国文学史的经验。教材在导论中指出"本

第四章　泰戈尔在中国的大众传播

书按照一体化的思路,用历史发展的线索把西方和东方的文学连接起来,这样有利于东、西方文学在一个整体结构中互为参照,东西呼应,有利于科学地学习、认识,理解和评价不同国家和不同地区的文学,建立整体的外国文学概念。"① 按照这样体系安排,泰戈尔被放到了"第九章 20 世纪文学(上)"的第十节进行介绍。教材对泰戈尔的总体评价是:"泰戈尔是印度近代文学史上成就最大、影响最广的诗人、作家和艺术家。"② 在生平和创作中,对泰戈尔的诗歌、小说和戏剧进行了梳理分析,最后重点阐释了诗集《吉檀迦利》,认为"《吉檀迦利》是为泰戈尔赢得世界声誉,也是最能体现泰戈尔思想和艺术风格的作品。"③ 这部教材是目前教育部在全国高校主要推行的外国文学史教材。

为了配合外国文学史课程的教学,作为辅助性教材的外国文学作品选也陆续出版。据不完全统计,1949 年后到现在已经出版了 30 多部外国文学作品选,很多作品选都选录了泰戈尔的作品。1962 年吉林师范大学中文系外国文学教研室编的《外国文学作品选·亚洲非洲部分》下卷,选了泰戈尔的《两亩地》《吉檀迦利》《新月集》《园丁集》《飞鸟集》《游思集》《生辰集》的节选,以及短篇小说《素拔》(现译为《素芭》)、《献祭》和散文《俄国书简》的摘选,选文比较宽泛,能够让学生对泰戈尔的作品有相对全面的了解;1963 年上海文艺出版社出版了由周煦良主编的《外国文学作品选(第三卷)》"近代部分(下)",选录了泰戈尔诗歌《被俘的英雄》《敬礼佛陀的人》和小说《摩诃摩耶》的片段;该教材虽然对泰戈尔作品的选文较少,但作为"高等学校文科教材"在全国高校中文系使用,被多次再版,因而影响力较大。新时期以来,外国文学作品选出版得更加频繁,其中选用泰戈尔作品的作品选据不完全统计有 20 多部之多。

(二)《东方文学史》和《印度文学史》中的泰戈尔

作为经典作家,泰戈尔除了在外国文学史教材中会被重点介绍外,在更具有专业方向的《东方文学史》和《印度文学史》中也必然是重要讲授的对象。

新时期以来,我国的东方文学学科建设取得了长足的进展和可观的成绩,按照教育部颁发的高校中文系外国文学大纲的要求,外国文学课程必须讲授

---

① 《外国文学史》编写组:《外国文学史》,高等教育出版社 2015 年版,第 6 页。
② 同上书,第 186 页。
③ 同上书,第 188 页。

东方文学,很多学校开设关于东方文学史的选修课,于是一批东方文学史教材就被陆续出版出来,迄今为止达二十多部,其中影响比较大的有:陶德臻主编的《东方文学简史》(北京出版社,1985)、季羡林主编的《简明东方文学史》(北京大学出版社,1987)、王向远的《东方文学史通论》(上海文艺出版社,1994)、高慧勤等主编的《东方现代文学史》(海峡文艺出版社,1994),郁龙余、孟昭毅主编的《东方文学史》(陕西人民出版社,1994;北京大学出版社,2001、2015)、季羡林主编的《东方文学史(上、下册)》(吉林教育出版社,1995)、何乃英主编的《东方文学概论》(中国人民大学出版社,1999)、黎跃进著《东方文学史论》(湖南人民出版社,2000)、孟昭毅、黎跃进编著《简明东方文学史》(北京大学出版社,2005、2012)。几乎所有的东方文学史教材都十分重视泰戈尔这位重要的作家,不仅单独设节介绍,而且相比于外国文学史教材,对于泰戈尔的介绍也更加详细,文字所占分量也更多。此外,还出版了一些配合东方文学史学习的辅导读物,如季羡林主编的《东方文学作品选》(湖南人民出版社,1986)等,都选入了泰戈尔的作品。

1983年出版的朱维之等主编的《外国文学简编(亚非部分)》虽然被一些学者认为是首部东方文学教材,但在名称上还属于外国文学文史的范畴,没有独立出来,因此我们把它算在外国文史教材中。1985年北京出版社出版的陶德臻、彭端智、张朝柯等人编写的《东方文学简史》,是我国第一部被命名为"东方文学"的高校教材,"是在季羡林教授指导下,在系统地讲授东方文学课程的基础上写成的"。该书第三章"近代印度文学"分为两节,第二节就是"泰戈尔的诗歌和小说",此节用25页的篇幅介绍了泰戈尔及他的诗歌和小说创作,在论述其诗歌创作时重点分析了叙事诗《两亩地》和诗集《吉檀迦利》的思想内涵、艺术特色,同时指出泰戈尔小说创作的成就不亚于他的诗歌,"他不仅是印度近代短篇小说的开创者,而且为印度近代中长篇小说的发展奠定了基础",并结合具体作品加以细致地分析。

1987年季羡林先生主编的《简明东方文学史》,是继陶德臻等人主编《东方文学简史》之后,在学术上有所推进的质量较高的东方文学教材。该书的执笔者全部是北京大学东语系东方各国语言文学的专家,在第一手材料上阐述关于东方文学新的看法和观点,在当时具有学术前瞻性。而"泰戈尔"一节则是由季羡林先生亲自写成,因此更具有权威性。季羡林根据自己对泰戈尔的研究和参考了一些国外研究成果,对泰戈尔进行了比较详尽的介绍:首先介绍泰戈尔"生活的时代"和生平经历,强调他生活在英国殖民主义的统治下,自幼培养出他的爱国主义热情,突出了他的爱国行动和爱国主义精神;接着又介绍泰戈尔的世界观时,指出"他主张宇宙万物的基本精神是和谐与协调",并分析了他思想中的矛盾性;泰戈尔的作品是论述的重点,主要介绍他是一个多产的作家,写了大量的诗歌、小说、戏剧、杂文等,并以短篇小说为例具体分析了泰戈尔作品的艺术特色;最后谈到泰戈尔在世界上的影响以及他与中国的关系。

在《简明东方文学史》的基础上,季羡林先生又组织北京大学和中国社科院的东方文学研究专家进行了扩充,在1995年吉林教育出版社出版了《东方文学史》,共分为上、下两册,总字数达128万字,可以说是中国规模最大的东方文学史著作。该教材对泰戈尔的介绍是在第四编"近代文学"第四章"南亚文学"的第四节,由泰戈尔翻译和研究专家董友忱撰写,从"泰戈尔的生平""泰戈尔的世界观""泰戈尔的作品"和"泰戈尔与中国"这四大部分对泰戈尔进行了全面细致的论述。与其他众多教材对泰戈尔思想及他与中国关系简要论述不同,该书除了介绍泰戈尔的生平和创作外,还重点介绍以下两方面的内容。在"泰戈尔的世界观"中,认为泰戈尔具有浓厚的泛神论色彩,推崇梵我合一的和谐思想,思想充满了矛盾性:"在他的世界观中客观唯心主义固然占主导地位,但又有唯物辩证法的成分";"在泰戈尔与中国"中,介绍了泰戈尔对于中国人民的同情,反对日本侵略中国,详细论述了他1924年来华访问的情形,以及新时期对泰戈尔的译介、研究和纪念活动。

1994年上海文艺出版社出版的王向远著《东方文学史通论》是一部具有独特结构体系的东方文学史教材。该书摒弃了以往文学史采用的按照历史年代顺序、国别编排的结构方式,采用史论结合、历史演进与逻辑线索相统一的体系,运用比较文学的方法,把东方文学放在整个世界文学的背景之下,把东方各国的文学放在东方文学的总体框架中进行考察。因而,泰戈尔被放到第八章"大文豪的创作与近代文学的深化"的第一节,题目为"寻求东西方理解与对话的泰戈尔",从题目不难看到编著者探讨的是东西文化对泰戈尔及创作的影响。该书首先具体分析了泰戈尔泛神论思想和和谐、统一的哲学思想,强调了印度吠檀多派哲学对其思想的影响；其次主要从"诗人的宗教""人格"理想、"美"与"韵律"角度阐述了《吉檀迦利》的思想内涵和艺术特征，指出《吉檀迦利》所表达的"诗人的宗教"的实质和核心是自由、平等、博爱，"这种自由、平等、博爱是近代资产阶级意识形态与东方式同情心的结合"，诗集中的"我"是作者人格理想的体现，人和自然、有限与无限结合就形成了"美"，存在于宇宙万物的"韵律"之中。由于该书新体系和新思路，深受高校师生的好评，也是目前被广泛使用的东方文学教材之一。

郁龙余、孟昭毅主编的《东方文学史》也是一部受到同行专家好评和高校学生欢迎的东方文学教材，自1994年出版之后，在2001年和2015年又修订再版。该书在专节中分为"生平与创作""《吉檀迦利》"和"《戈拉》"三部分论述泰戈尔及其作品，在"生平与创作"部分不仅重点分析了泰戈尔的思想，指出"民主与爱国，'泛神'与'泛爱'结合成为泰戈尔世界观的丰富内容及其矛盾复杂性，在呈现进步性的同时又具有唯心主义的色彩"，而且还具体分析了泰戈尔的文艺观、美学观的深刻内涵、矛盾性，指出"统一与和谐的美学理想是他文学创作的灵魂"，这是大学文学史教材第一次如此详细地论及泰戈尔的文艺观和美学观，对学生深入理解泰戈尔的作品有很大帮助。

2000年黎跃进的《东方文学史论》是我国东方文学研究领域里的一部开拓性著作，它打破了传统东方文学史教材的结构体系，在对东方文学纵向发展进行总体论述的基础上，重点对波斯、阿拉伯、印度和日本文学和其代表作家分别进行研究，并注意到了东方不同文化体系的比较研究。在第四章"印度文学论"中，通过对泰戈尔的长篇小说《家庭与世界》的解读，探讨了泰戈尔的民族意识，认为其民主主义思想来源于他的"人的宗教"和"爱的哲学"。

2005年北京大学出版社的孟昭毅、黎跃进编著的《简明东方文学史》也是一部具有广泛影响力的东方文学史教材，该书化繁为简、重点突出，便于初学东方文学史的学生掌握相应的知识，而本书最突出的特点就是"增加了对中国与周边国家交流史史实的描述，给读者一个双向互动的整体感"。在专节"泰戈尔与《吉檀迦利》《戈拉》"中，分四个时期对泰戈尔的创作进行了梳理讲解，又重点分析评述了诗集《吉檀迦利》和长篇小说《戈拉》，论述条理十分清晰明了，能够让学生一目了然，加深对泰戈尔及其作品的了解。最难能可贵的是，在第五章第六节"现代东方文学交流"中,用了将近两页篇幅谈到了泰戈尔对中国现代文学的影响,详细地阐述了泰戈尔对于郭沫若、冰心二人的诗歌创作的具体影响,这在大学文学史教科书中还是第一次,这样有助于学生更加深入了解泰戈尔与中国的关系,而不仅仅是一位与中国无关的印度作家。

除了众多东方文学史教材外,作为国别文学史的《印度文学史》教材更是把泰戈尔作为重要的章节来撰写。如石海峻著的《20世纪印度文学史》(青岛出版社,1998年)专门为泰戈尔列为一章,分为"生平与创作""《吉檀迦利》等诗歌创作""小说创作"和"戏剧创作"这四小节进行具体阐述。该教材的一个显著特点,就是对泰戈尔的戏剧创作十分重视,把它单独作为一节来详细论述,而别的外国文学史或东方文学史往往没有把泰戈尔的戏剧作为重点关注的对象,只是简要概括地提到;该书认为泰戈尔的戏剧充满象征与寓意,他在继承印度传统戏剧的传统上加以改造,形成了自己的戏剧特点:"把现实当作神话来表现,又把神话意义的实现放置于现实世界之中",并结合《国王》《邮局》这两部戏剧对这种特点加以具体分析。

2014年昆仑出版社出版的薛克翘等著《印度近现代文学》,是目前对泰戈尔介绍最详细、最全面的文学史教材。该书上卷的第八章是"文学巨匠泰戈尔",一共分为六小节对泰戈尔及其创作进行详细地介绍。第一节泰戈尔的生平主要从"求学与创作""办学与投身独立运动""反法西斯""最后的日子"四方面对泰戈尔的一生进行了回顾;第二节"《吉檀迦利》等诗歌创作"则按照稚嫩期、成长期、成熟期和高潮期对泰戈尔诗歌进行分期介绍;第三节"《莫哈玛娅》等短篇小说"则把短篇小说分为两个时期,从创作题材和创作艺术两方面对泰戈尔短篇小说进行论述;第四节分析了中长篇小说,对《沉船》《戈拉》和《家庭与世界》等几部小说进行了细读;第五节则介绍了泰戈尔的戏剧创作,不仅评述了《破碎的心》等早期作品,而且对《牺牲》《赎罪》《邮局》和《独身者协会》这四部戏剧进行了具体解读;最后一节指出了泰戈尔在文学史上的地位和成就,介绍他对于国内和国际的影响,特别介绍了他对中国的影响。

此外,《东方文学作品选》中也选入了大量泰戈尔的作品。1986年季羡林主编的《东方文学作品选》下卷选入了泰戈尔的一些诗歌和短篇小说《喀布尔人》;1987年俞灏东、何乃英主编的《东方文学作品选》是收入泰戈尔作品最多的作品选,下册选了泰戈尔诗歌《被俘的英雄》《两亩地》《吉檀迦利》(节选15首)、《新月集》("孩童之道""金色花""英雄")、《园丁集》(第17、43、75首)、《飞鸟集》(节选14首)、《问》《边沿集》第18首、《劳动者》《生辰集》第10首和小说《喀布尔人》《摩诃摩耶》《戈拉》(节选)。

(三)泰戈尔在大学文学史教材中的传播、接受特征

从某种程度上,外国文学和东方文学课程体系的建立、文学史教材和文学作品选的出版使得泰戈尔在高校教育中得到定型性与制度化,它们在"确认"泰戈尔的经典地位和价值的同时,也"规约"和"编码"了泰戈尔及其作品的范畴和意义。而这种"编码"的结果直接影响了高校教育的直接对象——大学生对泰戈尔的接受,出现了以下特征:

1. 大学文学史教材对泰戈尔的介绍更为全面、详细,使学生接受时更具有深度和广度

与中小学教材中只收录泰戈尔的某一首诗和教师在课堂上对其浮光掠影式的讲授不同,大学文学史教材对泰戈尔的介绍十分详细,不仅能够使学生对泰戈尔的生平、创作有所了解,而且会对一些重要的作品有更深刻的认知。在这些大学文学史教材里,泰戈尔不仅仅是一位诗人和作家,还是一位艺术家、思想家和社会活动家;他的创作不仅仅有诗歌,还有小说、戏剧及政治、哲学著作;他的诗歌中不仅仅有童真、母爱,还有对不合理现象的控诉和谴责。

通过教材对泰戈尔的阐释,泰戈尔以多样的、复杂的面貌呈现于大学生面前,被他们所接受。特别是关于泰戈尔的思想观、世界观,这是理解泰戈尔作品的关键,由于晦涩难懂,中学课堂一般不会涉及,但大部分《外国文学史》教材和《东方文学史》教材都会谈到他的"泛神论"思想,这样就能够使学生对其作品中"泛神论"色彩认识也更深刻。另外,很多教材还会详细论及泰戈尔与中国的关系,谈到他对中国的感情,以及他对中国现代文学的影响,这样就更加深了学生对于泰戈尔与中国关系的理解。

2. 大学文学史教材对泰戈尔政治性、标签化的解读影响了大学生对泰戈尔的接受状况

应该说,泰戈尔在中国当代的跨文化传播和接受过程中,意识形态因素的影响是一个绕不开的话题。无论是对泰戈尔作品的翻译、研究,还是泰戈尔在

中小学教材、大学文学史中的被选择和阐释,都离不开政治意识形态因素。从 1949 年后泰戈尔最早进入的大学文学教材《外国文学参考资料·东方部分》中所选的《爱伦堡论泰戈尔》和石真的《泰戈尔和他的〈两亩地〉》,就可以看到意识形态话语贯穿于这两篇文章之中。爱伦堡站在马克思主义意识形态的角度对泰戈尔进行了评判,认为"泰戈尔是个先进的人,他对宗教的残暴、种姓制度、'贱民'的可怕的命运、强制早婚、寡妇的悲惨生活、许多婆罗教徒的盲目和妄想,都感到很愤慨。他和罗曼罗兰通信,会见过爱因斯坦,尽管有很多人劝阻还是访问了苏联……他的一生是一部斗争的历史——反对英国的通知,反对暴力、欺骗、愚昧和饥饿"①,而石真则按当时主流话语方式对泰戈尔的生平创作进行论述,指出泰戈尔思想的进步性:站在人民立场反对阶级压迫,追求祖国自由和独立,痛恨帝国主义和法西斯侵略者,对中国和苏联友好,并用阶级论分析解读了其叙事诗《两亩地》。可以看到,泰戈尔一进入当代大学文学史教材就被神圣化,给贴上了政治的标签。这种带有强烈的意识形态色彩的论述方式也影响了后面文学史教材。80 年代的文学史教材和文学作品的选文仍然带有明显的政治色彩和意识形态性,就拿当时在高校使用最广泛的朱维之主编的《外国文学史(亚非部分)》和季羡林主编的《简明东方文学史》来讲,政治性的话语充斥在对泰戈尔及其作品的评判中,更不要说其他文学史教材了。90 年代以来,很多文学史教材逐步摆脱政治意识形态的干扰,开始从文化、文学和思想三个层面对泰戈尔作品进行阐释,但完全脱离政治也是不可能的,从意识形态角度对泰戈尔及其作品的评论并没有随时代语境的改变完全消失。甚至近年来出版的一些文学史教材,有的还或多或少地带有意识形态的特征,如 2015 年高等教育出版社出版的《外国文学史》在绪论中指出其指导思想是"马克思主义的辩证唯物主义和历史唯物主义",因此该书基本按照以前的话语形式阐述泰戈尔及其作品,认为泰戈尔"积极投身反抗殖民统治的解放运动之中,写下许多热情洋溢的政治热情的诗歌……他毅然放弃英国国王授予爵士称号,以声援印度争取独立解放的斗争。泰戈尔曾多次出国寻求民

---

① 北京师范大学中文系外国文学教研组编:《外国文学参考资料·东方部分》,高等教育出版社 1959 年版,第 312 页。

族解放的出路,并在国外发表演讲,反对殖民主义的侵略和奴役政策……他曾两次来中国访问,对当时苦难深重的中国人民表示了深切的同情"①,"泰戈尔的小说创作广泛地反映了 19 世纪末 20 世纪初印度的社会现实,表达了反殖民、反封建的主题,具有鲜明的现实主义风格"②,特别在评论泰戈尔的宗教抒情诗集《吉檀迦利》时,强调"《吉檀迦利》洋溢着诗人对祖国和人民的热爱,表达了渴望国家独立富强、人民幸福安康的强烈愿望。泰戈尔的一生都是在殖民统治中度过的,为民族的解放和国家的独立而呼号,是整部诗集的重要主题之一。"③这些表述都能明显地看到 50、60 年代的阐释模式和语词方式。

这种意识形态化的阐释在某种程度上会伤害经典的传播和接受。哈罗德·布鲁姆认为:"文学最深层次的焦虑是文学性的,我认为,确实是这种焦虑定义了文学并几乎与之一体。一首诗、一部小说,或一部戏剧包含人性骚动的所有内容,包括对死亡的恐惧,这种恐惧在文学艺术中会转化成对经典性的乞求,乞求存在于群体或社会的记忆之中。"④但他发现现在的西方学界在阐释经典作品时往往避开审美价值和文学性,运用马克思主义、女性主义和新历史主义理论进行意识形态的解读,导致很多学生对经典敬而远之,这引起了他的担忧。事实上,我们国家一些文学史教材受意识形态的影响对泰戈尔本人的神圣化、标签化,以及对其作品进行政治性的解读,从某种程度上影响了当代大学生对泰戈尔的接受:一方面他们在阅读泰戈尔作品之前已经形成一种固有观点和价值判断,阅读时可能按照这种定性思维将泰戈尔政治化,无法真正理解作品的内涵;另一方面也使泰戈尔逐步成为一个符号化的人物,拉远了与学生的距离,导致一些学生对泰戈尔本人及其作品不感兴趣,更不会去阅读泰戈尔的作品。正如王向远教授撰文提到的现象:"笔者在文学院课堂上用了对单个作家来说最多的课时来讲泰戈尔,但发现学生真正喜欢阅读泰戈尔的并不多,以之为对象写学期论文或毕业论文的人也相对较少,这与我们对泰戈尔的定位很不相称。学生们普遍认为泰戈尔的作品难以读懂,读懂了也难以产生

---

① 《外国文学史》编写组:《外国文学史》(下),高等教育出版社 2015 年版,第 184 页。
② 同上书,第 186 页。
③ 同上书,第 190 页。
④ 哈罗德·布鲁姆:《西方正典》,江宁康译,译林出版社 2005 年版,第 12 页。

共鸣。相反,学习泰戈尔的阿拉伯作家纪伯伦的分量比泰戈尔要轻得多,却在当代中国社会中拥有更多的读者。"①面对这种情况,我们就需要在文学史教材中更多从文学性和审美性角度来阐述泰戈尔的作品,按布鲁姆的话就是"尽可能保存诗的完整和纯粹",将泰戈尔的"神圣性"落实到日常、落实到活生生的人生,而不是进行僵硬的意识形态解读,这样年轻的读者们才会主动阅读泰戈尔的作品。

3. 文学史教材重点论述的作品是《戈拉》和《吉檀迦利》,使这两部作品成为不同时期大学生最熟悉的作品

通过前面对大学文学史教材和文学作品选的梳理,不难看到文学史教材中重点介绍的代表作品最多的是长篇小说《戈拉》和诗集《吉檀迦利》,文学作品选中收入最多的也是两部作品的节选内容。

《戈拉》是 80 年代文学史教材最重视的作品,大部分教材都把这部长篇小说作为代表作品进行重点讲解,原因一方面是作品本身的成就比较高,另一方面也与当时文学史编写受政治意识形态的影响有很大关系。《戈拉》以两对分属不同教派的青年男女的恋爱为情节线索,反映了 19 世纪 70、80 年代印度社会生活中的复杂现象,表达了作者对印度传统文化和民族命运的思考。应该说,这部作品在泰戈尔的十二部长篇小说中思想性最强、政治色彩最浓,因此能够进入文学史教材编写者的视野。大多数文学史教材也按照意识形态的话语模式对《戈拉》进行解读,对其思想内涵的分析一般表述为:歌颂青年男女的爱国精神,揭露了殖民主义者的专横和残暴,批判了宗教的偏见,号召印度人民团结反抗英国的殖民侵略等等;对人物进行分析时,也按照爱国形象和反面典型二元对立的模式进行分析。90 年代以后,一些文学史教材的撰写开始有所突破,虽然有些地方的表述仍然带有意识形态色彩,但编写者开始注意从审美价值角度阐释泰戈尔作品,最明显的变化是教材中作为重点介绍的代表作品换成了诗集《吉檀迦利》。之所以换成《吉檀迦利》,因为这部诗集是泰戈尔获得诺贝尔文学奖的代表作,最能体现他的思想和艺术风格。多数文学史教

---

① 王向远:《"文典"的"经典化"——中国人对印度文学及泰戈尔的既定视野》,《中国社会科学报》2013 年 3 月 8 日。

材从思想和艺术风格两个层面,对这部诗集进行详尽的阐释,特别是能够从"泛神论"思想分析其深层思想蕴涵。

按照高校外国文学史教学大纲的要求,教材中重点介绍的代表作品一般会在课堂上被教师重点讲授,是学生重点掌握、需要考核的内容。为了配合课程的学习,加深对作品的理解,学生不仅要阅读文学作品选中的节选,而且还要求对整部作品进行阅读。于是在高校课程考核体制下,《戈拉》和《吉檀迦利》就成为不同时期大学生接受最广、最熟悉的作品。

三、大学生征文:"泰戈尔在我心中"

如果说中小学教材、大学文学史教材侧重于对泰戈尔及其作品的传播,在传播的同时带来了一些接受特征,那么学校关于泰戈尔的课程作业和有奖征文,则更能真实地反映泰戈尔在年轻一代读者中的具体接受情况。1994年北京大学东语系开设的全校性通选课"东方文学"课堂上,"泰戈尔在我心中"是近20年来选课同学最喜欢做的命题作文之一[①],学生借助于该题目表达自己对泰戈尔最真切的看法和感受。而这个题目后来又被发展为有奖征文比赛。2013年和2014年,深圳大学印度研究中心会同北京大学、印度尼赫鲁大学等相关单位联合举行"泰戈尔在我心中"有奖征文比赛。两次征文比赛在社会上引起强烈反响,特别是很多高校的学生都积极踊跃投稿。2013年征文比赛组委会共收到216篇稿件,2014年则多达1178篇,每年从这些稿件中选取100篇获奖作品与评委特别推荐稿,在2014年和2015年由中央编译出版社出版为《泰戈尔落在中国的心》,主编是深圳大学的郁龙余教授和北京大学的魏丽明教授。两本征文比赛获奖作品集的出版,"在泰戈尔中国接受史上的意义非同寻常,它标志着对泰戈尔的研究、鉴赏和阅读联为一体,参与者向着一个更为广大、更为年轻的群体发展"[②]。尽管应征投稿者的群体比较广泛,几乎涵盖各行各业的人,但因为征文比赛的组织者主要是高等院校,大学生投稿是应征稿的主流。在两部获奖作品集收入的二百篇文章中,80%左右是由高校学生

---

① 郁龙余、魏丽明主编:《泰戈尔落在中国的心》,中央编译出版社2014年版。
② 陈建华主编:《中国外国文学研究的学术历程 第10卷 印度文学研究的学术历程》,重庆出版社2016年版,第68页。

第四章 泰戈尔在中国的大众传播

创作的,因而也比较真实地反映了泰戈尔在当代大学生心目中的地位和作品接受情况。具体来讲,征文中当代大学生对泰戈尔的接受主要表现在以下几个方面:

(一)摆脱了文学史教材上神圣化、标签化的形象,成为有血有肉、丰富立体的泰戈尔形象

获奖作品集中的很多文章都真实地谈到了自己心中对泰戈尔的看法,感情十分真挚、细腻。按照接受美学理论,接受者对某一个作家或作品的接受,受到读者接受视野的制约和影响。读者的接受视野不仅受到社会语境客观因素的影响,还具有很强的主体性,融合了读者自身的阅读经验和阅读期待。不同的接受者具有不同的视野,不同的视野对同一接受对象的阐释就会不一样,建构出的接受对象的具体形象也是不同的。征文比赛的作者由于自己的阅读经验和阅读期待的不同,对泰戈尔形象的建构也不一样。

有一部分学生受文学史教材的影响,认为泰戈尔是一位伟大的诗人、作家、思想家和社会活动家。如西安外国语大学的马英杰在自己的文章《让世界相会在同一个鸟巢——泰戈尔的世界意义》中就认为泰戈尔是一位"虔诚的宗教信仰者",宗教具有"泛神论色彩",也是一位"守护和平的战士",站在正义一边反对殖民侵略和法西斯主义,还是东方智慧的代言人,肯定东方文明在世界文明中的价值;深圳大学的王伟均在《泰戈尔在我心中——追思泰戈尔及其爱的世界》中认为泰戈尔永远都是一个丰富的存在,"这位集诗人、文学家、哲学家、艺术家、爱国者与社会活动家等于一身的传奇人物,以及他大量的文学作品、歌曲、绘画以及各种著述,带着儿童般的纯真,圣徒般的高洁,深受东西方文学爱好者的敬仰与爱戴。"[①]蔡晓娜在《用诗歌涂鸦幸福》一文中认为泰戈尔是一位"充满思想、热爱和平的哲理诗人",他的诗歌对人类的苦难表达了深切悲悯,充满了神性的诗意和宗教光芒,"追求灵魂的平静,永远与自然生活协调一致。"[②]

但在一些学生的眼里,泰戈尔不再是书本教材上高高在上的世界著名作家、印度文化圣人,而是走下圣坛的普通人,身上也存在不完美的地方和矛盾

---

① 郁龙余、魏丽明主编:《泰戈尔落在中国的心》,中央编译出版社2014年版,第145页。
② 同上书,第200页。

性。如北京大学赵依祺同学在《泰戈尔在我心中——除去浮名赏真人》一文就谈到自己深入理解泰戈尔的过程,她刚开始课堂上认识泰戈尔时,泰戈尔笼罩着"大师"的光环,不是一个真实可触、形象丰满、有好有坏的人,随着阅读的增加,她逐步了解了这位"完美者"不完美,了解到:"先生是大师,更是一个充满灵气的人。他博学深邃,却不会自以为是,心态总是开放的,勇于突破与尝试的。先生的思考犀利而远见,而其表达却并非呆板教条,而是柔软的诗意的,乃至是孩子气的……"①覃小林在《慈父泰戈尔》中讲到自己阅读了很多泰戈尔的作品后,发现了他为人的另一面:"你很迂腐,总是不会见风使舵,所以总是被误解。虽然是个文化的两栖动物,但是更多的时候你会觉得调和乏力,左支右绌。在你的文章中总是可以清晰地看到你的矛盾,虽然你可以暂时的得到一个立足点,可时间长了,就必须重新调和。"②

除了意识到泰戈尔形象的不完美外,泰戈尔在学生心目中是以多种面貌存在的,有的把他当成和蔼可亲、富有人情味、启迪自己人生智慧的长辈,灵魂的师尊,如深圳大学陈瑜琦在《泰戈尔在我心中——灵魂的济舟者》这样描述泰戈尔:"他是一个和蔼的老者,一个拥有智慧的圣贤。他是大地的儿子,是灵魂的济舟者,启迪一个个的灵魂,牵引着一个个灵魂找到回归路"③;山东师范大学王乾宇则认为泰戈尔在他心中就如同外祖父一样慈爱,发出"我亲爱的外祖父,跟着你我才开始寻光……学着你我开始为万物歌唱"④的感慨;前面提到《慈父泰戈尔》的作者覃小林则把泰戈尔当成理想中的父亲。有的则把他当成"一个用纯真的眼光注视着世界,静静地描摹世间美好的歌者"⑤,还有的把他看成阳光下尽情奔跑、大笑,有着明亮眼睛的少年,更有甚者把他当成"天真烂漫的孩子"。

总之,在这些年青的接受者笔下,所建构的泰戈尔形象不再是文学史教材中所编码的那样隐入宏大叙事的政治符号,他是那样平易近人、贴近心灵,呈现出作为个体的"人"的形象。尽管一些被建构的形象是接受者根据自己的阅

---

① 郁龙余、魏丽明主编:《泰戈尔落在中国的心》,中央编译出版社2014年版,第85页。
② 同上书,第455页。
③ 同上书,第111页。
④ 同上书,第204页。
⑤ 同上书,第455页。

第四章　泰戈尔在中国的大众传播

读经验和个人立场所进行的虚构和想象,带有明显的意向性和主观性,与现实中的泰戈尔存在着一定的差距,但它们和中国各种文学史中所"编码"的泰戈尔形象一起构成了泰戈尔在中国接受的真实图景。

(二)《新月集》《飞鸟集》《吉檀迦利》是当代大学生喜爱的诗集,"爱的哲学"、对生命的哲理感悟是他们接受泰戈尔作品内涵的主要方面

通过对获奖征文的考察,发现中学教材和教辅读物对当代大学生接受泰戈尔的影响是巨大的。很多人在征文中都提到自己最早接触泰戈尔是在中小学的教材中,对泰戈尔作品最初阅读是"中学生课外文学名著必读"丛书的《泰戈尔诗选》。因而《泰戈尔诗选》中的《新月集》《飞鸟集》《吉檀迦利》是学生阅读最广泛的泰戈尔诗集。如河北师范大学的何晓丽在《泰戈尔在心中》一文中提到自己尤其喜欢《新月集》,"因为从里面可以感受一个原始宁静的世界","我们看到了孩童世界的渴望,感受到了母子之间的情感,更执着相信人生的美好"[1];福州大学的张丹萍在《泰戈尔在我心中——轻哼在耳边的歌谣》中指出:"《新月集》是我接触泰戈尔的第一部却又是最喜欢的一部作品"[2],还有很多文章都提到对《新月集》的喜爱,可见中小学的语文教育对于泰戈尔作品传播的影响力;《飞鸟集》因为形式短小、充满哲理,也是非常受年轻读者欢迎的一部诗集,《泰戈尔在我心中——飞鸟的追寻与守望》《飞鸟掠过》《于新月中穿行的飞鸟——我喜爱的泰戈尔》《泰戈尔在我心中——生如夏花,盛放》《飞鸟,他还在吗?》《〈飞鸟集〉给予我的生活智慧》《追梦·南归的小候鸟》《飞鸟的小调》等都提到了阅读《飞鸟集》的感受,谈到那些短小的诗行怎样启发了他们对生命的体悟和思索。此外,《吉檀迦利》也是当代大学生阅读比较多的诗集,如河北师范大学的赵智慧在征文中就谈到自己深入了解泰戈尔是从他的《吉檀迦利》开始的,特别是在读到《吉檀迦利》的第十七首诗时,"心跳莫名漏了一拍,精神完完全全被吸引,眼前开始出现一些朦胧的画面"[3],从自己的感受对这首诗进行理解阐发;华南师范大学的张伊莉同学在《泰戈尔在我心中——偶遇〈吉檀迦利〉》中谈到自己把《吉檀迦利》视若珍宝,抄录在册,一遍一遍进行

---

[1] 郁龙余、魏丽明主编:《泰戈尔落在中国的心》,中央编译出版社2014年版,第37页。
[2] 同上书,第45页。
[3] 同上书,第101页。

细读;《泰戈尔在我心中——读〈吉檀迦利〉有感》《一诗一人一世界》等等也都重点解读了《吉檀迦利》。

在泰戈尔作品主题内涵的接受上,主要是关于爱的思想和对生命的思索方面。泰戈尔是"爱的哲学"的倡导者,他在美国的演讲集《正确地认识人生》中认为:"爱是我们周围万事万物的终极意义。爱并不只是一种情感,它是真理,它是快乐,即万事万物之根。"①他把爱作为人生的理想去追求,认为爱是实现其人生观和世界观的手段和目的。因此,爱一直是贯穿于他作品的重要主题之一,几乎他所有的诗歌都充满了对爱的歌颂,不仅描写母爱、孩童之爱,还描写了其他的人类之爱如对亲人、朋友、恋人等人的爱,并扩大到对大自然、对神的爱。这些都给年青的读者留下深刻的印象,使他们在泰戈尔的诗歌里感受到了爱的伟大和美好。如河北师范大学尚菲在《百年后,我终是与你相遇》中谈到自己与泰戈尔相遇在万事万物的爱中,是泰戈尔使她意识到爱包含的意义不是她理解的那样狭隘:"我懂了,爱由心生,爱情为爱,相拥彼此的炽热之爱;我懂了亲情为爱,珍惜彼此的真心之爱;我懂了,友情为爱,相互依靠的诚挚之爱。我们共同生活在这个世界,当我们闭上双眼,拥抱这个世界时,我们能感受到自己的渺小,亦能感受到这个世界中环绕在我们周围的爱。"②福建师范大学的朱一鼎同学在《与神对话——我的自问自答之旅》一文中以自己与泰戈尔对话的形式写出了自己对于泰戈尔思想的理解,其中一个重要的问题就是对于爱的理解,作者把自己作为年轻人在现代社会中对于爱的困惑以问题的形式提了出来,并想象依照泰戈尔的思想与感受世界的方式给出答案,认为爱就是信仰,"真正的爱是没有自我的",它不掺杂任何私利,而只有无私的爱才能打破人与人之间的界限,不会因为没有任何结果而怨恨。

泰戈尔在作品中不仅仅歌颂爱,更歌唱生命、积极地思考人生,他对人生的思索带有深刻的哲理性,很多诗句都凝结着关于人生的哲学和智慧。这些思想都启迪了中国当代大学生,使他们探寻生命的真谛与生活的真理。如北京大学的高晓金在《常读常新的泰戈尔》一文中,认为通过阅读泰戈尔的诗歌

---

① 刘安武等主编:《泰戈尔全集 第9卷 短篇小说》,河北教育出版社2000年版,第61页。
② 郁龙余、魏丽明主编:《泰戈尔落在中国的心》,中央编译出版社2014年版,第10页。

给自己热烈的青春增添了一副强心剂,原因是"泰戈尔通过自己的诗歌告诉了我们如何去做生活的强者,去对待人生中所碰到的种种境遇。"①而福州大学的李丹蕾在《泰戈尔在我心中——生如夏花,盛放》中认为自己从泰戈尔领悟出的人生哲理中找到了属于自己盛放的生命,"一直未曾明白生命的意义何在,现在却对它有着充沛而无与伦比的情谊"②,文中还讲述了一个经历失恋与父亲去世打击的朋友,在对人生失望之后,是泰戈尔的诗歌使她明白了生命的意义和本质,重获生命的希望,得以走出痛苦。诸如此类的感悟在很多征文都能看到,足见泰戈尔诗歌对于当代大学生思想的影响。

(三)摆脱了文学史和教科书的程式化解读,根据自己的阅读体会对泰戈尔进行比较深入的阐释理解

从前面对教科书和文学史的梳理中,我们不难发现它们对泰戈尔的讲解存在程式化、教条化的现象。特别是大学的文学史教材,往往是按照泰戈尔的生平创作和代表作品分析这两大模块撰写的,对于重点作品的分析也往往按照思想主题、人物形象和艺术手法这三方面进行分析的。这样的分析解读只能让学生对泰戈尔的作品和思想了解皮毛,不能深入地理解其作品的内涵。

在两百多篇获奖征文中,除了一些感性化的文章外,还有不少对泰戈尔作品进行探讨和研究的文章,这些文章基本摆脱了文学史对泰戈尔作品固有模式的分析,研究角度比较新颖,观点也比较中肯。如北京大学的康宇辰在《"完成一朵小小的野花"——漫谈泰戈尔笔下的"小"》中通过分析泰戈尔的诗歌,指出泰戈尔在写作中钟情于描写如野花、小草等一类"小"的事物,喜欢描写和赞美平凡的人生,"怜小弱"是泰戈尔文学气质的一个组成部分,并指出泰戈尔对"小"的关注主要有以下原因:首先他的文学是人道主义的文学,具有平等精神;其次作为哲人,他洞见到了人的生存状态中的一种根本性的弱,"小"是人类生存的常态;再次,"小"与"大"是泰戈尔诗作的两维,他既有对人的生存、死亡、人与神关系的"大"问题思考,又有对于"小"的平凡日常生活的体悟。该文

---

① 郁龙余、魏丽明主编:《泰戈尔落在中国的心》,中央编译出版社2014年版,第214页。
② 同上书,第114页。

章具有独特的见解,发掘了泰戈尔创作中独特的现象,并进行了比较深入的分析。深圳大学陈颖婧在《乌云背后的幸福线》一文则运用法国结构主义学者格雷玛斯的语义方阵的叙事模型,分析了泰戈尔的短篇小说《喀布尔人》;付泽新则在《星光璀璨——〈吉檀迦利〉中的神学研究》一文中从《吉檀迦利》的文本阅读出发,深入分析了文本背后的宗教精神,探寻泰戈尔的神学理念,指出《吉檀迦利》中"神与人在某种状态下是合一的,神性中蕴藏中人性";深圳大学的陈婵敏在《论文学翻译中的创作性》则以冰心译本《吉檀迦利》为例,挖掘冰心在文学翻译中的创作性,从而揭示冰心的两大突出贡献:推动泰戈尔的《吉檀迦利》及爱国主义思想在中国的传播,对中国翻译学形成具有奠基作用;山东师范大学的张涛在《魅而不惑的泰戈尔》则探讨了泰戈尔宗教哲学的美善及其虚幻性等。

尽管一些大学生对泰戈尔的研究文章还存在一些印象式的批评,缺乏一些理论的提升,但也让我们看到了中国泰戈尔研究的新生力量,这对泰戈尔在中国的传播都有巨大的促进作用。

第二节 泰戈尔在豆瓣网的传播与接受

泰戈尔在中国的传播在学术上大致可分为三个阶段:第一阶段是1913—1924年对泰戈尔的前期介绍阶段。最早介绍泰戈尔的是1913年10月1日发表在《东方杂志》第10卷第4号上的署名钱智修的文章《台莪尔氏之人生观》。而最早将泰戈尔的作品介绍到中国的是陈独秀,他于1915年10月15日在《青年杂志》第一卷第2号上翻译发表了泰戈尔著名诗集《吉檀迦利》中的四首,并以《赞歌》为题。第二阶段是1924—1925年的泰戈尔访华热时期。其中郑振铎1925年出版的《太戈尔传》作为中国文学界泰戈尔研究的集大成作,不仅介绍了泰戈尔的生平,还论述他的女性观、艺术观、哲学观等。除此之外,王统照的《太戈尔的思想及其诗歌的表象》作为中国第一部研究泰戈尔的论文合集,较为全面地论述了泰戈尔的思想。第三阶段是从80年代开始至今。首先出现了大量以"泰戈尔"为书名的著作——如1992年出版的由宫静撰写的《泰戈尔》,从哲学这一独特的视角对泰戈尔进行了深入的解读。其次,除了对泰

第四章　泰戈尔在中国的大众传播

戈尔作品的翻译以及何乃英撰写的《泰戈尔传略》、董友忱撰写的《天竺诗人——泰戈尔》等对泰戈尔本人的介绍以外,更出现了大量对泰戈尔诗学、思想(宗教、美学、哲学)、精神以及作品等深层次、全方位和多角度的研究作品,数量颇丰,质量较高。正是因为有上述传播研究的铺垫,在大众传媒高速发展的时代,泰戈尔在中国网络媒体中的传播便有了研究的价值与意义。

一、泰戈尔作品在豆瓣网的传播

"豆瓣读书"作为豆瓣网下的一个分支,对传播经典作家的经典作品发挥着重要作用,尤其是为普通大众接触经典作品开辟了新的途径和方式,给普通读者带来了便捷的阅读资源,同时也让局限于精英化的作家和作品进入普通读者的视野,加深了经典作家在中国读者群中的影响力。泰戈尔作为在中国受欢迎程度较高的一位东方作家,以其独特的人格魅力和伟大的作品深受中国广大读者的喜爱,具有超高人气的泰戈尔在"豆瓣读书"中的作品数量也遥遥领先于其他作家,共计 399 条内容(截至 2019 年)。从作品内容看,大致可分为诗歌、小说、散文和戏剧四大类;从接受群体看,主要分为以供成年读者和青少年儿童读者阅读两大受众群体。

在"豆瓣读书"中共享泰戈尔书籍的 399 条内容中,除去其中个别受欢迎程度较高的作品——《飞鸟集》《吉檀迦利》以及《生如夏花》等出现的多个版本并未列入其中,而是并列仅算作一条内容。在以上相关内容中,可以按照泰戈尔的诗歌、小说、散文以及戏剧这四大类对其划分,把握"豆瓣读书"中泰戈尔作品的传播特点。

(一)"豆瓣读书"中针对成年读者阅读的泰戈尔作品

泰戈尔作品本身就十分繁杂,且数量庞大,但"豆瓣读书"中对泰戈尔作品的介绍相对全面,形式多样,为泰戈尔在中国普通读者间的传播提供了空间。泰戈尔全集类共享主要是以河北教育出版社在 2000 年出版的《泰戈尔全集》为代表;其次还有安徽文艺出版社于 1997 年出版的《泰戈尔文集》。虽然这两套全集并非囊括了介绍泰戈尔全集的所有版本,但为普通读者介绍和传播泰戈尔仍是起到了功不可没的作用。

1. 泰戈尔诗歌"豆瓣读书"传播

泰戈尔诗歌凭借其简洁短小,意味深长的特点深受中国读者的喜爱。自泰戈尔获诺贝尔文学奖以来,泰戈尔诗歌在中国的翻译与传播从未间断,甚至近年来影响愈发深远。在"豆瓣读书"泰戈尔作品一栏(按收藏人数多少排序),首先映入眼帘的是囊括9个版本的泰戈尔诗歌集——《飞鸟集》,单从这一现象就足以看出,泰戈尔诗歌在中国普通读者心中的分量与地位。泰戈尔诗歌在中国的出版量十分庞大,除了以一个集子为主的单行本之外,还有多种集子杂糅在一起的复合本,且形式丰富多彩——诺贝尔文学作品赏析版,中英文双语版,图文并茂版等,可谓是将泰戈尔的诗歌进行了多种重新排列组合。除此之外,还出现有泰戈尔诗歌全集的"知书达礼励志馆"《泰戈尔经典诗歌全集》。

(1) 泰戈尔诗歌——单行本

表 1-1

诗歌作品名称	作品版本数量
《飞鸟集》	36
《吉檀迦利》	30
《新月集》	18
《园丁集》	18
《采果集》	11
《流萤集》	8
《游思集》	4
《茅庐集》	1
《渡口集》	1
《鸿鹄集》	2
《萤》	1
总计	130

"豆瓣读书"中泰戈尔诗歌单行本种类主要涵括11类集子,基本上已涉及泰戈尔诗歌的所有集子;其作品数量共计130个,位列诗歌单行本前四的依次是:《飞鸟集》《吉檀迦利》《新月集》以及《园丁集》。

（2）泰戈尔诗歌——复合本

表 1-2

诗歌范围	按此命名的作品版本数量	另起标题的作品版本数量	总计
新月集＋飞鸟集	14	3	17
新月集＋园丁集	1	0	1
新月集＋流萤集	0	1	1
吉檀迦利＋园丁集	5	0	5
飞鸟集＋园丁集	1	0	1
吉檀迦利＋飞鸟＋新月	0	1	1
飞鸟集＋新月集＋园丁集	0	《纯爱英文馆》1《美冠纯美阅读·外国卷》1	2
飞鸟集＋新月集＋采果集	0	《在爱里，我们已然相遇》1	1
采果集＋流萤集	1	0	1
采果集＋新月集＋吉檀迦利	2	0	2
生如夏花	38	0	38
泰戈尔诗选（泰戈尔诗集）（泰戈尔爱情诗精选）（泰戈尔经典诗集）（泰戈尔抒情诗集）（泰戈尔儿童诗）等	130	《心弦》1《透过无语的雾幔》1《双语名著无障碍阅读丛书》1《雯那芳华》1《情人的礼物》3《心笛神韵》2《寂园心曲》1《孟加拉母亲——印度诗选》1	157
泰戈尔最美的诗歌	1	《愿生者有那不朽的爱》1	
泰戈尔的诗	1	《原来你也在这里》1	
泰戈尔散文诗选＋泰戈尔散文诗全集	3 7	《失群的鸟》1《献给妈妈》1	
总计	204	23	227

"豆瓣读书"泰戈尔诗集的复合本不仅有以传统诗集名称命名的书籍,还有用大量诗意化语句作为标题的书籍,以此来吸引广大读者的目光,加大泰戈尔诗歌在中国的传播量。"豆瓣读书"中泰戈尔三本诗集及其组合出版的书籍共计 32 个,包括直接以某类诗集加其他诗集的名称和以其他语句为标题命名这两种形式,其中最多的诗集组合是《飞鸟集》和《新月集》,共计 17 个,占此类诗集总量的一半以上;《生如夏花》作为泰戈尔复合诗集的另一种存在,摘取泰戈尔优美诗句中的几个字眼来命名,版本众多,形式多样,封面精美,译者更是五花八门,数量高达 38 个;《泰戈尔诗选》作为所占比重最大的一类,其涉及的诗集较多,且排列组合的选择多样,其中类似于"泰戈尔诗选"此类表达的书籍共有 142 个,还有用其他语言表达,但内容上大同小异的书籍共 15 个,总计 157 个。

2. 泰戈尔小说"豆瓣读书"传播

相较于泰戈尔诗歌在"豆瓣读书"的良好发展势头,泰戈尔小说就显得微不足道。"豆瓣读书"中相关泰戈尔小说的内容仅有 52 条,主要分为两部分:第一部分是总汇型的《泰戈尔小说全集》,仅有 1 条内容;剩余 51 条都是有侧重性的,包括 13 条短篇小说,5 条中篇小说,25 条长篇小说,以及中短长篇混合型的 8 条。由此可看,泰戈尔的长篇小说在中国读者中占据一定市场,且传播量较多,其次是短篇小说,最后是中篇小说。

3. 泰戈尔散文"豆瓣读书"传播

泰戈尔散文作品在"豆瓣读书"的传播主要以两大类形式出现,合计 53 条:第一类是用"泰戈尔散文精选、泰戈尔散文、泰戈尔散文选以及泰戈尔散文名家全译"等类似表达命名的书籍,共计 11 条;第二类是根据泰戈尔演讲集、书信集和回忆录出版的书籍或者是泰戈尔谈对教育、文学和国家等看法的书籍,其传播的此类书籍形式多样,有单独出版和组合刊订出版多种模式出现,共计 42 条。

4. 泰戈尔戏剧"豆瓣读书"传播

泰戈尔戏剧在"豆瓣读书"中的传播量少之又少,除相对集中介绍泰戈尔戏剧的《泰戈尔剧作集》(全四册)之外,只有零星的几部戏剧作品——上海三联书店出版的《花钏女——泰戈尔戏剧选》、戏剧《春之循环》以及上海译文出版社出版的《摩克多塔拉——自由的瀑布》出现。这一冷淡的传播事实,也从侧面反映出泰戈尔各类作品在中国读者传播中的特点。

(二)"豆瓣读书"中针对青少年儿童读者阅读的泰戈尔作品

"豆瓣读书"中存在一系列针对青少年儿童阅读的泰戈尔作品,种类齐全,数量庞大,供青少年儿童进行阅读的选择多样。在诗歌方面,集中体现在三个方面:

第一是由国家提倡的"语文新课标必读书目·泰戈尔诗选",其由各个高等学校响应国家号召编选出版,内容大同小异,但形式与译者的选择都有所不同;

第二是将泰戈尔诗歌放于世界的视野中欣赏,以"诺贝尔文学奖获奖作家作品宝库·泰戈尔诗选"此类描述为标题,将全世界伟大的文学作品展现在下一代眼前,开阔他们的视野,增强他们的阅读与赏析能力;

第三是摘取泰戈尔的儿童诗歌,配上适合儿童欣赏的优美图画,编纂成专供儿童阅读的"泰戈尔儿童诗","读给孩子的诗"等。泰戈尔凭借其天真烂漫的个性,创作了大量充满童心的诗歌,借此机会,便可摘取此类诗歌单独编辑成儿童性读物,为儿童开天性,培养阅读能力提供了无尽的便利。

在小说方面,考虑到年龄与阅读能力的关系,出版方大多都选择的是篇幅较短,且有教育意义的短篇小说,以讲故事的形式说给小朋友们听,培养他们健康的阅读习惯,教导他们做人的道理:比如董友忱翻译的泰戈尔作品《大作家讲的小故事:秘密财宝》、卜伟欣翻译的《花的学校:泰戈尔童话集》,集合泰戈尔的部分优秀儿童中短篇和散文诗,充满了童真和童趣,以瑰丽的幻想和美好的愿景为主题;人民文学出版社冰心等翻译的《我能行!》,以诚实、勇敢、自信等当代少年必备素质为题材的短篇小说集,其作者多为享誉世界文坛的大师;此外就是以大师们的作品为学习榜样,锻炼小朋友们如何进行写作,如何运用将一事物塑造逼真的技巧与手法,主要代表作是《做自己最棒:爱上写作一定要读的大师经典》。在散文方面,仅《大地的晚歌》这一部作品选有所涉及泰戈尔的散文,"诺贝尔文学奖获奖者散文丛书:青少年版"之《大地的晚歌》一书收录的是《我的回忆录》。该回忆录记述了泰戈尔童年和青少年时期的生活,艺术地再现了泰戈尔的成长环境、所受的教育以及如何走上文学创作之路,是了解和研究泰戈尔生平思想不可缺少的材料,具有一定的文学价值和史料价值。由此可看出,在针对青少年儿童方面,由于接受者年龄与能力的限制,"豆瓣读书"中侧重的是对泰戈尔诗歌和小说作品的介绍,造就了对泰戈尔小说和戏剧介绍基本为零的这一现实。但事实上,可以通过由繁化简等多种方式将小说和戏剧等更多作品传播给青少年儿童,使得他们可以建立对泰戈尔更加完整与深入的了解。

二、泰戈尔作品在豆瓣网的接受

接受与传播是同一过程的两个方面,有传播就必然有接受。传播主要是通过出版相关作家的书籍为主要途径,在"豆瓣网"中则是以展示泰戈尔的不同著作为主要形式;而接受则是以读者为中心,以读者发表的言论为研究对象,在"豆瓣网"中以分析"豆瓣读书"中的书评和"永远的泰戈尔"小组发言为主,以此来解读"豆瓣网"中的"泰戈尔"。

(一)泰戈尔作品在"豆瓣读书"的接受研究

"豆瓣读书"每一部作品之下,每位读者都可以尽情发挥自己的想象,自由发表自己的言论,包括短评、书评以及读书笔记三部分组成:其中短评是字数较少的一些杂感;书评即读者读完作品以后的评价,内容全面,字数较多;读书笔记为每位读者在阅读过程中所摘取的优美语句等。我们选择的研究文本为读者发表的书评,其原因有二:第一是书评字数多,内容全面,具有深入研究的价值;第二是"豆瓣读书"中展示的作品版本不一,但书评是无论该作品出现多少版本,都归为该作品的统一书评,研究起来更为简洁明了。对于所研究的泰戈尔具体作品,主要选择的是热度较高,且书评量多的作品,以《飞鸟集》《吉檀迦利》《生如夏花》为主要代表。

1.《飞鸟集》在"豆瓣读书"的接受研究

《飞鸟集》在"豆瓣读书"中出现的频率极高,书评量显示达到226篇。

《飞鸟集》9个版本中,收藏人数最多同时也是书评最多的是徐翰林翻译,哈尔滨出版社2004年出版的版本;豆瓣评分最高为郑振铎翻译在不同年份出版的《飞鸟集》;其中豆瓣评分最低且争议最大的是冯唐2015年翻译出版的《飞鸟集》。不同版本的《飞鸟集》书评共计188条,在对其书评分类研究过程

第四章 泰戈尔在中国的大众传播

中,可清晰看到翻译问题以84条的数量占据14年来书评总量的一半以上,尤其是在2015年冯唐版本的《飞鸟集》出版以后,相关翻译的书评铺天盖地涌来;居第二位的是读者阅读以后的随笔感受(57条),借此来抒发读者自己对生活的体验和悲欢离合;最后出现相对较为频繁的是读者摘录泰戈尔《飞鸟集》中的优美诗句(36条),或是提升自己的文学素养,或是以后慢慢欣赏品味诗句的无限韵味。总体来说,书评内容相对丰富多样,尽管看到后三类书评数量极少,但《飞鸟集》书评正是因为有它们的存在才得以更加完整与全面。

2.《吉檀迦利》在"豆瓣读书"的接受研究

《吉檀迦利》是书评量相对较多的作品之一,共有14个版本,其中想读人数最多的版本为人民出版社出版,冰心翻译的《吉檀迦利》。从普通读者的接受意向可看出,大多数读者的接受程度还是停留在传统译者的中文译作上,只有少数读者愿意尝试阅读英文原著;反之,这一现象侧面印证了普通读者接受多样化的良好发展势态。此外,值得一提的是外国作家要想在中国拥有广泛的传播,还是必须把翻译放在第一要位。

对所有书评分析的过程中,可看到读者最为关注的依旧是翻译版本的问题,也侧面反映出中国读者与异国作家作品的距离深受语言与文化的影响;其次所占比重同样比较大的是读者阅读以后的随笔与感受,可见中国读者有较强的阅读参与感;最后值得注意的是,由于该诗集是献给"神"的诗,中国与印度的宗教隔阂导致读者无法更好理解该诗集的思想,于是出现了很多关于诗歌中的"神"到底为何意喻的讨论。

3.《生如夏花》在"豆瓣读书"的接受研究

在"豆瓣读书"《生如夏花》的所有版本中(只统计书评量较多且有价值的版本),有很多作品是以《飞鸟集》和《新月集》的组合标题出现,这是因为"生如夏花"本就是泰戈尔诗集的一个代称,其实际内容就是《飞鸟集》和《新月集》这两部诗集,更有译者将《吉檀迦利》也归为其下,这些都是可以理解的正常现象。《生如夏花》在"豆瓣读书"的接受情况主要集中体现在32个不同版本的书评中:这32个不同版本共涉及郑振铎、白开元、冰心、邹仲之以及伊沙五位译者;其中郑振铎翻译的《生如夏花》共计28个版本,占总量的88%,其余每位译者的作品都仅出现一个版本,可见在国内对泰戈尔的《生如夏花》接受较为可观的仍以郑振铎的译作为主。

32个版本的《生如夏花》在"豆瓣读书"书评共计103条,其中除去个别无实质性意义的书评外共计91条,并按照其内容可分为六大类。从横向看:中国普通读者依旧是以阅读感受为主,一部作品是否可以收获读者的芳心取决于这部作品能否做到与读者的零距离接触;读者热衷于摘录能打动自己的优美诗句,同时更有一部分读者会在意不同的翻译对于自身接受程度的影响,尤其是一些对英文较为精通的读者,会将英文版与译文进行比照。从纵向来看:2013年堪称是书评量最为火爆的一年,其原因在于伊沙这位特殊的译者所带来的效应。第一,伊沙作为一位当代作家,其特定的时代性必然引发人们的热议;第二,伊沙是以重译经典外国作家的诗歌而闻名,并且他采用的网上发表形式,更为吸引读者的眼球;第三,伊沙与妻子老G合译的形式受到广大读者的热烈欢迎,合译有80位外国诗人的600余首长短诗作。此外,豆瓣网在2013年举办的"赠书写书评"活动是导致这一年书评量快速增长的直接原因。

(二)"永远的泰戈尔"小组的接受情况

"豆瓣小组"是志趣相投的人在一起讨论话题的地方,无论你来自哪里,有什么兴趣爱好,都能在这里找到和你一样特别的人。"永远的泰戈尔"小组就是这么一群对泰戈尔充满无限热爱的人,他们在这个美妙的家园里共同聆听泰戈尔的声音,自由平等地对话和交流,在相隔万里的地方共同诉说自己对泰戈尔的情愫。从学术角度出发,"永远的泰戈尔"小组内网友的言论,就是研究泰戈尔在普通读者中接受情况的第一手材料,而独特的研究主体更开辟了泰戈尔研究的新天地。

1. "永远的泰戈尔"小组——主题帖研究

"永远的泰戈尔"小组目前共有3792位成员,创建于2006年4月6日,从初建小组到现在的小有规模已有12年的时间(截至2018年)。在这12年内,在组长的带领下为泰戈尔在中国普通读者群中的传播与接受做出了重大的贡献。

豆瓣网"永远的泰戈尔"小组中共计187个主题帖——大致分为以下六类:泰戈尔的作品(115个)、泰戈尔其人(32个)、其他类(21个)、电影、画作及歌曲研究(8个)、泰戈尔相关的国内外研究(7个)、泰迷(4个);值得一提的是,以"永远的泰戈尔小组"的研究数据为中心,在粗略的六大分类下,又对其进行更为细微的划分。通过此类划分,不仅对泰戈尔的作品、本人以及研究等方方面面有着更为详细和深刻的认识,而且对接下来的泰戈尔研究提供更为丰富和有价值的研究素材。综上两个表格,大致概括其主要特点为:第一,从横向看,主题帖主要集中分布于泰戈尔的作品这一类,其比例约占总数的67%,比位于第二位的"泰戈尔其人"高出44%;第二,从纵向看,在这十三年间主题帖的数量呈现下—升—下的趋势:2006—2008年呈下降趋势,2008—2015年呈上升趋势,2015—2018年呈下降趋势。

2."永远的泰戈尔"小组——作品帖研究

在上述主题帖的研究过程中发现,泰戈尔作品在中国的接受情况较为乐观,作品在所有主题帖中所占的比重约61%,远远超越其他类别在主题帖中的份额。

从作品分类看,豆瓣网中出现最频繁的是对泰戈尔作品的分享,达到总数的63%;其次读者较为关注的是翻译问题,所占比重高达15%,可见中国大众对泰戈尔作品的翻译质量较为看重,并有着较强的版本意识,这显示出中国大众想通过更为准确以及高质量的译本解读泰戈尔的作品,从而准确地理解精英文化中的泰戈尔;最后,在对作品细化的讨论方面所占比重仅仅只有百分之几的数量,也从侧面反映出读者们对泰戈尔及其作品的深入了解还存在着很大的欠缺。

三、豆瓣网中的"泰戈尔形象"

随着21世纪大众传媒的兴起与发展,泰戈尔在纸质传媒传播与接受的基础上,迎来了第二次生命。任何事物都具有双重性,纸媒和大众传媒亦是如此。大众传媒与纸媒作为文学传播的两大途径,相辅相成,共同推进着文学前进的浪潮。传统纸媒出现的时间以及影响力都远远大于大众传媒,但在21世纪,纸媒逐渐失去其中心地位而被大众传媒超越。

新兴的事物为我们带来新的视野,大众传媒的到来开拓了新的领域。网络传播作为文学研究的空白领域,在变化如此之快的世界必然有它的立足之地。豆瓣网中呈现的"泰戈尔形象"打破了泰戈尔在文学领域一贯出现的形象,使得泰翁的形象在中国更加饱满与丰富。无论是浏览"豆瓣读书"中相关泰戈尔的书评,还是打开"永远的泰戈尔"小组中的成员发言,首先映入眼帘的是具有浓浓中国味的泰戈尔形象——泰戈尔仿佛穿上了唐装,坐在读者的中央,诉说着彼此的故事。

(一)和蔼可亲的心灵导师泰戈尔

传统纸媒中关于泰戈尔深邃思想、复杂宗教以及无限作品内涵等的塑造都在泰戈尔与普通读者之间划了一道巨大的鸿沟。而由于大众传媒开放性、平等性以及自由性等特点,使得泰戈尔在"豆瓣网"中呈现出一个完全不同于传统纸媒的形象——即和蔼可亲的心灵导师。《飞鸟集》中看似平凡但又饱含深刻哲理性诗句,让中国的读者感觉焕然一新——"'But using one's indifferent heart to dig an uncrossable river for the one who loves you…'正好写出了我当时的心声……";读者们在面对生活的艰难险阻时,是泰戈尔的诗歌给予他们力量与信念;在面对爱情的踌躇不决时,是泰戈尔的诗歌使得他们勇往直前;在面对生命的生死抉择时,是泰戈尔的诗歌教会他们从容无畏。

(二)"不掺杂宗教思想"的泰戈尔

纵观泰戈尔的一生,可以说是对宗教问题不断进行思考和探索的一生,其诺贝尔获奖诗集《吉檀迦利》就是他勇于对宗教哲学探索的有力印证。毫无意外,传统纸媒中对于泰戈尔宗教思想类的研究可谓是纷繁复杂,最具代表性的是以深刻探讨人的信仰、世界的本质和生命价值为宗旨的《人的宗教》的出版。在学术研究者的眼里,泰戈尔宗教的复杂性是一个深刻且至关重要的课题。而在"豆瓣网"中的普通中国读者,可以轻松的逃脱这些让他们难以理解与感同身受的宗教思想,用中国读者本土的阅读视野去赋予作品新的内涵。

"豆瓣读书"中《吉檀迦利》的书评中有多数内容谈论到诗歌里面的"神",虽说每位读者都对"神"的理解不同,但是读者们都把诗歌里面的"神"看作一种精神的存在,用精神来打破实体,用"无"打破"有"的存在。"永远的泰戈尔"小组组长"琉璃@具身"在回应对泰戈尔的误读时说道"泰戈尔的《吉檀迦利》是拜神的颂歌,但是,如果有人愿意把它当成爱情的颂歌去阅读、去体会,而且深受感动,那也没有什么不对,更没有什么不好。至于说是否需要理解泰戈尔诗背后深厚的内涵,这是不同人的解读习惯不同,未必要一刀切。"组员"乐琴

第四章　泰戈尔在中国的大众传播

书以销忧"在回帖时也谈到："每一个真诚的读者,不论肤浅深刻,都可以在不同时刻成为他文字里的某一个'我'并定义自己所对话的'你'以及自己所理解的'爱',这样自由的解读,我想他老人家也不会介意吧。我不懂泰戈尔人性关怀背后的深意,不知道泛神主义,也写不出关于他的研究论文,但这不妨碍我为一句话欣喜若狂,为一段诗感动落泪,因为我只是个年轻热忱无知且有时无助的孩子,因为我需要那样纯净的爱。"从上述列举的例子可证明:在"永远的泰戈尔"小组中,泰戈尔是一个不折不扣的无宗教信仰者形象,中国读者感兴趣的不是泰戈尔笔下那个"你"的真正涵义,而是自身与泰戈尔心与心的碰撞。

(三)"开放化"的泰戈尔形象

中国很长一段时间里对泰戈尔的译介、评论和研究主要由中国学者完成,且采用的基本传播媒介是书籍、报纸杂志等印刷媒介。随着互联网逐渐步入正轨,使得每一位普通读者都可以从容有序的遵循自己的期待视野和接受视域,主动选择自己想要理解的"泰戈尔",每一位读者都可以随心发表自己的言论与看法,无关乎对错,只因自己有一颗炽热的心就可以使自己与泰戈尔变得亲近起来。相较于书籍报刊中泰戈尔严肃和刻板的印象,在豆瓣网中的泰戈尔,更像是生活在读者中间的普通人,有着同样的悲欢离合,也经历着同样的苦难与迷惘。从抽象概念出发,大众传媒下普通读者眼中的泰戈尔是一个多元化且开放个性化的形象。中国读者在接受和认同泰戈尔的同时不断地关注和认识自我,并将自我的思想观念融入对泰戈尔的解读中,更时常会借助泰戈尔及其作品自我反省,这在一定程度上使得每位读者所呈现的泰戈尔不尽相同且各有特点,进而涌现出众多独具个性的泰戈尔形象。

第一,在阅读泰戈尔作品时,每一位读者都可以表达自己独特的想法,且对泰戈尔的作品进行不同于以往传统纸媒的重塑与创新。"永远的泰戈尔"小组中名为"时间"的成员在 2011 年 4 月 5 日发表主题为"飞鸟集—自译"的帖子(仅摘录一句):"诗歌的自译:Stray birds of summer come to my window to sing and fly away. And yellow leaves of autumn, which have no songs, flutter and fall there with a sign. 迷途的夏鸟,来到我的窗前,歌唱,然后飞走。渐黄的秋叶,无歌地,盘旋而下,一声叹息。"甚至有读者对诗歌进行不同视角的解读,如在 2012 年小组成员"弥生夏蒙"发布主题为"生如夏花——《新月集》中的植物"帖子(转载一部分):"1,bakula:醉花,学名是 mimusopselengi,Bullet Wood.根据印度传说,美女口中吐出香液,此花才会开放。I must search in the drowsy shade of the bakula grove, where pigeons coo in their corner, and fairies' ankles tinkle in the stillness of starry nights. 我一定要到醉花林中的沉寂的树影里搜寻,在这林中,鸽子在它们住的地方咕咕地叫着,仙女的脚环在繁星满天的静夜里丁当地响着。2,Kadam 劫丹波,和迦昙花,迦谈闻花,学名是 Namlea Cadamba,茜草属植物,开大黄色花,木材亦作黄色,为观赏植物。I only said,'When in the evening the round full moon gets entangled among the branches of that Kadam tree,couldn't somebody catch it?' 我不过说:'当傍晚圆圆的满月挂在迦昙波的枝头时,有人能去捉住它么?'"这些鲜活的例子足以证明,普通读者不仅增添了泰戈尔作品的内涵,同时也使得读者对自己有更明晰的认知。

第二,在相对公开和自由的豆瓣网络平台中,读者可以通过对泰戈尔及其作品的阅读来审视自我;除此之外,读者彼此之间平等和无距离的对话,使得双方在了解对方的同时更加深自己对泰戈尔的认知与理解。"永远的泰戈尔"小组成员"torando"曾谈到:"觉得不堪的时候,泰戈尔的诗如竹林间的空气那样,让我清醒;快乐的时候,泰戈尔的诗如夜晚的海洋般,让我静谧,沉静。"更有小组成员在聆听泰戈尔的诗句后,颠覆自己过去对生命、爱情以及生活的看法,重新审视自己,重新出发。而读者在"永远的泰戈尔"小组同其他组员进行平等自愿的交流对话过程中,更能开拓自己的视野。

(四)"多样化""全民化"的泰戈尔形象

第一,在大众传媒的高速发展中,对经典作家的塑造不仅可以通过文字的形式来表达,而且可以通过其他新颖的方式来表达。像泰迷把泰戈尔的诗句配上与之吻合的中国风图片;为泰戈尔的诗句加上音频,用浑厚和优雅的声音饱含情感的朗读,让初识泰戈尔的人可以更直观地感受泰翁的魅力;还有用中国的书法去书写摘抄泰翁的诗句,让泰戈尔的作品具有不一样的异国风味。此外,享誉世界的泰戈尔作品还被改编为电影电视,虽然电影电视对于中国大众而言不再新鲜,但是改编自泰戈尔传统经典文本的电影电视仍会让中国大众眼前一亮,这种日常又独特的形式让更多的人乐于接触泰戈尔及其作品。

总之，这些多姿多彩的形式，不仅使泰戈尔在中国普通读者的传播中变得广泛与便捷，更为泰戈尔的作品增添了别具一格的文化底蕴。

第二，从泰翁进入中国以来，因有两座大山的阻碍，所以关于泰翁的研究主要以中国学术界为主。第一座大山是语言的差异——尽管泰戈尔擅用英语写作，但大部分作品是用孟加拉文创作；而在中国精通孟加拉文的学者少之又少，普通读者更是没有能力阅读泰翁的原文。第二座大山是能够在书籍、报纸杂志等印刷媒介上公开发表对泰戈尔的译介、评论和研究，而这一传播媒介亦由中国学者所占据。

进入21世纪，随着信息科技的日益进步，作为大众传播媒介的网络也得到了迅速的普及和发展。网络为泰翁在中国的传播提供了广阔的空间，打破了中国学者主导媒介的局面，开启了中国大众自由参与的新时代。"豆瓣网"将一群热爱泰戈尔的人紧密地联系在一起，在自由、平等、公开的平台上，共同聆听泰戈尔美妙的声音。首先有关泰戈尔的解读与讨论在"豆瓣网"平台中几乎是全民参与的，其关于泰迷自我介绍的帖子中，年龄的覆盖范围广泛——小至十一二岁；大到四五十岁。其次中国读者在"豆瓣网"中可以自由发表和尽情分享对泰戈尔的理解，不必担心传播媒介的缺乏。在"豆瓣网"这个平台，网友会积极上传与泰戈尔相关的电子资源，方便读者自取和欣赏；而这些便捷的传播途径，为全民化的"泰戈尔"奠定了基础。

四、泰戈尔在"豆瓣网"传播与接受的反思

随着21世纪新媒体的兴起，泰戈尔进入普通读者的视野。"豆瓣网"作为大众传媒的产物，为泰戈尔在中国的传播与接受开辟新的领域。任何事物都有两面性，"豆瓣网"在为普通读者带来便利的同时难免会产生消极的影响，而这些影响背后的成因也是值得我们一直探索的。

（一）"豆瓣网"中的"泰戈尔现象"

大众传媒在塑造别具一格的特色同时，也逐渐展露出一些弊端。豆瓣网作为大众传媒时代的标志性产物，为中国普通读者零距离接触精英文学带来了无尽便利；同时在这一过程中，普通读者对精英文学的新认知又为文学研究带来了生机与活力。面对这样的现象，要一分为二地看待。与传统精英文化相比,豆瓣网中的"泰戈尔"必然有其独特的地方,同时也定有其弊端出现。而豆瓣网中的"泰戈尔"不仅包含着普通读者对泰戈尔形象的颠覆认知,还有着属于豆瓣网体系中泰戈尔现象的存在。

顾名思义,豆瓣网中的"泰戈尔现象"——即在豆瓣网这一传播载体中,在传播与接受泰戈尔作品过程中形成的一系列特点。而这些特点既可说成是豆瓣网中特有的,也可认为是自身发展限制下的不足体现。

1. 泰戈尔作品传播与接受的不平衡

传播与接受作为同一过程的两个方面,是相辅相成和相互作用的。从第一部分内容,可清晰看到豆瓣网的泰戈尔作品传播呈现不均匀的特点,传播热度最大的是泰翁的诗集,不仅有单行本大量存在,且复合本更是数不胜数;到小说这里,无论是传播热度还是密度都急剧下降,泰翁的大部分小说都未涉及;反而散文的情况同小说相比较为乐观,因其散文本身基数较小,传播量相对来说是可以接受的;其戏剧作为泰翁得意代表之一,基本在豆瓣网中消失匿迹,这一现状不容乐观。传播的不均匀,必然造成接受的不平衡;反之,中国读者的接受兴趣也会导致传播方向的变化。从接受方面看,无论是"豆瓣读书"还是"泰戈尔小组",都呈现出重诗歌轻其他的特点,大多数读者都热衷于对诗歌的探讨,只有少部分读者会对其他文类有所涉及。

2. 泰戈尔作品肤浅化认识与误读

在对"泰戈尔小组"进行资料整理中,我们可以看到作品占总帖数的最大比重,但是当我们进一步对作品进行二次分类时,可以看到,大多数帖子都是对作品资源的分享,虽说资源的共享加强了泰戈尔作品的传播量,但从实质看繁冗的资源共享没有任何意义。其次,无论是"豆瓣读书"中的书评,还是"泰戈尔小组"中的言论,铺天盖地的都是读者的伤春悲秋,只有极少数读者愿意静下心来,细细品味泰翁的心境。虽说这样的结论有些绝对,但是泰翁神秘且深邃的思想,只有少数读者群体才可以真正感同身受。对泰戈尔作品的误读,主要体现在对作品的把握中,中国的读者几乎不涉及宗教以及人物等有关内部深入的理解,这样造成的后果就是对泰戈尔作品把握的不精准与误读。

(二) 国际视野——大众传媒是一把双刃剑

21世纪是全球化的时代,在风起云涌的数字化时代,全世界都在为新时代的到来添砖加瓦。传统的大众传媒以报纸杂志、广播和电视为代表,随着新媒体技术的迅猛发展,互联网后来居上成为新型的大众媒体。换言之,网络媒体作为大众传媒高速发展的产物,以其显著的优势超越报刊、电台和电视。新媒体仅用十年时间就从边缘化走向主流,与此同时也带动了传统媒体的数字化、网络化进程。美国传播学者詹姆斯·W.凯瑞在《作为文化的传播》中指出:"传播媒介不仅仅是某种意愿与目的的工具,而是一种明确的生活方式;它是一种有机体,是我们思想、行动和社会关系中的矛盾的真实缩影"。[①] 在大众传媒的时代,伴随着文学媒介环境的剧烈变化,文学与大众传媒的关系处于不断调整的状态。大众传媒不仅作为载体为文学传播提供场所,同时作为功能主体介入文学生产。在名副其实开放的网络平台中,涌现的文学网站为文学提供了便利的生产和传播渠道,不仅传播经典文学,同时催生新的文学,改变传统的传播方式、写作方式、发表方式和阅读方式,冲破原有的文学传播模式,大大加快了文学的平民化进程,使得文学发生了一次历史性的转变。在豆瓣网中,广大读者除在此平台内自由发言、互通资源以外,还有大批读者在大胆融入自己想法的基础上对泰戈尔的诗歌进行加工和重译。但大众传媒带来优越性的同时,也为文学带来不可避免的消极影响。网络的无门槛性,无权威性以及无等级性,使得任何人都有机会发表自己的言论。但是与此同时,难免会有人抛出不文雅的言论,污染这片儒雅的文学天地;网络没有所谓的清规戒律,在追求商业利益还是文学理想,塑造经典厚重还是流行文学方面都面临着极大的挑战。总而言之,大众传媒时代为文学提供了丰富的传播资源,开创了文学传播新形势,但与此同时更要做到时刻反思,抓住机遇,直面挑战。

(三)中国读者的创造性选择

普通读者接受视野的差异决定了对泰戈尔接受的不同,从整体看,中国特有的社会环境造就了中国广大读者在接受泰戈尔过程中呈现显著的特点;中国大众心态的转变直接影响着读者对泰戈尔的接受选择。中国普通读者选择自己可以领悟的作品去阅读,选择与自身比较吻合的特质去吸收和消化,在接受泰戈尔的过程中,实际上是重新认识与理解自己的过程。

[①] 宋玉书:《坚守与应变:大众传媒时代的文学及传播形态》,文化艺术出版社2013年版,第36页。

1. 中印传统文化差异下的选择

一方水土养育一方人。虽说泰戈尔与中国有着十分深厚的关联,但泰戈尔从小接受的教育与文化熏陶与中国普通读者是相差甚远的。泰戈尔出生在一个婆罗门世家,在读诵各种宗教文学的同时印度传统文化对其产生了根深蒂固的影响。在宗教上,泰戈尔一直以来受到的是吠陀经典、奥义书以及印度两大史诗等的影响;而对女性的认识与看法也伴随着宗教间接地传达给泰戈尔。一开始泰戈尔是被送到各类学校学习,这种形势一直持续到泰戈尔开始排斥学校教育的时候,这时家里又通过为泰戈尔请家庭教师的方法来对其辅导。因此,泰戈尔童年的教育经历使他深知印度文化传统具有各种长处:如大同精神、宽容精神等。甚至他还发现了印度传统文化中哲学、宗教以及美学之间的紧密关联,这些是前人未曾注意到的。在此基础上,泰戈尔曾多次提出,一个真正的现代派作家不仅不会背离传统,而且更要赋予传统具有时代性的见解。同时,一个真正热爱印度传统文化的人要时刻保持开放包容以及兼收并蓄的态度。这些都曾在他的诗歌、论文、小说以及戏剧中多次表现。除此之外,梵文古典文学不仅在泰戈尔生命中有着至关重要的作用,而且对泰戈尔世界观、宗教观的形成产生了重要的影响。比如泰戈尔年老的时候在《回忆录》中谈到:"我对于文学的登堂入室是有它的根源的,但也由于流行的书籍,其中最主要的是译成孟加拉文的昌纳克耶的格言,和克里狄瓦斯的《罗摩衍那》""我就坐在母亲房间的门槛上,读着我祖姑的一本大理石纹纸面的、书页已经折角的《罗摩衍那》。""我的祖姑发现我正在为着书中一段悲惨的情节哭泣起来,她就过来把书拿走了。"①但是这些作品中所蕴含的深邃思想在中国普通读者面前,是没有立足之地的。中国是世界上少有的无宗教信仰的国家,泰戈尔作品背后深厚的意蕴对那些未曾接触过印度宗教文化与传统的中国普通读者来说是天方夜谭。这些根本性的差异导致了中国读者对泰戈尔作品的误读,尤其是泰戈尔专门颂神的那类作品,使得中国读者无法真正感同身受。

女性问题作为文学中老生常谈的话题之一,在泰戈尔的作品中也不例外。印度女性地位极其低下。尤其是印度寡妇的命运最为悲惨。印度的女子一旦

---

① 泰戈尔:《回忆录附我的童年》,谢冰心、金克木译,人民文学出版社1988年版,第6—7页。

死了丈夫,就等于失去了做人的权利。她们不能再穿花色的衣服,不可以佩戴首饰,更过分的是,她们被当作凶兆,谁要是碰上了她们,就看作是一件倒霉的事情。她们没有任何享乐的权利与资格,只好在家里干繁重的家务活。她们不仅在身体上承受着痛苦,而且还要受到男方家里人的冷嘲热讽和责骂。无论是在其生活中,还是文学创作中,泰戈尔一生都在为印度的女性的生存幸福而努力。而如此特殊的印度文化传统使得中国读者无法精准的体会泰戈尔作品中的相关描写,也间接导致了中国读者对泰戈尔作品固化的选择倾向。

2. 中国大众心态转变中的选择

21世纪的中国是现代化进程中的中国,是经济、政治和文化高速运转的中国。遗憾的是,在追求经济利益的过程中,每个人都屏住呼吸加快节奏,而忘记了自己内心最纯真的初心。现代化确实是提高了生产力,带来了复杂的社会分工,使人们从贫穷落后的生活中逃离出来。但长期处在此种状态的人们,逐渐迷失了自己,找不到正确的方向。随着现代化的多维度发展,尤其是网络媒体的出现,导致人与人的距离越来越远。这些在社会中迷惘彷徨的人们,面对冰冷的网络,品味着泰戈尔温暖的人情,感受在现实生活中早已找不到的些许温存。人与人的思想都是共通的,泰戈尔作品中浓浓的人情味恰恰符合中国当代人的口味;反之,中国读者也会更倾向于选择泰戈尔作品中与自己的亲身体验相吻合的东西进行欣赏。

(四)构建和谐健康的多媒体网络环境

大众传播的无时不有、无处不在、无孔不入,预示着人类历史正在进入一个新的时代。信息爆炸、信息侵略、话语霸权、媒体歧视、数字鸿沟、精神污染、传播焦虑、信仰危机等等,是生活在"地球村"中的公民们遇到的前所未有的全球性的挑战和难题。这一切都提醒人们,大众传媒犹如一柄双刃剑,有利有弊,如何正确、合理和科学地使用它,正考验着人类的智慧。人,作为万物的灵长,有权利也有义务担负起构建和谐健康网络环境的责任。具体实施于豆瓣网,我们认为:第一,豆瓣网中的管理人员要做到实时监督,严格执行,有效处理,在遇到有网友故意危害网络秩序,损害网络和谐环境的时候,快速有效地实施一切处理办法;第二,豆瓣网作为大众传媒的产物,其背后运营的后台要定期对网站中的不良言论进行清除,绝不能给这些人可乘之机;第三,政府以及社会要开设关于健康上网的相关教育课程,提高中国公民的上网素质,提倡与呼吁文明上网,同时,每个人都有义务爱护和谐健康的上网环境,健康上网,人人有责。

　　泰戈尔在大众传媒中的传播与接受,不仅有着独特的研究价值,同时更是顺应当今社会的潮流与趋势。因此,学术界要给予一定重视与关注,填补泰戈尔在中国传播这一方面的空白,为泰戈尔在中国的传播与接受开辟一条新的道路。

第五章 泰戈尔与中国现代文学流派

泰戈尔是印度著名诗人、文学家、社会活动家、哲学家。从诗人的角度比较分析他与我国新月派、象征派和唯美派之间的关系与影响,是"泰戈尔与20世纪中国文学"的题中之意。我们选取新月派的代表诗人徐志摩与闻一多,象征派的李金发,唯美派的周作人与章克标来做分析,从影响关系与平行阐发的视角透视他们对泰戈尔的接受与变异,影响的契合与深层的变异之道。泰戈尔的诗歌创作促进了中国诗歌的现代转型,并在世界诗歌史上留下了浓墨重彩的一笔。

第一节 泰戈尔与新月派

1923年3月,新月社于北京成立。该诗派以1927年为界,分为前期和后期。前期以北京的《晨报副刊·诗镌》为阵地,主要成员有徐志摩、闻一多、朱湘、饶孟侃、孙大雨等。1927年春,胡适、徐志摩、闻一多、梁实秋等人在上海创办新月书店,次年又创办《新月》月刊,是谓后期新月派。"新月社"之名为徐志摩取自泰戈尔的诗集《新月集》,"我们舍不得'新月'这名字,因为它虽则不是一个怎样强有力的象征,但它那纤弱的一弯分明暗示着,怀抱着未来的圆满。"①"新月"象征着尚未被遮蔽和污染的童心,纯净而安宁。诗人们崇尚弱者心态,擅长以小见大,期冀用童心洗涤浊世。

在诗歌观念上,新月派诗人不满五四之后诗歌的形式溃散和极端白话文运动导致的诗歌诗意的失落,起而提倡诗歌的古典特征——格律,美学上主张

---

① 徐志摩:《新月的态度》,《新月》1928年第1卷第1号。

"理性节制情感",被称为"新格律"诗派。在后期,新月派提出了"健康""尊严"的诗歌创作原则,其所坚持的仍是超功利的和自我表现的诗歌审美立场,讲求"本质的醇正、技巧的周密和格律的严谨"。

泰戈尔首次进入国人视野,始于 1913 年《东方杂志》主编钱智修先生的介绍。随后,陈独秀、郑振铎、徐志摩、王独清、李金发、梁宗岱等人都对泰戈尔有译介。而其在中国获得巨大反响,在于他 1913 年获得诺贝尔文学奖之后的访华活动,我国迅速掀起了一股"泰戈尔热"。郑振铎翻译的泰戈尔的《飞鸟集》出版于 1922 年 10 月,《新月集》出版于 1923 年 9 月,是国内译介泰戈尔诗集的第一人。徐志摩在英国留学和回国之后的阅读创作经历中,其对东方"诗圣"心心相印的阅读体会和主情创作中可以肯定是受到了诗人的巨大影响无疑。泰戈尔于 1924 年 4 月应邀来华访问,后又于 1929 年 3 月和 1929 年 6 月相继访问了中国。徐志摩全程担任联络、接待和翻译之职,因此与泰戈尔建立了深厚的友谊。

不仅仅是徐志摩和新月派诗人,整个中国现代文学流派和思潮的形成,可以说与泰戈尔有着紧密关联。"在新诗界,除了几位最有名的形神毕肖的泰戈尔私淑弟子以外,十首作品里至少有八九首是受他直接或间接影响的。"[1]比如郭沫若对其泛神论和自然生命力的接受与礼赞,冰心对其童心和大爱思想的吸收与发扬,等等。自泰戈尔来华后,中国小诗一度流行,引发文坛的创作热潮。从 20 世纪初至今,泰戈尔的文学创作在中国一直拥有广泛的读者群,在中国文坛产生广泛深刻的影响。泰戈尔的思想、人格和创作成为 20 世纪中国文学的建构性因素,他是对 20 世纪中国文学影响最大的外国作家。不妨将这一域外文明的影响视为"泰戈尔现象"。相比于西方的强力影响和文化入侵,中印两国相似的受奴役民族历史进程,从传统到现代文化语境的转型生发期,五四运动对思想解放与个性自由的追求,在此背景下,泰戈尔清新自由的散文诗创作和追求民族解放的无畏奔走实践与抗争精神无疑契合了我国这一政治语境与文化症候,由此激发国人对其大规模的接受。虽然五四复杂的文化语境和个体选择的差异性决定了国人对泰戈尔的接受并不是单一性的,但普遍

---

[1] 徐志摩:《太戈尔来华》,《小说月报》1923 年第 9 期。

第五章　泰戈尔与中国现代文学流派

对其彰显爱国主义和民族精神的弘扬是五四同仁接受泰戈尔的共性所在。

在新月派诗人中,徐志摩和闻一多分别是前后期深受泰戈尔影响的代表性诗人,他们身上既有影响的深刻烙痕,同时也有民族主体性和个体主体性触发的扬弃和批评。从两位典型诗人从发,可以管窥泰戈尔影响中国新诗创作和中国现代诗人的深刻命程,同时也可以见证其参与建构中国现代文学的历史意义。

徐志摩(1897—1931)出生于一个富商家庭,从小受到良好的家庭教育。受旧风所染,他苦恼于一场封建的包办婚姻。但所幸在北京大学求学时的新风吹拂下,他有缘结识了新朋良师,熏陶于时代的风潮。先赴美就读经济学,后在五四热潮感染下,负笈英国,喜爱上浪漫主义诗人拜伦、雪莱、济慈和华兹华斯等,并与喧响世界的泰戈尔神交,读了他的《吉檀迦利》《园丁集》《新月集》《飞鸟集》《采果集》等诗集,深谙于诗人对人性与生命的礼赞,那汹潮涌动的情感之流深深地触动了徐志摩的内心。他在康桥的柔波里,正是借了泰戈尔的抒情之眼,来展现他对生命的讴歌,同时大胆表达自己对西方民主政治和自由人生的渴盼。他追求自由开放的爱情,对才女林徽因一见钟情,后又展开对陆小曼的追求。在徐志摩短暂却轰烈的一生中,他才情奔放,热情似火,创作大量表达爱恋的诗歌,对自由、生命、爱情、个性的探求始终是重点。除了来自西方的个性自由和民主思想的激发外,泰戈尔占据了徐志摩生命历程中无比重要的关键位置。

从神交到阅读和诗歌仿鉴,从访华陪伴和书信来往到仔细研究和细细揣摩,徐志摩可谓深谙泰戈尔诗学之道①。没有观念的融通和生命的类同信仰,就没有息息相通的陪伴。没有息息相通的陪伴,就不会有深入的理解和研究。对于徐志摩而言,他整个生命的轨迹似乎与泰戈尔有着太多的交集。徐志摩将泰戈尔比为俄国的托尔斯泰,他有"博大的温柔的灵魂",同时他也有着释迦牟尼的"悲悯"情怀,他为中印两国的文化交往带来了新的契机,为中国青年带来了生机和活力。这段忘年交至今被学界喻为高山流水,二人也确曾以父子

---

① 黎跃进:《泰戈尔诗学在中国的传播与接受》,《广东社会科学》2019年第1期。泰戈尔诗学主要体现在:心灵表现的诗学,和谐统一的诗学,讲究韵律的诗学。

相称。具体来说，徐志摩主要接受了泰戈尔讴歌生命的大爱思想和"泛爱"和谐思想。

徐志摩曾言："生命是一切理想的根源，它那无限而有规律的创造性给我们在心灵的活动上一个强大的灵感。它不仅暗示我们，逼迫我们，永远往创造的生命的方向走，它并且启示给我们的想象，物体的死只是生的一个节目，不是结束，它的威吓只是一个谎骗，我们最高的努力的目标是与生命本体同绵延的，是超越死线的，是与天外的群星相感召的"①。这与泰戈尔的生命自然观何其相似，"那些彻悟了最高灵魂，因而充满智慧的；由于认识到自己与那灵魂合一而与自我完全和谐的……仙人就是那些从各方面都认识到天神而找到了永久的平静，与一切都合而为一，已经进入了宇宙生命的人"②。在诗集《吉檀迦利》中，有许多吟咏死亡的意象，"当我跨过此生的门槛的时候，我并没有发觉。……就是这样，在死亡里，这同一的不可知者又要以我熟识的面目出现。因为我爱今生，我知道我也会一样地爱死亡。"③"生命是自由的不断爆发，并在不断返回死亡之中寻求自己的韵律"④。泰戈尔对印度古代哲学《奥义书》有着深刻的领悟，这种死生循环的哲理与中国道家思想深相契合，同时也表露了他汲取西方"向死而生"的哲学向度。"人与自然的这种根本的统一关系不仅是印度人的一种哲学猜想，而且在感情上和行动上体验这种和谐已经成为印度人的人生目的。"⑤这种深刻的生死循环观和生命态度在东方并非鲜见，这是泰戈尔深得徐志摩之心的哲学文化背景。

徐志摩的许多诗歌借对女性的爱怜表达了对爱情的追求和对人性自由的渴望。"我拉着你的手，爱/你跟着我走/听凭荆棘把我们的脚心刺透/听凭冰雹劈破我们的头/你跟着我走/我拉着你的手/逃出了牢笼，恢复我们的自由！"⑥这直抒胸臆的情感，确乎与中国传统相悖，但联系五四之际激烈反传统和崇尚个性的表达，抒发个人真实的时代氛围，却又顺理成章。只不过，如新

---

① 北京大学等主编：《文学运动史料选（第三册）》，上海教育出版社 1979 年版，第 9 页。
② 刘安武等主编：《泰戈尔全集 第 19 卷 散文》，河北教育出版社 2000 年版，第 11—12 页。
③ 泰戈尔：《吉檀迦利》，谢冰心译，人民文学出版社 1955 年版，第 103 页。
④ R. Tagore: *The Religion of an Artist*, Calcutta: Visva-Bharati Bookshop, 1953, pp. 17—18.
⑤ 刘安武等主编：《泰戈尔全集 第 19 卷 散文》，河北教育出版社 2000 年版，第 7 页。
⑥ 徐志摩：《爱的灵感》，人民文学出版社 1988 年版，第 26 页。

月派诗人徐志摩般生命真切和热烈者,却是少见。在他"浓得化不开"的情感之流中,确实感受到一股来自异域的清新之风,这自然之风和淳朴童心,是来自泰戈尔的影响。"新月派"之名就是他接受泰戈尔童心思想的最好说明。泰戈尔的《新月集》(1913)这部集清新自然和民间口头文学特质的诗集展现了诗人心中崇高的理想,一方面是理想的遥远与现实的痛苦形成映照,另一方面坚持心中的信仰,不随俗所动,用美好事物净化心灵。[①]无污染、纯洁、单一、淳朴、童心是泰戈尔和徐志摩诗歌创作的共同诗心所在。

"那河畔的金柳/是夕阳中的新娘/波光里的艳影/在我的心头荡漾",脍炙人口的《再别康桥》表达了徐志摩对往昔美好日子不再的依依之情。扩而大之的是一种泛爱之情,对自由生活的向往,对个性自由的追求,都饱含在诗歌的字里行间。"软泥上的青荇/油油的在水底招摇","沉淀着彩虹似的梦","满载一船星辉/在星辉斑斓里放歌",诗句语言精粹,结构精巧,深得泰戈尔韵律和谐之妙。最精髓的是一种大爱思想的表露,不管是对昔日生活景象的礼赞,还是对康桥美好景物的追溯,都意在表达一种对生命的礼赞之情和对自由人生的赞美之情。泰戈尔的许多诗歌也是借无数自然形象,少女、山川、河水、森林等各种意象来表达对生命的讴歌与泛爱思想,《飞鸟集》中:"让死者有那不朽的名/但让生者有那不朽的爱。""爱就是充实了的生命/正如盛满了酒的酒杯。"用感性直观的客观意象来表达心中强烈的情感,是泰戈尔和徐志摩的共同之处,或说是泰戈尔这种寓情于景与象的诗歌手法深刻地影响了新月派诗人,尤其是徐志摩。

"最是那一低头的温柔/像一朵水莲花不胜凉风的娇羞",徐志摩擅写那不胜娇羞的日本女郎,雪花中的情影,投下波心的片云……充斥他诗歌文本的关键词是新娘、梦、云、雪花、爱,其中,爱是核心,其他物象都指向这一核心。他的诗歌创作就像他的人生经历一样,在五四文坛投下了无比惊艳的一笔。他也曾说:"我的笔本来是最不受羁勒的一匹野马,看到了一多(闻一多)的谨严的作品我方才憬悟到我自己的野性。"但这种野性是相对而言的,并不是无病呻吟的技术之辞。"我们不敢附和唯美与颓废,因为我们不甘愿牺牲人生的阔

[①] 泰戈尔:《新月集·飞鸟集》,郑振铎译,中华书局2012年版,第4页。

大,为要雕镂一只金镶玉嵌的酒杯。我们是尊重而且爱好的,但与其咀嚼罪恶的美艳,还不如省念德性的永恒,与其到海陀罗凹腔里去收集珊瑚色的妙药,还不如置身在扰攘的人间倾听人道那幽静的悲凉的清商。"①可见,在世人眼中一贯描写风花雪月的徐志摩,其实心中有着现实的关爱之情。徐志摩给泰戈尔的信中表明:"这里几乎所有的具有影响力的杂志都登载有关您的文章,也有出特刊介绍的。您的英文著作已大部分译成中文,有的还不止一种译本。无论是东方的还是西方的作家,从来没有一个像你这样在我们这个年轻的国家的人心中,引起那么广泛真挚的兴趣。也没有几个作家(连我们的古代圣贤也不例外)像您这样把生气勃勃和浩瀚无边的鼓舞力量赐给我们。"②这种力量,就是五四风潮中的民族精神和个性自由,讴歌生命和礼赞自然,无数的青年人从泰戈尔的诗中汲取精神的力量和养分,从而以更为积极自主的态度面向未来。这种现实的关怀理性,正是新月派"以理节情"的表现所在。

泰戈尔说:"一切真正的艺术都起源于情感。"③徐志摩评价"他是百灵的歌声,他的欢欣、愤慨、响亮的谐音,弥漫在无际的晴空。"④对情感的重视和爱的关注使他们的心紧紧连结在一起。这是他们心心相印的个性使然。在两国的文化历史上,"印度和中国本来有极深的关系,佛教便是由印度传入中国的。印度将佛教当作一件自己文化的礼品,赠给中国,中国也乐于接受它,便取得了一种牺牲和博爱的精神,作为两国文化互换的机缘。也许,在地理上、人种上的关系说,还有别的国家比中国更为密切,但是在思想的关系上,要算印度与中国最密切了。"⑤泰戈尔认为:"如果通过这次访问,中国接近了印度,印度也接近了中国——不是为了政治的或者商业的目的,而是为了毫无功利性的人类之爱,除此以外,别无他求,那么,我将会感到很荣幸。"⑥中国不仅有"感时忧国"(所谓"诗言志"是也)的传统,更有"抒情传统"⑦。哲学家李泽厚也主要

---

① 北京大学等主编:《文学运动史料选(第三册)》,上海教育出版社1979年版,第5—6页。
② 阿莫尔多·沈:《泰戈尔与中国》,黄蓉译,谭中审校,《深圳大学学报》2011年1期。
③ R. Tagore: *Personality*, London: Macmillan, 1917, p. 18.
④ 孙宜学编:《不欢而散的文化聚会——泰戈尔来华讲演及论争》,安徽教育出版社2007年版,第208页。
⑤ 孙宜学:《泰戈尔与中国》,广西师范大学出版社2005年版,第172页。
⑥ 刘安武等主编:《泰戈尔全集 第20卷 散文》,河北教育出版社2000年版,第29页。
⑦ "感时忧国"和"抒情传统"分别来自夏志清和王德威的观点。

通过对中国文化心理的考察,得出了人的审美"情本体"的结论。他认为,艺术魅力的产生,在于"情感是重要的推动力量和中介环节"①。作为生活在一个诗歌大国和情感为宗的文化氛围中的人,徐志摩接受有着类同历史命运与同样注重诗歌形式与韵律的国度里的泰戈尔是自然而然的。但由于两国宗教文化的差异,徐志摩摒弃了泰戈尔诗歌中的宗教梵神论和神秘主义思想,以更为丰富具体的人间生活图景和意象取代了这一梵神论,使其诗歌写作充满了更多的男女情爱场景,但其深邃哲学思考和无功利的泛爱的鲜明底色确实承续于泰戈尔。

新月派后期的闻一多(1899—1946),是著名的爱国主义诗人。其诗歌理论以"三美"主张闻名,即音乐美、建筑美和绘画美,分别从听觉和视觉讲求诗歌的审美效果。音乐美指的是诗歌的音节,读起来富有节奏感,抑扬顿挫,朗朗上口。建筑美是指节的匀称和句的整齐。绘画美指的是诗歌的词藻,用词注意色彩,形象鲜明。在人们看来,除了爱国主义的现实理性关怀之外,这是五四大多数文人的普遍选择和担当,作为新月派主将,闻一多的突出之处还在于以其生命诗学②的感性和"以理节情"的理性相结合。

闻一多与泰戈尔的关联最耀眼的要数他批评泰戈尔的评论《泰果尔批评》(1923)。然而,"写下了多首爱国诗,与徐志摩所谓的个人的'人格'不同,而试图以格律的样式歌咏国家的人格的闻一多,却通过徐志摩这一媒介,在他的'格律'诗中不可避免地被埋入一种'泰戈尔像'。"③要说明的是,世人眼中闻一多对泰戈尔的批评以为是对泰戈尔诗歌价值的否定和观念排斥,殊不知在闻一多的诗歌创作中,却潜藏了与泰戈尔扯不断的牵连。

在诗歌生命观和诗人社会责任感上,闻一多有着和泰戈尔相似的诗心与担当,这种类同,既可能是闻一多接受了来自泰戈尔生命观的影响,也有可能是两国文化传统熏陶出来的相同的文人心性使然。他们都曾留学欧美,感受

---

① 李泽厚:《形象思维再续谈》,《文学评论》1980年第3期。
② 陈国恩:《论闻一多的生命诗学观》,《文学评论》2006年第6期。
③ 邓捷:《20年代泰戈尔的接受以及闻一多格律诗的变奏》,《2004年闻一多国际学术研讨会论文选》,武汉大学出版社2005年版。

到来自西方物质文明的压抑,一战后紧张的文明空气和西方人在精神文明方面的衰落感对两位具有敏锐心灵的诗人内心造成的影响可想而知。这正是泰戈尔带着西方文明衰落和东方文明崛起的信号与呼吁来中国访华的目的,而这也却曾激起部分文人对其顶礼膜拜。泰戈尔喊出:"在亚洲,我们要获得力量,就必须团结,必须对正义抱持不可动摇的信念,在亚洲,我们必须团结一致。这种团结并不是通过某种机械的组织方法,而是通过一种真正的同情心。"①"欧洲文明不是为了启蒙,而是纵火。随之而来的是把枪炮和鸦片送往并燃烧中国的心脏。那是人类历史上从未有过的灾难。"②他甚至不无偏激地认为:"到你们自己家中去找寻有不可磨灭的价值的东西,这样你们就能够自救,就能够拯救整个人类。我们东方人有些人认为我们应该模仿西方。我不相信这点。西方所产生的只是为了西方本地。但是我们东方人既不能借来西方的头脑,也不能借来西方的脾气。我们要去发现我们自己生下来应该有的权利。"西方正在经历堕落和颓废,曾经拥有的辉煌也在消失,"西方也在自己的灰尘中沉沦。我们不要效法西方的竞争、自私、残忍。"③"那些要你们依靠物质力量建立强国的人是不懂得历史,不懂得文明的。依靠强力是野蛮的特征;那些相信过它的民族不是已经自我毁灭,就是仍然处在野蛮境地。"④可见,作为一位身处西方殖民影响至深的国家中的诗人,他深知身上的文化血液里不可避免地含有西方文化,他从没有否认过这一点,并始终对西方经典文化充满虔诚的虚心学习态度。但殖民主义带来的民族伤害和西方文明处在一种特殊历史情境中的无力衰败感,他从人类整体文明的视角出发,从既是拯救西方文明又是弘扬东方文明的情感认知角度出发,分别在东西方进行他的演讲。当然,赞成和反对者都有之。而闻一多自不必说,他以其英魂和热血成就了一个爱国主义诗人,在诗歌《红烛》《死水》中,他把感官的"恶之花"与爱国主义连在一起,用心灵的审美之笔和生命诗学书写了时代之歌。

    对于五四白话文流行而一度放开的诗歌创作,由此导致诗歌体式的散漫

---

① 泰戈尔:《泰戈尔对中国说》,徐志摩等译,译林出版社 2013 年版,第 47 页。
② 阿莫尔多·沈:《泰戈尔与中国》,黄蓉译,谭中审校,《深圳大学学报》2011 年 1 期。
③ Sisir Kumar Das, *Rab indranath Tagore: Talks in China*, Calcutta: Visva-Bharati, Rabindra Bhavana, 1999, pp. 53—54.
④ Ibid., p. 55.

第五章　泰戈尔与中国现代文学流派

无形和诗意的失落。这在胡适等人的白话文创作中就有典型的体现,对于五四开风气的拙稚,这是可以理解的。然而,到了新月派时期,诗人们放弃了这种自由无度的自由体和散体式诗歌创作,提倡诗歌创作要讲求韵律和节奏,这在闻一多身上有着鲜明的体现。闻一多的诗歌创作并非一开始就遵循"以理节情"的主张,而是有一个转变的过程。文坛诗意失落之风盛行,西方诗歌创作的节律影响,加之泰戈尔对诗歌韵律的注重且处在中国的"泰戈尔热"风潮中,闻一多不可能不受这些要素的影响。从他中后期创作的诗歌看,闻一多许多诗歌的创作和翻译的诗歌都遵循着古诗节律的高雅,从结构和音节上予以仔细考量,创造了一批内容和形式俱佳的好作品。这些诗歌既体现了诗人的民族节操,同时也在诗韵上狠下了功夫,保持了诗歌的典雅和纯正,恢复了白话诗歌泛滥导致的诗意衰落局面,从而维护了诗歌的正统和尊严。

1926年发表的《死水》就是一首很讲究结构美和韵律的诗歌。"这是一沟绝望的死水,清风吹不起半点漪沦。不如多扔些破铜烂铁,爽性泼你的剩菜残羹。/也许铜的要绿成翡翠,铁罐上锈出几瓣桃花;再让油腻织一层罗绮,霉菌给他蒸出些云霞。/让死水酵成一沟绿酒,飘满了珍珠似的白沫;小珠们笑声变成大珠,又被偷酒的花蚊咬破。/那么一沟绝望的死水,也就夸得上几分鲜明。如果青蛙耐不住寂寞,又算死水叫出了歌声。/这是一沟绝望的死水,这里断不是美的所在,不如让给丑恶来开垦,看他造出个什么世界。"①整首诗一气呵成,首尾呼应,以丑恶之美点出对生命和自由的呼喊,颇有法国波德莱尔之风。这是视觉上的唯美之风,犹如一幅透着腐败气息的油画,但油画中又不免生出对生命和生气的渴盼。在听觉上,每一个句子他借用了一个三音节和三个二音节的节奏,整首诗歌都是这样的音节规律,不免生出节奏的婉转停顿和音乐的回环之感。这是他所谓的音乐之美。而在建筑之美上,他设置了5个片段,每一个片段4句,每一句9字,段落毫无散体式诗句的参差感,而是整体和谐有序,就像一个敦厚的建筑一样令人感到意象饱满和充实和谐。这是闻一多"三美"诗歌理论的完美实践,具有典型性和代表性。在他同时期的诗歌中,"三美"诗歌理论总是交叉并行地运行在他的诗文中,散发出耀眼的光芒。

---

① 闻一多著译:《闻一多诗文集》,万卷出版公司2014年版,第52—53页。

而其实,泰戈尔对诗歌的韵律也是十分重视的。"一首诗的统一性是通过有韵律的语言以独具的特色表现出来的。韵律不仅是词汇的某种程度的协调,而且是思想的意味深长的调节,在思维的音乐中由微妙的传播原理产生。"① "什么是韵律!它是由和谐的限制产生和规定的节奏变化,是艺术家手中的创造力。只要语言停留在平铺直叙的散文形式中,它就不能给人以任何真正的持续不断的艺术情调。一旦语言具有节奏并进入韵律,它们就会产生共鸣,焕发出光辉。"② 泰戈尔前期推崇格律,后期的诗歌崇尚韵律,这个韵律不同于只讲形式的格律,而是包含了形式与内容统一的和谐。格律"正如河岸给每一条河以鲜明的个性一样,格律也使得每一首诗成为独创"③。可见,"戴着镣铐跳舞"是他对格律形式美的一种洞见。而对于韵律,他认为:"因为有了韵律,字句终止了而又没有终止,背诵过了,余音还在回响着;耳朵和心还能够不时地把韵律抛来抛去地玩着这样,在我一生的意识中,雨儿就不停地滴沥着,叶儿就不停地颤动着。"④ "河水在不再为河岸所制约,流散为一片单调的茫茫水泽时,便失去了自己的美。就语言而言,韵律起着河岸的作用,赋予它以形式、美和特征。……韵律的产生,如同整个宇宙中一切美的产生一样。纳入严格规定的界限之内的思想的河流,赋予律诗动人心弦的力量,这一点,含糊而变化不定的散文是做不到的"⑤。泰戈尔的韵律诗学透着浓郁的生命哲学和自然观特点,这与闻一多的生命诗学相通和契合。闻一多强调将生命的自由与节制联系在一起。"他的'节制'的前提是感情本身的白热,节制的目的又只是为了使诗情更加强烈。"⑥ 闻一多的生命诗学内在天然含有了社会性的一面,因为艺术来源于生活,也包含生活。但他的诗歌不在于图解事理和说教,而是在于"理性,诗歌的社会价值,这种诗歌要有好的形式感。我并不要诗人替人道主义同一切什么主义捧场。因为讲到主义便是成见了。理性铸成的成见是艺

---

① R. Tagore:*The Religion of an Artist*,Calcutta:Visva-Bharati Bookshop,1953,p.26.
② Ibid.,p.18.
③ 刘湛秋主编:《泰戈尔随笔》,刘建译,安徽文艺出版社 1995 年版,第 168 页。
④ 泰戈尔:《回忆录附我的童年》,谢冰心、金克木译,人民文学出版社 1988 年版,第 5 页。
⑤ 刘湛秋主编:《泰戈尔随笔》,刘建译,安徽文艺出版社 1995 年版,第 168—169 页。
⑥ 孔党伯、袁謇正主编:《闻一多全集 2 文艺评论·散文杂文》,湖北人民出版社 1993 年版,第 210 页。

术的致命伤;诗人应该能超脱这一点。诗人应该是一张留声机的片子,钢针一碰着他就响。他自己不能决定什么时候响,什么时候不响。他完全是被动的。他是不能自主,不能自救的。诗人做到了这个地步,便包罗万有,与宇宙契合了"①。故而,在诗歌的生命创作底色上,闻一多与泰戈尔有着相似性,他们既重视诗歌的生命情感和韵律和谐,同时诗歌也内在地含有了社会情理的一面,是感性和理性的结合,是一个和谐的统一体。在泰戈尔看来,"我们的人格是内容与方法、思想与事物、动机和行为的有机结合"②"一首诗的背后必然有一种完整的思想使它活起来,这首诗的每一诗行都要触及这个思想。当读者认识到了这种贯穿着的思想时,随着他的阅读,诗就开始对他充满乐趣,这时,诗的每一部分都会在整体之光照耀下充满意义"③。

泰戈尔推崇散文诗和自由体诗,"诗的价值在于是否具有内在美,而不是有无格律",他接受西方的诗歌影响甚巨,早期莎士比亚、弥尔顿和拜伦是他倾心的作家,他本人也被称为"孟加拉文学的雪莱"。后期尤其是波德莱尔的散文诗创作与他的创作有着密切关联。"诗的语言颇需斟酌,受制于严格的规则——韵律。而散文则不受任何约束,可以任意选择写法"④"若是散文的流畅的韵律被束缚于传统的格律之中,那么这些赞歌便会失去相当多的东西,假如不是所有的东西的话"⑤"我觉得,我的诗并未因为用散文形式译出而有所失色。假若我是用诗的形式译出的话,那么可能会令人感到不足和不可取"⑥。从《吉檀迦利》等散文诗风中,我们可以鲜明地体味到这种无拘束自由的文体。闻一多似乎对自由散漫的散体诗风并不认可,他提倡有格律的诗歌,意在纠正当时文坛的无思想和创作过于随性的弊病。从此看,他们二人的诗学观似乎并不太一致。但这只是表层的,在诗歌思想深处,应该看到二人对诗歌"有意味的形式"的共同追求和探索,都认为诗歌要合乎时代节拍,要应和自然和人

---

① 孔党伯、袁謇正主编:《闻一多全集 2 文艺评论·散文杂文》,湖北人民出版社1993年版,第134页。
② R. Tagore: *Personality*, London: Macmilan, 1917, p. 20.
③ 刘安武等主编:《泰戈尔全集 第 19 卷 散文》,河北教育出版社2000年版,第88页。
④ 刘安武等主编:《泰戈尔全集 第 22 卷 散文》,河北教育出版社2000年版,第315页。
⑤ 同上书,第314页。
⑥ 同上书,第315页。

生,要展现生命的自由和人性的可能。在诗歌最本质的层面上,天才式的诗人都有着常人难以觉察的共鸣与契合。

那么,如何去看待闻一多针对泰戈尔的批评?那篇名震一时的批评发表在泰戈尔访华之前,如果说那时闻一多在认知上存在偏激和片面之处,情属正常。但从实际看,也有着合理性,这主要是时代的局限性与文化差异造成的。

闻一多认为:"泰果尔虽然爱好自然,但他爱的是泛神论的自然界","人生也不是泰果尔底文艺底对象,只是他宗教底象征。"[①]对于泰戈尔而言,他的诗歌最大的特点在于一种和谐统一性和宗教泛神论:"诸如神与人、一与多、无限与有限、生与死、无常与永恒、人与世界、精神与肉体、大我与小我、收获与舍弃、宗教与教派;各种和谐协调的关系、长寿和永生超生、爱、真、善、美、和平、自由、喜悦、节奏、宁静……等等,都从逻辑上做了独特的阐释或提示。"[②]在闻一多看来,泰戈尔的这种优势恰恰是他诗歌创作的劣势,"中间已变换了式样,同时取得了传道者的性格"即"说教"。[③] 所以,他要做"明察的鉴赏"而非"盲目的崇拜"。平心而论,闻一多对泰戈尔诗歌过于哲理化和宗教式说教的不满与批评,有其中国传统文化的背景涵养诗人的合理性。这种批评符合中国传统的诗学观,而且对于闻一多这样的唯美主义者和纯诗论者,是再正常不过的道理。中印两国宗教信仰存在巨大的差异,中国没有印度那样对神的虔敬和泛神论思想,因此,在闻一多对泰戈尔诗作中的宗教表达表示不满也在情理之中,这种批评态度与徐志摩聪慧地避舍是相似的,只不过徐志摩没有表示出对诗圣泰戈尔的不满,而是融会在不言而喻的具体的诗歌创作中。

闻一多还认为:"泰果尔底文艺底最大的缺憾是没有把捉到现实",诗作太"空虚"和太过"纤弱",这明显是对泰戈尔的误读。泰戈尔强烈宣扬东方文化和谴责殖民主义的民族情绪具体鲜明,不知闻一多何以得出如此结论?这显然与事实相悖。这是他没有充分了解和接触诗人诗作的误读表现。泰戈尔强烈的情感在某种程度上遮蔽了闻一多的情理判断,导致得出其诗作太"空虚"

---

① 孔党伯、袁謇正主编:《闻一多全集 2 文艺评论·散文杂文》,湖北人民出版社1993年版,第127页。

② 泰戈尔:《泰戈尔抒情诗选》,吴岩译,上海译文出版社1989年版,第412页。

③ 泰戈尔:《海上通讯》,《小说月报》1924年第4期。

和太过"纤弱"的误判。五四紧张的启蒙与救亡空气,在政治上民族情感的不断升温也影响了闻一多对泰戈尔诗作的一种政治倾向上的评判。非常明显的是,徐志摩对泰戈尔的评价始终赞誉有加,有时这种真诚热心的态度在五四运动盛极而衰的科玄论战文化背景中显得不理性,而在闻一多、陈独秀、鲁迅等人对泰戈尔的批评中,我们可以找到这种不理性的根源。"我国五四时期对泰戈尔的接受就是这样随新文化运动的兴起而起步,随新文化运动的分裂转向而出现接受态度的分化,最终随着新文化运动的衰落而沉寂。"①五四之后,泰戈尔非暴力与和平主义的思想倾向和带有空灵之秀清淡之雅的艺术风格,也就由此失去了五四时期的巨大吸引力。

事实上,泰戈尔访华遭遇很多人的批评,闻一多只是其中之一。当然也有很多人持欢迎态度。但大多数人并没有真正理解这位为中印友谊带来契机的老人的文化思想,而是根据实用态度对他做了不同程度的利用,那么误解的成分就成为必然而然的事情。在鲁迅看来,"如果我们的诗人诸公不将他制成一个活神仙,青年们对于他是不至于如此隔膜的。"②"我们试想现在没有声音的民族是那几种民族。我们可听到埃及人的声音?可听到安南,朝鲜的声音?印度人除了泰戈尔,别的声音可还有?"③正如茅盾所言:"我们敬重他是一个怜悯弱者,同情被压迫人民的诗人;我们更敬重他是一个实行帮助农民的诗人……我们绝不欢迎高唱东方文化的泰戈尔;也不欢迎创造了诗的灵的乐园,让我们的青年到里面去陶醉去冥想去慰安的泰戈尔。"④

无论如何,阅读泰戈尔的作品是一种诗意的享受和灵魂的升华,"读了他的作品,便令人觉得宇宙的活动和人生的变化是有意义的,是快乐的,便给人以无穷的勇气。"⑤中国无数文人、研究者在泰戈尔身上都花费了巨大的时间和精力,这本身就说明泰戈尔之于中国的重要性与他的价值所在。但正如一位学者所言,研究者看待泰戈尔:"在文学方面,突出了他善于幻想和超越现实的浪漫主义的一面,忽略了他关心人生,关注实际的现实主义的一面;在社会政

---

① 侯传文:《论我国五四时期对泰戈尔的接受》,《东方论坛》1995年第1期。
② 鲁迅:《鲁迅全集》(第5卷),人民文学出版社1958年版,第469页。
③ 鲁迅:《鲁迅全集》(第4卷),人民文学出版社1958年版,第14页。
④ 沈雁冰:《对于台戈尔的希望》,《民国日报·觉悟》1924年4月14日。
⑤ 瞿世英:《太戈尔的人生观与世界观》,《小说月报》1922年第2期。

治方面，夸大了他的出世隐退和保守妥协的一面，忽视了他作为改革家和社会活动家的积极入世，斗争进取的一面；在哲学思想方面，强调了他追求梵我同一的无限境界的一面，消除了他执着生活热爱人生的一面；在文化思想方面，强调了他因袭继承的传统性的一面，隐没了他突破创新的现代性的一面；在东西方问题上，抓住了他关于东方精神文明抵制西方物质文明的宣扬，丢掉了他对'活生生的西方文化'的赞美和向西方学习的主张。"[1]不管是闻一多式的批评，还是徐志摩式的赞许，甚或其他文人的误解，作为一名研究者，理应保持辩证思维的品质，正如泰戈尔诗歌的和谐思想一样，它带来的不仅有感性的冲动，同时还有理性的发现和启悟。

第二节 泰戈尔与象征派

1925年，李金发（1900—1976）的第一部诗集《微雨》的出版，标志着中国象征诗派的诞生。这一诗派的奠基人还包括王独清（《圣母像前》）、穆木天（《旅心》）和冯乃超（《红纱灯》），他们对当时文坛有着甚大的影响，其他文人如戴望舒、姚蓬子、胡也频、田汉、宗白华等都进行过诗歌创作或是发表过关于象征主义的理论探讨。象征诗派没有统一的社团组织，也没有共同刊物作为阵地，而是以艺术审美观点的近似形成后人眼中的象征诗派。在象征派诗人中，真正系统探索象征主义诗歌理论并全力从事创作的是李金发。

西方象征主义诗派兴起于19世纪末的现代主义文艺思潮中，法国大革命和启蒙运动并没有带来想象中的民主、自由和平等，相反，工业革命将人带入一个贫富差距巨大的等级社会中，权贵阶层原先许诺的理想社会遥不可及，欺骗本性彻底暴露。浪漫主义思潮和批判现实主义思潮正是文人们面对不公平的社会和理想破灭后的不同态度，一为逃避社会和沉溺文本的审美想象，一为揭批社会的疮疤，但都与社会现实息息相关。而19世纪末的象征主义、自然主义与唯美主义在批判现实主义和浪漫主义的基础上更是走上了极端的地步。作为世纪末思潮的象征主义，代表作家有波德莱尔、韩波、马拉美等，他们

---

[1] 侯传文：《论我国五四时期对泰戈尔的接受》，《东方论坛》1995年第1期。

推崇忧郁、颓废和病态的美,诗歌大多朦胧和晦涩难懂。描写现实世界的虚幻和痛苦,企图通过象征去暗示超现实的"理想世界"。20世纪20年代的中国,内忧外患,处在一个新的历史过渡阶段,黑暗势力的反扑,反动统治的加强与民众的抗争、革命时机的成熟交织在一起。深刻、严峻的社会矛盾给一些知识青年带来了新的苦闷和感伤,他们追求、幻灭、颓废、徘徊……这种情绪不仅是早期象征派诗歌产生的思想基础,而且也是这一诗派创作的思想基调。这是中国象征诗派形成的客观社会原因。在主观上,现代中国新诗的发展,早期白话新诗的过于清楚明白和新月诗派诗作的过于豪华艳丽,"浓得化不开",这都表明诗歌需要新的探索和突破;与此同时,国外象征主义诗歌和象征主义思潮、理论的涌入,影响了一批诗人的诗歌理念和诗歌创作,其中以李金发为代表。李金发率先把法国象征诗派的手法介绍到中国诗坛,穆木天和王独清则在《创造月刊》创刊号上发表论诗的通信,竭力提倡诗应有"暗示"和"朦胧美",强调"诗的世界是潜在意识的世界","色""音"感觉的交错,是诗的"最高的艺术"。而这批象征主义理论的倡导者,也就成了中国象征诗派的主要代表。

在艺术手法上,中国象征诗派以法国波德莱尔等人的象征主义为尊,寻找诗歌中的客观对应物,以求与人的心灵相互感应契合,发出信息的"象征森林"。中国象征诗派的诗歌一般以奇特的想象和新奇的比喻见长,并广泛运用通感手法。这些与源自法国的象征主义并无二致。李金发作为中国象征诗派的创始人,他的象征主义除了西方的象征主义外,还带有浪漫主义的特性,并且深受中国古典诗词影响。

"中国象征派"一词首次出现于批评家苏雪林1933年在《现代》杂志第3期发表的《论李金发的诗》中,"近代中国象征派的诗至李氏而始有",她还提出了针对李金发诗歌的四点意见:晦涩难懂,神经艺术,感伤颓废和异国情调。对于象征主义,一般人对于其中"象征森林"难懂很正常,象征主义充分调动人体的不同感官,去感受光与影的密集形象。世纪末情怀或社会病态导致的感伤颓废正是象征主义的本色,而异国情调正好是李金发不同于他人的浪漫主义底色。朱自清将20年代的诗歌流派分为自由诗派、格律诗派和象征诗派。他认为:"象征诗派要表现的是些微妙的情境,比喻是他们的生命;但是'远取譬'而不是'近取譬'。所谓远近不指比喻的材料而指比喻的方法;他们能在普通人以为不同的事物中间看出同来。他们发现事物间的新关系,并且用最经济的方法将这关系组织成诗;所谓'最经济'就是将一些联络的字句省掉,让读者运用自己的想象力搭起桥来。没有看惯的只觉得一盘散沙,但实在不是沙,是有机体。要看出有机体,得有相当的修养与训练。"① 可见,一般人眼中的晦涩难懂,只因象征诗派使用的手法比较奇特,其看待事物之间的联系需要深厚的文化背景和强大的想象力做支撑,不进入象征诗派诗人的内心,是无法读懂他们诗歌的隐晦内容的。

李金发其人,原名并不叫李金发,这个名字据说跟他做的一个梦有关。他"梦见一个白衣金发的女神'领他'遨游空中",从此取名李金发,并自诩为"有浪漫色彩的名字"。这段故事似乎与他的诗歌创作之怪异也有着类似的情境,总是令人颇感惊奇。他曾游学法国,学习绘画和雕塑,并在青年时代写下自己的代表诗集《微雨》《食客与凶年》《为幸福而歌》和《异国情调》等。在《弃妇》这首诗歌中:"长发披遍我两眼之前,/遂隔断了一切羞恶之疾视,/与鲜血之急流,枯骨之沉睡。/黑夜与蚁虫联步徐来,/越此短墙之角,/狂呼在我清白之耳后,/如荒野狂风怒号,/战栗了无数游牧。/靠一根草儿,与上帝之灵往返在空谷里,/我的哀戚惟游蜂之脑能深印着;/或与山泉长泻在悬崖,/然后随红叶而俱去。/弃妇之隐忧堆积在动作上,/夕阳之火不能把时间之烦闷/化成灰烬,从烟突里飞去,/长染在游鸦之羽,/将同栖止于海啸之石上,/静听舟子之歌。/衰老的裙裾发出哀吟,/徜徉在邱墓之侧,/永无热泪,/点滴在草地/为世界之装饰。"② 首先,便是意象的繁乱,令人目不暇接。一席长发,如何与血液的流动和沉睡的枯骨扯上关联? 不得不说这是象征主义制造的奇特意象与内心独白的联想。一根草,与上帝衔接,这是接受了西方宗教思想的影响。这个老妇人悲戚、呜咽、形容枯槁,一种朽败的气息扑面而来,承续的是西方象征主义波德莱尔以丑为美的特色。"我最初是因为受了波特莱尔和魏尔伦的影响而作诗。"③"不幸受叔本华暗示,种下悲观的人生观。"④

---

① 朱自清:《新诗的进步》,《文学》1937年第8卷第1号。
② 李金发:《李金发诗集》,四川文艺出版社1987年版,第5—6页。
③ 杜格灵、李金发:《诗问答》,《文艺画报》1935年第1卷第3号。
④ 李金发:《中年自述》,《文艺》1935年第2卷第1期。

第五章　泰戈尔与中国现代文学流派

这种奇特的意象在其他诗句中也有鲜明呈现,如《"过秦楼"》中:"你是夜候之女神,/这我仅能晓得的。/当晚风来时,/括去我墓坟上的尘土,/到你脚下旋转而停止了。/茸茸的小草遂萎死其细茎,/所以我消瘦了。"①又如《Elan》中:"自我心儿不死,遂有这/风光,追求,蔷薇口的微笑,/我尤爱半黑之眉的频皱,/命运之使臣从眼角里逃遁。//谈到我们的财富,/惟有唇边之口沫是真实。/恨无力将诗笔来渲染,/写成卷帙为痴儿女之训诰。/我从你淡白之肤色里寻趣味,/如神往入墓之残阳的余艳,/每经深夜之思索,/遂欲溅血济生命之泉的枯涸。/本能上可传布之 elan,/欲在你心窝寻求同情之种子,/仅须在夜的初期回想,/我们便得到天国祈祷之资料。"②《无依的灵魂》中写道:"错落如锯齿形无主宰的峰峦,/在朝曦下象吐出喘息的寒雾。/在枝头颤动的最后的残叶,/预感到宇宙的不幸,/瞟下最后的一瞬,/信托它的骸骨给寂寞的句荣。"③坟墓、死亡、鲜血、残阳、黑夜是他描写的关键词,透过这些极具伤感颓败的意象语词中,表达的是一种无法言明的凄迷、朦胧而寒冷的美感。一种颓废之美跃然纸上。很多意象的构造,只有作者自己心中深有体会,在读者看来,不了解此时诗人的内心,是断不会有所深入领悟的。这也是象征主义诗歌被人们诟病为读不懂、晦涩的缘由。难怪周作人也认为其作品是"国内无有,别开生面的作品"。虽是赞誉,但李金发多写梦境与死亡,有暗示性的隐喻,诗作十分怪异,具有神秘性,不可理解,自相矛盾,语言含混等特征,这些词汇用来描述其怪异的诗风完全不为过。由于象征诗派的诗歌太难懂和不近情理的脱离大众的艺术,导致其受众面小。同时,中国政治风潮的汹涌,不可能再有其生存发展的土壤,正如当时一切"为艺术而艺术"的文学流派都走向沉寂或消亡或转型,象征主义诗派由于其晦涩艰深难懂的诗歌倾向更处身其中而走上衰落之道。直到"九叶诗派"的崛起,象征主义才又开始进入人们的视野。

李金发对西方象征主义的推崇,与他的游学经历和个人心性的选择有着密切关联,但在他的诗歌中时时有着古典诗歌的底色。"余于他们的根本处,

---

① 李金发:《李金发诗集》,四川文艺出版社 1987 年版,第 221 页。
② 同上书,第 450—451 页。
③ 同上书,第 703 页。

都不敢有所轻重,惟每欲把两家所有,试为沟通,或即调和之意。"①这"两家"指的是西方和东方,在五四运动的背景中,调和中西来作为自己创作的主旨并化为争取探索民族文化未来道路的文人并不在少数,这在鲁迅等作家的身上有着深刻的体现,李金发的这一思路并不为奇。除开时代的环境,李金发在个人成长经历和教育启蒙方面也留下了深刻的古典诗歌烙印。李金发幼读《诗经》《左传》《唐诗》《古文观止》等,对于《牡丹亭》《桃花扇》《玉梨魂》及《随园诗话》之类也爱不释手。兴之所来"渐渐地写一些旧诗",这成为他最初的文学启蒙。② 在他的诗歌中,总是出现"舟""船"意象,这与他生长在江南水国之乡有着紧密联系。"你还记得否,/父亲泛海,/如渡小川,/常说志在四方的男儿,/他给你多少幽怨。"③这既是李金发在诗中的幽怨,也是写给母亲的信。由"舟""船"显"渡"的那种从小漂泊的无依感和思乡游子的孤零感表达得淋漓尽致。可说,"童年经历、乡土记忆、青春苦闷和异国漂泊的孤独感、离愁感等多种情愫叠合绞缠,经陌生化的艺术处理后凝成的诗章,洋溢着乡土情怀与泥土气息。李金发诗中俯拾皆是的古典意象、故乡风物,显示其诗歌与中国文学母体、本土文学传统深刻的文化血缘关系。"④

《弃妇》中那颓败的意象群,构成了一组哀怨、伤感、寒冷的透着腐败气息的画面。那颤巍巍的老妇人,那枯瘦的身躯和形如槁木的神情不正象征了此时岌岌可危的祖国吗?这画面,不免令人想起郁达夫的呼喊:"祖国啊,祖国,我的死是你害我的,你快富起来,强起来吧,你还有许多儿女在那里受苦呢。"对于传统文化熏陶出来的文人,对于祖国的前途和危机当此之时怎能无动于衷呢?这是李金发对源自西方象征主义的背离,这种背离可以理解为文化差异和文化选择的变异性。

泰戈尔的诗歌同样有着西方象征主义的吸取,他对波德莱尔、叶芝和艾略特等人的诗歌都十分喜爱,尽管他们在诗学观上不尽相同。"我们既然清楚什么是象征之后,可以进一步跟踪象征意境底创造,或者可以说,象征之道了。

---

① 李金发:《李金发诗集》,四川文艺出版社1987年版,第435页。
② 陈厚诚编:《李金发回忆录》,东方出版中心1998年版,第23、29页。
③ 李金发:《李金发诗集》,四川文艺出版社1987年版,第285页。
④ 巫小黎:《李金发诗歌的古典传统与乡土记忆》,《中国现代文学研究丛刊》2016年第7期。

像一切普遍而且基本的真理一样,象征之道也可以一以贯之,曰,'契合'而已。'契合'这字,是法国波特莱尔一首诗底题目 Correspondance 底译文。"①叶芝说出了自己阅读泰戈尔的感受:"当我坐在火车上、公共汽车上或餐厅里读着它们时,我不得不经常阖上本子,掩住自己的脸,以免不相识的人见到我是如何激动。我的印度朋友指出,这些诗的原文充满着优美的旋律,柔和的色彩和新颖的韵律。这些诗的感情显示了我毕生梦寐以求的世界。这些诗歌是高度文明的产物"。② 这对于一位象征主义大师来说,泰戈尔一定有某种特别的东西在吸引他。"不是从个人迷恋感情,而是以永恒的迷恋爱情看待世界,这就叫'现代'。……现代科学是以客观的观点去分析现实,诗歌也是以那样客观的意识全面地观察世界,这就是永远的'现代'"③。这种永恒的诗歌正是从心灵出发,运用象征主义、隐喻各种现代主义手法形成的结果。泰戈尔的许多诗歌和戏剧甚至小说不言而喻都具有典型的象征主义特征,不仅在形式上,而且在思想上,泰戈尔都表达了对象征主义的高度认同。他认为:"心灵不是自然的镜子,文学也不是自然的镜子,心灵把自然变成人的精神世界,而文学把具有那种精神世界的人变成自己的描写对象。"④这是对象征主义对自然的应和与契合的完美诠释。"当诗的语言的隐喻或暗示唤醒那种现实时,它就成为语言创作的一种艺术的东西,它就与任何实用语言不相吻合,但从中显示出缠着我们的一种永恒理想。"⑤文学"应借助于比喻、韵律和暗示方式来表现,不能像哲学和科学毫无修饰地表现。给优美性赋予形象,就要在语言中维护难以表达的特性。文学中的难以表达的特性正如女人的美丽和羞涩那样无限,它是不可仿效的,又是比喻所不能限制住的或掩盖住的。"⑥《吉檀迦利》正是宗教象征诗歌的一个典型。

李金发曾经翻译过泰戈尔的诗集《吉檀迦利》和《采果集》,而且在"泰戈尔热"的中国文化境遇中,很难说李金发没有感受到来自泰戈尔诗歌的冲击并化

---

① 梁宗岱:《诗与真·诗与真二集》,外国文学出版社 1984 年版,第 71 页。
② 克里希那·克里巴拉尼:《泰戈尔传》,倪培耕译,漓江出版社 1984 年版,第 264 页。
③ 刘安武等主编:《泰戈尔全集 第 22 卷 散文》,河北教育出版社 2000 年版,第 259 页。
④ 同上书,第 62 页。
⑤ 同上书,第 279 页。
⑥ 同上书,第 50 页。

为创作上的影响印痕。从另一角度讲,泰戈尔与李金发共同接受了以波德莱尔为首的来自西方象征主义的诗学影响,在诗歌精神上有契合。他们的诗歌创作中都运用了象征手法,蕴含深刻的哲理与思想。他们都对来自西方的象征主义有着因自身文化基因的背景而导致的深刻的文化变异。比如泰戈尔对宗教哲理的偏爱和泛神论的追求,李金发对中国古典诗歌意象的保持,这是不同文化传统造成的影响。上述李金发诗歌中各种典型中国意象的运用就是证明。另外,中国现代诗人少有对存在本体的思辨性的终极思考,而这于泰戈尔而言,在一个宗教信仰弥漫的国度,是不可想象的。"故园的荒丘我们要表现他,因为他是美的,因为他与我们作了(Correspondance),故才是美的。因为故园的荒丘的振律,振动的在我们的神经上,启示我们新的世界;但灵魂不与他交响的人们感不出他的美来。"①泰戈尔的诗歌,常常带有感性个体生命与自然之间的谐和与碰撞,而中国现代诗歌于此之外,却并不具备泰戈尔诗歌的超验特质。

当然,泰戈尔对中国文坛的影响是深刻而广泛的,除了象征诗派之外,其他现代诗派和文学流派也深受其影响。除了李金发之外,象征诗派的其他成员,如戴望舒、卞之琳等人也受其影响颇大。限于篇幅,只取象征诗派的鼻祖和典型代表李金发做详析。

第三节 泰戈尔与唯美派

中国的唯美主义源发于西方的唯美主义思潮,"创造社"成员的创作为其做了铺垫工作。赵小琪在《无目的的目的——20世纪中国唯美主义文学思潮》中提出:"20年代末30年代初,中国唯美主义思潮进入了它的鼎盛期。这期间,政治黑暗,现实腐败,使许多迷惘而又彷徨的文人纷纷涌入文学艺术的象牙之塔。京派文人以周作人为中心,聚集在他周围的大部分是他的学生和朋友,如俞平伯、朱自清、废名等,他们更多地吸纳了西方唯美主义者纪德、法朗

---

① 穆木天:《谭诗——寄沫若的一封信》,杨匡汉、刘福春编:《中国现代诗论》(上编),花城出版社1985年版,第100页。

士重视精神美的思想,又融入中国道家的'自然''虚静'和佛教的'境界说',追求一种自由、超脱、闲适的人生和艺术境界。海派文人则主要包括《狮吼》《金屋》和绿社等社团的作家。代表人物有《狮吼》《金屋》的邵洵美、滕固、章克标,绿社的朱维基、芳信、林徽因等。海派文人更多地与法国唯美主义者戈蒂叶的思想相一致。重视感官享受,追求人生欢乐,是他们创作中呈现的共同趋向。"①由于象征诗派与唯美诗派在诗歌旨趣上的类同性,二者在某些方面有着共性和交叉。正如一部分诗作既可以当作象征派诗歌看,也可当作唯美派诗歌看待。这既是作家创作的复杂性体现,同时也鲜明地呈现五四万象纷繁的文坛开放气候。

中国的唯美诗派与象征诗派一样,受限于自身的艺术瓶颈,并与当时的国内政治气候相龃龉,很快便消寂于文坛。20世纪70、80年代的思想开放潮流,由朦胧诗派的流行,唯美主义才又映入世人眼帘。在这里,论述的焦点在20世纪20、30年代的中国唯美诗派与泰戈尔的关系问题。西方唯美主义的代表有法国的戈蒂耶、马拉美、波德莱尔等,英国的王尔德、佩特等,其注重颓废、感官色彩和"生活源于艺术"的观念都对中国象征诗派产生了影响。其中,最受中国作家关注的要算英国作家王尔德,周作人是最早译介他的人。"王尔德的文艺上的特色,据我想来在于他的丰丽的辞藻和精练的机智,他的喜剧的价值就在这里。"②海派文人章克标也翻译了他的《道林·格雷的画像》,其小说《银蛇》也是模仿西方唯美主义作家而创作的。这里选取周作人和章克标分别作为京派文人和海派文人的代表来阐述他们接受西方唯美主义且与泰戈尔之间的关系比较。

周作人(1885—1967)认为:"文学是无用的东西,因为我们所说的文学只是以达出作者的思想感情为目的,此外再无目的可言。里面没有多大的感动的力量,也没有教训,只能令人聊以快意。"③这种观念可以与唯美主义相衔接。但周作人的"无用论"意在使文学摆脱被绑架的功利观命运,但也不是完全陷入"为艺术而艺术"的审美天地。后人用余裕和创作悠闲的小品文来给他贴标

---

① 赵小琪:《无目的的目的——20世纪中国唯美主义文学思潮》,《社会科学辑刊》1999年第4期。
② 周作人:《自己的园地》,河北教育出版社2002年版,第65页。
③ 同上书,第50页。

签。在这个角度上,林语堂对他的评价意义重大:"周作人先生小品文之成功,即得力于明末小品,亦即得力于会心之趣也。其话从口而出,貌似平凡,实则充满人生甘苦味。"①此实为不刊之论。而"周作人可能自认为对人生、生命看得很深,很透,但我认为他却未能从中得到诗化的升腾,却一直陷入苦难和悲观的枯井里,这是非常可惜的。"②正是由于他未能真正走出愁苦的人生境界,最终陷入文化的苦旅当中不能自拔,遭人唾弃。

泰戈尔的审美态度是:"当我们的心随着需要的满足而得到巨大欢娱时,那么这种欢娱就是超过需要的另外一种东西的标志。满足需要之后所剩余的东西就是美。"③"事实是,人的心不断丰富着不清晰的感情,那些感情总用短暂的痛苦、短暂的感情、短暂的事,遮盖着世界人类的巨大心灵的天空,然后在天空不断盘旋着。某个诗人依靠富有吸引力的想象,把这些感情中的一束束情感,缚在自己的想象之中,使它们在人心面前清晰起来,由此我们获得了欢悦。"④在泰戈尔对浪漫主义的接受中,包孕着唯美主义的因子。他的"过剩论"思想和"游戏"文艺精神,也是从艺术的美的视角出发的。印度诗学的两大主流"庄严论"和"味论"都具有唯美色彩,这种传统文化催生了泰戈尔的唯美主义思想。在他的诗歌创作中,"情""味"和"爱"等是反复出现的字眼,从中可看出他对美的一种始终不渝的追寻与"偏至"。"正是这种承载着印度文化精髓、积淀着民族审美精神、具有唯美色彩的非功利的'欢喜论'的浸润,使泰戈尔诗学表现出浓厚的唯美主义色彩。"⑤由于传统文化和家庭教育的熏陶,加之个性精神的偏好,泰戈尔倾向唯美主义是自然而然的事情,但他信奉"美就是真,真就是美",这与西方的"为艺术而艺术"的执着献身精神和艺术认知有着差异,尽管他也提倡艺术的非功利性和审美愉悦性。"'为艺术而艺术'或'为诗歌而诗歌'的含意不是艺术或诗歌没有任何实用目的。但在实用目的里它是达不到完善的,它的完善只有在艺术、诗歌或美中才能达到,而不是在实用目的里,

---

① 林语堂:《林语堂名著全集 第 14 卷 行素集 披荆集》,东北师范大学出版社 1994 年版,第 156 页。
② 王兆胜:《林语堂与周作人》,《人文杂志》2002 年第 5 期。
③ 刘安武等主编:《泰戈尔全集 第 22 卷 散文》,河北教育出版社 2000 年版,第 68 页。
④ 同上书,第 116—117 页。
⑤ 侯传文等:《泰戈尔与唯美主义》,《青岛大学师范学院学报》2009 年第 4 期。

美就是真正的完善。"①这表明泰戈尔的艺术观既是复杂的,同时也是单纯的。复杂在他赞同艺术的无功利性,但又认为艺术有审美功利而不是现实功利。"我们从玫瑰花中撷取了享乐,在这花朵里我们从色彩、香味、形状和线条等方面发现'一'的美。我们心灵的'一'从中体验到一种亲近感,然而它没有任何价值的需求。心灵的'一'在外界的'一'中认识了自己,所以我们称它为享乐的形式'。"②他对艺术充满审美的和非功利的激情追求,并且始终如一地去探索那个最高的宇宙灵魂和精神。这种灵魂和精神只有在艺术的天地里才能实现,也就是他所谓的美和真的一体化。艺术总是天然地包含了社会性的内容,因为艺术本身就来源于社会生活中。他的统一和谐诗学就体现在这种辩证的思维观中。并且艺术有着拯救世道人心的功能,"高尚的文学,救艺术享受于贪婪,救美于卑污,救灵魂于功利主义的樊笼。"③艺术在泰戈尔眼中,就是真善美的一体化,并且"我们的心灵相信,在真、善、美的光芒照耀下,万恶会渐渐消融,直至灭迹。这种信念是无论什么都摧毁不了的。文学就可以保证做到这一点。"④

泰戈尔与周作人的首次正面文本接触,是在 1918 年周作人对泰戈尔的批评。在五四新文化运动时期,周作人对泰戈尔的批评有其国内气候和个人的误读的原因。五四尊崇自由和个性的空气高涨,而印度文化在文人眼中与作为批判靶子的中国传统文化无异。印度种姓制度盛行和对女性的不尊重,稍有文化背景的人都清楚。因此,在周作人看来,"讲东方化的,以为是国粹,其实只是不自然的制度习惯的恶果。"⑤但 1924 年泰戈尔访华之际,周作人的态度却变得比较客观和稍显中庸:"现在思想界的趋势是排外与复古,这是我三年前的预料,'不幸而吾言中',竺震旦先生又不幸而适来华,以致受'驱象团'的白眼,更真是无妄之灾了。"⑥周作人坦言并不太懂泰戈尔,且在行动上也并没有按照自己说的那样去复兴传统旧文明,可见他思想的复杂性。他后来陷

---

① 刘安武等主编:《泰戈尔全集 第 22 卷 散文》,河北教育出版社 2000 年版,第 73 页。
② 同上书,第 213 页。
③ 刘安武等主编:《泰戈尔全集 第 24 卷 散文》,河北教育出版社 2000 年版,第 334 页。
④ 刘安武等主编:《泰戈尔全集 第 22 卷 散文》,河北教育出版社 2000 年版,第 234 页。
⑤ 周作人:《人的文学》,《新青年》1918 年第 5 卷第 6 号。
⑥ 陶然(周作人笔名):《大人之危害及其他》,《晨报副刊》1924 年第 107 期。

入文化的泥淖和混乱并不是没有原因的。但他对泰戈尔访华的否定与赞赏都不取简单同意的态度,这种客观足可见出他的冷静和理智。由此,我们便可以理解那种包藏在小品文当中的幽默与智性。即便是他提出唯美的无用之文学,其中也确实充满了他自己的人生滋味与甘苦。

泰戈尔和周作人都强调唯美主义文学,周作人的唯美主义主要呈现为文学的无用论和承接晚明"独抒性灵"的传统,在五四个性化的自由空气里这一观念被周作人传接过来了。但即便书写性灵的小品文,也足可见中国传统文人的"人生甘苦味"。泰戈尔同样保持了对民族传统文化的关注和汲取,在西方唯美主义耽溺于"为艺术而艺术"的天地不能自拔时,泰戈尔保持了清醒的批判眼光:"东方的艺术家普遍认为世界存在'事物的灵魂',并且相信它。西方也许相信人有灵魂,但她并不真正相信宇宙有一个灵魂。"① 泰戈尔的诗歌"内容广泛、感情强烈,充满战斗气息和乐观精神,表现了诗人自己是一个爱憎分明、反帝反殖的爱国者、国际主义战士"②。但由于两国文化传统的差异和个人的隔膜,导致周作人对泰戈尔存在一定程度的误读。

章克标(1900—2007)是继周作人"高雅脱俗"的唯美主义之后海派唯美主义的代表,他代表的唯美主义是一种"颓加荡"和"火与肉"③。十里洋场的灯火辉煌,上海鱼龙混杂的文化,冶炼了海派唯美主义者狂野的心性,他们注重宣泄生命的苦痛与官能的享受,呈现给世人的是一种带着肉欲气息的艺术狂欢。章克标正是众多描写男欢女爱场景和肉欲气息作家中较突出的一位。

"从20年代中期的《狮吼》到20年代末30年代初的《金屋月刊》,在上海文坛逐渐形成了一个唯美—颓废主义的作家群。"④这一派的核心成员是邵洵美、滕固和章克标。章克标受到日本唯美主义作家谷崎润一郎的深刻影响,提倡美感与乐感的创作结合,他写道:

在梦的世界里,我们认识了美的本体,我们体验了欢喜的沸扬,我们

---

① R. Tagore: *Personality*, London: Macmilan, 1917, pp. 24—25
② 周而珺:《泰戈尔政治抒情诗的发展及其特点》,《扬州大学学报(人文社会科学版)》1985 年第 3 期。
③ 解志熙:《美的偏至:中国现代唯美—颓废主义文学思潮研究》,上海文艺出版社 1997 年版,第 224—225 页。
④ 同上书,第 226 页。

味到了虚幻的灵妙,梦是我们的世外桃源,梦是我们的天堂乐园。

为什么我们不能时时刻刻在梦中呢?为什么我们不能不停歇地做梦呢?

……

我们在梦里,我们的眼,鼻,舌,身,觉是如何使得我们达到美的极致呀!

眼有美的色相,耳有美的声音,鼻有美的馨香,舌有美的味,身有美的独,觉有那个美的凌空虚幻缥缈的天国。

我们赞美,赞美使我们这样的梦。①

这既是章克标的创作宣言,同时也代表了海派唯美主义者的创作心声。"美与爱本来是中外文学的基本主题,近代西方文学又赋予它积极的人文主义精神和深刻的人本内涵。但在海派唯美—颓废主义者笔下,'美与爱'已失去了精神情趣和人文意义,而完全被'颓加荡'化了。"②"京派作家的注重精神情趣的享受,追求形而上的精神解脱,同海派作家的耽溺于声色之美、追求醉生梦死的感官解放相比,确有文与野、粗与精、雅与俗和清与浊的鲜明反差。但是,无论是重精神享乐的一派还是重感官享乐的一派,都属于唯美—颓废主义的范围。"③无疑,这种概括是准确的,海派文人衍变到最后,完全沉醉于肉欲的泥潭而不可自拔,竟连同是唯美派的京派也瞧不起他们。

章克标的小说多以婚恋题材为主题,表现了两性之间灵肉分离的矛盾与冲突。《夜半之叹息》展现了人物"欲爱无可爱"的悲哀与凄凉。《变曲点》里面的 K 君与 C 君是好友,但囿于传统伦理道德的束缚,K 徘徊在解除家庭为他安排的婚姻与对 C 君的妹妹芙神的相思之间的矛盾中。《文明结合的牺牲者》讲述了两个相爱的人程心甫和陈青莼因误中他人的离间圈套而分离的爱情悲剧,所谓文明的结合,就是对物质欲望和虚荣的强烈追求,最终使两个人不能正常结合。作者批评了人心的险恶和对爱慕虚荣的贪恋。《结婚的当夜》讲述

---

① 章克标:《来吧,让我们沉睡在喷火口上欢梦》,《金屋月刊》1929 年第 1 卷第 2 期。
② 解志熙:《美的偏至——中国现代唯美—颓废主义文学思潮研究》,上海文艺出版社 1997 年版,第 251 页。
③ 同上。

了新婚夜晚,两个青年人在父母之命媒妁之言的安排下成为夫妻,但是对于"我"来讲,"要结合,不该由外的偶然而结合,应该由内面的必然而结合",两个人展开了一场心灵与肉体的冲突与对话。《一个人的结婚》批判了封建包办婚姻的悲剧,《恋爱四象》谈论了恋爱的四种畸形状态,而这一切都是自由恋爱的结果。作者对自由恋爱的泛滥造成的道德失衡现象进行了深入分析,同时也对人性的贪婪进行了深刻揭露。《银蛇》描写了几个志同道合的好友为了实现共同的理想和追求,决心聚到一起,以刊物为阵地,以严肃文学的创作来反抗俗流。但最终,大家抵抗不住身体和物质的双重诱惑,而在对美女伍昭雪女士的追逐中彼此产生嫌隙,最后刊物土崩瓦解,好友之间面临四分五散的结局。作品批判了人沉沦于物欲和贪欲之中无法自拔,一切神圣和美好都不再有的人世苍凉感。

当然,除了婚恋题材,章克标的杂文对种种社会丑陋现象进行了直接和露骨的批判。他在被称为"世界主义"的上海生活了十多年,深受海派文化的感染,十里洋场的声色犬马造就了一个文化大杂烩,在这里,各种主义和思想可以汇集、杂交而不相干扰,因此,可见到章克标在文中大胆地自我剖析和酣畅淋漓地直陈社会利弊。他大量的杂文,就省去了小说构思的繁琐,直接露骨地表达了对社会的道德批判和谴责。

从思想来看,章克标的小说创作是在做着文学的迷梦:"天下的事情,反反复复第逃不出几个公式,世间的状态,也只是单调地继续着,长长久久同样地活下去,岂不乏味?惟有知道变化无端的梦境,虚无缥缈的蜃楼的旨味,才可以免脱此种苦恼。"[①]他认为,文学是苦闷的象征,愈挣扎就会愈痛苦,"人生真个就是苦海呀!即使有时也有种种欢悦,但是这种欢悦仿佛不过是使我们对于后来的悲痛,感得更加深切强烈的一种手段,要是你真个想对于人生的内容充实一点,那么你的理想愈高,你的苦恼愈大,因为你有留存在这世间的肉体,牵住你向上飞升的理想,同时你的肉体也受着理想的向上牵引的力,你便是这二种力的争衡的着力点,你一定要被他们拉得分裂,这便是无上的苦痛。"[②]章

---

① 章克标:《蜃楼我观·蜃楼代序》,金屋书店出版社1930年版,第236页。
② 章克标:《Sphinx以后》,《新纪元》1926年第1期。

第五章 泰戈尔与中国现代文学流派

克标接受了日本自然主义暴露真实、唯美主义谷崎润一郎的悲观、颓废思潮以及私小说的自我剖析思想,这些思潮混杂在一起,浸泡在海派文化的大汤锅中,使他的文学理想更多地呈现一种虚幻和痛苦的形态,而不是文学修复人心的企图。

在文学手法和目的上,章克标不免显出人生的狭隘格局。他大量的杂文目的在于通过找到写作的捷径使自己能够快速达到成名的效果,这多少看来是有意而为,迎合了商业化的市场气息。鲁迅曾撰文《登龙术拾遗》,嘲讽他这种商业化的写作倾向。他自己辩解道:"既然别人如此,自己不过跟着去做,这是可以原谅的,来自己原谅自己,自己麻醉自己,自己宽慰自己。既然同一路道的人不少,全都有这种心情,也很容易一天天糊里糊涂过去了。这样的一批人,成了心灵相通的朋友,可以不必吐露心曲,而在行动、行为上表示出来,都能相互理解。做事情也就敷衍塞责,草草了事,不求有功,浑浑噩噩,随波逐流。"①

在泰戈尔看来,文学可以展示爱与美,但它不是灵魂的爱欲与颓废,而是饱含了人生经验与人类大爱的追求。泰戈尔创作题材广泛而深刻,山川万物都可以化作他笔下神奇的景象。他文学思想的深邃是通过宗教哲理与人生的生命体验化为一体的,形成水乳交融之态。广泛运用象征、神秘、比喻、隐喻和讽刺手法,并不局限于哪一种创作方法。只要是表达生命自由和泛爱的主题思想,任何题材的作品在他笔下都可以化腐朽为神奇,留给人无尽的想象与深思。在这一点上,泰戈尔与章克标确实尽显了不同的人生格局与气象。但是对于共同偏爱唯美主义的气息来说,他们都对生命充满了一种虔敬与热忱,都在用文学之笔书写着关于泛爱或情爱的人生,都表达了对生命的一种自由态度。他们有着共同的家国情怀与担当,但章克标的文学的功用掺杂了太多的投机色彩,其肉欲感官文化沉溺于海派文化的五光十色中,造成了他最终混乱的文化选择。

由于中印不同传统的文化差异,同一传统中的不同地域文化环境所限,加之泰戈尔与章克标在人生选择和个性气质上的巨大反差,决定了他们文化品

---

① 陈福康、蒋山青编:《章克标文集》(下),上海社会科学院出版社2003年版,第203页。

格和成就的高低差异与不同的文化认知和选择。套用一句老话,"时势造英雄",但于个人而言,周作人和章克标相同的文化选择的迷惘或许是他们落寞命运的原因之一吧。

1913年,泰戈尔获得诺贝尔文学奖,其授奖词写道:"诗人自己及借用观念的和谐基于融会成了完整整体的那种圆满极致;在于他在节奏上的平衡风格;引用一位英国批评家的话来说,在于'同时将诗的阴柔秀美和散文的雄浑力量结合起来的那种东西;在于他在文字上简朴的、被一些人称之为古典主义的趣味,以及他在一种借用语言里所使用的其他表意因素'。"①泰戈尔的诗歌具有一种卓然不群的禀赋,"这种禀赋以其思想的邈远深邃为特征,而最重要的是以其感情的炽烈,以及他象征语言的动人力量为特征。"②的确,泰戈尔的创作,无论在语言,还是在题材,或是思想,或是艺术手法上,都进入一种和谐的圆满境界,这是他一生不断孜孜以求,用生命体验生活,用心感受大自然、社会、人生的结果。不仅如此,他还把自己强烈的民族情感融化在自己的艺术体验中,创作了许多格调高雅的文苑精品,为一代又一代文学爱好者、研究者提供了源源不断的精神动力和艺术典范。"不管什么伤害我们的祖国,无论伤害得有多重,都一定有办法治疗——治疗的办法就在我们手里。因为我坚信这一点,所以我才能忍受周围的一切悲痛、苦难和凌辱。"③泰戈尔还把这种深沉的民族之爱带到中国和世界,践行他人如其文的泛爱思想和博大宽容的心胸。泰戈尔生前热爱中国,并且十分关心中国人民的命运,是中国人民的挚友。其在印度文学史上,中印两国的文学交流史上,甚至世界文学史上都留下了举足轻重的影响和不可或缺的一页。

泰戈尔一生共创作了2000多首诗,出版了53部诗集,其中大部分是格律诗,其韵律或格律基本上是对孟加拉语文学传统诗律的继承与发展。良好的家庭教育和对音乐的痴迷,使他对韵律产生了浓厚的兴趣与娴熟的创作本领。他大量的诗集和歌曲创作就是明证。印度古典传统对形式主义和修辞学的重

---

① 宋兆霖主编:《诺贝尔文学奖全集(上)》,北京燕山出版社2006年版,第129页。
② 同上。
③ 刘安武等主编:《泰戈尔全集 第14卷 长篇小说》,河北教育出版社2000年版,第104页。

视,也深深地影响了他的诗学品格。他成就最大的是其诗歌创作和诗歌理论阐发。总体而言,新月诗派、象征诗派、唯美诗派都将他们作品的内容往往限定在人的情感、生命的表现上,而对于政治、道德等内容却避之不及。从表面上看,这是西方文学中二元对立两极化思维传统在中国的延伸。但实际上,这些诗人们吸收了中国文学中非常重视人与自然融合的传统。这些诗派诗人的创作不仅追求艺术形式的和谐,而且在情感上也崇尚自然与恬淡。同时,儒家诗教的家国影响也化入他们的创作血液中。他们借自然之美和生命之美来表达自己的喜怒哀怨之情,同时这又重新激发起他们对生命美的憧憬和追求的激情。如此,一个良性的生态循环便形成了,也就不会陷入西方人那种对人生彻底的绝望和虚无之境。这也是五四时期知识分子的普遍倾向和价值观取向。这在泰戈尔身上,同样也有着鲜明而深刻的体现。尽管由于文化传统的差异造成的艺术观的理解不一,但在艺术的美的追求和对待生命的和谐态度上,又可谓殊途同归。

从泰戈尔促进中国现代文学的转型视角看,他的诗歌创作扩大了中国文人的视野,提供了异域丰富的思想和主题。其诗作想象力丰富,且富于深邃的哲理性。泰戈尔的诗歌将宗教哲理思考与泛神论思想和生命诗学融会贯通,形成了艺术各层面的水乳交融,对中国文人诗歌的艺术性思考提供了启发。泰戈尔心胸博大,对待中国人民情感真挚,提倡发扬东方文明的文化自信。他对中国新诗走向起到了方向性引领作用,引发了中国文坛对小诗创作的热潮,这些诗作继承了他哲理性强,思想深邃的特质。泰戈尔也带来了中国散文诗和自由体诗歌创作的流行,使现代诗人们能更好地自由表达思想。泰戈尔对诗歌韵律的重视,其和谐统一思想对诗歌形式论的辩证思考,为中国文人诗歌创作的形式与内容的统一探索提供了借鉴。这些启发和促进,吸收或是变异,无疑都值得后人去好好研究和认真总结。

站在世界文明交流角度而言,中国的"道法自然"与印度的"梵我同一"有着深刻的人与自然的契合之道。它们共同抵制和反抗着西方的人与自然的隔绝分裂之道。但从本体论而言,中国的"道"主要体现为自然天道,印度的"梵"更多体现为宇宙本体和至上存在,在这一点上,印度的"梵"似乎与来自西方的"逻各斯"有了更多的交融。但是,从人的情感与心性伦理道德相近考虑,共同源自东方的"个人与自我的统一","小宇宙合于大宇宙"的一致追求,使得中印两国有了更多的文化共通因子和相互吸引的文化底色。这为统一的"东方诗学"奠定了基础,尽管东方有着巨大的差异性。泰戈尔的诗歌吸收了西方现代诗歌的精髓又融合了本民族的传统精华,这是他汇通东西文明的结果,也是全世界人民的宝贵财富。泰戈尔的诗歌丰富了人类的情感认知与诗性精神。

第六章 泰戈尔与20世纪中国作家

泰戈尔对20世纪中国文学的影响是多方面的,思想、人格、艺术形式、审美倾向等各方面都留有程度不等的印痕。但不管哪一方面,具体总是体现在作家、诗人的接受与融摄中。当然,20世纪以来中国社会文化语境为泰戈尔的传播与影响提供了整体性的"期待视野",但作家自身独特的心智结构和人生历练,形成每位中国作家接受泰戈尔影响的个性化场域。就是在社会文化期待与个体选择性接受的综合作用下,每位中国作家接受的泰戈尔又会有不同的面貌。

第一节 泰戈尔与胡适

泰戈尔获诺贝尔奖之后,其融汇了东方古典精神和现代英语语言艺术的作品引起了欧洲人的兴趣,泰戈尔因而应邀访欧。"泰戈尔热"从西欧产生,经由日本,最终传到中国。[①] 学贯东西、魅力多样的泰戈尔一时成为多种文化元素的象征符号。此时的中国,正因西方的新思潮而产生了思想波动,近代知识分子群体中出现了分化。原本全面倡导西学的梁启超开始重新推崇孔孟老庄,认为其古典哲学可以纠正西方畸形的科学主义。张君劢等新儒家代表,受西方人本主义新兴的启发,提出儒学的心性修养观念在精神领域比西方的科学理性观念更加优越的看法。而胡适等人则坚决地主张西方科学精神的先进性,并严厉地警示国人,不可因为西方人的一时谬赞而产生文化自大心态,以致看不清中国社会全面落后的现实,于是各派人物展开了围绕科学与玄学的

---

① 艾丹:《泰戈尔与五四时期的思想文化论争》,人民出版社2010年版,第54页。

激烈论战。1924年泰戈尔访华,他批判西方社会拜物拜金、推崇东方传统精神、倡导仁爱而回避斗争的言论,被各思想阵营解读为不同的含义,也被寄予不同的期望,因而引发了一系列复杂的反响。胡适作为当时中国思想界的重要旗手,也与泰戈尔发展了一段既友善又微妙的关系。

一、泰戈尔访华期间的接触

1924年4月到5月,泰戈尔访问中国,行经上海、南京、济南、北京等多个城市。在北京期间,胡适是主要接待者之一,这不仅因为身为北大教授、新文化运动领导者的胡适是中国学术界的代表人物,也因为胡适的挚友徐志摩是泰戈尔访华的主要联系人和陪同者。泰戈尔抵达时,胡适与蔡元培等一众名流一起,在火车站参加迎接活动,随后的日子里,他参加了北京学界欢迎泰戈尔的宴会,也曾陪同泰戈尔在北京大学等许多地方参观、游览、办茶会、做演讲。除公开活动外,胡适还常与徐志摩夫妇一起在私人空间里陪伴泰戈尔。胡适不仅出席了泰戈尔在北京的多次演讲集会,还在5月12日真光剧院的演讲会上临时担任翻译工作,顶替临场罢工的徐志摩。

导致徐志摩气愤填膺以至于有些失态地罢译的,是一部分现场抗议泰戈尔的左派青年,他们接受了陈独秀等批评家的观点,认为泰戈尔的言论阻碍中国学习先进的西方科学,要把中国带回到落后的旧时代。而胡适的救场之举,则颇有大家风范。胡适留学美国多年,师从实用主义哲学家杜威,对西方的科学、技术、理性精神和民主观念都推崇备至,以之为医治中国顽疾的必需药剂。殷切期盼泰戈尔来访的梁启超等人,正是胡适在论战中针锋相对的对手。所以,胡适起初对于邀请泰戈尔的倡议并无热情。但是当泰戈尔抵达时,他充分展现出谦逊的风度和兼容并蓄的胸怀,对来客热诚体贴,礼数周全。

面对演讲集会上反对者散发传单、呼喊口号的干扰行为,胡适竭力维护泰戈尔,他连续两次在泰戈尔正式演讲开始前发表讲话,批评反对者当面驱逐泰戈尔的行为。他首先指出许多反对泰戈尔的人并没有清楚地了解泰戈尔的思想和成就,不做认真的倾听,就盲目地采取排斥态度,是不可取的。并强调中国人的礼仪传统,对远来的贵宾不可失礼。

> 吾尝亦为反对欢迎泰戈尔来华之一人,然自泰戈尔来华之后,则又绝

第六章 泰戈尔与 20 世纪中国作家

对景仰之,盖吾以为中国乃一君子之国,吾人应为有礼之人。今泰戈尔乃自动地来中国,并非经吾人之邀请而来,吾人自应迎之以礼,方不失为君子国之国民。①

同时他盛赞泰戈尔的文学成就和文学革命精神,以及高尚的人道主义精神。在讲话中,胡适针对反对者们宣传的具体事实,进行了十分细致的澄清。他以中国玄学与科学论战的参与者的身份,指出泰戈尔的来访决定于中国国内的论战开始之前,绝不是来为玄学派提供帮助的,继而严厉地指出,那种阻挠和破坏泰戈尔公开演讲的企图,是践踏言论自由的"野蛮"行径。

> 假使我因为不赞成你的主张,也就"激言厉色要送你走",你是不是要说我野蛮?主张尽管不同,辩论尽管激烈,但若因为主张不同而就生出不容忍的态度或竟取不容忍的手段,那就是自己打自己的嘴巴,自己取消鼓吹自由的资格。②

对于一贯以温文尔雅的言行展现君子形象的胡适来说,当众说出如此直白和激烈的抨击言辞的情况并不多见。

在北京期间,泰戈尔度过了64岁的生日,当时各界人士为他设宴祝寿,胡适主持了庆祝活动,发表了热情赞美泰戈尔的讲话,并向泰戈尔送礼和赠诗。可以说胡适对泰戈尔尽施地主之谊,培养了很好的个人关系。5年之后,泰戈尔赴美日讲学途中,在上海短暂停留,没有安排很多社会活动,但当时在上海的胡适仍然与徐志摩等少数朋友,到码头迎接和送行,进行家庭聚会,足以见得私交不浅。

胡适接人待物一贯采取开明、宽容、与人为善的方式,即使是与相互间激烈论战的对手,也能在学术或政治见解之外保持友谊,礼尚往来。此外,胡适在美国留学期间是社会活动活跃分子,出入各种学术和社交场合甚多,用英语发表过不少书面和口头作品,在组织跨国跨文化交流方面,可谓驾轻就熟。因而,对于泰戈尔这样的文化名流和异国贵客,他自然能够担当东道主应尽之责,与之发展融洽的私交,留下一段宾至如归的佳话。

---

① 记者:《泰戈尔第二次讲演》,《晨报》1924年5月11日。
② 记者:《泰戈尔在京最后之讲演》,《晨报》1924年5月13日。

二、批评背后的认同

从思想层面来看,胡适对泰戈尔的看法表现出多面性。

泰戈尔的思想本身具有高度的复杂性。如同中国近代的知识分子,泰戈尔生活于印度社会由旧殖民地向民族国家过渡的时期。作为一个出身富裕精英阶层的艺术家,他的眼界开阔,学识渊博,既能够学习和领会西方的语言、艺术和科学理论,也能够发掘和发展本民族的传统文化,既对本国庸俗腐朽的社会风气进行批评,又对貌似先进的科学理性和西方文明的前途进行质疑。作为一个社会名流,他对印度人民在西方列强的统治下遭受的痛苦十分同情,对本国愚昧落后的困境深感忧虑。他对时事政治多有关注,但不仅仅关注一时一地的利益冲突,而是以具有历史维度的眼光深入地思考本民族和全人类面临的整体困境,这一定程度上导致他对暴力的战斗不感兴趣,而始终致力于推广教育、文化交流和艺术创新,呼吁人们明心见性,用爱拥抱世界。因此,持不同立场的人们每每从不同的视角对泰戈尔做出相去甚远的评价。

胡适曾在不同场合对泰戈尔做出过不同的评论,对这些评论的解读不能脱离具体语境的特点。对于泰戈尔在欧美国家巡回演讲时颂扬东方文化精神的主题,胡适确实有些不以为然,例如他给韦莲司的信中的话已被广泛引用:

> 要是我去美国,我不想做公开演讲。……要是我发现自己假装有什么真知灼见要带给西方世界,我觉得那是可耻的。当我听到泰戈尔的演说,我往往为他所谓东方的精神文明感到羞耻。我必须承认,我已经远离了东方文明……①

胡适在此处使用的措辞,常被解读为他对泰戈尔思想的严厉批判,亦即胡适对泰戈尔所谓的东方精神的彻底否定和对立态度,原因则被解释为,胡适不仅一心推崇西方的科学理性,也十分敬慕西方在哲学、艺术等精神境界方面的探索和成就,因而对于否定西方的思想成就、肯定东方传统思想的优越性的观点十分反感。

这样的解读,几乎把胡适完全混同于一些对泰戈尔了解不够深入、对东西

---

① 周质平:《胡适与韦莲司:深情五十年》,北京大学出版社1998年版,第61页。

第六章 泰戈尔与 20 世纪中国作家

方世界也有误解的激进青年。当时很多抗议者猛烈贬低泰戈尔,是因为他们把泰戈尔的思想简单解读为西方没落而东方圣洁,同时把谈论西方文化的没落等同于拒绝科学理性、把谈论东方精神的珍贵等同于抱残守缺泥古不化。这样泰戈尔就被曲解成了一个以东方反西方、以玄学反科学的标志性符号。但事实上,不论是胡适还是泰戈尔,其思想都不是这样片面和简单化的。

对于东方文化中陈腐没落的部分,泰戈尔持鲜明的批判态度。例如他反对宣扬愚昧落后的本土宗教,认为落后的意识形态无益于印度走向民族独立和自由。[1] 又如,种姓制度及相关文化在印度根深蒂固,连圣雄甘地也无意将其革除,而泰戈尔在自己的作品中对其进行深刻批判。[2] 只是这些落后的文化元素,很少会出现在泰戈尔的海外演说中,因而难以给普通听众留下印象。但胡适与泰戈尔有不少私人接触,又有徐志摩这样深入了解泰戈尔思想的密友为他做介绍,他不大可能像普通听众那样以肤浅的认识来界定泰戈尔。

同样值得注意的是,泰戈尔并不反对科学,也并非对西方的工业文明持全面否定的态度。用极端化的标签来概括泰戈尔观点的人,其实是出于自身的文化立场或偏激的态度而做出了误读。当时的清华大学教授、历史学家陆懋德曾在《个人对于泰戈尔之感想》一文中,专写"反对派之误解"一节,对泰戈尔的观点予以澄清和辩护:"今之反对泰氏者,即因其反对物质文明。夫当今之世,吾人固不能不采用物质文明之贡献,然所谓物质文明者,亦岂绝对的无可反对之理由?……夫泰氏亦非劝人绝对地不用物质文明,不过指出物质文明之弱点,使人知物质文明之外,尚有精神文明之重要而已。"[3]

泰戈尔对西方科学的接受,与他诗意、灵性的艺术追求和对神性自然的热爱并不矛盾。有学者指出,泰戈尔看世界的视角不同于传统的印度教和佛教哲学,他的科学知识相当丰富,他的自然观基本上是科学的。他本人与不少科学家结交,而且鼓励农民也要学习科学,在《土地女神》中他写道:"科学的阳光照耀印度农业的日子到来了。现在不是农民独家单干的年月,农民要与学者、科学家密切合作。农民的犁铧光翻土是不够的,也应与民族的智慧、知识和科

---

[1] 黎跃进:《东方文学史论》,昆仑出版社 2012 年版,第 278 页。
[2] 尹锡南:《泰戈尔论印度社会问题》,《南亚研究》2004 年第 2 期。
[3] 泰戈尔:《泰戈尔对中国说》,徐志摩等译,译林出版社 2013 年版,第 199 页。

研建立友谊。"①

在泰戈尔的诗歌中,自然事物人格化的浪漫氛围可以与科学知识的陈述并行不悖。例如在《启明星》中,泰戈尔同时引用了天文学家对金星的技术性描述和民间的神话传说,而最后写道:

啊,学者的金星,
我们承认
你是星系的一个实体
数学已提供佐证。
但更为真实的是,
你是我们亲密的晨星,
亲密的晚星。
这儿,你娇小,你俏丽,
是雾季一颗晶亮的露珠,
是秋季一朵洁白的素馨。
千秋万代,
拂晓,你默默指引
旅人踏上生活的旅程,
傍晚,召唤他们回家,
坦然地憩息。②

在这样的诗歌中,泰戈尔对"梵"等宗教观念的表达,已经不同于传统的教义,而是与理性认知结合起来。现实生活中,泰戈尔明确地反对某些民族主义运动用落后的宗教意识形态来发动群众的做法。当某些人指责西方的机器生产破坏了印度的传统手工业时,泰戈尔指出以人的博大和高贵是可以控制机器的,应该教育民众学习现代科学的方式来生产。③

就尊重科学的问题,泰戈尔曾直接对胡适澄清:"你听过我的演讲,也看过

---

① 郁龙余:《泰戈尔的自然观与自然诗》,《文史哲》2002年第4期。
② 刘安武等主编:《泰戈尔全集 第6卷 诗歌》,河北教育出版社2000年版,第290页。
③ 黎跃进:《东方文学史论》,昆仑出版社2012年版,第279页。

我的稿子。他们说我反对科学,我每次演讲不是总有几句话特别赞叹科学吗?"胡适则回应道,不必为这种不可避免的误解或曲解烦恼,听众们被演讲中热烈的诗情和对精神自由的追求所感动的同时,有时难免就忽略了演讲中对近代科学的赞美。① 试想,以胡适跨文化的眼界和阅历、包容性的思维和专业的学术素养,以及他与泰戈尔的私人交流,当不至于像其他偏激的批评者一样,对泰戈尔做出严重的误读。

胡适对泰戈尔的批评,应该放在当时的思想论战背景下来解读。在他看来,泰戈尔宣扬东方精神文明的演讲,不能对当时的中国人认清自身与世界的关系产生积极作用。胡适认为,当时的中国迫切地需要学习西方的科学和民主等现代思想,但以梁启超、张君劢等学者为代表的"玄学派",正以傲慢自大的态度把中国的旧传统吹嘘得神秘高深并将其置于西方文明之上,是中国思想文化进步之大敌,而泰戈尔的演讲,会造成大量中国听众的误读,以为他在为"精神的东方文明比物质的西方文明更高尚更健全"的"玄学派"观点助阵。胡适本人后来曾专门撰写《我们对于西洋近代文明的态度》一文,其中强调,西方文明绝不轻视人的精神和心灵上的种种要求,在满足精神和心灵需求方面,绝不低于东方文明。在胡适正苦于国人对西方文化思想存有严重误解的情况下,泰戈尔批判西方的演讲不免有南辕北辙甚至火上浇油的效果,因此,胡适对泰戈尔演讲的不满和贬斥,应该是针对其在当时具体环境下产生的效果,而不是针对其思想原则本身。

在胡适看来,泰戈尔的演讲未能促使人们认清当时的社会现状及其急需解决的问题,反而会产生误导,因此是很不合时宜的,但这与完全否定泰戈尔的观点不是一回事。与其说胡适认为泰戈尔是错的,不如说胡适认为泰戈尔所讲的东西对当时的中国没有用处,而那种因泰戈尔所讲内容正巧迎合了西方人的猎奇想象和中国人的自大心态而产生的巨大舆论热度和胡乱吹捧的现象,对社会有害无益,令胡适尤为厌恶,所以不免说几句重话以发泄不满,这不应完全被视为对泰戈尔本人的挞伐,因为这些现象的产生显然不能归咎于其本人。

---

① 胡适:《追忆太戈尔在中国》,欧阳哲生编:《胡适文集 7》,北京大学出版社 1998 年版,第 626 页。

反观胡适，尽管他对以美国为样本的西方现代文明不吝赞美，但也并不是盲目追随，而对中国旧制，他虽然微词颇多，也并非一概否定。与泰戈尔相似，胡适对西方社会也有很多辩证思考。例如，他批评美国竞选活动对社会财富的浪费，认定这是共和政体的弊端，并且直言其腐败严重。① 对于西方女性社交规矩他也不认可，认为要女子自我推销以求出嫁的风气，不利于现代女性独立人格的养成和保持，反而是中国家庭对女儿婚嫁的处理方式仍有某些可取之处。② 他一面劝国人全力学西学，一面自己大力整理研究国学，也说明他其实并不偏执一端。面对一战之祸，胡适虽不认为西方已经没落，但对西方文明的缺陷也有主动的思考。他在日记中慨叹一两个条约导致几百万人赴死③，还称自己既不相信伪善的英国人，也看不上亲德派。④ 对于欧洲变乱的根源，他"以为西洋今日之大患不在欲望的发展，而在理智的进步不曾赶上物质文明的进步"。⑤ 这种说法虽与泰戈尔不尽相符，但同样批判了西方物质文明发展的严重失衡，在着眼点上有一致性。而在力保和平的思想方面，胡适则跟泰戈尔十分相近。胡适一贯强调理性爱国，反对以激进的民族主义鼓动青年人投入战争，主张靠改良和建设来切实地进步自强，同时争取与异族人实现沟通和理解。这与泰戈尔对印度的希望如出一辙。总体上看，胡适与泰戈尔的思想还是有许多相似和相通之处的，因而他对泰戈尔的诸般赞许，必定不仅仅是出于礼节，而是确有不少出自内心的认同。

三、文学创作的相通之处

泰戈尔在北京发表第二次演讲前，胡适登台批评以偏激言论攻击泰戈尔的人，其中尤为称赞泰戈尔的文学革命：

> 同时泰戈尔为印度最伟大之人物，自十二岁起，即以阪格耳之方言为诗，求文学革命之成功，历五十年而不改其志。今阪格耳之方言，已经泰氏

---

① 胡适：《胡适日记全编(2)》，曹伯言整理，安徽教育出版社 2001 年版，第 109 页。
② 胡适：《胡适日记全编(1)》，曹伯言整理，安徽教育出版社 2001 年版，第 213 页。
③ 同上书，第 408 页。
④ 胡适：《胡适日记全编(2)》，曹伯言整理，安徽教育出版社 2001 年版，第 108 页。
⑤ 胡适：《胡适日记全编(4)》，曹伯言整理，安徽教育出版社 2001 年版，第 131 页。

第六章 泰戈尔与20世纪中国作家

之努力,而成为世界的文学,其革命的精神,实有足为吾青年取法者……①

而在泰戈尔的第三次演讲前,胡适再次公开强调国人应该敬重泰戈尔的理由:

> 况且泰戈尔先生的人格是应该受我们的敬意的。他的文学革命的精神,他的农村教育的牺牲,他的农村合作的运动,都应该使我们表示敬意。即不论这些,即单就他个人的人格而论,他的慈祥的容貌,人道主义的精神,也就应该命令我们的十分的敬意了。②

胡适在此对泰戈尔的推崇主要集中在两个方面。第一,泰戈尔在继承印度文学优秀传统的同时,对文学抱有革命的思想,主张不受旧诗歌形式和格律的限制,以进化的观念,表现当代的思想和真我的本色,并能很好地领会和借鉴西方文学的特点。因而,他创作的现代孟加拉语诗歌,不仅在印度广为传诵,也对世界产生很大影响,使孟加拉语的文学风气为之改变。第二,泰戈尔富于人道主义精神,对于社会底层的人们抱有同情和关怀,他的诗歌和其他作品对印度农村的现实状况多有反映,富于生活气息。这两个特点与胡适自己的文学观念颇有相似之处。

胡适作为中国近代文学革命的主要倡导者和推动者之一,一贯倡导以白话从事文学创作,在《文学改良刍议》《尝试集自序》以及与其他学者辩论的书信中,多次表达了以能够为广大国民在日常生活中所接受和使用的语言作为文学创作工具的主张,对于诗歌的创作,他坚持认为使用古体、古词和古韵的诗词都是已经死去的语言,而只有用白话来创作新的反映现代生活的诗歌,作品才有活的生命,散文的形式和内容也应该高度自由,不需要骈文,更不要像桐城派一样宣扬儒教,这些革新的论述与泰戈尔倡导的观念很契合。胡适本人也是对中西文艺兼收并蓄的大家,他广泛涉猎英美诗歌戏剧,用自由的文体翻译英语诗歌,同时努力尝试用白话写诗,《尝试集》和《后尝试集》等成为近代旧体诗向新体诗过渡的代表作。胡适的白话诗中,用简明活泼的语言和松散的韵律,表现朴素的意象,将生活中自然的情感和哲理的感悟寄托其中。如胡

---

① 记者:《泰戈尔第二次讲演》,《晨报》1924年5月11日。
② 记者:《泰戈尔在京最后之讲演》,《晨报》1924年5月13日。

适自己比较得意的白话新诗之一《一颗星儿》：

> 我喜欢你这颗顶大的星儿。
>
> 可惜我叫不出你的名字。
>
> 平日月明时，月光遮尽了满天星，总不能遮住你。
>
> 今天风雨后，闷沉沉的天气。
>
> 我望遍天边，寻不见一点半点光明，
>
> 回转头来，
>
> 只有你在那杨柳高头依旧亮晶晶地。①

这首诗的意境让人很容易联想起辛弃疾《青玉案·元夕》中的"蓦然回首，那人却在灯火阑珊处"，但使用的语言完全没有古式辞令的修饰，而以日常口头语十分自然地描绘出真挚的情感和对哲理的感悟，体现了胡适倡导的言之有物、意象具体、语言平实等原则。

在《吉檀迦利》中，泰戈尔的一首关于星星的诗，正与上面这首相映成趣：

> 当鸿蒙初辟，繁星第一次射出灿烂的光辉，众神在天上集会，唱着"呵，完美的画图，完全的快乐！"
>
> 有一位神忽然叫起来了——"光链里仿佛断了一环，一颗星星走失了。"
>
> 他们金琴的弦子猛然折断了，他们的歌声停止了，他们惊惶地叫着——"对了，那颗走失的星星是最美的，她是诸天的光荣！"
>
> 从那天起，他们不住地寻找她，众口相传地说，因为她丢了，世界失去了一种快乐。
>
> 只在严静的夜里，众星微笑着互相低语说——"寻找是无用的，无缺的完美正笼盖着一切！"②

胡适独恋一颗星儿，在心中不懈地追寻，而泰戈尔告诉我们，天上永远有无尽的群星，是永恒的风景，不必因为偏爱某一颗而过分执着。两位作者对哲

---

① 胡适：《尝试集》，欧阳哲生编：《胡适文集9》，北京大学出版社1998年版，第140页。
② 泰戈尔：《生如夏花：泰戈尔经典诗选2》，冰心译，江苏文艺出版社2012年版，第129页。

理的感悟各有千秋,与他们对各自社会和世界状况的认识和期待有关,而在使用意象的简洁、情景的生动活泼、语言的通俗化以及表情达意的直截了当等方面,两人作品表现出相似的风格,能够给习惯了循规蹈矩的旧体诗歌的读者带来一股清爽有力的新风。

  在文学创作所表达的思想层面,同为出身富裕阶层的高级知识分子,胡适和泰戈尔都以具有鲜明人道主义精神的作品,关注社会的弊病和民众的疾苦。胡适的《你莫忘记》痛斥军阀政府纵兵害民的可耻罪行,《人力车夫》描绘了底层的体力劳动者被苛政逼迫的窘境,《威权》则直言揭露统治者压迫奴隶的恶行,呼唤反抗精神。但众所周知,胡适并非一个倡导激进的社会革命的人,他总是以知识分子的冷静眼光观察社会,对于偏执一端的政治对抗和情绪化的暴力主张从不赞同,甚至曾被人嘲为胆小的君子。[①] 这与泰戈尔在印度的处境也有相似之处。泰戈尔深信人性的光辉,并坚决实践平等、博爱的人道主义精神,以理智而开明的态度看待东西方的文化冲突,所以他虽然在许多作品中表达了对底层劳动者和妇女等弱者的同情和对野蛮的压迫者的谴责,但他始终不能同意民族独立运动领导者的激进斗争方式,最终遭受同胞的指责和排斥,饱尝被误解的失望和苦闷。胡适对泰戈尔作为孤独的智者的处境似乎颇能理解,在主持泰戈尔的寿宴时,他将自己早先读佛经时有感而作的一首诗《回向》赠予泰戈尔,不仅传达了安慰之意,而且颇有惺惺相惜之情:

  他从大风雨里过来,
  向最高峰上去了。
  山上只有和平,只有美,
  没有压迫人的风和雨了。

  他回头望着山脚下,
  想着他风雨中的同伴,
  在那密云遮着的村子里,
  忍受那风雨中的沉暗。

[①] 孙宜学:《泰戈尔与中国现代知识分子》,上海三联书店2015年版,第96页。

> 他舍不得离开他们，
> 他又讨厌那山下的风和雨，
> "也许还下雹哩"，
> 他在山顶上自言自语。

> 瞧呵，他下山来了，
> 向那密云遮处走。
> "管他下雨下雹！
> 他们受得，我也能受。"①

  胡适一直对泰戈尔的文学革命观点心有戚戚，曾希望泰戈尔在演讲时能够向中国听众详细阐述其革新孟加拉语文学的过程，但最终未能如愿实现。胡适显然阅读过泰戈尔的作品，他的白话诗等文学创作实践与泰戈尔倡导的文学风格是一致的，胡适最为推崇的青年先锋诗人之中，也不乏泰戈尔诗风的崇拜者和模仿者，如徐志摩和郭沫若都曾仿效泰戈尔的诗歌来写作新诗。但胡适本人在论述中国文学革命的理论原则以及翻译外文诗歌的尝试中，没有与泰戈尔产生很多交集，不免令人略感遗憾。

  对于胡适来说，泰戈尔是一个可敬可爱的前辈文豪，也是一个不合时宜的尊贵访客。由于具体历史环境的种种制约，两人未能成为无话不谈的挚交，在某些具体问题上或许还存在误解或分歧，这也在一定程度上影响了胡适对泰戈尔文学观念的深入研究和接受，因而二人之间直接的影响与接受关系并不显著。尽管如此，两位大师潜在的相似和相通之处仍然不容忽视，他们的交往自然地生成了一道魅力十足的文化风景。来自东方邻国的胡适和泰戈尔都具有广阔的国际视野，都对东西方的哲学、语言、文化具有深厚的修养和深刻的洞见，两人的气质中都充满了东方式的温和、仁爱、宽厚，并富于知识分子的理智、责任感和实践精神。泰戈尔是诺贝尔文学奖得主，而胡适也在1939年获得诺贝尔文学奖提名，这从一个侧面反映出国际文化界对两人地位和影响力

---

① 胡适：《追忆太戈尔在中国》，欧阳哲生编：《胡适文集7》，北京大学出版社1998年版，第627页。

的相似评价。两位大师虽然在纷乱嘈杂、布满压力的环境下相遇,对时局的见解也各有千秋,却不仅没有发生冲突,而且彼此欣赏和理解,以交相辉映的才华、见识和胸襟,联手为陷入偏执和迷惘的人们展示了一堂生动的多元文化交流课,在中印友好交往的历史上留下了优雅的一笔。文学思想在他们的关系中自然占有重要的地位,因为诗歌的创新是二人神交的一大媒介,但胡适与泰戈尔这段交往的丰富意义,远超出文学之外,虽历经时代变迁,至今仍耐人寻味。

第二节 泰戈尔对冰心的影响

冰心(1900—1999),原名谢婉莹,中国现代文学史上著名诗人、作家、翻译家和儿童文学家。泰戈尔对冰心的影响是学界普遍承认的事实,徐志摩在20世纪20年代初便曾提出,在中国的新诗界,冰心是"几位最有名神形毕肖的泰戈尔的私淑弟子"之一[①]。在文学创作之外,泰戈尔还对冰心的思想产生了重要的影响。

一、冰心是中国的泰戈尔式作家

用"中国的泰戈尔式作家"来形容冰心是想指出泰戈尔在印度文化生活与印度文学中所起的杰出作用,特别是泰戈尔和以鲁迅为代表的中国近现代文学巨匠之间的巨大差异。我不想在这一点上大大发挥,只是概括地指出几点。我觉得泰戈尔之所以伟大,在于两大特点。第一,他一方面尽情吸纳西方文明的优点,又敏锐地觉察出西方文明的严重缺陷。他的这种敏锐是因为他辩证地继承了东方文明,特别是印度文明几千年积累的广博精深的智慧。第二,他热爱人类,相信精神的力量是最伟大的。文学写作对他来说是对社会、对人类服务、奉献,不是斗争;文学是滋补饮料,不是武器(更不是"投枪");文学重在安慰、镇定、启发,不是咒骂、刺激、挖苦、打倒(不是"打落水狗")。泰戈尔对西方文明的透彻了解是与他同时代的胡适、林语堂、陈独秀等人所无法相比的。

---

① 徐志摩:《太戈尔来华》,《小说月报》1923年第9期。

可是他并不"一边倒",而是站得高,看得远。他在一个多世纪以前对西方文明所做的评论,现在仍然能为全世界接受与学习,中国却很少有人达到那种境界。泰戈尔提倡"国粹"、提倡"东方粹",不是保守,而是一种进步的表现,因为他没有在西方文明的盛气凌人面前屈服,而是以高度的勇气捍卫祖国传统、捍卫东方传统。很明显,近现代中国正缺乏泰戈尔这样的文化巨匠。

当然,我不是说冰心在中国文化界的地位,或者在中国文学上的成就可以和泰戈尔在印度的地位和成就相一致。冰心并不是"中国的泰戈尔"。在这一点上,应该看到,冰心是中国男尊女卑历史上第一代得到新潮流解放的女性,在当时的社会上,还属于"必须保护"的类型,不可能达到泰戈尔那样受人普遍敬仰的程度。即使这样,冰心能够在20世纪20年代就以女性作家的身份和其他名人在男权世界的思想界与文学界平起平坐,也是了不起的,可以说是划时代的。另外,中国真正接受了泰戈尔的影响而把这种影响扩大到中国思想界与文学界中,对中国文化与文学发展起了良性作用的正是一位女性——冰心——这也是空前的。

冰心在文学创作和思想上对泰戈尔的接受,有其必然的原因。从20世纪初期的整个文学和文化氛围来说,对外国文学文化的学习是当时的一种文化潮流。在泰戈尔获得诺贝尔文学奖之后,他的作品被大量译介到中国来,这是冰心之所以能阅读到泰戈尔的作品并接受了其思想影响的外部机缘。就冰心个人来说,她对泰戈尔的接受,还有更为深刻的内在原因。

冰心童年时代的成长环境是她接受泰戈尔思想的基础。茅盾认为:"论冰心思想的人都说她很受了基督教教义和泰戈尔哲学的影响,这种说法,我们只可认为道着一半。大凡一种外来的思想决不是无缘无故就能够在一个人的心灵上发生影响的。外来的思想好比一粒种子,必须落在'适宜的土壤'上,才能够生根发芽;而此所谓'适宜的土壤'就是一个人的生活环境。"[①]冰心成长于诗书礼仪之家,父母对她宠爱有加,她与弟弟年龄差距虽然较大,但关系却很好,她自幼在海边长大,对海怀有深厚的感情,这些都为她接受泰戈尔的"爱"的思想奠定了适宜的基础。例如,在她的诗歌中,海的形象经常出现,她对自然的

---

① 茅盾:《冰心论》,《文学》1934年第3卷第2号。

爱,往往寄予在了对海的描述与赞美之中。冰心在自传中还写到,由于童年生活的影响,"我喜欢空阔高远的环境,我不怕寂寞,不怕静独,我愿意常将自己消失在空旷辽阔之中。因此一到了野外,就如同回到了故乡,我不喜城居,怕应酬,我没有城市的嗜好。"①她的这种对于独处的喜爱,对于自然和静谧的喜爱,是她能理解并接受泰戈尔"无限"与"有限"思想的重要原因。此外,冰心对基督教的了解,对中国传统儒释道文化的熟悉,使对于宗教具有一种开放的态度,因此对于泰戈尔所带来的印度教的观念,她也并不排斥,并能加以吸收利用。

在《文学家的造就》一文中,冰心认为一个人要成为文学家,必须具备以下条件:家庭中要有文学的氛围,出生在风景美好的地方,生于中产之家,多读古今中外文学作品,与自然接近,多研究哲学社会学,少于纷繁的社会交际,多做旅行。②考察冰心和泰戈尔的身世,我们便会发现,两人同时符合冰心所列的这8个条件,这便为二人之间的契合打下了基础。她对泰戈尔的忠诚可以从翻译《吉檀迦利》的例子看出。冰心从1946年开始翻译,到1955年诗集全译本出版,历经了近十年时间。这十年前后正是冰心人生中跌宕起伏的一个时期。从20世纪30年代末起,冰心的生活就已经开始变得动荡不安。期间她全家几经迁徙,从北京到昆明,从昆明到呈贡,又从呈贡到重庆,1946年为随丈夫吴文藻赴日本,她的家庭又不得不暂时解散。不但如此,在这段时期内她还经历了丧父、丧弟、丧友之痛,同时生活上也日渐困窘,在到了重庆之后有段时期甚至不得不捉笔卖文以求得生活之资。但她始终抽出时间不断修改《吉檀迦利》的译稿。如果我们把冰心的这段时期内的生活轨迹与泰戈尔创作《吉檀迦利》时期的生活经历进行比照,我们会发现两者之间竟存在着惊人的相似。泰戈尔在创作那些其后变成英文《吉檀迦利》的孟加拉语诗之时,正是进入"知天命"之年的前后,经历了丧妻、丧父、丧女、丧友,也遭遇了来自外界的误解和攻击,同时还不得不为了他在和平乡所创办的学校的运行而费心劳力。在这一点上,冰心和泰戈尔的类似经历可以成为我们比较两位诗人的指南。

---

① 冰心:《我的童年》,《冰心全集(第三卷)》,海峡文艺出版社1994年版,第238页。
② 冰心:《文学家的造就》,《冰心全集(第一卷)》,海峡文艺出版社1994年版,第147—148页。

二、冰心在诗歌创作中与泰戈尔的交响

作为一位在中国现代文学史上获得了高度肯定与赞赏的女诗人,冰心的诗名与《繁星》《春水》两部诗集是紧密联系在一起的。这两部诗集于1922年和1923年先后出版,在当时产生了巨大的影响。《繁星》《春水》之后,阿英曾这样评价冰心:"她——谢婉莹,毫无问题的,是新文艺运动中的一位最初的,最有力的,最典型的女性的诗人、作者。"①

20世纪20年代初的中国文坛,由胡适所标举的白话文运动方兴未艾,对新文学的要求与呼声是当时文坛的主流,中国文学创作领域内的各种文学体裁均受到了这一运动不同程度的影响,诗歌领域中的"小诗"便是在此时出现的。所谓"小诗",指的是它短,一般多为"一至四行",以"简洁含蓄"的方式表现"零碎思想"。"小诗"的兴起与周作人的推动密切相关,周作人在《自己的园地·论小诗》(1922)一文中提出"小诗"有两个文学来源:其一是中国文学里"古已有之",小诗是中国"诗的老树抽了新芽",其二是"中国现代的小诗的发达,很受外国的影响,是一个明了的事实。"②周作人认为这种"外国的影响"主要是来自于日本的小诗和泰戈尔的诗歌,并在《论小诗》一文中援引了冰心的《繁星》诗歌来证明泰戈尔诗歌对"小诗"的影响。事实上,冰心在《繁星》的序言中便已坦承了泰戈尔的对这部诗集影响:"一九一九年的冬夜,和弟弟冰仲围炉读泰戈尔(R. Tagore)的《迷途之鸟》(*Stray Birds*),冰仲和我说:'你不是常说有时思想太零碎了,不容易写成篇段么? 其实也可以这样的收集起来。'从那时起,我有时就记下在一个小本子里。"③1959年,年近60岁的冰心在重提自己这两部诗集的创作时,再次确认了她当时所受到的泰戈尔的影响:"我自己写《繁星》和《春水》的时候,并不是在写诗,只是受了泰戈尔《飞鸟集》的影响,把自己许多'零碎的思想',收集在一个集子里而已。"④由此可见,《飞鸟集》为冰心创作《繁星》《春水》提供了一个具体的文学形式的范例,冰心的这两部

---

① 阿英:《谢冰心》,《阿英全集(第2卷)》,安徽教育出版社2003年版,第276页。
② 周作人:《论小诗》,《自己的园地 雨天的书》,人民文学出版社1988年版,第41页。
③ 冰心:《繁星》,《冰心全集(第一卷)》,海峡文艺出版社1994年版,第233页。
④ 冰心:《我是怎样写〈繁星〉和〈春水〉的》,《冰心全集(第五卷)》,海峡文艺出版社1994年版,第126页。

第六章　泰戈尔与20世纪中国作家

诗集在文体上的确是模仿《飞鸟集》的产物。"小诗"在中国现代诗歌史上占据主导地位的时间并不长,而冰心的《繁星》与《春水》则可看作是这一形式的典范,朱自清认为,这两部诗集之后,到宗白华的《流云》小诗集问世,之后"小诗渐渐完事,新诗跟着也中衰"①。在出版这两部诗集之前,冰心在当时文坛的形象主要是一位崭露头角的小说新秀,在这两部诗集之后,冰心获得了诗人的身份,开启了她文学创作的另一个领域。在此之后,她"才开始大胆地写些新诗"②。因此也可以说,是泰戈尔引领冰心走上了现代诗歌创作的道路。

这种引领,不但体现在诗歌的形式上,也体现在诗歌的风格和内容上。周作人在《论小诗》中提出,小诗由于所受的日本与印度的影响不同而分为冥想与享乐两种流派,冥想派直接受到泰戈尔诗歌尤其是《飞鸟集》的影响,冰心的《繁星》是其代表。在《繁星》中的不少诗歌上都可以看到《飞鸟集》的影子。如《繁星》六:

　　镜子——
　　　　对面照着,
　　反而觉得不自然,
　　　　不如翻转过去好。③

与《飞鸟集》二八:

　　啊,美呀,在爱中找你自己吧,不要到你镜子的谄谀中去找呀。④

这两首诗的题材、旨趣都十分相似。又如《繁星》一一六:

　　海波不住的问着岩石,
　　　　岩石永久沉默着不曾回答;
　　然而它这沉默,

---

① 朱自清:《〈诗集〉导言》,刘运峰编:《1917～1927中国新文学大系导言集》,天津人民出版社2009年版,第148页。
② 冰心:《我是怎样写〈繁星〉和〈春水〉的》,《冰心全集(第五卷)》,海峡文艺出版社1994年版,第128页。
③ 冰心:《繁星》,《冰心全集(第一卷)》,海峡文艺出版社1994年版,第235页。
④ 泰戈尔:《新月集·飞鸟集》,郑振铎译,湖南文艺出版社2006年版,第68页。

>   已经过百千万回的思索。①

与《飞鸟集》一二：

>   "海水呀，你说的是什么？"
>   "是永恒的疑问。"
>   "天空呀，你回答的话是什么？"
>   "是永恒的沉默。"②

可以看出，冰心这首小诗是受到了泰戈尔诗歌的启发，它是对后者的一种演绎和推衍。这样的例子在《繁星》中并不少见，乃至《繁星》这部诗集的名字，也可以说不无《飞鸟集》的影响。

冰心在文学创作中经常使用的一些词汇和意象，乃至部分诗歌的结构，都受到了泰戈尔很大的影响。如在她的诗和小说中经常出现的"无限"一词，青年冰心在创作中经常使用的"无限""无涯"等概念，其作品中多次出现的关于"无限"与"有限"的讨论，主要是受到了泰戈尔的影响，这一论点应当是可信的。冰心在1920年写作了《遥寄印度哲人泰戈尔》一文，当时她刚刚读完泰戈尔的传记和一些作品，在这篇文章的开始，冰心便使用了"无限"："泰戈尔！美丽庄严的泰戈尔！当我越过'无限之生'的一条界线——生——的时候，你也已经超过了这条界线，为人类放了无限的光明了。"③又如冰心在1923年赴美途中所作的《纸船》，泰戈尔在《新月集》中也有一首同名诗。冰心《纸船》的整体情感与泰戈尔的《纸船》并不一样，冰心写的是游子对母亲和故乡的思念，泰戈尔写的是一个儿童对被了解的渴望，但两首诗的主体意象却是一样的，都写到了纸船、以纸船承载情感，以及梦。从结构上看，两首诗都从投放纸船开始，都以睡梦结束，也具有高度的相似性。这首诗，可以认为是冰心对泰戈尔的一次成功的模仿与突破。

泰戈尔在文学上对冰心的影响，还体现在冰心对泰戈尔的翻译上。冰心是中国现代文学史上翻译东方文学的先驱和主力军之一，她翻译过泰戈尔的

---

① 冰心：《繁星》，《冰心全集（第一卷）》，海峡文艺出版社1994年版，第266页。
② 泰戈尔：《新月集·飞鸟集》，郑振铎译，湖南文艺出版社2006年版，第61页。
③ 冰心：《遥寄印度哲人泰戈尔》，《冰心全集（第一卷）》，海峡文艺出版社1994年版，第115页。

十余部作品,其中包括诗歌、小说、散文。冰心对泰戈尔的翻译最早可以追溯到 20 世纪 40 年代,《吉檀迦利》是冰心最早翻译出版的泰戈尔的诗集。冰心的译本也是迄今为止在中国最受欢迎、影响最大的《吉檀迦利》译本。关于《吉檀迦利》的翻译,冰心自己曾写道:"至于我自喜爱,而又极愿和读者共同享受,而翻译出来的书,只有两本,那就是《先知》和《吉檀迦利》!"[①]由此可见她翻译《吉檀迦利》是缘于对这部作品的深切的喜爱和认同。事实上,如果我们考察冰心的创作年表,我们会发现,从 20 世纪 40 年代末开始,冰心所创作的诗歌、小说都在慢慢减少,她创作生涯的后半期是以散文、随笔为主,从这一点来看,对于冰心来说,翻译不仅仅只是一种译介行为,它实际上是对其自身的文学创作的一种补偿,尤其就她所喜爱和推崇的作品而言,就更是如此。

三、冰心接受泰戈尔儿童文学的承传

冰心也是中国现代文学史上著名的儿童文学家,她创作了许多为中国广大儿童喜爱且至今仍有较大影响的儿童文学作品。早期中国的儿童文学并不发达,冰心的《寄小读者》是这一领域重要的代表作之一。对于儿童文学,冰心提出"为儿童创作,就要和孩子们交往,要热爱他们、尊重他们,同他们平起平坐。……搞儿童文学的人必须要有一颗热爱儿童的心,慈母的心,要有人的感情,要写出人的性格。"[②]用她自己的话说,她就是在"热爱儿童""关心儿童""爱听儿童故事、爱读儿童文学作品"的前提和基础上,在不知不觉中进入了儿童文学创作的领域。中国冰心研究专家卓如认为,冰心的儿童文学创作的特点在于,她是从儿童的特点出发,不以少年儿童的教育者面貌出现,不作空泛说教,生硬的训诫,而是采用与少年儿童促膝谈心的方式,以亲切、委婉的语调,寓教育于情趣之中,以情感人。[③] 冰心曾说过,"以一个热爱儿童、关心儿童、爱听儿童故事、爱读儿童文学作品的人的身份,来谈'我和儿童文学',我的兴致

---

① 冰心:《我为什么翻译〈先知〉和〈吉檀迦利〉》,《冰心全集(第七卷)》,海峡文艺出版社 1994 年版,第 591 页。
② 冰心:《儿童文学工作者的任务与儿童文学的特点》,《冰心全集(第七卷)》,海峡文艺出版社 1994 年版,第 80 页。
③ 卓如:《论冰心的儿童文学创作》,《中国文学研究》1985 年第 1 期。

就高起来了。"①可见她的儿童文学创作,是建立在对儿童的尊重、关心和热爱之上的。

冰心这种对儿童文学的认识与她的儿童文学创作观,其中很大一部分是源于她的儿童观。她认为,儿童是最真诚的,在《可爱的》(1921)一诗中,她写道"除了宇宙,最可爱的只有孩子"。在她的笔下,经常出现的是那些天真烂漫、纯朴可爱、有着晶莹之心的儿童的形象。她将儿童作为自己理想的代表之一,在她的儿童文学创作中既充满了对儿童的热爱,又相当重视对儿童的教育。在这一点上,冰心也受到了泰戈尔的影响。泰戈尔一生创作了许多儿童文学作品,他重视和赞美儿童的童真、自由,认为儿童是与"神"最为接近的,他说:"在我的童年,神也变成小孩和我一同游戏",他又说:"儿童的喜悦是纯真的喜悦。"他说:"他们(儿童)具有使鸡毛蒜皮的事变成他们全神贯注的趣味世界的力量","而且用他们的想象把最丑的玩具变得漂亮,变成生活的伙伴。"中国有学者认为,泰戈尔笔下这种美好的儿童的形象和对儿童的赞美与爱,将儿童作为与神相似的对象或作为一切美好品德与事物的化身来在作品中加以表现,虽然与中国的文化传统不符,但却与20世纪初中国接受西方民主与科学的人文精神相符,也正好与冰心的思想底蕴相合并切合了当时的冰心的心理需要,因而自然而然地被冰心所接受。冰心迅速地将这种影响运用到了创作中,并形成了一种较为稳定的"孩子/天使+母爱"的创作模式。② 还有中国学者指出,冰心的幼年生活感受与泰戈尔相似,因此二者笔下的儿童都亲近大自然,都融入了自然与人类之爱中。而东方精神的相似性,又使得二人的创作都具有鲜明的东方韵味。③ 也有中国学者提出,虽然冰心的儿童文学创作最初受到泰戈尔的影响,但在其创作的中后期,其创作过于强调作品所应具有的教育意义和教化功能,因而与泰戈尔的作品呈现出不一样的特点。④

冰心的儿童观受到了泰戈尔的影响,这一点应该是没有疑问的。这从她

---

① 冰心:《我是怎样被推进儿童文学作家队伍里去的》,《冰心全集(第七卷)》,海峡文艺出版社1994年版,第116页。
② 林丹娅:《冰心儿童观及其写作意义辨》,《福建论坛(人文社会科学版)》2009年第11期。
③ 娟子:《儿童的歌者——冰心泰戈尔比较谈》,《广西民族学院学报(哲学社会科学版)》1990年第2期。
④ 陈文颖:《泰戈尔与冰心笔下的儿童》,《中国现代文学研究丛刊》1995年第4期。

早期的许多以儿童为对象的诗歌中可见看出。如《繁星》三五：

> 万千的使者，
> 　要起来歌颂小孩子；
> 小孩子！
> 他细小的身躯里，
> 　含着伟大的灵魂。

又如《春水》六四：

> 婴儿，
> 在他颤动的啼声中
> 有无限神秘的言语，
> 从最初的灵魂里带来
> 要告诉世界。

这些诗歌所表达的对儿童的认识，与《新月集》所蕴含的思想是十分相似的。在冰心的早期代表作《超人》(1921)中，小男孩禄儿以一颗诚挚、质朴、童真的爱心融化了何彬冰冷的内心。冰心于1957年创作的《小橘灯》是中国儿童文学的经典著作，故事的背景是20世纪30、40年代，文中的小女孩是泰戈尔所赞扬的儿童品质的栩栩如生的表现。小女孩虽然身处困苦之境，但却镇定、勇敢、乐观，使得让当时身处逆境的冰心"觉得眼前有无限光明"。小女孩做的小橘灯，正证明了泰戈尔说的"用他们的想象把最丑的玩具变得漂亮，变成生活的伙伴"。在1959年，冰心还曾创作了一首别致的小诗《雨后》，描写了兄妹二人在雨中嬉戏的场景，富有童趣，清新动人，与泰戈尔《吉檀迦利》中所描写的在海边嬉戏的孩子们有异曲同工之妙。这些作品中的孩子们，禄儿、小姑娘、嬉戏的兄妹，都可以说是冰心理想的"儿童之爱"的化身，冰心将真挚的爱、诚挚的希望和纯洁的快乐都赋予在了他们身上，他们代表着冰心对世界的美好理解和向往。在她纪念泰戈尔诞辰100周年的文章中，冰心写道："他（泰戈尔）也热爱儿童，并且为儿童写了如此新鲜和美丽的《新月集》。在自己童年孤独生活的基础上，他强烈反对过时的、大大束缚儿童身心发展的教育。"

但随着时间的推移，冰心的儿童文学创作在中后期更多地表现出自己的特点。这一方面与当时所处的具体时代环境有关;另一方面,也与冰心自身身份的变化有关。当她从冰心"姐姐"变成冰心"妈妈"最后变成冰心"奶奶",她对儿童文学的教化作用就越发注重,因此作品也变得具有说教气息。从整体来看,冰心的儿童文学创作所传承的,应该是泰戈尔对儿童的尊重、热爱与注重对儿童教育这一观念。

四、"爱的哲学"——从泰戈尔到冰心

泰戈尔认为:"爱是真理最积极的肯定"。他说:"从爱中醒觉并不是从甜蜜的世界中醒觉,而是生命从死亡那儿赢得永久、快乐从苦难那儿赢得价值的英勇事业的世界中的旨趣。"泰戈尔觉得爱"不求人称赞",也没有力量能"惩罚"它。冰心是第一位真正懂得泰戈尔这一思想的中国人。

中国评论界普遍认为,"爱的哲学"是冰心最主要的思想。这个词最早是1930年阿英在《谢冰心》这篇批评文章中提出的,用以概括冰心早期文学创作中所表现出来的思想和精神。阿英在文章中概括了冰心"爱的哲学"所包含的三方面的内容,即母亲的爱、对自然的赞颂,以及儿童之爱。此后这一概念得到了绝大多数文学评论家的认可。实际上"爱的哲学"这一思想贯穿了冰心的一生,"有了爱就有了一切"是她的临终嘱咐,也是她毕生的信念。冰心"爱的哲学"的三个主要组成部分中,对自然的爱与赞美和对儿童的纯真与友爱是直接受益于泰戈尔的影响,而对母爱的依恋和挚爱则是冰心"爱的哲学"思想中独特的一部分。

阿英在《谢冰心》一文中提出,冰心的"爱的哲学"的思想主要是受到了泰戈尔的影响。"她虽然'低首膜拜'于尼采(Nietzoche)的厌世哲学之前,可是,泰戈尔(Tagore)的唯心的哲学的精神,却更有力的影响了她——使她肩起了她的所谓'爱的哲学'的旗帜。"[①]茅盾在发表于1934年的《冰心论》中也指出冰心的"爱的哲学"与泰戈尔的影响密切相关。当代中国学者在讨论冰心的"爱的哲学"时,均认同并从不同角度进一步深究这一思想与泰戈尔的宗教哲学思想之间的渊源关系。冰心研究专家王炳根先生在《冰心"爱的哲学"书写与演

---

① 阿英:《谢冰心》,《阿英全集(第2卷)》,安徽教育出版社2003年版,第281页。

变——兼及冰心与人道主义》①一文中指出,"她(冰心)从同乡郑振铎那儿,读到了印度诗人泰戈尔。泰戈尔,这位哲人和伟大的人道主义者,对她即将形成的'爱的哲学'和整个人生,都产生了重要的影响。"②比较了冰心"爱的哲学"中儿童之爱与泰戈尔的儿童观的异同。

冰心"爱的哲学"还有着更深刻的宗教哲学思想支撑,在认识到生与死并不是人生的界限,自我与梵、世界与宇宙都在无限中结合的基础上,冰心认为"爱"是实现跨越界限、实现融合的途径。冰心这种对生与死、对"无限"与"有限"、对"梵我合一"的认识,应该说是直接受到了泰戈尔的影响。在《遥寄印度哲人泰戈尔》一文中,她写道:"我读完了你的传略和诗文——心中不作别想,只深深的觉得澄澈……凄美。你的极端信仰——你的'宇宙和个人的灵中间有一大调和'的信仰;你的存蓄'天然的美感',发挥'天然的美感'的诗词,都渗入我的脑海中……"③这里冰心明确提到了,在读完了泰戈尔的传记和作品之后,她深受其中思想的影响。根据这篇文章,马利安·高利克认为"冰心的无限来源于泰戈尔'梵'和'我'的观念。'梵'即'神'或'主宰','我'即'自我'。在对'梵''我'关系的认识上,泰戈尔可能追随印度诗人、哲学家伽比尔(大约1440—1518年)的观点。伽比尔是适任不二派的门徒,承认'梵'、'我'不同,认为'二者总是不同的,又总是结合的。'因而,冰心在给泰戈尔的最初的颂辞中,高扬了'无限'的原理,写下了'然而我们既在'梵'中合一了,我也写了,你也看了。'"④

五、冰心与泰戈尔分享"无限之生"

冰心于1920年4月发表了《"无限之生"的界线》一文,很有泰戈尔的创作旨趣。泰戈尔从1912年10月到1913年4月在美国讲演、写作,他把在哈佛

---

① 王炳根:《冰心"爱的哲学"书写与演变——兼及冰心与人道主义》,林德冠等主编:《冰心论集(下)》,海峡文艺出版社2000年版。
② 李玲:《珍爱生命、关怀生命——再论冰心"爱的哲学"》,林德冠等主编:《冰心论集(下)》,海峡文艺出版社2000年版,第71页。
③ 冰心:《遥寄印度哲人泰戈尔》,《冰心全集(第一卷)》,海峡文艺出版社1994年版,第115页。
④ 马利安·高利克:《青年冰心(1919—1923):冰心与〈圣经〉、冰心与泰戈尔的关系研究》,林德冠等主编:《冰心论集(上)》,海峡文艺出版社2000年版。

大学的讲演及其他文章编成《人生的亲证》(Sadhana)一书,于1913年10月在伦敦出版,一个月以后他就赢得诺贝尔文学奖,这本书也跟着他的获奖诗集《吉檀迦利》(Gitanjali)一起闻名全球,中国文化界也注意到了这部作品,那就是说,对泰戈尔的思想密切关注的冰心应该会读到。著作的开篇就是《个人与宇宙的关系》(The Relation of the Individual to the Universe),其中有一段话:

> 人们应该认识生存的完整意义,认识在无限中的位置。人们应该知道无论怎样竭尽全力都无法在自己的蜂窝中酿出蜜来……人们应该知道如果把自己关在无限的创造与净化的神力之外,就会在生活与医疗的圈子中自我挣扎,把自己驱使到疯癫、把自己撕成碎片,消耗自己的元气……当人们只意识到自己眼前的空间,他们的本性就不能在永恒的土壤中生根,他们的精神就会掉到饥荒的边缘,他们就只能用刺激来代替健康的力量。①

泰戈尔继续写道:"印度因为追求理想而使其英杰过着修行的生活,印度在探究现实之秘为人类所取得的成就使她在世俗方面损失极大。可是,这也是升华的成就——是人类追求无极的理想的卓越成就,也等于无限的实现。"②

从这两段话看出泰戈尔继承了印度文明传统而从人类生存的整体观点看人生,看到人生的"无限"旋律。冰心"无限之生"的灵感无疑出自泰戈尔的这一"个人与宇宙的关系"的认识。冰心在《遥寄印度哲人泰戈尔》文中不但说了当她"越过'无限之生'的一条界线——生——的时候",泰戈尔"已经越过了这条界线,为人类放了无限的光明了",还提到"你的极端信仰——你的'宇宙和个人的灵中间有一大调和'的信仰"。冰心就像在和泰戈尔对话而说出"'无限之生'的一条界线"的。

现在我们来看冰心《"无限之生"的界线》文章。它不是高谈阔论地论理,而是像写故事一样,描写独自坐在宿舍的屋子里和亡友宛因对话。在夜色中,

---

① 曾琼:《泰戈尔对中国作家冰心的影响》,王邦维、谭中主编:《泰戈尔与中国》,中央编译出版社2011年版,第174页。

② 同上书,第175页。

起初她想到"死"这个"破坏者""大有权威者",能把"惊才、绝艳、丰功、伟业"统统变成"一抔黄土"。接着她想到"人生世上,劳碌辛苦的",然而"造物者凭高下视",人们"在这大地上,已经是像小蚁微尘一般"。这一段描写等于在响应前面引的泰戈尔《个人与宇宙的关系》文章中写的人们"把自己关在无限的创造与净化的神力之外"就会丧失生存意义。

接着冰心陷入梦境,亡友宛因出现在她眼前。文章出现了人和鬼的对话:"'宛因,你为何又来了?你到底是到哪里去了?'(冰心问道)她微笑说:'我不过是越过"无限之生的界线"就是了。'我说:'你不是……'她摇头说:'什么叫做"死"?我同你依旧是一样的活着,不过你是在界线的这一边,我是在界线的那一边,精神上依旧是结合的。不但我和你是结合的,我们和宇宙间的万物,也是结合的。'"冰心借用亡友宛因的嘴说出一段富有哲学意义的话:

> 这时她朗若曙星的眼光,似乎已经历历的看出我心中的症结。便问说:"在你未生之前,世界上有你没有?在你既死之后,世界上有你没有?"我这时真不明白了,过了一会,忽然灵光一闪,觉得心下光明朗澈,欢欣鼓舞的说:"有,有,无论是生前,是死后,我还是我,'生'和'死'不过都是'无限之生的界线'就是了。"她微笑说:"你明白了,我再问你,什么叫做'无限之生'?"我说:"'无限之生'就是天国,就是极乐世界。"她说:"这光明神圣的地方,是发现在你生前呢?还是发现在你死后呢?"我说:"既然生前死后都是有我,这天国和极乐世界,就说是现在也有,也可以的。"

> 她说:"为什么现在世界上,就没有这样的地方呢?"我仿佛应道:"既然我们和万物都是结合的,到了完全结合的时候,便成了天国和极乐世界了,不过现在……"她止住了我的话,又说:"这样说来,天国和极乐世界,不是超出世外的,是不是呢?"我点了一点头。

> 她停了一会,便说:"我就是你,你就是我,你我就是万物,万物就是太空:是不可分析,不容分析的。这样——人和人中间的爱,人和万物,和太空中间的爱,是昙花么?是泡影么?那些英雄,帝王,杀伐争竞的事业,自然是虚空的了。我们要奔赴到那'完全结合'的那个事业,难道也是虚空的么?去建设'完全结合'的事业的人,难道从造物者看来,是如同小蚁微尘么?"……

她慢慢的举起手来,轻裾飘扬,那微妙的目光,悠扬着看我,琅琅的说:"万全的爱,无限的结合,是不分生—死—人—物的,无论什么,都不能抑制摧残他,你去罢,——你去奔那'完全结合'的道路罢!"①

冰心这篇文章不禁让人想起《飞鸟集》第 22 首诗中说的:"我的存在因为生命是一个永恒的惊喜。"泰戈尔在他的诗中经常提到"life"(生)和"death"(死),是基于上述的"生存的完整意义"的认识,有时心情沉重,有时心情轻松,甚至以玩笑的口气来抒情。《园丁集》第 81 首可以用"啊,死亡,我的死亡吗?"(O Death, my Death?)作标题,是打趣式地与死神对话。诗人对死神说:"你悄悄走到我身旁说出我不能理解的话","为什么你在我耳边这么轻微细语?","我们结婚难道不会有骄傲的仪式?","揭开我的面纱,以自豪的神情凝视我的面孔吧,啊,死亡,我的死亡吗?"冰心《"无限之生"的界线》也是与死神对话,和泰戈尔这首诗可谓姐妹之作。泰戈尔的与死对话用了婚礼的诗境,冰心的与死对话却是活人与亡友之间交换认识。两者异曲同工,都把生与死之间的界限逾越了。

冰心《"无限之生"的界线》文章还使我们想起泰戈尔《园丁集》(2)中写的:

Who is there to weave their passionate songs, if I sit on the shore of life and contemplate death and the beyond?

如果我坐在生命之涯
沉思死亡及死后的一切,
谁会编织感情丰富的歌?

还有泰戈尔《新月集》中《我的歌》("My Song")诗中写的:

And when my voice is silent in death, my song will speak in your living heart.

如果我在死亡中声音沉寂,
我的歌会在你活着的心中说话。

---

① 冰心:《冰心全集(第一卷)》,海峡文艺出版社 1994 年版,第 92 页。

第六章　泰戈尔与 20 世纪中国作家

　　冰心最喜欢的泰戈尔的《飞鸟集》也有类似的"生"与"死"的诗意。第 84 首中就有："死亡中，众多变成一个；生命中，一个变成众多。"第 269 首中就有："我从花朵与阳光中学到您的耳语的简单意义——再从痛苦与死亡中理解您的话吧。"第 303 首中就有："神用爱吻了有限，人用爱吻了无限。""生"与"死"，"有限"与"无限"，泰戈尔和冰心都是由"爱"联结成一的。冰心借亡友的嘴说出了自己的人生理想就是泰戈尔所指引的——奔赴那"完全结合"的道路。

　　1922 年冰心发表了一部小说《遗书》，在其中她再次借着宛因之笔表示："生和死只是如同醒梦和入梦一般，不是什么很重大很悲哀的事。泰戈尔说的最好：'世界是不漏的，因为死不是一个罅隙。'能作如是想，还有什么悲伤的念头呢？颂美这循环无尽的世界罢！"①这里冰心直接引用了泰戈尔的诗句来为自己的观点做注解。从这些文章中可以看到，冰心对生与死、无限与有限的思想，与泰戈尔的观点何其相似，两者之间存在着千丝万缕的渊源。

　　我聚焦于泰戈尔和冰心在"生"与"死"，"有限"与"无限"观念上的共鸣不是要在我们的科学时代宣传迷信、鬼神，而是要强调泰戈尔的"spiritual humanity"（精神人类）。泰戈尔在 1925 年第一届印度哲学大会上讲演时说："生命不是囤积而是消化；它的精神与实质、它的工作与它本身都是结合的。""生命为没有生气的世界首创了自由的胜利，因为它不仅是外在的事实，也是内在的表情，因为它必须永远超越它实质的界限，决不让它的物质把它的精神封闭，当然也保持在真理的范畴之内。"②冰心在她《"无限之生"的界线》文章中与鬼对话时说出："既然我们和万物都是结合的，到了完全结合的时候，便成了天国和极乐世界了，不过现在……"她这个"不过现在…"正是不愿意变成争辩式作家的冰心的典型作风，是她对我们现代文明的阴暗面保持沉默。可是，泰戈尔却在 1925 年把冰心 1920 年不愿意说的话说出来了："真正的悲剧在于……人类自己在人世的蒙昧。人类通过其创造性活动使得环境中充满生命与爱心。可是人们功利主义的野心以其贪婪的粗暴运作而使生命摧残与亵渎。这个人类世界制造了自己不协调的噪音与机械动作，与人的天性形成反动，不断地把一

---

　　①　冰心：《遗书》，《冰心全集（第一卷）》，海峡文艺出版社 1994 年版，第 423 页。
　　②　Sisir Kumar Das, eds. *The English Writings of Rabindranath Tagore*, V. 3: A Miscellany, New Delhi: Sahitya Akademi, 1996, p. 567.

个抽象的机制当作宇宙的设计推荐给人类。在这样的世界,解脱 mukti 是没有可能的,因为有这结实而孤单的事实,因为我们只看到鸟笼,看不到鸟笼外的天空。"①冰心很可能没有读过这篇讲演,但是按照她的逻辑,可以说她是读过的——她在 1920 年的文章对泰戈尔写道:"然而我们既在'梵'中合一了,我也写了,你也看了。"冰心是绝对不愿意关在鸟笼中的,她要看到鸟笼外的天空。我讨论这些是强调我们在研究泰戈尔对冰心的影响时应该更进一步去全面了解我们的文化巨匠——泰戈尔。

六、冰心对泰戈尔的敬仰与对印度的友谊

冰心不仅喜爱和崇拜泰戈尔,她对印度人民和印度文化同样充满了感情和尊敬。1953 年 11 月,冰心参加了中印友好协会访问团,作为中国人民友好代表团一员访问了印度。这次访问的对象包括了北至新德里,南至马德拉斯,东至加尔各答,西至孟买等 20 个城市。用冰心自己的话说,"在印度的五个星期,是完全沉浸在印度人民的热烈的友情之中!"②每到一个机场,一个车站,都有无数的花环和热情的手在迎接他们,印度人民对于中印友好的拥护,对远道而来的中国客人的热情,"中印友好万岁"欢迎语和迎接他们的花瓣,完完全全地包围了他们。"我们虽然身体上有时觉得疲劳,但精神上永远是兴奋地,因为印度人民对于中国人民的友情,太使人感动了!"③在一次欢迎会上,冰心被一位印度大娘紧紧拥抱,这给她留下了深刻的印象,她万分感动,"印度妇女对于新中国妇女的羡慕和热爱,真是无法形容的。"④

这次印度之行,冰心不但亲身感受到了中印之间的兄弟之间,感受到了印度人民对中国的热情,同时还增加了对印度文化和艺术的了解,通过这种了解,也加深了她对古老的印度文明的景仰。"印度之行,使我初步地接触了印度的一切。……伟大的建筑、雕刻,精妙的绘画、舞蹈、音乐,以及美丽的山海树林,花木禽鸟……这些迷离却又深刻的印象,已经使我对于这个伟大民族的

---

① Sisir Kumar Das, eds. *The English Writings of Rabindranath Tagore*, V. 3: A Miscellany, New Delhi: Sahitya Akademi, 1996, p. 567.
② 冰心:《与小朋友谈访印之行》,《冰心全集(第四卷)》,海峡文艺出版社 1994 年版,第 37 页。
③ 同上书,第 38 页。
④ 同上书,第 52 页。

悠久的优美的文化艺术,有了很深的景仰。"①

尤其值得一提的是,通过这次访问,尤其是在以西孟加拉邦为主的孟加拉语区的访问,冰心对她自己喜爱和尊敬的泰戈尔有了更多的了解。她看到了在印度,泰戈尔是如此地受人喜爱和尊敬,"我们时常感觉到这位印度文艺复兴时代的巨人——泰戈尔,是怎样地受着广大人民的爱敬。他的大大小小的画像,在人家和公共场所的墙壁上悬挂着,他的长长短短的诗歌,在男女老幼的口中传诵着。"②对于泰戈尔对中国的关心和热爱,冰心也深受感动,她充满深情地写道:"泰戈尔对中国是极其关怀的,他到过中国,有许多中国朋友,在日本帝国主义侵略中国的时候,他曾发出严厉地质问。假如他今天还在,看到东方天边的中国,已被黎明的光辉所普照的时候,不知他要如何地欢喜呢。"③

1961 年印度政府文化部出版了庆祝泰戈尔诞辰 100 周年的专题文集 *Rabindranath Tagore*(1861—1961):*A Centenary Volume*,邀请了世界各国的文化名人撰写关于泰戈尔的纪念文章。作为唯一一位被邀请的中国人,冰心在文章中再次充满深情地回忆了她最初阅读泰戈尔时所感受到的神秘与美好:"童年我在小学图书馆的书架上看到泰戈尔的《吉檀迦利》和《新月集》,文笔那么新鲜、流畅,完全东方风味,我好像在山路上散步时发现一朵深藏的兰花那样高兴。"④冰心接着写道:"这位伟大印度诗人把我带进一个神话似的美妙的外国。"⑤对于泰戈尔对印度传统陋习的批判,冰心也十分钦佩:"他用严厉尖锐的笔批评了压迫妇女的制度,例如童婚、逼迫寡妇在亡夫的火葬场上活活烧死。"⑥冰心说:"泰戈尔是爱国诗人。在他的诗中,他的祖国多么庄严,多么美丽,多么可爱!"⑦"诗人以最大的热情与诚意不断呼吁男女同胞团结起来进

---

① 冰心:《与小朋友谈访印之行》,《冰心全集(第四卷)》,海峡文艺出版社 1994 年版,第 42 页。
② 同上书,第 60 页。
③ 同上书,第 61 页。
④ *Rabindranath Tagore*(1861—1961):*A Centenary Volume*, New Delhi: Sahitya Akademi, 1996, p. 567.
⑤ Ibid.
⑥ Ibid.
⑦ Ibid., p. 212.

入'自由的天堂'。"①冰心强调了"泰戈尔对中国人民与印度人民之间的伟大友谊寄予很高希望。"②她说:"泰戈尔1924年访华对他留下最宝贵的记忆,对中国人民也是这样。"③冰心最后说:"当我们纪念这位深深热爱的伟大诗人之时,让我们两国的十亿人民永远牢记他的珍贵教导,继续为奠定'斗争中的亚洲'的友谊与团结的最坚固基石而努力。"④这些话对我们今天纪念泰戈尔仍然是十分中肯的。

1957年冰心在北京看了印度舞蹈以后写道:"深深地体会到印度的优美悠久的文化艺术、舞蹈、音乐、雕刻、图画……都如同一条条的大榕树上的树枝,枝枝下垂,入地生根。这种多树枝在大地里面,息息相通,吸收着大地母亲给予他的食粮的供养,而这大地就是有着悠久历史的印度的广大人民群众。"⑤她的这番分析是深刻的。单从文学来看,印度从古到今都不断产生伟大的文学作品,古时有两大史诗,近代有泰戈尔,像印度大地上的大榕树那样枝叶茂盛。树枝又如地生根,又从地里长出新的树来。今天印度的西孟加拉邦,家家户户都会唱泰戈尔的歌,民间不断涌现杰出的诗人与歌手,整个西孟加拉邦变成以泰戈尔为灵感的文艺大榕树,值得中国学习。泰戈尔是现代印度文艺复兴运动的创始人,从他诞生至今的一个半世纪中,他一秒钟也没有离开印度的文艺复兴运动,始终照耀着印度文化生活的繁荣昌盛。我相信中国也一定能变成这样的。中印两大悠久、博厚、高明的文明应该加强交流,未来必然会出现千千万万像泰戈尔与冰心一样的心心相印的事例,这不但是四分之一人类所希望看到的,也将使泰戈尔与冰心在天之灵倍感欣慰。

---

① *Rabindranath Tagore（1861—1961）：A Centenary Volume*, New Delhi: Sahitya Akademi, 1996, p. 213.
② Ibid., p. 215.
③ Ibid.
④ Ibid., p. 216.
⑤ 冰心:《观舞记——献给印度舞蹈家卡拉玛姐妹》,《人民日报》1957年4月6日。

第三节　泰戈尔与郑振铎

泰戈尔对中国现代文学的影响,离不开一批致力于泰戈尔思想和创作译介与传播的人,郑振铎是其中最突出的一位。他是中国现代著名作家、文学评论家、翻译家、文学史家、文物考古学家、社会活动家,在众多领域具有开创性的贡献。郑振铎对泰戈尔的积极译介和宣传,是出于中国新文学建设的需要,也是他与天竺诗人心灵共鸣的体现。

一、郑振铎对泰戈尔的译介

郑振铎作为中国新文学的创建者之一,重视对外国文学的译介和借鉴。20世纪20年代,郭沫若对当时文坛注重翻译文学颇有微词,认为"国内人士只注重媒婆而不注重处女;只注重翻译,而不注重生产。"但郑振铎看法相反,认为翻译不仅是"媒婆"而且是"奶娘"。"翻译的功用,也不仅仅为媒婆而止。就是为媒婆,多介绍也是极有益处的。因为当文学改革的时期、外国的文学作品对于我们是极有影响的。这是稍稍看过一二种文学史的人都知道的。"[①]他还说:"我们看文学,不应当只介绍世界文学,对于中国新文学的创造,自然也很有益处。就文学的本身看,一种文学作品产生了,介绍来了,不仅是文学的花园又开了一朵花;乃是人类的最高精神,又多一个慰藉与交通的光明的道路了。如果在现在没有世界通用的文字的时候,没有翻译的人,那末除了原地方的人以外,这种作品的和融的光明,就不能照临于别的地方了。所以翻译一个文学作品,就如同创造了一个文学作品一样;他们对于人们的最高精神上的作用是一样的。"[②]正是出于推动中国新文学发展的愿望和使命感,郑振铎翻译介绍的大量外国的各类文学作品:东方的、西方的;古典的、现代的;经典的、通俗的;神话、诗歌、小说、戏剧、寓言等等。其中用力最勤、译介最多、体悟最深的是印度诗人泰戈尔。

---

① 郑振铎:《郑振铎全集(第3卷)》,花山文艺出版社1998年版,第494页。
② 同上书,第487页。

郑振铎对泰戈尔的译介，国内已有人做过梳理。我们在此基础上概括在中国第一次泰戈尔译介热潮中，郑振铎创下的七个"第一"。

（一）成立第一个研究外国作家的研究会。1921年年初，郑振铎、周作人、瞿秋白、茅盾等人发起成立了中国新文学团体"文学研究会"。不久之后，出于对泰戈尔诗作的热爱和人格的敬重，郑振铎又与许地山、瞿世英等同人在文学研究会内组织了"泰戈尔研究会"，这是中国第一个专门研究一个外国作家的学会。

（二）第一篇泰戈尔研究专论。郑振铎和瞿世英于1920年2月27日—4月3日在《晨报副刊》上发表《泰戈尔研究》的连载文章。文章对泰戈尔的思想和主要创作做出比较系统和全面的分析。在此之前，有《台莪尔氏之人生观》（《东方杂志》1913年第10卷第4期）、仲涛的《介绍太阿儿》（《大中华》1916年第2卷第2期），但只是一般的介绍或某一方面的评述。

（三）第一篇介绍泰戈尔文艺思想的文章。1922年郑振铎在《小说月报》第2期上发表《太戈尔的艺术观》。文章以泰戈尔的《什么是艺术》为依据加以阐释，对泰戈尔的文艺思想做了比较系统的介绍和评论，体现了郑振铎当时对泰戈尔文艺思想的认知，也阐发了他自己的一些文艺思想。比如，他认为泰戈尔没有卷入艺术功能的争议之中，而是专注于探求艺术之所以存在的理由，即艺术是为着某种社会目的，美感需要，抑或是人们表现的冲动；他认为泰戈尔的艺术根源论就是人类要把他们的快乐或是不快乐，恐怖、愤怒，或是爱情的感觉表现出来；他认为艺术的美只不过是一种工具，作为表现人格的工具；他认为艺术作品中可以含有哲学的抽象的思想，但艺术如不经过作者的人格化、感情化，就不能称之为艺术，等等。

（四）第一部泰戈尔的传记。1922年郑振铎在《小说月报》第2期刊出了一篇简略的《太戈尔传》。为欢迎泰戈尔来华，郑振铎在1923年又在此基础上撰写了一部更为详细、系统的《太戈尔传》，在传记的"绪言"中他说到写作这本传记的原因："他现在是快要到中国来了，我且乘这个机会，在此叙述他的生平的大略，以为大家了解他的一个小帮助。他的传记的本身也是一篇美丽的叙事诗。印度人都赞美着他完美的生活。自他的童年以至现在，他几乎无一天不在诗化的国土里生活着。我们读他的传记正如读一篇好诗，没有不深深的受它的感动的。我所以要介绍他的传记,这也是个小原因。"①传记先在《小说月报》1923年第9期和第10期登载,1925年4月由上海商务印书馆出版。传记包括"家世""童年时代""喜马拉雅山""加尔各答与英国""浪漫的少年时代""变迁时代""旅居西莱达时代""太戈尔的妇人论""国家主义与世界主义""和平之院""太戈尔的哲学的使命""得诺贝尔奖金与其后"等12章。这是我国第一部传记性的泰戈尔研究专著。

（五）出版第一本泰戈尔的汉译诗集。郑振铎接触泰戈尔的诗歌是1920年初,在许地山的引荐下,他对泰戈尔诗歌产生浓厚兴趣,1922年翻译了《飞鸟集》,这是第一次被介绍到中国来的泰戈尔诗集,1923年又翻译出版了《新月集》。

（六）泰戈尔来华的第一篇通讯。泰戈尔1924年4月12日乘坐热田丸号轮船到上海,郑振铎和徐志摩、瞿菊农、张君劢等人早早来到汇山码头迎候,之后几天泰戈尔在上海的活动郑振铎以《小说月报》记者的身份参与,他写作的通讯《太戈尔到华的第一次记事》刊于《小说月报》1924年第4期,文中记述了泰戈尔一行登陆上海受到热烈欢迎,13日下午应邀出席张君劢府邸茶话会的情形,14—16日游览杭州的行程,着重报道了18日应上海各团体的邀请,在商务印书馆俱乐部欢迎会上泰戈尔的讲演,对这次题为《东方文明的危机》的讲演内容要点作了转述,文末还记录了泰戈尔27日在北京文学家公宴席上关于"文学"的一段话:"余之作诗,纯以自然为对象。余之诗体,决不模仿欧洲亦非取法吾印。余反对印度古诗,同时亦排斥欧洲新诗,当余初创余所独有之新诗体时,世人多不了解,许多批评家群起驳难。余因自信甚坚,概置不理,近来渐有赞成余之诗体者,然真能理解者,尚属寥寥。一国之诗绝对不能译成他国文字,一译便失却真意。……故欲真了解于是好处,非读彭加利原文不可,英译本已失去许多妙味矣。过去诗人每因享受大名之后,任意滥作,世人受气余毒,故成功为诗人堕落之始,不可不慎也。"②在通讯的文字之间,还配发了8幅泰戈尔在上海活动的照片。

---

① 郑振铎:《郑振铎全集(第15卷)》,花山文艺出版社1998年版,第553页。
② 记者:《太戈尔到华的第一次记事》,《小说月报》1924年第4期。

（七）中国现代编发泰戈尔译介文字最多的编辑。郑振铎不仅自己积极从事泰戈尔的翻译介绍，还热情支持他人的翻译。他在主编的《文学研究会丛书》《小说月报》《时事新报·学灯》《文学旬刊》《喜剧》《诗》《一般》等书刊中，编辑出版了大量泰戈尔的作品、著述和评论文章。可以说，中国现代泰戈尔的作品的译文和介绍文字，绝大部分是经郑振铎之手编辑刊发的。

今天看来，郑振铎的泰戈尔译介也有些局限：郑振铎不懂孟加拉文，都是从英文翻译，其中一些是转译；当时他确实太忙，一些译文来不及精心推敲；当时是白话文文学初创时期，一些用词甚至句法都可商榷；对泰戈尔的介绍研究，也不是深入全面的，往往依据有限的几份资料。但正如我国孟加拉语文学研究专家石真所说："可以说中国最早较有系统地介绍和研究泰戈尔的是西谛先生。"[①]郑振铎对泰戈尔的译介，为泰戈尔在现代中国的传播和普及做出了巨大贡献，从一个方面推动现代中国文学的发展。

二、影响：从形式到内容

郑振铎的思想和创作受到泰戈尔的深刻影响。我们可以从几个方面来考察：

（一）诗歌形式的影响

郑振铎曾谈到自己"在写诗方面，……还接受了印度泰戈尔的形式。"[②]郑振铎在这里所说的形式，就是泰戈尔诗歌的形式。具体说来，就是泰戈尔所创作的那些短小精悍、灵动而富有神韵的小诗给郑振铎的诗歌创作带来了影响。

小诗被称为"新诗坛上的宠儿"[③]，这种以描写瞬间情感，融写景、抒情、寓理于一体，意象简约含蓄，形式短小为特征的新诗体裁，直接受到郑振铎翻译的《飞鸟集》影响。成仿吾曾谈到《飞鸟集》在当时流传的盛况："大家一齐争着传诵，争着翻译，争着模仿，犹如文艺复兴时代的人得到一本古典的稿子。"[④]郑振铎自己也在《飞鸟集》序言中说："近来小诗十分发达。它们的作者大半都是直接间接受泰戈尔此集的影响的。"实际上郑振铎创作了不少具有"泰戈尔风

---

① 石真：《前言》，《泰戈尔诗选》，人民文学出版社1957年版，第5页。
② 郑振铎：《最后一次讲话》，《郑振铎全集（第3卷）》，花山文艺出版社1998年版，第379页。
③ 龙泉明：《中国新诗流变论》，人民文学出版社1999年版，第110页。
④ 成仿吾：《诗之防御战》，《创造周报》1923年第1期。

第六章 泰戈尔与20世纪中国作家

味"的小诗。

1922年2月《诗》月刊第2期上,发表郑振铎的《柳》《死了的小弟弟》等六首小诗。《文学旬刊》第52期(1922年10月)和第64期(1923年2月)上发表过六首直接以"小诗"为题的诗歌。之后还在报刊发表以《惆怅》《微思》《旅中》《铜铃之什》《北平杂忆》为题的系列小诗。郑振铎创作的小诗约有200余首,单从数量看,当然不可与冰心、王统照等人相比。但"……在丰富小诗的表现内容与风格等方面,都是作出了贡献的。"[1]他的描景小诗美丽、清新、安谧;写心境时真切、动人、想象新奇(如"在恋时的心,/如在蒙蒙之中的新叶,/颤动而且.陶醉着");描写刹那间感触时,则真率,质朴,透着对人生的思索(如"'别'使我们的心接近,/'死'使我们互相亲爱")。他以现实主义精神,用小诗体来反映社会的本质和时代的黑暗,像他在《死了的小弟弟》回忆了自己少年时家庭的贫困;《灰色的兵丁》中对那些压迫民众的士兵的不满;《成人之哭》《漂泊者》写下了处世的艰辛。

我们不妨以其中的二首为例,来看一下它的艺术风格:

  缓留着的河水,白鸭悠悠的游着,
  钓丝轻漾在水里,半枯的柳树懒懒的倚在岸边。

        ——《北平杂忆》十五[2]

  荆棘生来是有刺的,
  它不以人的憎恶,便把它的刺去了。
  玫瑰花生来是娇红可爱的,
  它不因人的采摘,便变得丑恶了。

        ——《本性》[3]

前一首以河边垂钓的情景描写,抒发一种悠闲自在、怡然自适的情怀。在郑振铎的笔下,只是几笔疏豪的写意,将主体情感熔炼其中,清新隽永,形式简短精悍。后一首通过荆棘和玫瑰特性的对比,表达出一种哲理。从中我们能

---

[1] 陈福康:《郑振铎论》,商务印书馆1991年版,第258页。
[2] 郑振铎:《北平杂忆》,《郑振铎全集(第2卷)》,花山文艺出版社1998年版,第179页。
[3] 郑振铎:《本性》,《郑振铎全集(第2卷)》,花山文艺出版社1998年版,第26页。

品味出浓郁的"泰戈尔风味"。

在"泰戈尔热"渐渐走向低迷时,他依然深深地喜爱泰戈尔的诗歌,"太戈尔的诗,仿佛是好久没有人谈起了。不管别的人对于他如何的说,不管我自己的思想与心情如何的变化,我却始终喜欢这位银须白发的诗人的东西。"①当小诗流行的热潮渐渐走向低谷时,郑振铎依然喜欢用小诗来表现自己的情思。在抗日战争后期,他还写下了很多的小诗,如《铜铃之什》等诗篇借助小诗的形式,真实地反映了沦陷区人民的痛苦生活。

泰戈尔是印度散文诗的最早开拓者,他把孟加拉语诗歌译成英文诗集《吉檀迦利》时使用了"散文"形式,并获得了成功。泰戈尔的散文诗虽抛弃了印度传统诗歌的格律,却具有内在的韵律和明显的节奏感。这一点显然影响了郑振铎。作为新文学史上散文诗理论最有力的倡导者,他在1922年元旦发表的《论散文诗》,认为诗的主要条件在于"有诗的本质——诗的情绪与诗的想象","决不是韵不韵的问题",因为"诗比散文更宜于智慧的创造",宜于表现自己,宜于美的表现等。郑振铎创作的《灯光》一开头就有诗的意境和氛围:"深秋中夜,黑云四罩,风吹叶落,萧萧作响。一个人提着灯,在荒野中寻路迈往。"又有诗的情绪:"但他总觉得孤孤单单的;有无限的凄凉、感伤,无限的恐慌。"②整篇诗既有散文的细节描写和形式上不整齐的散文美,又有诗的节奏和诗的章法,首尾呼应,回环复沓,是典型的散文诗。郑振铎理论上的倡导,创作上的实践,对于促进散文诗这一新的文学样式的发展,无疑起了推动作用。

(二) 文学观念的影响

郑振铎在20世纪20年代这样定义"文学":"文学是人们的情绪与最高思想联合的'想象'的'表现',而他的本身又是具有永久的艺术的价值与兴趣的。"③他这样以"情绪"和"想象"作为文学的基本定性,将文学与个人紧密联系在一起,但又不否认文学的社会功能,而是以情感的普遍性为中介,在文学的独立和文学的社会功能之间取得平衡。从中不难看到泰戈尔的影响。

在1922年发表的《太戈尔的艺术观》中,郑振铎对泰戈尔的诗学思想进行

---

① 郑振铎:《太戈尔杂译》(二首),《文学周报》1926年6月27日第231期。
② 郑振铎:《灯光》,《郑振铎全集(第2卷)》,花山文艺出版社1998年版,第109页。
③ 郑振铎:《文学的定义》,《郑振铎全集(第3卷)》,花山文艺出版社1998年版,第394页。

第六章 泰戈尔与20世纪中国作家

了比较全面的介绍,文章基本上是对泰戈尔在美国题为《什么是艺术》的演讲内容的转述,转述中又有自我阐述。他赞赏泰戈尔"艺术是人格的表现"以及"建筑他的这个真实的世界——真与美的生存世界——就是艺术的功用"的主张①。郑振铎在《新文学观的建设》一文中批判了"文以载道"和"娱乐消遣"两种文学观,认为"娱乐派的文学观,是使文学堕落,使文学失其天真,使文学陷溺于金钱之阱的重要原因的;传道派的文学观,则是使文学干枯失泽,使文学陷于教训的桎梏中,使文学之树不能充分成长的重要原因。"又进一步提出:"文学是人生的自然的呼声。人类情绪的流泄于文字中的,不是以传道为目的,更不是以娱乐为目的。而是以真挚的感情来引起读者的同情的。"②这样的文学观,与泰戈尔的文学思想非常接近。泰戈尔认为"人有着情感能量的蕴藏","一切真正的艺术都起源于情感。"③显然,泰戈尔文学思想成为郑振铎文学观念的思想资源。

(三)"爱""光明"和"清新"是郑振铎接受泰戈尔影响的核心概念

综观郑振铎评论、译介泰戈尔的文字,可以发现,"爱""光明""清新"是出现频率很高的三个词,是他对泰戈尔思想、人格和创作的认识与领悟,更是他景仰、挚爱泰戈尔及其艺术的缘由。在泰戈尔来华的前夕,郑振铎写了一篇激情洋溢的《欢迎太戈尔》,文中写道:"他是给我们以爱与光与安慰与幸福的,是提了灯指导我们在黑暗的旅路中向前走的,是我们一个最友爱的兄弟,一个灵魂上的最密切的同路的伴侣。他在荆棘丛生的地球上,为我们建筑了一座宏丽而静谧的诗的灵的乐园。这座诗的灵的乐园,是如日光般,无往而不在的。是容纳一切阶级,一切人类的;只要谁是愿意,他便可以自由的受欢迎的进内。……无论我们怎样的在这世界被损害,被压抑,如一到这诗的灵的乐园里,则无有不受到沁入心底的慰安,无有不从死的灰中再燃着生命的青春的光明来的。"④

在《太戈尔传》中,郑振铎运用泰戈尔的哲学论述,说明"爱"和爱所带来的

---

① 西谛:《太戈尔的艺术观》,《太戈尔传》,商务印书馆1925年版。
② 郑振铎:《新文学观的建设》,《郑振铎全集(第3卷)》,花山文艺出版社1998年版,第436页。
③ R. Tagore. *Personality*. London: Macmilan. 1917. p.11, p.18.
④ 郑振铎:《欢迎太戈尔》,《郑振铎全集(第2卷)》,花山文艺出版社1998年版,第492—494页。

"快乐"是世界终极意义上的本质。"'所有的东西都是从永久的快乐中生出来的。'太戈尔在《生之实现》说道,'这个快乐,它的别名就是爱。……我们不爱,因为我们没有感觉,或者可以说,我们没有感觉就因为我们没有爱。因为爱是一切围绕我们的东西的极端的意义。它不仅是感想的;它是真实的;它是快乐,是在一切创造之根上的快乐'。"① 正是这样一个以"爱"为根本的泰戈尔,深深获得郑振铎灵魂深处的共鸣,才会有郑振铎以人为本的文学思想,认定文学的使命是"扩大或深邃人们的同情与慰藉,并提高人们的精神。"②

"以清新的,活泼的,神秘的诗,投入于现代的沉闷于物质生活的人手中,使他们的灵魂另外开了一扇极明净极美丽的窗子,这实是太戈尔对于世界的大贡献。"③

三、主体期待中的接受

为什么郑振铎对泰戈尔表现出这样的热爱?与同是文学研究会的好朋友茅盾、瞿秋白、沈泽民等截然相反。又为什么郑振铎接受的是这样一个爱的、带来光明,甚至拯救世界的泰戈尔?

郑振铎接受的泰戈尔,是一个主体期待中的泰戈尔。他对泰戈尔思想和创作中的宗教因素和神秘色彩就往往视而不见,他接受和理解的泰戈尔是泰戈尔思想创作中他所期待的部分。

(一)人类一体的社会观

郑振铎在五四大潮的冲击下,积极投身社会改造的探讨。在《新社会》发表了大量关于社会改造运动的文章,内容涉及社会改造的目的、手段和方法等等。当时郑振铎大量阅读、研究西方的社会学思想和理论。其中获得他赞赏的是美国社会学家弗兰克林·吉丁斯(1855—1931)的"社会有机体论"。这种理论认为:人类的"'同类意识'最为发达。看见人家生病,自己也觉得苦痛;看见人家哭泣,自己也觉得凄然","社会本来是有机体,一部分的痛苦,足以达于

---

① 郑振铎:《太戈尔传》,《郑振铎全集(第15卷)》,花山文艺出版社1998年版,第609页。
② 郑振铎:《文学的使命》,《郑振铎全集(第3卷)》,花山文艺出版社1998年版,第402页。
③ 郑振铎:《十四年来得诺贝尔奖金的文学家》,《郑振铎全集(第15卷)》,花山文艺出版社1998年版,第106页。

全身。"正因为人类的"同类意识"和"社会有机体"的存在,才有社会改造和人类进化的可能。

正是在这样的思维结构中,泰戈尔相似的社会思想获得郑振铎强烈的共鸣。在《太戈尔传》中的有一段论析:"他并不是一个浅窄的印度的国家主义者,而是一个世界的国家主义者——一个世界的人道主义者罢了。他的世界主义是已达了'完善'之巅的。他是一个二十世纪的理想者,相信人类的一体,因其分而益显其繁富。他以为人类是超乎一切国家之上的。"①

（二）人道主义的伦理观

人道主义是郑振铎著述中经常被提及的概念。他办过《人道》月刊,撰写过《人道主义》的专题文章,在"五四"新文化运动的前期比较频繁地运用人道主义的观点进行社会改造理论的阐述和展开文学批评。特别是在马克思主义逐渐在中国社会广泛传播和成为主流思想后,他仍然坚持人道主义的观点。人道主义思想建构了郑振铎的民主观,郑振铎的民主主义思想的内核就是人道主义,这是他文学思想中的内质和要素,也是其毕生的民主活动的出发点。

早在《新社会》的发刊词,郑振铎就强调用"自由、平等、博爱"的民主思想来改造旧社会:"我们改造的目的和手段就是:考察旧社会的坏处,以和平的、实践的方法,从事于改造的运动,以期实现德莫克拉西的新社会。"②在社会实进会,他与其他成员集中探讨了社会改造的方法、自杀问题、劳动问题、妇女问题,抨击了当时中国人的麻木不仁,表现出了很强的社会改造热情和人文关怀。"广义地说,每当一个思想家(不论他属于哪个领域)把人的现世幸福看得至高无上的时候,他便涉入了人道主义的领域。"③从这个意义上讲,郑振铎对于现实社会的人文关怀和责任自觉就意味着获得人道主义的精神实质。

在《人道主义》中,郑振铎引用了斯宾塞等社会学家的理论,比较系统地阐明了他对人道主义的认识。他认为,"人道"二字的本义是指人类聚合或同类的感情和同情心,人道就是仁、爱、利他主义、人类的同情、人类相与生存之道。

---

① 郑振铎:《太戈尔传》,《郑振铎全集(第15卷)》,花山文艺出版社1998年版,第599—600页。
② 中共中央马克思、恩格斯、列宁、斯大林著作编译局研究室编:《五四时期期刊介绍 第1集》,生活·读书·新知三联书店1978版,第409页。
③ 拉蒙特:《人道主义哲学》,贾高建等译,华夏出版社1990年版,第15页。

人类的本心,可分利己(生命维持冲动和占有冲动)和利他(同情心的冲动),而人道主义是人类同情心(利他的性情)的表现,不是由利己主义而导出的。因此,郑振铎认为,人道主义就是行于人类间的,无人种、国家或阶级之异同,尊重人类人格的平等,博爱一切人类主义。他又用历史的事实证明,人道主义为社会进化的原因,而社会进化的结果,又促使人道主义观念的发展。人道主义的发展是跟着人类社会观念与经验的进步而来的,社会观念与经验进步有助于人类意识力的增进,而人类意识力的增进是受到教育和环境的影响,因此求人道主义的发展,就要改造环境和努力于教育事业。

郑振铎在《人的批评》一文中已经把人道主义作为一种评判的标准和手段:"我写下这个题目,至少包含有下面两个意义:(一)要以'人'的眼光,为一切批评的标准;(二)要以人道的态度,来批评一切事物。"他又说,要"以人类为批评的本位"。在这里,人道主义是作为集体理性的手段,与周作人个体本位的人道主义关系微妙,不尽相同:郑振铎强调的是人道主义中的博爱主义,而周作人更侧重人道主义中的个人主义。

(三) 情感表现的文学观

"我以为文学中最重要的元素是情绪,不是思想。文学所以能感动人,能使人歌哭忘形,心入其中,而受其溶化的,完全是情绪的感化力。文齐斯德(Winchester)以为文学的职务,在轻而易读,而不使人费思索之力;而纯以作者的情感来引起读者的情绪。我极以为然。……总括一句话,文学的真使命就是:表现个人对于环境的情绪感觉。欲以作者的欢愉与忧闷,引起读者同样的感觉。或以高尚甄逸的情绪与理想,来慰藉或提高读者的干枯无泽的精神与卑鄙实利的心境。"[①]

泰戈尔把情感力看作是作家创作的主要创造力,"一切真正的艺术都起源于情感"。他认为:"我们的情感是胃液,它把这个现象的世界变成了较为亲切的情感世界。"而情感世界,亦即心灵世界、人的世界,它与外界世界有着天壤之别。"人的世界不仅传递哪些东西是白的、黑的,或是大的、小的信息,而

[①] 郑振铎:《文学的使命》,《郑振铎全集(第3卷)》,花山文艺出版社1998年版,第402页。

且它正以不同声音,揭示哪些事物是可爱的或可憎的,崇高的或卑劣的。"①这个通过人类感情所组成的世界,与外界世界相比,更吸引人。它"不仅有外界世界的色彩、形态和声音等,而且还包含着个人的情趣爱好,人们的喜怒哀乐等"。②"这个人的世界是从我们心灵深处奔流出来的,这个奔放的过程既是古老的,又是崭新的。由无数新的感觉器官和新的心脏组成的这个取之不尽、用之不竭的源泉,总是川流不息地永葆常新。"③他认为:外界世界,包括我们的家,我们的物品,我们的身心等等,总有一天都会毁灭。而唯有人的世界,即"我们的思想和感受的东西将依赖于人类的智慧和感情,永远存在于生气勃勃的世界里。"④

不仅文学创作依赖于感情,而且文学评论也要以感情为标尺。在《文学的本质》一文中,泰戈尔明确指出:"进行文学评论时,我们应该考虑两个问题:首先要考虑的是,作家的心灵与外界的联系究竟有多深?其次,这种关系得到了多少永恒性的反映?"⑤这里的"作家的心灵",指的就是创作者的心灵情感。他认为:"当我们用自己心灵情感去摄取外界世界时,那个世界才成为我们自己所特有的世界"。⑥而心灵情感与外界世界结合得越紧密,越深刻,那么作品就越成功。如果作家能把自己的真情实感变成另外一些人的真情实感,表达出永恒的本质,那么他的作品就能永远闪耀着灿烂的光芒。

郑振铎与当时的陈独秀、沈雁冰、瞿秋白从文化启蒙的角度理解泰戈尔不一样,他是先为泰戈尔诗歌创作的魅力所打动,再去研究其生平思想,是真正从文学艺术的角度来理解、接受泰戈尔。

第四节 凌叔华与泰戈尔的诗画交流

1924年对于泰戈尔来说,既是期待已久,也是毁誉参半的一年。这一年诗

---

① 刘湛秋主编:《泰戈尔文集 第4卷》,安徽文艺出版社1997年版,第198页。
② 同上书,第197页。
③ 同上书,第198页。
④ 同上书,第202页。
⑤ 同上书,第198页。
⑥ 同上书,第197页。

人的访华,在中国的文学界与思想界掀起了巨大的风波。泰戈尔访华所吸引的目光,更多的是源于他在文学与思想上取得的成就和价值。但对于当时名不见经传的女学生——日后中国文坛知名的现代女性作家凌叔华来说,泰戈尔 1924 年对史家胡同的到访,在一定程度上改变了她的人生走向:凌叔华自此进入中国现代文坛的聚光灯下,文画兼修,创作了大量的作品。青年时期亲身参与到重大的国际交流事件之中,开阔了凌叔华的创作视野,激励了其对英文小说的翻译和写作。同时,和"北京画会"的交流也加深了泰戈尔对中国传统书画的理解,促进了他对绘画创作的追求。

一、"北京画会"与初识泰戈尔

(一)凌叔华的绘画天赋

凌叔华的父亲凌福彭出身翰林,是光绪十九年举人,和康有为为同榜进士。曾任顺天府尹、直隶布政使和多地知府。自幼出生于这样的高门深院之中,尽管受到大家庭中复杂关系的困扰,凌叔华所具有的家族地位,已然赋予她接触到文艺作品得天独厚的优势。

早在步入文坛之前,凌叔华的才能被偶然发现:她身处高位的父亲发现十几个孩子中的一个女儿在画画。在父亲朋友的建议下,凌福彭为这个有绘画天赋的孩子创造了令人羡慕的习画环境。[①] 他为凌叔华请来了辜鸿铭、缪素筠、郝漱玉作为国学和绘画老师。凌福彭本人对书画的热爱,也让童年时期的凌叔华接触到更多大师。她在《回忆一个画会和几个老画家》中曾说过:"因为先父是嗜好书画的,他在北平做过三四十年事,故他认识的书画家、收藏家也很多。那时,我有不少机会跟着他看过不少好书画,会见过不少老书画家……"

随着凌叔华的逐渐成长,她的国文与绘画水平也逐年提高。考入燕京大学时,已经开始逐渐发表短篇小说等作品,而凌福彭经常将书画家请到家中,有了画会就让自己的女儿参与主持。1923 年,泰戈尔访华的前夕,"小姐家的大书房"已经盛况空前,走在了时代的前列。[②] 凌福彭家的画会布置充满了艺

[①] 傅光明:《凌叔华:古韵精魂》,大象出版社 2004 年版。
[②] 张鹏:《民国才女凌叔华的宅门时光》,《文摘报》2016 年 3 月 1 日。

第六章　泰戈尔与20世纪中国作家

术气氛和文人格调:"北窗窗户擦得清澈如水,窗下一张大楠木书桌也擦得光洁如镜,墙角花架上摆了几盆初开的水仙,一株朱砂梅,一盆玉兰,室中间炉火暖烘烘地烘出花香,烘着茶香……"① 还在大学学习期间,凌叔华已经融入了中国传统绘画的氛围之中,举手投足,都散发出青年女性画家的独特魅力。美国女画家玛丽·奥古斯塔·马里金在参加过一次画会后写文说过,"她贤淑文静,不指手画脚,也不自以为是,客人有需要时她就恰到好处地出现,说起话来让人如沐春风……"②

毫无疑问,当泰戈尔踏入凌家"北京画会"的一刻,就被这样的场景所吸引,其他同行的作家,也很难不对凌叔华另眼相看。在凌叔华丹青之余涉足文坛之际,必然会显示出与众不同的画韵,成为现代文学中的一脉清流。

(二) 泰戈尔的画家身份

很少人知道享誉世界文坛的印度诗人泰戈尔也是一位画家。董友忱在搜集了泰戈尔的画作后,将泰戈尔的作品称为"诗人之画"。他认为:"泰戈尔的绘画作品受到东西方艺术家和文化学者的赞许,因此他又被称为画家……应该承认,罗宾德罗纳特·泰戈尔并不是具有很高绘画技巧的专业画家,而是一位天才的诗人画家。"③

实际上,泰戈尔自幼爱画,他对于绘画的热爱,并不亚于对文学的追求,甚至投入的时间和精力要远远超过在文学方面的投入。泰戈尔一生笔耕不辍,但对绘画的兴趣却丝毫不减。在本国或是国外,他利用一切机会参观欣赏绘画和美术作品,经常流连博物馆和美术馆。在1916年访问日本期间,泰戈尔格外关注日本的艺术发展,著名画家横山大观(1868—1958)和下村观山(1873—1930)的绘画都给他留下了极深的印象。

徐悲鸿在为泰戈尔逝世而作的《悼泰戈尔先生并论及绘画》中感慨:"泰戈尔翁行年六十余,始治绘事,及八十岁时,凡成画两千余幅,巴黎、伦敦、莫斯科皆曾展览之,脍炙人口,不亚于其诗。"④

---

① 凌叔华:《凌叔华自述自画》,中国青年出版社2013年版,第107页。
② 张鹏:《民国才女凌叔华的宅门时光》,《文摘报》2016年3月1日。
③ 董友忱主编:《诗人之画——泰戈尔画作欣赏》,中西书局2011年版,第2页。
④ 孙宜学主编:《泰戈尔在中国(第二辑)》,上海三联书店2016年版,第422页。

泰戈尔的出访是思想的交流,也是艺术的朝圣。在他出访期间,随行三位重要人物有梵文学者 Sen,画家 Bose 和做他秘书的英国信徒 Elmhirs。① 诗人访问画家随行,足见泰戈尔对于绘画的重视。在"北京画会"的交流期间,为其穿针引线的就是随行的画家 Bose,对泰戈尔与中国艺术界的往来起到了非常重要的作用。

泰戈尔一行 1924 年的访华活动非常丰富,组织方安排了演讲,还要进行各种文艺参观等活动。泰戈尔对艺术的热爱,与对文学的执着相仿佛。因此,20 世纪初和凌叔华的相遇既是偶然也是必然。对文学与绘画共同的爱好使他们的交流必然碰撞出不同凡俗的火花。

(三)"北京画会"

1924 年春,泰戈尔应"讲学社"邀请到北京访问,原定在清华园驻留 23 天(4 月 28 日至 5 月 20 日)。实际停留时间为 6 夜 6 天。5 月 5 日,泰戈尔离开清华园返回城里,寓居史家胡同。② 史家胡同,正是凌叔华父亲的私宅和画会经常举办之地。当时,北京大学负责接待诗人的是徐志摩和陈西滢,而陈师曾和齐白石等组织的画会也要在凌叔华的书房开会。关于当时的"画会",凌叔华曾描写到:"那时的画会,大都是由当地几个收藏家、书家、画家折束相邀,地点多是临时选择幽静的园林与寺院。人数常是十余人,茶余酒后往往濡毫染纸,意兴好的,画多少幅,人亦不以为狂,没兴趣作画的,只管在林下泉边,品茗清谈,也没有人议论"③当时的画会,因为找不到合适的地方开会,陈师曾就建议以凌家的大书房为地点,不吃饭只喝茶。在 1924 年 5 月 6 日这天,本来画会邀请了泰戈尔同行的画家 Bose,但不期北京大学得到消息后,泰戈尔和徐志摩、陈西滢突然到访画会,以至于凌家庆幸客人们只是喝茶而不是吃饭。那天凌叔华的母亲以玫瑰花饼、紫藤花饼和杏仁茶招待客人。凌叔华问泰戈尔是否能画,老诗人就在凌叔华准备好的檀香木片上画了莲叶和佛像。这一刻,对在场的文艺界人士都留下了极为深刻的印象,凌叔华的才情,也为她日后在文坛上的熠熠闪光奠定了基础。

---

① 孙宜学主编:《泰戈尔在中国(第二辑)》,上海三联书店 2016 年版,第 438 页。
② 记者:《诞辰将近之泰戈尔》,《晨报》1924 年 5 月 6 日。
③ 凌叔华:《凌叔华自述自画》,中国青年出版社 2013 年版,第 149 页。

当天,凌叔华兴奋地写下日记《我的理想及实现的泰戈尔先生》,其中记录了她第一次见到泰戈尔的情景:"我头一次和他拉手时,抬头见他银白的长须,高长的鼻管上还有充满神秘思想的双目,宽袍阔袖,下襟直垂至地,我心里不觉一动,觉得我那时真神游到了宋明话本之中⋯⋯"他们谈到了文人的标注,谈到了新诗和旧诗,还谈到了中画与西画的作法。泰戈尔建议凌叔华:"多逛山水,到自然里去找真,找善,找美,找人生的意义,找宇宙的秘密。"①

此后,泰戈尔作了以《中国画之观感》为题目的演讲,他说:"凌君所举'诗中有画,画中有诗'二语,余甚承认。又谓诗人与画人在艺术上有一致之精神,尤表同情。⋯⋯"②由此可见,泰戈尔与凌叔华在对诗与画之间相辅相成、相互融通关系的理解上,达成了高度的共识。

1924年泰戈尔的访华日程虽然紧张而短暂,但热爱艺术、平易近人的老诗人,对于还在燕京大学读书的青年凌叔华的影响巨大。这一次会面,凌叔华在画会上的超凡表现吸引了文学界的目光,也将她带入了现代文学的创作前沿。

二、国际文学交流的积极实践者

(一) 与泰戈尔及印度画家的进一步联系

泰戈尔访华后,凌叔华逐渐在文坛崭露头角。绘画的技法影响了她的小说创作。通过绘画,凌叔华奠定了她在现代文坛上的地位,也使其他作家注意到她的天赋。"北京画会"不仅引来了泰戈尔,还吸引了中国现代作家的目光。凌叔华在《回忆郁达夫一些小事情》一文中提到:"由这一次北京画家集会之后,陈西滢、徐志摩、丁西林等常来我家,来时常带一二新友来,高谈阔论,近暮也不走。有时母亲吩咐厨房开出便饭来,客人吃过,倒不好意思不走了。"凌叔华不仅步入现代文坛,而且成为《现代评论》社中唯一的女性作家和新月派重要的小说作家之一。

徐志摩曾经专门以凌叔华为其绘制的拜年片"海滩上种花"为题来说明自己的理想:"我的朋友是很聪明的,他拿这画意来比我们一群呆子,乐意在白天

---

① 王兰顺:《北京史家胡同名人轶事:凌叔华接待泰戈尔论画》,《北京青年报》2012年10月5日。
② 记者:《北京画界欢迎会席上泰戈尔之演说》,《晨报》1924年4月30日。

里作梦的呆子,满心想在海沙里种花的傻子。"当时徐志摩已经引凌叔华为知音,凌叔华在现代文学圈里也已经略有名气。只有绘画与文学天赋并存,才能实现图文合一,使文心与画意相得益彰。凌叔华的自信,与她在画会上和泰戈尔的交流及所受到的鼓励是分不开的。

泰戈尔对凌叔华有着极高的赞誉,认为凌叔华比当时显露头角的女作家林徽因①"有过之而无不及"。泰戈尔回国之后,凌叔华依旧与泰戈尔及其随行画家有着直接或间接的联系。

1925年徐志摩欧洲旅行的主要目的是为了会见泰戈尔,但当时泰戈尔因病已经回到了印度。徐志摩在佛罗伦萨给泰戈尔写了长信,希望能够或在意大利或在印度与其重聚。信件的最后盼望泰戈尔能够再次访问中国,附上了林长民先生的信以及梁启超等人的问候。在书信结尾,他特别提到了凌叔华,也提到了凌叔华为迎接泰戈尔寿辰所做的准备:"还有一个偷偷爱慕你而使你不能不怀念的人,就是女作家凌叔华小姐;你曾经给她很恰当的奖誉,认为她比徽音有过之而无不及(顺便提一下的,就是徽音还在美国)。凌小姐给你做了一顶白玉镶额的精致便帽,还有其他的物品,预算给你作六十五岁寿辰的贺礼;我盼望参加这个荣典。……"②

凌叔华的书信亡佚者不在少数,但从她《回忆郁达夫一些小事情》一文中,可以窥见与其他印度作家的交流关系:

> 兰达·波士(即前文 Bose)是印度著名画家。他在印度与中国的艺术交流史上有着重要的位置。在1924年访华之际,他陪同泰戈尔与中国画家、艺术家接触并交流,结识到齐白石、陈半丁、姚茫父等人,曾经用中国的绘画技法创作了水墨画,赠送给京剧演员梅兰芳先生。

当时泰戈尔极力想把波士介绍给中国的画家群体,便在北京画会一并带了波士参加。凌叔华在文中形容说:"那天由母亲建议早一日去订下百枚新鲜玫瑰老饼和百枚新鲜藤萝花饼,另外用家中小磨磨出杏仁茶,这应节的茶点很投诗人画家的趣味。(二十年后,画家波士给我来信,还巴巴地提起那天吃的

---

① 原名"徽音"。
② 徐志摩:《徐志摩全集·书信卷》,浙江人民出版社2015年版,第369—370页。

茶点!)"

言语中,凌叔华对当时的情景仍记忆犹新,并在括号的部分里特别提到了她与兰达·波士的联系到了二十年之后还没有中断,足见在中印艺术的交往过程中,作为画家的凌叔华与波士的书信往来也是不可忽视的一段重要内容。

(二)与西方作家、艺术家的交流关系

在凌叔华创作的中期,她身处战乱的时代:生活上的颠沛流离和亲友的相继逝世,格外加深了她对人生无常和心灵痛苦的体会。在这一段时期,凌叔华与西方的布鲁姆斯伯里文化圈有着格外密切的联系。她接触到了布鲁姆斯伯里的核心:弗吉尼亚·伍尔夫(Virginia Woolf)。在读了《一间属于自己的房子》(A room of One's Own)之后,凌叔华开始向伍尔夫致信,表达自己在战争中的绝望和苦痛,并向其询问如果伍尔夫身处自己的位置,将有何法。伍尔夫回信,认为只有写作才能排解痛苦,应对人生的逆境。从1938年3月3日至1939年7月16日,在伍尔夫的建议下,凌叔华向英国邮寄自己的英文自传体作品《古韵》(Ancient Melodies),当时留存的伍尔夫回信,也有六篇之多。

1941年伍尔夫与泰戈尔同年辞世,凌叔华的自传体小说的初稿也散佚难寻。直到1947年她来到英国,在偶然的机会结识了桂冠诗人女作家维塔·萨克维尔-维斯特(Vita Sackville-west)。二人谈到了凌叔华当年的英文创作,才发现都认识伍尔夫。维斯特决定出面去找伍尔夫的丈夫伦纳德(Leonard Woolf),伦纳德在伍尔夫的遗物中找到了凌叔华1938年的亲笔书信稿件,《古韵》才得以被原作者重新整理完成。

1953年,《古韵》被伍尔夫与伦纳德创立的霍加斯出版社发行,由维塔·萨克维尔-维斯特作序,同时附上了凌叔华创作的七幅小说题材的绘画作品。《古韵》得到了泰晤士报等英国主流媒体的关注和好评,在1966年被霍加斯出版社再版,并被翻译成多国语言。

与其他与泰戈尔有紧密交流关系的作家不同,凌叔华作品中的绘画痕迹,是她独立20世纪文坛的一大特点。文中有画,画中有文,她的作品既呈现出"文人画"的基本特征,也是图像叙事的现代实践者。

凌叔华的自传体小说《古韵》中直接运用了她本人创作的绘画。几乎每一个章节都附有凌叔华亲笔绘制的插图。《古韵》是在英国著名作家弗吉尼亚·

伍尔夫的建议下完成的。在这部作品中,加入了对文章内容起到说明作用的图画;无论是建筑还是人物,都为跨文化语境下的读者理解中国文化与生活提供了生动而形象的载体。在《古韵》中,有凌家大宅的亭台楼阁,也有老师与儿童对话的天真烂漫……绘画,是凌叔华得天独厚的才能。她将绘画与文学结合,使二者相辅相成,形成了自己的创作风格。

(三)世界文学的出版视野

凌叔华从创作之初得到泰戈尔等大师的指点,打破了写作与其他艺术范畴的约束,也将视野扩大到世界文学的范畴。她的作品既包括中文作品,又有英文创作;她曾经创作英文作品、与他人合译作品、小说经过域外出版。这在中国现代作家的创作当中,是比较罕见的情况。

在与泰戈尔等人的交流过程中,凌叔华扩大了文学视野,也锻炼了自己的文化交流能力。通过《古韵》等作品,她积极地将中国文化介绍给西方世界。与泰戈尔同为东方作家、艺术家;她在作品中凸显了"东方特点",在英文创作中保留了大量的中国元素,形成了一个与西方截然不同的"他者"参照世界。正因为她的作品中带有浓厚的民族绘画特征和图像构思,她的英文小说获得了更多西方世界的关注,与布鲁姆斯伯里作家们取得了相互沟通的平台。

尽管学界对伍尔夫对凌叔华自传创作格外强调中国"异域"特色的建议有所争议,但凌叔华打开了中国作家直接向西方主流文坛展示作品的通道却毋庸置疑。虽然和泰戈尔的写作方式与影响力有所不同,但二者的相似之处在于:通过西方文坛主流作家的关注,获得了世界文学中的一席之地,成为"东方"的书写者和代言者。

三、凌叔华晚年对文化交流的贡献

(一)对中国文学的文化传播

凌叔华自1945年开始旅居国外,借助在世界文坛与画坛的影响力,她对中国的文学与绘画进行了大量正面的介绍:应比利时大学约请演讲中国艺术;受多伦多大学、伦敦大学、牛津大学、爱丁堡大学邀请,开设了中国艺术与文学课程,讲授"中国近代文学",并多次举办关于中国近代文学和书画艺术的专题讲座。

凌叔华曾写过多篇有关中国文学、绘画的作品,如《新诗的未来》《我们怎样看中国画》《谈戏剧有各种写法》等,收入《爱山庐梦影》文集并由新加坡星洲世界书局出版。

同时,为扩大中国作家的海外影响力,她在英国的广播电台播讲关于鲁迅的节目;为国内作家茅盾、巴金竞选诺贝尔文学奖而积极宣传。凌叔华是文学创作的实践者,也是其他作家影响力的传播者。她的作家身份和出色的语言能力,使其成为中国文学走向世界的一座文化桥梁。

(二) 对中国绘画的交流贡献

正如泰戈尔本人对艺术创作所孜孜追求的一样:无论是少年时代,婚后的战乱时期,甚至在旅居异国的孤独中,凌叔华一生从未放弃过绘画。凌叔华的画作解释了她个人生活的愁苦孤独,也传递出了中国文人画的文化价值。与崇尚自然意象的文风相比,她的画风冲淡高远,意境深邃。在漂泊异国时所绘制的风景,也蕴含中国山水的墨韵。她所创作的绘画作品,由于同时具有的作家身份并不在于单纯地描摹景物,而是将文人的表达与感情融入画中,蕴含着民族情感,也饱含着家国之思。

她的绘画承载着中国传统文学的意象与意义,呈现出极富民族风韵的独特吸引力。画中极具民族性的文学与文化价值与泰戈尔的艺术追求十分相似,泰戈尔在《我的绘画》中,也曾经表示:"我的绘画就是线条的韵律,是诗化的线条……"(1930 年 5 月 28 日)

20 世纪 50 年代开始,凌叔华先后在美国各地(印第安纳州、波士顿)以及英国、法国等国家博物馆举办个人画展和中国古玩艺术品展览,得到了胡适、赵元任等人的声援和支持,引起极大的注意和轰动效应。

1967 年,伦敦大不列颠艺术委员会举办《一个中国作家的选择:14—20 世纪绘画选——凌叔华收藏》的凌叔华收藏展,她为此撰文介绍文人画学派,其中提到了元朝的倪云林,绘画展品中包括齐白石和泰戈尔的作品。[①]

在 67 岁高龄的凌叔华因绘画得到世界赞誉之际,她是否又回想到 1924

---

① 林泰瑞:《中西文化交汇与冲突的一生——解读凌叔华小说〈古韵〉》,上海师范大学博士论文,2013 年,第 87 页。

年泰戈尔来华时二人的交流和对自己理想的期许？她所选出的齐白石和泰戈尔正是当时画会的参与者，此时的凌叔华不是将泰戈尔作为文学家和诗人来展示，而是作为画家，将其与自己的作品一起并列在国际艺术舞台上。

1924 年 5 月的泰戈尔访华事件，对凌叔华的人生具有极大的意义和深远影响。通过北京画会，凌叔华吸引了中国文学界具有相当影响力的作家们的注意。泰戈尔的瞩目和鼓励，也增强了她进一步创作文学作品的信心和继续从事绘画艺术的决心。当时相陪泰戈尔参加画会的两位作家、评论家：陈西滢成为凌叔华的丈夫，徐志摩成为她文学上的知己好友。通过泰戈尔的访华，凌叔华进入《现代评论》与《新月》创作的前沿，迎来了文学创作的全盛时期。

"北京画会"之后，泰戈尔的来华以盛大的国际交流姿态打开了青年凌叔华的视野。在其创作中期，凌叔华继续与泰戈尔和印度画家保持书信联系，逐渐尝试与英国布鲁姆斯伯里主流文学界的交流，开始用英文写作并获得西方世界的关注和赞誉。对本民族的各类艺术具有相当精准的鉴赏、运用和融汇能力，使凌叔华在国际社会中得到其他国家与民族的赞赏和认同。泰戈尔与凌叔华后期的英文写作和在国际文坛上的影响力，都与他们在艺术领域的通才能力有着直接的联系。

凌叔华打破了文学与绘画的界限：在作画之余写作，在写作之余作画，文中有画，画中有文。她不仅在 20 世纪的文坛获得"闺秀派"作家声誉，还在英文小说和绘画领域取得了相当的成就和国际影响。旅居海外之后，她通过粉笔和画笔，讲授中国文学与艺术，在各国举办画展，推动了中国文化在世界范围的影响。将中国文人画的艺术精神，传播到了世界其他国家和地区。

第五节　泰戈尔与梅子涵

我国孟加拉语文学研究专家董友忱教授曾说过："泰戈尔的儿童诗不是写给儿童的，而是写给大人的。"当代儿童文学作家梅子涵在《启发》中也说过这

第六章 泰戈尔与 20 世纪中国作家

样的话:"儿童的书,也有给大人看的。"①梅子涵对泰戈尔非常推崇,不仅向儿童读者推荐泰戈尔的作品,比如他和余秋雨为儿童推荐的"影响一生的必读经典,新课标必读书目"《飞鸟集》。在为这本书写的序言中,他说:"我们可以很信任地让我们的孩子们来欣赏中国这一套新经典,给他们一个简易走近经典的机会"。梅子涵也曾主编过青少年读物《新月集》《飞鸟集》,这本书是华东出版社出版的,由此可见梅子涵对泰戈尔的作品也是情有独钟。以下我们从三方面来探究泰戈尔对梅子涵的影响以及梅子涵和国内儿童文学在文学创作中的缺失。

一、梅子涵对泰戈尔儿童诗的继承和发展

(一)用笔构筑儿童的童话城堡

"童话"一词在《现代汉语词典(第7版)》中的解释是"儿童文学的一种体裁,通过丰富的想象、幻想和夸张来编写的适合于儿童欣赏的故事"。"童话"一词在《辞海》中的基本解释是"儿童文学的一种,经过想象、幻想和夸张来塑造艺术形象,反映生活,增进儿童性格的成长"。综上所述,所谓童话,是儿童文学体裁之一,通过丰富的幻想和夸张、象征、拟人的手法塑造形象,以适宜于儿童阅读的作品。童话是儿童文学的一种体裁,通过丰富的想象、幻想和夸张编写的适合于儿童欣赏的故事。

既然目标群体是儿童,童话就应该根据儿童心理发展的特点编写,用独特的修辞手段,如象征、比喻等。而对于处于人生早期的儿童来说,他们的特性是富于幻想,对世界上的一切事物都非常好奇,但是没有明确的主客体概念,他们认为万物有灵,如认为周围的一切都像自己一样,既会高兴也会哭鼻子,也会肚子饿和口渴。因此,儿童有自己独特的视角并将此作为认知世界的方式。为了帮助儿童认识周围的环境和事物,就要创造一种既适合他们心理发展特点,又利于他们发展的中介。童话的本质及其对儿童发展的价值正好可以起到这样的作用。同时,童话也是儿童喜爱的一种作品,相比较其他文学作品而言,他们更容易接受童话。

---

① 梅子涵:《启发》,《青少年文学》2011 年第 9 期。

传统童话定义如上所说,而传统的童话作品莫过于《安徒生童话》《格林童话》和《一千零一夜》了,这三者被称为"世界童话三大宝库",其中收录了数量最多、形式多样、题材丰富的童话作品。但这些童话故事就内容而言,大多是通过想象来构筑的,留给儿童的也是想象的空间。与此不同,泰戈尔在通过幻想创造童话的基础上,开创了一种用真实生活写童话的方式。泰戈尔写给儿童的诗,就是一种童话,不过这个童话与之前的童话不一样而已,他的童话源于生活,又归于生活。梅子涵在创作童话的过程中就继承了这一点,正是泰戈尔做出的这种突破,使后来的童话作家打破了原有的窠臼,追随泰戈尔的步伐,逐渐将生活中的常态融入童话,让"童话"的内涵得到丰富。

梅子涵在阅读并推广泰戈尔的作品的同时,自己也潜移默化地受到了泰戈尔的影响,具体表现为三个方面,其一,是从生活出发,梅子涵看到了泰戈尔作品中的童话是真实的,他不是易毁灭的幻想;其二,梅子涵也继承了泰戈尔对社会的责任感,从自身到社会,开始去思考社会中存在的问题,这些问题通过童话的方式讲出来或许更能被大众接受;其三,童话是诗,它能够让我们看到平凡的生活中孕育出的诗和远方,不沉迷细碎的生活琐事,而是将它们化为美好的故事。

1. 童话是真:从生活出发

以前的童话非常唯美和梦幻,即使像《卖火柴的小女孩》这样反映下层人民贫苦的童话,也有幻想的色彩。但泰戈尔的儿童诗更多是从实际的生活,也就是身边的人和事出发去写,真实感很强。

> 爸爸老是以著书为游戏。如果我一走进爸爸房里去游戏,你就走来叫道:"真是一个顽皮的孩子!"如果我稍微出一点声音,你就要说:"你没看见你爸爸正在工作么?"老是写了又写,有什么趣味呢?当我拿起爸爸的钢笔或铅笔,像他一模一样地在他的书上写着,a,b,c,d,e,f,g,h,I,——那时,你为什么跟我生气呢,妈妈?爸爸写时,你却从来不说一句话……①

这本来只是一个孩子和妈妈赌气,埋怨妈妈不让他乱动爸爸的东西这样

---

① 泰戈尔:《新月集·飞鸟集》,郑振铎译,湖南人民出版社1981年版,第48—49页。

一件小事儿,但经泰戈尔用儿童的语言写出来,既有生活气息,又多了几分童话的色彩。这种对生活的高度还原使得童话与读者之间的"距离感"得到消解。同样,梅子涵的作品也是这样,他写自己的童年生活,写曹迪民身上发生的事,写女儿的故事,这些都是真实的。梅子涵小时候说谎称自己搞丢了饭票,妈妈没有责备他,反倒又给了他饭票,他将这件事写成童话,便有了《饭票》。《饭票》里,在哥哥睡醒后,年幼的妹妹给他饭票,说:"哥哥,妈妈给。"仅五个字,就将整个故事的童话感上升了一个层次,这与泰戈尔的《我不让你走》里,父亲要远行,孩子在他临出门前说了一句:"我不让你走!"有着异曲同工之妙,简短的话语却充满了童真。这些故事都是真实的生活,生活不止眼前的苟且,细细品味之下,还有童话的身影。

2. 童话是思:从自身到社会

从自己身上发生的事想到社会,想到人生,这似乎不应该是童话该承担的义务,但泰戈尔的作品在让儿童读懂的同时,也让大人深思,这才让他的童话成为既写给孩子也写给成人的故事,即所谓的"幼者不觉其深,长者不觉其浅"。泰戈尔的很多儿童诗也是哲理诗,读者从中都或多或少能得到一点生活的启示。如《玩具》里的诗句:"我寻求贵重的玩具,收集金块和银块。你呢,无论找到什么便去做你的快乐的游戏,我呢,却把我的时间和力气都浪费在那些我永不能得到的东西上。我在我的脆薄的独木船里挣扎着要航过欲望之海,亦忘了我也是在那里做游戏了。"①

故事里的"母亲"虽然像是在和孩子说话,但在笔者看来,似乎有更深层次的内涵,现在的社会已经是一个物质与利益相交织的社会,在大人们为了获得金钱而通宵达旦的同时,只有孩子以最天真的心态面对他那个无欲无求的世界。

梅子涵在《一年级的记忆》中写他被"戴凯荣"夹脑袋这件事,当他幻想了三次这个戴凯荣不同的结局后,最后竟然是"戴凯荣消失了!"这个人不再出现在他上学的路上夹他脑袋了。本来这个小故事到此就结束了,但梅子涵在这篇童话的最后写到:"像这样莫名其妙的出现,这样莫名奇妙的胡作非为,这样

---

① 泰戈尔:《新月集·飞鸟集》,郑振铎译,湖南人民出版社1981年版,第14页。

莫名其妙的人和事情,你难道就真的没有遇过吗?或者你的确遇到过的……如果遇到了,他把你的头夹住,让你动弹不得,你不要惊慌失措,不要害怕得再也不敢在那条路上行走,不去上学,不去奋斗,退回原处;而是坚持了去面对,继续上路,那么一切其实根本就没有多么了不起。结果,他就消失了。结果,它只不过成为一个可以讲述的小小的故事而已。"①看似这是梅子涵讲给孩子们的关于这件事背后能说明的道理,但作为成人的笔者在听后也觉得有所收益。这些"莫名其妙的人"就像我们遇到的不幸的事,或者是曾经历过的挫折,有过的阴影,这些东西或许会成为我们不敢继续往前走的理由,但如果勇敢去面对,它们就会如梅子涵所说的,只会成为一个"可以讲述的小小的故事而已。"

3. 童话是诗:生活之上

童话之所以为童话,就是因为它也有一定的诗意性,即高于生活的东西。完全与生活等同,是散文或报告文学,童话描写了一些我们接触不到的事物或者把现实的事物诗化。"我在星光下独自走着的路上停留了一会,我看见黑沉沉的大地展开在我的面前,用她的手臂拥抱着无量数的家庭,在那些家庭里有着摇篮和床铺,母亲们的心和夜晚的灯,还有年轻轻的生命,他们满心欢乐,却浑然不知这样的欢乐对于世界的价值。"②这是《新月集》的开篇——《家庭》。本只是路上停留了一下,但这一停留,却铺展开一个巨大而温馨的画面,是幻想又似真实,显然是一种"诗意地栖居"。在泰戈尔的很多作品中,都有这样的描述,《纸船》也是一个很好的示例。同样将生活诗化的梅子涵在他的作品中也有这样的描写:"火车开得很慢,老是停,这使我乘在火车上的时间就长了。我喜欢乘在火车上的时间长。乘在火车上的时间长,那么乘火车的感觉就长了。"这是他在《慢火车》里的一段表述,它让读者不自觉的,心也慢下来。木心的《从前慢》脍炙人口,以至于还被改编成了歌曲,应该也有其诗化生活的原因在里面。梅子涵在他的《透明茶杯》里,将这段火车上的旅行称为"诗意的旅途",不无道理。

---

① 梅子涵:《一年级的记忆》,《种一棵小树》,湖南少年儿童出版社2016年版,第26页。
② 泰戈尔:《新月集》,郑振铎译,《泰戈尔作品集第1卷》,人民文学出版社1961年版,第175页。

(二)童性的回归

1. 儿童化语言

"儿童化语言"是指符合儿童心理、儿童语言习惯和接受水平的规范化口语。根据小学生的年龄特点和生理特征,他们比较容易理解那些看得见、摸得着、感觉得到的直观性强的明确概念,而对表示抽象概念的语言信息接受起来比较困难。这是因为儿童的逻辑思维尚处在起始阶段,他们喜欢把概念、词汇形象化具体化。所以在写儿童读物时,用儿童化的语言更容易被他们读懂。泰戈尔和梅子涵的儿童作品都用了儿童化语言,泰戈尔儿童化语言的特点是天真的语气,梅子涵则较多采用了"重复性话语"和"解释性话语",这些都是小孩子常用的表达方式。泰戈尔在他的《金色花》里,站在儿童的角度来看妈妈,用天真的话语勾画出一个活脱脱的孩子的形象,在《仙人世界》里也同样:"如果人们知道了我的国王的宫殿在哪里,它就会消失在空气中的。"①仿佛一个小孩子趴在耳边对读者说悄悄话一样。梅子涵的儿童化语言特点也很鲜明:"阳春面是八分钱一碗,八分钱买一碗阳春面""我的肩膀被他一按,就朝一边塌下去了。一个比你大好几岁的人,还比你高出不是一个头就是半个头,把你的肩膀一按,你不塌下去可能吗?"由这些话语能够充分看出梅子涵观察儿童话语的仔细。无论是泰戈尔的天真话语还是梅子涵的重复和解释话语,都是儿童的语言,也就都使其儿童诗或童话的特点更加鲜明。

2. 儿童视角

儿童之所以为儿童,就是因为他们看待事物的角度与成人不一样,大人经历的事情很多,所以大人也对许多事已经习以为常,可是儿童不是,他们生活经历少,阅历浅,对任何事情都充满好奇心。大人已经习惯的事物在他们看来就很陌生,也正是因此,他们往往能从儿童的视角出发,发现新的东西。梅子涵在这里区别于泰戈尔的是他采用的是一种孩子用"假想中的他人眼光"来看待自己以及自己做的事情,泰戈尔则直接用儿童自身的视角看待眼前的事物。可以说,梅子涵较泰戈尔而言,他突破了泰戈尔单独的从对象本身出发或从母亲的角度看外界的限制,开创了一种儿童心理的视角。泰戈尔的儿童视角应

---

① 泰戈尔:《新月集》,郑振铎译,《泰戈尔作品集第1卷》,人民文学出版社1961年版,第192页。

该是遍布他的儿童作品中的,在这里只举两例来分析,《金色花》中,他从孩子的角度看妈妈:"假如我变了一朵金色花,只是为了好玩,长在那棵树的高枝上,笑哈哈地在风中摇摆,又在新生的树叶上跳舞,妈妈,你会认识我吗?你要是叫到:孩子,你在哪里呀?我暗暗地在那里匿笑,却一声儿不响。"①这里孩子想象自己变成了一朵金色花,他想象此时妈妈的深情与动作以及她会做的事,又展现了儿童爱玩闹的天性,与妈妈捉迷藏。泰戈尔将儿童的心理刻画得栩栩如生。在《水手》中,也是以孩子的视角看待《罗摩衍那》中的罗摩,当他知道了《罗摩衍那》的故事后,他告诉妈妈自己不会像罗摩一样离家十四年不回来,他会在早晨出发,天色快黑时就回来,在孩子的眼中,罗摩衍那离家多年不回来是对母亲的不孝,他不会做那样的人,从儿童心理出发,也表现孩子对母亲的依恋。

梅子涵在《小渡》中,将儿童心理的刻画发挥得淋漓尽致,如这一段描写:"小渡简直是狂奔向病房的,他激动不已,不时地看着手里的尼龙拎袋,里面装着苹果、梨和饼干。可是奔到病房门口时,他放慢了脚步。他不希望人家说,看多可怜,买了这么一点东西就这样高兴。"②孩子对自尊心的重视,有时往往超出了大人的想象,梅子涵恰好观察到了这一点,从小渡的行为到他的心理的描写都有梅子涵以此刻意强调大人应该保护儿童自尊心的痕迹。还有《双人茶座》里,也是将儿童眼中的他人眼光描写得很到位,儿童会以自己的认知水平去理解这个世界以及身边的人,他们的心理是最简单的,却也是最难琢磨的,孩童的语言或许很好模仿,但如果要将语言真的写到让孩子看了觉得那就是自己的地步,把握儿童心理就很重要。

3. 儿童化情绪

泰戈尔是位伟大的作家,其哲理诗、爱情诗和生命诗都十分脍炙人口,但他的儿童诗尤其突出,并且翻译至中国后引起了很大反响,以至于影响了许多中国现代的儿童作家,像冰心、许地山等人也都受他影响写过儿童读物,即使是 21 世纪的当代社会,儿童作家们依然能从其《飞鸟集》和《新月集》等作品中

---

① 泰戈尔:《新月集》,郑振铎译,《泰戈尔作品集第 1 卷》,人民文学出版社 1961 年版,第 191 页。
② 梅子涵:《小渡》,《文学少年(初中版)》2017 年第 7 期。

汲取灵感,这与他对儿童情绪的把握分不开,如《著作家》里,孩子因为母亲不让他进入父亲的书房,用父亲的纸笔赌气,还有《恶邮差》里,因为收不到爸爸送来的信安慰妈妈说这个邮差是个坏人,他是把爸爸的信留下来自己看了。这些都体现孩子的情绪化特征。梅子涵在儿童情绪化方面的描写也很成功,在《星期天童话》中,梅思繁当班干部之后,心情非常好,但是刚一被降级,情绪受到打击,就以不吃饭来宣泄情绪。无论是泰戈尔还是梅子涵,都准确把握了儿童的天性,也就是儿童的"情绪化"这一特征,一旦情绪受到影响,任何事情可能都得暂时放在一旁,同时,儿童的情绪感染能力也非常强,他们心情的好坏会直接影响到整个家庭的氛围。这是真实的儿童化情绪,童话中也表现的是真实的儿童情绪宣泄的方式。

二、童话之上的生命关怀

(一)儿童教育问题

泰戈尔写的儿童诗,不止给儿童看,也是给大人看的,而且泰戈尔也很关注印度的社会问题。印度儿童受教育权的缺失非常普遍,不仅是学校教育,家庭教育的缺失或不当也是一方面。泰戈尔将这个问题写进了他的诗歌当中,如在《责备》中:"为什么你眼里有了眼泪,我的孩子?他们真可怕,常常无谓地责备你!你写字时墨水玷污了你的手和脸——这就是他们所以骂你龌龊的缘故么……"[①]这是父母为了呵护自己的孩子,对其他人的控诉,教育中此类问题并不少见。儿童教育的缺失还体现在他的《婆罗门》里,在这里,泰戈尔做了详细的描写:当圣者给孩子们讲《吠陀》时,来了一个年轻的孩子也想要诵习《吠陀》,圣者对他说:"可爱的,我给你祝福。孩子,你属于什么种姓?你要知道,只有婆罗门才有权利诵习圣典《吠陀》。"[②]在印度,因种姓制度导致的教育不平等问题非常突出,如何突破这一界限让低种姓的孩子也能接受教育?泰戈尔对社会提出了控诉,也通过他的诗歌向社会发问:凭什么低种姓的孩子不能和其他孩子一样接受教育?

---

① 泰戈尔:《新月集》,郑振铎译,《泰戈尔作品集第 1 卷》,人民文学出版社 1961 年版,第 185 页。
② 同上书,第 19 页。

梅子涵与泰戈尔两人不谋而合,他也将中国教育的普遍问题写进了童话,写进了《曹迪民先生的故事》和《女儿的故事》里,故事里的曹迪民有缺点,看似是个捣蛋鬼,却也有他可爱的一面,这正是我们国家一部分小学生的写照,当孩子调皮捣蛋不好好学习时,人们往往将他定义为"坏小孩",但知道其中原委后,会发现这些孩子才是更有创造力的人。他写女儿梅思繁,写梅思繁偏科,写她因为从"三条杠"变成"两条杠"后的失落,写自己老是叮嘱梅思繁好好学数学……这些都是中国孩子和家长的真实写照,通过自己的经历,反映中国教育现状,但是他也对自己身为父母,威逼孩子好好学习的行为进行了反思。教育不是一个人的事,泰戈尔和梅子涵作为作家,并且是非常有知名度的作家,对现行的教育制度进行抨击,明确指出教育所存在的问题,这样的目的,加以文学的方式,能够为更多的人接受。

(二)社会改革与儿童教育

教育问题往往是由于社会问题导致的,教育是社会制度的一部分显在的体现,印度很多社会问题的根源都在于种姓制度,教育问题更为突出。泰戈尔早在1900年他的《故事诗》中就有对于印度儿童问题的关注,其中《放假》和《笔记本》就表现出他对儿童教育的重视以及对压抑摧残儿童心灵的社会制度、教育制度的批判与谴责。

梅子涵并没有直接的提出过社会改革和儿童教育的问题,但从他的作品和他的讲话可以窥见一二,他对当代中国儿童教育方面的缺失非常关心,儿童教育的工具,也就是儿童读物,要受到各种社会制度的制约,这未必是坏事,但社会制度本身需不需要变革,仍是一个值得思考的问题。梅子涵在他的《我的慢腾腾的文学理由》里说道:"我八十年代已经特别清楚地懂了,写给儿童读的文学,叙事式不是只有一种,思想和情感也不是必须浅白,每个作家,如果他对文学,对儿童读者的思维蒙太奇和发展心理有足够的研习,希望通过文学的阅读来建设他们的新阅读能力,而不是只将就他们今天的能力,那么他们写出的故事和意味是可以领先和领跑的。"① 梅子涵是第一个将中国在某一段时期全民齐心协力消灭麻雀的历史事件写进小说里的人,紧随其后的是曹文轩,当他

---

① 梅子涵:《我的慢腾腾的文学理由》,《文艺报》2016年11月9日第3版。

获得"安徒生"奖后,就发表了《蜻蜓眼》。梅子涵和曹文轩都是敢于突破体制的人,传统的童话创作观念是要向孩子传递积极向上的东西,而梅子涵将历史写进童话的这一行为,正是呼吁社会在儿童文学创作方面的规约需要改革,这一改革势必会对儿童教育产生很大的影响,或许,是一次童话视野的转折,将会进一步丰富中国童话的内涵。

三、梅子涵及国内儿童文学作家的缺失——死亡教育

"死亡"一词,一直伴随着人类的发展进步,生命是有限的,人类也一直在探索生命的奥秘,关于死亡的课题从不曾减少,半个世纪以前,西方就已经开始进行对儿童实施死亡教育的探索,目的是让儿童提前体验失去亲人等复杂情绪,以便在痛苦来临时,能够有足够的承受力。但是在中国的传统文化中,非常忌讳谈及生死,尤其对儿童而言,"死亡"是最应该远离他们视线的东西,典型的案例如当家人一起出行,路上遇到陌生人遭遇意外时,大人都会捂住孩子的眼睛,唯恐给他们的童年留下阴影。成年人总是尽可能切断儿童与死亡的一切联系,甚至禁止儿童养宠物,因为宠物的寿命很短,大人不想孩子在很短的时间内就要经历生离死别的痛苦,这样做,不仅阻止了他们了解生命的内涵,也使他们不懂得爱护生命的意义以及如何爱护生命。

从生物学的角度讲,死亡是有机体停止代谢和生命活动。从医学的角度来讲,死亡指停止心跳,停止呼吸,反射消失后的脑死亡。但如果要理解泰戈尔诗歌中的死亡,则更应多一层宗教教义中对于死亡的解释做背景,比如,佛教把生老病死看作生命的轮替,死亡并不是一种结束或终止。释迦牟尼认为:一切的生存皆痛苦,脱离死亡即脱离痛苦。印度教教徒也将死亡看做是自己有机会进入高种姓阶层的渠道,死亡的背后,隐藏的是他们对另一种生活的期盼。

(一)泰戈尔的死亡观

要想认识泰戈尔的死亡观,首先得明确他如何看待生命。泰戈尔认为,我们认识生命是什么,不是通过外貌,不是通过对其各部分的分析,而是通过比同感更为直接的感知,这是真正的知识。泰戈尔用一棵树的生命来做比喻,首先,这棵树有其自身的个体生命,于是它就与周围的其他事物分离开来,它所

做的一切努力,都是为了保持自己的独立性和个性,以便和其他万事万物有所区别。因此,这棵树本身的生命基础是成二元状态的,一方面是树本身具有的个性,一方面则是区别于他的世间万物,即宇宙。树若想活着,它必须做两方面努力,一是它需要始终保持自己的个性,二是它又得与其他事物保持统一性。这一示例转移到人身上,也是相通的,人的个性和与社会的交融性也必须保持平衡,这就是生命的意义。

泰戈尔死亡观和他的宗教观必不可分,在《一个艺术家的宗教观》中,泰戈尔详细地谈论了他的宗教观,其中就有他对生死的看法,中国孔子曾经说过:"未知生,焉知死。"泰戈尔显然也抱有同样的看法,将"生"看得真切了,才能洞悉"死"。在他的心中,生命从母体中自然诞生在这个世界上,也就意味着他将用一生去换取自由,生命的欲望形形色色,人总是在实现个人欲望的路上疲于奔命,而这一路上必然收获鲜花和掌声,这便会导致自我膨胀,到了这个阶段,距离死亡就不远了,自我膨胀就会导致死亡,人此前积蓄的所有力量此时也会变成毁灭他的力量。因此,对于泰戈尔来说,死亡本身,同时意味着一种"再生"。生与死是交融在一起的。

从泰戈尔本人的经历来看,他的"死亡观"的形成是随着亲人的接连离世逐渐形成的。他五嫂的死亡,妻子的死亡,女儿的死亡都没有让他对死亡产生恐惧,反而让他更加深刻的认识了死亡,也更加淡然的面对死亡。同时,他将对亲人的思念写进诗里,他自身也在不断地寻求"梵我合一",在超越中实现死亡。泰戈尔的死亡观与印度传统消极的死亡观不同,泰戈尔对死亡本身是持积极态度的,他认为既然人必有一死那就应该用积极的态度去面对,就像他曾经说过的:"死亡并不可怕,而生命值得尊重,不能因为死亡会来临,死亡无可抗拒,生命会有终结而忽略了生命的意义。我们只有在把一个死亡的事实割裂开来看的时候,我们才会发现它的虚无,才会沮丧。"[1]

由此看出泰戈尔对死亡有自己独特的认识,不同于传统印度教徒将生死看做一个轮回的态度,他对"死"认识得透彻,才对"生"更加眷恋,泰戈尔是爱人类的,尤其是儿童,这也促使了他对儿童死亡教育的重视。

---

[1] 泰戈尔:《人生的亲证》,张明权等译,上海文化出版社2006年版,第52页。

第六章 泰戈尔与 20 世纪中国作家

(二)泰戈尔儿童诗中的死亡教育

正是因为泰戈尔正视死亡,他爱儿童,所以不愿儿童处于危难当中,他用诗歌告诉孩子什么是危险的,什么会危及生命。"狂风暴雨飘游在无辙迹的天空上,航船沉碎在无辙迹的海水里,死正在外面走着,小孩子们却在游戏。在这无边无际的世界的海边上,小孩子们大集会着。"①这是在《海边》中,他在告诫孩子们与大自然游戏的同时也不要忘了危险就在身边。还有《雨天》里,泰戈尔说:"孩子,不要出去呀!到市场去的大道已没有人走,到河边去的小路又是很滑的。风在竹林里咆哮着,挣扎着,好像一只落在网中的野兽。"②雨天路滑,小孩子容易滑倒,泰戈尔用劝说的语气让孩子们注意到危险。这是面对身边的危险时,泰戈尔给孩子说的话。面对死亡时,泰戈尔也用诗歌告诉了孩子们如何去面对死亡,在《告别》中,他写到:"是我走的时候了,母亲;我走了。当清寂的黎明,你在暗中,伸出双臂,要抱你睡在床上的孩子时,我要说道:'孩子不在那里呀'——母亲,我走了。我要变成一股清风抚摸着你,我要变成水中的小波,在你浴时把你吻了又吻。"③这首诗以孩子的口吻诉说,并且是一个即将离世的孩子。这或许是一个大胆的设想:当儿童即将离世时他们会对这个世界或者对自己爱的人说些什么呢?泰戈尔用最真诚的话语道出了孩子的心声。

(三)中国儿童文学创作的未来

1. 目前国内儿童文学作品的重点

中国儿童文学的发展是从"五四"时期开始的,第一代儿童文学作家如周作人、谢冰心、茅盾、郑振铎等人比较活跃,经历过二代、三代作家后,到了第四代,也就是 20 世纪 80 年代,国内儿童文学作家队伍逐渐壮大,曹文轩、班马、沈石溪、常新港、郑春华、洪波等人都发表了相当优秀的作品。1984 年,在河北召开的全国儿童文学理论座谈会上,儿童文学家班马在其发表的长篇文论《儿童反儿童化》中指出,"当我们竭力'向下'俯视儿童的时候,却不知儿童读者自

---

① 泰戈尔:《泰戈尔诗选》,郑振铎译,人民文学出版社 1994 年版,第 367—368 页。
② 同上书,第 392—393 页。
③ 泰戈尔:《新月集》,郑振铎译,《泰戈尔作品集 第 1 卷》,人民文学出版社 1961 年版,第 219 页。

己的心理视角恰恰是'向上'的。"①这说明作者和读者的视角是不平等的,作者以长者的姿态"居高临下",作品的创作视角会比儿童读者的心理认知水平更低,这才导致了很多儿童文学作品却被儿童觉得"幼稚"的局面。

因此,在这一代儿童文学作家的努力下,儿童文学经历了三个阶段:第一个阶段是"回归文学",第二个阶段是"回归儿童本位",第三个阶段是"回归作家的艺术个性"。中国儿童文学的发展正在朝着正确的方向发展。21 世纪之后,方卫平在《童年写作的厚度与重量》一文中将当前儿童文学写作划分为两个主要趋向:一是幻想题材的创作,二是童年现实的书写。② 在儿童文学作家笔下,这两种题材的作品或以富于幻想的描写,或以与读者同龄的角色视点将这个世界的残酷和真实、成长的磨难与疼痛隐晦的透露给年幼的读者。这两种趋向正可以概括目前国内儿童文学创作的现状。

2. 国内儿童文学作品的缺失

尽管国内儿童文学作品已经很多,并且类型繁多,但从上面谈到的国内儿童文学作品的重心以及近年来中国儿童文学作品的创作情况来看,首先,目前关于儿童"死亡教育"的作品相对较少,这是儿童文学作品创作方面很大的缺失,对生命安全的强调常作为普及性读物进入儿童视野中,如果能以童话的方式与读者见面,应该更能引发儿童的兴趣。除此之外,笔者认为,对于中国而言,"性教育"一直是一个和"死亡"同等忌讳的话题,但这二者恰恰是儿童教育中非常重要的两个方面,有关于中国学生无法接受"性教育"的讨论近年来在网络上备受关注,中国传统的教育观念局限在系统和体制化的教学任务中,对这方面的关注非常之少。而将"性教育"融入到儿童文学作品中并非不可行,比如在格林童话中,《小红帽》的故事尽人皆知,以这则童话为例,小红帽是在轻信了大灰狼之后才被大灰狼吞掉,如果要改编成有关儿童性教育方面的童话,小红帽在森林中遇到大灰狼,在大灰狼的花言巧语下被其诱骗后受到伤害也是有可能的。儿童在保护自身的生命安全之上,也应该保护自己的隐私,这是除了科普书之外,童话也应该教给孩子的道理。所以,这两方面都应该受到

---

① 班马:《班马作品精选》,21 世纪出版社 1997 年版,第 519 页。
② 方卫平:《童年写作的厚度与重量——当代儿童文学的文化问题》,《文艺争鸣》2012 年第 10 期。

国内儿童文学作家的关注,对儿童的教育,童话是非常重要的方式,儿童从阅读童话的过程中,能够吸收到关于生命,关于死亡,关于个人隐私的教育,这是非常必要的。

泰戈尔与梅子涵,两个不同国家的人,儿童诗与童话,两种不同的文学体裁,即使有这么多不同,但依然不妨碍这两位作家将"儿童"放在首位进行文学创作,泰戈尔影响了太多中国的儿童文学作家,梅子涵只是其中之一,但他作为仍然活跃在儿童文学创作舞台的作家,作品中受泰戈尔影响的因素非常典型,也继承了泰戈尔儿童诗的精华。对于中国而言,儿童文学作品作为启蒙少儿的读物,不仅应重视趣味性和知识的丰富性,对于儿童生理心理方面的教育也很重要,生命教育的提出或许时日已久,在践行方面的成效却不显著,"性教育"是一个全新的话题,但不应成为我们谈之色变的东西,如何将"性教育"和童话融为一体,是目前中国儿童文学作家值得探索和努力的方向。

第六节 泰戈尔与冯唐的文明观比较

谈到泰戈尔对中国文学界的影响与接受,人们首先想到是寻索受其诗风直接影响的"新月""小诗"体诸流派的诗人,这是因为历史与文化之便,这些诗歌创作者在诗歌的体裁和内容上与泰戈尔的趋同更容易让人注意到他们在文学脉络上的承继关系。但实际上,对泰戈尔的借鉴和承袭并不一定是建立在对其写作倾向的直接模仿上,而更多是对其思想精神的内在认同上。从这个意义上来说,真正理解泰戈尔并将其文学精神内化到自己的写作过程中的人,更可能是真正的泰戈尔超越语言和文化的知己。从这个思路出发,冯唐这个中国当代文坛上的异类也就走进了我们的考察视野。

冯唐 2015 年重译泰戈尔的《飞鸟集》,引发学界震动,成为当年的"文化事件"。我们无意重复当时从译介学层面对译本展开的论争,而是从中、印两位作家、诗人创作中体现的文明观入手,分析体现在其创作和论著中的文化信息,并探究背后的深层原因,在互为参照中透视中印文化传统及其时代精神的折射。

一、泰戈尔与冯唐的文明观

（一）泰戈尔的文明观

在泰戈尔的诸多著作中，都谈到了自然与文明的关系问题。在泰戈尔看来，印度人的社会理想是与自然紧紧联系在一起的，雅利安人来到印度后，虽然征服了本土的达罗毗荼人，但并没有将印度的传统生活迁出森林以外，在印度人的"人生四期"里，第三个时期就是"林居"期，即归隐林中，远离俗务，从这里即可以看出，印度人是将森林即自然置于人类文明的商业霸权之上的。深受印度传统哲学影响的泰戈尔，当然也对人类文明采取自然至上主义的态度。对于泰戈尔来说，人类本身始终是作为自然的一部分而存在的，人类的价值也是在与自然的和谐而不是在对自然的战争中产生的。基于这种认识，泰戈尔的自然至上主义思想，从其论述对象上来说，可以分为针对个人、针对民族和人类。

1. 个人人格成长需要坚守自然底线

泰戈尔在其思想体系中，始终瞩目的是个人的人格完善问题，他的两部著作也因之命名为《人生的亲证》和《正确认识人生》。在其诗集《飞鸟集》中，大部分的箴言诗都是针对个人的人生选择和人生境遇而发，泰戈尔始终是以一个个体咨询者的方式在发问和作答，这种发问和作答构成了泰戈尔思想焦虑的一个重要部分。泰戈尔在《飞鸟集》第 166 首中，借拟人的手法塑造了这样一个将自然看作自己工具的"运河"形象，在他们的眼里，"河水川流不息，为的是给我们供水"①，将自然看作自己的奴隶和工具，这是典型的工具主义的思维。这种思维使人类无法看到自身在大自然面前的渺小和自然力的神奇美好，把自己在开发自然力上的暂时成就看作是人类对自然的天然优势，从而使自己的世界观变得肤浅和浮躁。对于泰戈尔来说，个人最大的证悟就是起始于认识到自我的边界，从而正视人是自然的一部分，这样一来，就在情绪的意义上实现了处于自然之中的人的身份认同。泰戈尔引用佛陀的话说，"当人通过自我个体与宇宙合而为一的办法，达到了最高目标时，他就从苦的奴役下解

---

① 泰戈尔：《飞鸟集》，陆晋德译，译林出版社 2011 年版，第 90 页。

第六章　泰戈尔与 20 世纪中国作家

脱出来了"①。也就是说,自然与作为宇宙本体的"梵"具有同一性,通过对宇宙本体的象征性回归,个体实现了"小我"与"大我"的统一。

如果仅仅是在讲述一个自我修养故事的话,泰戈尔的传道还不足以吸引跨越时代的读者。他认定人的方式是为人这个母题张罗一套宗教化的仪式。显然,在他的语境里,一种信仰形式远比一种逻辑推演更令人信服。所以,他说,"个人必须作为'伟人'(Man the great)存在,而且必须在非功利性的作品中,在科学和哲学中,在文学和艺术中,在仪式和礼拜中表现'他'。这便是人的宗教。"②在这种样态的宗教中,人是一个被扶上神坛的偶像,至少是一个偶像的载体,人通过对自己的崇拜,来达成对人所从属的自然神性的祝圣。泰戈尔的这种思考方式成为他与欧洲现代主义对接的一个端口,正如他所说,"真正的现代主义是精神的自由,而不是趣味的奴隶。它是思想和行为的独立自主,而不是处于欧洲教师的管教之下。"③很明显,在个人主义的意义上,他与欧洲精神是相通的,这也是他与主张印度精神第一的甘地分道扬镳并始终与印度民族革命保持距离的主因。对于泰戈尔来说,只要是施加于人之上的霸权,不论这霸权是来自殖民者还是雄心勃勃的革命者,都是一种致命的戕害。"真正的悲剧并不在于我们的物质保障所面临的风险,而是在于'人'本身在人类世界的黯然失色。"④在当时印度贫病交加的社会背景下,提出这样的理想是需要勇气的,他随时有可能因反对一味进军物质繁荣的现代革命而被指为叛国者。泰戈尔以回到个体的方式超越了他的时代。

泰戈尔既然将人的成长作为他社会理想的核心要素,自然将人的培育作为其社会主张的核心措施。"我们通过自己的真知、爱心和仪式与他沟通心灵,而通过弃绝自我使他在我们身上显现出来,正是人生的最高目的。"⑤在这样的理想指引下,泰戈尔在圣蒂尼克坦创办了自己独具特色的国际大学。这所大学除了汇聚各国文化资源,以培养东西方融通的人才外,其开一代风气之先的地方还在于将儿童放到自然的环境中进行教育,如在大树下围成一圈一

---

① 刘安武等主编:《泰戈尔全集 第 20 卷 散文》,河北教育出版社 2000 年版,第 36 页。
② 同上书,第 249 页。
③ 泰戈尔:《民族主义》,谭仁侠译,商务印书馆 1982 年版,第 41 页。
④ 刘安武等主编:《泰戈尔全集 第 20 卷 散文》,河北教育出版社 2000 年版,第 284 页。
⑤ 同上书,第 254 页。

起讲故事等等。泰戈尔从自身的成长经历出发,认识到儿童需要独立掌握知识和认识世界,这样才能形成完善的人格。他常常为他的孩子们创作诗歌,这些诗歌后来汇集成册,成为《儿童集》等孟加拉文诗集,后来又译为《新月集》等英文诗集,成为泰戈尔创作的重要部分。

"成功以得到最高的分数以及最详尽的经济消息为唯一因素。这是故意培养背叛真理,理智地欺诈,愚蠢地哄骗,以此助长有才智的人自我偷盗。"[①]正是通过人的教育,泰戈尔对这种工业时代的异化现象进行了抵制,捍卫了人的文明价值。某种意义上来说,这也是泰戈尔的自我成就,只有一个重视个体价值的社会,才能容忍一个理想主义者的大声疾呼,毕竟,"一个人在一群身强力壮的竞技者当中被称为理想主义者是多么危险。"[②]

2. 民族主义是对种族发展的妨害

在泰戈尔所处的时代,印度正处于民族危亡的时刻。英国人在17世纪来到印度,19世纪中期实现了对印度的独占,随之从19世纪后期开始,印度人的民族独立运动开始风起云涌。在这样的时期,泰戈尔必须面对民族这个问题。在泰戈尔所论述的问题中,文学对应的英文词应是nation,这个词既可以表示由习俗、文化和语言等规定的自然民族,也可以指政治上的国家。而印度历史上由于统一少分裂多,加上语言和宗教信仰分布复杂,所以实际上很难用民族国家的概念将其认证为一个实体。英国人的到来为其竖立了一个他者,因而民族这种意识形态迅速地发展起来。

整体上来说,泰戈尔对民族与民族主义持批判态度。在《民族主义》这部由他在美国、欧洲和日本的演讲集组成论著中,他论述了印度、欧洲和日本三种形态的民族主义。泰戈尔首先对民族进行了定义,"民族就是全体居民为了机械目的组织起来的那种政治与经济的结合。"[③]正是这种组织结构上的机械性,构成泰戈尔对欧洲民族主义的主要批判依据。在泰戈尔看来,人们因为生活需要而聚集起来,形成自然的聚落,就像人因为生活需要而分化出复杂的器

---

① 刘安武等主编:《泰戈尔全集 第21卷 散文》,河北教育出版社2000年版,第284页。
② 泰戈尔:《民族主义》,谭仁侠译,商务印书馆1982年版,第50页。
③ 同上书,第4页。

第六章　泰戈尔与20世纪中国作家

官一样,是一种自然的产物,"是人的自发的自我表现"。① 但是一旦形成了民族,它将不再以自身为目的,而是以一个被外部强加的目的所绑架,从而使自身的发展趋向不合理化。泰戈尔将这种畸形发展比喻为动物的外壳,动物自身的外壳是有生命的,因而是与肌体本身相协调的,一旦这个外壳变成"钢铁制成的,无活力的,机械的"②,则民族群落的生命就会为了适应非生命的外壳而变得畸形。泰戈尔将这种民族的形成过程视为工业文明对人类自然状态的侵蚀,加以激烈反对,主导这种文明扩张的欧洲也就成为泰戈尔的抨击对象。

泰戈尔对文明与自然的选择,说到底是对权力与理想的选择。他在现代资本制度中看到的是赤裸裸的权力关系,而这种权力的增长对于泰戈尔来说只是一种自然理想的失落。"这种重商主义带着野蛮状态的丑恶装饰,是对全人类的可怕威胁,因为它正把权力的理想凌驾于完善的理想之上。"③泰戈尔从人的理想出发,寻求在自然中回复人类社会的自然状态,这个自然状态就是与"梵"的化身自然神性圆满融合的状态。这并不是对"小国寡民"社会的盲目追求,而是希冀在现代资本主义文明的发展中不至于丢失人类社会的健康活力。日本是泰戈尔寄予厚望的实验室,他三次到访日本,见证了日本在引进西方的工业技术和贸易政策的同时,还保存着民族的传统淳朴风貌。他也积极地倡议印度向日本学习,在学习欧洲自由和科学精神的同时,不能丢掉自己的森林哲学。"我们印度必须下定决心,不能抄袭别人的历史,如果我们窒息自己的历史,那将是自杀。"④泰戈尔藉由文明的话题,将印度的现代化历史并入了人类历史的坐标系中。

当然,泰戈尔反对西方帝国主义发展模式,并不意味着要对印度的传统社会制度抱残守缺。实际上,泰戈尔激烈反对童婚制、陪嫁制和逼迫寡妇殉葬的"萨蒂"制等陋习,认为正是这些制度束缚了印度的社会发展,导致了印度民族的积贫积弱,正如他所说,民族有可能是对民族本身最大的戕害。如此,泰戈尔便将批判的范围扩大到整个被文明所束缚的自然人群体,所以他说,"我并

---

① 泰戈尔:《民族主义》,谭仁侠译,商务印书馆1982年版,第50页。
② 同上书,第42页。
③ 同上书,第70页。
④ 同上书,第57页。

不反对一个特定的民族,而是反对一切民族的一般概念。"①他在反思印度的被殖民历史时,指出印度传统的种姓制度制造了阶层之间的绝对对立和隔离,使印度缺乏向心力和凝聚力,整个民族陷入惰性的原地踏步怪圈,对这样的"缺乏自尊和完全依赖我们的统治者的社会风气和观念"②,泰戈尔主张坚决地予以拔除。

(二) 冯唐的文明观

冯唐在自己的小说和杂文中,都反复探讨了"北京"这个城市的地域文明发展,在探讨的过程中形成了自己独特的文明观。他的小说《北京北京》以北京为题,实际上就已经揭示了他的这种关注重心。在他走上文坛的前期发表的"北京三部曲"中,北京是他的青春时代的空间舞台,也是与他的写作出发点紧密相关的文化意象。我们从北京人的地域特征出发,梳理冯唐创作中体现的文明观。

1. 文明是对欲望的容纳

北京作为中国的政治中心和最早发展起来的开放城市之一,近代以来始终与中国的国族命运牵连在一起。对冯唐这样的70后一代人而言,这种牵连主要是改革开放的历史进程与城市变迁的关联。对于那一代人来说,北京有着浓烈的意识形态气息,同时生命本能又会以各种形式在现实的皮下组织里流淌。"那个时候,不阳光的东西都被消灭了,所以阳光明亮得刺眼。老流氓孔建国是所有不阳光的东西的化身。"③这明显是一种隐喻,在一个政治正确统摄一切的环境下,人们对身体本能抱有罪恶感,人们更相信来自抽象主义的意识形态饵料,并在这种饵料的喂养下实现精神世界的平衡。北京为这种平衡提供了天然的庇护所,也为这种平衡埋下了打破它的伏笔。为了凸显北京的这种包容性,冯唐甚至不惜设置上海作为参照物,在《万物生长》中借来自上海的魏妍批评上海人的小气,称其"大处很少看得明白,小处绝不吃亏",正是通过这种反讽,表达一种北京人从"大处"着眼的自负。"北京城大而无当,周围高中间低,好像一个时代久远的酒杯,到处是萎靡不振的树木。我和朱裳走在

---

① 泰戈尔:《民族主义》,谭仁侠译,商务印书馆1982年版,第59页。
② 同上书,第61页。
③ 冯唐:《十八岁给我一个姑娘》,天津人民出版社2012年版,第7页。

第六章　泰戈尔与 20 世纪中国作家

酒杯里,到处是似懂非懂的历史,我和朱裳走在粘稠的时间里。"[1]正是因为北京这种"宽广的封闭性",为居住在其中的人们提供了一个封闭但又有充分腾挪空间的居所,在这个居所里,欲望或者说被压抑的生命激情,都能以历史记忆的形式留在人们的视野里,供人们把玩和想象,成为这个古老城市新的异质架构得以存在的前提。"我问他是不是觉得北京有一种神奇的腐朽,这样大的一块地方,这样大了这么久,仿佛阳光之下,没有太新鲜的东西,有一颗平常的心就好了。"[2]这种历史的"粘稠"感和一体感,与泰戈尔将自然与人作为两个极点来加以黏合的努力是有同构性的。

"北京是个大茶壶。太多性情中人像茶叶似的在北京泡过,即使性情被耗没了,即使人可能也死掉了,但是人气还在,仿佛茶气。"[3]这里,就为我们描述了一个精神的北京,一个刚刚进入改革开放、还没来得及沾染新气息的北京所具有的精神标本作用。这种精神上对历史时空的超越,让冯唐笔下的北京成为一个双重嵌套的奇观。一方面,是无限接近形而下的器物世界,另一方面,又以一个悬空的精神意象,始终在冥冥之中连通着古代精神。这种双重结构的文明形貌,正是冯唐理想中的文明存续模式。这种模式不仅对于具体的北京市民是重要的乡愁依据,对于书写北京的冯唐也是重新定位自我的参考。借助北京这个地点的时空交融感,冯唐成功地将自己变为了一个复数的叙写对象。这样一来,一个关于北京的巨型自我与一个城市小青年的小型自我的成长叙事就得以顺理成章地实现了。

将文明作为一个培养基来受容欲望的城市,势必在历史的拐角要面对欲望突破习俗禁锢而走向前台的问题。事实上,随着冯唐的写作对象从校园和社区的狭小空间走出,也从童年的惊异和少年的冒险欲中开始了迈向成年时代的出走,这种时间与空间的飞跃发生时,在北京严密的文明惯性中滋长出来的欲望因子,也通过糜烂的酒吧街、夜市与疾驰的个体自我相遇。"这家金山城在燕莎附近,燕莎附近集中了北京的声色犬马。"[4]在描述了一条由风尘女子

---

[1] 冯唐:《十八岁给我一个姑娘》,天津人民出版社 2012 年版,第 28 页。
[2] 冯唐:《万物生长》,浙江文艺出版社 2017 年版,第 124 页。
[3] 同上书,第 125 页。
[4] 同上书,第 160 页。

和外国投机者组成的都市风景线后,冯唐将这个场景作为他与心目中带有神秘母性的成熟女子柳青相会的地方,实际上也是在借柳青这个充满世俗商业气息的女性形象,讲述了一个欲望和金钱势力逐渐浮上表面的城市故事。"她们像萤火虫一样忽明忽暗,让这附近的夜更黑更肮脏更香艳。在这早春的夜晚,我闻见腐朽的味道。"①这种欲望战车的推进本身并不是毫无代价的,它毫无疑问会带着糜烂和堕落的气息,但是城市的多维时空容纳了这一点,让堕落的北京可以妥帖地安置在一个繁荣进取的北京的隐秘处,充当这个可以将历时的演进变为共时的昼夜纵深的城市的机制性阀门。这样一来,从一个禁欲的北京到一个灯红酒绿的北京,只需要沿着时间线往前推进即可,这种场景转换与故事逻辑完美地结合在一起。

综上,冯唐借自己发生在北京的青春故事,表达了他的文明观。对于他来说,一个成熟的文明躯体应该是有包容性的,这种包容蕴含于它的历史厚度之中。只有在时间和空间上不断拓展自己的广度,人类文明才有可能不断产生建设性的欲望而不会倾覆于欲望的横行。

2. 文明是对自由的仰望

冯唐在他的青春叙写里除了构筑了一种双重嵌套结构外,还描述了这两种结构中现实层面的自我对精神自由的憧憬和想象。现实是卑陋的、苟且的,但是精神世界却有其无限的扩张范围,在这个可以不断扩张的精神实体中,主体的意识边界尽显其灵活的可塑性。这种可塑性有时近乎诗意的生成,冯唐的青春念想就是在这样的构造里腾挪辗转,打开自己的下意识视域。"如果沿着自己的目光走过去,走过隔开两个世界的窗上蒙蒙的水雾,就是精灵蹦跳的奇幻世界。椅子下的这个世界太小了。"②这样的句子时常出现在冯唐叙事的间隙,为他的叙事在感官层面进行扩张提供了基础语境。

这种语境分化为三种具体的语境。

一种语境里,冯唐作为行使自由的主体,用自己的方式在自己的草原上奔驰,这与冯唐的蒙古族血统有关,也与他彪悍的母亲有关,他称自己的母亲是

---

① 冯唐:《万物生长》,浙江文艺出版社2017年版,第162页。
② 冯唐:《十八岁给我一个姑娘》,天津人民出版社2012年版,第81页。

自己的文学灵感来源之一。正是他的母亲对他进行训诫,让他记住自己的蒙古族身份,同时也保存了他对自由精神的追求。"我骨子里游牧民族的血将诱惑我四方行走,旅行箱里是全部的家当,生活在边缘上,拍拍屁股明天就是另外一个地方;我一旦求田问舍,买了带好些厕所的房子,我的气数就尽了。"①这是从成吉思汗以来的游牧精神所塑造出的流动性,这种流动性让冯唐永远在歌颂不断改变的人和不断在移动的人。他在变化中寻找将自然精神进行固着的可能性,这成为他小说人物成长的原动力。

在另一种语境里,冯唐将文学艺术作为自己灵魂的升腾剂。在其他人在将经济活动作为自己的毕生所需时,冯唐却将自己沉浸在文学和古器物收藏的世界中。在他的杂文集《三十六大》中,多次提到了玉等珍玩的收藏,"君子无故,玉不去身。"因为玉是君子之物,这是通过对玉的把玩,将古典贵族精神把握在自己手里。而文艺这个素材,则是冯唐一以贯之的风格所在了。冯唐在自己的杂文和小说中,常常出现"文章千古事,得失寸心知"这样的对文艺和古典精神进行赞美和阐释的句子,这样的句子在冯唐的文章中,起着润滑油的作用。"如果躲进自己的房间,沿着青灯黄卷走过去,跨过千年时光流成的浅浅的河,就是混混被看作正当职业的英雄时代,就是青楼女子代表文化美女的时代。"②冯唐笔下的人物通过这种寄身于文艺理想的形式,让自己得以进一步远离商业异化和政治威权,从而让自己的人物也就是纵身于文本中的那个自我能够获得自由的加持。与上一种来自文化传承的自由感相比,这种自由感因其具有天然的超种族性和超时代性,更能在读者的阅读中占据读者意识形态感知的高地。

第三种语境,则是将具体的自然风物放置在作为人类工业精致文明象征的都市中心。在"北京三部曲"中,这个风物就是北京大学的燕园。他的作品中的"秋水"跟他本人一样,在协和医科大学的第一年是在北京大学上的,因而北大中的燕园就成了承载他的恋爱等青春往事的舞台。燕园内部小径纵横,道路复杂,因而能掩人耳目,成为幽会胜地。"我们会想念燕园那些看得见月

---

① 冯唐:《万物生长》,浙江文艺出版社2017年版,第207页。
② 冯唐:《十八岁给我一个姑娘》,天津人民出版社2012年版,第81页。

亮和星星的隐秘所在,那种阴阳不存在阻碍的交流,天就在上面,地就在脚下,我们背靠大树,万物与我们为一。"①情爱象征着男女两性的自由交融,而自成一体的园林则象征着人与自然的自然交融,这两种交融形成了两条坐标轴,冯唐在这个坐标系上构建了他自己的自由主义城堡。

综上,通过游牧性、文艺性、山林性这三种自我身份定位,冯唐在其作品中表达了主体对自由的把握,这也是冯唐的自然化的文明观一个必要的基石,没有这个基石,冯唐既无法完成自己的价值观陈述,也无法完成自己的理论打磨。

二、泰戈尔与冯唐文明观的异同

(一)对自然融通的追求

无论是泰戈尔还是冯唐,都在自然与人工的尖锐对立中强调自然与人工的和谐融洽。这种和谐融洽不是表面上的二元共存,而是真正将两种元素融入对方的肌体内部,在某种程度上,就是对真理立体性的一种忠实的回归。"自然的美丽、辽阔而纯净的平和,它的沉静、无为、缄默和深邃与我们每天的那些鸡毛蒜皮、忧心忡忡和尔虞我诈的烦恼形成了鲜明的对照,令我不知所措。"②泰戈尔在个人生活叙事中大量融入了自然的元素,使得其个人私语风格的诗歌和小说创作都有更加鲜明的个体性。显然,人类文明表现为国家和社会的复杂制度,而作为自然动物的个人则天然与这一套制度有不可兼容性。通过坚定站在人的自然属性这边,就是在用另一种声音为个体的人辩护。

与之相比,冯唐的自然书写远没有那么高屋建瓴,他更多是从一个"我"的自我辩护立场,给自己的行为赋予更多的正当性。在他早期的青春小说创作中,他塑造的是一个叛逆而又精明的小镇青年形象,为了不让这个形象染上更多的街头色彩,通过文艺和自然景观,在逼仄的城市街区和大学城墙之内,培养一种魏晋文人的余裕风度,这成为他小说能得到不同群体的读者认可的重要原因。如果说群体是产生分歧与对立的主要因素,那回归到个体就是达成人群共识的重要方式。冯唐采用了这个方式来让他的小说更能与读者单独对

---

① 冯唐:《万物生长》,浙江文艺出版社2017年版,第208页。
② 泰戈尔:《我的回忆录》,李鲜红、涂帅译,江苏文艺出版社2012年版,第223页。

峙,让读者掌握其小说的私人裁判权。在这个过程中,读者也在间接回温了青春记忆,一种良性的文本对话框架就形成了。

可以看得出,在自然与文明的关系问题上,泰戈尔与冯唐有着共同的人与自然相互融合的关切,但有着不同的出发点。泰戈尔在个人层面上对自然的亲近是无意识的,是一种本能的回归。冯唐则是在文本的布局过程中自然而然拾起了自然主题,具有鲜明的策略性。这与泰戈尔与冯唐所立足的社会视角和写作领域有关。泰戈尔秉持的更多是社会和文明思考;冯唐则更多的是关注个人生命体验。泰戈尔作为诗人,始终拒斥明确的策略安排;冯唐作为小说家,则始终在故事的层面精心谋划,显示其亲近自然的功利性和保留性。

（二）对人工智巧的态度

无论是冯唐还是泰戈尔,对以现代工业技术为代表的现代人类智巧都抱着谨慎的态度。在泰戈尔看来,智巧本身意味着权力关系,掌握着智巧的一方对没有掌握智巧的一方构成霸权关系,那么如果把这种霸权关系施加于自然之上的话,就相当于是人类对将自己包含在内的自然母体的挑战,泰戈尔认为这不仅是愚蠢的,也是危险的。

首先,对于泰戈尔来说,人类权能是虚无的。在《飞鸟集》第93首中,他用对话体来让权力说话,权力说"你们都是我的",以横蛮的姿态对待这个看似乖顺的客观世界,但最后只是落得"世界就把他拘禁在王座上"的可悲下场,充满征服欲的权力话语最后只是徒然成为束缚自己的监狱。[①] 权力在给予他人以压迫和霸权的同时,也在把自身置入一个阶层性的霸权结构,在这个结构里,他失去了作为自然物的自由,而变成了役于外物的符号。

其次,权力也是可笑的。泰戈尔在《飞鸟集》第166首中,借拟人的手法塑造了这样一个将自然看作自己工具的"运河"形象,在他们的眼里,"河水川流不息,为的是给我们供水",将自然看作自己的奴隶和工具,这是典型的工具主义的思维。[②] 这种思维使人类无法看到自身在大自然面前的渺小和自然力的神奇美好,把自己在开发自然力上的暂时成就看作是人类对自然的天然优势,

---

① 泰戈尔:《飞鸟集》,陆晋德译,译林出版社2011年版,第51页。
② 同上书,第90页。

从而使自己的世界观变得肤浅和轻躁。

最后,权力也是危险的。由于权力使人类失去了对客观规律的敬畏,因而也会让人类对自己的行为失去了基本的约束理性,让人类身体中潜伏的兽性爆发出来,毕竟人性本身并非兽性的对立而是兽性的提炼,"当一个人是禽兽的时候,那他一定比禽兽还恶劣"①。技术和机器时代的发展一方面延伸了人类对外界的控制力,另一方面也加剧了这种力量失控的危险性。就像泰戈尔所说,"心思如果全是逻辑,好比刀剑全是锋刃,用起来会让手流血"②,如果缺乏自然情感的制约和润滑,人类所掌握的对于自然对象的权能也将变成危险的火药桶,随时可能将人类自身推向毁灭。即使没有面临此种终极境遇,在人类工具化逻辑面前,个体的生命尊严也将无处安放。

与之相比,冯唐对人类智巧则持更加包容甚至是欣赏的态度。对冯唐来说,智巧是他必须具备的一种生存本领。从他的蒙古族血统来说,他的文化基因里一直是把世界看作一个等待征服的对手,而自然只是藏身于其后的一个证盟人。既然如此,明显在冯唐的语境里,放弃自己的智巧是不可取的。他推崇曾国藩的思想,在小说和杂文中反复引用曾国藩的《曾文正公嘉言钞》,自始至终,他始终在思考"成事"。这种对物质成就无比的渴望毋宁说是一种自我恐吓的结果。他描述了一个异化的后现代工业社会,在这个社会里,有生存欲望而没有与之相配合的智巧技能,则会被时代所凌辱和抛弃。

在小说《北京,北京》的三个主要人物"我"、小红和小白之中,小白是个被时代所裹挟的代表。"我"在解释为何小白会如此义无反顾地爱上小红之前,这样对小白进行了描述。他以在高速路上自己轧死的一只松鼠为喻,那只有着"我见过的最困惑的眼神"的活物,"太上忘情,如果更超脱一点,就不会走上这条路。最下不及情,如果再痴呆一点,就不会躲闪"。正是由于小白所代表的那种自然人格在物质化的人类社会中无法调适自己的步调,最终难免被这个横暴的高度发达的资本世界所淹没,这也是小白以艰苦的代价追求到小红后,最终仍然与之失之交臂的原因。小白身上所具有的人格美更有卢梭所言

---

① 泰戈尔:《飞鸟集》,陆晋德译,译林出版社 2011 年版,第 133 页。
② 同上书,第 105 页。

的自然人气质,也令"我""在这个气势汹汹、斗志昂扬、奋发向上的时代里",在这个看似文弱的青年的眼睛里,"体会到困惑、无奈和温暖",这也令中夜痛哭、孤独彷徨的"我"如获知己。① 但是在这个喧嚣的后现代环境下,他注定会被毁灭和牺牲。这是泰戈尔所愤慨的时代悲剧和荒诞剧,但在冯唐这里,它成了某种壮烈乱像的代名词。

正是在这种时代喧嚣的氛围里,冯唐比泰戈尔的腾挪余地要更小,他更适合作为一个小市民在激烈变幻的历史环境下争取自己对自由的赋魅余地,只有在如此狭小的叙事里,冯唐才是可爱的。他只有将自己局限为一个个人主义的西西福斯,将自由和崇高放置于足以进行偶像化的位置,他的世界才能维持完整性,他的自我才能进行可视化的塑形。这是他始终游离于虚化自我和皈依自然之间的原因。相比起来,泰戈尔就要从容得多。泰戈尔出于一个高蹈的命题来观照自己的阐释对象。他是一个导师的角色,他直接与世界对话,直接回答时代的根本性疑问,尽管他不能把自己变成另一个时代新偶像,但他却可以将自己放在历史的错位点,让自己的诗歌赞颂和故事讲述变得形迹明晰。在这样的语境差异下,二者对技术、权谋和智巧的态度也就截然不同了。冯唐用智巧武装自己,也鼓舞他的读者,让他的文学创作变成读者个人生活的技术性依据;泰戈尔则习惯于让自己和读者默认一种共同的观念,他在《民族主义》或其他论著中的思维推演都是这种观念的合理性论证,这种论证是宗教性的、不言自明的、具有强烈信仰色彩的,因而理性倾向明显的智巧就在他的思想结构里没有容身之地了。

三、泰戈尔与冯唐文明观差异的根源

如果放开泰戈尔与冯唐的差异不谈,要寻找泰戈尔与冯唐文明观差异的根源,恐怕还是需要从二者所处的社会、家庭和个人人文立场去考量。

(一)历史时代差异

泰戈尔与冯唐都处在一个转折性的时代,二者的文明观也是紧紧地与时代需求联系在一起的。转折性的时代最需要能在两条道路、两种意识形态中

---

① 冯唐:《北京,北京》,天津人民出版社2012年版,第29页。

做出自己的选择,此时,既有的民族传统和外来的异质思想成为了两种最能提供借鉴的资源,是将二者融合,还是以一种来驱逐另一种,这成为了一个关键问题。面对这种时代的提问,泰戈尔和冯唐做出了不同的回答。

泰戈尔生活于19世纪后半期和20世纪上半期,在他去世数年后,印度才取得民族独立,因而他的一生都是在殖民统治下度过的。在他的时代,印度民族解放运动风起云涌,民族主义成为了当时的印度社会最大的主题,这个主题的关键就在于如何发展和解放这个古老的民族。泰戈尔的父亲德本德拉纳特·泰戈尔领导的"原始梵社"尽管反对偶像崇拜和寡妇再嫁等历史陈习,却是一个彻底的保守主义者,主张复兴印度的古代价值观,用一位论排除化身论,重建虔诚的印度社会。他的弟子克舒勃·钱德拉·森分离出去,创立了"印度梵社",主张改革印度教传统陋习,拥抱西方文明,其中激进者甚至要求彻底废除印度传统。① 这一代人的纷争到了泰戈尔的时代,就变成了泰戈尔与甘地之间的矛盾。与他的父亲相比,泰戈尔融合了"原始梵社"与"印度梵社"的观点,他既是一位虔诚的敬神者,又接受了吠檀多派的"梵我一如"思想和多神观,建立了自己的泛神论信仰。泰戈尔主张用东方的精神融汇西方的技术文明,破除传统的苦行弃世主义,要求人们在现实追求中实现自己的精神价值。这与甘地的抵制西方文明的主张背道而驰,这也造成了这两位伟人的决裂。

泰戈尔之所以将与自然的融合视为比发展人类技术更重要的底线,与印度所处的国际环境是分不开的。印度已经是英国的殖民地,英国与印度在某种程度上已经成为了利益的连带体。在这样的时代里,要实现印度的发展,借助英国的工业体系和世界市场明显是更加明智的选择。而当时的西方社会现代化的弊病已经开始暴露,一战的爆发更是让人们看到了西方秩序的紊乱,这种情况下,印度要避免陷入欧洲的现代困境,就要发挥其民族传统的智慧,在自然神性与技术文明之间,做出某种互为表里的调和。由于泰戈尔对民族主义的超越,他最终选择将西方民族主义的衍生品——工业文明进行贬抑,将自然概念作为一个终极概念进行申说。

与泰戈尔生活的19世纪末20世纪初的印度一样,20世纪末21世纪初的

---

① 袁永平主编:《泰戈尔的大爱思想》,兰州大学出版社2016年版,第10页。

中国也是一个转型的关键期,冯唐正是这段历史时期的书写者。冯唐作为70后作家的重要历史烙印,就在于他们的青春是与改革开放的历史进程联系在一起的。商品化浪潮的冲击下,人们面对着双重挑战:一方面,剧烈的社会变迁动摇了人们原有的伦理体系和价值体系,人们急需找回心灵的平静和价值的平衡;另一方面,激烈的市场化竞争又摆在人们面前,知识的爆炸要求人们充分激发个人的创造力。于是,冯唐式的个人奋斗者形象就在中国文学的视野里出现了。冯唐自己的生平就具有鲜明的传奇色彩:毕业于北京协和医科大学(现北京协和医学院),取得了美国MBA学位,进入全球最大的咨询公司麦肯锡公司,而后又独自创业,在医疗投资领域确立了自己的地位。当他作为一个写作者时,他的智性因素自然成为他描画的对象了。所以在冯唐的文明思想里,最关键的因素就在于个人的积极思考和行动,而以文艺、山林之美和古典理想为代表的自然境界,就只能作为消解存在困惑和时代焦虑的药剂而存在了。

(二)家庭成长环境的差异

泰戈尔成长在一个"达利特"婆罗门家庭,"达利特"的意思就是"不洁",即其祖上因为破戒而变得不洁净,也正是这个历史原因,让泰戈尔家族自我放逐到了孟加拉的新兴城市加尔各答,并成为与英国东印度公司直接接触的产业家。泰戈尔的祖父德瓦尔卡纳特·泰戈尔是一位实业家和社会改革家,积极引进西方的工商业文明;泰戈尔的父亲德本德拉纳特·泰戈尔是一位宗教家,倡导回到印度教的本原教义。这种背景,使得泰戈尔得以在西方文化与印度文化交融的环境里成长,形成自己的世界观,文明观自然也是其中的重要一环。

在这种二元结构的家庭教育中,泰戈尔每天背诵《奥义书》,还曾跟随父亲去喜马拉雅山修道,同时又曾从西式学校和兄长那里接受英语为主的教育。他最早的思想矛盾,就是来源于此。他又是如何调和这种思想矛盾的呢?在研究者看来,他采取了一种近乎辩证法的态度。对于印度传统,他肯定其用无限来囊括有限的智慧;对于西方工业文明,他肯定其富于建设性和革命性的历史作用。他希望借助这两种分别富于精神性和物质性的文明的融合,促成印度的革新和开放。

冯唐与泰戈尔有所不同。冯唐的家庭采取自由放任的教育方式,他的母亲只要求他对自己负责即可。他的母亲是一个纯正的蒙古族妇女,生性彪悍精明,处处斤斤计较,从小就教育冯唐靠贱买贵卖来取利。在冯唐的周围,像他母亲一样具有鲜明小市民性的妇女比比皆是,这不可不谓对冯唐产生了思想上的影响,冯唐在自传体小说中就说一个售票阿姨是自己的文学启蒙导师。这些小人物在冯唐的精神自我里赋予他一种野性,一种对人类冒险精神的迷恋,是这些因素让冯唐对人的智巧充满信心,并在他的小说中塑造了这样一群充满行动力的角色。他 2016 年出版的小说《女神一号》的主人公田小明从美国到中国,不断追逐着爱情的影子,虽然不断遭受挫败,却始终相信自己的选择和追求。这种野性思维也让他能以另一种方式去接近自然,就像他母亲所说的那样,"别忘记幕天席地,敬畏自然。"①一个对自己有着充分自信的猎人,是不会惧怕眼前莫测的森林草原的。冯唐正是出于这种对自我智巧的自信,从反面达成他对自然融通的追求。

在他父亲这一边,给予他的是关于文艺和历史的最初积淀。"我爸爸说,他小时候上私塾,填鸭似的硬背《三字经》《百家姓》《千家诗》、四书和五经,全记住了,一句也不懂。长到好大,重新想起,才一点点开始感悟,好像牛反刍前天中午吃的草料。"②这种硬性灌输式的文艺教养方式,在代际接受中也影响了冯唐,他在杂文中就曾说过自己幼时花所有的钱买《全唐诗》的回忆。这让冯唐在自己的小说中,于世俗庸碌生活中,始终留存一种对历史空间和艺术审美境界的向往。

另一个影响了冯唐野性文明观形成的是游荡在他童年和青春岁月里的一些叛逆者形象,这些形象出现在他小说中,则成为了《十八岁给我一个姑娘》中好勇斗狠的"老流氓孔建国"、《万物生长》中爱喝酒吃串的"王大师兄"、《北京,北京》中沉迷于网游的"大鸡",这些颓废的失败者被排除在社会的边缘,但是在他们身上却能看到人最温暖纯真的一面,如"老流氓孔建国"对"朱裳妈妈"数十年如一日的思念。他们一方面被社会法则惩罚,另一方面又用自己的小

---

① 冯唐:《万物生长》,浙江文艺出版社 2017 年版,第 207 页。
② 冯唐:《十八岁给我一个姑娘》,天津人民出版社 2012 年版,第 2 页。

第六章 泰戈尔与 20 世纪中国作家

聪明让自己活得有滋有味。这种方式,不就是经由适度智巧而达成的返璞归真、复返自然吗?

比较泰戈尔与冯唐,就会发现二者有着某种惊人相似的成长环境。在他们的成长里,关于人类智巧和自然本真的因素都在悄然发生作用。在泰戈尔这里,这是他的印度教家庭和英式教育;在冯唐这里,是他的母亲、社会精神导师和他的父亲。不同的是,泰戈尔这里,享有崇高声望的父亲始终是主导因素;而在冯唐这里,他强悍的母亲是他的性格模板。于是,在泰戈尔这里,自然至上成为主导模式;在冯唐这里,人类智巧是自由意志的标杆。两种自然与人工的思想组合就形成了。

(三) 创作本位差异

泰戈尔与冯唐对文明与自然的不同态度,还取决于二者对文学的不同定位。他们的思想很大程度上取决于他们对待文学和表达的不同态度,正如现代语言学所认为的,语言本身就是思想形体,如果没有语言载体的表达,一种思想是无法建立自己的逻辑体系的。冯唐与泰戈尔对待智巧和自然本真的不同方式,正是出于他们的文体差异所产生的思维差异。

在泰戈尔那里,诗歌创作是他一切思考和行动的出发点,相应的,他的文明观也是来源于诗歌创作过程中产生的困惑和顿悟,诗歌本身的技巧性催生了泰戈尔世界观中对技术智巧关注的萌芽。在泰戈尔诗歌创作的伊始,就意识到韵律对于诗歌创作的基础性作用,"因为有了韵律,诗词似乎结束,但似乎又没有完结;倾诉结束,但它的回响犹在;心灵和耳朵互相不断玩着押韵的游戏。"[①]将游戏的趣味加入诗歌的架构中,这本身就意味着对诗歌进行解构,在诗歌宏大混沌的整体中加入细微的技巧性内容。这样一来,对于泰戈尔来说,诗歌已经变成一个可以进行技巧言说的对象了,人工开始进入诗歌这样天然具有神秘性和自发性的文体中,相应的,泰戈尔的思想结构中也开始将人的智性纳入人的神圣本性之中了。

与之相比,冯唐更有狡黠的文体布局者的性格。他虽然是用小说来填充自己主要的思想内容,但是这些内容更易把握的部分则出现在他的杂文里。

---

① 泰戈尔:《我的回忆录》,李鲜红、涂帅译,江苏文艺出版社 2012 年版,第 5 页。

他以随感录的形式，记录自己对世界和人生的看法，这种单向诉说的方式成为他主要的文学言说形式。即使在他的小说文体中，强烈的表达欲依然无处不在，这种表达欲展露的结果，就是他分裂成了两个发出语言的自我。一个自我负责面向无限的"道"，另一个自我则面向纷繁复杂的"器"。两个自我都是完整的冯唐，而前一种无法用冯唐式的文体来完整表达，于是，呈现在我们面前的，就是后一种操着"京片子"絮絮叨叨不停的冯唐了。

泰戈尔的文学是面向自我的文学，他始终在关注自己的灵魂与"梵"和自然的和鸣；冯唐的文学是面向世界的文学，他的思考对象从来没有离开过人的现实遭遇和时代的细微表征。创作的立足点不同，使得他们思考问题的方式也迥然不同。虽然他们都同时要处理文明与自然谁主导谁的问题，但两人不同的写作取向决定了他们不同的思考方向。

四、小结

冯唐是很难被纳入中国当代文学阐释体系的一位作家，至多可以用年代分层的方式将其划为"70后"作家之列，但作为这个中年阶段写作的写作者，他又有着鲜明的叛逆性。他没有就宏大主题进行直面性的挑战，也没有对被标签为底层的弱势群体投注同情的目光，相反地，他一直对自己所身处的北京这个城市的文化印记和人物群像有着丰富的感受性，在与人群的接触和相互进入中尝试自己的文学创作。

与泰戈尔家族传承式的文艺教养不同，冯唐的文学积累来自其自发的经典阅读，在他的成长过程中，《史记》《全唐诗》等文学经典的修辞习惯和艺术品位从起始即规约着冯唐的写作，他也时常在自己的访谈中提及自己继承的是《史记》等严肃史传作品的"文脉"。正因为如此，他一开始选择的写作对象是他生活的北京，完成了"北京三部曲"，包括《十八岁给我一个姑娘》《万物生长》《北京，北京》，以回忆体的形式，讲述了自己的成长过程，这实际上是一种个人精神史的书写。在作家地位得以巩固后，冯唐又转向了杂文创作，出版了《猪和蝴蝶》《三十六大》《活着活着就老了》等杂文集，在杂文中，他以横向列举的方式观照了自己的世界观和人生观，以一个中年思考者的身份向身处平凡生活处境的读者传递一种平民化的处世哲学。在这样的沉思中，冯唐的思想结

第六章　泰戈尔与 20 世纪中国作家

构逐渐从青春时代的感性剪影过渡到直面人生困境的层次，这些困境包括中年危机、市场化条件下的无力感以及代际矛盾等。从某种程度上来说，冯唐文学中的自我从个体视角扩张为了家庭视角。而从《不二》《天下卵》《女神一号》等作品开始，他的视角进一步扩散，从政治、宗教、两性关系和哲学思辨的角度，论述了人类整体要处理的一些终极问题。可以看出，冯唐在创作中体现出的思考是呈现逐步深化的态势的。正是因为这样的深化，让他得以在某个节点与泰戈尔的思想发生了共鸣，从而于 2017 年选择重译了泰戈尔的《飞鸟集》。当然，由于他在新的译本中使用了一些过激词汇，最终译本被出版社召回。这次风波在泰戈尔学乃至整个中国文学界引发了不小的争议，但我们正是从这次风波看出，冯唐的思想与泰戈尔的思想存在同构性，这种同构成为了对这两位作家进行平行比较研究的逻辑基础。尽管二者在思想高度上可能还存在关乎本质的差距，但这并不妨碍我们对二者的思想相通之处进行深入分析。

两位作家思考的问题虽然有宏阔与狭隘之分，但是在二者的视野里，人的生存与探索所要解决的问题是一切问题的出发点。如果用一个范畴来概括这种思考的内容，就是所谓的文明观。诚如泰戈尔所言，"文明是人类创造的产物，是人类对普遍存在的'人'的表现。"[①]而人这种向前推进的本性又会让人陷入欲望的迷沼，此时，自然神性就会显示其作用，给予人类自由的许诺。"爱意味着自由：爱使我们体会到存在的充实，从而使我们免于为极其廉价的物品付出自己的灵魂。"[②]对于如何在这种人欲的奋进与自然的纯真之间保守人的平衡，泰戈尔与冯唐都在自己的创作或论述中做出了自己的思考。

泰戈尔与冯唐两位作家生活在不同的文明背景下，生活在不同的历史转折期，但他们都对文明与自然的关系问题做出了自己的思考，并将自己的思考贯穿于自己的创作中，产生了不同的社会反响。泰戈尔与冯唐都从个人与民族整体的角度对文明问题进行了思辨，无论是泰戈尔对个体自然人性的歌颂和对现代民族主义的抨击，还是冯唐对欲望的迷想和对自由的赋魅，都从不同

---

① 刘安武等主编：《泰戈尔全集 第 20 卷 散文》，河北教育出版社 2000 年版，第 337 页。
② 同上书，第 353 页。

的角度强调了自然与人工两种要素在人的生存与演化中相辅相成的重要性。两人的区别之处在于,泰戈尔强调人的积极创造应服从自然神性,冯唐则认定人的智巧可以容纳和推动对自然美的皈依。这种分歧与他们所处的历史时代、所生长的人文环境和所背负的文学使命有着密切的联系。

  总而言之,不论是伟大的世界哲人,还是被主流文坛忽视的偏才作者,面对人的存在所必然要处理的文明与自然的问题,都会用自己一生的创作做出独特的回答。这种超越时间与空间的思考,本身就是他们的文学深层价值所在。

结语:"泰戈尔现象"与"异域作家本土化建构"

"泰戈尔与20世纪中国文学"的课题是中外文学、文化关系的个案研究,既有个案研究的独特性,又隐含着相关研究领域的共性。因而个案研究不能只局限于研究对象本身,应竭力挖掘个案背后具有普遍意义的价值,从个案研究上升到共性的研究,甚至拓展新的研究领域。

和其他外国作家的中国影响比较,泰戈尔在中国的传播和影响有何独特之处?我们将泰戈尔与莎士比亚、川端康成的中国影响,做一简单比较就能说明问题。

莎士比亚(William Shakespeare,1564—1616)被认为"代表了人类戏剧艺术的顶峰"①,"诗中之王。"②他的名字于1839年以"沙士比阿"的译名出现在林则徐的《四洲志》③中,之后王国维充分肯定莎士比亚描写客观世界的艺术功力,赞之为"'第二之自然''第二之造物'"。莎士比亚为转型中的中国新文学提供了新的文学典范,从而深深影响了中国现代文学的品格,尤其是戏剧领域,"中国现代戏剧的主要奠基人田汉、郭沫若、曹禺、老舍、熊佛西、余上沅、白薇等戏剧大师几乎都深受莎士比亚戏剧的影响。"莎士比亚成为中国第一个真正出版"全集"的外国作家,1986年开始举行中国的"莎士比亚戏剧节"(每三年举行一次),出版专门的学术刊物《中国莎士比亚研究》《中国莎士比亚研究通讯》。莎士比亚的研究著作、学位论文、期刊论文以数千计。毫无疑义,莎士比亚是对中国现当代文学影响最大的外国作家之一。但莎士比亚的影响是精英层的影响,他是作为文学经典的典范,供人们仰望和攀登的高峰,"莎学"是学

---

① 徐群晖:《论莎士比亚对中国现代戏剧的影响》,《文学评论》2003年第3期。
② 孟宪强:《中国莎学简史》,东北师范大学出版社1994年版,第4页。
③ 林则徐:《四洲志》,张曼评注,华夏出版社2002年版,第117页。

术的"奥林匹克",翻译、研究、理解莎士比亚,必须有专门的学术训练和修养,不是一般的读者所能涉足的领域。泰戈尔在中国的影响,固然有一批著名的学者、诗人、作家是其"铁杆粉丝",但不仅仅是精英层的接受。他的作品被选入中小学教材,他清新朴实又深含哲理的诗句,深受中国广大读者的喜爱,他创作的儿童文学(部分诗歌和小说),成为脍炙人口的"金句"。许多文学青年,仿效泰戈尔的创作写出自己的"习作"。

再说川端康成(Kawabata Yasunari,1899—1972),他和泰戈尔一样,是东方现代作家,也是诺贝尔文学奖获得者。中国翻译川端康成的作品,始于20世纪30年代,他对中国文学的影响,也开始于30年代。以刘呐鸥、穆时英、施蛰存为代表的中国新感觉派,学习借鉴日本新感觉派,将他们重视视觉感受、客观描写事物的表现手法引入了中国文坛。但川端康成对中国文学产生比较普遍的影响是20世纪80年代。川端作品成规模引进翻译(至今翻译出版了十册左右的规模丛书就有6套)。在当时改革开放,突破传统文学表现手法的过程中,加上诺贝尔文学奖效应,一批年轻作家再次发现了川端康成。贾平凹说:"我喜欢他,是喜欢他作品的味,其感觉、其情调完全是川端康成的。……川端康成作为一个东方的作家,他能将西方现代派的东西,日本民族传统的东西,糅合在一起,创造出一个独特的境界,这一点太使我激动了。"[1]成名后的余华回忆:"现在回想起来,当初对川端的迷恋来自我写作之初对作家目光的发现。无数事实拥出经验,在作家目光之前摇晃,这意味着某种形式即将诞生。川端的目光显然是宽阔和悠长的。……川端的作品笼罩了我最初三年多的写作。"[2]女作家王小鹰说:"初登文学殿堂之时,心境迷乱。那时给予我的艰难跋涉以直接影响的外国文学大师是川端康成。……特别是川端康成并不以故事情节取胜,只着重对人物的感情和内心的描写,心理与客观、动与静、景与物、景与人的描写是那样的和谐统一,对我有很大的启发,触动了我的创作灵感。"[3]无需再引述作家的"表白",可以说,川端是20世纪80年代初走上文坛

---

[1] 贾平凹:《商州:说不尽的故事(第四卷)》,华夏出版社1995年版,第256—257页。

[2] 余华:《川端康成和卡夫卡》,叶渭渠等主编:《不灭之美——川端康成研究》,中国文联出版公司1999年版,第136页。

[3] 王小鹰:《从川端康成到托尔斯泰》,《作家谈译文》,上海译文出版社1997年版,第9页。

那一代的文学引领者、大师级偶像,影响很大。但我们必须看到:川端康成对这些作家的影响,主要是在艺术表现手段和风格方面。川端作品的独特感受、细腻的描写、哀伤的情愫、恬静的画面,完全不同于中国当代前 17 年文学的义正辞严、铁骨铮铮、豪情万丈的文学表现和叙述风格,因而吸引了年轻一代、向往创新的中国作家。

回头再看泰戈尔的中国影响,不是局限在精英层的影响,也不是只体现在艺术表现和风格方面。泰戈尔对中国文学的影响是全面的、深刻的,从 20 世纪初至今的一百余年里,一直持续不断,还有影响越来越大的趋势。

先说影响的全面。这个"全面",可以从两个角度看,从影响者的角度看,泰戈尔的思想、艺术、人格全面地影响中国文坛;从接受者的角度看,泰戈尔的接受者不是某一部分人,某些特定群体,而是普遍的,哪怕是当年反对泰戈尔来华弘扬东方文化精神的人(陈独秀、茅盾都翻译过泰戈尔的作品)。泰戈尔爱的思想、和谐的理念、精神自由的观念、人格完善的理想,童真纯洁的追求都不乏共鸣者。艺术表现上,哲理与文学的渗透,叙事和抒情融合,就有泰戈尔作品的示范效果。

次说影响的深刻。可以说泰戈尔是参与了 20 世纪中国文化和文学建构的外国作家。说"参与",不是说泰戈尔参与了中国文化、文学政策的制定,但 1924 年,泰戈尔访华有关东、西方文化关系、传统和现代、社会性和政治性、精神性和功利性等问题的演讲,访华前后泰戈尔的一系列作品、论著的翻译出版,围绕泰戈尔强调东方精神展开的论争,对中国文化和文学的发展产生了内在的、结构性的影响。五四运动后,中国文化怎么发展?中国社会必须做出选择。当时中国的思想界、文化界本来就在探索当中,各种外来的学说、思潮涌来。泰戈尔的思想和艺术虽然没有成为主流性选择,但无疑某些因子渗进了中国文化和文学当中。从文学层面看,中国现当代的散文诗、小诗、诗意化小说、儿童文学作家,都可以在不同程度上看到泰戈尔的痕迹。

再说影响的范围越来越大。进入新世纪以来,中国几乎所有出版社,都出版过泰戈尔的作品;所有上过学的人,都读过泰戈尔的作品。随着 2000 年《泰戈尔全集》和 2015 年《泰戈尔作品全集》的出版,为中国学界全面理解泰戈尔的思想和艺术提供了文本基础;而且当前世界格局的变化,弘扬民族传统、增强文化自信的时代呼声,与泰戈尔的思想有内在的契合,泰戈尔"亚洲文化联盟"的设想,与"一带一路"构想、人类命运共同体建设都有内在的相通。这些都会成为泰戈尔在中国影响越来越大的语境和内在驱动力。

从上面的分析,我们可以明确地说:泰戈尔是20世纪初至今百余年里,对中国影响最大的外国作家之一。我们用一个学术概念,称之为"泰戈尔现象"。

本书就是围绕"泰戈尔现象"这一核心概念,从不同角度展开深入研究。探讨泰戈尔为何会有这样的影响?他的什么东西深刻地影响了中国?中国接受泰戈尔影响过程中,本土文化起到了什么样的"过滤"作用?影响—接受的途径是什么等一系列问题。

泰戈尔的这种影响力来自哪里?根据我们的研究,可以概括为以下三个方面:(1)中印文化交流的历史渊源和中印近代以来相似的历史命运;(2)泰戈尔思想和艺术的丰厚与深邃,为多层面的接受提供了丰富的资源;(3)泰戈尔对传统的执着与创新精神的辩证统一,与中国文化的价值取向及20世纪求新求变的时代诉求有着高度的契合。

将"泰戈尔与20世纪中国文学"这一个案研究上升到"外国作家影响"的普遍性规律把握,我们拓展出"异域作家本土化建构"的学术命题。这确实是一个需要做出理论探索的命题。概括我们的研究,有几点供同仁进一步思考:(1)以接受美学为基本的理论框架;(2)"本土化建构"是本土社会、时代共性与具体的接受个体个性的有机统一;(3)建构的主体是多层面的,如译者主体、研究者主体、读者主体、作家主体,不同群体对异域作家的建构有各自的特点,表现的是本土文化的丰富性和复杂性;(4)构建过程的意义大于构建的结果,不必执着于讨论建构的"真实性",应着重于"建构"背后的文化趋力;(5)"文化亲历者"(如泰戈尔的中国影响)和"历史对话者"(如莎士比亚的中国影响),对他们的"本土化建构"在考察的路径和方法上是有区别的。

学术研究的生命,在于新的发现。在"泰戈尔与20世纪中国文学"课题的研究中,我们有所发现,当然也有未尽如人意的遗憾,相信我们会有机会进一步完善。

附录　泰戈尔研究基本书目

一、生平传记

1. 郑振铎:《泰戈尔传》,上海商务印书馆1925年4月版。
2. 克里希那·克里巴拉尼:《泰戈尔传》,漓江出版社1984年版。
3. 克里希纳·克里帕拉尼:《泰戈尔的一生》,毛世昌、丁广州译,商务印书馆2012年版。
4. S.C.圣笈多:《泰戈尔评传》,董红钧译,湖南人民出版社1984年版。
5. 《人文素养读本》编委会编:《泰戈尔,你属于谁》,北岳文艺出版社2004年版。
6. 何乃英:《泰戈尔传略》,天津人民出版社1983年版。
7. 侯传文:《寂园飞鸟:泰戈尔传》,河北人民出版社1999年版。
8. 张光璘:《印度大诗人泰戈尔》,蓝天出版社1993年版。
9. 北城:《圣地灵音:泰戈尔其人其作》,安徽文艺出版社1999年版。
10. 童一秋主编:《世界十大文豪 泰戈尔》,吉林文史出版社2011年版。
11. 程稀、郎芳编:《莫泊桑 泰戈尔》,海天出版社1998年版。
12. 郎芳、汉人编著:《泰戈尔》,辽海出版社1998年版。
13. 李奎编著:《泰戈尔》,中国社会出版社2012年版。
14. 刘文哲、何文安译:《泰戈尔评传》,重庆出版社1985年版。
15. 魏风江:《我的老师泰戈尔》,贵州人民出版社1986年版。
16. 梅特丽娜·黛维夫人:《家庭中的泰戈尔》,季羡林译,漓江出版社1985年版。
17. 王志艳主编:《走在印度与世界的连接线上:东方诗哲泰戈尔》,延边人民出版社2007年版。
18. 董友忱编著:《泰戈尔画传》,华文出版社2005年版。
19. 庄浪编著:《泰戈尔:首获诺贝尔文学奖的亚洲文豪》,南京出版社2013年版。

二、研究著作

1. 冯飞:《塔果尔及其森林哲学》,商务印书馆1922年版。

2. 艾加·辛格:《泰戈尔诗歌的意象》,徐坤译,沈阳出版社 1992 年版。
3. 唐仁虎等:《泰戈尔文学作品研究》,昆仑出版社 2003 年版。
4. 艾丹:《泰戈尔与五四时期的思想文化论争》,人民出版社 2010 年版。
5. 尹锡南:《世界文明视野中的泰戈尔》,巴蜀书社 2003 年版。
6. 尹锡南:《比较文学视野中的泰戈尔》,巴蜀书社 2013 年版。
7. 杨非、金康成:《东方大地的永恒之声——泰戈尔及其创作》,海南出版社 1993 年版。
8. 董友忱:《天竺诗人——泰戈尔》,人民出版社 2011 年版。
9. 董友忱主编:《诗人之画——泰戈尔画作欣赏》,中西书局 2011 年版。
10. 魏丽明等著:《"万世的旅人"泰戈尔——从湿婆、耶稣、莎士比亚到中国》,中央编译出版社 2011 年版。
11. 魏丽明等:《"理想之中国":泰戈尔论中国》,中国广播电视出版社 2017 年版。
12. 李文斌编著:《泰戈尔美学思想研究》,华中师范大学出版社 2010 年版。
13. 毛世昌:《印度两大史诗和泰戈尔作品中的女性人物研究》,兰州大学出版社 2009 年版。
14. 何乃英:《泰戈尔——东西融合的艺术家》,中国社会科学出版社 2013 年版。
15. 郁龙余、董友忱主编:《泰戈尔作品鉴赏辞典》,上海辞书出版社 2011 年版。
16. 毛世昌、袁永平主编:《泰戈尔词典》,兰州大学出版社 2016 年版。
17. 戴前伦:《泰戈尔梵爱和谐思想对我国早期新诗生态的影响》,中国社会科学出版社 2015 年版。
18. 侯传文:《话语转型与诗学对话——泰戈尔诗学比较研究》,中国社会科学出版社 2010 年版。
19. 董红均:《泰戈尔精读》,上海大学出版社 2009 年版。
20. 袁永平主编:《泰戈尔的大爱思想》,兰州大学出版社 2016 年版。
22. 虞乐仲:《印度精神的召唤:作为政治理想主义者的泰戈尔研究》,西南交通大学出版社 2017 年版。

三、泰戈尔与中国

1. 王邦维、谭中主编:《泰戈尔与中国》,中央编译出版社 2011 年版。
2. 沈洪益编:《泰戈尔谈中国》,浙江文艺出版社 2001 年版。
3. 孙宜学:《泰戈尔与中国现代知识分子》,上海三联书店 2015 年版。
4. 孙宜学编:《不欢而散的文化聚会——泰戈尔来华讲演及论争》,安徽教育出版社 2007 年版。
5. 孙宜学编:《诗人的精神——泰戈尔在中国》,江西高校出版社 2009 年版。

6. 孙宜学主编:《泰戈尔在中国》(第 2 辑),上海三联书店 2016 年 1 月版。

7. 孙宜学:《泰戈尔:中国之旅》,中央编译出版社 2013 年版。

8. 泰戈尔:《泰戈尔对中国说》,徐志摩等译,译林出版社 2013 年版。

9. 秦悦主编:《泰戈尔:我前世是中国人》,上海辞书出版社 2014 年版。

10. 张羽:《泰戈尔与中国现代文学》,云南人民出版社 2004 年版。

四、泰戈尔研究论文集

1. 郁龙余、魏丽明编:《泰戈尔落在中国的心》,中央编译出版社 2014 年版。

2. 郁龙余、魏丽明编:《泰戈尔落在中国的心 2014》,中央编译出版社 2015 年版。

3. 佟加蒙编:《中国人看泰戈尔》,人民出版社 2012 年版。

4. 姜景奎主编:《中国学者论泰戈尔》(全 2 册),阳光出版社 2011 年版。

5. 孙宜学主编:《从泰戈尔到莫言:百年东方与西方》,上海三联书店 2015 年版。

五、泰戈尔作品

(一) 综合丛书

1. 董友忱主编:《泰戈尔作品全集》(全十八卷),人民文学出版社 2015 年版。

2. 刘安武等主编:《泰戈尔全集》(24 卷),河北教育出版社 2000 年版。

3. 泰戈尔:《泰戈尔作品集》(10 卷),人民文学出版社 1961 年版。

4. 泰戈尔:《泰戈尔精品集》(5 卷),白开元译,安徽文艺出版社 2017 年版。

5. 刘湛秋主编:《泰戈尔文集》(4 卷),安徽文艺出版社 1997 年版。

6. 李静编著:《大师开讲·泰戈尔:与这个世界温柔相处》,黄山书社 2015 年版。

(二) 诗歌

7. 泰戈尔:《飞鸟集》,郑振铎译,商务印书馆 1922 年版。

8. 泰戈尔:《迷途之鸟》,宋德利译,东方出版社 2018 年版。

9. 泰戈尔:《飞鸟集》,郑振铎译,上海译文出版社 1981 年版。

10. 泰戈尔:《失群的鸟》,周策纵译,中国对外翻译出版公司 1994 年版。

11. 泰戈尔:《园丁集》,吴岩译,上海新文艺出版社 1956 年版。

12. 泰戈尔:《游思集》,汤永宽译,上海新文艺出版社 1957 年版。

13. 太戈尔:《新月集》,郑振铎译,商务印书馆 1923 年版。

14. 泰戈尔:《新月集》,王独青译,泰东图书局 1923 年版。

15. 泰戈尔:《吉檀迦利》,谢冰心译,人民文学出版社 1955 年版。

16. 泰戈尔:《吉檀迦利》,吴岩译,上海译文出版社 1986 年版。
17. 泰戈尔:《采果集》,汤永宽译,江西人民出版社 1981 年版。
18. 泰戈尔:《两亩地》,石真等译,人民文学出版社 1959 年版。
19. 泰戈尔:《流萤集》,吴岩译,上海译文出版社 1983 年版。
20. 泰戈尔:《萤》,周策纵译,中国对外翻译出版公司 1994 年版。
21. 泰戈尔:《鸿鹄集》,吴岩译,上海译文出版社 1984 年版。
22. 泰戈尔:《情人的礼物》,吴岩译,上海译文出版社 1984 年版。
23. 泰戈尔:《茅庐集》,吴岩译,上海译文出版社 1986 年版。
24. 泰戈尔:《新月集·飞鸟集》,郑振铎译,湖南人民出版社 1981 年版。
25. 泰戈尔:《泰戈尔诗选》,冰心译,湖南人民出版社 1982 年版。
26. 泰戈尔:《泰戈尔抒情诗赏析:英汉对照》(6 册:《吉檀迦利》《游思集》《新月集·飞鸟集》《采果集》《渡口集》《情人的礼物》),白开元译,中国广播电视出版社 2009 年版。
27. 泰戈尔:《寂园心曲》,白开元译,广西人民出版社 1987 年版。
28. 泰戈尔:《泰戈尔诗选》,谢冰心等译,人民文学出版社 1994 年版。
29. 泰戈尔:《泰戈尔爱情诗选》,白开元译,漓江出版社 1990 年版。
30. 泰戈尔:《透过无语的雾幔》,白开元译,译林出版社 1990 年版。
31. 泰戈尔:《泰戈尔抒情诗选》,吴岩译,上海译文出版社 1989 年版。
32. 泰戈尔:《泰戈尔散文诗全集》,华宇清编,浙江文艺出版社 1990 年版。
33. 郁龙余主编:《泰戈尔诗歌精选》(6 册:爱情诗、哲理诗、神秘诗、生命诗、儿童诗、自然诗),外语教学与研究出版社 2015 年版。
34. 泰戈尔:《泰戈尔诗集(典藏本)》,郑振铎译,武汉出版社 2011 年版。
35. 肖复兴主编:《泰戈尔诗选》,吉林出版集团 2009 年版。
36. 泰戈尔:《泰戈尔诗选》,北塔译,河南文艺出版社 2015 年版。
37. 泰戈尔:《泰戈尔经典歌词选》,白开元编译,商务印书馆 2012 年版。

(三) 小说

38. 泰戈尔:《太戈尔短篇小说集》,雁冰等译,商务印书馆 1923 年版。
39. 泰戈尔:《新夫妇的见面》,伍蠡甫等译,启明书局 1941 年版。
40. 泰戈尔:《泰戈尔短篇小说选》,城池译,福建人民出版社 1982 年版。
41. 泰戈尔:《短篇小说选》,张石秋译,陕西人民出版社 1997 年版。
42. 泰戈尔:《泰戈尔诗化小说》,倪培耕选编,上海文艺出版社 1997 年版。
43. 泰戈尔:《泰戈尔短篇小说选》,董友忱、黄志坤译,湖南人民出版社 1994 年版。
44. 泰戈尔:《泰戈尔小说全译》(七卷),董友忱主编,华文出版社 2005 年版。

45. 泰戈尔:《沉船》,徐曦、林笃信译,商务印书馆1925年版。
46. 泰戈尔:《沉船》,黄雨石译,外国文学出版社1981年版。
47. 泰戈尔:《沉船》,白开元译,陕西人民出版社1996年版。
48. 泰戈尔:《沉船》(青少版),海清改写,上海人民美术出版社2001年版。
49. 泰戈尔:《戈拉》,黄星圻译,人民文学出版社1959年版。
50. 泰戈尔:《戈拉》,唐仁虎译,漓江出版社1998年版。
51. 泰戈尔:《戈拉》,刘寿康译,人民文学出版社1984年版。
52. 泰戈尔:《戈拉》,崔蔓莉改写,安徽少年儿童出版社2001年版。
53. 泰戈尔:《王后市场》,董友忱译,湖南人民出版社1988年版。
54. 泰戈尔:《家庭与世界》,景梅九、张默池译,泰东图书局1923年版。
55. 泰戈尔:《家庭与世界》,邵洵美译,人民文学出版社1987年版。
56. 泰戈尔:《家庭与世界》,董友忱译,山东文艺出版社1987年版。
57. 泰戈尔:《最后的诗篇》,广燕译,北岳文艺出版社1987年版。

(四) 戏剧

58. 泰戈尔:《太戈尔戏曲集》(一),瞿世英、邓演存译,商务印书馆1923年版。
59. 泰戈尔:《太戈尔戏曲集》(二),高滋译,商务印书馆1924年版。
60. 泰戈尔:《泰谷尔戏曲集》(一),朱枕薪译,民智书局1923年版。
61. 泰戈尔:《泰戈尔剧作集》(一),瞿菊农译,中国戏剧出版社1958年版。
62. 泰戈尔:《泰戈尔剧作集》(二),冯金辛译,中国戏剧出版社1958年版。
63. 泰戈尔:《泰戈尔剧作集》(三),林天斗译,中国戏剧出版社1958年版。
64. 泰戈尔:《泰戈尔剧作集》(四),谢冰心译,中国戏剧出版社1959年版。
65. 泰戈尔:《谦屈拉》,吴致觉译,商务印书馆1923年版。
66. 泰戈尔:《萋泊》,王树屏译,国际编译社1923年版。
67. 泰戈尔:《散雅士》,张默池、景梅九译,新民社1924年版。
68. 泰戈尔:《泰谷尔的苦行者》,方乐天译,商务印书馆1936年版。
69. 泰戈尔:《花钏女:泰戈尔戏剧选》,倪培耕等译,江西教育出版社2016年版。
70. 泰戈尔:《花钏女——泰戈尔戏剧选》,倪培耕等译,上海三联书店2015年版。

(五) 散文

71. 泰哥尔:《人格》,景梅九、张默池译,泰东图书局1921年版。
72. 太谷儿:《人生之实现》,王靖、钱家骧译,泰东图书局1921年版。
73. 太戈尔:《国家主义》,楼桐孙译,商务印书馆1927年版。
74. 泰戈尔:《民族主义》,谭仁侠译,商务印书馆1982年版。

75. 泰戈尔:《泰戈尔小品精选》,巴宙译,中华书局 1946 年版。
76. 泰戈尔:《孟加拉掠影》,刘健译,上海译文出版社 1985 年版。
77. 泰戈尔:《泰戈尔散文选》,白开元编译,百花文艺出版社 1994 年版。
78. 泰戈尔:《人生的亲证》,宫静译,商务印书馆 1992 年版。
79. 泰戈尔:《泰戈尔论人生》,白开元译,上海人民出版社 2014 年版。
80. 泰戈尔:《泰戈尔笔下的印度》,白开元编译,中央编译出版社 2015 年版。
81. 泰戈尔:《泰戈尔谈人生》,白开元编译,商务印书馆 2009 年版。
82. 泰戈尔:《泰戈尔谈文学》,白开元编译,商务印书馆 2011 年版。
83. 泰戈尔:《泰戈尔谈教育》,白开元编译,商务印书馆 2010 年版。
84. 泰戈尔:《泰戈尔演讲选集》,白开元译,商务印书馆 2013 年版。
85. 泰戈尔:《泰戈尔书信集》,白开元译,漓江出版社 2016 年版。
86. 泰戈尔:《泰戈尔与中国》,白开元译,漓江出版社 2016 年版。
87. 泰戈尔:《人的宗教》,曾育慧译,湖南人民出版社 2017 年版。
88. 泰戈尔:《萨达那——生命的证悟》,钟书峰译,光明日报出版社 2012 年版。
89. 泰戈尔:《我的童年》,金克木译,人民文学出版社 1954 年版。
90. 泰戈尔:《我的回忆》,吴华译,北岳文艺出版社 1994 年版。
91. 泰戈尔:《回忆录附我的童年》,谢冰心、金克木译,人民文学出版社 1988 年版。
92. 泰戈尔:《泰戈尔回忆录》,谢冰心译,东方出版社 2005 年版。
93. 泰戈尔:《泰戈尔集》,倪培耕编选,上海远东出版社 1997 年版。

六、泰戈尔研究英文著作

1. Mohammad A Quayum: *Tagore, nationalism and cosmopolitanism: perceptions, contestations and contemporary relevance*. Abingdon, Oxon; New York, NY: Routledge, 2020.

2. Sukanta Chaudhur: *The Cambridge companion to Rabindranath Tagore*. Cambridge; New York, NY: Cambridge University Press, 2020.

3. Ankur Barua: *The Vedantic relationality of Rabindranath Tagore: harmonizing the one and its many*. Lanham, Maryland: Lexington Books, [2019]

4. National academy of letters (Inde): A centenary volume, Rabindranath Tagore: 1861—1961. New Dehli: Sahitya Akademi, 1961.

5. K V Dominic; Mahboobeh Khaleghi: *Multicultural studies on three nobel laureates: Rabindranath Tagore, Toni Morrison & Alice Munro*. New Delhi, India: Authorspress, 2016.

6. Feisal Alkazi; Proiti Roy; Rabindranath Tagore: *Tagore for today: literature and art in the classroom*. Chennai, India: Tulika, 2016.

7. Arnab Bhattacharya: *The politics and reception of Rabindranath Tagore's drama: the bard on the stage*. Chennai, India: Tulika, 2015.

8. Debashish Banerji: *Rabindranath Tagore in the 21st century: theoretical renewals*. New Delhi; Heidelberg: Springer, [2015] © 2015.

9. Shirshendu Chakrabarti; Indian Institute of Advanced Study: *Towards an ethics and aesthetics of the future: Rabindranath Tagore 1930—41*. Shimla: Indian Institute of Advanced Study, 2015. © 2015.

10. Michael Collins; Tapan Raychaudhuri; Routledge: *Empire, nationalism and the postcolonial world: Rabindranath Tagore's writings on history, politics and society*. London; New York: Routledge Taylor & Francis Group, 2015.

11. Rabindranath Tagore; Chittabrata Palit; Institute of Historical Studies (Kolkata, India): *Tagore revisited: a collection of essays to commemorate 150th birth anniversary of Rabindranath Tagore*. Kolkata: Rupali, 2015.

12. Mridula Nath Chakraborty: *Being Bengali: at home and in the world*. Abingdon, Oxon: Routledge, 2014.

13. Mamata Desai; Manis Kumar Raha; Chitra Ghosh; Netaji Institute for Asian Studies: *Rabindranath Tagore, a many splendoured personality*. Kolkata: K. P. Bagchi & Company, 2014.

14. Radha Chakravarty: *Novelist Tagore: gender and modernity in selected texts*. New Delhi: Routledge, 2013. © 2013.

15. Sirshendu Majumdar: *Yeats and Tagore: a Comparative Study of Cross-Cultural Poetry, Nationalist Politics, Hyphenated Margins and The Ascendancy of the Mind*. Palo Alto: Academica Press, 2013.

16. Sanjukta Dasgupta; Chinmoy Guha: *Tagore-At Home in the World*. New Delhi: SAGE Publications, 2013.

17. Amit Chaudhuri: On Tagore: reading the poet today. Oxford [England]: Peter Lang, 2013.

18. Partha Pratim Ray: *Tagore in print: a comparative study before and after expiry of copyright*. New Delhi: Concept Pub. Co., 2012.

19. Ernest Rhys: *Rabindranath Tagore: a biographical study*. Breinigsville, Penn.: Nabu, 2011.

20. Indira Chatterjee: *A thematic study of Tagore's novels*. Gurgaon, India: Shubhi Publications, 2007.

21. Rustom Bharucha: *Another Asia: Rabindranath Tagore & Okakura Tenshin*. Oxford: Oxford University Press, 2006.

22. Pradip Kumar Datta: *Rabindranath Tagore's The home and the world: a critical companion*. London: Anthem Press, 2005.

23. Mohit Kumar Ray: *Studies on Rabindranath Tagore*. New Delhi: Atlantic Publishers & Distributors, 2004.

24. Santosh Kumar Chakrabarti: *Studies in Tagore: critical essays*. New Delhi: Atlantic Publishers & Distributors, 2004.

25. Mohit Kumar Ray: *Studies on Rabindranath Tagore*. New Delhi: Atlantic Publishers & Distributors, 2004.

26. Beena Agarwal: *The plays of Rabindra Nath Tagore: a thematic study*. New Delhi: Satyam, 2003.

27. Jose Chunkapura: *The god of Rabindranath Tagore: a study of the evolution of his understanding of god*. Kolkata: Visva-Bharati, 2002.

28. Dhurjati Prasad Mukerji: *Tagore a study*. Calcutta Pachimbanga Bangla Akademi 2001.

29. Bishweshwar Chakraverty: *Tagore, the dramatist: a critical study*. Delhi: B. R. Pub. Corp, 2000.

30. Bhabatosh Chatterjee: Rabindranath Tagore and modern sensibility. Delhi: Oxford University Press, 1996.

31. Humayun Kabir: *Rabindranath Tagore*. Delhi: Pankaj Publications International, 1987.

32. Edited by Sisir Kumar Das, *Rabindranath Tagore: Talks in China*, Calcutta: Rabindra Bhavan, Visva Bharati, 1999.

33. Stephen Hey, *Asian Ideas of East and West: Tagore and His Critics in Japan, China and India*, Cambridge Mass: Harvard University Press, 1970.

34. Edited by Tan Chung, *Across the Himalayan Gap: An Indian Quest for Understanding China*, Gyan Publishing House, 1998.

35. Edited by Viktors Ivbulis, *Tagore: East and West Cultural Unity*, Rabindra Bharati University, Calcutta, 1999.

后 记

罗宾德拉纳特·泰戈尔(1861—1941)是东方伟大的思想家、艺术家、诗人、作家。1924年泰戈尔访华,在此前后,中国学界掀起"泰戈尔热",他的思想和艺术深深地影响中国社会和文学的发展。进入21世纪以来,泰戈尔的中国影响越来越广泛、深入。《泰戈尔全集》(河北教育出版社,2000)和《泰戈尔作品全集》(人民出版社,2015)的出版,为泰戈尔的中国传播和接受奠定了坚实的文本基础。泰戈尔作品选入中小学教材和教辅读物,为泰戈尔在中国的普及、推广创造了条件。2011年和2013年,是泰戈尔诞辰150周年、逝世70周年和获诺贝尔文学奖100周年,中国学界组织展开了各种纪念和学术研讨活动,再次出现"泰戈尔热",中国学界已有学者提出建立"泰戈尔学"的学术构想。一个富于才情、敏锐睿智、人格高尚、爱好和平、屹立于人类文化巅峰,又在极力推动人类文化进步发展的泰戈尔形象,深刻烙印在中国人民心中。

本书是在2014年国家社科基金项目"泰戈尔与20世纪中国文学"结项成果基础上修订而成。在当年项目申请书上是这样写的:"本课题在跨文化的语境中梳理、探讨泰戈尔影响20世纪中国文学的各个方面:泰戈尔影响中国文学的途径,影响的范围与程度,影响过程中冲突与融合的文化景观,影响的特征,中国作家对泰戈尔的个性化接受等"。具体设计了八个章节:1.泰戈尔在20世纪中国的传播;2.泰戈尔在20世纪中国的研究;3.泰戈尔访华的文学影响;4.泰戈尔思想的中国文学影响;5.泰戈尔文学形式、艺术风格的中国影响;6.泰戈尔与中国现代文学流派;7.泰戈尔与中国现代作家;8.泰戈尔与中国当代作家。

本书基本上达到了预期的研究目标。当然,研究内容和章节设置也有所调整。

第一,增加了"现代世界整体视域中的泰戈尔"一章。在研究中我们意识到,研究"泰戈尔与中国文学"的关系,不能就事论事,必须在现代世界文学、文化的宏观整体中加以考察,在东、西文化冲突与融合、传统文化现代转型的大背景中理解泰戈尔与中国文学的关系,能更好、更深入地把握其特点和意义。

第二,删去了计划中"泰戈尔访华的文学影响"一章。因为这一专题的研究国内的研究成果已经比较多,如孙宜学的《泰戈尔:中国之旅》《不欢而散的文化聚会:泰戈尔来华讲演及论争》、艾丹的《泰戈尔与五四时期思想文化论争》等著述。而且本书的相关章节也涉及这一内容,删去这一章也避免重复。

第三,"泰戈尔思想的中国文学影响""泰戈尔文学形式、艺术风格的中国影响"的内容,没有单独列作章节论述,而是渗透在对泰戈尔的翻译、传播、研究,文学流派和作家的接受与影响的具体论述中。这是避免内容重复而做出的调整。

第四,泰戈尔与中国现代、当代作家合为一章。选择中国现、当代文学史上比较重要,与泰戈尔关系密切,又相对研究不够的作家展开研究,讨论泰戈尔在中国的个性化接受。

从总体看,本书有几个比较突出的特点:

首先,视野比较开阔,在现代世界文学、文化的宏观整体中考察研究对象。在现代东、西文化冲突与融合、民族传统现代转型的大背景中理解泰戈尔与中国文学的关系。按系统论的观点,认识事物,不能就事论事,必须在一个更大系中才能更好、更深入地把握其特点和意义。本书的第一章将泰戈尔置于东方学、亚洲命运共同体、审美现代性的大语境中探讨泰戈尔的中国观和对中国文学的影响。将中印文学、文化交流的课题,摆在现代东方学和传统与现代转型的视域中思考,眼界宏阔,本质更显。

其次,泰戈尔在中国传播与接受的考察比较系统全面。泰戈尔对中国文学的影响,学界主要集中在20世纪上半期的"现代"阶段,尤其是对泰戈尔访华的研究,而对于中华人民共和国成立后泰戈尔在中国的传播接受缺乏研究。本书将"当代"中国的泰戈尔传播接受当作重点加以梳理,凸显20世纪以来中国文化"接受屏幕"的纵向演变,以此全面透视泰戈尔影响中国的文化、文学机制。而且,以往的泰戈尔传播接受研究,主要关注的是翻译、学者研究、作家创作等精英层面。本书还关注到教育(包括中小学)和网络等大众传播接受途径，使泰戈尔的中国影响更加立体和全面。

再次，提出"泰戈尔现象"的概念。泰戈尔是对20世纪中国文化和文学影响最大的外国作家之一，可以说他的思想和艺术参与了中国20世纪文化和文学的建构；其影响从20世纪初至今的百余年里一直持续不断，还有影响越来越大的趋势。一个异域作家能产生如此深刻的影响，我们概括为"泰戈尔现象"这一概念。本书围绕这一概念，从不同角度展开研究。探讨泰戈尔为何会有这样的影响？他的什么东西深刻地影响了中国？中国接受泰戈尔影响的过程中，本土文化起到了什么样的"过滤"作用？影响—接受的途径是什么？本书对这一系列问题都展开颇具深度的探讨。

最后，拓展出"异域作家本土化建构"的学术命题。从"中国的泰戈尔"个案的探讨，进一步提炼概括出同类课题研究的普遍模式，拓展出"异域作家本土化建构"的学术命题。这是一个有待理论阐发和展开研究实践的领域。既可以研究外国作家的中国化，也可以研究中国作家的外国化。本书以"泰戈尔与20世纪中国文学"为例，从传播—接受的不同层面，探讨20世纪以来中国文化建构的"泰戈尔"。在个案研究的实践中，为"异域作家本土化建构"做出初步的理论探索。

泰戈尔不仅是印度的伟大诗人，也是具有世界影响的大文豪，他的思想和创作，成为人类优秀精神文化的组成部分。本书在20世纪东、西文化冲突与融合，民族传统现代转型的大背景下，从跨文化的视角，探讨泰戈尔的中国文学影响，拓展泰戈尔研究的领域，丰富了泰戈尔研究的内涵，并将个案研究发展为"异域作家本土化建构"的学术命题，推动比较文学学科的发展。20世纪中国文学的演变发展，离不开包括泰戈尔在内的外国文学的影响，外国文学从不同的方面为中国文学提供新质。从中国传统文学向新文学转型的起点开始，泰戈尔的影响绵延至今，影响既广且深。本书从外来影响的个案层面，深化20世纪中国文学内涵的认识和把握。从"中印文化、文化交流"的层面看，泰戈尔对中国20世纪文学的影响，是中印文学、文化的对话，有共鸣也有激荡。中国文坛在期待中接受泰戈尔，是本土文化的选择性接受。因而，研究泰戈尔与中国的关系，也是对20世纪以来中国文学、文化研究、考察的题中之义。

还要说明的是，申报时原课题组成员在我之外，还有甘丽娟（天津师范大学)、陈明(北京大学)、曾琼(北京外国语大学)、张幸(北京大学)等人,甘丽娟、陈明、张幸三位因主持各自的在研项目,教学科研压力大,没能参与课题研究。为将科研与人才培养结合起来,我指导的部分博士、硕士研究生参与了课题研究,撰写了部分章节的初稿。我作为项目主持人,负责项目研究的组织、章节设计、书稿修改等工作。具体参与章节撰写情况如下:

黎跃进:绪言,第一章第一、二节,第二章第一节,第三章第三节,第六章第三节,结语

孟智慧:第二章第二、三、四节,第四章第一节

秦鹏举:第三章第四节,第五章

王敏雁:第三章第六节,第六章第四节

吴　鹏:第三章第一节,第六章第六节

高　悦:第一章第三节

尹永珍:第一章第四节

李春香:第三章第二节

张乌兰:第三章第五节

张田芳:第四章第二节

李　臻:第六章第一节

曾　琼:第六章第二节

赖月辉:第六章第五节

感谢参与项目研究的各位!你们为"泰戈尔与中国关系"的探讨和思考付出了努力,也获得了学术研究能力的成长。北京大学出版社张冰编审和责编兰婷女士,为书稿的编辑出版付出了大量心血,在此向你们表示诚挚的感谢!

泰戈尔研究理应成为一门专门的学问——"泰戈尔学",我们为"泰戈尔学"的推进尽了绵薄之力。相信经过学界同仁的不断努力,"泰戈尔学"将成为21世纪的显学,我们期待着!

黎跃进
2024年1月9日于天津西郊